REBECCA RYMAN nació en la India, país donde residió hasta su muerte, en 2003. Su primera novela, *Olivia and Jai*, se convirtió en un best-séller, traducido a más de diez idiomas.

ZETA

Título original: *Shalimar*
Traducción: Mª Antonia Menini
1.ª edición: noviembre 2010

© 1999 by Rebecca Ryman
© Ediciones B, S. A., 2010
  para el sello Zeta Bolsillo
  Consell de Cent, 425-427 - 08009 Barcelona (España)
  www.edicionesb.com

Printed in Spain
ISBN: 978-84-9872-447-9
Depósito legal: B. 35.112-2010

Impreso por LIBERDÚPLEX, S.L.U.
Ctra. BV 2249 Km 7,4 Polígono Torrentfondo
08791 - Sant Llorenç d'Hortons (Barcelona)

Shalimar

REBECCA RYMAN

Para Raksha y Satish,
Ajay y Susanne,
Pamela y Rajesh,
con amor y gratitud

NOTA DE LA AUTORA

A la familia y los amigos por su entusiasta participación en la evolución de este libro.

A mi agente Robert Ducas, por sus diligentes consejos y los esfuerzos que ha hecho en mi nombre.

A los editores de St. Martin's Press por su amabilidad y comprensión.

A Ann Adelman, la editora del manuscrito, y Ethan Dunn, el corrector de las pruebas, por su implacable búsqueda de elipsis fugitivas, cursivas, anacronismos y aberraciones.

Y a todas las personas invisibles para el autor que contribuyen a dar a los manoseados manuscritos una forma seductora.

Mis más expresivas gracias a todos.

PRÓLOGO

El paso del Karakorum
Himalaya Occidental
Otoño de 1889

Decían que no se necesitaban mapas para encontrar el paso del Karakorum. Bastaba con que uno siguiera los montículos de huesos blanqueados que cubrían los senderos para llegar infaliblemente a su destino.

Aparte de alguna que otra multicolor mariposa y unos cuantos cuervos carnívoros, ninguna criatura viviente era capaz de subsistir en el paso. A más de seis mil metros de altura, la negra y pedregosa grava era enteramente estéril y el crepitante y enrarecido aire provocaba temibles enfermedades y alucinaciones. La cortante aguanieve y los vendavales castigaban el cuerpo, atravesaban las zamarras para arrancar la carne de los huesos y helar la sangre en las venas a lo largo de unos senderos tan resbaladizos como lameduras de manteca de cerdo. Enloquecidas por el hambre y jadeando a causa de la escasez de oxígeno, las acémilas se desbocaban, soltaban las cargas, se desgarraban la carne contra las rocas y, finalmente, desistían de luchar y se desplomaban para morir. Las bandas de despiadados salteadores de Hunza constituían un omnipresente peligro añadido. En la pendiente norte se levantaba un montículo de piedras en memoria de Andrew Dalgleish, un escocés asesinado en aquel lugar dos años antes. Era una más de las estremecedoras advertencias de muerte en el Karakorum, el más cruel de los cinco altos desfiladeros del Himalaya Occidental, situado en el camino que conducía y salía de Leh.

La antigua Ruta de la Seda discurría entre Leh, en el sur, y Xian, en el este, y atravesaba el Turquestán chino y ruso hasta llegar al Mediterráneo en un viaje de regreso de más de dieciséis mil kilómetros. A pesar de los peligros, el camino llevaba más de cuatro mil años utilizándose y era un colosal medio de comunicación y la mayor ruta comercial que jamás hubiera conocido el mundo.

Tras haber superado el paso sin pérdida de vidas humanas, acémilas o carga, las caravanas solían descansar bajo los imponentes macizos coronados de nieve al término de las largas marchas diarias. Puesto que el coste del transporte correspondía a la carga de los ponis o los camellos y los mercaderes corrían el riesgo de sufrir graves pérdidas de ganado en el Karakorum, en tales momentos todo el mundo experimentaba un gran alivio. Los caravaneros solían ser mercaderes turkis del oasis de Yarkand, que copaban buena parte del comercio que utilizaba aquella ruta. Tal como hacían cada año cuando los pasos eran transitables, transportaban mercancías a los grandes mercados del Asia Central y la India y, desde éstos, a otros lugares.

Para librarse de los efectos de la desoladora contemplación de los esqueletos amontonados de anteriores viajeros menos afortunados, habían recorrido quince kilómetros a lo largo del lecho seco del río para acampar en una altiplanicie. Cuando los otoños resultaban inusitadamente cálidos, incluso a cinco mil metros de altura las brisas eran como un suave zumbido sin el menor sabor de nieve. Las manchas de sol moteaban las laderas inferiores. Tras cruzar el paso y cuando sólo quedaban otros tres por atravesar antes de llegar a Leh y ya tenían casi a su alcance las dulces llanuras de Depsang, los ánimos se empezaban a levantar ante la perspectiva de una comida caliente y una noche de descanso reparador.

A su alrededor crecía una áspera maleza, pero la desolación quedaba en cierto modo compensada por unos diseminados puñados de preciosas florecillas de color malva con pistilos amarillos y hojitas verdes. A la espalda del campamento, un arroyo discurría entre enormes rocas del tamaño de un búfalo en una serie de minúsculas cascadas. Cuando el sol otoñal besaba las cumbres, unas oleadas de luminoso color de rosa bajaban por las pendientes de un blanco deslumbrante mientras las marmotas entraban y salían velozmente de sus madrigueras emitiendo pequeños gañidos de alarma. Más arriba rozaban los antílopes salvajes y los ovis polis, pero estaban demasiado lejos como para que se les pudiera cazar y meter en la olla. En cambio, las palomas eran muy abundantes, y el estofado que cocía a fuego lento en el hornillo prometía ser muy sabroso.

Mientras los hombres y las bestias se desperezaban muertos de cansancio, los mozos y los muleros descargaban los yaks, los ponis y los camellos. Los camellos bactrianos eran el principal soporte de las caravanas. Podían subsistir con muy escaso alimento, transportar hasta treinta kilos de carga a lo largo de más de treinta kilómetros diarios y sus esponjosas pezuñas hendidas resultaban sorprendentemente aptas para las superficies medio heladas. Y, como es natural, en el desierto sus sensibles orificios nasales eran capaces de percibir el rastro del agua transportada por el viento desde increíbles distancias.

Tras quitarse las chaquetas de piel de oveja y los gorros, los mercaderes se tumbaban alrededor del fuego con las palmas extendidas hacia el modesto calor. Algunos se sentaban en cuclillas, comentando el aspecto de las huellas recientes de leopardo en la orilla del arroyo, y otros permanecían tumbados en silencio, soñando con los beneficios que esperaban obtener en los mercados de Leh. Tres hombres discutían acerca de las propiedades de las *charas*, es decir, las algas de Yarkand, el cannabis extraído de la planta femenina de Cachemira y las charas de Bujara y Kabul. De vez en cuando, alguien se inclinaba hacia delante para remover y aspirar el aroma de la gigantesca caldera donde hervía a fuego lento la cena. En las cimas más altas todo cocía más despacio y la carne resultaba menos tierna, pero, puesto que nada sazonaba mejor la comida que las punzadas del hambre, a nadie se le ocurría protestar y las vaharadas de la *hukah* común aliviaban las ansias de los paladares.

Uno de los mercaderes permanecía sentado en solitario a cierta distancia de los demás.

Tras haber terminado su *namaz* de la tarde, descansaba en silencio, abrazándose las rodillas mientras sus inexpresivos ojos contemplaban con fijeza las heladas cumbres de la oscura lejanía. Mientras los demás se intercambiaban libremente noticias acerca de sus negocios y sus familias, el hombre solitario parecía preferir la soledad y la meditación. Era un forastero que se había incorporado a la caravana en Shahidullah y, ya desde el principio, se había mantenido apartado y en discreto silencio. No había facilitado la menor información acerca de su persona y sus compañeros de viaje tampoco se la habían pedido, pues en la Ruta de la Seda todo el mundo tenía derecho a que se respetara su intimidad y era libre de hacer lo que quisiera.

Al final, los hombres empezaron a saciar su voraz apetito. El viajero solitario no se unió a ellos y, por respeto a su necesidad de aislamiento, nadie lo invitó a hacerlo. Sacó del morral de alfombra que tenía a su lado una caja de galletas de avena, albaricoques e higos, y comió en silencio su frugal cena. Movía las mandíbulas de forma maquinal sin percatarse de lo que sus dedos le llevaban a la boca.

La tarde se desvaneció en una noche sin luna. Tras haber terminado de comer y rellenado las cazoletas de los *chillum*, los hombres se sentaron para mondarse los dientes y charlar un rato. Poco a poco, un curioso silencio descendió sobre el campamento, no un silencio nacido de la satisfacción de los vientres llenos sino de presentimientos desconocidos y callados temores. Hablando en susurros y aguzando el oído para percibir posibles murmullos llevados por el viento, los hombres volvían la cabeza para lanzar nerviosas miradas por encima de sus encorvados hombros en un intento de traspasar las pensativas rocas. Después se retiraron para acurrucarse bajo sus mantas de piel de astracán o pellejo, pero con los ojos abiertos y el cuerpo en tensión, sin dejar de vigilar, prestar atención y esperar.

Al final, desde la dura y negra cara de la montaña les llegaron las señales que temían: los parpadeos de una lejana luz y, junto con ellos, un sonido, un simple eco que era la prueba del viviente pulso de las tortuosas arterias del Himalaya. El eco se intensificó y se fue acercando hasta que, al final, se convirtió en el inconfundible repiqueteo de los cascos de unos caballos.

Acurrucándose en posición fetal, los aterrorizados viajeros se abrazaron las rodillas y procuraron pegar el cuerpo al suelo mientras rezaban para que se produjera el milagro de la invisibilidad. Sin apenas atreverse a respirar, yacían paralizados y sólo sus labios se movían, suplicando la protección de Alá. Pero los persistentes sonidos eran cada vez más fuertes y los brumosos regueros de luz en la sombría distancia ardían con creciente intensidad. Era como si la montaña hubiera cobrado repentinamente vida y su gigantesco pecho vibrara con los latidos de cien corazones.

De pronto, surgieron de la oscuridad y aparecieron en la altiplanicie los temibles habitantes de la noche, el azote de la Ruta de la Seda. Envueltos en telas, sus rostros eran más negros que la piedra del Karakorum y, por las rendijas, sus ojos pérfidos ardían como brasas. Los ensordecedores ecos saltaron por encima de las rocas y los abismos mientras las antorchas encendidas derramaban sombras que giraban y danzaban como unos derviches sufíes vestidos con largas faldas.

Petrificados por el terror, los mercaderes contemplaron impotentes cómo los asaltantes rodeaban el campamento. Un hombre, el jefe, desmontó y se acercó al apretujado grupo, blandiendo su espada, cuya hoja despedía trémulos destellos a la luz de las antorchas.

—¿Quién de vosotros es Rasul Ahmed? —preguntó.

Las lenguas se pegaron a los paladares y los atemorizados mercaderes lo miraron en silencio. Apretando con más fuerza la empuñadura, el hombre levantó la voz.

—¡Busco a Rasul Ahmed, el hombre que se incorporó a la caravana en Shahidullah!

La pregunta quedó una vez más sin respuesta.

El intruso sin rostro se adelantó y levantó en alto la espada. De repente los hombres recuperaron la voz. Cayendo de rodillas, empezaron a suplicar entre sollozos que les perdonara la vida mientras agitaban las manos y señalaban ansiosamente al forastero que se mantenía apartado. Sin embargo, antes de que el asaltante pudiera acercarse a él, el hombre se adelantó.

—Soy Rasul Ahmed. Me incorporé a la caravana en Shahidullah. ¿Por qué motivo me buscas?

La pregunta, formulada en turki, fue contestada con otra pregunta.

—¿Qué asunto te trae y de dónde vienes?

—Me dedico al comercio. Vengo de Khotan y transporto alfombras de seda e incienso chino a Leh. Regresaré a Yarkand con chales de Cachemira. ¿Qué deseas de mí? —volvió a preguntar.

Esta vez la respuesta fue inmediata y decisiva. Sujetada con ambas manos y desplazándose lateralmente con increíble rapidez, la reluciente espada trazó un arco horizontal. Con un susurro tan suave y dulce como un suspiro, la hoja cortó limpiamente el cuello de Rasul Ahmed y lo separó del tronco. El cuerpo decapitado permaneció de pie una fracción de segundo y, a continuación, con la gracia infinita de un danzarín que hiciera una reverencia, se dobló lentamente sobre la hierba. Del mellado orificio que antaño fuera su cuello manó un manantial de sangre que tiñó las piedras de carmesí. Impulsada por la fuerza de la sangre que brotaba, la cabeza separada del cuerpo se alejó rodando. Los pálidos ojos, congelados en una eterna expresión de asombro, contemplaron la noche con aire ausente.

Sin protestar ni ofrecer resistencia, los aterrorizados mercaderes huyeron despavoridos al refugio de la anónima negrura de las rocas. Los asaltantes no los persiguieron, sino que despojaron el cuerpo de Rasul Ahmed de la zamarra, el cinturón, las resistentes botas y el revólver. Trabajando con la soltura que confiere la práctica, cargaron sus propios animales con el botín y lo aseguraron con unas cuerdas similares a las que se utilizaban para hacer ejercicio. Después volvieron a montar, hicieron girar sus monturas en la dirección de la que habían venido y se perdieron de nuevo en la noche. En cuestión de una hora se fundieron de nuevo con las montañas. Excepto el creciente gemido del viento y los inquietos murmullos de los animales, todo volvió a sumirse en el silencio.

Lenta y cautelosamente, los hombres salieron de sus escondrijos. Golpeándose el pecho y la frente con las palmas de las manos, contemplaron los saqueados bienes y el cuerpo decapitado de su compañero, y calcularon mentalmente sus pérdidas. Agradeciendo a Alá que por lo menos les hubieran perdonado la vida, se dispusieron filosóficamente a recuperar lo que quedaba de su carga. No era la primera vez que los saqueaban en la Ruta de la Seda y no sería la última; con la misericordia del Profeta, lograrían sobrevivir. Tras haber recogido las mercancías que quedaban y haber vuelto a cargar los animales, por fin prestaron atención a su asesinado compañero de viaje.

Ya estaba a punto de alborear. El cuerpo yacía en el mismo lugar en el que se había desplomado, con la carne rígida y la sangre reseca y congelada. Los hombres se congregaron alrededor del cuerpo decapitado sin atreverse a mirarse entre sí, avergonzándose ahora, a la brutal luz del día, de la traición cometida contra su compañero muerto. Cualquiera que fuera la queja que los saqueadores de Hunza hubieran podido tener de Rasul Ahmed, ellos no tenían ninguna. Por lo que a ellos respectaba, aquel hombre era amable y discreto y no se había quejado de nada ni pedido nada. Deseosos de reanudar cuanto antes su camino, se dispusieron a cavar una sepultura, recitando plegarias abreviadas mientras cumplían a toda prisa los ritos propios de un entierro decoroso.

Una vez finalizada la sencilla ceremonia, se detuvieron a deliberar. Llegaron a la conclusión de que sería una obra de misericordia —más para aliviar su remordimiento colectivo que por el bien del alma del difunto— buscar a la desventurada familia de Rasul Ahmed y entregarle sus restantes pertenencias. Sin embargo, puesto que jamás habían visto a aquel hombre antes de recogerle en Shahidullah y no sabían nada de él aparte de su nombre, ignoraban el paradero de su familia. Podía proceder de cualquier sitio.

En un último acto de reparación, rebuscaron entre los efectos personales del difunto. Entre la ropa, los artículos de aseo y uno o dos libros, no lograron encontrar ninguna información personal. En la alforja sólo encontraron unas cuantas facturas antiguas, unos inventarios y algunos papeles sueltos. Vieron que los papeles no estaban escritos con caracteres árabes sino romanos, probablemente en inglés, un idioma con el que apenas estaban familiarizados.

Creyendo que Rasul Ahmed era un hombre culto de elevada condición con contactos comerciales *feringi* en la India, volvieron a ponerse nerviosos. ¿Y si los acusaban de haber robado sus pertenencias y de complicidad en su asesinato? Antes de correr el riesgo de ser interrogados por la afilada lengua del exaltado comisario inglés de Leh, llegaron a la conclusión de que sería más prudente entregar las pertenencias del difunto a una persona de confianza, por ejemplo, el *mulá* de la *madrasa* de Leh, que tenía ciertos conocimientos de inglés. Puesto que se trataba de un hombre de Dios, sin duda sabría no sólo qué hacer con los efectos personales de Rasul Ahmed sino también cómo hacerlo con discreción.

A pesar de que los efectos personales eran pocos y de escaso valor material, había entre ellos dos objetos que desconcertaron y turbaron en gran medida a los mercaderes: una rueda de oración budista y un rosario hindú hecho de las tradicionales bayas secas de *rudraksha*. Evitando tocar los objetos y más alarmados si cabe que antes, se preguntaron: ¿de qué le servían a un devoto mercader musulmán aquellos sacrílegos instrumentos de los infieles hindúes?

La perplejidad de los mercaderes era comprensible. No podían saber que Rasul Ahmed no era ni mercader, musulmán ni siquiera hindú. Tan profundos eran sus conocimientos de la lengua de la región y tan perfecto su disfraz que ninguno de sus compañeros de viaje sospechó que, en realidad, era inglés. Su verdadero nombre era Jeremy Butterfield, aunque también se le conocía por otros.

1

Delhi
Febrero de 1890

Emma se dio cuenta de que algo ocurría en cuanto dobló la esquina de Civil Lines.

A pesar de que ya eran las diez pasadas, unos reacios vestigios de bruma invernal envolvían todavía los árboles y el aire matutino aún no había perdido su filo cortante. Junto a la entrada principal de Khyber Kothi un enjambre de criados zumbaba en una encendida disputa, un hecho de lo más insólito en una zona residencial tan celosamente orgullosa de su discreta intimidad como Civil Lines. Dada la facilidad con la que era posible obtener noticias acerca del barrio por medio de los amigos sin necesidad de recurrir a los vulgares chismorreos, la curiosidad entre la servidumbre estaba muy mal vista, excepción hecha de las incorregibles y entrometidas hermanas Bankshall, muy dispuestas a utilizar el medio que ofreciera la menor resistencia.

Cabalgando por delante del animado grupo, Emma espoleó a *Anarkali* para ponerlo al trote y se adentró por la calzada particular de la casa. A medio camino, a la altura de la rosaleda, el barrendero y el jardinero discutían acaloradamente, empuñando sus escobas de paja como si fueran armas bélicas. Bajo el *gulmohar* sin hojas, la más joven de las esposas del jardinero libraba una batalla verbal con su enemiga jurada, la hija mayor del mozo, y, en el pórtico, el *baburchi* Saadat Alí permanecía sentado en los peldaños, sosteniéndose la cabeza con una mano.

Emma contempló consternada las distintas escenas. Lo que menos deseaba soportar en aquellos momentos era un aburrido arbitraje doméstico que le ocupara varias horas de su jornada laboral. Aquella mañana ya había vivido una desagradable experiencia, no estaba de humor para otra. Justo en el momento en que se disponía a acercarse a Saadat Alí para pedirle explicaciones, vio a los agentes de la policía, ocultos en parte detrás de la monstruosamente desarrollada buganvilla —precisamente la causa de que no los hubiera visto al principio— y entonces su irritación se trocó en alarma. «¿Mamá...?»

Desmontó a toda prisa, le entregó las riendas de *Anarkali* a Mundu, el chico del barrendero, y bajó corriendo al salón de la planta baja, provisionalmente convertido en dormitorio. Su madre estaba acomodada en su silla de costumbre, junto a la ventana, tomando su habitual taza de leche de media mañana. Mahima, la anciana aya, estaba alisando la colcha y ahuecando las almohadas de la cama. Desnutrido y a punto de expirar, el consabido amago de fuego ardía con vacilante llama en la chimenea. Los familiares signos de normalidad doméstica le hicieron experimentar una oleada de alivio; pero, antes de que pudiera hablar, su madre se le adelantó y entonces Emma comprendió que su alivio había sido prematuro.

—¿Dónde te habías metido, cariño? —preguntó Margaret Wyncliffe, con un hilillo de trémula voz—. ¡Vienes más tarde que de costumbre y me tenías muy preocupada!

Acercándose presurosa a su madre, Emma le apoyó una mano conciliadora en el hombro.

—Perdona, pero es que me he entretenido a la vuelta a la altura de Qudsia Gardens por culpa de un... —Cortó en seco el recuerdo y lo descartó—. Pero bueno, ¿qué ha ocurrido? ¿Qué están haciendo estos policías ahí fuera? ¿Han tenido otra agarrada los criados, o acaso Bernice Bankshall ha cumplido finalmente su amenaza de estrangular nuestro gallo por haberla despertado una vez más al amanecer?

—No, no, nada de eso —contestó Margaret Wyncliffe entre jadeos, a punto evidentemente de sufrir uno de sus terribles ataques—. Es... es...

—Bueno, bueno, cálmate, cariño —dijo Emma en tono tranquilizador haciéndole una rápida seña al aya mientras acariciaba la convulsa espalda de su madre para facilitarle la respiración—. Sea lo que sea, puede esperar.

En cuanto su madre se tomó las pastillas y se bebió el agua que le ofrecía el aya, Emma se acercó a la chimenea y atizó las moribundas brasas. Los sólidos muros de piedra que en medio de los sofocantes calores estivales ofrecían un aislamiento ideal, en invierno convertían Khyber Khoti en un iglú. Al precio al que estaba el combustible, los pequeños fuegos con que no tenían más remedio que conformarse apenas alcanzaban a entibiar las estancias de altos techos, enormes ventanas con raídas cortinas y fríos suelos de mármol mal cubiertos con alfombras. Tras entrecruzar los pocos troncos que quedaban sobre las vacilantes llamas, Emma tendió la mano hacia el fuelle.

Al final, Margaret Wyncliffe consiguió hablar.

—¡Alguien entró anoche en la casa!

Emma frunció el entrecejo.

—¿Otra vez?

—Parece ser que sí. Entraron de la misma manera: por la ventana del salón que da a la galería. El barrendero descubrió los desperfectos cuando vino esta mañana. Como tú ya te habías ido, despertó a David.

—Bueno, pues ya lo resolveremos —dijo Emma, más molesta que alarmada—. Tendremos que instalar rejas en las ventanas de la planta baja por mucho que nos cueste. ¿Se llevaron algo?

—No lo sé, querida, tendrás que comprobarlo tú misma. David no me permitió echar un vistazo, pero presentó una denuncia en el *chowki* de la policía, y Ben Carter tuvo la gentileza de enviar a un tal inspector Stowe para interrogar a la servidumbre, y es por eso por lo que los criados están tan alterados. Ahora se encuentra en el salón con David, esperando para hablar contigo.

Emma suspiró. Lo más probable era que aquel hombre se pasara varias horas allí y ella estaba deseando arreglar cuanto antes los papeles por si el doctor Anderson diera su brazo a torcer y la mandara llamar. Atizando por última vez el fuego, pidió que fueran a las cuadras en busca de los últimos troncos, se acercó a su madre y le puso un segundo chal sobre los hombros.

—No conviene que vuelvas a resfriarte, de lo contrario, el doctor Ogbourne se pondrá hecho una furia. No te preocupes, hablaré con el señor Stowe.

La señora Wyncliffe apoyó la cabeza en el respaldo y cerró los ojos.

—Me alegro de que estés en casa, querida. Nadie sabía qué hacer en tu ausencia y yo noté que me estaban volviendo a dar las palpitaciones.

Tras haber olvidado las disputas personales, los criados estaban ahora congregados en el exterior del salón, al fondo de la galería trasera de la casa, hablando en nerviosos susurros. En el estudio, David conversaba animadamente con un fornido joven de rostro sonrosado enfundado en los consabidos pantalones blancos de dril de la policía. Tras detenerse un instante para tranquilizar a los criados, Emma entró en el estancia.

—Ah, señorita Wyncliffe, estábamos esperando su regreso —dijo el inspector en cuanto David hubo hecho las presentaciones—. Quizás usted pueda decirnos si falta algo.

—Siento no haber podido serle más útil —se disculpó David—, pero yo no tengo la menor idea de dónde están las cosas. Mi hermana está más familiarizada que yo con los enseres de la casa.

Emma contempló con rabia la ventana rota, ¡les costaría un riñón arreglarla! Echó un vistazo al resto de la estancia. Aparte de algunos almohadones diseminados por la alfombra, los trozos de un plato de porcelana en el suelo y una lámpara de queroseno de cristal volcada, no parecían haber tocado nada más. Cuando sus ojos se desplazaron hacia la repisa de la chimenea, sintió que el corazón le daba un vuelco. Miró a su hermano, pero éste apartó los ojos.

—Me temo que ahora tendré que irme, inspector —se apresuró a decir David—. Tengo una cita en el cuartel de Red Fort a las once y la verdad es que no me atrevo a hacer esperar a mi comandante. —Miró a su hermana—. Te veré en la cena, en...

Antes de que ella pudiera contestar, el joven abandonó la estancia. Examinando los destrozos del suelo, el inspector se volvió hacia Emma y le preguntó si echaba en falta alguna cosa.

—La pastora de porcelana de Dresde. —Emma señaló una mesa auxiliar—. Estaba justo aquí, entre la lámpara de queroseno y el cenicero de cristal, y ahora no la veo.

—¿Sólo un objeto?

—Sí, por lo menos, a primera vista. Daré un repaso exhaustivo más tarde, cuando tenga tiempo.

Se acercó a un pequeño escritorio de tapa corredera, arrancó unas cuantas hojas de papel secante y las aplicó a la superficie de la mesa para absorber la mancha de queroseno que se estaba extendiendo.

El inspector señaló la repisa de la chimenea.

—Su mozo ha dicho que aquí había un reloj de plata entre dos jarrones.

—Sí, es cierto, pero ayer lo envié al relojero para que lo limpiara y engrasara.

—Entiendo. ¿O sea que sólo robaron la figurita de porcelana?

—Eso parece. —Emma esbozó una sonrisa—. No era una pieza especialmente bonita, inspector. Dudo que alguien la eche de menos. Yo no, por supuesto.

El serio joven de cabello rubio claro y ojos grandes y serenos no hizo el menor comentario mientras recorría la estancia. Mirando debajo de esto y de aquello y haciendo anotaciones en su cuaderno, miró a Emma de soslayo. Howard Stowe había sido trasladado a Delhi hacía muy poco tiempo y hasta entonces no había tenido ocasión de conocer a Emma Wyncliffe, pero, como es natural, ya la conocía de oídas... ¿quién no la conocía en Delhi? Según su hermana Grace, que solía encargarse de saberlo de todo acerca de todo el mundo, Emma Wyncliffe era una desvergonzada progresista con una lengua más afilada que el aguijón de una avispa y un temperamento que no le iba a la zaga. No era de extrañar, pensaba Grace, que Emma Wyncliffe aún no se hubiera casado y que estuviera destinada a no casarse jamás. A fin de cuentas, se preguntaba Grace, ¿qué hombre en su sano juicio querría casarse con una mujer tan carente de virtudes sociales y, encima, correr el riesgo de sufrir una picadura mortal?

Howard Stowe carraspeó.

—¿Cree que pueden haber puesto las manos en algo que pasa inadvertido a simple vista, señorita Wyncliffe? ¿Joyas? ¿O tal vez alguna caja escondida de dinero en efectivo?

—Apenas tenemos nada de valor, señor Stowe —contestó Emma sin poder disimular del todo su impaciencia mientras supervisaba la labor del criado que retiraba los restos del plato de pared roto. De pronto, se le ocurrió una idea y cruzó corriendo la puerta que daba acceso a la estancia contigua, de la que regresó un momento después con una evidente expresión de alivio en el rostro—. La máquina de escribir americana de mi padre sigue en el estudio, gracias a Dios. Habría sido una calamidad que se la hubieran llevado.

—Tengo entendido, según me ha dicho su hermano, que sufrieron ustedes otro robo no hace mucho, ¿verdad?

—Más bien no, inspector, puesto que no robaron nada.

—Eso no importa, señorita Wyncliffe. El caso es que el hecho de no instalar rejas de hierro en las ventanas de la planta baja en Civil Lines hoy en día constituye una invitación a que le creen a uno problemas.

—Tanto si entraron por aquí como si lo hicieron por otro sitio —dijo Emma en tono de hastío mientras se preguntaba si el inspector tenía alguna idea de lo que costaban las rejas de hierro, incluso las de segunda mano—, en esta casa hay muy pocos objetos de valor que robar.

—Lo que para un europeo quizá no tenga demasiado valor, señorita Wyncliffe —insistió el inspector con un leve reproche—, podría representar un mes de subsistencia para un pobre nativo; un cenicero de cristal, unas tijeras inglesas, esta lupa del escritorio e incluso una figurita de porcelana no excesivamente bonita, todos estos objetos cotidianos que para nosotros son tan comunes. Vendido por una o dos *anas* en el mercado de los ladrones, cualquiera de estos objetos vale unas cuantas comidas sencillas.

—Bueno, supongo que tiene usted razón —reconoció Emma a regañadientes, confiando en que se largara de una vez—, pero, puesto que sólo han robado la maldita pastora y han roto un plato de pared y un cristal de una ventana, no cabe considerarlo un daño demasiado grave, tal como usted mismo puede ver.

Howard Stowe asintió con aire ausente mientras se rascaba la barbilla. En la comisaría de policía acababan de recibir un informe increíble justo en el momento en que él se disponía a salir. Si Emma Wyncliffe era, efectivamente, la mujer implicada en el incidente que había tenido lugar en Qudsia Gardens a primera hora de aquella mañana, tal como él empezaba a sospechar, no cabía duda de que su hermana no andaba descaminada en la opinión que de ella tenía.

—La habitación de su hermano es contigua al estudio —comentó para ganar tiempo— y, sin embargo, el señor Wyncliffe o, más bien, el teniente Wynclyffe, asegura no haber oído nada, ni tan sólo el ruido de los cristales rotos.

—David es la versión inglesa de Kumbhkuran —le explicó secamente Emma—. Una vez ni siquiera se despertó durante un terremoto que hubo en Quetta.

—Cum... ¿qué? —preguntó el inspector, perplejo.

—Un dios hindú famoso porque duerme como un tronco.

—Ah. —Stowe carraspeó educadamente—. Volviendo al asunto que nos ocupa... sus criados son de fiar, ¿verdad?

—No tenemos muchos criados, señor Stowe —contestó Emma, reaccionando de inmediato ante la insinuación—, pero los que tenemos son de toda confianza, aunque a veces se peleen un poco. Casi todos ellos llevan con nosotros desde que mi padre construyó esta casa y jamás hemos echado nada en falta. Ya ha visto usted lo alterados que están ante el hecho de que los consideren sospechosos —añadió severamente.

Pasando por alto el comentario, el inspector se acercó a la puerta de comunicación entre ambas estancias y asomó la cabeza.

—Era el estudio de mi padre —explicó Emma—. Me temo que continúa tan desordenado como antes. Desde que m... —trató de pronunciar la palabra, pero no pudo— llevo varios meses tratando de ordenar un poco sus libros y sus papeles. —Sonrió con tristeza—. Por muy famoso que fuera por su obra, mi padre no era precisamente el hombre más organizado del mundo.

—Muy pocos eruditos lo son —dijo Stowe, cerrando la puerta y dejando aquel tema tan visiblemente doloroso—. Según me han dicho sus criados, usted despidió a su *chowkidar* gujar el mes pasado, ¿verdad?

—¡Yo no despedí a Barak! Él quería regresar a su aldea de la otra orilla del Jamuna porque su mujer está muy enferma, pero reanudará su servicio cuando ella mejore. No veo razón alguna para hablar mal de él por el simple hecho de que sea un gujar.

—No, por supuesto que no —se apresuró a contestar Stowe—, pero los gujares tienen mala fama en Civil Lines, señorita Wyncliffe, tal como usted ya debe de saber. En cualquier caso, le aconsejo encarecidamente que contrate a un vigilante sustituto durante la ausencia de este hombre.

—Estamos perfectamente seguros con la servidumbre que tenemos, señor Stowe. La verdad es que no veo ningún motivo de temor. Puesto que sólo nos han robado un estúpido adorno de porcelana, ¿no le parece que podríamos olvidar de una vez todo este aburrido asunto?

Howard Stowe estaba en completo desacuerdo, pero comprendía la inutilidad de ulteriores discusiones. Guardándose de nuevo el cuaderno de notas y el lápiz en el bolsillo superior de la chaqueta, se dispuso a marcharse.

—Puede que esta vez haya tenido suerte, señorita Wyncliffe, pero yo le aconsejaría muy en serio que procurara no correr nuevos riesgos. Si más tarde descubriera que le falta alguna otra cosa, confío en que se ponga en contacto conmigo en el chowki. Recuerde, por favor, que estoy siempre a su servicio.

—Sí, lo haré sin falta. Y muchas gracias por todo.

Emma tendió su firme mano. Howard Stowe se la estrechó, tomó su salacot y se colocó el bastón bajo el brazo. Se detuvo por un instante en la puerta. «¿Y si intentara averiguar algo acerca del incidente de Qudsia Gardens?», se preguntó en silencio. Pero, al ver que Emma estaba deseando librarse de él, le faltó el valor.

Sí, tenía que reconocerlo, no cabía duda de que Emma Wyncliffe era temible. Pero, al mismo tiempo, no podía evitar admirarla. No era una belleza ni mucho menos —de hecho, era más bien fea y ofrecía un aspecto un tanto desaliñado, con aquel vestido de *shantung* tan lánguido y desmayado y aquel severo y alto moño de institutriz—, pero había en ella algo indiscutiblemente atractivo. Era inteligente, franca y muy dueña de sí. En caso de robo, cualquier otra joven de las que él conocía (incluida su propia hermana), se habría desmayado en el acto o habría corrido a encerrarse en su habitación, presa de un ataque de histerismo. En cambio, Emma Wyncliffe no mostraba la menor tendencia a desmayarse ni presentaba el menor síntoma de inminente ataque de histerismo.

Al reparar en la expresión de desconfianza del rostro del inspector, Emma se avergonzó de pronto de su descortesía. A fin de cuentas, el pobre hombre no tenía la culpa de estar allí. Había acudido a la casa en acto de servicio... ¡y ella ni siquiera le había ofrecido una taza de té!

—Gracias por su interés, señor Stowe —le dijo con una súbita y espontánea sonrisa—. El señor Carter ha sido muy amable al ocuparse en persona de un asunto tan trivial, habida cuenta de los importantes asuntos que tiene entre manos. Mi madre no se encuentra muy bien, de otro modo le hubiera dado las gracias personalmente.

La sonrisa que le dedicó fue no sólo inesperada sino también inesperadamente radiante. De hecho, pareció transformar por entero su personalidad. Surgida de lo más hondo de sus grandes ojos verdeazulados, disolvió la severidad de su expresión y suavizó de modo considerable su semblante. La sorpresa hizo que Howard Stowe se ruborizara.

—Mmm... mande instalar las rejas de hierro cuanto antes, señorita Wyncliffe —dijo atropelladamente—. Y, entretanto, yo daré orden a mis agentes de que sometan su casa a una vigilancia especial después del anochecer.

—Gracias. Mi madre respirará más tranquila cuando se entere. Como casi todos los inválidos, tiende a ponerse innecesariamente nerviosa.

En el pórtico de la entrada donde le esperaba su escolta, un agente se agachó junto al caballo del inspector para formar con los dedos una rejilla que le sirviera de montadero. Por una décima de segundo, Howard Stowe se hizo de nuevo la pregunta y, animado por el persistente fulgor de la sonrisa de Emma, se lanzó.

—Por cierto, señorita Wyncliffe, estoy seguro de que le complacerá saber que estamos investigando el desdichado incidente de esta mañana cerca de Qudsia Gardens. De hecho, consideramos la posibilidad de practicar algunas detenciones. Le aconsejaría por su seguridad que no se acercara a la aldea durante unos días. Los hombres están todavía bastante alterados.

Emma parpadeó.

—¿Cómo demonios ha sabido usted que fui yo quien intervino en el incidente?

—No lo sabía hasta que vine aquí esta mañana. Pero ahora lo sé. Ninguna inglesa se habría atrevido..., ni mucho menos le habría importado. Buenos días, señorita Wyncliffe.

Con una leve sonrisa en los labios, Emma volvió a entrar a toda prisa en la casa. Se acercó a la repisa de la chimenea y deslizó amorosamente los dedos por el espacio que hasta la víspera ocupara el querido reloj de plata de su padre. Experimentó un acceso de furia.

Como David hubiera vuelto a las andadas, sabía que esta vez no le sería tan fácil perdonarlo.

Carrie Purcell tomó una camisa de muselina blanca y la examinó con ojo crítico.

—Le faltan dos botones y tiene una costura descosida, pero, por lo demás, resulta ideal para el verano. Creo que algún pobre viejo de nuestro comedor benéfico estará encantado de tenerla... a no ser que también se la quieras dar al cocinero.

—¿Qué ha recibido Saadat Alí hasta ahora? —preguntó Margaret Wyncliffe.

—Dos pijamas, la camisa a cuadros preferida de Graham y unas zapatillas. Mientras que... —Carrie examinó sus notas— el pobre Majid sólo ha recibido esta chaqueta un tanto maltrecha y un pijama.

—Bueno, pues le daremos a Majid la camisa a cuadros y la mitad de los *lungis*. Tiene el doble de hijos que Saadat Alí y, por consiguiente, es dos veces más pobre que él, así que todos estos lienzos le vendrán muy bien. Podemos guardar los lungis restantes para cuando Barak regrese.

—De acuerdo. Una camisa a cuadros y cuatro lungis para Majid y los otros cuatro para el vigilante. —Doblando la camisa y guardándola en una caja a medio llenar, la señora Purcell tomó un lápiz e hizo otra anotación en su libro—. Eso es todo lo que les daremos a los *culis*... exceptuando las corbatas de pajarita, los calcetines, los pañuelos y los corbatines que seguramente se quedará David. Y ahora, ya que estamos, vamos a repartir las prendas de lana antes de que se las coman las polillas.

Recostada en una tumbona bajo una colcha fina, la señora Wyncliffe esbozó una leve sonrisa al oír el comentario de su amiga. La tarea en la que con tanta diligencia la estaba ayudando su querida Carrie debía haberse llevado a cabo hacía varios meses, pero ni ella ni Emma habrían tenido el valor de abordarla.

Con la ayuda del aya, Carrie arrastró otro baúl.

—Ahora vamos a ver qué hay aquí dentro.

Mientras examinaban las prendas de lana, Carrie seguía conversando animadamente y, de vez en cuando, se detenía para consultar con su mejor amiga y examinar su cuaderno de notas. Al final, sacó el cárdigan de color granate oscuro, la última prenda de lana del baúl.

—Eso es demasiado bueno para darlo... ¿No crees que a David le gustaría tenerlo, puesto que combina tan bien con su nueva chaqueta?

—Se lo tendremos que preguntar a Emma —contestó la señora Wyncliffe—. Ella le hizo el cárdigan a Graham para su última expedición y tú ya sabes lo posesiva que es con las cosas de su padre.

—Bueno, de momento lo dejaremos aparte. Emma puede repasar la lista cuando tenga tiempo.

—¿Cuando tenga tiempo? —Margaret Wyncliffe soltó una triste y breve carcajada—. Con los gastos adicionales de las rejas y del cristal de la ventana, por no hablar de las goteras del techo, la pobre chica va a tener todavía mucho menos tiempo que ahora.

Haciendo otra anotación, la señora Purcell asintió con aire ausente.

El día estaba tocando a su temprano fin invernal y, con las alargadas sombras del jardín de la parte de atrás, la luz ya empezaba a desvanecerse. Majid, el mozo, salió a la galería con una bandeja de té, la depositó encima de una mesa baja y se dispuso a encender los candelabros. Tras levantar con gran esfuerzo su voluminosa mole del taburete, Carrie Purcell estiró sus anquilosadas extremidades. Era una corpulenta mujer de carácter perennemente alegre, talante práctico y una obesidad que la mantenía en un estado de hostilidad permanente con su báscula.

—¿Dónde está Emma? —preguntó, estudiando con sincera aprobación la bandeja de bollos y las bien provistas mantequeras—. ¿En el colegio?

—No, en casa de los Sackville.

—¿En lunes? Pero ¿no le da clase al chico de los Sackville el jueves?

—Sí, pero Alexander entrará dentro de poco como empleado en el banco de Tim Tiverton y sus conocimientos de urdu no alcanzan todavía los niveles exigidos. Le han pedido a Emma que le dé clase de práctica dos días a la semana hasta que alcance una razonable fluidez. No tardará en regresar.

Incorporándose con gran esfuerzo, la señora Wyncliffe tomó la tetera.

Carrie Purcell contempló pensativa los bollos. Teniendo en cuenta lo poco que colaboraba últimamente su báscula con ella, ¿le era lícito atreverse? No, decididamente no, pero, ¡por Júpiter que lo haría! Rápidamente, antes de que la exquisita anticipación del pecado se desvaneciera, se sirvió un bollo, lo untó profusamente con mantequilla y le hincó el diente hasta el fondo. ¡Delicioso!

—Emma se hace acompañar por el hijo del barrendero, ¿verdad?

—Para lo que le sirve... —Margaret Wyncliffe le ofreció una taza a su amiga y tomó una para sí—. Los días invernales son tan cortos y ella tiene que recorrer unas distancias tan grandes que yo insisto en que alquile un *tikka gharri* a la vuelta de casa del *nabab*. Lleva el Colt de su padre en el bolso, naturalmente, aunque, gracias a Dios, jamás ha tenido ocasión de utilizarlo hasta ahora.

—Créeme, no vacilará en utilizarlo en caso necesario, teniendo en cuenta el aprendizaje a que la sometió Graham en aquellos campamentos suyos tan peligrosos. ¡Tendrías que dejar de preocuparte por ella, Margaret!

La señora Wyncliffe cerró los cansados ojos. ¿Dejar de preocuparse? Dios bendito, ¿cómo podía hacerlo? ¿Cómo habría podido hacerlo cualquier madre que tuviera en sus manos a una testaruda hija solterona?

—¿Qué es todo eso acerca de los campamentos de papá? —preguntó Emma, que había oído el comentario al entrar en la galería.

Acercando un taburete de bejuco, se sentó, con la cara lavada más morena que nunca y el cabello peinado hacia atrás y recogido hacia arriba en el consabido moño de costumbre.

El rostro de su madre se iluminó.

—Carrie me estaba recordando las libertades que tu padre te permitía en sus campamentos. Sigo sin entender cómo pudiste resistir aquella vida tan incivilizada.

—La resistí muy bien, te lo aseguro —contestó Emma—. Fue David quien no pudo porque tú lo mimabas demasiado.

—¡Yo jamás lo mimé más que a ti, jamás!

Emma sonrió.

—Pues claro que lo hiciste, mamá. Y lo sigues haciendo. —Inclinándose hacia delante, Emma acarició una de las prendas de lana alineadas sobre la sábana—. Me alegro de que ya lo hayamos hecho. Lo hemos venido aplazando muchas semanas y papá aborrecía las dilaciones. —Se estremeció levemente—. ¿Por qué no está hoy Jenny contigo? —le preguntó a Carrie.

—Porque Jenny estos días está donde siempre —Carrie Purcell frunció los labios—, con el hombre más importante de su vida.

—¿John Bryson?

—Oh, no, su modisto. Están enzarzados en una nueva batalla, esta vez por el desastre que ella dice que le ha hecho con su dorado bordado *tarkashi* del corpiño de su vestido de novia. Al parecer, también le ha cosido unas lentejuelas que no debía en el vestido que piensa ponerse para la cena en casa de Georgina Price, por no hablar del volante de más (¿o acaso es de menos?) de su blusa. No sé quién de los dos tiene razón y quién no, y la verdad es que ya no me importa. Yo lo único que sé es que, cuando esté terminado el ajuar de Jenny, alguno de nosotros estará en un hospicio, con toda probabilidad, yo... o el pobre Archie, que paga sus increíbles facturas. Espero que nos acompañes a casa de los Price, Emma, querida.

Emma sacudió la cabeza.

—Tengo una clase el sábado por la tarde. Y, además —añadió, haciendo una mueca—, teniendo en cuenta lo que ocurrió en su última cena, dudo que la señora Price me recibiera con agrado.

—¡No digas bobadas! Georgina apenas recuerda lo que ocurrió a la hora del desayuno, ¿cómo quieres que se acuerde de lo que ocurrió hace dos meses? Y, además, tú tenías razón. —Una ronca carcajada se escapó de la cavernosa garganta de Carrie Purcell—. ¿Por qué no intentamos aprender la lengua del país? Yo estuve de acuerdo con todo lo que le dijiste a aquella insufrible mujer.

—Pero hubo muchas personas que no —dijo la señora Wyncliffe en tono enojado— y aquella pobre mujer... ¿cómo se llamaba, Duckworth?... se ofendió muchísimo. Georgina se sintió muy molesta y así me lo dijo.

—Bueno, ¿y qué me dices de mi pobre Em? ¿Por qué tenía que aguantar lo que dijo aquella estúpida bruja sin replicar?

—Da igual —terció Emma rápidamente—, pues ya he decidido no ir de todos modos.

—¡Por supuesto que tienes que ir! —dijo su madre—. Alec ya ha venido un par de veces para preguntar si podía acompañarte. ¿No podrías darle clase al chico de los Granger el martes?

—Acabo de empezar a trabajar en casa de los Granger, mamá —protestó Emma, alisándose un mechón de cabello detrás de la oreja—, y ya me miraron con cara de reproche el otro día porque me retrasé un poco. —Después, al ver que su madre se disponía a iniciar una de sus frecuentes discusiones, se dio por vencida—. Bueno pues, si tú quieres, iré. Me resultará muy desagradable, desde luego, pero intentaré soportar como pueda la velada... y la compañía de Alec Waterford.

—Quizá no sea tan desagradable como tú crees —dijo la señora Purcell—. Georgina dice que también participará en la cena Geoffrey Charlton.

—¿Geoffrey Charlton? —Un destello de interés iluminó los ojos de Emma—. No sabía que los Price lo conocían.

—Es Reggie quien lo conoce. Por lo visto, se conocieron en la Geographical Society de Londres. Teniendo en cuenta la estampida general que se ha producido para agasajar a Geoffrey, me imagino que hasta un simple contacto fortuito se convierte en una moneda social utilizable. Jenny dice que John os acompañará este fin de semana a las dos a su conferencia de diapositivas en el ayuntamiento, ¿verdad?

—Sí. —Emma apuró el contenido de su taza—. En cualquier caso, será mejor que regrese a mi trabajo si quiero tener aquel estudio razonablemente ordenado para el fin de semana.

Dicho lo cual, se levantó de un salto y, saludando alegre con la mano, desapareció por la puerta.

Las pálidas mejillas de Margaret Wyncliffe se estremecieron mientras ésta se aplicaba un pañuelo en la frente y abría la boca.

—No empieces con tus tonterías de siempre, Margaret querida —le advirtió Carrie Purcell, anticipándose a su comentario—, de lo contrario, te aseguro que me voy a enfadar muchísimo.

—¡No son tonterías! —lloriqueó la señora Wyncliffe contra su pañuelo—. Si yo disfrutara de suficiente salud, ¿tendría Emma que rebajarse a dar estas humillantes clases? ¿Y tendría mi querido David que irse de casa?

—Emma se limita a hacer lo que haría cualquier muchacha sensata. Y tú, compadeciéndote de ella, y también de ti misma, sólo consigues humillarla más. En cuanto a David, un destino lejos de casa le será muy beneficioso a tu hijito del alma. Tiene mucha suerte, yo diría que mucha más de la que merece, pues ha conseguido el grado de oficial gracias a los buenos oficios del coronel Adams.

—Ya lo sé, pero yo sólo quería decir...

—Ya sé lo que querías decir, querida, y te aseguro que soy partidaria de que uno se compadezca de vez en cuando de sí mismo, pero procuremos no pasarnos, ¿de acuerdo? —Carrie se inclinó hacia delante y estrechó cariñosamente la mano de su amiga—. Por lo menos, tú no tienes que enfrentarte a un desahucio como los pobres Handley, enteramente a la merced de este perverso casero bania. Por lo menos, tú tienes un techo bajo el que cobijarte..., con algunas goteras, pero tuyo a pesar de todo.

La señora Wyncliffe parpadeó y se enjugó las lágrimas con el pañuelo.

—Tienes razón, Carrie querida, siempre la tienes. La verdad es que no debería quejarme ni gimotear, pero a veces me siento tan... frustrada, sobre todo por Emma. La pobrecilla nunca se queja, ni de palabra ni de obra. —La señora Wyncliffe hizo una pausa para sonarse ruidosamente la nariz—. Por cierto, hablando de goteras, hay que volver a alquitranar las nuestras antes de que David se vaya. Emma no tendrá tiempo de encargarse de eso y yo no sirvo para nada.

—¿Ya se ha tomado una decisión?

—¿Sobre el destino? No. David tiene sus propias ideas acerca de lo que quiere, pero yo lo único que espero es que no lo envíen demasiado lejos de Delhi.

—La disciplina del ejército le será muy beneficiosa, Margaret. Evitará que se meta en líos y, además, necesita curtirse un poco. Ya te dije lo que el coronel Adams le dijo a Archie la otra noche en el club, ¿verdad? Tu David tiene mucha facilidad para los idiomas y supera fácilmente a los demás en los campamentos de alpinismo.

—Eso lo ha heredado de su padre, claro. Graham era tan ágil como una cabra montés y hablaba los dialectos como un nativo.

Al percatarse del renovado temblor de los labios de su amiga, Carrie Purcell decidió que ya había llegado el momento de cambiar de tema.

—Dime una cosa, querida, ¿a quién envió Ben Carter esta mañana desde el chowki? No habrá sido a aquel estúpido hombrecillo de pies torcidos hacia adentro y aquejado de locuacidad crónica, espero.

—No, a un tal Stowe, que acaba de ser destinado a Delhi.

—¿Howard Stowe? —En los ojos de la señora Purcell se encendió un brillo de emoción—. Mmmm. Es un buen partido, ¿sabes?

—¿De veras?

—Veintisiete años y especialista en concursos. Winchester y Oxford, en ambos casos con éxito rotundo. Procede de Warwickshire, de una familia perteneciente a la Administración Pública india. Cumplió perfectamente con su deber en Simla el año pasado, en la residencia del virrey, formando parte del círculo de lord Lansdowne, según dijo Eunice Bankshall. Causó furor entre las chicas durante la Temporada, le dijo su hermana Grace a Jenny. Un poquito aburrido y algo estirado, creo, pero nadie es perfecto. Teniendo en cuenta la calidad de la mercancía del mercado matrimonial de aquí, ¿quién puede permitirse el lujo de ser remilgada?

—¿Y Jenny no sintió jamás interés por Howard Stowe?

—Pues más bien no. —Carrie Purcell tomó unos calzoncillos largos y los sostuvo en alto—. Me ha venido a la memoria pensando en Emma.

—¿Emma? —La señora Wyncliffe se incorporó de inmediato en su silla—. ¡No sabía que Emma le conociera de antes de esta mañana!

—Es que no lo conocía, por lo menos, que yo sepa. Lo menciono simplemente como una posibilidad.

—Ah, una posibilidad. —Margaret Wyncliffe volvió a recostarse contra su almohadón—. Conociendo a Emma, hace mucho tiempo que he dejado de contar con las posibilidades.

—Mi querida Margaret —Carrie frunció el entrecejo en gesto de reproche—, tu hija tiene una preparación muy superior a la de la mayoría de chicas y un buen cerebro que sabe utilizar. No puede haber muchas jóvenes, si es que hay alguna, que sepan leer, escribir y hablar en dos idiomas con tanta facilidad como ella.

Tomó otro bollo y lo untó con una generosa cantidad de mantequilla.

—La preparación y la inteligencia están muy bien, Carrie —replicó la señora Wyncliffe, animándose repentinamente—, ¡pero no ayudan a las chicas a encontrar marido! Lo que cuenta no es el dinero ni la influencia política sino el aspecto físico y una... bueno, cierta actitud femenina. Y el caso es que todos los jóvenes apuestos están empezando a buscar en otro sitio.

—Lo que tendría que preocuparte es el hecho de que Emma encuentre alguna vez a un hombre que le interese lo bastante. Supongo que se moriría de aburrimiento con alguien que fuera simplemente apuesto.

—Bueno, ¿qué tiene de malo Alec Waterford?

—Nada, siempre y cuando estés dispuesta a aguantar a un yerno tan aburrido como una ostra, que todavía está pegado a las faldas de una madre insoportable. La verdad es que no acierto a imaginarme a tu Emma y a Daphne Waterford viviendo bajo el mismo techo... como tampoco me la podría imaginar casada con un clérigo. Pero bueno, tal como dijo Jane Granger el otro día, en comparación con Calcuta, la cosecha masculina de Delhi es decididamente mala y eso —añadió, apuñalando el aire con un dedo— también incluye al John Bryson de mi Jenny. Y que conste que quiero a John como a un hijo y que preferiría morir antes de que Jenny se enterara de lo que pienso, pero es que suele ser tan terriblemente... ¿cuál es la palabra?... pasivo. Sí, eso es, pasivo. Le falta empuje.

—El empuje está muy bien, Carrie —dijo la señora Wyncliffe de mal humor—, pero no es eso lo que buscan los hombres últimamente, muy al contrario. Y, además, la gente habla, ¿sabes?

A pesar de su férreo sentido de la lealtad hacia su ahijada, eso era algo que ni siquiera Carrie Purcell podía negar. La gente hablaba de Emma Wyncliffe, y no demasiado bien, por cierto. Manteniendo un discreto silencio, se consoló con un último bollo y se llevó una leve sorpresa al ver la poca mantequilla que quedaba.

—El hombre de Daryaganj se niega a rebajar ni siquiera una paisa —le dijo Emma a su madre aquella tarde a la hora de cenar—. Los precios de los materiales de la construcción son tan altos que dice que los arreglos de los tejados por una cantidad inferior a duras penas le permitirían cubrir gastos.

—¿Y el hombre del Bazar Sudder que te recomendó Norah Tiverton?

—Teniendo en cuenta la actual fiebre constructora, mamá, el precio será muy parecido. En la zona de Chadni Chowk todo el mundo construye pabellones anexos. De todos modos, David dijo que hablaría con el hombre del Bazar Sudder al pasar por allí de camino hacia el cuartel.

El reloj de pared dio la hora y Margaret Wyncliffe levantó los ojos.

—David no dijo que fuera a retrasarse esta tarde, ¿verdad? Suele estar en casa a las siete.

—Es sólo la media, mamá. Puede que el coronel Adams lo haya entretenido o que él haya decidido quedarse en el cuartel con sus amigos. Ya tiene veintitrés años..., edad suficiente para gobernar su propia vida.

—Lo sé, lo sé..., pero es que no puedo evitar preguntarme si está... bueno, tú ya sabes dónde.

—¡Por supuesto que no está allí! Te dio su palabra, ¿acaso no te acuerdas?

Preocupada por la desaparición del reloj de plata, Emma habló con brusquedad, pero más para convencerse a sí misma que a su madre.

Resultó que David tardó una hora y media en irrumpir ruidosamente en el comedor, donde su madre y su hermana estaban a punto de sentarse tardíamente a cenar.

—No habéis podido esperar el regreso del hijo pródigo para hincarle el diente al becerro cebado, ¿verdad? —preguntó en tono muy serio—. Bueno, pues, por lo que habéis hecho, os voy a confiscar estas humildes ofrendas.

Agitó en el aire dos paquetes elegantemente envueltos para regalo y se los escondió a la espalda.

—Perdona, querido, pero son más de las nueve, ¿sabes? —señaló su madre a pesar de su alivio.

—Ah, os remuerde la conciencia, ¿verdad?

—Más bien nos remuerde el hambre —le replicó cáustica Emma—. A pesar de las humildes ofrendas, la Biblia no dice que los hijos pródigos no tengan que ser puntuales.

—Por desgracia, eso es cierto, muy cierto. —David esbozó una sonrisa—. Por mi natural clemencia, pasaré por alto vuestra descortesía, siempre y cuando no se repita.

Con un ceremonioso gesto, adelantó ambas manos y, depositando un paquete delante de cada una de ellas, volvió a sentarse, cruzando los brazos.

Estaba de muy buen humor.

—Dios mío —dijo la señora Wycliffe, visiblemente complacida—. ¡Qué agradable resulta recibir regalos fuera de la Navidad y los cumpleaños! ¿Acaso hoy es alguna ocasión especial?

—Supongo que así podría calificarse. —David hizo una pausa, disfrutando de la expectación que había creado mientras se servía un poco del estofado de cordero que Madji le ofrecía—. A fin de cuentas —añadió jovial—, un primer destino requiere una celebración, ¿no os parece?

—¡Ya te han notificado el destino! —exclamó Emma.

—En efecto.

—¿Adónde?

—Leh.

—¡Oh, David, es justo lo que tú querías!

—¡Bien puedes decirlo! Tengo que presentarme ante Maurice Crankshaw, comisario adjunto británico. —David se reclinó en su asiento con una radiante sonrisa en los labios—. ¿Qué os parece?

—¿Leh? Eso está en China, ¿no?

—Sólo en los mapas chinos. —David soltó una carcajada—. Vamos, mamá, ¿cuándo te reconciliarás con la geografía? No, está en Ladakh, no en China. Sea como fuere, yo actuaré de correo e intérprete, y dispondré —agárrate— de medio bungaló y medio mozo sólo para mí. —Lleno de alegría volvió a reírse—. Las otras dos mitades serán para el oficial.

—¿En un primer destino? —inquirió Emma—. ¿No es un poco insólito?

—No más insólito que las cualidades de tu hermano.

—¡Ya, la modestia sobre todo!

—¡Pero, a pesar de todo... sigue estando muy lejos de Delhi! —gimoteó la señora Wyncliffe—. ¿Cuándo volveremos a verte?

—Vamos, vamos, mamá, no llores. Recuerda que me lo prometiste. —El joven se levantó de su asiento para darle a su madre un tranquilizador abrazo—. Si todo va bien, podremos estar juntos en Leh el verano que viene... ¿no te parece una perspectiva halagüeña?

—¿Cuándo te vas? —preguntó Emma.

—Tendré que hacer unas cuantas semanas de instrucción en Dehra Doon, en el Servicio de Agrimensura de la India. Después espero que me concedan una o dos semanas de permiso antes de emprender viaje a Leh. —Contempló sus regalos—. Bueno, ¿es que no los vais a abrir para ver qué trae el generoso hijo pródigo?

Enjugándose las lágrimas y tratando de sonreír, su madre desenvolvió su paquete y se acercó la mano a la garganta.

En un elegante estuche de cuero forrado de terciopelo rojo descansaban dos cepillos para el cabello con lomo de plata, con un espejo y un peine a juego.

—Oh, Dios mío, son... ¡son preciosos! ¡Tienen que haberte costado una auténtica fortuna!

—Pues sí —convino—, pero una fortuna muy bien gastada.

Emma examinó su propio regalo en silencio: un quimono de seda escarlata china con motivos de brillantes colores bordados alrededor del dobladillo y en la parte delantera.

Disimulando su asombro —y su alarma—, procuró que no se borrara la sonrisa de sus labios.

—Es muy bonito, David. Gracias. Casualmente, necesitaba otro quimono. El que tengo se está cayendo a pedazos.

Rebosante de orgullo, la señora Wyncliffe estudió su regalo desde todos los ángulos y después apartó a un lado el estuche.

—Ahora que lo pienso, querido, ¿te has acordado de hablar con el hombre del Bazar Sudder por la cuestión de las reparaciones del tejado?

—¡Maldita sea! Ya sabía yo que tenía que hacer algo y no lo he hecho. Lo haré mañana sin falta, te lo juro por mi honor.

Sirviéndose otra ración de estofado, David le echó una buena cucharada de adobo de limón caliente.

—La reparación ya no puede esperar mucho —dijo la señora Wyncliffe.

—Y las rejas tampoco —añadió Emma.

—Hay que rehacer el tejado antes de que caiga otro aguacero —dijo la señora Wyncliffe—. El último por poco nos destroza el piano y las alfombras. Lo hubieran tenido que volver a alquitranar hace tiempo, pero tu padre nunca tenía tiempo o dinero para eso. ¿Y si vendiéramos el piano? Ahora apenas se utiliza.

—¡Oh, no, no podemos, mamá! —protestó Emma—. Papá compró el piano con el primer sueldo que le pagaron en el Servicio de Agrimensura Arqueológica.

—Bueno, ¿ya has pensado en el ofrecimiento del nabab?

—Sí. —Emma hizo una pausa y después dijo—: He decidido rechazarla. En cuanto compile el libro, tengo intención de presentarlo a la Royal Geographical Society.

—Querida, ¿estás segura de que es la decisión adecuada?

—Sí, mamá. Sé que la intención del nabab es buena, pero dudo que los expertos de la Sociedad Literaria de Delhi tengan interés por los objetos esotéricos budistas de los monasterios del Himalaya.

—Pero, querida, la Sociedad goza de mucha fama entre los intelectuales —insistió su madre—, y el propio nabab está considerado un estudioso.

—Las escasas notas que el doctor Bingham trajo de allí están todavía muy desordenadas. Aunque merecieran incluirse en una compilación, primero habría que editarlas.

—¿Ha accedido Theo Anderson a ayudarte?

—No. Se disgustó mucho con lo que le ocurrió a papá, claro, pero vuelve a marcharse al Tíbet y está tremendamente ocupado. Me dijo que no tenía tiempo para otros trabajos.

—Tanto mejor quizá. —Percatándose de la decepción de su hermana, David decidió intervenir en la conversación—. Anderson es un viejo quisquilloso y tremendamente desmemoriado. En cuanto se fuera, lo más probable es que las notas permanecieran varios meses en sus estantes criando polvo.

—Lo sé, pero, sin la ayuda de un profesional, jamás podré, con los papeles de papá, compilar un libro que esté a la altura de las exigencias de la Royal Geographical Society.

—En este caso, querida —dijo Margaret Wyncliffe—, ¿no sería mejor que...?

—¡No! —Emma la cortó en seco y dejó la cuchara—. La obra de papá no puede valorarse en términos monetarios, mamá. Puso su vida en ella, corrió terribles riesgos, murió por ella... —Se le quebró la voz y carraspeó—. Me niego a permitir que ninguno de los logros de papá sea sacrificado por conveniencia económica.

—Pues yo estoy de acuerdo con Em —dijo David, rebañando el resto del estofado con un trozo de pan—. La RGS financió las expediciones de papá y lo premió con una medalla de oro por sus descubrimientos en el Tian Shan. Por ello, tiene prioridad sobre el manuscrito. Em sabía cómo funcionaba la mente de papá, y el libro es su proyecto, mamá. Tiene derecho a afrontar la tarea como ella quiera.

Inclinando la cabeza con resignación, Margaret Wyncliffe decidió dejarlo todo en manos de sus hijos.

—En tal caso, tendremos que vender el juego de té georgiano para pagar el tejado y las rejas.

—¡Nadie tendrá que vender nada! —David se reclinó en su asiento y dobló los pulgares en las sisas de su chaleco—. Ocurre que ya tengo dinero para las reparaciones.

Se produjo una pausa de sorprendido silencio.

—Ya basta de préstamos, David querido —le advirtió su madre—. Bastante nos cuesta pagar lo que debemos.

—No he pedido otro préstamo, mamá. En realidad, ya he pagado nuestras deudas.

La señora Wyncliffe lo miró fijamente.

—¿Y de dónde ha salido el dinero, querido?

—En realidad, he tenido una suerte inesperada. —David se secó la boca con la servilleta y apartó a un lado su plato—. Resulta que en el cuartel hemos organizado una lotería para celebrar el término de la instrucción y el comienzo de los destinos. La suerte ha querido que yo extrajera el boleto ganador.

—Ah. —El rostro de su madre se iluminó—. En tal caso, supongo que está bien. No hubiera podido ocurrir en mejor momento, ¿no es cierto, Emma? ¡Es un alivio quitarnos de encima a todos esos prestamistas!

Emma guardó silencio.

Después de la cena, David abrió el atlas y le mostró Leh a su madre.

—En realidad, no es una ciudad sino una aldea situada al pie de una colina, pero el aire es muy puro y los veranos son tan frescos como en Simla. Dice Nigel Worth que el viejo Cranks, aunque un poco cascarrabias y muy negrero, es un excelente oficial político y que habla los dialectos con fluidez. Nigel lleva dos años de servicio en Leh y sabe muy bien lo que dice.

—Pero, ¿estás seguro de que podrás traducir tan bien como ellos esperan? —preguntó ansiosamente su madre.

—¡Por supuesto que sí! ¿Crees acaso que Adams me hubiera ofrecido este destino o que el viejo Cranks me hubiera aceptado si tuvieran alguna duda al respecto? Con la cantidad de problemas fronterizos que tienen, necesitan a hombres de los que fiarse. —David estiró las piernas y bostezó, levantando los brazos por encima de su cabeza—. Más adelante, si mi estrella sigue brillando, puede que me permitan seguir el curso de cartografía de dos años en Dehra Doon.

Destrozada por la inminencia de la partida de su hijo, la señora Wyncliffe no se percató del silencio de su hija. Si David se percató de él, se guardó muy bien de comentarlo. Emma sabía que no podría hablar en privado con su hermano, tal como necesariamente tenía que hacer, hasta que su madre se retirara. Puesto que el doctor Ogbourne le había prohibido subir escaleras hasta que mejorara el estado de su corazón, la señora Wyncliffe ocupaba provisionalmente el salón de la planta baja mientras que David dormía en el contiguo cuartito de invitados.

Sólo cuando su madre se hubo instalado cómodamente en la cama tras haber tomado todas las medicinas necesarias y haber recogido debidamente la mosquitera bajo el colchón, Emma pudo dirigirse a la habitación de su hermano. Lo encontró tumbado en la cama con un libro en la mano, contemplando el techo con aire ausente. David se sobresaltó al verla entrar.

—¿Em? Creía que te habías ido a dormir.

—Me alegro de que tú no lo hayas hecho —contestó ella—. Quiero hablar contigo.

David soltó un gemido.

—¿Otra vez?

—Sí, otra vez. —Emma se sentó en el borde de la cama y le quitó el libro de las manos—. Fuiste tú quien escenificó el absurdo robo de anoche, ¿verdad?

—¿Yo? —David se incorporó sobre un codo—. ¡No, por supuesto que no!

—Y te llevaste el reloj de papá de la repisa de la chimenea —añadió Emma en tono enojado—. Sabes que es de plata de ley y que se puede conseguir por él un buen montón de dinero si se le quita la dedicatoria de la Agrimensura Arqueológica. Menos mal que yo me inventé la historia de la pastora de porcelana de Dresde que el aya rompió el mes pasado, de lo contrario, el inspector se hubiera pasado toda la mañana aquí. ¿Cómo has podido hacer eso, David?

—¿Crees que yo me llevé el reloj?

—Sí. Estás metido en otro lío, ¿verdad?

—¡No me lo llevé y no estoy metido en ningún lío!

—Quisiera creerte, pero no te creo. —Emma le miró a la cara con expresión desafiante—. ¿Dónde estuviste anoche?

—Aquí. Durmiendo.

—No, no es verdad. No regresaste hasta pasadas las dos de la madrugada. Lo sé porque oí tu caballo pasando por delante de los peldaños de la entrada.

—Eso no es cierto... —dijo David, sin terminar la frase—. Bueno, es verdad que regresé tarde. ¿Y qué?

—Pues, ¿dónde estuviste?... ¡y no me digas que no es asunto mío porque lo es! Si no ha sido producto de la venta del reloj, ¿a qué viene esta repentina riqueza? No has ganado la lotería, ¿verdad?

—¿Y qué más da mientras tenga el dinero?... ¡y vaya si lo tengo! No he necesitado robar el reloj. —David se levantó de la cama, rebuscó en el primer cajón de la cómoda, sacó una bolsa de tela y esparció su contenido sobre la cama—. ¿Lo ves?

Emma contempló con asombro las monedas y el arrebolado rostro de su hermano. David mentía tan a menudo que ella nunca sabía cuándo decía la verdad.

—Fuiste al Bazar Urdu —se limitó a decir.

David no lo negó.

—Sí, y, como puedes ver, valió la pena. —Sentándose al lado de Emma, acarició con los dedos las monedas, deleitándose en el sonido y el tacto del metal mientras su pálido y enjuto rostro se iluminaba con una expresión de triunfo—. Finalmente mi suerte ha cambiado, Em —dijo en tono soñador—. ¡Finalmente!

—¿Porque has ganado una vez contra cien que has perdido?

—Vamos, Em, no seas tan aguafiestas. Quise hacer una apuesta para celebrar el hecho de que me hubieran concedido el destino que yo quería.

—¿Cuántas veces has estado en el Bazar Urdu desde que le prometiste a mamá no volver?

—Por el amor de Dios, Em —exclamó David sin contestar a su

pregunta—, fue una visita improvisada, por consiguiente, no conviertas una loma en una montaña. ¿Qué tiene de malo puesto que he ganado?

—¿De malo? Tú conoces la respuesta mejor que yo, David. Además, una promesa es una promesa. Mamá se disgustaría mucho si supiera que has vuelto a jugar.

David volvió a hacer pucheros.

—Te dije que te pagaría la sortija —musitó enfurruñado—. En cuanto se hagan los arreglos de la casa...

—No quiero que me pagues nada y tú lo sabes, pero tampoco tengo otras sortijas que vender. Aún tenemos que pagar las facturas del médico de mamá...

—Maldita sea, Em —la cortó David, soltando un juramento—, ¿es que no entiendes que hasta en el Ejército uno tiene que hacer lo que hacen los demás? ¿Que, cuando alguien te invita, espera que tú lo invites a él? ¿Que yo también tengo obligaciones sociales? No puedo aceptar la hospitalidad sin devolverla jamás, ¿no te parece? —Cerró los puños—. ¡No sabes lo que me molesta no tener jamás suficiente dinero! Tú no sabes lo que es contar hasta el último céntimo para comprar los puros de extremos recortados más baratos que hay y dar a entender que el hombre se equivocó o ingeniártelas para no estar en la habitación cuando se hace alguna colecta...

David apartó la cabeza, temblando.

La cólera de Emma se esfumó y fue sustituida por un dolor que ella conocía muy bien.

—Te equivocas, David —dijo en tono cansado—. Sé muy bien lo que es eso, pero correr tras el dinero fácil no es la mejor respuesta.

—Pues ¿cuál es entonces? —replicó amargamente David—. ¿Dar clase a unos mocosos consentidos? ¿Enseñar inglés a los orondos y acaudalados indios y el urdu a los orondos y acaudalados europeos? ¿Es ésta la solución? ¿Y así es como tú quieres pasar el resto de tu vida?

Emma se desalentó de repente.

—No, David. Puesto que me lo preguntas, no, ésta no es la manera en que quiero pasar el resto de mi vida. Pero las circunstancias me han obligado de momento a pasarla de esta manera. Hasta que mejoren las circunstancias, hasta que mamá se pueda volver a levantar y hasta que tu situación en el regimiento sea segura... —Emma se encogió de hombros—. Pero el caso es que, de momento, ninguno de los dos nos podemos permitir el lujo de ser unos irresponsables con el dinero.

—Fíjate en esta casa, Em, ¡fíjate bien en ella! —David agitó los brazos sin prestar atención a las palabras de su hermana—. Es demasiado grande y cuesta demasiado mantenerla. Si, tal como se rumorea, se aprueba un impuesto sobre la vivienda, estamos perdidos. ¿Por qué no vendemos esta maldita propiedad? ¿Por qué seguimos arrojando dinero a un pozo sin fondo?

—No podemos vender Khyber Khoti —dijo Emma—. Mamá jamás accedería a vivir en otro sitio. Y no sé si yo podría hacerlo. Papá construyó esta casa cuando se casaron. Aquí están sus recuerdos más felices y también los nuestros. Sería muy doloroso tener que irnos de aquí. Acercándose a su hermano, Emma le rodeó los hombros con un brazo. Sé lo que sientes, querido, puedes creerme. ¿Acaso no sabes que a veces yo también me siento frustrada? Si supieras cuánto aborrezco esta... esta absurda, triste y precaria existencia. Pero, ¿qué remedio nos queda? De momento, ninguno. Tenemos que intentar superar nuestros sentimientos y procurar sacar el mejor partido que podamos de la situación.

—Así de fácil, ¿eh? —preguntó David sarcástico.

—No, no es tan fácil, pero se tiene que hacer. —Emma acarició suavemente su cabello, comprendiendo sus anhelos, sus privaciones, sus impacientes esperanzas y ambiciones y su amargura—. Ahora que ya tienes un destino, tus asignaciones y tu sueldo serán más altos.

—Ya. ¿Has oído hablar alguna vez de un alférez que se haya hecho millonario con sus asignaciones y su sueldo?

—No hace falta ser millonario para...

—¡Ya basta de sermones piadosos! —dijo David, sacudiéndose de encima el brazo de su hermana—. Estoy hasta la coronilla de oír la poca importancia que tienen el cochino lucro y el vil metal en el esquema general de las cosas. —Volvió a tumbarse en la cama y acarició amorosamente las monedas con los dedos. Vivamos el día a día. Y hoy alegrémonos de haber podido reunir el dinero necesario para los arreglos de la casa. El cómo, el cuándo y el de dónde carecen de importancia. —Trató de sonreír y tendió una mano—. Y ahora, si no te importa, me gustaría que me devolvieras mi libro.

Emma estudió en silencio el enjuto y enfurruñado rostro de su hermano, la malhumorada mueca de la boca que intentaba sonreír y el fulgor de sus ardientes ojos. Era sólo un año menor que ella y tenía una desbordante energía nerviosa que se manifestaba en el incesante movimiento de sus manos. Ella lo amaba con todo su corazón, tal como sabía que él la amaba a ella, y siempre lo había defendido a capa y espada. Pero, al mismo tiempo, reconocía que, a pesar de su apostura y su musculoso cuerpo, David era débil de carácter, se dejaba convencer fácilmente por la labia de la gente y era todavía demasiado inmaduro como para poder juzgar y valorar las cosas por sí mismo.

—¿Me juras que no te llevaste el reloj, David? —le preguntó en voz baja.

—¡Pues claro que te lo juro! —David se incorporó en la cama y, quizá porque se alegraba de que la discusión estuviera a punto de terminar, esbozó finalmente una sonrisa—. Disfrutemos de nuestra suerte, Em, por muy fugaz que ésta sea. No pensemos en ninguna otra cosa. ¿De acuerdo?

Haciendo un esfuerzo por no decir nada más, Emma suspiró y le devolvió el libro. Seguía sin creerle, pero no se lo dijo.

—De acuerdo, pero, por favor, ¡no te acerques a esta maldita casa de juego, David!

David no contestó y apartó la mirada mientras en su rostro se dibujaba una expresión que Emma conocía muy bien, pues la había visto muchas veces, pero también sabía por experiencia que, cuantas más cosas dijera, tanto menos probable sería que él la escuchara.

—Lo malo que tú tienes, Em —dijo David, incorporándose para darle un cariñoso tirón de orejas tras haber recuperado el buen humor—, es que te tomas los placeres demasiado en serio.

—¡Y tú demasiado en broma!

—Es posible. —David soltó una carcajada—. En cualquier caso, ¿con qué otra persona te has peleado hoy... aparte de tu angelical hermanito?

—¿Quién te ha dicho que me he peleado?

—Mundu. Por lo visto, esta mañana tuviste una acalorada discusión cerca de Qudsia Gardens, y uno de los hombres era un feringi. ¿Se trata de alguien a quien yo conozco?

—Espero que no. En cualquier caso, no fue una pelea sino una estúpida discusión acerca de algo sin importancia.

—Pero, aun así, ¡le cantaste al hombre las cuarenta!

—Si hubiera merecido que yo le dedicara más tiempo, puede que lo hubiera hecho, pero no lo merecía.

David sonrió, se levantó de un salto de la cama, le dio a su hermana una cariñosa palmada en el trasero y la acompañó a la puerta. Emma sonrió. A pesar de sus debilidades, David era adorable. Por mucho que le doliera la pérdida de aquel apreciado reloj de su familia, decidió darle una vez más un margen de confianza. Pero no consiguió librarse de la inquietud que la embargaba.

El incidente a que se había referido David era muy desagradable y le había dejado a Emma un amargo sabor de boca. Sin embargo, otras preocupaciones le habían impedido pensar en él. Ahora que habían terminado sus tareas de aquel día, el comentario de su hermano le hizo recordar todos los sórdidos detalles de la escena.

Aquella mañana, durante el camino de vuelta de su clase, estaba pensando en el nabab Murtaza Khan. En contra de los deseos de su conservadora familia, el nabab había decidido que su única hija recibiera una cierta instrucción. A pesar del poco tiempo de que disponía y de su renuencia a aceptar otro trabajo en un lugar tan alejado de Civil Lines, Emma había cedido finalmente ante su insistencia y, para gran deleite del nabab, la niña estaba respondiendo muy bien a la enseñanza.

El nabab, un típico ejemplo de la decadente aristocracia musulmana de Delhi, había tenido que pasar por tiempos muy duros tras la desaparición de la corte mongola. Pero, a pesar de sus escasos recursos, seguía conservando el interés y la afición por la literatura. Junto con otros socios, había fundado la prestigiosa Sociedad Literaria de Delhi, era un hombre culto y refinado, una reconocida autoridad en el Corán y un poeta urdu de cierto renombre.

Consciente de los escasos medios de la familia, Emma, que apreciaba la firmeza con la cual Murtaza Khan había defendido la necesidad de facilitar instrucción a su hija, había pedido unos honorarios muy bajos a cambio de sus servicios. Y ahora el nabab, que era un hombre muy orgulloso, quería recompensarle el favor, adquiriendo y publicando los papeles de su padre bajo el patrocinio de la Sociedad Literaria. A Emma le conmovió su ofrecimiento, pero, sabiendo que, para reunir el dinero, el nabab tendría que vender algún bien de la familia, había decidido no aceptar. Lo malo era cómo declinar el ofrecimiento sin herir el frágil orgullo del nabab.

Mientras cruzaba aquella mañana Qudsia Gardens a lomos de su caballo pensando en las distintas soluciones posibles, se percató de repente del alboroto que se había armado un poco más adelante, en la orilla del río. Espoleando su montura en aquella dirección, llegó a las afueras de una aldea y se encontró con un horrible espectáculo.

Dos hombres que tocaban unos enormes tambores encabezaban una procesión de unos cincuenta aldeanos. El elemento más importante de la procesión era un asno, montado por una joven envuelta en unos andrajos que apenas cubrían su desnudez. El largo cabello ocultaba sus pechos, y su rostro había sido ennegrecido con polvo de carbón; unos pálidos riachuelos en sus mejillas señalaban el paso de sus silenciosas lágrimas y, bajo el intenso frío invernal, su cuerpo se estremecía en convulsos temblores. Al lado del asno caminaba un hombre que golpeaba la desnuda espalda de la mujer con un palo. A juzgar por las expresiones y los gestos de los hombres, estaba claro que éstos no sólo respaldaban sino que alentaban aquella acción.

Sin pensarlo ni un segundo, Emma desmontó con el bolso en la mano y se abrió paso entre la muchedumbre hasta situarse en el camino por el que discurría la procesión. Sorprendidos, los hombres se detuvieron. Emma se quitó el chal, cubrió con él los hombros de la mujer y después se volvió hacia el hombre que la golpeaba. Sin levantar la voz ni dar la menor muestra de enojo, Emma le ordenó que dejara de golpear a la indefensa mujer. Desconcertados por la inesperada intervención de aquella mujer blanca que con tanta fluidez hablaba el urdu, el hombre se quedó momentáneamente petrificado, pero después empezó a encresparse.

—No es asunto de su incumbencia, *memsahib* —dijo con altivez—. Teniendo en cuenta su delito, no merece la menor compasión.

—Cualquiera que haya sido su delito —replicó Emma disimulando su enojo—, el hecho de exhibirla de esta manera tan bárbara es una vergüenza no sólo para ella sino también para toda vuestra comunidad.

Sabedor de que, si cedía a las exigencias de aquella mujer, perdería el prestigio en su comunidad, el hombre se puso en jarras y adoptó una postura desafiante.

—¡El castigo que tiene que recibir es asunto nuestro, memsahib, no de una forastera!

Emma empezó a perder los estribos.

—¿Crees acaso que se sirve mejor a la justicia castigando un delito con la comisión de otro?

—Esta mujer es mi esposa. ¡Tengo derecho a castigarla como me plazca, siempre y cuando lo apruebe el *panchayat*!

En medio de unos incoherentes murmullos, se oyeron algunos comentarios de aprobación. Asustada y sin comprender lo que ocurría, la mujer seguía mirando en silencio a su alrededor, con los brazos fuertemente cruzados sobre el chal que le cubría los pechos desnudos.

—Si es tu mujer —dijo Emma, dando un paso al frente—, razón de más para que defiendas su honor y su dignidad. Deja este palo y permite que se vaya.

—Tiene que ser castigada por lo que ha hecho —replicó el hombre—. Puede que no sea su costumbre, memsahib, pero es la nuestra.

Esta vez se oyeron unos gritos de apoyo más entusiastas. Tranquilizado, el hombre golpeó triunfalmente el asno para que reanudara la marcha y volvió a levantar el palo. Pero, antes de que lo pudiera descargar sobre la espalda de la mujer, Emma extrajo su Colt del bolso y lo apuntó con él.

—Como la vuelvas a tocar, te juro que disparo.

Los ojos del hombre se dilataron y sus acompañantes se apresuraron a apartarse. ¿Acaso estaba loca aquella feringi?, alguien preguntó en voz baja. Pues claro, le contestó otro, ¿acaso no lo estaban todos?

—Puesto que estoy loca —dijo Emma, captando los comentarios y levantando el cañón para apuntar al centro de la frente del hombre—, os aconsejo que no me pongáis a prueba a no ser que queráis tener como mínimo un hombre menos en vuestra comunidad.

El hombre bajó el brazo y soltó el palo. Después, lanzándole una mirada asesina y maldiciéndola por lo bajo, se retiró. Dirigiendo su atención a la silenciosa víctima, Emma asintió con la cabeza y la mujer cobró nuevamente vida. Arrebujándose en el chal, la mujer desmontó del asno, echó a correr hacia los árboles y se perdió de vista.

Nadie hizo ademán de perseguirla.

Emma volvió a guardarse el Colt en el bolso.

—Sé muy bien que le tenéis miedo a la policía y con razón, pues no siempre os trata bien. Sin embargo, si repetís este acto tan salvaje, os denunciaré personalmente a Carter *sahib* y me encargaré de que tengáis todavía mejores razones para temerla de las que ahora tenéis.

Cuando se disponía a retirarse la muchedumbre le abrió paso en silencio. En una cercana arboleda, Mundu, temblando de miedo, sujetaba las riendas de *Anarkali* contra su pecho. Cuando estaba a punto de montar en su yegua, Emma se detuvo. Oculto parcialmente por el tronco de un árbol, sosteniendo en una mano las riendas de su caballo, un feringi la estaba observando. Vestía traje de montar, calzaba unas botas negras de caña alta y lucía un corbatín de seda azul marino adornado con motivos de cachemira. Iba con la cabeza descubierta. Al ver que Emma vacilaba, empezó a aplaudir.

—¿Quién es usted? —le preguntó ella, perpleja.

—De momento, un admirador. —Irguiéndose en toda su estatura, el desconocido le hizo una reverencia cortesana—. No todos los días se tropieza uno con una actuación tan impresionante y con semejante muestra de valor. Esos hombres la hubieran podido atacar.

—¡Un admirador desde una distancia prudencial, según veo! —dijo Emma en tono de reproche, deduciendo por su acento que el hombre era inglés—. Si tan preocupado estaba usted por mi seguridad, ¿por qué no se acercó e intervino?

—Considerando los formidables recursos con que usted cuenta, no me pareció necesario. Dudo que yo lo hubiera hecho mejor. Además —el hombre ladeó la cabeza y la miró sonriendo—, cabe la posibilidad de que la mujer mereciera el castigo.

—¿O sea que usted aprueba lo que esos hombres estaban haciendo? —preguntó Emma, indignada.

—Bueno, si le fue infiel a su marido, tal como yo creo, sin la menor duda que sí.

—¿No cree que el castigo corporal es repugnante, sobre todo cuando se inflige a una mujer que no puede defenderse?

—No, siempre y cuando sirva de ejemplo. Dudo que la mujer se atreva a volver a descarriarse.

La sonrisa de admiración perduró en sus labios, pero no hizo el menor intento de extenderse a sus ojos.

Emma lo miró con desagrado.

—Puesto que habla con tanta autoridad —dijo, ¿tengo que suponer que sus extraordinarias conclusiones proceden de una experiencia personal?

Tuvo la satisfacción de verlo ruborizarse.

—Veo que está usted a la altura de su fama, señorita Wyncliffe. Está claro que tiene una lengua viperina.

Emma frunció el entrecejo, nuevamente desconcertada.

—¿Cómo sabe usted mi nombre?

—¿Cómo? —El hombre se echó a reír—. Si eso es un secreto, no está muy bien guardado. Puede creerme si le digo que es usted una dama bastante célebre.

Emma lo miró fríamente.

—Bueno, no sé quién es usted ni me interesa demasiado saberlo, pero me siento obligada a decirle que su actitud es bastante repugnante.

Sin esperar respuesta, montó en su cabalgadura y se alejó al galope, seguida a pie a velocidad de vértigo por un Mundu profundamente aliviado. «Qué hombre tan insoportable», pensó, mientras regresaba a Civil Lanes. ¿Y quién demonios era?

No tardaría en averiguarlo.

2

No muchos fuera del círculo gubernamental indio están familiarizados con el nombre de Hunza. Y los que lo están, no suelen prestarle demasiada atención. Hunza es casi un minúsculo simulacro de reino situado en la cumbre de un peñasco al fondo de un callejón sin salida geográfico. Oculto entre los protectores plegamientos inferiores del Himalaya Occidental, el mundo exterior lo desconoce en la misma medida en que es desconocido por él.

El reino, que limita al norte con el Techo del Mundo, al este con la cordillera del Karakorum y al oeste con el macizo montañoso del Hindu-Kush, está separado de su reino hermano de Nagar por el río Hunza, de ciento ochenta metros de anchura, que baja rugiendo entre impresionantes riscos. El territorio circundante —esqueletos de glaciares muertos y gigantescas morrenas— parece incontaminado por el mundo viviente. En la distancia se eleva el gigantesco pico del Rakaposhi, conocido en la zona como Dumani, la madre de la Niebla; siete mil seiscientos metros de roca perpendicular, eternamente enterrada en nieve deslumbradora. Los frecuentes aludes bajan en cascada por la ladera y caen al desfiladero levantando ecos ensordecedores. La única vía de entrada a Hunza es un solitario y frágil puente bamboleante de cuerda trenzada y ramas de abedul sobre el desfiladero.

Incapaz de averiguar el nombre de la región, unos años atrás un antropólogo alemán lo bautizó como Dardistán. Los dardos que habitan este vasto e inexplorado territorio aseguran ser descendientes directos de Alejandro Magno. Y no cabe duda de que por su fisonomía —cabello rubio, ojos claros y piel pálida tan traslúcida como el alabastro—, su parecido con sus primos europeos es verdaderamente asombroso. Pero, a pesar del vínculo ancestral, los dardos desprecian al infiel blanco y no tienen muchos motivos para fiarse de él. Hunza y Nagar rinden una simbólica lealtad al marajá de Cachemira y al emperador de China, si bien, con su característica arrogancia, suelen desdeñar a ambos.

Como el resto de los dardos, los hunzakut, que así se denominan los habitantes de Hunza, son obsesivamente independientes y tan hostiles y poco hospitalarios como el mundo de glaciares en el que habitan. Los pocos forasteros que han conseguido sobrevivir a una visita no tienen demasiada prisa en regresar. Tan ágiles como los gamos, de pie tan firme y seguro como los lagartos de roca y tan instintivos como los espíritus de las montañas, los hunzakut son unos extraordinarios montañeros. Dada la escasez de tierras de cultivo, la población de unos diez mil habitantes se alimenta sobre todo de fruta fresca y seca, especialmente albaricoques, y de los vinos derivados de ellas. Incontaminados por los adornos de la supuesta civilización, los hunzakut figuran entre los pueblos más sanos, resistentes y longevos de todo el mundo.

Pero también figuran entre los más sanguinarios.

La principal ocupación de los hunzakut es el pillaje, y sus blancos preferidos son las ricas caravanas que recorren la Ruta de la Seda entre Leh, Yarkand y Kashgar. De hecho, en los casos en los que el nombre de Hunza es conocido más allá de sus fronteras, lo es como sinónimo de bandidaje, asesinato y trata de esclavos.

Se comprende por tanto que fueran precisamente estos inadmisibles aspectos del carácter de los hunzakut los que ocupaban el pensamiento del coronel Mikhail Borokov, del Ejército Imperial ruso, mientras éste permanecía sentado a media mañana de un frío día invernal en presencia de Safdar Alí Kahn, el *mir* de Hunza.

La prolongada comida ceremonial había tocado a su fin. En su calidad de invitado de honor, el coronel Borokov había gozado del privilegio de que le sirvieran la cabeza del yak lechal que había constituido el principal ingrediente del estofado cocido con aceite de semilla de albaricoque. Tanto él como su guardia de diez cosacos llevaban sin saborear una carne tan tierna desde que abandonaran Tashkent varias semanas atrás, y la comida había sido excelente, aunque no tanto como el extraordinario postre: hielo picado de glaciar endulzado con zumos de fruta.

El mir dijo sentirse muy honrado por el agrado con que su huésped había acogido sus humildes ofrendas. Borokov aceptó el cumplido con una leve sonrisa. La inmensa sala en la que se encontraban en lo alto del fuerte de piedra del mir, colgado al borde de un precipicio, era tremendamente fría, las manifestaciones de empalagosa amistad no eran nada de fiar y él se sentía decididamente incómodo. Sin embargo, hubiera sido impensable manifestar desconfianza en aquella fase tan vital de las negociaciones. Según las instrucciones de Alexei Smirnoff, la mejor manera de tratar con aquel bárbaro tirano era mostrarse intrépido y no darle cuartel.

En cualquier caso, Borokov ya estaba empezando a cansarse de aquella hipócrita jovialidad. Se habían pasado dos días terriblemente fríos buscando cabras monteses en los congelados barrancos; otro día lo habían dedicado a inspeccionar el sistema de riegos, que era la sangre vital de la población. Ingeniosamente planificados, los canales habían sido excavados a mano hacía mil años con herramientas hechas con cuerno de cabra montés, por lo que la admiración de Borokov había sido sincera. Uno de los canales hidráulicos discurría por la parte superior de una muralla de doce metros de altura, otros atravesaban la roca o largos túneles minuciosamente perforados. Las fuentes se encontraban unos ochocientos metros más arriba, en la parte superior del barranco en cuyo borde se asentaba Hunza, al pie del gigantesco glaciar que alimentaba el sistema a lo largo de los doce meses del año.

Borokov aborrecía las montañas. Aborrecía el frío y enrarecido aire, las temibles alturas y los resbaladizos senderos helados. Él y sus cosacos habían sido expertamente escoltados por los hombres de Safdar Alí a través de un desfiladero bastante bajo que todavía resultaba transitable, pero ahora, como se demoraran y el desfiladero quedara bloqueado por la nieve, tendría que permanecer en aquel horrible lugar por lo menos hasta mayo y, si no se moría de frío, estaba seguro de que se moriría de aburrimiento. Una vez finalizada la comida del mediodía y en cuanto los criados sirvieron una enorme montaña de frutos secos acompañada de varias botellas de vino de mora, hizo un nuevo y decidido intento de ir al grano.

—Conocedor de la extremada perspicacia de Vuestra Alteza —dijo resueltamente antes de que el mir pudiera plantear otra cuestión sin importancia—, tengo curiosidad por conocer la impresión que le causó a Vuestra Alteza el coronel Algernon Durand.

Aquel salvaje analfabeto no tenía el menor derecho a semejante trato, pero Borokov sabía que sería muy de su agrado, al igual que las lisonjas. Eligió cuidadosamente una manzana de la pirámide de frutas y nueces y le hincó el diente. Era tan dulce como el néctar.

—¿El inglés de Gilgit? —La expresión de Safdar Alí se ensombreció mientras mordía con fuerza una fruta redonda y morada como una ciruela. La pulpa le salpicó la rala y puntiaguda barba y las rodillas. No se molestó en limpiarse—. El hombre es un loco —sentenció con visible desprecio— y, por si fuera poco, arrogante.

—¿Y Vuestra Alteza consideró generosas las condiciones que le ofreció?

—¿Las condiciones? —Una astuta expresión iluminó el rostro del mir, que jugueteó un instante con el broche de turquesas y corales del ceñidor de su pesado vestido de seda china antes de encogerse de hombros—. Ciertamente. No tengo ningún motivo de queja.

¡Estaba mintiendo como un bellaco! Según el confidente de Borokov, el mir se había puesto como una fiera con Durand y había amenazado con cortarle la cabeza y devolverla al Gobierno indio en una bandeja.

—En este caso... —Borokov esbozó una sonrisa—. Vuestra Alteza tendrá todavía menos motivo de queja cuando escuche las condiciones que mi Gobierno de San Petersburgo me ha autorizado a ofrecerle. Tal como ya le expliqué al emisario de Vuestra Alteza en Tashkent...

—¡Lo que usted ofreció a mi emisario es inaceptable! —replicó Safdar Alí en tono cortante. No tenía la menor idea de dónde estaba San Petersburgo ni le importaba. Tras haber averiguado a través de sus asesores que, al igual que Pekín, Kabul y Calcuta, su extensión no superaba la de su reino, no veía razón para tratar a aquel hombre con más deferencia que al inglés—. Si su rajá quiere contar con nuestra colaboración, tendrá que estar dispuesto a ofrecernos una compensación adecuada.

Dicho lo cual, descargó violentamente la espada sobre la mesa y la fruta se desperdigó a su alrededor.

Borokov no reaccionó ante aquella manifestación de cólera. Ya conocía el tamaño de la zanahoria que el *angliski* le había ofrecido: veinticinco mil rupias anuales dependiendo de varias condiciones.

—¿Puedo preguntar a Vuestra Alteza qué suma consideraría adecuada?

El mir le miró directamente a los ojos.

—Los ingleses han ofrecido treinta mil.

—Nosotros estaríamos dispuestos a igualar la oferta —dijo tranquilamente Borokov.

Safdar Alí proyectó el labio inferior hacia fuera, haciendo pucheros.

—Si acepto su oferta, el inglés retirará la suya.

—Estaba a punto de añadir que, en caso de que se cumplieran nuestras condiciones, cabe la posibilidad de que mi rajá buscara la manera de hacer una oferta más elevada.

—Bien, antes de que pueda darle una respuesta, tendré que conocer sus condiciones y consultar naturalmente con mi *wazir*.

Respetuosamente de pie detrás del asiento de su señor, el anciano primer ministro asintió con la cabeza.

—Naturalmente. —Borokov se levantó y cruzó la estancia para acercarse a la plataforma descubierta de aquella estancia situada en lo alto del fuerte. A la luz de la primera hora de la tarde, las heladas vistas del valle, la aldea de abajo y la distante y soberbia mole del Rakaposhi eran de una belleza incomparable, pero él no se impresionó. Más bien se estremeció—. También desearíamos otorgar a vuestro hijo una subvención.

Borokov sabía que los ingleses habían rechazado aquella exigencia y que Safdar Alí estaba muy molesto por ello.

—Muy bien, ¿de qué cuantía? —preguntó descaradamente el mir.

Borokov regresó a su asiento y se acomodó en el borde para dar a entender que tenía prisa.

—Teniendo en cuenta que el príncipe sólo tiene cuatro años, mis superiores consideran que cinco mil rupias anuales serían una suma razonable.

Le irritó una vez más la necesidad de tener que conversar a través de dos intérpretes. El mir sólo hablaba el burishaski, el dialecto de Hunza, y no sabía ni una palabra de ruso, turki, persa o indostaní. Por más que el antropólogo alemán hubiera considerado el burishaski como «la cuna del pensamiento humano expresado por medio de una lengua», a Borokov le parecía un gutural galimatías. En cambio, el mir entendía el pashto, la lengua de los afganos. Su intérprete, un afgano, traducía el burishaski al pashto y uno de los cosacos que había vivido entre los afganos el tiempo suficiente como para estar razonablemente familiarizado con su lengua, lo traducía finalmente al ruso. Era un proceso muy lento e incómodo y la duración de la concentración del mir era lamentablemente breve.

Borokov agitó el brazo en dirección a los espléndidos presentes que había ofrecido.

—Aparte de las subvenciones, habrá muchos otros regalos, Alteza. Mi rajá puede ser extremadamente generoso.

Con la punta de su espada, el mir recogió una pesada chaqueta de martas, la hizo girar en el aire y se la colocó sobre las rodillas. Después deslizó la palma de la mano por la sedosa y suave piel. No cabía duda de que, comparados con las ofensivas baratijas que el inglés le había ofrecido —y que él, en un acceso de furia, había arrojado fuera de la estancia—, los regalos del ruso parecían mucho más prometedores para el futuro.

—Cualquier otra cosa que os haya ofrecido el inglés —añadió Borokov—, dudo que pudiera igualar lo que nosotros estamos dispuestos a dar.

—¿Cañones sobre cureñas? —preguntó el mir.

—Sí, eso también se podrá arreglar. Además —Borokov titubeó como si se mostrara reacio a decir lo que estaba a punto de añadir—, modernos rifles de repetición de pequeño calibre y la pólvora sin humo que acabamos de crear. En estos momentos, las tropas de Vuestra Alteza no tienen más que arcabuces de mecha, armas de retrocarga y *jezails*.*

Safdar Alí disimuló su júbilo frunciendo el entrecejo.

—El otro hombre que envió vuestro rajá...

—¿El capitán Grombetchevsky?

—Sí. No mencionó nada de todo eso.

—Con la llegada de Durand a Gilgit, las circunstancias han cambiado. Vuestra Alteza necesita estar preparado para el ataque.

—¡Bah! Durand no tiene ningún ejército con que atacar.

—Al contrario, con la creación del Cuerpo del Servicio Imperial, ahora tiene bajo su mando todas las tropas cachemires de Dardistán.

Safdar Alí adoptó una expresión solemne.

—Somos un pueblo amante de la paz. —Suspiró apenado—. Aborrecemos la violencia. ¿Por qué tendríamos que combatir contra los británicos que vienen a nosotros en son de paz?

Borokov contempló el pálido y delicado rostro que tenía delante y trató de emparejarlo con la fama de perverso asesino de que gozaba aquel hombre. Safdar Alí, de no más de veintidós años y con una tez lo bastante clara como para pasar por europeo, tenía el rostro afeminado, unos oblicuos ojos mongoles y el cabello y la barba color castaño claro. Puesto que el parricidio y el fratricidio se contaban entre las más arraigadas tradiciones de Hunza, tres años atrás él les había hecho honor asesinando a su padre Ghazan Khan, estrangulando y desmembrando a dos de sus hermanos y arrojando a un tercero a un precipicio para ascender al trono. Borokov pasó por alto su desvergüenza.

* Rifle largo de los afganos. *(N. de la T.)*

—Gilgit se encuentra a sólo ochenta kilómetros de Hunza, Alteza —señaló en su lugar.

—¡Pero a trescientos cincuenta kilómetros de Srinagar!

—En su calidad de jefe de la recién restaurada Agencia de Gilgit, Durand ya está construyendo carreteras para sus tropas y sus pertrechos y ha extendido el telégrafo de Srinagar con los fondos adicionales aprobados. Vuestra Alteza es demasiado inteligente como para no comprender las razones que se ocultan detrás de estas repentinas acciones a las puertas de Hunza.

—¡Bah! —Su anfitrión rechazó el comentario con un descortés gesto de la mano—. Los británicos no pasarán más allá de Nagar.

—Los británicos se tragarán Nagar sin soltar ni siquiera un eructo.

—¿Está usted insinuando que, como combatientes, no podemos igualar a los británicos? —preguntó Safdar Alí más sorprendido que indignado.

—Muy al contrario. Sé muy bien que pueden... pero sólo si Vuestra Alteza facilita a sus tropas armas modernas.

—¡Los británicos utilizarán este pretexto para atacarnos!

—Los británicos atacarán de todos modos y sin necesidad de ningún pretexto.

Borokov se abstuvo de recordarle al mir que su padre no había tenido el menor reparo en pedir armas a los chinos para combatir contra los británicos. A cambio, les había permitido reclamar Hunza como parte del Celeste Imperio, cosa que los chinos todavía seguían haciendo. Sólo gracias a que los cañones se habían quedado irremediablemente atascados en las nieves del Himalaya se había evitado un enfrentamiento con los británicos.

—Hemos firmado un tratado con Durand —anunció Safdar Alí.

—El tratado no vale ni lo que el papel en que se ha escrito, puesto que ni Durand ni Vuestra Alteza tienen la menor intención de cumplirlo. —A Borokov se le estaba acabando una vez más la paciencia, pero sabía que, como fuera lo bastante insensato para perder los estribos, cabía la posibilidad de que también perdiera la cabeza—. Los británicos no se fían de Vuestra Alteza —dijo, apresurándose a añadir—: de la misma manera que Vuestra Alteza no se fía de los británicos. El pasado agosto Durand amenazó con retiraros la subvención hasta que concedierais a su compatriota el teniente Francis Younghusband un salvoconducto para cruzar Hunza a su regreso del Pamir.

Safdar Alí se ruborizó.

—¿Cómo sabe usted todo eso?

El ruso se inclinó hacia delante, haciendo caso omiso de la pregunta.

—También os digo, Alteza, que Durand no vino para trabar amistad con Hunza sino para explorar y conocer el territorio, establecer dónde se podían construir carreteras y puentes, defender con eficacia las posiciones en el desfiladero y para calibrar la vulnerabilidad de sus fuertes. ¿Tomó notas durante su visita?

Safdar Alí guardó silencio.

Borokov soltó una carcajada.

—El coronel Durand es muy obstinado y ambicioso y se muere de ganas de armar camorra. Resulta que, además, es el hermano del secretario de Asuntos Exteriores del Gobierno indio... lo cual constituye una combinación muy peligrosa.

La boca de Safdar Alí se contrajo en una mueca.

—No deseo iniciar la ofensiva.

—Pero tiene que defenderse... y los británicos atacarán Hunza. Atraparán a Vuestra Alteza en sus fuertes e invadirán vuestro país. Os convertirán a la fuerza al cristianismo, profanarán vuestras tradiciones, os confiscarán las tierras, os privarán de vuestra independencia y vuestra dignidad y os tratarán con desprecio, tal como tratan a los indios. Con el tiempo, el nombre de Hunza desaparecerá de los mapas y vuestro antiguo reino dejará de existir. En cuanto vengan, lo devorarán todo como las langostas. Tal como han desnudado la India, desnudarán Dardistán.

¿Habría ido demasiado lejos? Borokov miró disimuladamente a los guardias alineados al otro lado de la plataforma con las armas de retrocarga a punto, pero la contemplación de sus bien armados cosacos alineados a su lado lo tranquilizó. Por imprevisibles que fueran sus reacciones, confiaba en que Safdar Alí no cometiera la insensatez de provocar un «incidente». A pesar de sus infantiles actitudes, aquel hombre necesitaba desesperadamente las armas.

—Si hay algo que quite el sueño a los británicos —añadió suavemente Borokov—, es la pesadilla de una invasión rusa. No descansarán hasta que tengan protegidos todos los pasos de sus fronteras...

—¡Éstas no son sus fronteras! —El mir descargó un puño contra la palma de la otra mano—. ¡Éstas son nuestras fronteras, nuestras montañas y nuestros pasos!

—A no ser que estén debidamente defendidas, muy pronto serán las suyas. En cuanto a la subvención que prometió Durand, no la recibiréis hasta que vuestra gente deje de asaltar las caravanas. ¿Acaso no fue ésta la principal condición que impuso Durand?

—Si no asaltamos, ¿cómo vamos a sobrevivir? —preguntó el mir malhumorado, confirmando con ello no sólo la acusación sino también la disputa—. ¡Ni los ingleses ni ustedes tienen derecho a privarnos de nuestro medio de subsistencia!

—Mi rajá no tiene el menor deseo de intervenir en vuestros asuntos internos.

—¿De veras? —Safdar Alí experimentó un momentáneo regocijo—. Pues entonces, ¿qué es lo que desea su rajá a cambio de toda su generosidad... aparte de mi colaboración para mantener a los ingleses alejados de nuestros pasos?

—Las armas se tendrán que transportar a través de un paso que sea seguro y secreto.

—El paso de Shimsul es seguro.

—Pero ya no es secreto. Younghusband lo ha cruzado hace poco.

—Hay otros pasos...

—Que Younghusband y sus superiores no tardarán en descubrir. Cuando os visitó recientemente, había recibido órdenes de explorar todos los medios de entrada a Hunza desde el norte. Aparte del Shimsul, ha explorado satisfactoriamente otros, incluso el Mustagh. Los pasos del Hindu-Kush están a una altitud inferior que los del Karakorum y son más fáciles de atravesar. Algunos de ellos son transitables todo el año. Para atravesar otros, ni siquiera es necesario desmontar de las cabalgaduras y se puede llegar al valle de Cachemira en pocos días para abrevar los caballos en el lago Wular.

—¿Y usted cree que eso es todo lo que tenemos? —preguntó astutamente el mir—. No hay ni un solo hunzakut que no conozca todos los valles del Himalaya, todas las hondonadas, todos los precipicios, los salientes y los glaciares y que no pueda cruzar las montañas con los ojos cerrados.

—Los británicos aprenden muy rápido.

—¡No tan rápido! Tampoco pueden defender los pasos sin nuestra ayuda.

—Puede que de momento no, pero las armas no podrán llegar a Hunza hasta el verano. Y, entretanto, los ingleses no se quedarán con los brazos cruzados. —El tono de voz de Borokov se endureció—. Es de todo punto necesario tanto en vuestro interés como en el nuestro disponer de una ruta segura y desconocida por los ingleses para los cañones sobre cureñas.

—Ustedes no necesitarán ningún paso. Recibiremos los envíos en nuestro fuerte de Shimsul. Nosotros nos encargaremos del transporte.

Borokov entornó los ojos.

—Mi rajá no aceptará esta condición —se apresuró a contestar—. Nosotros efectuaremos la entrega en Hunza a través de un paso clandestino. De lo contrario, no la efectuaremos.

Se produjo un denso y grávido silencio, que ninguno de los dos hombres rompió. La mirada de Safdar Alí se perdió en la distancia mientras se acariciaba la barba.

—¿Ya tienen ustedes pensado en qué paso, coronel Borokov?

Los gélidos vientos que azotaban la plataforma golpeaban dolorosamente el rostro de Borokov, pese a lo cual, éste notó el aguijón del sudor en su cuello. O sea que éste era el punto esencial de las negociaciones, la razón por la cual él había esperado tanto tiempo aquel encuentro y había viajado con tanto esfuerzo a aquel lejano y diabólico país.

—Sí, ya lo tenemos pensado. —En medio del repentino silencio, se oyó el fragor de otro alud que caía desde centenares de metros de altura al desfiladero. Borokov esperó a que cesaran los ecos y después respiró hondo—. Es el Yasmina.

—¡Ah!

Fue la única reacción del mir, pero, mientras Borokov pronunciaba el nombre, el aire que los rodeaba se volvió todavía más helado. Aparentando asombro, el anciano wazir se hundió muy despacio en una banqueta. Los intérpretes dejaron de mover los pies y se miraron nerviosamente el uno al otro. Borokov mantuvo la mirada clavada en el aire mientras la respiración quedaba atrapada en su garganta. El wazir abrió la boca, pero el mir le ordenó guardar silencio con un gesto de la mano.

—¿Y cómo es posible, coronel Borokov —preguntó Safdar Alí con una burlona sonrisa en los labios—, que, habiendo tantos grandes sabios en su país, ninguno de ellos haya descubierto todavía el Yasmina? ¿Y que este pequeño paso haya efectivamente escapado a su incansable vigilancia?

—Vuestra Alteza sabe muy bien por qué razón no se ha descubierto el Yasmina —contestó Borokov con semblante impasible—. Y por qué razón puede que jamás se descubra. El secreto de su situación sólo lo conoce vuestro pueblo. Para mantener el secreto, todos los dardos se han alimentado durante varias generaciones con las historias acerca de los perversos y vengativos espíritus que, según se dice, tienen su morada en el Yasmina. A todo lo ancho y lo largo del Himalaya le asaltan a uno constantemente leyendas sobre ogros y hadas, pérfidos demonios y misteriosos secuestros de personas que desaparecieron en el Yasmina y a las que jamás se volvió a ver.

—¿Y usted cree que estas leyendas no son ciertas?

—Lo que yo crea carece de importancia. Lo importante es lo que cree vuestro pueblo. Aunque se conociera la situación del paso, no se podría contratar ni a un solo porteador, guía o acémila de Dardistán para cruzar el Yasmina. Ni siquiera Younghusband ha conseguido localizarlo... y eso que los británicos llevan años buscándolo. Corren muchos rumores, pero, puesto que se contradicen entre sí, no es posible separar la verdad de las conjeturas. —Borokov tomó un puñado de piñones y se lo introdujo en la boca, sorprendiéndose de su delicioso sabor—. Durand también buscó el Yasmina, ¿no es cierto?

Tomando una nuez de un gran cesto lleno de los más exóticos frutos secos que Borokov hubiera visto fuera de Afganistán, Safdar Alí la comprimió con fuerza entre las palmas de sus manos y la cascó con sorprendente soltura. No picó el anzuelo y la pregunta quedó sin respuesta.

—¿Usted quiere utilizar el Yasmina para introducir tropas en mi país?

—Sólo si lo hacen los británicos y sólo para ayudaros a defenderos.

—¿En qué se diferencia su pueblo del británico?

—Venid a verlo por vos mismo a Tashkent —lo apremió Borokov—. Nosotros los rusos tratamos a nuestros aliados con respeto. No nos empeñamos en cambiar sus costumbres y en obligarlos a aceptar las nuestras. Con nuestros modernos sistemas de riego, nos limitamos a enseñarles a producir mayores y mejores cosechas, a fertilizar las tierras estériles, a comer bien y a vivir mejor. En nuestro Imperio nadie se muere de hambre como en la India. Dondequiera que estén presentes los rusos en el Asia Central, hay prosperidad. El emisario de mi emperador en Tashkent, el gobernador general Su Excelencia el barón Boris von Adelssohn, se sentiría muy honrado con la visita de un mir de Hunza para que éste comprobara con sus propios ojos los logros de Rusia en Asia.

Sin dejarse impresionar, Safdar Alí traspasó al ruso con su altiva mirada.

—Los reyes como yo no necesitan viajar fuera de sus reinos —dijo, apartando a un lado la chaqueta de martas mientras se levantaba—. En cualquier caso, estoy cansado de toda esta conversación. Reanudaremos las discusiones más tarde.

Borokov soltó una maldición en su fuero interno, pero no le quedó más remedio que levantarse también. Tragándose en silencio su frustración, siguió a su caprichoso anfitrión por la trampa del suelo y bajó por el grueso tronco de leña que hacía las veces de escalera. Al llegar a la estancia de abajo, Safdar Alí se detuvo.

—El paso del Yasmina es el sagrado legado de nuestros antepasados, coronel Borokov —dijo—. Nos pertenece a nosotros y sólo a nosotros. Es nuestro secreto y lo seguirá siendo. —Dio unos pasos y se acercó a una segunda trampilla que conducía a otra estancia inferior y volvió a detenerse—. Por lo menos, hasta que hayamos recibido las armas.

Borokov experimentó una oleada de júbilo. Safdar Alí seguiría utilizando tácticas dilatorias, pondría trabas, echaría mano de subterfugios, plantearía ulteriores exigencias y prolongaría aquel juego del gato y el ratón con toda una serie de molestas pataletas. Y, poco antes de alcanzar el punto de ruptura, accedería a todo.

No, las negociaciones acerca del Yasmina no habían terminado en absoluto.

Era un sábado por la mañana.

En su habitación, Emma se estaba preparando para su cita con el bibliotecario del St. Stephen's College. El cielo matutino, deslumbradoramente azul y típico del invierno del norte de la India, encerraba la promesa de un día espléndido. Mientras se vestía, canturreó para sus adentros, pensando con gozosa anticipación en todo lo que le esperaba. Después de su visita al St. Stephen's, acompañaría a su íntima amiga Jenny Purcell en una de las interminables expediciones de compras de la futura novia. A las cuatro de la tarde, tras haber almorzado en casa de los Purcell, John Bryson, el prometido de Jenny, acudiría a recogerlas y las llevaría al Ayuntamiento para que asistieran a la conferencia de Geoffrey Charlton sobre su viaje por el Asia Central en el recién terminado Ferrocarril Transcaspio. Las antiguas civilizaciones del Asia Central eran un tema que interesaba en gran medida a Emma; ésta llevaba varios días esperando con ansia aquella conferencia con diapositivas.

Cuando se disponía a guardar sus papeles en la maleta, oyó el ruido de las ruedas de un carruaje en el camino de entrada. En la creencia de que ya había llegado su tikka gharri, se asomó a la ventana y entonces vio que el carruaje de la calzada no era un tikka sino una desconocida y lujosa berlina tirada por dos caballos tordos idénticos. Su madre no le había comentado que esperara una visita aquella mañana y, en cualquier caso, era la hora de la cotidiana siesta de media mañana que el doctor Ogbourne le había prescrito. Con la intención de llamar a Majid y darle órdenes en este sentido, abrió la puerta y se encontró al mozo con un sobre en la mano. Observó con cierta sorpresa que el sobre estaba dirigido a ella. Preguntándose qué sería, lo rasgó y sacó una tarjeta de visita de color marfil elegantemente impresa, acompañada de una breve nota: «El señor Damien Granville suplica permiso para visitar a la señorita Emma Wyncliffe, la más admirable memsahib de toda Delhi.»

El nombre del remitente se repetía en la tarjeta, junto con la dirección de Shahi Baug, Nicholson Road, Delhi.

Emma no conocía el nombre, pero un extraño instinto le dijo que era el mismo insoportable individuo con quien había mantenido días antes una discusión cerca de Qudsia Gardens. Volvió a sorprenderse de su audacia. Estaba claro que tenía menos delicadeza de la que había demostrado en aquella infausta ocasión. Rompiendo la nota y la tarjeta en mil pedazos, volvió a introducir los trozos en el sobre y se lo entregó a Majid para que se lo devolviera al mensajero que esperaba, como digna respuesta a la impertinencia.

Incapaz de imaginar alguna situación en la cual le apeteciera volver a ver a Damien Granville, lo apartó de su mente sin más.

El Ayuntamiento de Delhi, sede del Gobierno local, era un típico edificio de estilo victoriano. Su impresionante mole se levantaba en el centro de la ciudad y albergaba los despachos de la Municipalidad, la Cámara de Comercio, la Sociedad Literaria de Delhi, un museo, una biblioteca y un club europeo. Estaba situado en el interior de Queen's Gardens —coloquialmente conocidos como Company Baug—, en el extremo oriental de Chandni Chowk, el centro del distrito comercial próximo a la estación ferroviaria de la India Oriental, y era el lugar donde solían celebrarse muchas reuniones de etiqueta.

La conferencia de Geoffrey Charlton, organizada por la Sociedad Literaria de Delhi, había despertado una gran expectación y la sala estaba llena a rebosar de gente. John Bryson había llegado temprano y había conseguido reservarles asientos en la tercera fila, desde la cual se podía ver muy bien el estrado, en el que destacaba la presencia de un aparato negro de gran tamaño, colocado sobre una mesa. La linterna mágica de Rudge —explicó John— estaba considerada la más moderna de su clase y era la primera vez que se veía en Delhi. En la pared posterior se había colgado un gran lienzo, sobre el cual se proyectarían las imágenes de las diapositivas.

El primero en tomar asiento en el estrado fue el subgobernador de Delhi, un corpulento caballero de brillantes ojillos, conocido por el fervor con que solía escuchar su propia voz. Le siguió el comisario, otros funcionarios del Gobierno y las principales lumbreras de la Sociedad Literaria, incluido el nabab Murtaza Khan. Al final, apareció modestamente Geoffrey Charlton.

—Dios mío, es tremendamente joven, ¿verdad? —El jadeo de Jenny fue embarazosamente sonoro—. Creía que sería otro viejo cascarrabias como los muchos a cuyas conferencias John me obliga a asistir.

—Tiene treinta y cuatro años —contestó Emma, hablando deliberadamente en voz baja.

—Ah, ¿sí? ¿Cómo lo sabes?

—El *Sentinel* llevaba una nota biográfica acerca de él cuando le publicó los artículos sobre el viaje.

—¿Y sobre qué escribe?

—Sobre cuestiones del Asia Central especialmente.

—¿Vive en Londres?

—Supongo que sí.

—¿Está casado?

—¿Cómo demonios voy a saberlo?

—Desde luego, parece que tienes el suficiente interés por él como para haberlo averiguado.

—Geoffrey Charlton es un periodista muy conocido —dijo severamente Emma—. A ti también te interesaría si no mantuvieras la cabeza constantemente enterrada en estas horribles revistas románticas que te compras a patadas.

—Pues también la tengo enterrada cada mañana en las intrigas, los casamientos y los chismes —replicó alegre Jenny—. De todos modos, ¿a quién le interesan las bobadas del Asia Central?

—Pues entonces, ¿por qué te molestas en venir?

—Porque todo el mundo ha venido y prefiero aburrirme que quedarme fuera. —Jenny contempló con admiración el estrado, donde Charlton estaba colocando su equipo—. No está casado, ¿sabes? —anunció con firmeza.

—¿Lo adivinas con sólo mirarlo?

—Con sólo olfatearlo, querida. No olvides de quién soy hija... mamá olfatea la presencia de un soltero a cien pasos de distancia con los ojos cerrados.

—Bueno, aunque esté soltero —dijo John—, tú no lo estarás mu
cho tiempo, por consiguiente, guárdate las lánguidas miradas para alguien que pueda corresponder mejor a ellas.

—¡No me estropees la fiesta! —dijo Jenny, comprimiendo afectuosamente la mano de su prometido mientras se disponía a escuchar
la conferencia con una satisfecha sonrisa en los labios.

Como era de esperar, las «pocas palabras» del subgobernador se
prolongaron por espacio de quince minutos, tras los cuales el público
aplaudió con entusiasmo, pero sólo de puro alivio. Intuyendo el estado de ánimo de los presentes, los demás oradores fueron muy breves.
Al final, en medio de una prolongada salva de aplausos, Geoffrey
Charlton se levantó para ocupar su puesto junto a la mesa.

—Cualesquiera que hayan sido las implicaciones políticas o los
motivos que se ocultan detrás de su construcción —empezó diciendo—, no cabe duda de que el Ferrocarril Transcaspio es una obra de
ingeniería de extraordinario ingenio, previsión y determinación, y
sólo los más groseros serían capaces de negar a Rusia su momento de
gloria. Estableciendo un eficaz medio de comunicación a través de
una región tan vasta, misteriosa e inexplorada como la que se extiende entre el Cáucaso y la cordillera del Himalaya, se ha hecho acree-
dora de la admiración, la gratitud y sin duda la envidia de todo el
mundo.

»Los planos de construcción del ferrocarril los inició en 1873 el señor Ferdinand de Lesseps, el célebre constructor del canal de Suez, el
que imaginó una línea ferroviaria desde Calais a Calcuta. Como muchos otros, el plan fue abandonado por excesivamente ambicioso. Hace once años, el general Annenkoff, el interventor del Departamento
de Transportes del Ejército ruso, fue invitado por el comandante en jefe a encargarse de la construcción del Transcaspio, pues se trata esencialmente de un ferrocarril militar. Annenkoff completó el proyecto en
un tiempo récord y, el 27 de mayo de 1888, el tren inaugural que trans-
portaba un contingente de soldados rusos llegó a Samarcanda, su estación terminal actual, abriendo con ello un nuevo y revolucionario capítulo del transporte por tierra de larga distancia.

»Ahora, según consta en el horario de trenes ruso, hay un servicio diario desde el Caspio hasta Samarcanda. El viaje ininterrumpido dura setenta y dos horas a lo largo de más de mil quinientos kilómetros, con sesenta y una paradas. Un billete de ida en segunda clase
cuesta treinta y ocho rublos (tres libras y dieciséis chelines), lo cual
equivale aproximadamente a un penique por cada kilómetro y medio.

—Charlton esbozó una sonrisa—. Les aseguro que es una ganga que merece la pena.

El público se mostró cordialmente de acuerdo.

—Muchos se alegrarán de saber —añadió Charlton— que no tengo intención de demorarme en las aburridas estadísticas y los datos técnicos. A este respecto, prefiero contestar a las preguntas más tarde. Ahora lo que yo quiero es que las diapositivas hablen por sí solas e invitarlos a que me acompañen en el viaje propiamente dicho. Como verán, las fotografías presentan unos asombrosos e inesperados aspectos de una región considerada hasta ahora desértica y sin demasiado que ofrecer a un viajero. Me considero un privilegiado por haber tenido la oportunidad de comprobar con mis propios ojos la inexactitud de estos prejuicios.

»El Asia Central es el punto de encuentro de cuatro grandes religiones —el budismo, el islamismo, el cristianismo y el mazdeísmo— y una delicia multicultural, cargada de historia y de arqueología. Sus oasis son extremadamente fértiles, su suelo es un tesoro de minerales y la variedad étnica de sus pueblos reviste un considerable significado histórico. De hecho, son tantas las cosas que cautivan y atraen que uno casi no sabe por dónde empezar.

Las luces de las lámparas de las paredes se amortiguaron, un poderoso rayo de luz eléctrica surgió del aparato y el proyector cobró vida. Mientras Charlton introducía la primera diapositiva en la máquina, una escena callejera mágicamente ampliada de San Petersburgo, la capital de los zares, apareció con toda claridad en la pantalla.

—Tras haber obtenido todas las autorizaciones necesarias en San Petersburgo —prosiguió diciendo Charlton—, el punto de partida del Ferrocarril Transcaspio es, a todos los efectos, la ciudad de Baku, en la orilla occidental del mar Caspio. Desde allí, una embarcación lo traslada a uno a Uzun Ada, que es la primera parada de la región del Asia Central.

A medida que las hipnotizadoras diapositivas se sucedían en la pantalla, el público se iba sumergiendo cada vez más en la mística de unas inmensas y desconocidas tierras de incomparable exotismo. Las diapositivas conducían a los asombrados espectadores a elevadas montañas, legendarios ríos, siniestros desiertos, verdes valles, prósperas ciudades de los oasis y centenares de otros aspectos del floreciente imperio ruso. Era un cambiante calidoscopio de comunidades desconocidas, antiguas ciudades medio enterradas en las arenas, capitales amuralladas con nobles plazas, ornamentados alminares, palacios de adobe, mezquitas y mausoleos de azules cúpulas y sorprendentes bazares en los que se vendía de todo, desde palomas a objetos de porcelana. Con la menor retórica posible, Charlton acercaba a su público las numerosas civilizaciones olvidadas, las misteriosas culturas y las formas de vida de los nómadas del Asia Central. Fue un emocionante itinerario por lugares que la mayoría de la gente sólo conocía como nombres publicados en un periódico o un libro de historia: Askabad, Kandahar, la ciudad del oasis de Merv, el valle de Ferghaná —cuna de los mongoles y de sus celestiales caballos—, Bujara y Samarcanda, las ciudades gemelas de Tamerlán, y Tashkent, antigua capital de Alejandro III y, en aquellos momentos, centro del poderío militar ruso en Asia.

Como guía de viaje, Charlton era extraordinario, pues prestaba atención a pequeños detalles no sólo culturales sino también anecdóticos. Los conocimientos adquiridos eran prodigiosos y él sabía exponerlos con una seguridad no exenta de modestia. Como todos los presentes, Emma lo escuchó con gran interés y atención, asombrándose de su prodigiosa memoria que le permitía hablar sin apenas necesidad de consultar sus notas. Nadie, ni siquiera Jenny, cuyo interés por el tema era más bien escaso, se dio cuenta de que había transcurrido más de una hora y media cuando se volvieron a encender las luces y Charlton dio comienzo a la tanda de preguntas.

Inmediatamente se levantaron una docena de manos. Un arrugado hombrecillo de cabello pelirrojo que, según Emma sabía, era un ingeniero de los ferrocarriles, formuló la primera pregunta.

—Puesto que no hay carbón en la región, ¿qué combustible utilizan los rusos para las locomotoras?

—Usan *astaki* de los yacimientos petrolíferos de Baku —contestó Charlton—. Dicen que el residuo del petróleo después de la destilación es un combustible seis veces más barato que el carbón. Puesto que los rusos tienen la suerte de poseerlo en abundancia, ahora ambicionan el proyecto de iluminar toda la ciudad de Bujara con petróleo.

Las respuestas a otras preguntas permitieron averiguar que toda la madera, el hierro y el acero utilizados en la construcción del ferrocarril habían sido transportados desde los bosques y los talleres de Rusia; que la mano de obra la habían integrado veinte mil hombres; que el coste total del proyecto había sido de aproximadamente cinco mil libras esterlinas por kilómetro de vía y otro medio millón para apartaderos, estaciones y estructuras auxiliares.

Un caballero parsi, propietario de una próspera licorería en Chandni Chowk, se levantó para preguntar qué efecto podría tener el ferrocarril ruso en las exportaciones británicas a aquella región.

—Un efecto muy profundo —contestó Charlton—. Rusia ejerce ahora el monopolio de las importaciones que llegan a los mercados de Asia Central. Hasta hace muy poco tiempo, en los veinte bazares de Bujara abundaban los bienes manufacturados de Manchester y Birmingham. Ahora se ven muy pocos productos ingleses y las tiendas están llenas de productos rusos. Hace quince años, sólo había un comerciante ruso en Bujara; hoy en día, en la ciudad hay sucursales del Banco Imperial Ruso, la Compañía Comercial del Asia Central y la Sociedad de Transporte rusa, y las empresas privadas rusas van viento en popa. En 1888 —Charlton buscó entre sus papeles y tomó una hoja—, sólo el comercio ruso con el kanato de Bujara equivalía a un total de aproximadamente un millón y medio de libras esterlinas.

—¿Cuáles son los motivos de esta lamentable situación desde el punto de vista indobritánico? —preguntó el propietario de la licorería.

—Varios. Los cargamentos de Europa a la India se efectúan por medio de caravanas. Hay que tener en cuenta las demoras causadas por el mal tiempo, los accidentes y los prohibitivos derechos de aduana. En cambio, ahora los productos rusos se transportan con rapidez y seguridad en el Transcaspio y están exentos de impuestos. En su afán de encontrar nuevas salidas, Rusia penetra en los tradicionales mercados británicos en lugares tan distantes como Afganistán, Beluchistán, Persia e incluso en nuestras ciudades fronterizas, donde el contrabando campa por sus respetos. Añádanse a ello los sistemáticos y bien planeados ataques a las caravanas por parte de los bandidos de Hunza, tácitamente alentados por los rusos, y se comprenderá que el panorama es todavía más sombrío.

Puesto que no tenía el menor interés en la política y el comercio, Emma esperó con impaciencia el regreso a la historia. Ella quería oír hablar de las antiguas ciudades de Merv, de las hecatombes humanas de Gengis Kan y de Huang Tsang, el monje budista chino del siglo VII que había recorrido en solitario centenares de kilómetros de su región. En determinado momento, se tragó la timidez y estuvo a punto de levantar la mano para formular una pregunta, pero se levantó un brigadier de marciales bigotes y monóculo, y perdió la ocasión.

—¿Cree usted factible, señor, una invasión rusa de la India?

Emma sabía que era el tema que más acaloradas discusiones suscitaba en aquellos momentos, por lo que un expectante murmullo recorrió toda la sala. Volvió a reclinarse contra el respaldo de su asiento, suspiró y se resignó a escuchar.

—Rusia lleva más de un siglo soñando con invadir la India, desde el reinado de la zarina Catalina   contestó Charlton—. El hecho de que ninguno de sus planes se llevara a la práctica se debió más a las circunstancias rusas —y a nuestra buena suerte— que a las contramedidas británicas. —Hizo una pausa para que el público asimilara su crítica al Gobierno—. Ahora, con la puesta en servicio del ferrocarril, la perspectiva de una invasión adquiere mayor urgencia. Hace cincuenta años, la frontera rusa se encontraba a mil seiscientos kilómetros de Kabul. Hoy en día, con la conquista de Kokand, Samarcanda, Bujara y Khiva, se encuentra sólo a quinientos kilómetros de Peshawar. Ahora que Rusia ha extendido el ferrocarril hasta Tashkent, ¿quién sabe dónde estará la frontera dentro de cincuenta años?

—¿Cuál sería la valoración exacta de las fuerzas militares rusas en Asia? —preguntó el brigadier.

Charlton se rascó la barbilla.

—Bueno, los rusos se muestran muy reacios a revelar la cifra exacta, como es natural, pero, por lo que yo pude deducir, su número es de unos cuarenta y cinco mil hombres.

—¡Contra nuestros setenta mil soldados británicos y el doble de cipayos! —exclamó un comandante uniformado con justo orgullo.

—Muy cierto, pero no nos dejemos deslumbrar por las cifras —le advirtió Charlton—. Con razón o sin ella, desde el Motín, los cipayos nativos no están autorizados a usar armas modernas y esta prohibición debilita gravemente nuestra potencia de fuego. En cambio, todas las tropas rusas están equipadas con armas modernas y quisiera añadir que viven extremadamente bien, muchísimo mejor que las nuestras.

—¿Y eso? —preguntó el comandante.

—Bueno, cada cuartel ruso, por ejemplo, dispone de su propio comedor, en el que se sirve comida abundante y de buena calidad. Si los ejércitos marchan con el estómago, ninguno mejor que el ruso. Unas cocinas de campaña tiradas por caballos y equipadas para guisar para doscientos hombres a la vez viaja con la tropa y prepara comida a cualquier hora del día o de la noche. Por consiguiente, comparado con nuestro soldado medio, el ruso no sólo está mejor equipado sino que, además, está más sano, es más resistente, está en condiciones de soportar largas marchas a las temperaturas bajo cero del Himalaya y se siente más satisfecho de su suerte.

—¿Y por qué no podríamos nosotros introducir también este sensato sistema en nuestras fuerzas militares? —preguntó el comandante.

Charlon esbozó una sonrisa.

—Por supuesto que podríamos... si, en su suprema sabiduría, Whitehall* no pensara lo contrario. Yo hice la correspondiente sugerencia a mi regreso a Londres, pero el Ministerio de Guerra se echó las manos a la cabeza. ¿Sesenta libras por cada cocina de campaña? ¡Se horrorizaron ante lo que para ellos eran unos gastos injustificados! —Charlton extendió las manos y esbozó una irónica sonrisa—. Nada ejemplifica mejor nuestra insensata y tacaña política militar en la India. —Hizo una pausa para beber un sorbo de agua antes de añadir—: La verdad, señoras y señores, es que la presencia rusa en Asia Central es casi enteramente militar. A pesar de su amabilidad y hospitalidad, los oficiales rusos no tuvieron reparo en manifestar su impaciencia por iniciar cuanto antes una expansión hacia el sur a través del Himalaya. Rusia ya está fortaleciendo y adiestrando sus músculos, hoy se adueña de una cosa, mañana usurpará otra... y eso es lo que seguirá haciendo. El blanco más codiciado para ella en Asia es la India. Con el Ferrocarril Transcaspio prácticamente en nuestra puerta, ¿qué mejores condiciones se podrían dar para una invasión?

—Pero nuestros agentes secretos estarán lo bastante alerta como para poder detectar incursiones clandestinas en el Himalaya, ¿verdad? —preguntó un enérgico hombrecillo del fondo de la sala.

—Por supuesto que sí y me alegro de que me ofrezca la oportunidad de decir unas palabras acerca de nuestro Sevicio Secreto Militar, nuestro Departamento Político y el Servicio de Agrimensura de la India cuyos funcionarios (no sólo británicos sino también indios) recogen información con grave riesgo de sus vidas. Increíblemente valientes, constantemente bajo la amenaza de los asesinos y de las brutales condiciones climáticas, exploran, trazan mapas y transmiten vital información desde Asia Central. Algunos no regresan jamás, otros sufren prisión y terribles torturas y regresan cojeando para morir prematuramente tras haber sufrido daños irreparables en el cuerpo y en la mente. Se sorprenderían ustedes si supieran a qué elevado precio humano se obtiene, se recoge y se comprueba la información en el Himalaya y más allá del mismo.

—¡Bravo, bravo! —gritó alguien del público mientras los presentes lo respaldaban con una estruendosa salva de aplausos.

—Sin embargo, todos estos valerosos esfuerzos —añadió Charlton cuando cesaron los aplausos— no son suficiente. A cada uno de nosotros le corresponde el deber de mantenerse individualmente alerta. Ru-

---

* Antiguo palacio de Londres, sede del Gobierno de la nación. En sentido figurado, el Gobierno británico. (N. de la T.)

sia coloca agentes en la India para extender la deslealtad y las informaciones falsas con el fin de perpetuar el mito según el cual Gran Bretaña gobierna en la India de un modo tiránico. Estos agentes actúan en secreto y se esfuerzan en propagar perversos rumores para explotar la codicia humana, engañar a los desinformados y buscar medios clandestinos de entrar en la India.

—Los rumores que ha estado usted comentando últimamente en el *Sentinel* a propósito del asesinato...

—¡Ah, esto es toda una historia, señor! —Charlton se apresuró a levantar una mano para acallar la pregunta del caballero del fondo—. Una historia que preferiría no comentar en este momento. Cuando se confirmen los rumores y los hechos, y así será, todo se explicará en letra impresa hasta el último detalle. Le doy mi palabra. Una o dos personas trataron de plantear el mismo tema, pero Charlton se mantuvo firme. Las restantes preguntas se centraron sobre todo en el tren y en la logística de su manejo. Al final, el conferenciante consultó su reloj de bolsillo y empezó a rebuscar entre sus papeles.

—El tema con el que quisiera terminar —dijo— es inevitablemente el de la amenaza de una agresión rusa contra nuestro Imperio. Me preocupa en gran manera la política de «magistral inactividad» de nuestro Gobierno. Rusia se está acercando centímetro a centímetro, se apodera de territorios, los ataca y se los anexiona con impunidad. Nosotros lo vemos, apartamos el rostro y murmuramos necedades diplomáticas. Creo con toda sinceridad e incluso apasionadamente que, a no ser que emprendamos ahora una acción, abandonemos nuestra actitud de justificación y dejemos de aparentar que somos ciegos, sordos y mudos en presencia de esta amenaza tan real, el Imperio británico en Asia bien podría convertirse en una ruina a finales de este siglo.

Cuando terminó, el público puesto en pie le tributó una ensordecedora ovación. Si Charlton finalizó su conferencia con esta nota dramática para causar efecto, no cabe duda de que consiguió su propósito. Algunas personas de entre el público se dirigieron a la salida para evitar quedar atrapadas en la aglomeración, pero un auténtico mar de admiradores se acercó al estrado para inundar al conferenciante con centenares de otras preguntas. Mientras se abrían paso entre la gente para dirigirse a la puerta principal, Jenny le propinó a Emma un fuerte codazo en las costillas.

—¿Te convences ahora de que vale la pena que asistas con nosotros al *burra khana* de los Price el sábado que viene? —le preguntó en voz baja con una socarrona sonrisa en los labios.

Emma se encogió de hombros.

—Tal vez. Ya veremos.

Jenny soltó una carcajada, sabiendo que, con el anzuelo de Geoffrey Charlton, ni siquiera unos caballos salvajes habrían impedido que Emma participara en la velada.

El coronel Mikhail Borokov estaba aburrido, tan aburrido que dudaba sobrevivir un día más en Hunza. Había transcurrido otra semana desde su discusión y Safdar Alí seguía sin dar señales de querer reanudar las importantísimas negociaciones acerca del Yasmina. Cada vez que Borokov trataba de mencionar el tema, el mir aplazaba la discusión hasta después de «la diversión».

La víspera Borokov había llegado al fuerte a primera hora de la mañana desde su campamento, decidido a continuar el diálogo. Pero el mir, que tenía previsto entregarse a otras aburridas diversiones, había insistido en explicarle todos los detalles del cañón que había saludado su llegada a Hunza con una salva de treinta y un cañonazos. Puesto que el único hombre de confianza de Hunza capaz de manejarlo era el primer ministro, éste era el que le había rendido los honores. La gigantesca arma había sido fundida por un herrero de Wakhan y se habían utilizado todos los utensilios domésticos disponibles para proporcionar el metal necesario. El herrero había hecho un trabajo admirable a juicio de todo el mundo, pero, para impedir que repitiera aquella hazaña por cuenta de los enemigos de Hunza, había sido posteriormente decapitado.

En sus momentos libres entre la redacción de un informe para Alexei Smirnoff, sus prudentes recorridos a lo largo de los temibles glaciares y su ansiosa vigilancia de los encapotados cielos en previsión de un empeoramiento del tiempo, Borokov estaba vagamente preocupado por la misteriosa «diversión» a la que tanta importancia parecía atribuir el mir. El hielo invernal impedía practicar los aburridos partidos de polo, el deporte nacional de Dardistán, y en Hunza había muy pocas cosas que pudieran considerarse divertidas.

Al final, llegó el gran día.

La diversión tendría lugar en el patio embaldosado, cubierto de nieve en polvo y absolutamente helado. La multitud se congregó con entusiasmo alrededor de dos postes de hierro clavados en el centro del patio, entre los cuales se había atado una figura con la boca cubierta por una mordaza. En cuanto se sentó al lado del mir, Borokov pensó que la diversión sería una ejecución de rutina. Dedicando un fugaz pensamiento al desventurado que estaba a punto de perder la vida, el coronel soltó un suspiro de alivio.

La víctima atada a los postes era poco más que un muchacho, pues su rostro era todavía imberbe. Cuando el mir se acercó, el muchacho agitó la cabeza y gritó a través de la mordaza, suplicándole evidentemente compasión. En su lugar, el mir dio una señal con un gesto de la mano: un solitario tambor inició un sonoro redoble cuyo eco resonó en el desfiladero y se propagó velozmente hacia el río. Cuando cesó el eco, la multitud empezó a entonar un canto rítmico. Era una demanda de sangre.

El mir levantó el índice de una mano. Alguien de entre la multitud se adelantó y los cantos se intensificaron. Arrancando la mordaza, el hombre empujó la cabeza del muchacho contra uno de los postes. Al mismo tiempo, levantó la otra mano, la introdujo en la boca que gritaba y le arrancó la lengua. La esponjosa carne, chorreando sangre y moviéndose espasmódicamente como la cola amputada de un reptil, cayó palpitando al suelo casi a los pies de Borokov. Los gritos se convirtieron en incoherentes balbuceos, los ojos se cerraron y el cuerpo se aflojó mientras el muchacho perdía el conocimiento.

Se adelantó un segundo hombre armado con una barra de hierro, agarró al muchacho por el cabello y clavó la barra en cada uno de sus ojos cerrados. Ambos hombres debían de ser expertos en su trabajo, pues todo el ejercicio no duró más allá de cinco minutos. La cabeza del joven cayó hacia delante contra el pecho empapado de sangre; su cuerpo, ya muerto o moribundo, se desplomó y ya no emitió más sonidos. El charco de viscosa y dulzona sangre que se estaba formando a sus pies se extendió rápidamente hacia fuera mientras se le escapaba la savia de la vida. Unos triunfales vítores rasgaron los oscuros y plomizos cielos marcando el término de la diversión.

Borokov estaba mareado. Había sido testigo de numerosas salvajadas en los kanatos y también en su país, donde los siervos eran objeto de caza legal, pero ahora se le había revuelto el estómago. Si aquella bárbara ejecución tenía alguna finalidad —y él estaba seguro de que sí—, tenía la horrible sospecha de que guardaba relación con él.

Tragándose las náuseas, preguntó con la voz ronca a causa de la bilis:

—¿Quién es este muchacho, un intruso?

—No —contestó el mir—. Es uno de los nuestros.

—¿Por qué ha sido ejecutado?

—Ha pecado contra sus parientes. —El rostro de Safdar Alí era tan inexpresivo como la pared que tenía detrás. Sin atreverse a hacer otra pregunta, Borokov esperó. De entre los pliegues de su amplia túnica, el mir sacó un par de prismáticos y se los arrojó—. Para adquirir este barato juguete, traicionó una sagrada confianza. Reveló la situación del Yasmina a un infiel y después se fugó.

El mir hinchó los carrillos y soltó un escupitajo al suelo.

Con los ojos clavados en los prismáticos que sostenía en la mano, Borokov guardó silencio. Safdar Alí señaló brevemente con la mano el fuerte y se encaminó hacia él. Borokov lo siguió. Sólo cuando ambos estuvieron sentados una vez más en la estancia superior, el mir se dignó volver a hablar. Exceptuando el intérprete —un hombre distinto, observó Borokov— y el cosaco que hablaba el pashto, no había nadie más en la sala.

—Entregará usted la subvención acordada antes de que transcurran tres meses —ordenó el mir—. Más que cañones sobre cureñas, estamos especialmente interesados en conseguir los nuevos rifles de repetición y la pólvora sin humo que usted mencionó.

A Borokov le dio un vuelco el corazón... el mir se había tragado el anzuelo.

—Pido disculpas a Vuestra Alteza, pero me temo que la oferta de mi Gobierno no alcanzará a los nuevos rifles —dijo aparentando lamentarlo profundamente—. Se acaban de desarrollar y las pruebas de campaña aún no han terminado. De hecho, el rearme de nuestra infantería y nuestra caballería está en suspenso.

—¿Lo que nosotros ofrecemos a su país no merece unos cuantos rifles y un poco de pólvora? —preguntó fríamente el mir.

—Por supuesto que sí, Alteza, pero sería una falta de honradez por mi parte hacer unas promesas que mi Gobierno se negara posteriormente a cumplir. No se tiene intención de incluir dichos rifles en los envíos.

El rostro de Safdar Alí se ensombreció.

—Pues entonces, ¿por qué se mencionaron?

—Hablé fuera de lugar, Alteza —contestó Borokov, fingiendo avergonzarse—. Una vez más, os pido perdón. Debido a su elevado nivel de calidad, los rifles de repetición son muy caros de fabricar y extremadamente escasos.

Safdar Alí se levantó y permaneció con las piernas separadas y los brazos en jarras.

—¡Si no se incluyen los rifles, coronel Borokov, no habrá trato!

—Vamos a discutir por lo menos el asunto, Alteza —se apresuró a decir Borokov antes de que la irritación desembocara en un berrinche infernal—. Puede que se encuentre alguna solución...

El mir volvió a sentarse, con una mano todavía en la cadera, peligrosamente cerca de la empuñadura de la espada.

—¿Y bien?

—Primero, una pregunta. —Borokov se estudió atentamente las uñas—. Este infiel a quien el muchacho reveló el secreto del Yasmina... ¿quién era?

—Era lo que ustedes llamarían un angliski.

—¿Era?

—Como el chico, ya ha dejado de tener importancia.

—Ah. —Con una profunda sensación de alivio, Borokov se reclinó cómodamente en su asiento—. No me sería posible intentar convencer a mi Gobierno de que incluya algunos de los nuevos rifles en el envío sin alguna...

Borokov dejó la frase sin terminar y frunció los labios.

—Sin alguna, ¿qué?

—Sin alguna prueba real de las buenas intenciones de Vuestra Alteza.

El mir se reclinó lentamente en su asiento. No hubo el menor cambio en su expresión. Borokov, sin apenas atreverse a respirar, esperó la respuesta mientras el corazón latía violentamente en su pecho. Al final, el mir se movió. Buscó una vez más entre los pliegues de su vestido de seda y se levantó tan de repente que el ruso tuvo un sobresalto.

—Encárgate de que el coronel Borokov sea escoltado a su campamento —le ladró el mir al intérprete. Mientras pasaba con gesto decidido por delante de Borokov, se detuvo, tomó su mano y la rodeó un instante con la suya—. Enviaré de inmediato un emisario a Tashkent —dijo—. Entretanto, usted empezará a preparar la entrega. Si las armas corresponden a lo acordado y son de nuestra entera satisfacción, usted será escoltado hasta el Yasmina y autorizado a ocuparlo. —Bajó la escalera de la trampilla que conducía al piso inferior—. Pero, si nos engañan... —No fue necesario que terminara la frase; la salvaje mueca de su rostro lo dijo todo—. Nuestros asuntos han terminado, coronel Borokov. Le estaría muy agradecido si abandonara usted mi país antes del amanecer.

Borokov se levantó a toda prisa mientras su cauto alborozo borraba incluso el repugnante recuerdo de la ejecución. Al percatarse de que todavía sostenía los prismáticos en la mano izquierda, se apresuró a entregarlos al intérprete que estaba esperando. En su afán de alejarse de allí cuanto antes, bajó corriendo los peldaños, conteniendo la respiración para no percibir el nauseabundo y dulzón hedor que todavía perduraba en el patio cuando él lo cruzó. Sólo cuando ya se encontraba a medio bajar la ladera en su camino de regreso al campamento, se detuvo, abrió el puño de la mano derecha y examinó lo que el mir había depositado en su interior. Algo frío, suave y metálico brillaba en el centro de su palma abierta.

Era una pepita de oro.

Borokov se puso a temblar con tal fuerza que se vio obligado a sentarse al borde del camino para que sus debilitadas rodillas se recuperaran. Tardó cinco minutos largos en recobrar los sentidos y sólo entonces dio rienda suelta al júbilo que lo embargaba. Levantando el rostro hacia la gélida e insípida semioscuridad que lo rodeaba, se libró de sus reprimidas tensiones, con una sonora carcajada que reverberó por los barrancos como un trueno.

El tiempo que había pasado en aquel miserable y repugnante país no había sido en vano, a pesar de todo.

3

Cuando Emma entró en el salón, la señora Wyncliffe la miró con asombro.

—Qué bien te sienta, querida —murmuró, disimulando muy bien su sorpresa—. Siempre dije que el aguamarina era tu color. Realza tu precioso cabello e intensifica el verdeazul de tus ojos.

—Bueno, llevaba tanto tiempo colgado en el armario —contestó Emma quitándole importancia— que decidí aprovecharlo antes de que se desintegre.

—Una decisión muy sensata, querida... es absurdo tener bonitos vestidos si una no se los pone. —En su fuero interno, hubiera deseado que Emma se soltara el cabello, ¡cuánto aborrecía aquel moño!, pero, conociendo la intransigencia de su hija, prefirió no decir nada. En cambio, le preguntó—: ¿Estoy en un error o Carrie dijo que este tal Charlton asistiría al burra khana?

—Sí, creo que es posible que asista.

—Estaría muy bien, querida, puesto que tanto te gustó su conferencia. Estoy segura de que también verás al señor Howard Stowe. —La señora Wyncliffe se apresuró a añadir—: Puede que tenga alguna noticia sobre aquellos desventurados intrusos. ¿Vendrá Davis a casa para cambiarse?

—No lo sé, pero, si no está aquí cuando lleguen los Purcell y el señor Waterford, irá allí por su cuenta.

Emma se acercó a la ventana, pensando de nuevo en las muchas preguntas que tenía intención de hacerle aquella noche a Geoffrey Charlton. Sabía que él sería el centro de la velada, naturalmente, y suerte tendría ella si podía robarle un poco de tiempo. Aun así, su sola presencia bastaría para ayudarla a superar aquel trance con el mayor donaire posible.

Pero resultó que Geoffrey Charlton no estaba destinado a ser su salvador. Cuando llegaron, la afligida anfitriona les comunicó que Charlton le había enviado sus excusas a última hora y había tomado el tren nocturno de Umballa para dirigirse a Simla. Habiendo perdido aquella oportunidad de oro de situarse socialmente por encima de sus iguales, Georgina Price estaba desolada.

—Oh, Dios mío, y Emma que tanto estaba deseando conocer al señor Charlton —comentó Jenny. Al ver la expresión del rostro de su amiga, se apresuró a rectificar—. Las dos lo estábamos deseando.

Disimulando su decepción con una leve sonrisa, Emma echó un vistazo a los restantes invitados sin el menor entusiasmo. El hecho de que, cuanta más gente hubiera, tanto menos necesidad habría de mantener charlas intrascendentes, apenas le sirvió de consuelo. Obligada a soportar a un aburrido y cortés Alec Waterford que, pendiente de ella en todo momento, la miraba con ojos lánguidos entre afanosos suspiros, las horas que transcurrieron entre la llegada y la partida se le hicieron interminables.

—¿Por qué será que jamás encuentro a Reggie cuando lo necesito? —preguntó Georgina Price sin dirigirse a nadie en particular mientras pasaba a toda prisa por delante de Emma—. Es que no acierto a recordar si es Rob Granger el que sufre urticaria cuando come pescado o si es Nigel no-sé-qué, y Reggie me matará como cualquiera de ellos se ponga enfermo.

Estaba claro que tampoco recordaba la desafortunada discusión que Emma había mantenido previamente con Felicity Duckworth, pues, al pasar por delante de ella, le dirigió una radiante sonrisa. Sin embargo, era evidente que la señora Duckworth no estaba aquejada de la misma amnesia a juzgar por las miradas asesinas que le dedicó. Con un suspiro de alivio, Emma se hizo un propósito: por mucho que le costara, aquella noche sería un dechado de dulzura y delicadeza y no discutiría ni una sola vez con nadie.

Por encima del murmullo de las conversaciones, oyó que alguien la llamaba por su nombre. Se volvió y vio una conocida figura de cabeza medio calva, una vaga sonrisa y unos andares desmadejados, saludándola con la mano desde el otro extremo del salón. Era Clive Bingham, un geólogo que había acompañado a su padre en su última y trágica expedición. Había regresado con graves síntomas de congelación y, tras haber permanecido hospitalizado varias semanas en Delhi, había regresado a Inglaterra poco después de ser dado de alta. Observó que todavía caminaba con la ayuda de un bastón. A pesar de lo mucho que apreciaba al viejo amigo y colega de su padre, la perspectiva de volver a hablar de un tema que todavía le resultaba doloroso la dejó consternada. Pero, sabiendo que no le sería posible evitarlo, esbozó una valerosa sonrisa y lo saludó cordialmente.

—Qué agradable sorpresa, doctor Bingham. Pensé que estaba usted en Inglaterra.

Él le dijo que, efectivamente, había estado allí, pero había regresado la semana anterior y se alegraba mucho de haberlo hecho.

—Un tiempo espantoso, un frío auténticamente glacial. No sé si el sol jamás se pone en el Imperio, pero está claro que en Gran Bretaña sale muy poco. —El doctor Bingham soltó una carcajada, pero enseguida se volvió a poner muy serio y bajó la voz—. Oí decir en la Royal Geographical Society que se había confirmado la muerte de Graham y leí los detalles en la nota necrológica de *The Times*. Me entristecí indeciblemente. Porque uno nunca pierde la esperanza, ¿verdad?

Murmurando unas frases incomprensibles, Emma se apresuró a preguntarle por las consecuencias de la congelación y se alegró de saber que los pies de Bingham estaban casi como nuevos. Éste le preguntó a su vez por su madre, le dijo que celebraba su mejoría, prometió ir a visitarla muy pronto y después volvió a ponerse serio.

—Dicen que fueron los hombres de una tribu los que finalmente encontraron a Graham, ¿verdad?

—Sí.

—¿No dijeron exactamente dónde?

—No.

Bingham se estremeció.

—Una región despiadada y perversa, una auténtica trampa mortal. Traté por todos los medios de disuadir a Graham de que se adentrara en el glaciar con la tormenta de nieve que se avecinaba, pero él no quiso escucharme. Usted ya sabe lo obstinado que era cuando se le metía algo en la cabeza.

Emma se mantuvo en estoico silencio, pues todo aquello ya lo había oído otras veces.

—Estaba decidido a cruzar la antigua ruta comercial y encontrar el monasterio, y tenía la certeza de que conseguiría superar la tormenta. —Enfrascado en su propia aflicción, Bingham no se percató de la de Emma—. Ahora, cuando miro atrás, me pregunto si no hubiera tenido que tratar con más denuedo de impedírselo, si no hubiera podido encontrar otra manera de obligarle a abandonar o, por lo menos, aplazar la búsqueda.

—Usted hizo todo lo que pudo, doctor Bingham —dijo Emma, reprimiendo sus propias emociones en un intento de aliviar las de su interlocutor—. Nadie hubiera corrido los riesgos que usted corrió para organizar una búsqueda tan exhaustiva como la que organizó. A menudo, la visión retrospectiva nos induce a pensar que lo imposible era una posibilidad que pasamos por alto.

—Sigue usted teniendo una sensatez impropia de sus años, ¿eh? —Los colgantes carrillos de Bingham se tensaron en una sonrisa. Tomando dos copas de vino de una bandeja que pasaba, le ofreció una a Emma—. Querida, el orgullo que sentía su padre por usted era tan justificado como merecido. Theo Anderson me dice que tiene usted intención de compilar un volumen con documentos no publicados y algunos publicados, y someterlo a la valoración de la RGS.

»Bueno, tengo que decirle que admiro su iniciativa, querida. Casi todas las muchachas se acobardarían ante la magnitud de una tarea tan valerosa.

—No sería tan valerosa si el doctor Anderson accediera a guiarme —contestó apenada Emma—. Está a punto de iniciar una nueva expedición al Tíbet y, como es natural, dispone de muy poco tiempo. Sin su ayuda, no estoy muy segura de que vaya a estar a la altura de la tarea.

—Es usted injusta consigo misma, querida. La considerable experiencia práctica que adquirió con su padre es muy importante, ¿sabe? A fin de cuentas, los títulos y los diplomas no sustituyen lo que usted posee en abundancia, un verdadero amor por el tema, una comprensión instintiva de la historia y la cultura del país y una mente insólitamente metódica.

Emma se ruborizó por el cumplido.

—Los pocos conocimientos que yo haya podido adquirir, doctor Bingham, se deben más al estímulo y la paciencia de mi padre que a un exceso de cualidades por mi parte.

—¡Vamos, vamos! —El doctor Bingham meneó un dedo—. Recuerdo aquella excavación que se hizo en el norte cuando usted tenía... ¿cuántos?... ¿nueve años? Usted ya parloteaba en urdu con los mejores de ellos y recitaba al pie de la letra los *shlokas* en sánscrito. Me quedé muy impresionado.

Emma se echó a reír.

—Me limitaba a repetir como un loro lo que le había oído recitar a mi padre... y, como es natural, faroleaba descaradamente.

El doctor Bingham contempló su copa vacía con expresión soñadora.

—Cuando estudiábamos en Cambridge, recuerdo el entusiasmo que despertaron en Graham y en mí las excavaciones budistas de Cunningham en Sanchi. Éramos jóvenes y temerarios y más tarde compartimos imposibles sueños y aventuras en aquellas excavaciones organizadas por el Servicio de Agrimensura Arqueológica. Recuerdo que en un monasterio de Zanskar, los lamas recogieron todos los desperdicios dejados por los europeos y los colocaron con reverencia en su altar... botellas de coñac vacías, monedas de la Compañía de las Indias Orientales, un gemelo de camisa de plata... —El doctor Bingham hizo una pausa para soltar una breve risita—. Y después, cuando fotografiamos los frescos de la cueva de Ajanta para el Departamento, recuerdo que Graham me dijo...

A Emma sus recuerdos de aquellos felices días le parecían de otra era y otro planeta y todas aquellas evocaciones le hacían experimentar una vez más un dolor agridulce. Sólo al cabo de mucho rato, al ver a Jenny y John, pudo disculparse y huir de aquellos recuerdos que tanto le dolían. Sin embargo, cuando consiguió cruzar el salón, abriéndose paso entre los invitados, la pareja ya había desaparecido y ella no tuvo más remedio que aceptar la única alternativa que le quedaba. Había un grupito de alegres muchachas elegantemente vestidas que conversaban, se reían y coqueteaban con un grupo de subalternos. Sentado al lado de éstos, un solitario Alec Waterford esperaba pacientemente su regreso al redil. Con un suspiro en su fuero interno, Emma se acercó a ellos.

—Vaya, pero qué guapa estás esta noche, Emma, querida —le dijo Prudence Sackville sonriendo—. Me encanta el corte de este vestido y no sabes lo mucho que te favorece el color.

—Sí, ¿verdad? —convino Stephanie Marsden, inclinándose hacia delante en un provocador gesto para exhibir su bien formado busto mientras examinaba a Emma de arriba abajo. Con su cabello rubio pajizo, sus ojos azules y los hoyuelos de su rostro, Stephanie era la beldad del momento y una experta en el arte del coqueteo, plenamente consciente de su belleza—. Por otra parte, cuando una supera cierta edad, quizá le sientan mejor los grises y los beige, ¿no os parece?

Cumpliendo fielmente la promesa que se había hecho a sí misma, Emma no prestó la menor atención ni a Stephanie ni al comentario y se sentó al lado de Prudence, una simpática joven sin pretensiones a quien ella apreciaba sinceramente y a cuyo hermano Alexander daba clases de urdu. Una vez más, reverentemente pendiente de todas las palabras que brotaban de sus labios, Alec Waterford se apresuró a tomar posiciones a su izquierda.

En otro rincón, un grupo de madres y tías discutía como siempre las inclemencias del tiempo, las aberraciones de los criados y los insectos, la reciente visita del príncipe de Gales, a quien sólo unos pocos privilegiados habían sido presentados, y los más recientes boletines acerca de los presuntos idilios secretos que estaban teniendo lugar en la plaza. Entre ellas se encontraba también la señora Waterford, muy contraria al encaprichamiento del muy atontado de su hijo por Emma Wyncliffe, una muchacha a su juicio enteramente desprovista de las virtudes que se esperaban de la esposa de un hombre de Iglesia.

—Cincuenta rupias es lo que a nosotros nos cobra cada mes, querida. El hostigamiento, naturalmente, es gratis. —Como siempre, Peggy Handley despotricaba contra su odiado casero—. Sabe que podría alquilar la casa por cincuenta y cinco rupias, pues todo el mundo quiere mudarse a vivir a Civil Lanes. Ya es malo tener que vivir al lado de empleados del ferrocarril y de las fábricas de tejidos, pero mirad bien lo que os digo —advirtió misteriosamente—, cuando estos nuevos ricos nativos se muden a vivir aquí dentro de unos meses, empezarán los conflictos, estoy segura.

Todas se mostraron de acuerdo en que así sería.

Un grupo de rendidos admiradores rodeaba a una tal señora Belle Jethroe, máxima figura del teatro de aficionados de Delhi en invierno y, durante la Temporada, del Teatro de Variedades de Simla. Debido a su predilección por los papeles trágicos, la llamaban a su espalda «la señora Agonía». Entre sus adoradores se encontraba un joven capitán del Ejército de Simla, cuyo nombre, según le había revelado a Emma la anfitriona, era Nigel Worth. A punto de iniciarse la anual emigración gubernamental a Simla —y sus anuales meses de gloria—, la señora Jethroe estaba comentando, en un profundo tono de voz que era una mezcla a partes iguales de contralto y de bajo, el tema de la reina Isabel. Tras haberle señalado alguien su acusado parecido con la Reina Virgen, había decidido empezar a ensayar una obra —escrita por ella misma— para el teatro de Simla, en la que se rendía homenaje al idilio amoroso de Isabel con Walter Raleigh, pero no a la historia.

—Es agotador, auténticamente agotador, arrancarte la emoción que llevas dentro noche tras noche —tronó, adoptando una dramática postura, apoyada contra la repisa de la chimenea—. Pero, ¿qué puede hacer una cuando el público lo exige?

Sin apenas prestar atención a la conversación de las muchachas, con quienes tan pocas cosas tenía en común, Emma miró a su alrededor, presa de la desesperación. Jenny y John estaban conversando animadamente con un matrimonio de Calcuta, ciudad adonde John iba a ser destinado en un futuro inmediato. Bajo el arco de la galería, cerca de la mesa del bar, unos jóvenes oficiales del regimiento de David bebían y se reían. La señora Purcell estaba incómodamente sentada al lado de la señora Waterford y la señora Duckworth, y todos los hombres habían salido al jardín. Aún no había ni rastro de su hermano. Entretanto, la afanosa respiración de Alec contra su oído le estaba empezando a atacar los nervios más allá de los límites tolerables, pero, por suerte, la intervención divina estaba a punto de salvarla.

Acababa de llegar un matrimonio de misioneros canadienses de paso hacia Assam, donde tenían previsto levantar una escuela gracias a los donativos de los habitantes de Toronto. Firmemente decidido a desviar por lo menos una parte de los generosos donativos canadienses hacia otros bolsillos, el reverendo Desmond Smithers, el superior de Alec, dirigió varias significativas miradas a su enamorado clérigo. Cuando ya no pudo ignorarlas por más tiempo, Alec puso cara de mártir y se acercó de mala gana a los canadienses para cumplir unos deberes de carácter mucho menos carnal.

Con un suspiro de alivio, Emma empezó a pasear entre los grupos de hombres de negocios, burócratas y miembros del personal del Ejército, a muchos de los cuales ya conocía de antes. Alguien la presentó a un general de camino hacia Gilgit y después a un tímido capitán Worth —milagrosamente apartado de la señora Jethroe— que estaba conversando en aquellos momentos con Howard Stowe. Tras el preceptivo intercambio de cumplidos, ambos reanudaron su conversación acerca de sus amigos comunes y de varios temas de mutuo interés en Simla, donde Stowe había servido como miembro del personal de la residencia del virrey y el capitán Worth estaba destinado en aquellos momentos.

—¿Cómo está Hethrington, la vieja morsa? —preguntó Stowe riéndose.

El coronel Wilfred Hethrington, le explicó éste a Emma, era el comandante de Nigel Worth en Simla.

—Despotricando contra todo como de costumbre —contestó alegremente Worth—. Pero tiene un corazón de oro y todas estas bobadas que se suelen decir.

Recordando que David le había mencionado al capitán Worth la otra noche, Emma dijo:

—Seguramente sabrá que mi hermano ha sido destinado recientemente a Leh, donde usted estuvo hasta hace muy poco tiempo, ¿verdad?

—Sí, señora.

—¿Diría usted por su experiencia que el señor Crankshaw se merece la fama que tiene de cascarrabias?

Worth esbozó una sonrisa, contestó que sí y empezó a contar algunas divertidas anécdotas acerca del malhumorado comisario, y todos se rieron. Después, tal vez para evitar que otro cortesano aprovechara su ausencia y lo sustituyera en el afecto de la actriz, se excusó y regresó a toda prisa junto a la señora Jethroe.

—No se ha practicado ninguna detención —le dijo Howard Stowe a Emma en voz baja en cuanto ambos se quedaron solos—, pero se han hecho severas advertencias a los hombres de la aldea. Como se repita el incidente, los metemos en la cárcel.

—Bueno, pues me alegro de saberlo —dijo Emma—. ¿Y la mujer?

—Por lo visto, ha conseguido fugarse finalmente con su amante.

—Ah. —Emma experimentó una pequeña decepción—. Entonces, ¿es cierto que le era infiel a su marido?

—Eso parece. Pero me temo que sigue sin haber noticias sobre los ladrones que robaron en su casa. Cuando instalen las rejas de hierro y el...

—¿Otra vez hablando de cosas de su trabajo? —Un hombre de mediana edad que debía de conocer muy bien al inspector se acercó a ellos y terció en la conversación. Le fue presentado a Emma como Charles Chigwell, un agente de seguros que acababa de alquilar una casa en Civil Lines—. ¿La señorita Wyncliffe ha dicho usted? Ah, sí, ¿no fue en su casa donde robaron recientemente?

En la reducida comunidad europea de Delhi, donde hasta la más mínima información acerca de los restantes miembros de la misma era compartida con tanta generosidad como la carroña entre los carnívoros, no era probable que aquella noticia no acabara siendo del dominio público. Emma asintió brevemente con la cabeza.

—Supongo que, como siempre, habrán sido estos malditos gujares, ¿verdad?

Sin prestar la menor atención a Emma, Chigwell le había formulado la pregunta al policía.

Stowe miró nervioso a Emma.

—Bueno, eso no se puede decir...

—¡No diga disparates, pues claro que se puede! Todo el mundo sabe que estos miembros de las tribus son más sanguinarios que los nativos corrientes. Llevan años sembrando el terror por el barrio.

—Puesto que los han despojado de todas sus tierras —terció amablemente Emma—, procuran ganarse la vida como pueden. Es injusto atribuir todos los delitos que se cometen en Civil Lines a los gujares.

—¿Injusto? No permiten que los residentes contraten a chowkidares que no sean gujares y eso, a mi juicio, es pura y llanamente una extorsión.

—Bueno, es que tienen un justificado motivo de queja contra nosotros —replicó amablemente Emma sin perder la compostura—. Todas nuestras casas se construyeron en unas tierras que pertenecían a los gujares, a cambio de las cuales éstos recibieron unas compensaciones ridículas. A ellas pertenecen también las casi cien hectáreas de terreno de la propiedad de Thomas Metcalfe, que sigue siendo la residencia inglesa más cara que jamás se haya construido en el norte de la India.

—¡Qué barbaridad, Metcalfe murió hace años durante el Motín! —Agitando en el aire su copa de coñac, Chigwell la miró, enfurecido—. ¿Está usted diciendo que aprueba la matanza de la familia por el simple hecho de vivir en territorio gujar?

—¡No, por supuesto que no! Pero aquello fue una guerra y hubo episodios de brutalidad por parte de ambos bandos. En cualquier caso, los gujares lo pagaron muy caro con la confiscación de su aldea. Ahora las pocas tierras que les quedaban han sido adquiridas para el sistema de abastecimiento de agua. Lo menos que podemos hacer es contratarlos como vigilantes nocturnos. A mi juicio, eso no es extorsión, señor Chigwell, sino justicia.

El agente soltó un bufido.

—Debo decir que, para ser una inglesa, tiene usted una percepción extraordinaria de la justicia, señorita Wyncliffe. ¿Cómo demonios podremos acabar alguna vez con la ignorancia de este país si nosotros mismos insistimos en ignorar las realidades?

—Hay muchas clases de ignorancia, señor Chigwell —replicó severamente Emma para su gran sorpresa—, algunas se pueden eliminar fácilmente y otras no. Me resulta muy gracioso que unas personas demasiado ignorantes como para reconocer su propia ignorancia lancen una cruzada para librar a otros de la suya.

Dando media vuelta, Emma se alejó mientras el hombre, con el rostro congestionado por la furia, farfullaba palabras inconexas.

Para entonces, varios invitados, incluidas algunas muchachas, se habían congregado a su alrededor para escuchar la discusión. Mientras Emma se alejaba perseguida por el interés de todos los hombres, Charlotte Price miró a los presentes con el semblante lívido y desencajado.

—No hay que ser demasiado severos con la pobre Emma, señor Chigwell —dijo abatida—. Nació en el campo y en casa no pudo beneficiarse de las ventajas de una civilizada educación inglesa. Hay que compadecerla más que ponerla en la picota por las peregrinas opiniones que sostiene y expone a los demás.

Como un agobiado perro pastor que estuviera tratando de reunir un rebaño de ovejas extraviadas, la señora Price iba de un lado para otro en el jardín, instando a todo el mundo a entrar en la casa para que pudiera empezar el baile. Aprovechando la confusión, Emma huyó hacia la mesa de los refrescos colocada en un rincón del comedor. Más enojada consigo misma que con Charles Chigwell, permaneció de pie junto a la mesa, contemplando con rabia una copa de sorbete verde.

No, no se había portado bien. Tras haberse jurado a sí misma no discutir, había acabado haciéndolo. Molesta por su incapacidad de dominarse, estaba a punto de tomar una copa de la mesa cuando, de repente, sus ojos se encontraron con el inconfundible rostro de Damien Granville. Vestido de etiqueta, constituía una elegante —aunque excesivamente llamativa— figura enfundada en una chaqueta escarlata, con una camisa de seda escarolada y un espectacular fular. Emma se quedó clavada donde estaba, con la mano suspendida en el aire.

Granville hizo una reverencia, le ofreció la copa y cruzó los brazos, sonriendo.

—Veo que la he sorprendido, por lo cual le pido disculpas.

Emma estaba aturdida, pero no hasta el extremo de perder por entero su ingenio.

—Se... atribuye usted demasiada importancia si cree que tiene la capacidad de sorprenderme. —Después preguntó estúpidamente—: ¿Qué está usted haciendo aquí?

—Esperaba volver a verla.

Emma le miró enfurecida, sin creerse ni una sola palabra.

—¡No me diga!

—Pues sí. Por cierto, apruebo la forma en que ha machacado a este necio presuntuoso de Chigwell.

Tras recuperar el control, Emma le devolvió la mirada.

—Sus cumplidos carecen de importancia, señor Granville. Su aprobación me trae totalmente sin cuidado.

—Pero, por lo menos, recuerda mi nombre.

—Sólo porque tengo buena memoria para las cosas sin importancia.

La sonrisa se borró de su rostro.

—¿Por qué rompió usted mi tarjeta?

—Porque no quiero que me visite.

—¿Por qué no?

—No veo ninguna razón para cultivar una amistad que me resulta desagradable.

Granville enarcó una ceja.

—¿Tal vez porque apruebo el castigo corporal para las esposas infieles?

—No, porque usted no me gusta, señor Granville. Y, puesto que hablamos del tema, el señor Stowe me informa de que la mujer ha conseguido finalmente fugarse con su amante. Como ve, el castigo corporal para las esposas descarriadas no es un factor disuasorio tan eficaz como usted parece creer.

Granville se encogió de hombros.

—No se pueden ganar todas las apuestas, señorita Wyncliffe. Hasta los mejores de nosotros cometemos errores.

«¡Los mejores de nosotros!» A Emma le hizo gracia su vanidad.

—¿Como cuando pensó que yo recibiría su visita con agrado?

Granville levantó las manos en gesto de rendición.

—Puesto que está claro que no, supongo que tendré que esperar a que usted me visite a mí.

—¿Visitarle yo a usted? —La idea le pareció tan absurda a Emma que se echó a reír—. Ya veo que, a pesar de sus menos estimables cualidades, señor Granville, tiene usted sentido del humor.

—Y también sentido de la fatalidad, se lo aseguro.

—¿De veras? ¿Y cómo podré yo identificar esta fatalidad cuando se manifieste?

Granville la miró con curiosidad.

—El cerebro humano es un órgano asombrosamente versátil, señorita Wyncliffe. Encontrará sin duda un medio adecuado para convencerla.

—Bien, en el improbable caso de que yo lo visite alguna vez, señor Granville, será el día en que el sol decida salir por el oeste.

Emma hizo ademán de dar media vuelta, pero, justo en aquel momento, la anfitriona se acercó corriendo y tomó la mano de Granville.

—Oh, señor Granville —gorjeó Georgina Price—, me alegro de que finalmente haya decidido reunirse con nosotros... ya casi había perdido la esperanza. Mi hija Charlotte le está esperando con toda suerte de preguntas acerca de... ¡Oh! —exclamó al percatarse de pronto de la presencia de Emma—. ¿Estoy interrumpiendo una conversación privada?

—De ninguna manera, señora Price —contestó Emma—. El señor Granville y yo ya no tenemos nada más que decirnos.

—¿Ya se conocían ustedes? —La señora Price se dio aire con el abanico, aumentando la rapidez del abaniqueo en proporción directa con su desaprobación—. No lo sabía.

—Pues sí, en efecto. —La entusiasta respuesta surgió de Granville—. Incluso podría decirse que somos... viejos amigos.

—¡Se podría! —exclamó la señora Price, desconcertada más si cabe ante la perspectiva de una rival tan improbable para su hija.

—No, no se podría —dijo Emma, aclarando inmediatamente las cosas—. Apenas conozco al señor Granville.

Y no tenía la menor intención de conocerlo, dio a entender con su tono de voz. Dicho lo cual, se excusó y se retiró.

El alivio de Georgina Price fue demasiado evidente.

—Bueno pues, como le estaba diciendo —añadió con entusiasmo—, Charlotte está deseando conocerle, señor Granville... como todo el mundo, en realidad. Mmm, ¿me acompaña?

Con jubiloso gesto, se llevó su trofeo al rincón donde esperaba Charlotte, haciendo señas al cuarteto contratado para la ocasión de que iniciara los acordes de un vals. Si Dios había decidido no darle a Geoffrey Charlton, proclamaba su actitud, la había compensado depositando en su regazo un trofeo cuyas posibilidades eran todavía más grandes.

Abandonada una vez más a su suerte y presa de la irritación, Emma se dispuso a buscar a Alec Waterford. Estaba claro que dondequiera que fuera aquella noche acababa irritando a la gente. Por si no había sido suficientemente desagradable su estúpida discusión con Charles Chigwell, ahora se arrepentía de haber reaccionado como una niña a los comentarios de Damien Granville. Había permitido que le atacara los nervios y que se diera cuenta de ello, lo cual se los había atacado todavía más. Firmemente decidida a no provocar más controversias, volvió a sentarse humildemente al lado de Alec —para gran deleite de éste y disgusto de su madre— y rezó para que se anunciara la cena.

Dejando aparte la decepción de Emma, no cabía la menor duda de que el inesperado invitado de los Price era el centro de la velada, en la que la ausencia de Geoffrey Charlton no era más que un borroso recuerdo. Emma contempló con silenciosa repugnancia cómo, animado por las autoritarias madres y tías, el elemento femenino se empujaba y propinaba mutuamente codazos en su afán de llamar la atención de Granville, adulando servilmente, coqueteando y agitando las pestañas mientras evolucionaba por la pista de baile entre sus brazos. Emma no se sorprendió lo más mínimo de que Granville se sintiera halagado; de un hombre como él no se podía esperar otra cosa.

—Es muy atractivo, ¿verdad? —musitó Jenny, observando cómo Emma lo miraba con disimulo.

—¿De veras? No me había dado cuenta.

—Y esta cicatriz de la barbilla le confiere un aire de auténtico misterio.

—Ah, ¿sí?

—Bueno, tiene un algo indefinible, un *je ne sais quoi*, ¿no te parece?

—Si con eso quieres decir que es impertinente y presuntuoso, estoy completamente de acuerdo contigo.

—Le he visto hablando contigo junto a la mesa de los refrescos. ¿Qué te ha dicho?

—Nada que merezca la pena repetir.

Jenny la miró con curiosidad.

—Lo conocías de antes, ¿verdad?

—No.

—Observé tu cara mientras hablabas. Parecías muy enfadada.

—Pues no lo estaba —dijo Emma en tono irritado—. ¿Por qué demonios hubiera tenido que estar enfadada? Apenas conozco a este hombre.

Justo en aquel momento, se anunció la cena. Agradeciendo aquella oportuna interrupción, Emma buscó una vez más a David, pero éste seguía sin aparecer. ¿Dónde demonios se habría metido? Experimentó una fugaz punzada de inquietud, pero la rechazó, tomó del brazo a Jenny y, con el fiel Alec y el matrimonio canadiense pisándole los talones, entró en el comedor.

Tras haberse servido un poco de *mousse* de pescado un tanto chafada, un pálido curry de pollo, un poco de pegajoso arroz y una cucharada de unas verduras no identificadas enterradas bajo una salsa de queso, Emma se situó junto a una ventana abierta, a la espera de que otros se reunieran con ella. Mientras picaba la comida de su plato, escuchó con aire ausente y sin querer una conversación que estaba teniendo lugar en la galería.

—... estoy enteramente de acuerdo, señor —dijo alguien en respuesta a un comentario que ella no había podido oír—. Con el desempleo que tiene y con la superproducción de las fábricas, Rusia invade toda Asia Central en su desesperada búsqueda de nuevos mercados.

—Lo mismo que hace Inglaterra en la India —contestó una voz muy segura de sí misma que Emma no tuvo la menor dificultad en identificar—. La conquista por medio del comercio trata simplemente de legitimar la colonización por la puerta de atrás.

Hubo un instante de sosegado silencio.

—¿Está usted sugiriendo, Granville, que no tenemos ningún derecho legítimo en la India?

—Ni más ni menos que el mismo que tiene Rusia en Asia Central.

—Dios bendito, entonces, ¿nos está usted equiparando a ellos?

—¿Por qué no? Ambos somos igualmente codiciosos. La única diferencia estriba en que, con nuestra habitual habilidad en el arte de engañarnos, nos hemos convencido de que nuestro afán de poder goza de sanción divina.

Una casi sonora sonrisa, un brusco «Discúlpeme» y después unos pasos que se alejaban.

A continuación, un encrespado silencio y una desagradable carcajada.

—Por Júpiter, ¡reconozco que tiene descaro!

—Naturalmente. ¿Por qué si no habría decidido vivir en Cachemira bajo la protección de este servil maraja de los *ruskys*? Si aquí es persona grata, lo es sólo por los pelos.

—Digo que merece que le arranquen la piel del trasero... ¡y por Dios que me encantaría ser yo quien lo hiciera!

—Bueno, ¿qué otra cosa se puede esperar, teniendo en cuenta sus antecedentes? Sea como fuere, creo que ya basta de Granville... —La voz bajó a un conspirador susurro todavía audible—. Supongo que se ha enterado de lo del pobre Butterfield, ¿verdad?

—¿El hombre de Simla?

—Sí. El bueno de Jeremy.

—¿Qué le ha ocurrido?

—Pues que la palmó.

—¿Que Butterfield la palmó?

—Dicen que en algún lugar del Karakorum.

—¡Santo cielo! Pero si estuve tomando cerveza con él... ¿cuándo fue, en abril?... en el Gymkhana Club de Simla.

—La burbuja estalló hace aproximadamente un mes, ¿sabe? Parece ser que ya regresaba cuando lo atraparon.

—¡Dios mío, qué horrible! O sea que éste es el asunto a que Charlton se refiere en el *Sentinel*, ¿verdad?

—Indudablemente. Todo es muy misterioso todavía, ¿sabe?, mapas secretos y cosas por el estilo. Como es natural, en Simla reina el silencio de las tumbas. Boca cerrada y «sin comentarios» por todas partes, lo de siempre. —Una preocupada pausa—. Se lo ruego, amigo mío, ni una sola palabra a nadie. Por lo que yo he oído decir, se trata de un asunto muy delicado para los que saben.

—Ni se me ocurriría. Yo jamás hablo más de la cuenta, usted lo sabe muy bien. ¿Cómo se enteró?

—No me haga preguntas y yo no le diré mentiras. —Una carcajada—. Dicen también...

Susurros y más susurros. Percatándose de pronto de que estaba escuchando lo que no debía y sin tener demasiado interés, Emma se apartó rápidamente de la ventana. No volvió a ver a Damien Granville aquella velada. Cuando terminó la cena, éste ya se había ido.

Sentado a su lado en el carruaje que la llevaba a casa, Alec dijo con insólita vehemencia:

—Me he enterado de tu discusión con Chigwell, Emma. Todo el mundo se ha enterado. ¿Era necesario que fueras tan dura con el pobre hombre?

—No, no lo era —reconoció Emma con serenidad—. Perdí los estribos. Y no hubiera tenido que perderlos.

—Estábamos a punto de convencerlo de que entregara un donativo para la reparación de los primeros bancos de la iglesia, ¿sabes?, pero la discusión lo puso de mal humor.

—Lo siento muchísimo, de veras. —Emma cambió de tema—. Dime, ¿tuviste suerte con los canadienses?

El rostro de Alec se iluminó.

—Nos han invitado a almorzar mañana en la misión para seguir hablando. El reverendo Smithers dice que ha sido una velada muy fructífera, francamente fructífera.

Para la Iglesia, tal vez; pero, para ella, había sido un auténtico desastre. Su único consuelo era el hecho de saber que, aceptando la invitación, había complacido a su madre.

Emma suspiró de alivio al regresar a casa y enterarse de que David había vuelto sano y salvo y estaba durmiendo en su habitación. Al día siguiente, domingo, habría tiempo para averiguar por qué no se había presentado en el burra khana. Pero una cosa era decirlo y otra muy distinta hacerlo. El domingo, David salió de casa muy temprano y no regresó hasta pasados tres días. Según su madre, se encontraba en el cuartel, arreglando el papeleo antes de emprender viaje a Doon. A la cuarta noche, cuando Emma estaba a punto de subir a su dormitorio, oyó que su hermano la llamaba en voz baja desde el pie de la escalera.

—¿Em? Ven un momento, si no te importa. Quiero hablar contigo.

—¿Mamá está bien? —preguntó ella por simple costumbre.

—Sí, sí, mamá está bien, seguramente durmiendo a esta hora. Yo... Tengo que decirte una cosa.

Al oír el extraño tono de su voz, Emma asió con más fuerza la barandilla, pero contestó tranquilamente:

—Estoy contigo en cuestión de un minuto, en cuanto saque una mosquitera nueva del armario. La mía tiene tantos agujeros que anoche las picaduras casi no me dejaron dormir.

Diez minutos después, cuando entró en la habitación, David estaba sentado junto a la mesa de escribir, de espaldas a la puerta. Al volverse éste, Emma vio que sostenía una copa de coñac en la mano y que su rostro estaba macilento.

—¿Qué ocurre? —le preguntó, alarmada—. ¿Estás enfermo?

Acercándose a él, le apoyó una mano en la frente. Él la apartó.

—No estoy enfermo, pero me quisiera morir.

David hundió la cabeza en sus brazos y derramó el contenido de la copa.

Haciendo un esfuerzo por no perder la calma, Emma fue por un trapo y secó pausadamente el licor derramado. Después se sentó en la cama.

—Bueno, cuéntame qué ocurre.

—He hecho una cosa terrible, Em —dijo David en voz baja.

—Has vuelto al Bazar Urdu —dijo Emma sin la menor inflexión en la voz.

David no contestó verbalmente, pero sus hombros encorvados fueron una respuesta más que suficiente. Reprimiendo su cólera y su decepción, Emma se dispuso a esperar las habituales disculpas.

La casa de juego del Bazar Urdu cerca de la Jama Masjid, la mezquita más grande de la ciudad, era un conocido lugar de reunión de despiadados tahúres. En otros tiempos, David había sido visto en aquel garito en compañía de amistades muy poco recomendables. El hábito había empezado con pequeñas apuestas sin importancia y alguna que otra ganancia, pero, poco antes de recibir la noticia de su destino, David había empezado a sufrir graves pérdidas. Tras su última escapada, y sin que su madre lo supiera, Emma había vendido una sortija de oro de gran valor sentimental para ella, heredada de su abuela en Inglaterra, para saldar sus deudas. Arrepentido y avergonzado de la ignominia de haber obligado a su hermana a rescatarlo, David había prometido no volver a jugar jamás. Pero estaba claro que no había cumplido la promesa. La «casual» visita de unos días atrás había conducido a otras. Emma no hubiera necesitado que se lo dijera; la expresión culpable de su afligido rostro era un testimonio más que suficiente.

—Bueno, ¿cuánto has perdido esta vez? —le preguntó con la cara muy seria al ver que no le daba ninguna explicación.

—Todo —murmuró David—. Todo...

—¿Todo? Pero, ¿qué demonios es todo?

Él se lo dijo y, por un instante, Emma le miró sin comprender.

—¿Khyber Khoty? —repitió como un eco—. ¿Qué quieres decir con eso de que has perdido Khyber Khoti?

—Justo lo que he dicho —contestó David en tono apagado—. Ni más ni menos.

Emma perdió la paciencia.

—¿Cuántas copas te has tomado?

—Por el amor de Dios, Emma, no estoy borracho, ¡sé lo que digo!

—Pues entonces, ¿que es eso, una estúpida broma?

—¡Ojalá lo fuera! —David lanzó un profundo y doloroso suspiro—. Me quedé sin dinero. Lo único que me podía jugar era Khyber Khoti, y así lo hice. Perdí la partida y la casa.

Apoyó la frente en la mesa y rompió a llorar. Por un instante, sólo se oyeron en la estancia sus secos y entrecortados sollozos.

—¡Serénate, por el amor de Dios! —Sin poder asimilar todavía la tremenda noticia, Emma acercó una silla y se sentó al lado de su hermano—. Ahora cuéntame todo lo que ocurrió desde el principio.

—No hay nada que contar. Aposté la casa y la perdí, eso es todo.

—¿Cuándo, esta noche?

—No, hace un par de noches. No tuve el valor de decírtelo... ni de aparecer por casa.

—¿Estabas bebido cuando jugaste? —le preguntó Emma, enfurecida.

—Sí. No... no lo sé. Estaba... aturdido. No me daba cuenta de lo que hacía.. —La voz se le volvió a quebrar—. Dios mío, tuve que estar loco...

—No le has dicho nada a mamá, ¿verdad?

—No, claro que no. —David levantó la cabeza y se secó las lágrimas de los ojos con los puños de la camisa—. ¿Cómo hubiera podido hacerlo?

Por un instante, Emma permaneció sentada en silencio, indignada no tanto por la absurda afirmación de su hermano —que no se tomaba en serio— cuanto por el hecho de que éste hubiera incumplido su promesa. Sin embargo, sabía que, en el estado de ánimo en que se encontraba su hermano en aquellos momentos, de nada le hubiera servido dar rienda suelta a su cólera.

—¿Quiénes eran los hombres contra quienes jugaste?

—Un hombre. En singular. El demonio en persona, Em. —David se estremeció al recordarlo—. Apenas habló, pero sus ojos, Em, sus ojos...

—¡No lo empeores con estúpidas fantasías! —Emma hubiera deseado asirlo por los hombros y sacudirlo con fuerza—. ¡No hace falta ser Lucifer para engañar a un incauto irreflexivo!

—Esta vez no, Em, esta vez no, te lo juro. —David miró a su hermana con expresión todavía atemorizada—. Yo no quería jugar, Em, te juro que no quería, pero fue como si no tuviera voluntad, como si jugara mecánicamente. Él me obligó a obedecerle, Em, me obligó a jugar. Yo seguía perdiendo y él seguía ganando, pero yo no podía detenerme... hasta que, al final, me quedé sin nada que apostar más que la casa... ¡Oh, Dios mío, Dios mío! —David rompió nuevamente a llorar—. No merezco vivir, Em. ¡Ojalá me muriera!

—¡Ya basta de hacerte la víctima! —replicó Emma enfurecida—. Y no le atribuyas poderes satánicos a un curtido delincuente por el simple hecho de que te haya tomado el pelo.

—Puedes burlarte todo lo que quieras, Em, pero tú no lo conoces. Nadie lo conoce. Es... un mago, un hipnotizador...

—¿Y este mágico hipnotizador tiene algún nombre?

—Y eso, ¿qué más da? —David sacudió la cabeza entre gemidos—. No vive aquí, es un forastero en Delhi. Granville.

—¿Granville?

—Sí. Damien Granville.

Emma reprimió su sobresalto y se levantó.

—¿Jugaste contra Damien Granville?

—Sí.

—¿Habías jugado antes con él?

—Un par de veces. Y gané en las dos ocasiones.

—¿Fueron las ganancias que trajiste a casa la otra noche?

—Sí. —David se cubrió el rostro con las manos—. Granville está firmemente decidido a hacerme pagar la deuda. Me... me lo advirtió... cuando hice la apuesta.

—¿Y, a pesar de ello, jugaste?

—Te digo, Em, que este hombre es el demonio en persona. Me obligó a seguir jugando, se apoderó de mi mente, de mi voluntad y de mis sentidos.

—Jugaste porque quisiste. ¡Él no tuvo nada que ver con tu mente! —Emma empezó a pasear por la estancia—. Este... este Granville... ¿es un jugador habitual?

—No lo sé, pero estaba allí siempre que yo estaba. La apuesta se hizo en presencia de Highsmith, no puedo negarlo. Y Highsmith tiene a su servicio a unos hombres terribles que se encargan de cobrar las deudas. Además, si me echara atrás y renegara de la apuesta, ¿qué...?

Emma dejó de escucharle. ¡Todo aquello había ocurrido antes de que Granville la abordara en la fiesta! No podía creer que alguien tan elocuente como él fuese capaz de semejante hipocresía.

Presa del pánico, David la agarró del brazo.

—Dios mío, ¿cómo se lo voy a decir a mamá?

—No será necesario que lo hagas. —Emma le miró, muy seria—. Nadie, ni siquiera un empedernido jugador de ventaja esperaría que alguien hiciera honor a semejante deuda.

¿Honor? Hizo una mueca ante la ironía de aquella palabra. Convencida de que, en su ingenuidad, David había sido objeto de una broma de mal gusto y demasiado cansada como para pensar con claridad en aquel momento, hizo ademán de retirarse.

David la agarró del brazo para que no se fuera.

—¿Qué vamos a hacer, Em? —preguntó, a punto de echarse nuevamente a llorar.

—¿Hacer? —Emma se soltó de su presa—. No sé tú, pero yo me voy a la cama. —Mientras se encaminaba hacia la puerta, se le ocurrió una pregunta—. ¿Qué apostó Damien Granville en esta parodia de partida?

—Su finca de Cachemira.

—Y, si hubiera perdido, ¿crees de veras que hubiera cumplido la parte del trato que le correspondía?

—Él no hubiera perdido —contestó amargamente David—. Damien Granville sólo pierde cuando quiere. Este hombre es un ganador nato.

—Ah, ¿sí? —Emma entornó los ojos—. Bueno, pues ya veremos cómo lo arreglamos, ¿de acuerdo?

Emma no tenía ninguna razón para no creer que David hubiera estado en la casa de juegos y se hubiera metido en un lío. Pero el resto de su extraña historia sonaba a falso. Por más que Damien Granville fuera un curtido aventurero sin escrúpulos, era evidente que David hubiera sido también un blanco muy fácil para otros bribones de inferior categoría. Alegando haber sido obligado, su cobarde hermano pretendía atribuir a otro una culpa que era enteramente suya. El inmaduro e inexperto joven se había comportado con una inmadura temeridad en su afán de demostrar su hombría por medio de lo que él consideraba erróneamente unas actividades viriles. Por desgracia, era también un insensato que no había tardado en perder su dinero o, en aquel caso, la casa que su padre había puesto a su nombre y de la que entraría en posesión al cumplir los veintiún años.

Recordando su conversación con Damien Granville en el burra khana, Emma volvió a sorprenderse de su audacia. Acostumbrado sin duda a sacar el máximo provecho de su superficial encanto, se había mostrado impertinente y deslenguado. Pero, a pesar de todo, ella no podía creer que un donjuán sin escrúpulos y con un sentido del orgullo tan exagerado fuera capaz de desafiar a un irreflexivo muchacho que aún no había aprendido a moderarse en la bebida, haciendo con él una apuesta tan frívola en la esperanza de que cumpliera su palabra. ¡Era absurdo!

Pese a lo furiosa que estaba con David, se negaba a tomar en serio aquel asunto.

Pero, a pesar de su escepticismo, aquella noche Emma tuvo un sueño muy agitado. Cuando al final se levantó con los ojos enrojecidos y la cabeza pesada, reconoció a regañadientes que quizá fuera una imprudencia tomarse a la ligera la triste historia de David o las intenciones de Granville. El primer paso por tanto consistiría en reforzar su arsenal.

—¿Quieres información acerca de Damien Granville? —preguntó Jenny, incapaz de disimular su sorpresa.

—Sí.

—¿Estás interesada en él?

—El señor Granville no me interesa en absoluto —explicó Emma—. En realidad, jamás en mi vida he tenido menos interés por un hombre, te lo aseguro. Me interesa obtener información acerca de él por razones mucho menos lascivas de lo que tú te imaginas.

—¿Qué razones?

—Prefiero no revelártelas todavía. Cuando todo termine, te lo contaré.

—Cuando termine ¿qué?

—Lo que sea.

Había muy pocos secretos entre ambas familias; los Purcell ya estaban al corriente de las anteriores desventuras de David en el Bazar Urdu. Pero, por mucho cariño que le tuviera a Jenny, Emma aún no se atrevía a contarle nada debido a su innata incapacidad para guardar secretos. El motivo de aquella temprana visita matinal eran las buenas relaciones de Jenny con Grace Stowe, la cual poseía (y compartía generosamente con la comunidad de Delhi) un impresionante almacén de chismes acerca de todo el mundo. Y Emma deseaba utilizar aquel almacén. Para preservar la intimidad, había insistido en hablar con su amiga en la glorieta de la parte de atrás del jardín de los Purcell.

Comprendiendo que en aquellos momentos no iba a sacarle nada más a su amiga, Jenny suspiró.

—Bueno pues, ¿qué quieres saber exactamente acerca de él? —preguntó malhumorada.

—Todo lo que tú sabes. Aparte del hecho de que vive en Cachemira, este hombre es para mí un perfecto desconocido. ¿En qué trabaja?

Jenny soltó un bufido.

—¡Con el dinero que tiene, no necesita trabajar en nada! Grace dice que es propietario de una finca en las afueras de Srinagar llamada Shalimar, como los jardines. En todo caso, supongo que se le podría calificar de terrateniente.

¡Menudo eufemismo para designar a un hedonista!

—Los extranjeros no están autorizados a ser propietarios de tierras en Cachemira —dijo Emma—. ¿Cómo se las ha arreglado para poseer una finca en territorio prohibido?

—No tengo ni la más remota idea, pero te aseguro que se las ha arreglado. Alguien estaba comentando anoche que su padre gozaba de la amistad y el favor del difunto marajá. Supongo que la regia protección se extiende también al hijo.

Emma recordó de repente la conversación que había oído sin querer en el burra khana.

—¿Por qué es persona no grata en el Gobierno indio?

—Grace dice que por sus opiniones políticas. Simpatiza con los rusos y no le importa que se sepa.

—¿No es inglés?

—Bueno, su padre lo era, pero dicen que su madre procedía de Europa. De Austria, creo. —A pesar de que nadie la escuchaba, Jenny bajó la voz por costumbre—. Grace dice que protagonizó un escándalo.

Por lo visto, se fugó con otro hombre, pero todo se mantuvo en secreto. —Jenny se desperezó y bostezó—. Ahora ya ha muerto y supongo que no importa.

—¿Tiene más familia?

—¿Quieres decir si está casado? —Jenny esbozó una maliciosa sonrisa de complicidad.

—No.

—¿A qué se dedicaba su padre? —preguntó Emma sin prestar atención a la sonrisa.

—Grace dice que era oficial del Ejército.

—¿Del de Cachemira?

—No, del indio. Pero, ¿qué más da, Emma? Eso, ¿a quién le importa? —dijo Jenny irritada—. ¿Qué más da lo que hiciera su padre, con tal de que él no esté casado?

—¿Quién, el padre? Sí, lo considero perfectamente creíble.

Jenny soltó una risita.

—¡El hijo, boba! Su padre murió hace años.

—Pues a mí no me sorprende que el hijo siga soltero —dijo Emma con la cara muy seria—. ¿Qué mujer en su sano juicio estaría dispuesta a compartir su suerte con un presumido mujeriego como él?

—Charlotte Price, por ejemplo. Está decidida a conseguirlo, ¿sabes?

—Yo he dicho una mujer «en su sano juicio». Entonces vive solo, ¿verdad?

—Depende de lo que tú entiendas por solo. —Jenny parpadeó—. Charlotte dice que su madre conoce a alguien que le ha confirmado su interés por cierto tipo de señoras y dice que nunca le falta compañía.

—Ya, de eso no me cabe la menor duda, aunque su moralidad, o ausencia de ella—, no es asunto de mi incumbencia. ¿Por qué iba a serlo? Apenas conozco a este hombre.

—Huy, huy, huy, me da la impresión de que la señorita protesta demasiado.

—¡No es cierto! —replicó Emma, exasperada—. ¿Por qué lo tienes que interpretar todo desde un punto de vista romántico? Y, además, ¿qué tiene de especial este hombre para que todo Delhi se muera de ganas de ganarse su favor?

—A pesar del odio, es joven, es rico y está dispuesto a conceder su favor. —Jenny se rio—. Vamos, Emma, tienes que reconocer que es atractivo, baila muy bien y tiene unos modales exquisitos. Charlotte Price, desesperadamente enamorada de él, cree que es una especie de moderno mosquetero y le parece el hombre más deslumbrante que jamás haya conocido.

—A Charlotte Price le parecería deslumbrante incluso un espantapájaros siempre y cuando llevara pantalones —replicó Emma—. Pero, volviendo al tema que nos ocupa... ¿qué está haciendo en Delhi?

—¿Quién sabe? —Jenny se encogió de hombros—. Según el jardinero de Grace, cuyo hermano trabaja en la casa de Nicholson Road que él ha alquilado, recibe extrañas visitas de lugares muy extraños y envía y recibe muchas cartas. Se pasa casi todo el día encerrado en su estudio con su secretario privado.

—¿Un inglés?

—No, alguien que se llama Suraj Singh.

—¿Tiene intención de quedarse mucho tiempo en Delhi?

Jenny trató de reprimir otro bostezo.

—Bueno, parece que, de momento, está muy bien instalado. Por lo menos, ésta fue la impresión que dio la otra noche según Grace.

—¿Cómo pasa las veladas, lo sabe Grace?

—No en los burra khanas, te lo aseguro. La señora Grange estaba diciendo que todo el mundo lo ha invitado al suyo, pero que él los evita como si fueran la peste. Nadie sabe por qué aceptó la invitación de los Price, ni siquiera Grace, y, por consiguiente, la señora Grange está muy mosqueada. —Al ver el leve rubor que su comentario provocaba en las mejillas de Emma, Jenny decidió seguir machacando—. Tú no sabrás, por casualidad, por qué motivo aceptó la invitación de los Price, ¿verdad?

—¡Por supuesto que no! —contestó Emma con vehemencia—. ¿Por qué iba a saberlo?

—Pues porque tú fuiste la primera persona con quien habló Granville y no paraba de sonreír.

—¡Si no me equivoco, tú misma dijiste que yo parecía enfadada!

—Tú parecías enfadada, pero él no paraba de sonreír.

Emma cortó de golpe los comentarios con un impaciente «¡Bah!»

—¿Qué otras cosas se rumorean acerca de sus actividades?

Jenny la miró de reojo, pero no consiguió averiguar nada más por la expresión de Emma.

—Bueno, el hermano del jardinero de Grace dice que prefiere quedarse en casa, exceptuando las visitas que hace a una cierta casa de juego del Bazar Urdu.

Emma sintió que el corazón le daba un vuelco en el pecho.

—¡O sea que es un jugador!

—Supongo que sí... ¿por qué si no acudiría a una casa de juego? —Jenny ya estaba empezando a perder la paciencia—. ¿No te apetece saber alguna otra cosa más importante... por ejemplo, cómo se hizo esa cicatriz tan seductora que tiene en la barbilla?

—Pues no, pero ya veo que me lo vas a decir de todos modos.

El rostro de Jenny volvió a animarse.

—Bueno pues, todo el mundo tiene su teoría. Charlotte, con quien él bailó tres veces, cree que se la hizo en un duelo, defendiendo el honor de alguna dama, mientras que Prudence dice que es con toda seguridad la señal de la venganza de un marido burlado. En cambio Grace, que siempre lo sabe todo, prefiere una explicación más heroica. Dice que estuvo en una guerra del Himalaya, combatiendo en solitario contra los miembros de una tribu afgana. Elige lo que prefieras.

Emma no tuvo más remedio que reírse.

—¿Y qué dijeron los Bankshall?

—Se negaron a formular una teoría. Eunice juró haber olfateado en él sangre india, pues ningún inglés de pura cepa se hubiera atrevido a presentarse en público con una chaqueta de terciopelo escarlata y no digamos con un cuello escarolado, unos gemelos de camisa y un fular increíble, y Bernice dijo que era un sujeto suramericano de origen latino y, por consiguiente, un farsante. Pese al desconocido origen de la cicatriz, la opinión unánime en la *zenana* fue que Damien Granville es un hombre enloquecedoramente atractivo.

—¿Y en la *mardana*?

—Ligeramente menos entusiasta —contestó tristemente Jenny—. La opinión unánime entre los hombres, según John, es que Damien Granville es un tipo más bien vulgar.

Emma se mostró totalmente de acuerdo.

Lo que hacía de Simla —la capital estival del Gobierno de la India— el segundo hogar más deseable tanto para los *burra sahibs* como para las memsahibs era su carácter esencialmente inglés. Situada en las estribaciones del Himalaya, en lo alto de un monte de algo más de dos mil metros de altura, Simla se enorgullecía de su aire perfumado por los pinares, sus fértiles valles, sus umbrosas cañadas y los silvestres claros de sus bosques, todo lo cual constituía un eficaz antídoto contra el espantoso letargo provocado por el insoportable calor y la suciedad de los llanos. Su fresco clima asombrosamente terapéutico y vigorizante durante la Temporada era tan perfecto como su ambiente inglés.

Por el norte lindaba con las elevadas cumbres del Himalaya; por el sur bajaba en boscosas laderas hacia las colinas para fundirse con las llanuras del Punjab. En los espesos bosques de cedros de la India, pinos, robles y encinas nidificaban los chakore, y en los prados y al borde de los profundos precipicios crecían gigantescas masas de rododendros escarlata. Para los que tenían la suerte de ser destinados a Simla durante la Temporada, Simla era el Monte Olimpo. Los que se quedaban en medio del pegajoso calor y el sudor de las secas regiones de abajo la consideraban una monstruosidad burocrática. Un escritor satírico la había definido como la «Morada de los Diosecillos de Hojalata» y los que se morían de envidia se mostraban conmovedoramente de acuerdo.

Si algo le faltaba a la capital, no eran ciertamente las diversiones. Lejos de los ardientes vientos y la monotonía administrativa de Calcuta, la ciudad ofrecía interminables posibilidades de diversión. El recinto del Annandale Club era un lugar ideal para las gincanas, las meriendas al aire libre, los partidos de polo y *cricket*, los bazares benéficos, las ferias, las fiestas y la civilizada emoción del Torneo de Fútbol Durand. En el interior de las casas, se podía uno divertir sin descanso en las galas, los bailes, las representaciones teatrales y los bailes de disfraces mientras que los incesantes burra khanas ofrecían la oportunidad de pasarlo bien en una atmósfera de mayor intimidad. Pero lo más divertido de todo en aquel ambiente burocrático dominado por las camarillas y las tertulias, las intrigas, las insinuaciones y las eternas peticiones de citas era la singular posibilidad de idilios sin compromiso y sin castigo.

El lugar donde con más fuerza palpitaba el corazón de Simla era el Mall, el paseo en el que los establecimientos elegantes ofrecían la ocasión de ver y ser vistos, admirar y ser admirados, hablar y ser objeto de comentarios y concertar citas clandestinas por medio de discretos contactos visuales. En aquella calle en forma de media luna se ubicaban también las instituciones más destacadas de la ciudad —la Secretaría Civil, el Banco Imperial, la sede del Departamento Militar y el cuartel general del Ejército, la catedral católica, los clubes, las bibliotecas y gran número de hoteles, restaurantes y salones de té. Al fondo del Mall se levantaba la residencia virreinal, una estructura de seis pisos parecida a un fuerte, llena de torres y cúpulas. A pesar de su señorial aspecto —o puede que precisamente debido a él—, se decía que su ocupante de aquellos momentos, lord Landsdowne, se alegraba de disponer finalmente de una residencia genuinamente inglesa en lugar de ocupar un simple palacio indio.

El hecho de que aquella primitiva y desierta zona de caminos enfangados y toscas chozas de madera hubiera conseguido alcanzar semejante sofisticación constituía un motivo de incesante asombro. Allí se daban por descontados las orquestas de Londres, el salmón de Escocia, las sardinas del Mediterráneo, el champán y los vinos de los viñedos franceses, las exquisiteces enlatadas de Fortnum & Mason, la pastelería y el chocolate de Suiza y la última moda de Savile Row y de las casas de alta costura de París. En las pulcras villas inglesas los jardincitos ingleses estaban cercados por vallas de estacas blancas en cuyas puertas se leían nombres como Palomar, Prados Verdes, Las cañadas y Villa Rosa Silvestre. Una de las mayores aportaciones a la fama de Simla era el hecho de que en aquel singular ambiente Lola Montes, una de las más célebres cortesanas del siglo, hubiera practicado y perfeccionado por primera vez sus adolescentes habilidades.

Entre todo aquel jolgorio y frivolidad también se trabajaba, naturalmente, y, aunque algunos funcionarios del Gobierno prefirieran no trabajar demasiado durante la divertida Temporada, no era el caso del coronel Wilfred Hethrington, director del servicio secreto militar. Plenamente consciente del fundamental papel de su departamento en la recogida de información a lo largo de las delicadas fronteras del norte, el coronel Hethrington se tomaba muy en serio su responsabilidad. Debido precisamente a la proximidad entre Simla y los estratégicos reinos del Himalaya, el departamento tenía su sede permanente allí, durante todo el año, al igual que el cuartel general del comandante en jefe del Ejército indio, bajo cuya autoridad se encontraba.

Tras haber llegado temprano a su despacho del Mall aquel lunes por la mañana de principios de la temporada en que se aspiraba en el aire el perfume del aroma de los pinos, el coronel Hethrington permanecía sentado con aire pensativo, contemplando los objetos colocados sobre su escritorio: un sextante, una brújula, unos prismáticos de campaña, un caparazón sellado de cauri, un bastón pleglable y un fino estuche de termómetro. Todas las herramientas de trabajo hábilmente disimuladas de los agentes secretos habían sido guardadas en el doble fondo de un maltrecho baúl de viaje de gran tamaño, situado al lado del escritorio desde su reciente entrega al Departamento.

Tomando una hoja de papel de su escritorio, el coronel la volvió a leer y pulsó con fuerza el timbre.

La puerta se entreabrió ligeramente y apareció su *chaprasi* personal con una bandeja de té.

—¿Señor?

—¿Ha regresado de Delhi el capitán Worth, sahib?

El sirviente vestido con librea contestó que sí.

—Dile que entre, por favor.

El sirviente posó la bandeja sobre el escritorio, secó con una servilleta blanca algunas gotas derramadas en el platito, hizo una reverencia y se retiró.

Con su poderoso torso y su ralo cabello peinado artísticamente de tal forma que cubriera los espacios sin pelo (su única concesión a la vanidad), el coronel Hethrington tenía la clase de aspecto que él aprobaba en su fuero interno. Anodino y olvidable, cosa que en el tipo de actividad que él desarrollaba le parecía una ventaja. Pero, detrás de aquellas anodinas facciones se ocultaba un enérgico y meticuloso cerebro más afilado que una aguja, que raras veces descansaba. Mientras tomaba el té, esperando con impaciencia la llegada de su confidencial ayudante, miró con aire distraído a través del mirador. Sobre el trasfondo de una vista impresionante, una familia de macacos brincaba sin parar en el alféizar. Pero él ni siquiera se dio cuenta.

Al igual que muchos otros, el coronel Hethrington consideraba que la migración anual de todo el Gobierno a Simla era una pérdida de tiempo, energía y dinero público, un capricho que había empezado a practicar un virrey que no soportaba el calor estival de Calcuta. Bueno, ¿acaso había alguien que lo soportara? Por su parte, lo que no soportaba —a diferencia de muchos de sus compañeros— era la Temporada. Nunca dejaban de asombrarle las transformaciones que un simple cambio geográfico era capaz de producir en algunos hombres por otra parte respetables y devotos. Mientras que en Calcuta casi todos ellos se guardaban mucho de meter la pata, un simple soplo de aire del Himalaya bastaba para que olvidaran totalmente la corrección. Los principales transgresores eran, naturalmente, los que habían dejado a sus esposas y familias a su espalda. Entregándose con total impunidad a los retozos con mujeres a las que jamás habían visto antes de que se iniciara la Temporada —y a las que no volverían a ver en cuanto ésta terminara—, se convertían en unos rendidos esclavos del deseo carnal. Y las mujeres se comportaban todavía peor, de ser ello posible. Para la descarada cosecha anual de viudas, viudas provisionales y solteronas, cualquiera que fuera blanco, estuviera dispuesto y luciera bigote (soltero, marido o viudo) era objeto de caza con vistas a unas relaciones clandestinas estivales.

Pensando en los escandalosos meses que tenía por delante y, sobre todo, en el baile de disfraces inaugural del virrey que se iba a celebrar en un futuro inmediato, el coronel Hethrington contempló su taza con semblante malhumorado. Su esposa, una mujer de conducta, prudencia y devoción intachables, se había empeñado en disfrazarse como la reina Isabel para su Walter Raleigh, y, a pesar de sus súplicas, él no había conseguido disuadirla de tal propósito. Su irritación iba aumentando por momentos y, cuando estaba a punto de pulsar con furia el timbre, se abrió la puerta con el habitual chirrido de costumbre y apareció el capitán Nigel Worth.

—¡Señor! —dijo éste, cuadrándose—. Estaba a punto de...

—¿Dónde demonios se había metido usted? —le preguntó el coronel Hethrington en tono exasperado—. Llevo una hora esperándole.

Era una descarada exageración, pero el capitán Worth se guardó mucho de contradecirlo.

—Estaba dando instrucciones a Burra Babu acerca del *Kashmir-Military Gazetteer*, señor. Hay que ponerlo al día y por eso pensé que.... tenía que... —El capitán interrumpió la frase, hipó y se apresuró a cubrirse la boca con la mano—. Disculpe, señor, pero hemos estado ensayando hasta altas horas de la madrugada y apenas he dormido.

Los esfuerzos del capitán por explicar la razón de su bostezo no impresionaron al coronel. Estaba claro que aquella maldita Jethroe lo había acompañado desde Delhi y el muy insensato se había pasado toda la noche en vela... ¡pero no ensayando precisamente! Coincidiendo con la autorizada opinión de su esposa, el coronel Hethrington reconocía que los ojos color avellana del capitán eran tremendamente lánguidos, que su nariz griega era impresionante y que los océanos de ondas de color castaño que cubrían su cabeza debían de resultar irresistibles para los dedos femeninos. El coronel estudió con fría expresión de reproche los adormilados ojos, la enrojecida nariz y el ondulado cabello. Llegó a la conclusión, y no por primera vez, de que aquel rostro no resultaba en modo alguno apropiado para Simla durante la Temporada. Hethrington lamentó amargamente no tener poder para sanear la moralidad de sus colaboradores. Si le hubiesen dejado las manos libres, no habría tardado en meter en cintura a todo aquel hato de desvergonzados. Por desgracia, había tenido que luchar con uñas y dientes para que Crankshaw soltara a Worth y le permitiera trasladarse a Simla. Pero la mala suerte había querido que, tras haber encontrado un ayudante de primera, éste hubiera resultado ser un actor aficionado que, por si fuera poco, no conseguía mantener los pantalones abrochados. Si Worth no hubiera sido un maestro consumado del subterfugio ni tenido una mente tan tortuosa como el laberinto del Minotauro, él lo hubiera mantenido encadenado a su escritorio hasta que los enjambres de langostas volvieran a bajar por las colinas anunciando el final de la Temporada.

—Siéntese, siéntese —rezongó el coronel, empujando la bandeja del té y la hoja de papel hacia el centro del escritorio.

—En cuanto al proyecto, señor...

—Más tarde, capitán, más tarde —dijo el coronel, rechazando el proyecto con un gesto de la mano—. Como puede usted ver, el IG me ha vuelto a llamar. Quiere volver a discutir la cuestión del horrendo asesinato de Hyperion.

Worth dirigió una anhelante mirada a la bandeja del té, pero, intuyendo el malhumor de su comandante en jefe, no se atrevió a alargar la mano hacia ella. En lugar de eso tomó y leyó el mensaje del superior directo de ambos, el Intendente General.

—No me extraña, señor. No cabe duda de que quedan algunos cabos sueltos.

—¡Eso es decir muy poco! —Hethrington se levantó, abrió el baúl de viaje, guardó en él los objetos esparcidos sobre su escritorio, colocó de nuevo el doble fondo y volvió a sentarse—. Ojalá Hyperion hubiera podido enviar un mensaje más exhaustivo con su baúl. Le sacamos toda la información posible a su *gurkha* antes de enviarlo a Kanpur, ¿verdad?

—Sí, señor. El interrogatorio de Lal Bahadur fue muy exhaustivo. En cualquier caso, Hyperion no le hubiera confiado a este hombre detalles delicados, ni siquiera en clave, sabiendo que él iba a entregar personalmente los papeles.

Aquella explicación tan lógica no sirvió para mejorar el estado de ánimo del coronel.

—Pues, ¿qué demonios podré decirle entretanto al IG? ¿Que sabemos dónde están los papeles de Hyperion, pero que a Crankshaw se le escaparon de las manos? ¿Cómo cree usted que recibirían esta maravillosa noticia Su Excelencia, el comandante en jefe y el secretario de Asuntos Exteriores, eh? ¡Por no hablar del condenado Whitehall!

—En honor a la verdad, señor, debo decirle que el señor Crankshaw se trasladó al caravasar de Leh en cuanto recibió nuestro telegrama. Él no tiene la culpa de que, para cuando consiguió convencer a los mercaderes de que hablaran, ya fuera demasiado tarde. —Worth soltó un educado carraspeo—. Bien mirado, señor, hubiera podido ser mucho peor.

—¿Usted cree?

—Bueno, teniendo en cuenta el miedo que tenían los yarkandis de que los acusaran del asesinato, lo más probable hubiera sido que no se molestaran en entregar los efectos personales de Hyperion. Hubieran podido enterrar el morral de alfombra con el cadáver o dejarlo simplemente abandonado en el Karakorum. Nos enteramos del ataque sólo porque el señor Crankshaw se adelantó a los demás.

—¡Para lo que nos ha servido eso hasta ahora!

—Bueno, señor, si el mulá no hubiera tenido tanta prisa por largarse a La Meca, el señor Crankshaw habría...

—Bueno, bueno, todo eso ya lo sé.

Apurando el contenido de su taza, Hethrington se levantó y empezó a pasear. Uno de los macacos del alféizar de la ventana, que debía de ser el padre de familia, golpeó uno de los cristales de la ventana abierta. Profundamente enfrascado en sus pensamientos, el coronel Hethrington siguió sin darse cuenta. Worth aprovechó la oportunidad para llenarse una taza y tomar un reconfortante sorbo de té.

—Hyperion no era en modo alguno un hombre descuidado, señor.

—¿Considera usted necesario recordármelo? Aun así, fue una suerte que los asaltantes estuvieran impacientes por apoderarse del botín y sólo destruyeran los papeles que estaban a la vista.

—Eran unos analfabetos, señor —le recordó con cautela el capitán—, y existe otra posibilidad que quizá tengamos que tomar en consideración como último recurso.

—¿Cuál es?

—Sabiendo que lo seguían y que su vida estaba en peligro, Hyperion debía estar sometido a una tremenda tensión mental. En semejantes condiciones, señor, hasta los agentes tan perspicaces como Hyperion son humanos y capaces de cometer un error.

Volviendo a sentarse, el coronel inclinó la cabeza y apoyó la barbilla en el pecho.

—Cierto —reconoció tristemente—, aunque quepa esta posibilidad, me cuesta aceptarla. —Lanzó un profundo suspiro—. Era un buen hombre, capitán, uno de los mejores. No sabe cuánto lamento haberle perdido. —Se chupó las mejillas y dio unos golpecitos con un dedo sobre el escritorio. Y ahora, para acabarlo de arreglar, tenemos que habérnoslas con Charlton.

—Sólo habla de rumores, señor.

—¡Hasta que descubra la verdad! —Hethrington se irritó una vez más por la costumbre de su ayudante de ver siempre el lado bueno de las cosas. El optimismo tenía su lugar y su momento—. Puesto que el Yasmina se localizó y los papeles han desaparecido, los malditos dardos de Charlton están dando demasiado cerca del blanco como para estar tranquilos. Aquí hizo demasiadas preguntas y husmeó demasiado en el club. Me gustaría que no se tomara usted el asunto tan a la ligera. —El coronel volvió a tamborilear nerviosamente con los dedos sobre el escritorio—. Y le advierto que, como Charlton olfatee la existencia de este insensato proyecto en que usted me ha metido... ¿con qué nombre lo bautizó usted?

—Jano, señor. El proyecto Jano.

—¡Sí, y comprendo por qué! —La sonrisa de Hethrington era ácido puro—. Bueno, como Charlton publique su maldito proyecto en la primera plana, tenga por seguro su traslado y el mío a las cocinas del acantonamiento de Meerut.

—Bien, señor, puesto que ninguna otra cosa ha dado resultado...

—¿Y usted cree que eso lo dará? ¡Yo no!

—Si fracasamos, no estaremos en peor situación que ahora.

—¡Si Charlton lo descubre, vaya si lo estaremos! —Hethrington se dejó caer pesadamente en su asiento—. ¿Cree usted que podríamos? Fracasar, quiero decir.

—Espero que no, señor, pero...

Worth titubeó.

—¡Justamente! —El coronel aprovechó la pausa—. Es este maldito «pero» el que no hay manera de eliminar, ¿verdad? —Se sujetó la barbilla con los dedos y cerró los ojos—. Todo eso es muy arriesgado, capitán. Hay demasiadas variables. Además, no me fío de este hombre suyo. No me fie cuando lo conocí y sigo sin fiarme. En fin... —el coronel respiró hondo—, creo que será mejor que me cuente qué ha estado usted haciendo hasta ahora.

Asintiendo de vez en cuando con la cabeza, Hethrington escuchó fuertemente con los labios fruncidos, después se reclinó contra el respaldo de su asiento y se sumió en un pensativo silencio. El capitán esperó prudentemente un momento antes de soltar el delicado carraspeo que solía utilizar para reclamar la atención del coronel.

—Quisiera hablarle de nuestra parte del trato, señor.

—Ah, sí, eso también. —El rostro de Hethrington adquirió una expresión todavía más sombría—. El hombre ya ha emprendido viaje hacia Kashgar, ¿verdad?

—Por supuesto, señor, con los suministros médicos que Capricornio ordenó. El señor Crankshaw y yo presenciamos la partida de la caravana desde Leh antes de mi viaje a Delhi. Con un poco de suerte, a estas horas ya podrían haber cruzado la frontera china.

—¿Y bien?

—Creo que tenemos que enviar a Capricornio algunas explicaciones esenciales.

—No. —Hethrington sacudió la cabeza—. Todavía no. Cuanto menos sepa, tantos menos riesgos correremos. Remedios digestivos a base de hierbas, ¿eh? —El coronel soltó un bufido de desagrado—. ¿Capricornio cree de veras que estos mejunjes de brujería india podrán contrarrestar la influencia del cónsul ruso en Kashgar? Mire bien lo que le digo, capitán, Capricornio ni siquiera podrá acercarse a la distancia de un pedo del *taotai*.

—Capricornio es muy ingenioso, señor.

—Pues yo sigo pensando que persigue una quimera, aunque supongo que ahora ya es demasiado tarde para que nos preocupemos por eso.

—Sí, señor. Ahora no nos queda más remedio que esperar a ver qué ocurre.

Hethrington lo miró fríamente.

—Si lo ha dicho para tranquilizarme, capitán, le ruego que se abstenga de insultar mi inteligencia con sus perogrulladas.

El coronel se levantó de un salto de su asiento y, cruzando la estancia, se acercó a la ventana abierta en cuyo alféizar los macacos esperaban pacientemente su ración diaria de alimento. Arrancó unas cuantas bananas de un cuenco que había sobre una mesita auxiliar y se las fue arrojando una a una. Saltando alegremente del alféizar, los monos se alejaron corriendo entre estridentes gritos mientras se peleaban y forcejeaban entre sí por la fruta. Hethrington permaneció un rato junto a la ventana, prestando atención a los habituales sonidos de la mañana... el zumbido de las abejas, el graznido de los cuervos y los relinchos de unos lejanos caballos. Respirando hondo, dejó que las frías ráfagas de viento le refrescaran los pulmones, le serenaran la mente y le calmaran los nervios. De pronto, se le ocurrió una idea y se volvió... para sorprender a su ayudante en pleno bostezo.

Optando por no expresar lo que pensaba, regresó a su escritorio a grandes zancadas.

—Eso es todo por ahora, capitán —dijo glacial, alegrándose de tener un motivo justificado para descargar su bilis—. Puesto que es evidente que le estoy impidiendo dormir, le aconsejo que reanude su siesta sobre el *Kashmir Gazetteer*. Y, entretanto, consideraría un favor a mi persona, al departamento que le paga el sueldo y al Imperio que tratara de dormir un poco esta noche.

Worth se ruborizó intensamente, se levantó de un salto y se encaminó a toda prisa hacia la puerta, que, como de costumbre, chirrió al abrirse como si estuviera en la agonía.

—Busque un poco de aceite para este ruido infernal, si no le importa.

—Sí, señor. Me encargaré de ello inmediatamente.

—Oiga, capitán.

—¿Señor?

Worth interrumpió su fuga.

—¿Cómo dijo usted que se llamaba la obra que dice haber estado ensayando toda la noche?

—Pues... *Isabel y Raleigh*, señor.

—Ya me parecía a mí. —El coronel esbozó una torva sonrisa—. Resulta que mi esposa y yo necesitamos unos disfraces de Isabel y Raleigh para el gran baile de disfraces de Su Excelencia del próximo sábado. Sabedor de la influencia que usted ejerce sobre las principales lumbreras del Teatro de Variedades, no me cabe la menor duda de que sabrá exactamente cómo conseguírmelos.

El coronel observó con sádico regocijo cómo su angustiado ayudante daba media vuelta y huía despavorido.

4

Los variados chismes que Jenny le había contado no tenían demasiado interés para Emma, pero ésta había conseguido confirmar por lo menos que una parte de la historia de David era cierta. Damien Granville era efectivamente un jugador y visitaba la casa de juego. Ahora le quedaba por comprobar el resto de la mejor manera que pudiera, por desagradable que le resultara aquella perspectiva.

Cuando su impresionado factótum fue en su busca, Bert Highsmith, el londinense propietario del Bazar Urdu, se quedó de una pieza al ver en su anticuado despacho a una inglesa que, para colmo, parecía toda una señora.

—¿Sí? —Obligado a levantarse de la cama por culpa de aquella inesperada visita, los modales de Highsmith no eran muy cordiales precisamente—. ¿En qué puedo servirla, señorita?

Sin perder tiempo con preliminares, Emma le dijo su nombre.

—Estoy aquí por una partida que, al parecer, jugaron hace unos días en esta casa el teniente Wyncliffe y un tal señor Granville.

—Bueno, ¿y qué? —replicó el propietario sin tomarse la molestia de disimular un bostezo que dejó al descubierto una lengua saburrosa y unos dientes con manchas de tabaco. De pronto, cayó en la cuenta de lo que significaba el apellido y adoptó una actitud más cautelosa. «¡Oh, Dios mío», murmuró en su fuero, interno, «es una maldita familiar del muchacho!»—. ¿Es usted pariente del caballero?

—Sí. ¿De qué fue la partida?

—De veintiuno.

—¿Y estuvo usted presente durante toda la partida?

—Sí, siempre estoy presente en todas las partidas que... —Dejó la frase en el aire y en su rostro se dibujó una expresión de recelo—. Pero, bueno, ¿qué es lo que pasa? ¿Ocurre algo con la partida?

—Eso es lo que he venido a averiguar —contestó Emma—. ¿Ocurrió algo?

El rostro del propietario se ensombreció.

—¿Está usted insinuando que...?

—Lo único que yo quiero saber, señor Highsmith, es si la partida entre el teniente Wyncliffe y el señor Granville fue limpia.

Emma comprendió el carácter absurdo de la pregunta, pero, aun así, estudió detenidamente el rostro del propietario.

Le pareció que el hombre se alteraba ligeramente.

—¡Todas mis partidas son limpias, téngalo por seguro! Wyncliffe es cliente de aquí desde hace tiempo, él mismo se lo podrá decir.

—¿Y el señor Granville? ¿También es cliente desde hace tiempo?

—Por desgracia, no. —El hombre sacudió apenado la cabeza—. Es todo un caballero y aquí no suele haber muchos. —Emma se preguntó qué habría dicho David al respecto—. Pero es astuto, muy astuto. Intuye cómo van a caer las cartas.

Emma se inclinó sobre el escritorio.

—¿Alguien más puede atestiguar que fue una partida limpia? Tuvo que haber otros testigos, ¿no?

—No. —Los ojos del propietario la volvieron a mirar con recelo—. Las partidas con apuestas elevadas se juegan en privado, ¿sabe usted? Los jugadores se sientan en una habitación interior, no fuera. No quieren que los desconocidos les estén encima. —Su rostro se ensombreció—. No sé qué está usted buscando, señorita, pero, tal como ya le dije, si alguien ha dicho que yo regento una casa poco honrada, ¡es un condenado embustero!

—En tal caso, supongo que eso debe de ser el señor Ben Carter. —Emma dijo una descarada mentira, consciente de la dudosa fama de Highsmith—. El señor Ben Carter es de otra opinión.

Highsmith, un marinero de Liverpool que años atrás había abandonado su barco en Bombay, también organizaba partidas de satta, peleas de perros y gallos, carreras de palomas y concursos de vuelo de cometas, siempre desde una posición de ventaja. Según lo que Emma había oído decir, era un consumado bribón que a menudo tenía problemas con la ley.

Al oír el nombre del jefe superior de policía, Highsmith se ruborizó y volvió a cambiar de actitud. Sus estupefactos empleados, que se habían congregado junto a la puerta, sorprendidos ante la insólita presencia de una dama inglesa en el local, retrocedieron.

—Ocurrió sólo una vez —murmuró malhumorado—. Esta partida la supervisé yo personalmente. Pregúnteselo a Wyncliffe, pregúnteselo a Granville, pregunte a cualquiera de mis empleados —añadió, señalando con un teatral gesto de la mano a sus mal vestidos empleados.

Emma le miró fijamente y Highsmith bajó los ojos. En caso de que ocultara algo, ¿cómo podría ella averiguarlo?

—¿De cuántos días disponen los perdedores para pagar sus deudas?

—De quince. Es justo, ¿no le parece?

—No tengo ni idea. ¿Y se amplía alguna vez el plazo?

—Eso no tiene nada que ver con la gerencia —contestó el propietario, encogiéndose de hombros—. Eso lo decide el ganador.

—¿Las deudas se pueden pagar a plazos?

—Es lo mismo que ya le he dicho —contestó Highsmith, encogiéndose nuevamente de hombros sin poder disimular su impaciencia—. ¿Por qué no se lo pregunta al señor Granville?

A Emma ya no se le ocurrían más preguntas que hacer. Tragó saliva y formuló la única que había estado reservando para el final.

—¿Qué estaba en juego en la partida que jugaron?

«O sea que no se lo había dicho...¡muy típico!»

—No es costumbre de la casa... —empezó diciendo, pero enseguida recordó que aquella agresiva mujer conocía al maldito jefe superior de policía—. Sus casas —contestó, enfurecido—. ¡Apostaron sus condenadas casas, eso es lo que apostaron!

—¿Y usted permitió que esta apuesta tan monstruosa se hiciera en su establecimiento? —preguntó Emma con severidad—. ¿No hizo nada por disuadirlos de su intento?

—¿Y cómo hubiera podido hacerlo? —gimoteó el propietario—. Intenté impedirlo, bien lo sabe Dios. El joven Wyncliffe estaba demasiado bebido como para escucharme. Jugó y perdió la casa... Khyber Pass o algo parecido...

Emma regresó a casa abatida. Su encuentro con el lado menos agradable de Delhi y con los bajos fondos la había trastornado. ¿Había merecido la pena aquella visita? No lo sabía... como tampoco sabía lo que iba a hacer a continuación.

Aquella noche, a la triste hora de cenar, David se sentó en un silencio tenso y picó la comida sin levantar la mirada del plato. Sus ojos, hundidos y ojerosos, parecían los de un fantasma, y los cubiertos que sostenía en la mano tintineaban contra la porcelana a causa del temblor de sus dedos. Pero, absorta en la descripción de las más recientes batallas de Carrie Purcell con su hija Jenny a propósito de las elevadas facturas de su ajuar, Margaret Wyncliffe no se dio cuenta.

—Pero ¿qué demonios voy a hacer, Emma? —dijo David entre sollozos cuando su hermana lo acorraló en su habitación después de la cena—. Ya he recibido dos mensajes de la gerencia de la casa de juegos, instándome a saldar la deuda... el segundo de ellos acompañado de toda suerte de amenazas. —O sea que ésa era la honradez de la «gerencia» según Highsmith—. ¿Crees que tendría que ir a ver a Granville? A lo mejor, si le explicara...

—¡No! —exclamó Emma, enfurecida—. Ya te has rebajado bastante... ¿cómo te atreves a pensar siquiera en un comportamiento tan servil? ¿Es que no te queda ni una pizca de dignidad?

No le comentó su visita a Highsmith. Bastante hundido estaba bajo el peso de la culpa; por mucho que se la tuviera merecida, una nueva humillación sería una crueldad.

—Pues, ¿qué hago? —El alivio de David por el hecho de haber sido salvado de ver a Granville resultaba patético—. ¡No puedo quedarme aquí cruzado de brazos sin hacer nada!

—Ya has hecho suficiente —dijo Emma con amargura—. Déjalo todo de mi cuenta. Ya se me ocurrirá algo.

David se apartó, destrozado.

—Sí, ya sé que se te ocurrirá. Siempre se te ocurre algo que hacer.

Pero el caso es que ya había hecho algo que sólo había servido para intensificar el resentimiento que experimentaba contra su hermano. A la mañana siguiente, sin embargo, un inesperado rayo de luz iluminó la oscuridad: una carta del doctor Theodore Anderson, rogándole que se reuniera con él en el College con sus papeles.

«Supongo que tendré que esperar hasta que usted me visite...»

Aquella tarde, Emma se sentó rechinando los dientes para redactar una carta a Damien Granville. Fue una nota muy breve, solicitándole simplemente una entrevista tan pronto como le fuera posible. Antes de que se debilitara su determinación, mandó llamar al jardinero y lo envió a entregar la carta a la calle Nicholson.

Seguía estando convencida de que el desvergonzado señor Granville se llevaba un misterioso juego entre manos a propósito de su hermano. A pesar de su presunta riqueza, estaba claro que aquel hombre era un estafador y, como todos los estafadores, tendría un precio. Lo que ella debía hacer ahora era averiguar cuál era ese precio y rezar para que pudieran pagarlo. Descartando de su mente aquel sórdido asunto, decidió entregarse a una frenética actividad.

El estudio seguía desordenado y había que clasificar y archivar los papeles. Además, las cartas de condolencia que se habían recibido con retraso aún esperaban respuesta en nombre de su madre. Sentada ante la máquina de escribir de su padre, que ella misma había aprendido a utilizar con considerable destreza, Emma no tardó en enfrascarse en su tarea. Mientras volvía a leer las cartas y los homenajes de los colegas de universidades extranjeras para su padre, los recuerdos volvieron a su mente y la llenaron de nostalgia.

Era una vez más una niña de diez años. Una vez más se encontraba con su padre en remotas regiones que la historia identificaba como la cuna de la civilización humana. Regresaron en cascada los sabores, los espectáculos y los sonidos de las alegres vacaciones estivales de su infancia, aquel gozoso alivio de las aburridas costumbres de siempre, la camaradería de los campamentos, la libertad de pasear, explorar, observar, interrogar y aprender. Recordaba los almuerzos al aire libre, entre las flores, y las historias que por la noche se contaban a la hora de dormir alrededor de las hogueras del campamento bajo el cielo estrellado. Recordaba el sabor del extraño té que servían en los altos monasterios de lamas tibetanos, amargo, mantecoso y cocido con verduras, y lo refrescante que le resultaba.

Perdida en sus recuerdos, experimentó una vez más la tremenda emoción de un insólito hallazgo: un polvoriento estante de un secreto monasterio del Himalaya lleno de antiguos textos; un montón de escombros que antaño fueran una *stupa*; una oscura pared cubierta de olvidados frescos. Volvió a sentir la prodigiosa emoción de poder tocar objetos que ya existían tres siglos antes de Cristo, dos siglos antes de la invasión romana de Gran Bretaña y setecientos años antes de que Inglaterra viera un solo rostro que se pudiera llamar inglés.

Su intrepidez al nadar, cabalgar, pescar y cazar hacía las delicias de su padre y obligaba a su madre a ir corriendo en busca de los frascos de sales. A diferencia de sus compañeras de escuela, que tanto evitaban el sol por temor a que les bronceara la piel, ella no experimentaba tales temores y dejaba que su tez saludable adquiriera un dorado color de miel. Saltando y brincando por las llanuras, subiendo por cuestas tremendamente empinadas y chapoteando en legendarios ríos, donde los cocodrilos la observaban con indiferencia desde lejos, el aire libre era para ella una fuente de vida.

Emma no se percataba de las molestias de la vida en el campamento y era capaz de soportar la ausencia de las comodidades urbanas mucho mejor que su frágil hermano. Por suerte para ella, el presupuesto de la familia era muy limitado y sólo David pudo ser enviado a un internado de Inglaterra. Ella fue admitida en un convento de Delhi y se alegró de poder permanecer en la India al lado de su paciente y didáctico progenitor. Fue precisamente durante aquellos años cuando su padre le enseñó a apreciar los tesoros de aquella tierra tan distinta que había elegido como propia y la animó a considerar su complejo patrimonio cultural como parte del suyo.

Evocando las imágenes y los recuerdos del pasado, las horas le pasaron volando. Cuando terminó de escribir las cartas, de clasificar los papeles y de ordenar un poco el estudio, sintió que se le llenaba el corazón de tristeza. Seguía echando desesperadamente de menos a su padre y aún no había conseguido asimilar el hecho de que un hombre tan rebosante de vitalidad, tan esencialmente honrado y con tantas cosas que aportar a los tesoros del conocimiento humano hubiera muerto solo en una tierra anónima un anónimo día, lejos de sus amigos y de su familia. Le parecía una ironía terrible que hubiera muerto entre las montañas que tanto amaba, precisamente entre aquellas montañas que le habían deparado los días más felices de su vida.

Tan enfrascada estaba en los recuerdos del pasado que sólo cuando fue a encender la lámpara de queroseno de su escritorio recordó la nota que le había enviado a Damien Granville, una nota a la cual éste no había contestado. Cuando mandó llamar al jardinero, el hombre le dijo que le habían pedido que entregara la carta al vigilante de la verja y le habían dicho que *huzur* —que así llamaban los criados a su amo— contestaría al día siguiente.

Pero al día siguiente no hubo ninguna respuesta de Damien Granville.

Emma comprendió que el retraso era deliberado y que la tensa espera obedecía a su pura perversidad. Pero, teniendo en cuenta las circunstancias, comprendió que lo único que podía hacer era armarse de paciencia y esperar. El silencio de Damien Granville se prolongó dos días más. Entonces, cuando ella ya estaba considerando la humillante necesidad de enviarle un recordatorio, Granville rompió su silencio y envió una respuesta: «El señor Damien Granville tendrá sumo gusto en recibir a la señorita Emma Wyncliffe en la dirección arriba indicada a las once de la mañana del jueves que viene.» La nota estaba firmada por un tal Suraj Singh que era el secretario privado de Damien Granville, según le había dicho Jenny.

Bueno pues, la suerte estaba echada; ya no podía volverse atrás. Emma nunca había abrigado la menor duda de que Granville accedería a recibirla... ¿cómo hubiera podido desaprovechar la oportunidad de experimentar aquella satisfacción tan perversa? Faltaban dos días para el jueves. Procurando no pensar en la cita, Emma concentró su energía en la preparación de su trascendental entrevista con el doctor Anderson.

—Me he enterado de su terrible experiencia, querida —dijo el doctor Anderson en cuanto Emma entró en la sala del College donde él impartía sus clases—. ¿No perdieron nada de valor, espero?

Se estaba refiriendo al robo, naturalmente.

—Afortunadamente, no —contestó Emma—. Fue una molestia, más que un motivo de preocupación.

—Vaya, pues me alegro. —Tras haber aclarado el asunto, el doctor Anderson le indicó una silla—. No pensaba que tuviera tiempo para prestar la debida atención a su proyecto. Pero, pensándolo mejor, creo que me he precipitado. Un proyecto en memoria de un estudioso y querido amigo mío que tanto se esforzó en dar a conocer la cultura budista merece ser respaldado. Así pues, si usted considera que una o dos horas de orientación semanal le podrían ser útiles, yo tendría mucho gusto en dedicárselas. Por desgracia, con la expedición que tengo entre manos, es lo único que puedo ofrecerle de momento.

Emma aceptó con gratitud, y añadió que esperaba ser digna de él y estar a la altura de las expectativas.

El doctor Anderson le dirigió una mirada perspicaz.

—Aunque sólo sea en calidad de editora de los textos, querida, ¿se da usted cuenta de las considerables dificultades que entraña la tarea que se dispone a afrontar?

—Vaya si me doy cuenta —contestó Emma—, pero los trabajos de mi padre que ya han sido publicados sólo necesitan unas cuantas notas a pie de página para ponerlos al día. Los más complicados serán, naturalmente, los trabajos no publicados.

—Graham me comentó sus proyectos antes de marcharse. Yo le aconsejé que lo pensara mucho antes de adentrarse en el glaciar, pero él estaba obsesionado con el monasterio y no hubo manera de disuadirlo. —El doctor Anderson chasqueó la lengua y sacudió apenado la cabeza—. Volviendo a su libro... sé que Graham era muy meticuloso en la anotación de todos los detalles, pero, para que éstos resulten científicamente creíbles, se tienen que interpretar cuidadosamente. Incluso en su papel de editora, corre usted el riesgo de provocar polémicas.

—A otros más expertos y eruditos que yo les ha ocurrido lo mismo, doctor Anderson. Los veintitrés volúmenes de Alexander Cunningham, por ejemplo, han sido sido muy criticados e incluso calificados de superficiales... ¡y eso que era nada menos que el director general del Servicio de Agrimensura Arqueológica de la India!

El doctor Anderson asintió con la cabeza.

—Sí, lo que usted dice es cierto. Por otra parte, a pesar de su estrecha relación con su padre y con su trabajo, para que la obra que usted se propone esté a la altura de su objetivo, querida niña, es necesario que tenga usted un dominio absoluto del tema. ¿Lo tiene?

—Pues la verdad es que no lo sé —contestó Emma con toda sinceridad—. A veces temo que afronto una tarea superior a mis capacidades. Pero, al mismo tiempo, creo que tengo que hacer por lo menos un esfuerzo. Mi padre así lo hubiera querido.

No se atrevió a decir, por temor a hacer el ridículo, que, mientras trabajaba en las notas de su padre, se había sentido muy unida a él, le había parecido oír su voz a través de su escritura y había experimentado la sensación de que aquel ejercicio la ayudaba a superar el dolor de la pérdida.

—Sin dármelas en absoluto de erudita —dijo en cambio—, creo que domino el tema bastante bien. Puede que mis conocimientos sean limitados, pero no así mi entusiasmo ni mi sinceridad.

—Todas estas cosas son muy necesarias y dignas de elogio, naturalmente, pero, en estos temas esotéricos tan especializados, puede que no sean suficiente. Hubo un tiempo en que el mundo exterior no sabía nada de la historia budista. Hoy en día el interés por ella es cada vez mayor, sobre todo en Occidente. Las prácticas y las filosofías budistas e hindúes se están estudiando muy en serio. Ahora los intelectuales buscan su inspiración en Asia. En el libreto de *Parsifal*, por ejemplo, Wagner incluyó un episodio del *Ramayana*, y los lienzos de Odilon Redon y la obra literaria de Tolstoi muestran de manera inequívoca... —El doctor Anderson se detuvo, recordando que no estaba dando clase a sus alumnos—. Me temo que me he desviado del tema... ¿de qué estábamos hablando? Ah, sí, de su capacidad para compilar este libro.

—O de mi incapacidad —dijo tristemente Emma.

El doctor Anderson contempló el preocupado rostro que tenía delante y el tono de su voz se suavizó.

—Puede que mis comentarios le hayan parecido excesivamente duros, querida, pero me limito a señalar que servirá usted mejor a la justicia si consigue contemplar la obra de Graham con imparcialidad. La profesionalidad tendrá que situarse por encima del sentimiento.

—Si me da una oportunidad, comprobará que no me falta profesionalidad —le aseguró Emma—, como tampoco me faltan la capacidad de esfuerzo y la voluntad de trabajar duro. Bajo su tutela, mis esfuerzos no serán enteramente inútiles.

—Espléndido. —El doctor Anderson se frotó las manos—. Bueno, antes de que pueda hacer una valoración, necesito examinar lo que usted me ha traído. Como es natural, lo más interesante para la comunidad académica será su última expedición.

—Bueno, mi padre no tuvo tiempo de explorar ampliamente el territorio antes de que ocurriera la tragedia, pero he traído casi todo lo que el doctor Bingham nos entregó. Las notas restantes se las traeré cuando volvamos a reunirnos. ¿Cuándo tiene usted previsto emprender su expedición al Tíbet?

La pregunta no fue del agrado del doctor Anderson. De hecho, éste incluso frunció el entrecejo.

—Nuestros fondos aún no son suficientes y hemos tenido que aplazar la partida... por eso he podido encontrar un poco de tiempo para su proyecto. Si recibimos pronto el dinero y nos vamos antes de que su libro esté terminado, le dejaré unas pautas escritas para que usted pueda seguir adelante por su cuenta.

Era el mejor arreglo que las circunstancias permitían y Emma lo aceptó con entusiasmo.

—Bueno, vamos a ver si ahora encuentro las gafas...

Al verlas en la silla en la que el doctor Anderson estaba a punto de sentarse, Emma las rescató en un abrir y cerrar de ojos. El doctor Anderson sonrió, dio unas palmadas a su escritorio y ella colocó encima de él los papeles, los gráficos, los mapas y las fotografías en las cuales tanto había estado trabajando.

—Como mi padre tenía esta caligrafía tan endiablada... he descifrado sus notas más recientes todo lo mejor que he podido y las he transcrito a máquina.

Enfrascado en los papeles, el doctor Anderson asintió con aire ausente.

Entusiasmada ante el hecho de que éste la hubiera aceptado como protegida suya, Emma experimentó una profunda sensación de confianza. Theo Anderson, una reconocida autoridad en antiguos textos pali, kharosthi y arameo, era también un experto en la cultura de Asia

Central y un respetado tibetólgo. Había sido uno de los primeros aspirantes en la carrera por llegar hasta Lhasa y el palacio del Potala de la Ciudad Prohibida, pero aún no había conseguido ver cumplido su objetivo. No obstante, había logrado llegar clandestinamente a ciertas zonas del Tíbet occidental y poseía unos vastos conocimientos del budismo que en otros tiempos había florecido en Asia Central. Unos conocimientos aparentemente tan enormes como su paciencia.

A lo largo de una hora, con minucioso detalle y sin molestarse por las numerosas preguntas que le hacía su pupila, el doctor Anderson le explicó a Emma los puntos más destacados de la obra de su padre. Y, de paso, le refrescó la memoria, le hizo comprender cuestiones olvidadas o recientes y le dio consejos acerca de la mejor manera de coordinar y editar las notas garabateadas de tal forma que pudieran estar a la altura de la exigente comunidad académica. Al terminar la lección, Emma tuvo la sensación de que su moral había recibido un considerable impulso y se llenó de emoción.

Más tarde, tras haber mantenido una conversación acerca de cuestiones más mundanas mientras tomaban un exquisito té al limón preparado por el fiel *khidmatgar* afgano del doctor Anderson, Ismail Khan, el profesor se reclinó en su asiento y sonrió satisfecho.

—Tengo que confesarle, querida, que, en mi inicial valoración de sus aptitudes, me había equivocado. Me ha impresionado muy favorablemente su manera de abordar la obra de su padre. Creo que no sólo conoce profundamente el tema sino también la forma en que actuaba la mente de Graham. Y con razón, naturalmente, pues es usted inteligente y perspicaz y está singularmente bien informada para su edad.

Emma le agradeció el cumplido.

—No obstante —añadió el profesor, levantando un dedo en señal de advertencia—, le ruego que mantenga en secreto nuestro acuerdo, pues, de lo contrario, me vería inundado de peticiones similares que simplemente no podría atender. —Anderson se levantó de su asiento—. La espero mañana por la mañana a esta misma hora.

—¿Mañana? —preguntó Emma, azorada—. Lo siento muchísimo, doctor Anderson, pero mañana por la mañana tengo... otra cita. ¿Podría usted recibirme el viernes, pasado mañana?

—Dios mío... ¿mañana es jueves? —preguntó el profesor, alarmado—. Había olvidado por completo que, en un momento de debilidad, ¡un momento de extremada debilidad!, accedí a intervenir como juez en una exposición de flores que mañana jueves se celebrará en el Ayuntamiento. La porfiada señora Duckworth insistió y no quiso aceptar mis negativas. —El doctor Anderson dirigió una mirada asesina a un jarrón de flores—. Pues tendrá que ser el viernes. Entretanto, le aconsejo que repase... —Hizo un vago gesto con las manos, pero después se detuvo, pues había olvidado lo que estaba a punto de decir.

A Holbrook Conolly le gustaba Kashgar.

Situada estratégicamente en el eje norte-sur este-oeste de la Ruta de la Seda, Kashgar era la capital del Turquestán chino, ahora rebautizado con el nombre de Sin-Kiang, el nuevo dominio. Limitaba por tres de sus lados con el Pamir y las cordilleras del Tian Shan y del Karakorum y al este con el desierto de Takla-Makan. A diferencia de Yarkand, situada a ciento cincuenta kilómetros al sur, Kashgar no era una ciudad demasiado bonita. Las murallas de más de doce metros de altura, el palacio del taotai y casi todas las achaparradas viviendas eran de adobe, los caminos estaban llenos de baches y, exceptuando uno o dos monumentos, apenas revestía el menor interés histórico. Los inviernos, oscuros, grises y llenos de hielo, eran tremendamente tristes y desolados, y en los cielos perennemente plomizos resonaban los lastimeros gritos de los porrones, los ánades reales y los gansos grises que emigraban a los climas más cálidos de la India.

Pero en primavera y verano, la capital de Asia Central del Celeste Imperio estallaba en mil colores. Los árboles se llenaban de nuevas hojas; los sauces y la alfalfa adquirían innumerables tonalidades de verde. Las viñas y las higueras enterradas bajo tierra para protegerlas de las heladas eran nuevamente desenterradas y los mercados rebosaban de productos estivales. Sólo de melón había nada menos que veintiséis variedades, algunas de ellas con un diámetro de hasta un metro y medio.

Por ésta y por otras muchas razones, a Conolly le gustaba mucho Kashgar. Mientras que en Yarkand las aguas contaminadas de los depósitos propagaban virulentas enfermedades, allí el agua era potable y, a pesar de la escasa higiene de los abarrotados bazares, los habitantes de Kashgar no padecían tanto de bocio como en otras partes y, por consiguiente, estaban razonablemente sanos. La relativa ausencia de enfermedades graves era una gran ventaja para Conolly, pues, a pesar de su próspero consultorio, no era un médico muy bien preparado.

Pese a lo cual, no le remordía demasiado la conciencia. Su padre había sido médico misionero en China y ello le había permitido adquirir unos conocimientos básicos de medicina y hablar con coloquial fluidez el mandarín. Posteriormente, los tres años que se había pasado estudiando medicina en Londres le habían proporcionado la experiencia práctica necesaria para tratar con cierto grado de seguridad las dolencias cotidianas menores. En aquella vasta e infrapoblada región de tribus nómadas, mercaderes ambulantes y analfabetismo generalizado, nadie se preocupaba por los títulos académicos, y los conocimientos de Conolly estaban muy solicitados. Pero lo más importante era que su abarrotado consultorio constituía una tapadera perfecta para el desarrollo de otras actividades de carácter más clandestino.

Aparte de Conolly, en Kashgar sólo había otros cinco residentes europeos: el cónsul ruso Pyotr Shishkin, su mujer, sus dos funcionarios del Servicio Imperial y un cónsul alemán que, por una curiosa razón, era también barbero aficionado. En Kashgar no había consulado británico por el simple motivo de que el taotai se negaba a aceptarlo. El propio Conolly aún no había conseguido que le concedieran la residencia permanente y se veía obligado a entrar y salir muy a menudo de la ciudad, lo cual le resultaba, casualmente, muy útil para sus restantes actividades. Ayudado y protegido por la angelical inocencia de su rostro de querubín, el encanto de sus modales y su juvenil vitalidad —pues aún no había cumplido los treinta—, Holbrook Conolly se entregaba a sus dos negocios con notable éxito.

El hecho de que la gente bajara la guardia cuando hablaba con un médico constituía una herramienta de valor incalculable para su actividad clandestina. En su calidad de agente secreto (cuyo nombre en clave era Capricornio), Conolly recogía mucha información útil para sus superiores de Simla a través de las historias de desgracias domésticas, narraciones de viajeros, charlas comerciales y chismorreos de bazar. Gracias a su habilidad en el juego del ajedrez, incluso había conseguido introducirse en el consulado ruso en su calidad de médico ocasional de Pyotr Shishkin. Sin embargo, sus energías estaban centradas en aquel momento en otro objetivo: ganarse la confianza del taotai, el gobernador del dominio chino.

Debido a la desconfianza y el aborrecimiento que le inspiraban los forasteros, hasta hacía muy poco tiempo el taotai había recurrido exclusivamente a la medicina indígena para el tratamiento de sus problemas de salud. Pero hacía un mes, repentina y sorprendentemente, había mandado llamar a Conolly para una primera consulta. Ahora, para gran deleite de Conolly, lo habían vuelto a llamar, esta vez con una invitación para cenar en palacio, un hecho extremadamente prometedor a la vista de las últimas instrucciones que había recibido de Simla.

Las órdenes de Hethrington —recibidas a través de un mercader beluchi de Leh, junto con unas medicinas introducidas de contrabando en el interior de un par de botas de cuero— lo habían desconcertado. No le habían dado ninguna explicación para aquella curiosa misión, aunque ello no viniera al caso. En su calidad de soldado de a pie del departamento, él no tenía ningún derecho a poner en tela de juicio sus caprichos, por extraños que fueran. Por consiguiente, aquella noche, después de cenar, tenía intención de mantener un tranquilo *tête-à-tête* con el taotai. Gracias a la fluidez con que hablaba el mandarín, Conolly no necesitaba intérprete y confiaba en que su pequeña charla se desarrollara en privado.

Mientras atravesaba el abarrotado bazar para dirigirse a palacio, Conolly saludó repetidamente e intercambió comentarios con la gente, pues era un personaje muy popular y conocido. Pero sus pensamientos estaban en otra parte: en el opíparo banquete que lo esperaba en palacio. Según Chin Wang, el jefe de los cocineros del taotai (una fuente habitual de información), el gobernador había ordenado la preparación de un banquete de treinta y siete platos, y el menú que Chin Wang le había descrito tenía a Conolly extremadamente preocupado.

Lo triste del caso era que el gobernador chino estaba aquejado de flatulencias crónicas, y la más mínima cantidad de aceite en la mucosa del estómago lo llevaba al borde del desastre. Obligado a ofrecer frecuentes fiestas y a comer más de lo aconsejable, en los banquetes oficiales se veía forzado a menudo a retirarse de la mesa para desarrollar ciertas funciones corporales innombrables (e incontrolables), lejos del oído de los presentes. Era una situación muy embarazosa. Peor aún, indecorosa. En caso de que la incapacidad de control gástrico del gobernador chino hubiese llegado a ser del dominio público, semejante hecho no sólo habría minado su autoridad sino que lo hubiese convertido en el hazmerreír y en el blanco de las más crueles bromas y comentarios del mercado. El sólo hecho de que finalmente se hubiera visto obligado a llamar a un despreciado ojorredondo anglosajón (con el más estricto secreto, naturalmente) revelaba el alcance de su desesperación.

El taotai recibió a Conolly con una cordial sonrisa, lo cual era un buen presagio. Puesto que, según la costumbre china, los vinos se servían en la mesa entre plato y plato, ambos se sentaron inmediatamente a cenar, tras tomarse unas tazas del consabido té verde. Conolly observó con alivio que no se encontraba presente la habitual camarilla de mandarines y funcionarios, tal vez debido a la delicada naturaleza de la dolencia del taotai. A pesar de la temprana primavera, unas ráfagas de nieve penetraban por debajo de la puerta en la fría sala azotada por las corrientes de aire. Afortunadamente, bajo la enorme mesa redonda habían encendido un brasero que impedía la congelación de las extremidades inferiores.

El primer plato, una minúscula ración de lonchas de lengua de buey con salsa de albaricoque, fue extraordinario, lo mismo que el dedalito de humeante vino de arroz, muy parecido al ponche caliente inglés. A continuación, les sirvieron diversos platos exquisitos a modo de entremeses, a cual más delicioso. Si los ingleses tenían una notable habilidad para hablar interminablemente del tiempo, los chinos habían convertido aquella práctica en un arte. Mientras saboreaban huevos de codorniz rellenos, piel de venado frita y pato de Pekín, ambos comentaron aquella nieve tan impropia de la estación y apenas hablaron de nada más. La riquísima sopa de aleta de tiburón, las manitas de cerdo, las raíces de loto y los brotes de bambú con especias picantes y calientes fueron y vinieron. ¡Y el taotai seguía sin excusarse de la mesa!

Después del decimocuarto plato, los nervios de Conolly empezaron a calmarse. Después del vigesimoquinto, caracoles de mar y pastoso pan caliente, se permitió el lujo de esbozar una leve sonrisa cautelosa. Sin embargo, la prueba del fuego fue el plato trigesimosegundo —chicharrones de lechón frito en aceite de sésamo, según Chin Wang—. Cuando sirvieron finalmente el plato chorreando grasa, el taotai se sirvió una buena ración y se la zampó sin soltar tan siquiera un eructo. Al cabo de diez minutos, cuando ya había rebañado el plato y apartado los palillos a un lado, el gobernador seguía sin dar muestras de la menor molestia.

Holbrook Conolly estaba exultante de júbilo. Pero no cometió el error de manifestarlo de palabra ni de obra o expresión. Cubriendo una tira de chicharrón con una última cucharada de pegajosa salsa, preguntó con la más eufemística terminología que tenía a su alcance si las inclemencias del tiempo interior de Su Excelencia daban señales de mejorar.

El taotai le miró con expresión inescrutable.

—Con la bendición de mis antepasados, sí. Los cuatro vientos parece que han amainado.

Conolly se rio en su fuero interno... y un cuerno con la de los antepasados, ¡más bien con la bendición de los tradicionales comprimidos de carbón británicos y de los estomacales ayurvédicos! Por fuera, se mantuvo totalmente inexpresivo; el asunto que él sabía ya no se volvería a comentar. La conversación pasó a otros temas y el buen humor de su anfitrión no sufrió la menor alteración. Sin embargo, cuando ambos se sentaron a fumar sus aromáticas pipas de opio, Conolly consideró oportuno abandonar los eufemismos asiáticos y regresar a la franqueza europea.

—Hay una pequeña cuestión en la que me veo obligado a recurrir a la ayuda del Celeste Imperio, Excelencia.

La sonrisa del taotai se volvió un poco más recelosa.

—¿Sí?

—Es un asunto de carácter personal —dijo Conolly.

—Ah, un asunto de carácter personal. —La sonrisa volvió a serenarse—. ¿Un asunto del corazón tal vez?

—Bueno... —Conolly carraspeó y pareció turbarse—. Es por una mujer, Excelencia. Necesito ayuda para localizarla.

—¿Localizarla? ¡Ja, ja! —El taotai soltó una maliciosa carcajada—. Su concubina se ha fugado con su vecino. ¿Quiere que yo los atrape y los mande decapitar?

—Mmm... no exactamente, Excelencia.

—Pues, ¿qué entonces?

—La mujer a la que yo busco se encuentra cautiva, posiblemente en Sin-Kiang.

El gobernador pareció ofenderse.

—No hay esclavos en Sin-Kiang.

—No cabe duda de que muchos miles han sido liberados a lo largo de los años —reconoció Conolly en tono apaciguador—, pero algunos siguen todavía como esclavos en las casas de los ricos mercaderes.

—¿Sabe usted qué tamaño tiene Sin-Kiang? —preguntó el taotai con irritación.

—Lo sé muy bien, Excelencia.

—¿Quién es la mujer que usted desea localizar? ¿Es inglesa? No sabía que ninguno de los suyos se encontrara en situación de cautividad.

—No, Excelencia, no es inglesa. En realidad, es —Conolly tragó saliva— armenia.

—¡Una súbdita rusa!

—Sólo por conquista —se apresuró a señalar Conolly.

La fría expresión del taotai no cambió.

—Sea lo que sea, le recomiendo que vaya a ver al señor Shishkin. No quiero mezclarme en los asuntos de los súbditos rusos, tanto si lo son por conquista como si no.

—No me atrevo a ir a ver al señor Shishkin, Excelencia —explicó cuidadosamente Conolly, sabiendo lo mucho que el chino odiaba y temía al cónsul ruso y a su país—. Opino que, a diferencia de Vuestra Excelencia, el señor Shishkin no es un hombre compasivo. Además, aborrece tanto a los ingleses como al celeste pueblo de Vuestra Excelencia. Si la mujer está cautiva en Sin-Kiang, le sacará provecho político en detrimento de vuestra celeste nación.

Era un argumento muy del agrado del taotai, tal como Conolly sabía muy bien. Golpeando la cazoleta de la pipa contra el borde de la mesa, el taotai esbozó una astuta sonrisa a través del humo.

Su opinión acerca del cónsul ruso es muy docta. Pese a ello, me sorprende. Tenía la impresión de que usted era amigo del señor Shishkin y que ésta era la razón por la cual había decidido cenar con él una vez al mes.

Conolly no se sorprendió de que el taotai hubiera controlado sus movimientos.

—Ambos compartimos el interés por el ajedrez, Excelencia. Además, también he tenido ocasión de prestar servicios profesionales al señor Shishkin.

Los negros ojillos centellearon.

—¿A propósito de qué dolencia?

—Lamento no poder comentar la enfermedad del señor Shishkin de la misma manera que tampoco comentaría la vuestra —contestó orgullosamente Conolly—. Traicionar la confianza de un paciente es contrario al espíritu y a la letra del juramento hipocrático.

A pesar de que jamás había oído hablar del juramento hipocrático, el taotai se mostró muy impresionado. Reclinándose de nuevo contra su almohadón, preguntó:

—Esta mujer a la que busca... ¿Su interés por ella es de carácter romántico?

Conolly se las ingenió para ruborizarse como una tímida doncella y bajó los ojos con recato.

—¡Sí, sí! —El taotai meneó un travieso dedo—. Está claro que es un asunto del corazón. —Volvió a ponerse muy serio y frunció una vez más el entrecejo—. No quisiera ofender al señor Shishkin. No sería políticamente... prudente.

De no haber sido un médico conocedor de las intimidades de la tripa del taotai, Conolly sabía que éste jamás le hubiera hecho una confesión tan reveladora. Dada la debilidad de sus defensas y su consiguiente vulnerabilidad, los chinos procuraban no hacerle al cónsul ruso la menor ofensa. Con las tropas rusas permanentemente apostadas en

Ferghaná justo al otro lado de la frontera, la imagen de Tashkent estacaba amenazadoramente en el horizonte del Celeste Imperio.

—No hay ninguna razón para que el señor Shishkin se entere de mi petición —dijo Conolly—. Es más, quisiera rogar a Vuestra Excelencia que guarde el secreto con la misma discreción con que yo guardo el secreto de las consultas médicas.

El taotai captó la indirecta y frunció los labios.

—Buscar a una mujer en Sin-Kiang es como buscar una hoja de té en los Mares de China. ¿Trae usted datos acerca de ella?

—Por desgracia, muy pocos e insuficientes, por eso necesito ayuda.

Conolly se sacó un sobre del bolsillo y lo depositó en la mesita baja que tenían delante. El taotai no le prestó la menor atención.

—¿Cómo sabe usted que no es una de las que ya han sido liberadas y devueltas a su país?

—Las investigaciones han descartado esta posibilidad, Excelencia. Todos los indicios apuntan en el sentido de que todavía se encuentra en Asia Central.

—El hecho de hacer públicamente averiguaciones acerca de una súbdita rusa posiblemente cautiva en Sin-Kiang resultaría muy embarazoso para mi Gobierno.

—Vuestra Excelencia dispone de una espléndida red de confidentes encubiertos, célebres por su discreción.

—El señor Shishkin también —le recordó amargamente el taotai—. Estas medicinas que usted me ha recetado...

—¿Sí? —Conolly contuvo la respiración. Parecía un repentino cambio de tema, pero él sabía que la pregunta guardaría relación con él. Esperó.

El taotai miró por la ventana.

—¿Dispone de una buena provisión de comprimidos negros y polvo marrón?

—Por ahora, sí.

—¿Suficiente para proporcionármelos en caso de que... mmm... los vientos se volvieran a levantar?

—Eso dependería, Excelencia.

—¿De qué?

—De la libertad que tuvieran mis suministros médicos de entrar en Kashgar. —Conolly miró al taotai directamente a los ojos—. Puesto que los productos ingleses no son bien recibidos y se da preferencia a los fabricantes rusos, la importación de medicamentos es muy irregular y yo tengo que pagar unos aranceles muy elevados.

—Sólo sobre los que se importan legalmente —señaló secamente el taotai—. Los que entran de contrabando con las caravanas lo hacen sin pagar.

Conolly guardó un prudente silencio.

Los rechonchos dedos del gobernador tamborilearon sobre su rodilla mientras éste daba unas caladas a la pipa y reflexionaba acerca del problema.

—Muy bien, doctor Conolly —se apresuró a decir—. Haré todo lo necesario con respecto a las medicinas y estudiaré un poco el asunto de la mujer.

Conolly sabía que era el máximo compromiso que le podría arrancar.

—Gracias, Excelencia. Le estoy sumamente agradecido.

Se levantó, se sacó un frasco y un paquete de polvos del bolsillo y los depositó delante del gobernador.

—En prueba de aprecio por vuestra benévola atención y la exquisita cena.

Bien mirado, pensó Conolly mientras regresaba dando un paseo a su casa, había sido una velada muy provechosa. Se preguntó con cierta inquietud, tal como solía hacer siempre, hasta qué extremo el taotai estaba enterado de su verdadera ocupación. En algunos momentos de la velada, le había preocupado la actitud del taotai. Las medicinas que le había enviado desde Leh el bueno de Cranks constituían un seguro para su futuro inmediato, pero, a partir de ahora, tendría que andarse con mucho cuidado y vivir sólo el presente. Si el asunto de la mujer se resolvía favorablemente y los providenciales vientos desaparecían permanentemente de la tripa del gobernador, tomaría en consideración la posibilidad de pedirle al taotai un pasaporte de residente.

Para qué demonios podía interesar al departamento aquella desconocida esclava armenia era una pregunta que Conolly ni siquiera se aventuraba a contestar.

Gracias a los mercaderes, los comerciantes y los profesionales de otras provincias, Delhi era la séptima ciudad más rica de la India británica. Y aquella prosperidad mercantil en ninguna zona de la ciudad resultaba más evidente que en Chandni Chowk —la calle de la Plata—, la principal arteria comercial de la urbe. Los edificios de ambos lados de la calle se levantaban en los solares más caros de Delhi y pertenecían a acaudaladas familias hindúes, musulmanas y marwaris de Rajputana. Los europeos y los parsis eran los propietarios de las tiendas más lujosas, en las que se ofrecían productos de importación muy solicitados por aquellos que buscaban la máxima sofisticación urbana.

Emma había pasado miles de veces por Chandni Chowk y siempre le encantaba hacerlo, pero aquel día la elegante exhibición de artículos de lujo le pasó inadvertida. Mientras permanecía sentada en su carruaje de alquiler, anónima y sin que nadie la viera, sólo podía pensar en el inminente encuentro.

Sabedora de que Damien Granville era un admirador de las damas, aquella mañana había prestado especial cuidado a su aspecto y su persona. A pesar de que odiaba la hipocresía, la aceptaba como un mal necesario en determinadas circunstancias; hubiera sido una niñería no hacerlo simplemente para expresar su resentimiento. Tenía tan pocos recursos que no podía permitirse el lujo de desaprovechar cualquier cosa que fuera a resultarle beneficiosa. Sin embargo, al estudiar su imagen reflejada en el espejo antes de salir de casa, le pareció que, a pesar de todos sus esfuerzos, sus imperfecciones físicas seguían resultando tan visibles como siempre. Tenía el rostro demasiado alargado, la boca demasiado ancha, la frente demasiado despejada y unos modales —su madre se lo decía siempre— demasiado francos y directos para las personas acostumbradas a la sumisión femenina. Para colmo, resultaba demasiado alta y la carne que le cubría los huesos demasiado escasa para redondear los muchos ángulos de sus escasas curvas.

Con una insólita punzada de envidia pensó en Stephanie Marsden, en su luminosa belleza, la menuda figura, los ojos azul celeste, los labios seductoramente fruncidos y aquel permanente aire de desamparo que con tanto acierto sabía cultivar. Le pareció que aquella mañana sus poco agraciadas facciones resultaban más anodinas que nunca. Ni siquiera los grandes ojos verdeazulados, el sedoso cabello y la sonrisa —las mejores cualidades que poseía, según su madre (para lo que le servían)— conseguían inspirarla. Además, la expresión de su rostro dejaba traslucir en exceso el resentimiento que sentía. Demasiado inteligente como para no comprender que la cólera en semejantes circunstancias hubiera resultado contraproducente, hizo un decidido esfuerzo por superarla.

Aun así, pensó que, tanto si tenía éxito en la misión como si no, regresaría a casa con su dignidad intacta. Llegaría a compromisos en caso necesario, pero no se arrastraría por el suelo ni halagaría el ya desmesurado orgullo de Damien Granville.

Sorprendida una vez más por la insólita elegancia de su hija, Margaret Wyncliffe aceptó sin más preguntas la explicación que le dio Emma: una visita al señor Lawrence, el abogado de la familia. En su fuero interno, sin embargo, se preguntó si el bien cortado vestido de shantung color turquesa con cuello y puños de encaje, el lustroso cabello castaño, los bucles recién moldeados y el discreto uso de cosméticos no estarían más bien destinados a —¿se atrevería a esperarlo?— un hombre más joven y digno como, por ejemplo, Howard Stowe.

La mansión que Damien Granville le había alquilado a una avara *begum* era de las que sólo los ricos se podían permitir el lujo de ocupar, dado el desorbitado alquiler que ésta cobraba. Se trataba de un feo edificio de distintos estilos, desde el jónico al mongol, pero con el jardín muy bien cuidado y los floridos árboles que bordeaban el césped llenos de encantadores brotes primaverales. Cuando su coche se detuvo delante del pórtico, Emma esperó un instante para librarse del repentino ataque de nerviosismo que estaba experimentando, pero cuando bajó del vehículo ya se le había pasado. En los peldaños de la entrada la esperaba un hombre vestido con un traje de algodón blanco almidonado y tocado con un turbante escarlata.

—Suraj Singh al servicio de la señorita Wyncliffe —se presentó, con una rígida reverencia y un taconazo militar—. Soy el secretario particular del señor Granville. Huzur lamenta estar ocupado en este momento con unos urgentes asuntos que requieren su inmediata atención. Le presenta sus disculpas y ruega a la honorable memsahib que le espere en su apartamento privado. Sólo tardará un momento.

Con un complicado y ceremonioso gesto, volvió a inclinarse en una reverencia y le indicó por señas que lo siguiera.

Sabedor, evidentemente, de que Emma hablaba su idioma con fluidez, el hombre se había expresado en urdu. Era de mediana edad, fuerte y delgado. Tenía las sienes entrecanas, lo mismo que la cuidada barba y el bigote, y su marcial porte era el propio de un guerrero rajput. Sus modales eran corteses, pero no serviles.

—Por favor, espéreme en el camino de la entrada —le dijo Emma al cochero, añadiendo con intención—: No creo que tarde mucho.

Después dio media vuelta y siguió a Suraj Singh al interior de la casa. Observó que éste cojeaba ligeramente al andar.

El interior de la mansión era tan extravagante como la fachada y estaba abarrotado de chucherías, estatuas italianas en posturas imposibles y sombrías pinturas borrosas al óleo. Era una casa triste y oscura que no inspiraba la menor confianza en una persona que ya se sentía incómoda de por sí. La estancia del primer piso, a la que finalmente la acompañaron, resultaba más agradable. Amueblada como un despacho inglés, era muy clara y tenía una tribuna que daba al río. Detrás del enorme escritorio de caoba, las paredes estaban llenas de estanterías de libros.

—¿Quizá la honorable memsahib desearía tomar una taza de té? —preguntó Suraj Singh.

—No, gracias.

Emma se acomodó en el sillón que Suraj le indicó y empezó a quitarse sus finos guantes de encaje.

Pidiendo una vez más disculpas por la ausencia de su amo, Suraj añadió:

—Si la honorable memsahib cambia de idea y le apetece tomar algún refresco, no tiene más que ordenarlo. El khidmatgar está a su disposición.

Después hizo una reverencia, se excusó y se retiró mientras el khidmatgar se presentaba para ocupar su posición al otro lado de la puerta.

Alegrándose de disponer de un momento para ella, Emma miró a su alrededor, se levantó y se acercó a un espejo de pared para arreglarse el peinado. Contempló por la ventana la agradable vista del río que besaba los muros del edificio. Justo bajo el ventanal unos pescadores arreglaban sus redes. Se distinguía a lo lejos el brumoso perfil del Fuerte Rojo, ciudadela de varios emperadores mongoles.

Emma repasó mentalmente la propuesta que pensaba hacerle a Damien Granville... en caso de que fallara todo lo demás. Seguía sin poder creer que alguien se tomara en serio una apuesta tan escandalosa, pero aquel extraño personaje tenía una perspicacia extraordinaria y sus reacciones eran imprevisibles. El reloj de pared de bronce dorado dio la media. Emma llevaba treinta minutos esperando y todavía no había ni rastro de su anfitrión... en caso de que ésta fuera efectivamente la definición más adecuada. Estaba claro que la grosería era deliberada. Pero, si Granville pretendía ofenderla para hacerle perder los estribos, estaba firmemente decidida a no darle aquella satisfacción.

Por lo visto el encuentro prometía ser más difícil de lo que ella había imaginado.

La puerta se abrió de repente.

—Discúlpeme por haberla hecho esperar, señorita Wyncliffe. —La profunda voz precedió a Granville. Éste se acercó a grandes zancadas a la ventana junto a la cual se encontraba Emma, tomó su mano y se inclinó sobre ella justo lo preciso. El roce de su mano la hizo estremecerse y él lo captó de inmediato. Una leve sonrisa apareció fugazmente en su rostro mientras enarcaba una ceja.

—Pues sí, hace fresquito esta mañana, ¿verdad? Puede que una taza de café la ayudara a entrar en calor.

Emma no le devolvió la sonrisa mientras retiraba rápidamente —¡pero no demasiado!— la mano que él sostenía en la suya.

—No, gracias. No tengo frío y me encuentro muy a gusto.

—Un poco de café turco, Maqsood. —Rechazando su negativa, Granville lo pidió de todos modos—. No podemos permitir que nuestra invitada especial se resfríe, ¿verdad? Y, como es natural, un poco de *baklava*. Me avergüenza confesarle, señorita Wyncliffe, que me encantan los dulces. Espero que no me inflija el castigo de entregarme en solitario a este placer.

Soportando sus seductores modales sin inmutarse, Emma pasó por alto el comentario.

—Estaba empezando a pensar que se había usted olvidado de la cita —dijo—. Tal como acordamos, llegué a las once en punto.

—Eso me han dicho. Bueno, ya le he pedido disculpas, pero, si usted lo desea, tendré mucho gusto en volverlo a hacer.

La salvó de la necesidad de contestar la entrada de un segundo sirviente que sostenía un alto narguile de plata. El hombre esperó, mirando a su amo sin saber qué hacer.

—¿Me permitirá usted fumar mientras mantenemos nuestra pequeña charla? —preguntó Granville.

¡Pequeña charla! El intento de reducir su visita al nivel de una conversación intrascendente era otro insulto.

—Es usted libre de hacer lo que desee en su propia casa, señor Granville —contestó Emma con aire ausente.

—Gracias. Muy pocas inglesas soportarían este artilugio, pero yo sé que usted pertenece a otra raza, señorita Wyncliffe. —Granville soltó una carcajada y le indicó un sillón—. Creo que estará usted más cómoda sentada de cara a la ventana. El resto de los sillones, como la casa, son muy incómodos y de un mal gusto impresionante.

Emma hizo lo que le decía Granville y éste se acomodó delante de ella en un sillón de cuero. Intuyendo que los ojos de Granville la estaban estudiando y no se perdían ni un detalle de su aspecto, clavó la mirada en el criado mientras éste disponía el narguile. Granville dio una suave calada a la boquilla y el cuenco de agua cobró vida. Su padre se había entregado a veces al placer de fumar un poco en narguile mientras se sentaba a charlar con los trabajadores de las excavaciones, por lo que el evocador aroma del tabaco que se estaba extendiendo por toda la estancia la inundó de nostalgia.

—No, no había olvidado la cita —dijo Granville, en respuesta a su comentario, añadiendo en un susurro—: Hubiera sido realmente muy difícil olvidar un día tan especial.

¡Bueno, ya estaba! Emma estaba esperando una broma... imposible que él resistiera la tentación de gastársela. No le dio la satisfacción de inmutarse.

—Jamás se me hubiera ocurrido venir a verle, señor Granville —dijo en tono pausado—, de no haber sido por ciertas desdichadas circunstancias.

—¿De veras? ¿Y cuáles son, si se me permite preguntarlo?

—Lo sabe usted tan bien como yo; por consiguiente, no perdamos el tiempo en innecesarios juegos de palabras. He venido a hablarle de Khyber Khoti, nuestra propiedad. He sabido por mi hermano que usted afirma haber ganado en una partida de cartas, ¿verdad?

—Eso no es enteramente cierto, señorita Wyncliffe —dijo Granville mientras a Emma le daba un vuelco el corazón—. Yo no afirmo haberla ganado, la he ganado.

—¿Pretende tomarse la apuesta en serio?

Granville la miró, sorprendido.

—¿De qué otra forma se pueden tomar las apuestas sino en serio?

—¿Tiene usted intención de cobrar esta presunta ganancia a pesar de la frivolidad y ausencia absoluta de ética de la apuesta?

—Las ganancias son para cobrarlas, señorita Wyncliffe. Y todas las apuestas son frívolas y carentes de ética cuando se pierden... tal como todos los perdedores le podrán decir.

Emma le miró con profundo desagrado.

—La apuesta la hizo un joven inmaduro e irresponsable, en estado de embriaguez.

—Lo cual significa que también lo fueron las de otras noches en que el mismo joven inmaduro e irresponsable cobró las ganancias con considerable desparpajo. —Granville hizo una pausa para ajustar la boquilla del narguile—. La presunta inmadurez de su hermano no le ha impedido visitar la casa de juego con reverente regularidad, según creo. En cuanto a su afición al alcohol, señorita Wyncliffe, se trata de un problema suyo, no mío.

Emma se dominó, haciendo un supremo esfuerzo.

—¡Usted lo obligó a beber!

—¡De ninguna manera! No tengo ningún aparato para echar alcohol a la garganta de un hombre adulto. Su hermano bebió voluntariamente, señorita Wyncliffe, demasiado, por desgracia.

—Sé que David es impulsivo y atolondrado —reconoció Emma— y yo no justifico su insensato comportamiento, no lo puedo justificar. Pero usted se aprovechó de su debilidad, lo instó a jugar y lo retó a hacer apuestas cada vez más arriesgadas.

—¿Es eso lo que él le ha dicho? —preguntó Granville, esbozando una despectiva sonrisa—. Tanto si es maduro como si no, su hermano ya ha superado los veintiún años, es responsable de sus actos y de sus consecuencias. En cuanto a eso de que yo lo obligué... vamos, vamos, señorita Wyncliffe. Ni siquiera una hermana cegada por el afecto podría tomarse semejante afirmación en serio y tanto menos alguien tan inteligente como usted.

Emma se ruborizó, pero se abstuvo de darle la respuesta que tenía en la punta de la lengua.

—Las apuestas que usted hizo fueron una extorsión. Nadie diría que el juego fue limpio.

—Fue un juego limpísimo, señorita Wyncliffe —dijo Granville, hablando por primera vez con cierta dureza. Highsmith, el hombre al que fue usted a ver a la mañana siguiente, así lo ha declarado. Y también declarará que yo le advertí varias veces a su hermano antes de hacer la apuesta que, si las cartas me eran favorables, yo tenía intención de exigir la entrega de la casa.

—Y, si no se lo hubieran sido, ¿también tenía usted intención de entregar su propiedad sin protestar?

—¡Por supuesto que sí! —Granville apretó los labios—. Hay un axioma básico que todos los jugadores tienen que aceptar, señorita Wyncliffe... si no tienes el valor de perder, no juegues.

Emma no contestó ni a éste ni a ningún otro argumento de Granville. Había hecho comentarios para tantear el terreno, para ver si tras aquella insensible fachada se ocultaba algún vestigio de humanidad. Pero no. El khidmatgar regresó con una bandeja de plata que contenía dos tacitas de porcelana de café turco y un plato con trozos de baklava. Depositó la bandeja sobre la mesa que Emma tenía al lado y se retiró. Damien Granville se levantó y le ofreció a Emma un trozo de baklava. Ella sacudió la cabeza. Luego Granville le ofreció una tacita de café que aceptó. Granville se sirvió dos trozos de pastel, tomó la otra taza de café y volvió a arrellanarse en su sillón.

—Bébaselo ahora que está calentito. Frío ya no sabe igual.

Emma tomó un sorbo. Era un café exquisito, dulce y amargo a la vez, y su fuerte aroma le destensó la garganta. Bebió en silencio hasta llegar al denso poso y entonces volvió a dejar la fina tacita de porcelana en la bandeja. La pausa le había servido para meditar el ofrecimiento que pensaba hacer.

—Si tiene usted la impresión —dijo, hablando muy rápido y en tono muy serio— de que he venido para disculpar a mi hermano y poner a mi familia a merced de su caridad, debo comunicarle que se equivoca.

—No me diga. Bueno, pues entonces, ¿por qué ha venido exactamente?

—He venido para hacerle una oferta alternativa.

Las cejas de Granville se enarcaron de inmediato.

—Me está usted intrigando, señorita Wyncliffe. Estoy deseando escucharla.

Emma no prestó atención al tono sarcástico.

—Puesto que no me cabe la menor duda de que lo que a usted le interesa es la considerable suma de dinero que representa la apuesta, le aconsejo que busque usted a un agrimensor para que tase nuestra propiedad. Cualquiera que sea su valor, le pagaremos la suma dentro del plazo de un año, contando a partir de ahora.

—¿Y de dónde sacará usted el dinero si se puede saber?

—No creo que eso le interese, señor Granville. Le aseguro que contamos con recursos para saldar la deuda.

—¿Y si el valor de Khyber Khoti superara el de estos presuntos recursos?

—Pagaremos la diferencia. Le repito que no tiene usted que preocuparse por los medios.

Granville se reclinó en su asiento y se sacudió un poco de ceniza que le había caído sobre la chaqueta.

—Su plan sería perfecto, señorita Wyncliffe, de no ser por un fallo.

El pulso de Emma se aceleró.

—Los fallos se pueden resolver de mutuo acuerdo.

—El fallo consiste en que el plan me resulta inaceptable.

Emma apretó los puños bajo los pliegues de su falda.

—¿Por qué?

—No estoy convencido de que este endeble plan me garantizara el cobro de la deuda. Y, además, lo que yo quiero es la casa.

—¡Pero usted no vive en Delhi! —exclamó Emma—. Me han dicho que usted ya tiene una casa en Cachemira y que esta ciudad le desagrada. Seguramente lo que le interesa es el dinero.

—Se equivoca usted, señorita Wyncliffe. Por mucho que me desagrade Delhi, necesito una residencia propia en esta ciudad. No me gusta vivir en una casa de alquiler. La verdad es que su casa me viene como anillo al dedo.

Nada de todo lo que había dicho Granville hasta aquellos momentos la había sobresaltado tanto como lo que ahora acababa de escuchar.

—¿Pretende usted vivir en nuestra casa?

—Es la idea que tengo —contestó Granville tranquilamente—. Con una buena inyección de fondos, Khyber Khoti es una residencia potencialmente muy apetecible y se encuentra en una zona socialmente apropiada. Me gusta porque está aislada, ocupa un terreno propio y tiene muchas viejas higueras de la India y *ashokas*. En conjunto, creo que podría satisfacer mis necesidades admirablemente bien.

—¡Khyber Khoti es nuestra casa, nuestra única casa!

—Supongo que su hermano lo sabía muy bien cuando hizo la apuesta, ¿no?

—Mi madre está confinada en casa debido a una dolencia cardiaca y el trauma de tener que irse la mataría —exclamó Emma, despreciándose por el involuntario tono suplicante de su voz—. Tiene que haber algún medio de llegar a un acuerdo.

—Lamento conocer la situación en que ustedes se encuentran —dijo Granville sin dar la menor sensación de lamentarlo— y siento que tenga que ser yo el que les prive del techo que los cobija, pero —aquí el tono de su voz se endureció—, la culpa de que ustedes se queden sin casa no es mía sino de su hermano. En realidad, el que hubiera tenido que venir aquí esta mañana es él en lugar de usted, señorita Wyncliffe. No le tengo demasiada simpatía a alguien que se oculta detrás de las faldas de una hermana.

—David no tiene la menor idea de que yo estoy aquí, yo... he venido por mi cuenta. Esperaba poder llegar con usted a un acuerdo mutuamente satisfactorio, pero ya veo que he cometido un grave error de cálculo. —Tragándose su desesperación, Emma recogió los guantes, el bolso y la poca dignidad que le quedaba y se levantó—. Creo que no tiene sentido prolongar esta discusión.

—Pero ha hecho usted muy bien en intentarlo, señorita Wyncliffe. Su temple es admirable. De hecho, puede que sea usted capaz de encontrar el medio de salvar a la memsahib inglesa en la India.

Emma se enfureció ante su condescendiente tono de voz.

—Dudo mucho que pudiera usted hacer lo mismo por el sahib inglés, señor Granville —replicó en tono cortante—. Jugó sucio y nada podrá convencerme de lo contrario. Por muy insensato, egoísta e irresponsable que pueda ser mi hermano, usted, señor, es un tramposo, un embustero y un parásito que se aprovecha de la sociedad honrada. —para su horror, unos pinchazos detrás de los párpados le anunciaron la llegada de las lágrimas. Haciendo un supremo esfuerzo, logró reprimir el impulso de derramarlas o de huir corriendo, se volvió muy despacio y se encaminó hacia la puerta con paso pausado—. No conseguirá usted echarnos de nuestra casa, señor Granville —añadió, irguiendo los hombros—. ¡Para impedir que se cumpla su nefasto propósito le juro que lucharé contra usted hasta mi último aliento!

Estaba a punto de cerrar violentamente la puerta a su espalda cuando Granville habló.

—Espere. —Pronunció la palabra con mucha suavidad, pero sonó como una orden. Sin querer, Emma se detuvo. Granville se levantó de su sillón, se acercó a la puerta y la abrió—. Pase, por favor, y siéntese.

—¿Por qué? Ya me ha manifestado usted con toda claridad sus intenciones... ¿qué más queda por decir?

—Queda algo.

A Emma el corazón le dio un vuelco de esperanza mientras volvía a entrar cautelosamente en la estancia... ¡Granville estaba a punto de aceptar su oferta!

—Siéntese, por favor.

—Le puedo escuchar de pie.

—Como usted guste. —Granville cerró la puerta a su espalda, se volvió, regresó a su escritorio y la miró desde el otro extremo de la estancia—. Yo también tengo una ofrecimiento que hacerle.

Un rayo de esperanza se encendió en su mente, pero Emma lo disimuló.

—Pongo una condición. Yo podría estar dispuesto a cancelar la deuda de su hermano si se cumple.

Emma sintió que el corazón se le paralizaba en el pecho.

—¿Sí?

—Tal como usted sabe muy bien —dijo Granville sin apartar en ningún momento los ojos de su rostro—, yo vivo en Cachemira. Ignoro si usted conoce el valle, pero es un lugar salvaje y hermoso, al que la naturaleza ha regalado unas maravillas que no existen en ningún otro lugar de la tierra. Vivo rodeado por todo lo que un hombre puede desear: seguridad material, una fértil hacienda, una casa arreglada y amueblada a mi gusto y dotada de todas las comodidades que necesito. Vivo como quiero. Y no estoy al servicio de nadie. —Sus ojos oscuros se iluminaron de orgullo—. Pero hay un elemento que todavía me falta. —Vaciló un instante—. Una mujer.

Emma tardó un momento en comprenderlo. Después se envaró, se le encendieron las mejillas hasta que su color fue similar al carmesí de las cortinas y miró al suelo. Estudiándola atentamente desde detrás del escritorio, Granville le concedió unos momentos de silencio. Al final, Emma se sobrepuso al sobresalto y agitó las trémulas manos junto a su bolso.

—Si he entendido bien sus palabras, señor Granville —dijo en un tono de voz aceptablemente firme—, considero que no merecen el menor comentario. Es más, tanto usted como su proposición me parecen despreciables.

—¿De veras? ¿Y cuál cree usted que es mi proposición?

—La de que, a cambio de la cancelación de la deuda de mi hermano, yo me convierta en su amante —contestó bruscamente Emma, negándose a recurrir a los eufemismos.

—¡Mi querida señorita Wyncliffe! —Granville levantó las manos en gesto de fingido horror e inocente indignación—. Me deja usted cada vez más asombrado. Me cuesta creer que una pura e intacta rosa inglesa como usted pueda conocer la existencia de unas criaturas tan depravadas como las amantes. —Soltó una carcajada y cruzó la estancia para acercarse a ella, con los pulgares en las sisas del chaleco. Se detuvo tan cerca de ella que las vaharadas de su aliento teñido por el tabaco le abanicaron el rostro—. No, señorita Wyncliffe —dijo—, tengo amantes a porrillo. Dudo que pudiera tener más sin poner en grave peligro mi salud. Por consiguiente, la tranquilizará saber que no la quiero como amante. —Su tono de voz era indiferente, pero sus ojos la miraban con una extraña y penetrante intensidad—. La quiero como esposa.

Las palabras quedaron una eternidad en suspenso entre ellos. El silencio se prolongó y se hizo más denso, puntuado sólo por el tictac del reloj. Emma le miró con incredulidad sin darse cuenta de que, en su asombro, se había vuelto a sentar.

—Vaya, señorita Granville —murmuró—. Por lo visto, tengo una capacidad especial para sorprenderla.

Ella le siguió mirando sin poder hablar. ¿Aquel donjuán sin conciencia, aquel disoluto jugador empedernido le estaba proponiendo casarse con ella?

Empezó a reírse y lo siguió haciendo sin poder contenerse. Mientras sus carcajadas resonaban en la habitación, Damien Granville contrajo los músculos del rostro y sus severas facciones se arrebolaron. Después se acercó al lugar donde ella se encontraba sentada y, antes de que Emma pudiera adivinar sus intenciones, le propinó un sonoro bofetón. La risa murió en el interior de su garganta y Emma jadeó. Se acercó la mano a la mejilla y se la notó entumecida. Por un instante, ambos se miraron el uno al otro en silencio, él dominado por la furia y ella por un frío y siniestro temor.

—Ya se me rio usted en la cara una vez, señorita Emma Wyncliffe —dijo Granville, mortalmente tranquilo—. Pues bien, ya no lo volverá a hacer. Le ruego que lo recuerde en el futuro.

Emma se levantó de su asiento tambaleándose y, sin mirarle, corrió hacia la puerta. Mientras la abría, se volvió para dirigirle una última mirada asesina.

—¡Al contrario, señor Granville, no pienso recordar nada de usted en el futuro! Le desprecio. Y me sorprende que no haya usted comprendido hasta qué extremo.

Salió dando un portazo al pasillo, pasó por delante del khidmatgar que esperaba fuera, bajó la escalinata de mármol hasta el vestíbulo. No volvió la cabeza. Se acercó al coche de alquiler que aguardaba frente al pórtico, subió y ordenó al cochero que la llevara a casa.

5

Las maniobras de la batería del monte Jutogh y de una compañía del regimiento Wiltshire hacía ya casi dos horas que habían empezado. Los cañones de tornillos de tres kilos tirados por mulas, las carros de municiones y los soldados habían pasado por delante de la tribuna, en la que se encontraban sentados el virrey, el comandante en jefe, el intendente general, el comandante del Cuerpo de Voluntarios de Simla, el subgobernador del Punjab, los miembros del Consejo y varios secretarios y altos funcionarios del Gobierno con sus invitados. Delante de ellos se levantaba la colina de Jakko, con su pequeño templo dedicado a los simios langures y los innumerables monos sagrados que lo habitaban. Mientras los cañones disparaban incesantes (y de un modo ensordecedor) contra unas pantallas dispuestas en la ladera de la colina, la comunidad de los simios protestaba con estridentes gritos.

El coronel Hethrington consultó una vez más su reloj y pensó en los papeles que lo esperaban en su escritorio; soltó una maldición por lo bajo. Tenía que leer, repartir y devolver despachos, estudiar, redactar y enviar respuestas y mandar telegramas a Londres, Leh, Srinagar y, naturalmente, Tombuctú. Al aire libre, el sol resultaba insoportablemente cálido, las sombrillas eran lamentablemente inapropiadas y el estruendo infernal agravaba el dolor de cabeza que había empezado a sufrir la víspera, asfixiado en su disfraz de Walter Raleigh.

¿Dónde demonios se habría metido el maldito Worth? Le había ordenado que lo llamara con algún pretexto, no más tarde de las once de la mañana. Ya era casi mediodía y ni rastro de él. Estaba a punto de levantarse para buscarlo entre la multitud cuando, como un genio surgido de una lámpara maravillosa, su ayudante se plantó en silencio a su lado.

—Siento llegar tarde, señor, pero estaba descifrando un mensaje del señor Crankshaw que, a mi juicio, tiene usted que leer de inmediato.

El coronel Hethrington descubrió media hora más tarde en su despacho que el mensaje cifrado no era una excusa sino algo auténtico e incluso alarmante. Geoffrey Charlton, les comunicaba Crankshaw, había llegado a Leh y tenía intención de seguir hasta Yarkand.

Hethrington cerró los ojos y se comprimió los párpados con las yemas de los dedos.

—¡Maldita sea!

—Podríamos impedir que siguiera adelante, señor.

—¿Y que nos pongan en la picota por obstaculizar la labor de la prensa libre en su deber de informar a las masas? No sea necio, muchacho, eso sólo serviría para confirmar que tenemos algo que ocultar.

—Pues entonces, podríamos entretenerlo por lo menos.

—¡O intentarlo! Sí, supongo que eso es lo mejor que podemos hacer, dadas las circunstancias. Redacte un mensaje cifrado para Crankshaw. ¿Se ha sabido algo de Capricornio?

—No, señor, pero no creo que tardemos en recibir noticias.

Hethrington soltó otra sarta de maldiciones.

—Y, entretanto, ¿qué hacemos, me lo quiere usted decir? ¿Confesárselo todo al comandante en jefe y al intendente general y que nos den de baja?

—Puede que no al comandante en jefe, señor —contestó el capitán en tono pensativo—, pero sí al intendente general. Sir John raras veces pone reparos a sus decisiones en materia de espionaje. En cuanto esté al corriente del proyecto y lo apruebe, estaremos protegidos contra cualquier reproche si algo falla.

—¡No me diga! ¿Y si no lo aprueba?

—¿Ahora que Charlton ya anda al acecho? —El capitán esbozó una sonrisa—. No tendrá más remedio que hacerlo, señor.

El coronel extendió los dedos y entornó los párpados.

—¿Informar al intendente general, pero ocultárselo al comandante en jefe, dice usted?

—No tenemos otra alternativa, señor. El comandante en jefe abortaría el proyecto y ordenaría la confiscación forzosa de los papeles... a bombo y platillo, y nosotros nos encontraríamos en una situación embarazosa.

—¿Y si el intendente general ordena lo mismo?

—Sir John jamás ha dejado el departamento en la estacada a la hora de la verdad, señor, y, si ésta no es la hora de la verdad, señor, ya me dirá usted lo que es.

Todavía no del todo convencido, Hethrington se acarició la barbilla.

—Ocultar información a un oficial superior es una falta grave, capitán.

—No por parte de un departamento cuya norma es la ocultación, señor. Además, la falta ya se ha cometido. El intendente general hubiera tenido que ser informado antes del inicio del proyecto.

Hethrington volvió a sumirse en un pensativo silencio.

Era bien sabido que el comandante en jefe del Ejército indio, el general sir Marmuduke Jerrold, era un agresivo y arrogante halcón que siempre se atenía a las normas. En cambio, el intendente general, general de división sir John Covendale, tenía un instinto especial para el espionaje y todo lo que éste entrañaba, y más de una vez había demostrado poseer una sorprendente aptitud para lo no enteramente ortodoxo. Hasta ahora, el proyecto seguía estando limitado a ellos dos y a Maurice Crankshaw; pero, si incluyeran en él al intendente general, eso los ayudaría sin duda a salvar el pellejo más tarde si las cosas se les escaparan de las manos. Sí, pensó Hethrington, la sugerencia del capitán era acertada.

—En fin —el coronel apartó momentáneamente de su mente aquel asunto y se volvió hacia el cofre de los despachos—, ahora vamos a otra cosa.

—¿El asunto Hunza?

—Sí, capitán, para nuestra desgracia, el asunto Hunza. —El coronel forcejeó brevemente con la cerradura del cofre rojo de los despachos y se dio por vencido—. ¡Imagínese usted lo fácil que sería nuestra vida si nuestras fronteras estuvieran tan bien protegidas como los infernales cofres de estos despachos!

Worth se levantó de un salto para ayudarle, abrió el cofre y volvió a sentarse con un lápiz en la mano.

—Huelga decir que todo el mundo desde aquí hasta Whitehall está totalmente perplejo por la pequeña excursión de Borokov.

—Como no es para menos, señor.

—Muy cierto. —El coronel rebuscó entre los papeles y sacó una delgada carpeta con la indicación de «Secreto y confidencial»—. El intendente general quiere estar al corriente de toda la información que tengamos sobre la visita, y tenemos muy poca. Lo primero que querrá saber es por qué demonios no nos enteramos antes. ¿Cuándo estuvo allí el ruso?

—A mediados de enero, señor. Los emisarios de Alí lo escoltaron a través del paso del Boroghil, que aún estaba abierto. Según nuestro confidente del despacho exterior del barón, los emisarios llevaban varias semanas acampados en Tashkent.

—¿Cuándo estuvo Francis Younghusband en Hunza, en noviembre?

—Sí, señor, tres meses después que el coronel Durand.

—Teniendo en cuenta las deficiencias de las comunicaciones, los retrasos son muy naturales, pero no de tantas semanas, ¿verdad, capitán?

—Tal vez usted recuerde, señor, que el mensaje lo llevó desde Hunza a Srinagar un porteador balti de los que se utilizan en la nueva ruta de mulos. Los desprendimientos de tierras dificultan el avance, si bien nuestro administrador residente en Srinagar nos envió un telegrama en cuanto tuvo el mensaje en la mano. Con lo poco de fiar que son casi todos estos correos improvisados, yo diría que tuvimos mucha suerte de que el mensaje se recibiera.

—Borokov es el segundo ruso que visita Hunza durante los últimos dieciocho meses... y Grombetchevsky sigue hablando con entusiasmo del valle de Raksam, creo. Dejando eso aparte, otros grupos (rusos, franceses e ingleses) han sido vistos recientemente en el Pamir. ¿Cómo demonios explicamos eso a Whitehall?

—Bueno, señor, Grombetchevsky estuvo en Hunza y le gustó tan poco que se negó a regresar, lo cual puede que explique el viaje de Borokov. El otro grupo ruso era más bien una expedición científica cuya labor consistía en cartografiar la frontera chinotibetana. El francés era un fabricante de alfombras contratado por el Gobierno de Cachemira y los ingleses simplemente se divertían practicando la caza de ovejas ovis poli.

—Y Borokov, ¿qué es lo que caza? —preguntó el coronel Hethrington en tono sarcástico—. ¿Lavafrutas de Cachemira?

El capitán Worth suspiró.

—Nosotros sabemos lo que caza, señor, pero estoy seguro de que no hay ningún motivo inmediato de alarma.

—Usted y yo puede que lo creamos, capitán, pero no le aconsejaría que dijera lo mismo al coronel Durand... o a ninguno de aquellos burócratas vestidos con traje a rayas de Whitehall que olfatean el rastro de fantasmas zaristas en todas las grietas y resquebrajaduras del Himalaya. Como es natural, el hecho de que el Pamir cada día se parezca más a la estación londinense de Paddington no contribuye precisamente a facilitar las cosas. En cualquier caso, ¿quién es este Borokov?

—Un oficial de carrera de la Guardia Imperial rusa, señor.

—¿Antecedentes?

El capitán abrió su carpeta.

—Según nuestro agregado militar en San Petersburgo, tiene unos cincuenta años y nació en Járkov de unos padres pobres que murieron muy pronto. Fue pasando de un orfelinato a otro hasta que llamó la atención del general Nicholai Smirnoff.

—¿El padre de Alexei Smirnoff?

—Sí, señor. Smirnoff padre era por aquel entonces ministro de la Guerra. Consiguió plaza para Borokov en la Universidad de Moscú, donde éste se licenció en ingeniería. La mujer de Smirnoff padre era de Járkov y estaba emparentada de lejos con la madre de Borokov.

—Mmm, qué bonito. Siga.

—Cuando recibió un destino, también por influencia de Nicholai Smirnoff, Borokov fue enviado a Asia Central con el grado de capitán en la campaña de Khiva. Durante algún tiempo, estuvo estacionado en Petro-Alexandrov, en las afueras de Khiva, con la guarnición rusa. Más tarde estuvo al frente del tren de dos pisos que servía de alojamiento a los oficiales durante la construcción del ferrocarril. Tras pasar algún tiempo en un yacimiento petrolífero de Baku, el Ministerio de Asunto Exteriores lo mandó llamar a San Petersburgo. En la actualidad tiene el grado de coronel y está al frente del Estado Mayor del barón en Tashkent. Se dice que la visita a Hunza la llevó a cabo a instancias del general Alexei Smirnoff, superintendente militar de la Casa del Emperador. Se dice también que Smirnoff y Borokov están personal y políticamente muy unidos.

—¡No me extraña que Borokov tuviera autoridad para ofrecerle tantas cosas al mir! No se tienen noticias de que haya visitado anteriormente aquel lugar, ¿verdad?

—No, señor. Según nuestro agregado militar, es bastante nuevo en el juego del espionaje. Como es natural, está influido en gran manera por Alexei Smirnoff, que, por lo que nosotros sabemos, está deseando apoderarse de una parte del Himalaya. Si usted recuerda, señor, fue Smirnoff el que provocó el incidente diplomático con Afganistán en el Murghab cuando estuvo destinado en Tashkent como oficial subalterno.

Hethrington se volvió a reclinar lentamente en su asiento con el entrecejo fruncido.

—No es una situación agradable, capitán. Si Smirnoff sustituye al barón en el cargo de gobernador general, podemos estar seguros de que se armará la gorda en el Pamir.

—Eso nos advierte nuestra embajada en San Petersburgo, señor.

—Lo que complica el problema es la falta de comunicación telegráfica, naturalmente. Cuando Durand ya tenga a punto sus caminos de mulos y sus líneas telegráficas, supongo que cambiará la situación. Por de pronto, no perderá ni un minuto en enviar a sus tropas a Hunza.

—Tendrá que buscarse una excusa para hacerlo, señor.

—¿Una excusa? —El coronel Hethrington soltó una amarga carcajada—. ¿Desde cuándo la locura política necesita una excusa, me lo quiere decir? En cualquier caso, este bribón de Safdar Alí no tardará en ofrecérsela y Durand lo sabe.

—Younghusband considera que el desfiladero de Hunza es infranqueable.

—¡Ni infranqueable ni imposible, muchacho! La mitad del personal de la Agencia de Gilgit pertenece a la red del padre de Algy Durand. Todos hablan el mismo idioma y todos comparten las mismas opiniones demagógicas. Cuando llegue el momento, él pedirá más oficiales, más gurkhas, más baterías de montaña e incluso una ametralladora Gatling... y lo conseguirá. Desde luego, no le ha hecho ningún daño a su carrera el hecho de que su hermano sea secretario de Asuntos Exteriores. —Hethrington soltó un bufido—. En fin, ¿qué más sabemos acerca del encuentro de Borokov con Safdar Alí?

—Muy poco más, señor. Nuestro hombre destacado en la zona recibió información de segunda mano a través de un primo suyo que es guardia del mir. Por desgracia, los hombres hablaron lejos del alcance de oídos ajenos y el intérprete era un afgano con muy pocos conocimientos de burishaski. Nuestro hombre se vio obligado a hacer muchas conjeturas y, por consiguiente, nosotros también. La última entrevista después de la ejecución fue secreta e intervino en ella otro intérprete.

—¡Secreta un cuerno! Safdar Alí pidió el oro y el moro y el ruso se lo prometió, ¿qué otra cosa si no? Puede que en aquel tren transportaran armas pesadas sin nuestro conocimiento, pero tienen que arrastrarlas a través de un elevado paso que ellos esperan con toda su alma que sea el Yasmina. En cualquier caso, Calcuta consideraría semejante entrega un acto de guerra y está claro que Durand no querría esperar ni un momento más. Borokov, y Smirnoff, tienen que saberlo.

—Aquella ejecución, señor —dijo Worth en tono pensativo—, qué espectáculo tan extraño, ¿verdad?

—Fue sólo eso, hijo mío, un simple espectáculo montado tanto para Rusia como para nosotros. Ahora Borokov se encuentra en San Petersburgo, ¿verdad?

—Sí, señor.

—Bueno, pues tanto por usted como por mí, capitán —dijo Hethrington en un susurro—, espero que se quede allí mucho tiempo.

Después, el coronel se levantó de un salto y empezó a pasear por la estancia en rápidos y regulares pasos mientras sus inquietos dedos se agitaban a su espalda. Unos espesos velos de niebla habían descendido con la habitual brusquedad para borrar el mundo de Simla, y la blanca opacidad del exterior se le antojó a Hethrington deprimentemente simbólica.

—Los hunzakut creen que el Yasmina es un don de los espíritus de las montañas —dijo—. Sus secretos, dicen, sólo ellos los conocen y jamás los revelarán a un forastero. En las leyendas locales el paso siempre se considera femenino, una *purdahnasheen* que jamás deberá mostrar su rostro a un forastero. Al parecer, un místico sufí predijo hace años que, cuando el Yasmina se dé a conocer al mundo, la nación Hunza dejará de existir. Todo eso es una bobada, claro, pero es lo que ellos creen.

Golpeó con la mano el cristal de la ventana. Inmediatamente apareció una cabecita de grandes y anhelantes ojos. Buscó en el cuenco de la fruta y le arrojó un higo.

—Nos empujarán hasta el borde sin duda, pero, al final, Safdar Alí no recibirá ni una sola arma de Rusia, ni una sola, y los rusos tampoco conseguirán llegar al Yasmina. —Sacudió la cabeza, levantó la mano para despedir a su ayudante, pero, de repente, se le ocurrió una idea—. Por cierto, capitán...

—¿Señor? —Worth se detuvo en su camino hacia la puerta.

—Los disfraces cumplieron admirablemente su papel. Mi esposa se llevó una alegría cuando lady Lansdowne alabó su elección. Yo me sentí un poco ridículo con aquel disfraz, naturalmente, pero eso a nadie le importó más que a mí. En cualquier caso, se lo agradezco —añadió con una sonrisa cordial en los labios. Nuestra felicitación y gratitud a la propietaria de los trajes. La señora fue muy amable al prestárnoslos. Disponga que le envíen un bonito ramo de flores en nombre de mi esposa y en el mío. Y hágame saber el precio.

—Sí, señor. —El hermoso semblante del capitán Worth se mantuvo cuidadosamente inexpresivo—. Me encargaré de ello ahora mismo.

A su espalda, con tanta suavidad como unos patines sobre hielo, la puerta se cerró sin un murmullo.

Cuando Emma llegó a casa, su aturdimiento había desaparecido. Ahora sólo le quedaba una furia incontenible. Acercándose el pañuelo a la mejilla, subió corriendo a su habitación para mirarse la cara al espejo. Aún se distinguía la señal morada de los dedos de Granville. La contempló llena de rabia y de una profunda sensación de profanación. ¡Damien Granville se había atrevido a abofetearla!

Arrojándose sobre la cama, rompió a llorar.

Por suerte, su madre tenía invitados a almorzar y el almuerzo ya había terminado. Como es natural, David estaba en el cuartel. Cuando Mahima llamó a su puerta con un tardío almuerzo, Emma pretextó dolor de cabeza y se negó a comer. En aquellos momentos hasta el destino de Khyber Khoti parecía menos importante que la monstruosa humillación que ella había sufrido. ¡Oh, si pudiera borrar de alguna manera aquella ignominiosa mañana! Pero, como es natural, no podía... de la misma manera que David tampoco podía borrar su imperdonable acción.

Incapaz de mostrar su rostro mientras persistieran las reveladoras señales, Emma se escudó toda la velada en su dolor de cabeza, sabiendo que su madre no podía subir al primer piso. Tumbada boca arriba en la cama mirando al techo, se pasó varias horas tratando de encontrar algún medio de vengarse, pero no encontró ninguno. En un alarde de jactancia, había jurado luchar hasta el último aliento. ¡Qué palabras tan huecas, qué arma tan inadecuada... y cómo se debía estar riendo él!

¿Casarse con Damien Granville? ¡Antes le vería en el infierno!

Preocupada por la ausencia de Emma y decepcionada por el hecho de no poder jugar con ella su habitual partida nocturna de *backgammon*, la señora Wynclyffe envió a su hija un cuenco de sopa de lentejas y dos *chapatis* calientes. Para evitar que le hicieran preguntas, Emma se comió la frugal cena en su galería, al amparo de la oscuridad.

—¿Ya ha regresado mi hermano a casa? —le preguntó a Mahima mientras el aya preparaba la cama y colocaba la mosquitera a su alrededor.

Cuando ésta le dijo que no lo esperaban para cenar, Emma no se alarmó. Habida cuenta de las siniestras advertencias de Highsmith, David se guardaría mucho de acercarse al Bazar Urdu.

Poblado por atroces fantasmas, su sueño de aquella noche giró en torno a unas extrañas, incomprensibles e injustificadas imágenes de Damien Granville. En determinado momento, ya pasada la medianoche, se despertó sobresaltada; un caballo relinchaba bajo su ventana, el caballo castrado de David. Por primera vez que ella recordara, temió ver a su hermano. Tras haber asumido tan confiadamente la carga de la solución de aquel conflicto, ¿qué le iba a decir ahora?

Para su gran alivio, David no la buscó.

A la mañana siguiente, recuperó la serenidad y experimentó un renovado valor. El cielo tan azul como los acianos le alegró el corazón mientras en el aire resonaban los gorjeos de los pájaros. Todos aquellos espectáculos y sonidos de la mañana de marzo, tan incompatibles con la derrota, apartaron a un lado su abatimiento y la obligaron a echar mano de todos sus recursos. Ahora comprendía que se había dejado arrastrar por la indignación. Y lo cierto era que había sobrestimado su propia capacidad... y subestimado la de Damien Granville. Los sueños de venganza, por muy satisfactorios que fueran, no servían para nada, pues el problema seguía siendo el mismo. Lo que ahora tenía que hacer era apartar a un lado su orgullo herido, analizar pragmáticamente la situación y colocarla en una perspectiva razonable. Tras haberlo decidido así, se dispuso a investigar la única opción que le quedaba y que todavía ofrecía una cierta esperanza de éxito.

—¿La tierra de Kutub Minar? —James Lawrence repitió sorprendido la pregunta de Emma como un eco cuando ésta fue a verle a la vuelta de su trabajo en la casa del nabab—. ¿Quiere usted vender este terreno?

—Sí. Tal como usted sabe, pues intervino en la compra, mi padre lo adquirió hace muchos años como simple inversión. Ha estado inactivo todos estos años y creo que su valor ha aumentado considerablemente.

—Sí, básicamente así es. Pero, ¿ha hablado usted de ello con Margaret?

—Pues no. Tal como usted sabe, procuramos evitarle a mi madre todas las preocupaciones económicas posibles. Pero el caso es que necesitamos el dinero.

El corredor de fincas la miró inquisitivo.

—¿Tienen ustedes nuevos problemas que conviene que yo sepa, Emma?

—No, el mismo de siempre —se apresuró a contestar Emma—. Tal como ya le dije una vez, la casa es demasiado grande e incómoda para nuestras necesidades. El coste de mantenimiento aumenta cada año y no podemos hacer frente a las reparaciones.

—Sí, lo comprendo. ¿Tiene usted algún proyecto?

—Bueno, David y yo hemos pensado que, si pudiéramos vender

este terreno a buen precio, podríamos comprar una casa más pequeña.

—Pero, querida, ¿por qué no vender directamente Khyber Khoti?

—Mi madre jamás lo aceptaría, señor Lawrence —contestó Emma—. Teníamos pensado alquilarla.

—¿Ya tiene al posible inquilino?

Emma no hubiera querido mentir al corredor de fincas, leal amigo y confidente, pero, en aquellos momentos, no podía permitirse el lujo de pensar en la conciencia. Además, puede que la estratagema diera resultado... siempre y cuando pudiera convencer de alguna manera a Granville de que se declarara inquilino, por lo menos para salvar las apariencias. Era una posibilidad muy poco probable, pero no se le ocurría ninguna otra. Respirando hondo, contestó resueltamente:

—Sí.

—Ya. —Lawrence se quitó los quevedos, los limpió y se los volvió a colocar sobre el caballete de la nariz—. Bueno, es un plan muy práctico y razonable, querida, pero... —el corredor parecía incómodo— lamento decirle que no es posible.

—¿Por qué no?

—Porque el terreno ya se ha vendido, querida.

—¿Que ya se ha vendido? —preguntó Emma, asombrada—. ¿Cuándo? ¿Quién lo vendió?

—Su padre a principios del año pasado. Temía que la beca de la Geographical Society no pudiera cubrir todos los gastos de su última expedición. No logré convencerle de que solicitara más fondos. Ya sabe usted lo orgulloso que era.

—Pero nosotros no sabíamos nada.

—¿Le extraña? —James Lawrence sonrió—. Usted sabe muy bien que, cuando tenía que organizar una expedición, Graham se olvidaba de todo lo demás. Por mi parte, no me pareció ético revelar las transacciones comerciales de un cliente.

Emma lo miró, consternada. Contaba con aquel terreno. De hecho, el trato que había intentado cerrar con Granville se basaba exclusivamente en el terreno de Kutub Minar. ¿Y si él hubiera aceptado la oferta? Profundamemnte abatida, se reclinó contra el respaldo de su asiento.

El corredor de fincas abrió un cajón y sacó un sobre.

—Mi querida niña, si es sólo por los arreglos...

Emma sacudió rápidamente la cabeza.

—No cobrándonos nada y aconsejándonos gratuitamente ya hace usted suficiente, señor Lawrence. Le agradezco mucho su amable ofrecimiento, pero resulta que David ya ha tomado medidas para los arreglos. Yo había pensado simplemente que, estando David fuera y con un rico arrendatario en perspectiva, podría convencer a mi madre de que viviera en una casa más práctica. —Emma se levantó para marcharse—. Algún día tendremos que mudarnos a otro sitio, pero no hay prisa.

Dicho lo cual, abandonó el despacho del corredor de fincas, profundamente decepcionada.

A la tarde siguiente, cuando Emma regresó de una de sus clases, el mozo le entregó un sobre dirigido a su madre. A la memsahib le estaban haciendo los masajes de todas las mañanas cuando había llegado la nota, explicó el criado, y más tarde él había olvidado entregársela.

Reconociendo inmediatamente el sobre de color marfil, Emma se lo llevó a su habitación y lo abrió con trémulos dedos. Un admirador del doctor Graham Wyncliffe y de su obra acababa de enterarse de su trágica muerte y suplicaba permiso para visitar a la señora Wyncliffe y presentarle sus condolencias. Emma experimentó una sensación de frío en el corazón y, por primera vez, el pánico se apoderó de ella. La intención que se ocultaba detrás de aquella nota hipócrita era demasiado evidente. Al ver todas las molestias que Granville estaba dispuesto a soportar con tal de conseguir su propósito, escribió rápidamente una carta en nombre de su madre y utilizó como pretexto su mala salud para retrasar la visita.

Esta vez y por pura casualidad, había evitado el desastre. ¿Qué ocurriría la siguiente?

El tiempo apremiaba; el plazo fijado por Highsmith ya había expirado. Le parecía que no merecía la pena utilizar las pocas opciones que le quedaban, pues ninguna de ellas tenía la más remota posibilidad de alcanzar el éxito. Aunque consiguiera un pequeño préstamo para alquilar una casa más pequeña... ¿cómo lo podría pagar? ¿Y cuánto tardarían los rumores de la casa de juego en circular por la ciudad y llegar a oídos de su madre?

Viendo que no tenía ninguna posibilidad inmediata de salir de aquel embrollo, Emma comprendió que tenía que preparar a su madre para la verdad.

—Si dejáramos Khyber Khoti y alquiláramos una casa más pequeña —le preguntó al doctor Ogbourne mientras acompañaba a éste a la puerta, tras su habitual visita vespertina—, ¿cuál sería la reacción de mamá?

—¿Dejar Khyber Khoti? —El médico la miró, perplejo—. ¿Por qué?

—Pues porque no estamos en condiciones de mantener una casa tan grande como ésta. Nuestra situación económica simplemente no nos lo permite.

—Margaret no me ha comentado la posibilidad de dejar esta casa —dijo el médico, ligeramente molesto—. En realidad, me ha dicho que están ustedes a punto de rehacer y volver a alquitranar el tejado.

—Eso no son más que unos parches. —Incapaz de mirarle a los ojos, Emma evitó su mirada—. Hay muchas otras cosas que requieren atención. Además, estando David fuera, no necesitamos todo este espacio. Hay que convencer a mi madre de que conviene que nos vayamos a vivir a otra casa más acorde con nuestra situación.

El médico no parecía muy contento.

—Bueno pues, ¡debo decirle que no me parece un buen momento para las sorpresas, muchacha! El corazón de su madre se está recuperando mucho mejor de lo que yo esperaba. Un cambio de casa no sólo supondría un esfuerzo físico excesivo sino también un sobresalto emocional. Estoy seguro de que la mudanza se podría aplazar uno o dos meses.

—Yo había pensado que, a lo mejor, su reacción no sería tan adversa si fuera usted quien le recomendara el cambio de casa.

El doctor Ogbourne estaba francamente enfadado.

—¡Mi oficio es tratar de salvar a los pacientes, no matarlos! No pienso hacer semejante cosa. Y, si usted quiere que su madre se recupere, cosa que yo doy por sentada, le aconsejo que se abstenga de hacerla.

Negándose a seguir discutiendo el asunto, el médico se fue hecho una furia.

Ya no le quedaban más opciones. Por primera vez en su vida, Emma estaba desesperada y sin recursos, por lo que el resentimiento que sentía contra su hermano se intensificó. Esta vez la carga era demasiado pesada como para soportarla ella sola y no veía ningún motivo para hacerlo. David tenía que saber la verdad y aceptar su parte de responsabilidad.

Pero, una vez más, del dicho al hecho había un trecho. Aquellos días, ambos hermanos raras veces coincidían en la casa. Y las veces en que lo hacían, él la evitaba encerrándose en su habitación o bien hablaba con ella sólo en presencia de su madre. Al final, hasta la señora Wyncliffe se percató del extraño comportamiento de su querido hijo.

—¿Qué demonios le pasa al chico? —preguntó con inquietud—.

Jamás lo he visto tan retraído. ¿Crees que ha ocurrido algo con su orden de destino?

—Su destino está perfectamente seguro, mamá —contestó Emma—. Está nervioso porque se tiene que ir de casa... y es comprensible que lo esté.

Confiando enteramente en sus hijos, Margaret se tranquilizó y ya no hizo más preguntas... por lo menos, de momento.

Aquella noche, como de costumbre, David regresó a casa muy tarde y se fue directamente a su habitación. Emma, que lo esperaba levantada, bajó corriendo a la galería y suspiró de alivio al ver que la puerta de su hermano no estaba cerrada. Lo encontró sentado en la semipenumbra, junto a la mesa, de espaldas a la puerta y delante de una jofaina con agua en la que estaba empapando torundas de algodón que se aplicaba a la cara. A un lado había un frasco destapado de un líquido oscuro y Emma aspiró una fuerte vaharada de tintura de yodo.

David se sobresaltó al oírla entrar.

—Podrías haber llamado, por lo menos —murmuró malhumorado.

—¿Qué estás haciendo? —le preguntó ella, acercándose a la mesa.

—Limpiándome la cara.

Era una respuesta tan rara que Emma frunció el entrecejo y encendió la lámpara de la mesa. Vio por encima de la ceja izquierda de su hermano una hinchada magulladura. Era muy reciente y se veía que había sangrado. Tomándolo por la barbilla, lo obligó a mirarla.

—¿Dónde te has hecho eso?

—He sufrido una caída.

—No es verdad... ¡has tenido una pelea con alguien!

David se encogió de hombros.

—Si quieres saberlo, me atacaron mientras regresaba a casa. Los matones de Highsmith me acorralaron en una hondonada, detrás del Fuerte.

—¿Has presentado una denuncia en el chowki? —preguntó Emma sin darse cuenta, en su nerviosismo, de que tal cosa no hubiera sido conveniente.

—¿Para que toda la ciudad se entere de que no puedo pagar mis deudas? No, no he presentado ninguna denuncia en el chowki. Me han dado de plazo hasta el sábado para que pague mi deuda. Granville ya no quiere esperar más. Me han asegurado que la próxima vez será peor.

—David se aplicó un trozo de algodón mojado a la magulladura, hizo una mueca y preguntó con exagerada indiferencia—: ¿Has tenido suerte en algún sitio?

Emma sacudió la cabeza, hundida de repente en la desesperación.

—¿Y por qué no le decimos a Granville que se vaya al infierno? —preguntó con furia—. ¿Qué puede hacer, llevarnos ante la justicia? ¿Obligar a que nos deshaucien y mostrarse públicamente como un sinvergüenza?

David se rio.

—No seas boba, Em. Lo único que tiene que hacer es ir a ver al coronel Adams. Me darán de baja, claro. Y ambos sabemos lo que eso supondría para mamá.

Emma se sentó pesadamente en la cama y miró a su hermano. Su manera de hablar era extraña, sin emoción y sin la menor inflexión en la voz, como si se le hubiera agotado la energía.

—Bueno, pues ¿qué quieres que hagamos? —preguntó Emma, tratando de ayudarle a sacudirse de encima la apatía y obligarle a entrar en acción—. ¿Quedarnos aquí sentados y esperar a ver qué ocurre?

—No podemos hacer nada. Todo ha terminado, Em. Mi carrera en el Ejército ha terminado, yo estoy acabado.

¿Acaso estaba dispuesto a tumbarse y morir sin más?

—¡Pues, si lo estás, bien merecido te lo tienes! —La rabia contenida de varios días estalló de repente mientras ella le hacía sentir toda la fuerza de su derrota—. Si no estuviera en juego el bienestar de nuestra madre, yo dejaría que ocurriera lo que tiene que ocurrir. ¡El hecho de tener que enfrentarte a medidas disciplinarias te obligaría por lo menos a madurar, a comportarte como un hombre y no como un mocoso que espera a que los otros le limpien la nariz!

Jamás le había hablado con tanta dureza, pese a lo cual, él no modificó su expresión y siguió en silencio con lo que estaba haciendo. Aquella indiferencia la enfureció todavía más.

—¿Por qué tengo que ser yo la que siempre busque las soluciones? —dijo con rabia—. Eres tú el que tendría que buscar respuestas en lugar de andar por la casa con el rabo entre las piernas, como un gato mojado. ¿No te preocupa pensar que cualquier día de estos te puedas encontrar con la muerte de mamá?

Emma dio media vuelta, abandonó la estancia y salió, dando un portazo. David no levantó los ojos cuando su hermana se fue.

Arriba, en su habitación, Emma se arrojó sobre la cama y se revolcó en su dolor. Estaba furiosa con su hermano, con Damien Granville e incluso, en un supremo gesto de irracionalidad, con su madre enferma por cuya culpa ambos estaban soportando el intolerable peso de aquella cruz. Pero más tarde, cuando se le agotaron las lágrimas y la energía y cesó la tormenta, a quien más odió fue a sí misma.

Por muy responsable que fuera David de la situación, los miembros de la familia tenían que compartir y resolver juntos las dificultades. Era el primer principio de su padre, es más, el fundamento de la vida familiar, tal y como él la entendía. «¿Por qué tengo yo que hacerle siempre favores a él?», había preguntado un día en que un desacuerdo infantil con su hermano se había resuelto, en su opinión, de una forma no demasiado equitativa. «Porque puede que algún día su hijo haga lo mismo por el tuyo y entonces se equilibrarán los platos de la balanza de la justicia», le había contestado su padre.

Era una lección que no hubiera tenido que olvidar.

Había herido a David y no había conseguido nada... todo lo que le había dicho, él ya lo sabía. Su delito era imperdonable, pero, como de costumbre, los recursos de que disponía resultaban insuficientes. Siempre había ocurrido lo mismo, y ahora estaba volviendo a ocurrir.

El reloj de la mesilla de noche marcaba las tres de la madrugada. La casa aún estaba oscura y en silencio. Emma oyó un ruido procedente de la parte trasera del edificio. Recordando el allanamiento de morada que acababan de sufrir, encendió una linterna, se puso el quimono y bajó a toda prisa a la planta baja. La luz de David estaba encendida, pero en la habitación no había nadie. Miró con inquietud hacia el jardín. Estaba desierto. Por debajo de la puerta de la cuadra del fondo del jardín de la parte de atrás se filtraba un poco de luz. ¿Otro intruso?

Apagando la linterna, se armó de valor y avanzó de puntillas sobre el césped. Cuando Barak libraba, su hijo se encargaba de cerrar las puertas de las cuadras por la noche, pero ella observó, alarmada, que estaban entreabiertas. Conteniendo la respiración, empujó muy despacio una de las hojas de la puerta. Ésta se abrió silenciosamente hacia adentro; con un jadeo de alivio vio que era su hermano.

—Soy yo... —se apresuró a decir cuando él giró sobre sus talones—. Oí ruido en el jardín y bajé a echar un vistazo.

David se encontraba de pie al lado de un destartalado coche de caballos que antaño había sido una preciada posesión de la familia, pero ahora resultaba demasiado caro de mantener. Los dos caballos atados en las casillas piafaron con inquietud, por lo que ella se acercó para tranquilizarlos sin mirar a su hermano.

—Siento... todas las cosas tan terribles que te he dicho, David. Quiero que comprendas que no hablaba en serio. Mi única excusa es que, como tú, estoy cansada y deprimida y, en mi abatimiento, he perdido los estribos. Lo siento, lo siento con toda mi alma.

—Pero son la verdad —dijo David sin la menor inflexión en la voz—. No soy un hombre, Em. Merezco tu desprecio.

—¡No! —exclamó Emma, nuevamente al borde de las lágrimas—. No me hagas sentir peor de lo que ya me siento.

—Desde que murió papá, tus anchas espaldas son las que han soportado todo el peso de nuestro sustento. Eres tú la que siempre ha sido sensata, moralmente fuerte y emocionalmente inexpugnable. Yo siempre he sido un estorbo y lo sigo siendo. —David la miró con un fugaz estallido de animación—. No pienses que eso es un ejercicio de autocompasión, Em. No lo es.

—Te quiero mucho, David —le dijo ella con tristeza—. Estoy segura de que ya lo sabes... como seguramente sabes con cuánta facilidad pierdo los estribos. —Acercándose a él, le tendió los brazos para estrecharlo contra su pecho—. Perdóname, cariño. Por supuesto que estamos juntos en esto y por supuesto que no eres un...

Hizo una pausa. Mientras él se resistía a su abrazo, algo que, al parecer, sostenía en la mano, cayó con sonido metálico al suelo. Emma se medio agachó para recogerlo, pero él se le adelantó y ocultó rápidamente el objeto.

—Vuelve a dormir, Em. Quiero estar solo.

—¡No hasta que me enseñes lo que escondes!

Él se resistió, pero Emma lo sujetó por el antebrazo, tiró de él y lo obligó a soltar lo que escondía. El objeto cayó nuevamente al suelo y ella vio que era su revólver de reglamento. Tardó un instante en reaccionar, pero enseguida se envaró. David se agachó, tomó el arma y la depositó en la mesa, al lado de un cepillo y un plumero.

—Lo estaba limpiando.

—¿A esta hora de la noche? ¿Y aquí?

—No podía dormir y el revólver estaba sucio. Me pareció un buen momento para hacerlo. ¿A qué viene tanto alboroto?

—Si simplemente lo estabas limpiando, ¿por qué me lo ocultaste?

—Porque sabía exactamente cómo reaccionarías... ¡justo como has reaccionado!

David tomó el revólver y el alargado cepillo, lo pasó por el cañón y reanudó su tarea.

Ella le miró como una estúpida.

—¿Sólo estabas haciendo eso? ¿Limpiándolo?

—Sí. Vamos, no te preocupes, mujer... no estaba a punto de pegarme un tiro, aunque, si lo hiciera, sería una solución, ¿no te parece? Sin David, se acabaron las deudas. No se destroza ninguna vida. Así de sencillo.

Mientras trataba de recuperar la calma, Emma se sentó muy despacio en una de las limoneras del viejo coche.

—¿Y tú crees que eso lo arreglaría todo? ¿Apartar de nuestra vida esta presunta desgracia?

—Bueno, sería un espectáculo mucho más agradable que verte a ti mendigar por ahí un poco de dinero para pagar mis deudas.

David levantó el cañón y miró hacia su interior con un solo ojo, manteniendo el otro cerrado. A pesar de la ligereza de su tono, Emma se asustó.

—¿Y qué sería de mamá y de mí? —le preguntó—. ¿Te has parado a pensar lo que eso significaría para nosotras?

—Vamos, tú sobrevivirás, Em... y, por otra parte, mamá no tardará mucho en enterarse de lo ocurrido. Ni tú ni yo podemos hacer nada para protegerla. Tal como muy bien has dicho, yo ya tengo su muerte en mis manos.

Abrumada por la compasión, el remordimiento, el amor y un invencible temor, Emma hubiera querido estrecharlo en sus brazos y borrar con sus caricias la mortal desesperación de aquel rostro que tanto amaba; pero no podía moverse.

—¿Cómo puedes castigarnos con esta crueldad tan inmerecida? —le preguntó, procurando disimular su miedo—. ¡No te lo permitiré!

David depositó el revólver sobre la mesa y se volvió a mirarla.

—Si de verdad me quisiera pegar un tiro, Emma —dijo en un susurro—, tú no me lo podrías impedir. Tal vez consiguieras evitarlo esta noche, mañana y pasado mañana... pero tendrías que montar guardia muchas noches. Y llegaría una noche en que te distraerías.

—No es posible que quieras comportarte como un cobarde.

—Bueno, eso es lo que soy, Emma, un cobarde. —Su boca se torció en un amago de sonrisa—. Yo no soy un luchador como tú. Me falta la fuerza. Jamás la he tenido y jamás la tendré.

Emma contempló el revólver, aturdida, sorprendiéndose de su brillo. De repente, comprendió que, si en un arrebato de locura su hermano se matara, su propia vida también se habría acabado. En los derrotados ojos de su hermano vio los de su padre y, en las profundidades de su desesperación, le pareció oír el susurro de su voz.

Se levantó, tomó la mano de su hermano y entrelazó los dedos con los suyos.

—No importa que no tengas fuerza —le dijo en voz baja—. Yo tengo suficiente para los dos.

A pesar de haber oído decir que los que proclaman su intención de suicidarse raras veces lo hacen, las prioridades de Emma cambiaron de la noche a la mañana. Angustiada por el inestable equilibrio mental de David, dejó de pensar racionalmente. Tal como se agarra a una paja uno que está a punto de ahogarse, no le importó quién se la ofreciera.

Tenía que ir a ver por segunda vez a Damien Granville.

Pero, antes de que ella se tragara su dignidad y le pidiera a Granville una nueva cita, éste la pilló una vez más por sorpresa. A la mañana siguiente se le apareció como por arte de ensalmo, o eso por lo menos le pareció a ella, en una callejuela de la zona nativa mientras se dirigía a Company Baug, donde Mundu la esperaba con un tikka gharri.

—Puesto que no es muy probable que usted me haga una segunda visita —le dijo Granville mientras desmontaba de su caballo árabe zaino—, esperaba poder interceptarle el paso mientras regresa a casa.

Emma se detuvo, perpleja.

—¿Cómo... cómo sabía usted que seguiría este camino?

—Conozco las familias que usted visita. La seguí desde la casa de los Granger, sabiendo que no teme usted los callejones de Delhi.

La había seguido... ¿por qué? Emma se llenó de inquietud.

—Quería pedirle disculpas por haberla abofeteado —dijo Granville, en respuesta directa a su tácita pregunta—. Fue un acto imperdonable. Me siento profundamente avergonzado. ¿Podrá usted perdonarme?

Si antes la había sorprendido, ahora la dejó auténticamente asombrada: tan inesperada fue la disculpa —y su repentina presencia— que a Emma no se le ocurrió ninguna respuesta apropiada.

—Quería asegurarle también que yo no tuve nada que ver con el ataque sufrido por su hermano —añadió Damien con la cara muy seria—. Eso fue exclusivamente obra de Highsmith, el cual ya ha sido debidamente reprendido. Y ahora, ¿merezco su perdón?

Emma buscó en su rostro alguna señal de burla; no vio ninguna. Sin darse cuenta, asintió con la cabeza y bajó los ojos. Mientras los pensamientos se agitaban en su mente tratando de recuperar la coherencia, Emma reanudó su camino.

—Señorita Wyncliffe, espere, por favor.

—Usted me ha presentado sus disculpas y yo se las he aceptado —dijo ella volviendo la cabeza sin aminorar la marcha—. Por lo que a mí respecta, la cuestión ya está zanjada.

—¡Pero no por lo que a mí respecta! Aquella mañana le hice a usted una proposición. Aún no me ha dado su respuesta.

Emma volvió a detenerse bruscamente.

—Me parece, señor Granville —dijo ruborizándose— que una calle pública es un lugar extraordinario para esta no menos extraordinaria conversación.

Granville rechazó su comentario, encogiéndose de hombros.

—Ésta es una zona fundamentalmente india. Los europeos no sólo se muestran reacios a aventurarse por estas calles sino también avergonzados de que alguien los pueda ver. En cuanto a los residentes indios, dudo mucho que les interesen nuestros planes matrimoniales.

—No tenemos...

—¿Por qué no nos sentamos y nos ponemos cómodos? —la interrumpió él antes de que ella completara su indignada protesta—. De esta manera, podremos seguir adelante con nuestra discusión de una manera civilizada.

Tomándola por el codo, la guio hacia un pequeño patio embaldosado encerrado entre dos casas, en el cual había un banco fijado a las baldosas. Era un lugar tranquilo y apartado —seguramente de uso particular—, pero a Granville no le preocupó entrar ilegalmente en él. La humildad implícita en la disculpa ya había desaparecido; en su audacia, Granville volvía a ser el mismo de siempre. Reprimiendo el impulso de mandarlo a paseo, Emma comprendió que sería una locura desperdiciar un encuentro que ella estaba a punto de pedirle de todos modos. Alegrándose de haberse podido librar por lo menos de la humillación de escribirle una segunda carta, se sentó en el banco sin suavizar la expresión de su rostro. Granville se sentó en un murete y la miró, expectante.

—Bueno, ¿qué estaba usted a punto de decir?

—Estaba a punto de manifestarle mi asombro ante el hecho de que usted considerara necesaria otra respuesta, señor Granville —contestó, pensando que ojalá no le temblara tanto la voz—. Creía haber expresado mis sentimientos con la suficiente claridad.

—¿Su desprecio quiere decir? —Granville hizo un gesto con la mano como si lo considerara una nimiedad—. No esperará que yo me lo tome en serio, ¿verdad?

—¿Por qué no? Lo dije completamente en serio.

—Pero eso no es una respuesta. Yo necesito un sí o un no definitivo. Y la verdad es que no espero lo segundo.

Emma se irritó por su arrogancia, pero el puro interés la indujo a mantener la boca cerrada.

—Dígame, señor Granville —preguntó—, ¿por qué quiere usted casarse conmigo?

—Dios mío, qué pregunta tan extraña. —Granville la miró con regocijo—. Porque es usted una criatura adorable, Emma Wyncliffe, ¿por qué otra cosa si no?

—No, yo no soy una criatura adorable —replicó Emma—. Reconózcame por lo menos la inteligencia suficiente como para darme cuenta. Podría elegir entre un montón de sonrientes muñequitas que son criaturas adorables y esperan con anhelo que usted las invite a adornar su hogar. ¿Por qué, de entre tantas mujeres como hay, me quiere precisamente a mí por esposa?

Granville la miró con curiosidad.

—¿Tan poco se valora que necesita hacerme esta pregunta?

—¡Me lo pregunto precisamente porque le valoro a usted muy poco!

—Bueno pues, ¿me creería si le dijera que estoy apasionadamente enamorado de usted?

—¡No, de ninguna manera! Sé que no lo está, tal como yo no lo estoy de usted.

—¿Considera usted que el amor es un ingrediente necesario en todas las recetas para el matrimonio? Cada día se forjan alianzas en las que no intervienen para nada los sentimientos.

Tras haber oído algunas de sus peregrinas opiniones, su cinismo ya no la escandalizaba.

—¿No le resulta desagradable tener por esposa a una mujer a la que usted ni siquiera le gusta?

—Yo no pretendo ganar un concurso de simpatía, señorita Wyncliffe. Las emociones no son enteramente blancas o negras, el amor y el odio son extremos insignificantes que no tienen nada que ver con la realidad.

—¿Le parece insignificante que un hombre y una mujer se profesen un cierto afecto antes de lanzarse a una vida en común?

Granville rechazó el comentario con un encogimiento de hombros.

—El amor aumenta con la edad.

—¿Como la gota, quiere usted decir?

Estuvo casi a punto de echarse a reír, pero no se atrevió.

Granville pareció molestarse.

—¿A qué viene esta discusión tan acalorada? Tal como usted misma ha dicho, hay en Delhi muchísimas mujeres que estarían encantadas de aceptar mi proposición.

—Pues ¿por qué no elige a una de ellas y la libra de su desazón?

Granville le dirigió una prolongada y dura mirada.

—¿De veras no puede comprender por qué razón me resulta usted tan atractiva?

Turbada por su mirada, Emma sacudió la cabeza y apartó los ojos.

Él la observó detenidamente un instante y, de repente, llegó a una conclusión.

—Muy bien pues, supongo que se lo tendré que explicar. —Granville se levantó de un salto y empezó a pasear a grandes e impacientes zancadas—. Tengo treinta y dos años. Se podría decir que estoy en la flor de la edad. Por desgracia, soy el único varón superviviente de mi familia. Si ahora me muriera, mi linaje se extinguiría y mi propiedad de Cachemira pasaría a manos del Estado y, al final, iría a parar a manos ajenas. La perspectiva me resulta inaceptable. Necesito por tanto tener un hijo.

—¿Quiere usted casarse conmigo sólo por eso? —Emma apenas podía dar crédito a sus oídos—. Dar a luz no es precisamente una especialidad, señor Granville, cualquier joven aceptablemente sana podría proporcionarle un heredero sin la menor dificultad.

—No, no sólo por eso —dijo Granville, explicándose mejor—. Mire, señorita Wyncliffe. Yo creo firmemente en las virtudes heredadas y usted posee muchas de las que yo quisiera ver en mi hijo. Es inteligente y valerosa, se atiene a sus principios con determinación y aprecia el valor de la cultura. Es también intrépida, desprecia los mezquinos prejuicios sociales y no se acobarda ante la ignorante opinión pública. —Granville se detuvo con las manos a la espalda y los ojos clavados en las baldosas que pisaban sus bien lustradas botas—. Quiero que mi hijo ame esta tierra tal como yo la amo... y como usted la ama. Quiero que crezca con el orgullo de su herencia y que forme parte del pueblo que lo rodea. Quiero que hable su lengua, disfrute con su comida, comprenda sus costumbres y acepte sus tradiciones, que trate a sus gentes como a iguales con respeto y no como a seres inferiores con desprecio. Quiero que sea lo bastante humilde como para recordar que aquí el intruso es él y no ellos. —Hablaba con un extraño temblor en la voz—. Y, por encima de todo, señorita Wyncliffe, quiero que mi hijo honre Cachemira tanto como su padre y su abuelo y dé gracias por la forma en que esta tierra iluminó su vida. —Cuando Granville levantó la mirada, brillaba en sus ojos un extraño fulgor—. Shalimar es mi hogar, mi santuario. Es un paraíso en la tierra, pero hace falta sangre, sudor y lágrimas para conservarla así. A casi todas las memsahibs les parece un castigo tener que vestirse ellas solas sin ayuda. Usted, en cambio, obligada por las circunstancias a hacerlo, sabe lo que significa trabajar duro. No se me ocurre ninguna esposa para mí, señora de Shalimar y madre de mi hijo más adecuada que usted, Emma Wyncliffe. — En un repentino cambio de humor, Granville abandonó el tono solemne y recuperó su habitual impertinencia—. Y, en último extremo, quiero que sepa que es usted la única mujer que he conocido que no me causa un aburrimiento mortal.

Era una extraordinaria, sorprendente e inesperada confesión. Emma la había escuchado en asombrado silencio. Ahora, haciendo un esfuerzo, consiguió salir de su estado de hipnotismo.

—Gracias por decirme que «no le causo un aburrimiento mortal» —dijo con la voz trémula—. Supongo que tendría que sentirme halagada por estas extravagantes alabanzas, pero no sé muy bien si me siento así. Usted ve el matrimonio como un experimento genético para obtener un hijo insuperable tal como se cría un caballo purasangre o un perro de raza. Pero yo no lo veo así. Para mí semejante alianza sería una farsa.

—Pero una farsa muy fructífera.

—Tal vez su única virtud.

—Bueno, pues ¡gracias por el «tal vez»! ¿Cuando puedo esperar su respuesta?

—¿No cree que ya la ha recibido?

—Aún tengo que escuchar un simple sí o no, señorita Wyncliffe.

Aturdida, Emma se pasó el dorso de la mano por los ojos.

—Yo... necesito tiempo para pensarlo.

—¿Cuándo?

—Dentro de un mes. Tal vez dos...

—Tres días, señorita Wyncliffe.

—¿Tres días? —preguntó Emma, estupefacta—. ¡Tres días no son suficiente!

—Tendrán que serlo porque tres días son todo lo que le pienso dar. Espero recibir noticias suyas el viernes —Granville consultó su reloj de bolsillo—, al mediodía. Buenos días.

Dio media vuelta y se marchó.

¿Qué le diría a David?

Su hermano no había vuelto a hablar con ella desde la víspera. Cuando Emma entró más tarde en su habitación, lo encontró preparando su equipaje para Dehra Doon. Con el rostro todavía desencajado y en tensión, apenas la miró. Sin saber de qué manera decirle lo que le tenía que decir, Emma lo estudió un instante en silencio y después se sentó al pie de la cama.

—Esta mañana he ido a ver a Damien Granville —le dijo, modificando ligeramente la verdad.

Las manos de David vacilaron, pero no hizo ningún comentario.

—Me ha recibido... bien.

David siguió con su equipaje.

—Ha tenido mucha paciencia conmigo, David. La verdad es que no esperaba que fuera tan comprensivo. —Tras haber empezado, las mentiras le salieron sin esfuerzo. Si David no hubiera estado tan terriblemente trastornado, seguro que las hubiera puesto en tela de juicio, pero, hundido en sus propias angustias, no lo hizo. Sin embargo, bajo la aparente indiferencia, sus ojos se mantenían vigilantes—. Hay una posibilidad de que podamos llegar a un acuerdo mutuamente aceptable.

—¿Y por qué está dispuesto a llegar a un compromiso?

—Porque yo le he ofrecido un buen pacto... el terreno de Kutub Minar en lugar de Khyber Khoti. La idea parece que le interesa. Dijo que la estudiaría con detenimiento. El viernes me comunicará su decisión.

—Yo no estaré aquí. Me voy mañana a primera hora.

—Te escribiré en cuanto sepa algo del señor Granville. —Emma apoyó una mano en su brazo—. Entretanto, prométeme que no harás ninguna... locura, David.

David permaneció un instante en silencio y después asintió brevemente.

Al día siguiente, a primera hora de la mañana, emprendió viaje hacia el Fuerte para, desde allí, dirigirse a Dehra Doon. Dos días después, poco antes del mediodía, Emma le envió a Damien Granville una carta de una sola línea para comunicarle que había aceptado su ofrecimiento.

6

Damien Granville se apresuró a responder al mensaje de Emma. Al día siguiente, Suraj Singh se presentó con una carta para la señora Wyncliffe y la entregó con gran ceremonia.

Como es natural, Margaret Wyncliffe había oído hablar del misterioso forastero de Cahemira que había alquilado la mansión de la begum a la orilla del Jamuna. En realidad, Carrie Purcell era una auténtica enciclopedia ambulante de rumores y conjeturas, y Jane Tiverton —que tenía tres hijas casaderas— apenas había hablado de otra cosa durante el almuerzo del otro día.

—¿Sabes que el señor Granville me quiere ver? —le dijo la señora Wyncliffe a Emma, nerviosa y emocionada a la vez.

—No.

—A lo mejor, conocía a tu padre y me quiere dar el pésame.

—A lo mejor.

La señora Wyncliffe miró con inquietud a su taciturna hija.

—Estarás en casa por la tarde cuando él venga, ¿verdad?

—Sí.

Una vez resuelta esta cuestión, la mente de Margaret pasó a otra cosa.

—¿Crees que tendríamos que decirle a Saadat Alí que preparara unas tartaletas de mermelada de naranja para el té, querida?

—Si tú quieres...

—¿Y quizás una docena de *samosas* vegetales? A tu padre le encantaban, ¿recuerdas? Y creo que también unos bocadillos de paté de atún de esos que a Saadat Alí le salen tan bien. Dile al jardinero que arranque una o dos lechugas del huerto, querida. Las de este año han salido tremendamente frescas y firmes. —Margaret reflexionó un momento—. Carrie dice que el señor Granville vive en Cachemira, donde las comidas son muy picantes. ¿Crees que deberíamos servir *bhajias* de patata y cebolla en lugar de los bocadillos?

—Diré que preparen ambas cosas, si tú quieres —contestó Emma—. Aunque tengo entendido que al señor Granville no le gustan los refinamientos sociales. Lo más probable es que no se quede mucho rato.

Pero resultó que Emma estaba equivocada.

Damien Granville llegó a las cuatro en punto, no a caballo y sin ninguna ceremonia tal como ella esperaba sino en una espléndida berlina tirada por unos caballos tordos y guiada por un cochero con librea al que Emma ya había visto en otra ocasión. Por su parte, él iba elegantemente vestido con un traje de lana azul marino y camisa blanca de seda y corbatín, y llevaba el indócil cabello castaño impecablemente peinado hacia atrás. Sus botas negras de última moda resplandecían como espejos y lucían unas relucientes hebillas de latón. Como siempre, mantenía la cabeza orgullosamente levantada cuando bajó del coche, pero sus modales eran encantadores. De pie con sus uniformes recién lavados, sacados de distintos baúles, los miembros de la servidumbre de Khyber Khoti estaban impresionantes e impresionados. Desde que muriera burra sahib no habían visto en la casa a un hombre tan elegantemente vestido.

Con rostro impenetrable, Emma recibió a Damien Granville en el porche. Éste se detuvo para examinarla minuciosamente de pies a cabeza con semblante solemne. No viendo ninguna razón para perder el tiempo y la energía acicalándose con vistas a aquel encuentro ahora que el trato ya se había cerrado, Emma se había puesto —para gran horror de su madre— el vestido de muselina estampada más viejo, feo y descolorido que tenía. Las miradas de ambos se cruzaron brevemente, la de Granville comedidamente triunfal y la de Emma desafiante y provocadora. Granville se inclinó, tomó su mano y la retuvo en la suya, en una representación destinada sin duda al ansioso público que tenía delante. En una reacción instantánea, Emma se estremeció y cerró los ojos para disimular la espontánea respuesta que se ocultaba detrás de la frágil fachada. «Tendré que pasarme el resto de mi vida con este hombre tan arrogante... Dios mío, ¿cómo lo voy a resistir?»

—No pensaba —dijo Granville con una cortés sonrisa en los labios— que volviéramos a vernos tan pronto y en tan favorables circunstancias.

—Ah, ¿no? —replicó Emma, retirando la mano—. Aunque me haya usted chantajeado para que acepte su proposición, señor Granville, no vaya a equivocarse, ¡ni siquiera un chantaje podrá obligarme a apreciarle!

Sin darle ocasión de contestar, Emma dio media vuelta y lo acompañó al salón donde esperaba su madre. A juzgar por las firmes pisadas que la seguían, no parecía que Granville se hubiera atemorizado por aquella gélida recepción.

Lo que posteriormente ocurrió entre Damien Granville y su madre Emma no lo supo ni intentó saberlo. Tras haber efectuado las obligadas presentaciones, se excusó cuando la conversación se encontraba todavía en la fase de los corteses comentarios acerca del tiempo. Pero sólo fue una tregua temporal; media hora más tarde, la llamada de Mahima a su puerta le anunció que había llegado el momento de la verdad. Componiendo un amago de sonrisa en honor de su madre, Emma bajó a regañadientes la escalera.

Damien se encontraba de pie delante de la ventana abierta, contemplando el jardín cubierto de malas hierbas. En el sofá, con el rostro arrebolado y los dedos fuertemente entrelazados, permanecía sentada Margaret Wyncliffe. Las sobras del espléndido té demostraban bien a las claras lo mucho que se había equivocado Emma. A la vista de los despojos que quedaban sobre la mesa, el apetito de Damien Granville había superado con mucho una taza de té y un par de bocados simbólicos. Cuando entró Emma, Granville se volvió y, con los brazos cruzados, se apoyó con indiferencia en el alféizar de la ventana. Ella no le miró.

La señora Wyncliffe le hizo señas a su hija de que se sentara a su lado en el sofá.

—Apenas... sé qué decir, querida —dijo Margaret, tragando saliva sin darse cuenta de que su asombrada incredulidad no era precisamente un cumplido para su hija—. La verdad es que casi me he quedado sin habla. El señor Granville me acaba de pedir permiso para... ¡para convertirte en su esposa!

Emma ensanchó su sonrisa en la esperanza de que ésta se interpretara como de alegría. Con los ojos clavados en sus manos recatadamente entrelazadas, se limitó a asentir con la cabeza. Era como si la figura que llenaba la ventana no estuviera presente.

—Y... ¿tú qué dices a eso? —preguntó la señora Wyncliffe sin salir todavía de su asombro—. ¿Estás dispuesta a aceptar favorablemente la proposición del señor Granville?

—Sí.

La sonrisa se mantuvo clavada a sus labios con la misma tenacidad que lo estaba su mirada a su regazo. El leve titubeo pasó inadvertido.

Margaret Wyncliffe se aplicó un pañuelo a la húmeda frente.

—Pero, querida, si yo ni siquiera sabía que tú... conocieras al señor Granville.

Levantando los ojos, Emma miró directamente hacia delante, preguntándose, en una fugaz e irrelevante distracción, cuánto tiempo tardaría su madre en reparar en la ausencia del reloj de la repisa de la chimenea.

—Yo... nosotros... —Las palabras se le quedaron atascadas en la garganta.

—Nos conocimos una vez por casualidad y después nos volvimos a ver en la cena de los Price —terció hábilmente Damien—. Nuestros encuentros fueron muy breves, pero suficientes para confirmar la coincidencia de nuestras mentes... ¿no está usted de acuerdo, Emma querida?

Turbada por la farsa con la cual ambos estaban engañando a su pobre y confiada madre, Emma rezó para que el rubor de sus mejillas se pudiera atribuir a su virginal modestia. Volvió a asentir con la cabeza.

—Bueno pues, si ya han llegado ustedes a un mutuo entendimiento —dijo la señora Wyncliffe con un hilillo de voz—, yo... supongo que pueden ustedes contar con mi permiso. —Tratando de resistir uno de sus terribles vahídos, procuró serenarse respirando hondo y abanicándose enérgicamente—. Supongo... o, por lo menos, espero que mi hija esté mejor informada que yo, señor Granville, pues lo poco que yo sé es sólo de oídas.

Granville se apartó de la ventana y se sentó en el sillón que Margaret tenía delante.

—¿Qué desea usted que yo le diga acerca de mi persona, señora Wyncliffe? —preguntó sin dar la menor señal de impaciencia—. Es natural que usted tenga preguntas que hacerme y es natural que yo tenga sumo gusto en darle las respuestas.

Emma se levantó y tomó la tetera vacía que descansaba sobre la mesa.

—Voy a decirle a Saadat Alí que prepare un poco más de té —musitó—. Éste ya se ha enfriado.

Antes de que su madre pudiera protestar, consiguió escaparse de la estancia.

En la galería de la parte de atrás de la casa se apoyó débilmente contra la pared. La tarde poseía el irreal carácter propio de un sueño y ella tenía casi el convencimiento de que estaba durmiendo y pronto despertaría y todo volvería a ser como antes. Procurando capear la tormenta que se agitaba en su cabeza, escuchó enfurecida las carcajadas procedentes del salón. Su madre llevaba sin reírse de tan buena gana desde la muerte de su padre. Y, por más que el sonido le resultara placentero, no podía decir lo mismo del origen de aquella hilaridad. El hecho de que Damien Granville tratara de explotar su irresistible encanto le parecía comprensible; sin embargo, el de que su madre reaccionara con semejante entusiasmo constituía para ella la máxima traición.

—¿Emma querida?

Depositando la tetera que todavía sostenía en la mano en las del mozo que esperaba, regresó al salón. Margaret Wyncliffe ya no parecía tan perpleja. Muy al contrario, se la veía animada y perfectamente a gusto en compañía de su huésped. La sonrisa le arrugaba la pálida piel del rostro y sus ojos brillaban con un insólito fulgor.

—Bueno, querida, ya hemos mantenido nuestro pequeño *tête-à-tête* —anunció jovialmente— y debo decir que estoy impresionada, sumamente impresionada. No sé si ahora preferirías acompañar al señor Granville a tu...

—Por favor, llámeme Damien —sugirió suavemente éste.

—Sí, naturalmente... mmm... a Damien a tu rosaleda, querida. —Volviéndose hacia Granville, Margaret le explicó—: La rosaleda es el territorio especial de Emma. Es un lugar muy bello y también muy... bueno, muy reservado.

—No es más que un anodino trozo de tierra —dijo Emma, molesta por aquella descarada estratagema—, pero, si usted considera imprescindible verlo, yo no tengo el menor inconveniente.

—Nada me complacería más —exclamó Damien, levantándose de un salto—, aunque no creo que nada a lo que usted dedique su atención pueda ser anodino. —Haciendo caso omiso de su enfurecida mirada, se inclinó sobre la mano de la señora Wyncliffe y la rozó levemente con sus labios—. Nos volveremos a vez quizá mañana, si a usted le parece bien. Le agradezco una vez más su exquisito té y, por encima de todo, su gentil permiso para convertir a su hija en mi esposa. Me siento muy honrado.

Tras haberse recuperado del sobresalto provocado por la inesperada suerte de su hija, la señora Wyncliffe esbozó una estúpida sonrisita ante el encanto que su futuro yerno derramaba a manos llenas. ¿Quién hubiera podido imaginar que aquel buen partido tan codiciado, que, encima, era tan apuesto y dueño de una fortuna tan inmensa, pudiera convertirse muy pronto en el esposo de una joven sin pretensiones como su hija? Emma sería la envidia de todas las muchachas de Delhi y ella lo sería de todas las intrigantes madres; ¡estaba deseando comunicarle la noticia a Carry, a la insoportablemente presumida Betty Marsden y a toda la comunidad!

En la intimidad del cenador de la rosaleda en el que se aspiraban todos los perfumes primaverales, Emma miró a Damien con mal disimulado desprecio.

—No ha perdido usted el tiempo en cobrarse la deuda, ¿verdad?

—Jamás lo hago —replicó Granville—. No vi ninguna razón para esperar.

—O sea que, tras haberse ganado su medio kilo de carne, quiere apoderarse de él inmediatamente.

—Bueno, puede que no tan inmediatamente. No quisiera escandalizar a sus jardineros.

—No es necesario que sea tan grosero —replicó fríamente Emma—. Ya le tengo en suficiente mal concepto.

Él se rio y, sin previa advertencia, alargó la mano para acariciarle la mejilla.

—Lo pasado pasado está, Emma, ¿por qué no puede usted perdonarme sinceramente?

Ella se echó hacia atrás al percibir su contacto.

—No sea tan hipócrita, ya me dio a entender con toda claridad su opinión acerca de los castigos corporales contra las mujeres. —Emma cambió de tema—. Bueno, yo he cumplido mi parte del trato. ¿Y la suya?

Granville se introdujo la mano en el bolsillo, sacó un sobre y se lo entregó. En su interior estaban los pagarés de David y una declaración jurada, por la cual todas las deudas contraídas por el teniente David Wyncliffe de Khyber Khoti, Civil Lanes, Delhi, con el señor Damien Granville de Sahi Baug, Nicholson Road, Delhi, quedaban canceladas. Una nota del propietario de la casa de juego Bert Highsmith lo confirmaba.

—¿Satisfecha?

—La satisfacción tiene muy poco que ver con eso, señor Granville, pero, sí, el trato parece legal. Veo que el nuestro será un matrimonio singular —añadió con amargura—, ¡no bajado del cielo sino de un garito!

—Bueno, mejor un demonio conocido que un ángel por conocer

—dijo jovial Granville—. Y, además, ¿qué importa eso con tal de que dos almas gemelas se unan en sagrado matrimonio?

—Nosotros no somos almas gemelas —dijo Emma enojada, sabiendo que él se estaba burlando—. Y, si existe algún matrimonio más impío que éste, yo todavía no me he enterado.

—Si las circunstancias hubieran sido distintas, ¿hubiera usted accedido a casarse conmigo?

Emma no se dignó contestar.

—Creo que es costumbre entregar una sortija a la prometida.

Antes de que ella pudiera reaccionar, él tomó su mano izquierda y le puso una sortija en el anular. Emma la contempló un instante, estupefacta.

Era una sortija con una piedra del tamaño de un guisante, flanqueada a ambos lados por otros brillantes de inferior tamaño. Debía ser tremendamente cara y no podía negarse que era una preciosidad. La idea de una sortija de compromiso no se le había pasado por la cabeza y ella no soportaba verla en su dedo.

—¿Para demostrar su derecho de propiedad? —preguntó, apartando la mano.

—Y mis honradas intenciones.

—¡Un matrimonio concertado a punta de pistola difícilmente se puede considerar honrado, señor Granville!

Quitándose la sortija del dedo, Emma se la guardó con indiferencia en uno de los bolsillos de su vestido.

Sin ofenderse, Granville ladeó la cabeza.

—Dígame, Emma, sólo para satisfacer una curiosidad intelectual... ¿la perspectiva de un matrimonio conmigo de veras le resulta tan repugnante como usted tan ruidosamente proclama?

—No, pero si tuviera que revelar todo el alcance de la repugnancia que tal cosa me produce, mi madre prohibiría esta farsa y nosotros nos quedaríamos sin casa.

Estaba deseando herirlo y esta vez lo había conseguido. Un intenso rubor le tiñó las mejillas en una primera manifestación de cólera.

—No se preocupe, la farsa será un auténtico matrimonio —replicó—. Permítame asegurarle que hablaba totalmente en serio. Tengo intención de ejercer mis derechos conyugales en mi calidad de legítimo esposo suyo.

—La perspectiva de tomar a una mujer a la fuerza, aunque sea su esposa, ¿no lo rebaja como hombre a sus propios ojos? —preguntó ella, angustiada.

—Yo jamás he tomado a ninguna mujer a la fuerza y tampoco la tomaré a usted.

El férreo dominio de sí misma que con tanta dificultad la había ayudado a superar las últimas horas, se vino repentinamente abajo y, por un instante, Emma creyó desmayarse. Al ver que se tambaleaba, Granville alargó instintivamente la mano, pero ella recuperó el equilibrio y pegó un brinco hacia atrás como un conejo asustado. Aun así, el rostro de Granville se acercó al suyo y éste le sostuvo la mirada con tal persistencia que ella no pudo apartar los ojos. Sin poderlo evitar, vio cómo sus labios permanecían en suspenso sobre los suyos y después se posaban suavemente en ellos mientras su brazo le rodeaba el talle. Por un instante, sólo por un instante, Emma permaneció absolutamente inmóvil. Después, recuperándose con la rapidez de un relámpago, extendió las manos y lo apartó. Granville la soltó tan repentinamente que ella se tambaleó hacia atrás contra el tronco de una acacia.

—¡Cómo se atreve usted! —dijo entre jadeos, frotándose la boca con el dorso de la mano—. ¡Pero cómo se atreve usted!

Él apoyó un codo en la valla de madera, contemplando con regocijo su indignación.

—Me atrevo porque, tanto si decide ponérsela como si no, usted ha aceptado mi sortija... por no hablar de los pagarés de su hermano.

—Bajo coacción, señor Granville —murmuró Emma casi al borde de las lágrimas—, ¡sólo bajo coacción!

—Bueno pues, ¿quiere usted hacerme otra concesión bajo esta misma coacción?

Ella le miró en alarmado silencio.

—¿Podría hacer un esfuerzo y llamarme Damien?

Emma no sonrió.

Granville se pasó un buen rato contemplando en silencio su perfil. Cuando volvió a hablar, lo hizo en un suave susurro:

—Es usted una muchacha de insólito temple, Emma, pero no por eso deja de ser una muchacha. Yo me complaceré en hacer de usted una mujer.

Margaret Wyncliffe no se sorprendió en absoluto de que su hija hubiera elegido por marido al apuesto Damien Granville. Sin embargo, que él la hubiera elegido a ella era... antes hubiera preferido cortarse la lengua que decirlo. No obstante, muy pronto se libró de sus recelos. El corazón humano, pensó, tenía una inteligencia propia, pero no a todos les era dado comprender su divina lógica. ¿Quién era ella para poner en tela de juicio los ocultos designios del Señor?

A pesar de su ardiente deseo de proclamar la noticia al mundo desde el tejado de su casa, Margaret Wyncliffe refrenó su emoción y llegó a la conclusión de que se tenían que observar ciertas reglas sociales. Por consiguiente, en el transcurso de la segunda visita de Damien, decidió publicar la noticia oficial del compromiso en el *Mofusilite* del día siguiente. A continuación, la pareja debería ser vista en la iglesia y en los burra khanas (debidamente acompañada, naturalmente) para demostrar la autenticidad del compromiso. Cuando se le preguntó su opinión al respecto, Emma se limitó a encogerse de hombros; qué más daba un acto más o menos en aquella comedia.

Impaciente por regresar al Valle —tal como a veces se referían al valle de Cachemira—, ahora que la primavera estaba a la vuelta de la esquina y los elevados pasos montañosos no tardarían en ser transitables, Damien accedió a regañadientes. Pero insistió en que la boda se celebrara muy pronto y en la intimidad, con una lista de invitados limitada a la familia y a los amigos más íntimos. Emma se mostró de acuerdo. Si le hubieran dado mano libre, su madre hubiera deseado que todo el mundo celebrara por todo lo alto el inesperado término de la soltería de su hija... pero, ¿dónde estaba el dinero para semejante capricho?

—¿Le parecería a usted bien el sábado de la semana que viene para la boda, señora Wyncliffe? —preguntó Damien.

—¡No, por Dios! —exclamó la señora Wyncliffe, horrorizada—. ¡No nos dará tiempo a prepararla!

—¿Qué hay que preparar? —preguntó Damien, irritado.

—Pues un sinfín de cosas, Damien querido. Una mano de enlucido para la casa, una *shamiana* para el jardín en caso de que llueva, un adecuado servicio de comida por encargo para la recepción, las participaciones... y también habrá que pensar en la lista de invitados, por muy restringida que ésta sea. —Margaret dirigió una suplicante mirada a su hija, pero ésta no le prestó el menor apoyo—. ¿Y qué me dice del ajuar? Emma necesita tiempo para prepararlo.

—Pero bueno, ¿no puede encontrar algo que ponerse en... (¿cómo lo llaman ustedes, las mujeres?) su arcón nupcial?

Aquel problema estrictamente femenino no le interesaba.

La señora Wyncliffe guardó silencio. No podía revelar que, debido al hecho de que Emma no lo quería, no había en la casa ningún arcón nupcial y, resignada a que su hija se quedara soltera, hacía tiempo que ella había dejado de insistir en que lo hubiera.

Volvió a contemplar el impenetrable rostro de Emma como para decirle, «¡Hay que ver cómo son los hombres!», pero no consiguió que su mirada se cruzara con la suya.

El anuncio salió debidamente publicado en el Mofusilite de la mañana siguiente. Pensando en el limitado tiempo de que disponía, Margaret Wyncliffe puso inmediatamente manos a la obra, firmemente decidida a sacar el máximo provecho de sus momentos de gloria ante la sociedad colonial de Delhi.

Por su parte, la sociedad colonial de Delhi estaba electrizada. Destrozando el proceso digestivo en muchas mesas a la hora del desayuno, el simple anuncio fue suficiente para que todas las madres de hijas casaderas corrieran en busca de su frasco de sales y todas las hijas casaderas corrieran en busca de su pañuelo.

—No es justo —lloriqueó una desolada Charlotte Price—. ¡Damien Granville bailó tres veces conmigo y ninguna con Emma! Oh, ¿cómo pudo engañarme tan cruelmente?

—Aquí hay algo más —dijo su madre, lívida de rabia por aquel descarado abuso de su hospitalidad—. Ella le fue detrás como una loca, eso es lo que ha ocurrido. ¿De qué otra manera sino a un hombre como Damien Granville se le hubiera podido ocurrir la idea de conformarse con una chica tan vulgar y perversa como Emma Wyncliffe? Eso es... es...

Le faltaron las palabras, de momento al menos.

—Yo lo adiviné aquella noche, juro que lo adiviné —gimoteó su desconsolada hija—. Adiviné por la forma en que ella miraba al pobre y desvalido corderito que estaba decidida a tenderle una trampa. Y, además, todo el mundo sabe que no tiene dote, exceptuando aquel horrible servicio de té georgiano que empeñan cada mes para pagarle la cuenta al tendero.

—Puede que ella le guste —apuntó cautelosamente el marido cuando le concedieron la oportunidad de intervenir en la conversación—. Puede que Emma no sea una gran belleza, pero, aunque sea una potranca desbocada, no cabe duda de que es inteligente.

—¡Querrás decir una bruja! —replicó su mujer, dirigiéndole una mirada asesina mientras Charlotte rompía nuevamente a llorar—. Pues yo no descansaré hasta llegar al fondo de esta intriga, bien lo sabe Dios.

Con pequeñas variaciones, la escena se repitió en otras muchas casas.

Presentándose en Khyber Khoti inmediatamente después del desayuno, la señora Purcell inundó a Emma de besos. En cambio, su malhumorada hija Jenny se limitó a darle un frío beso en la mejilla.

—¿No te lo dije, Margaret? —exclamó Carrie Purcell, sinceramente emocionada—. ¡Tantas preocupaciones por nada! No me equivoqué al pensar que algo se estaba tramando en aquel burra khana. Todo el mundo se dio cuenta de que ambos no tenían ojos más que el uno para el otro. —Bajando la voz, añadió en un susurro—: ¡Y, encima, un hombre tan guapo!

Emma sonrió y guardó modestamente silencio.

Le desagradaba la visita de las Purcell. Una cosa era engañar a su madre con bien ensayadas respuestas y otra muy distinta aplacar a una íntima amiga.

—¡Vaya, vaya! —dijo Jenny mirándola enfurecida en cuanto ambas se quedaron a solas—. O sea que el denostado señor Granville resulta que no es tan odioso como parecía. No sabía que fueras capaz de cambiar de idea con tal rapidez... ¡o de ser tan desvergonzadamente hipócrita!

Emma abrazó a su amiga.

—Todo ocurrió tan de repente, Jenny querida, que la cabeza todavía me da vueltas. Te dije que te lo contaría todo cuando...

—¡Pero no lo hiciste! —Jenny la miró, al borde de las lágrimas—. Tuve que enterarme a través del periódico como todo el mundo. Dime, ¿cómo puedes soportar la idea de casarte con un hombre al que dices odiar tanto?

—Me equivoqué con respecto a Damien —dijo Emma—. Cuando tuve ocasión de conocerlo mejor, descubrí que, en realidad, era muy... atractivo.

—Ah, ¿sí? ¿Y este inesperado atractivo de su verdadero yo te fue revelado en un par de semanas? —preguntó Jenny en tono de reproche—. A mí no me mientas, Emma, y no te atrevas a decirme que estás locamente enamorada de él porque yo sé que no es cierto.

—No, no estoy enamorada de él en absoluto, ni locamente ni de ninguna otra manera. —Emma lanzó un convincente suspiro—. Pero, si insistes, no tendré más remedio que confesarte la verdad.

En los ojos de Jenny se encendió un astuto fulgor.

—¿Sí?

—La verdad es que Damien Granville es un hombre educado, atractivo y rico. En términos matrimoniales, supongo que se le podría considerar un «buen partido». Cuando él manifestó interés por mí en el burra khana, yo fingí enojarme, pero me avergüenza reconocer que me sentí halagada... pero no me atreví a decirlo.

—Ah.

—En realidad, estaba deseando hacerte una pregunta, Jenny querida, una pregunta que jamás me atrevería a hacerle a nadie más.

Olvidando el agravio, Jenny se inclinó hacia delante.

—¿Sí?

—¿Me considerarías tremendamente venal si te confesara que acepté a Damien por su dinero?

—No, en absoluto. —La respuesta fue inesperadamente inmediata—. No tiene nada de malo casarse para mejorar económicamente.

—¡Cuánto me alegro de que lo creas así! No sabes lo que he tenido que luchar con mi conciencia por eso.

—Si quieres que te diga la verdad, Em —dijo Jenny en tono nostálgico—, si mi John hubiera tenido más dinero, todavía le hubiera querido más sin que por ello me remordiera la conciencia.

Ambas amigas se miraron sonriendo.

Sería un noviazgo de lo más extraordinario... si así podía llamarse.

Todavía aturdida por la rapidez con que todo había ocurrido y en cierto modo perpleja ante la sumisa actitud de su hija, a Margaret Wyncliffe se le ocurrió pensar que, a lo mejor, no todo iba tan bien como ella tan alegremente había supuesto. En algunas ocasiones, intuía la presencia de extrañas corrientes subterráneas bajo la sonrisa de su hija, y estaba preocupada.

—¿Estás totalmente segura, querida, de que eso es lo que quieres? —le preguntó ansiosamente a Emma.

—Totalmente segura. —Si hasta ahora a Emma le había irritado la aceptación sin reservas de Damien por parte de su madre, también la irritaban sus tardías dudas—. ¿Por qué? ¿acaso no lo consideras un digno candidato a yerno?

—Por supuesto que sí. Pero te veo tan... tan insólitamente apagada, tan extrañamente retraída, que me procupa. Además, me desconcierta la prisa con la cual has llegado a una decisión de importancia tan vital. No es propio de ti, querida.

—Puesto que estoy de acuerdo con todos los puntos de vista de Damien, creo que no hay necesidad de que me lo siga repitiendo. En cuanto a la prisa... casarse sin prisas no siempre impide que una se arrepienta a toda prisa, mamá.

—Pero... ¿no podríais esperar a conoceros un poco mejor? Si alguna reserva tengo en cuanto a tu decisión, Emma querida, es ésta.

—¿Hubieras preferido que se declarara a otra?

—¡Oh, no, por Dios! —Aterrada ante la sola idea, la señora Wyncliffe se apresuró a cambiar de parecer—. Bien mirado, querida, una boda precipitada es una decisión más juiciosa. A fin de cuentas una no puede dejar ciertas cosas al alcance de Betty y Georgina, ¿verdad?

Margaret ya no volvió a plantear el tema.

Incapaz de mentir en una carta, Emma no escribió a David, tal como había prometido hacer. Éste llegó a la casa a finales de semana y acorraló casi inmediatamente a Emma en la rosaleda. A pesar de lo bien que había conseguido convencer a Jenny, Emma sabía que, con su hermano, tendría que hacerlo mejor.

—¿Me dice mamá que vas a casarte con Damien Granville? —le preguntó David, estupefacto.

—Sí.

—Pero, ¿por qué, por el amor de Dios?

—¿Por qué? —Emma no levantó la vista del rosal que estaba podando—. Pero bueno, ¡qué pregunta tan extraña!

—¿Y cómo de extraña es la respuesta?

—Me caso con Damien porque quiero, ¿por qué otra cosa sino?

—Santo cielo, pero si apenas os conocéis.

—Pero, aun así, él quiere casarse conmigo.

—¿Y por qué motivo?

—Eso se lo tendrás que preguntar a él... pero gracias de todos modos por el voto de confianza que otorgas a la capacidad de seducción de tu hermana —observó secamente Emma—. Si quieres saberlo, queremos casarnos porque resulta que experimentamos ciertos... sentimientos el uno por el otro.

—¿Sentimientos? ¿Qué sentimientos?

—Respeto, admiración y, supongo, que cierta atracción mutua. La proposición de Damien me sorprendió tanto como a ti, David. —Bueno, eso por lo menos era verdad—. Mi reacción inmediata fue rechazarla, y así lo hice. Pero después hubo otras consideraciones que vencieron mi resistencia. Tanto si lo crees como si no, puede haber otras consideraciones, aparte la pasión instantánea, para que dos personas se casen.

Asiéndola por los hombros, David la obligó a levantarse.

—¿Y estas «otras consideraciones» tienen algo que ver con mis deudas de juego?

—No, por supuesto que no.

—Puede que a veces sea un poco tonto, Emma, pero no tanto. Dime sinceramente qué ocurrió entre vosotros cuando fuiste a verle a propósito de mi deuda.

—Ya te he dicho lo que ocurrió... le ofrecí el terreno de Kutub Minar y él accedió a pensarlo.

—¿Cuándo te pidió que te casaras con él? ¿En aquella reunión?

—No, me hizo la proposición más tarde.

—¿La proposición de casarte con él... o de cancelar la deuda? ¿O acaso ambas cosas iban juntas?

—La deuda no tuvo nada que ver con mi decisión. Si quieres saberlo, Damien no pensaba cobrarla de todos modos. Sólo quería darte una lección.

—¡Vaya! ¿Eso es lo que él te dijo?

Emma le entregó en silencio el sobre que ya tenía preparado para cuando él regresara. David echó rápidamente un vistazo a los papeles como si se avergonzara de verlos, y después se los guardó en el bolsillo.

—¿Ahora me crees? —le preguntó Emma.

David se pasó una mano por el cabello.

—Sé que tú nunca me has mentido, Em, pero, francamente, no sé qué creer.

—Pues créeme si te digo que, a mi juicio, sus intenciones son honradas.

—Damien Granville tiene fama de libertino, es un auténtico sinvergüenza, Em. ¿Cómo puedes llegar a pensar que es honrado?

Emma limpió las podaderas y se las guardó en el bolsillo de su delantal de jardinería.

—Bueno, resulta que hay otra razón por la que yo he accedido a casarme con él.

La palidez de David se intensificó.

—¿Qué razón?

Emma se acercó al banco de piedra, se sentó y dio una palmada al espacio vacío que tenía al lado. David se sentó a regañadientes.

—¿Recuerdas una pregunta que me hiciste la noche en que me mostraste el dinero que habías ganado? —Estaba claro que no—. Me preguntaste si así quería pasar el resto de mi vida.

—Y, ¿qué?

David frunció el entrecejo sin recordarlo.

—Te contesté que no, que así no quería pasar el resto de mi vida. En aquel momento, no fue una respuesta muy meditada, pero desde entonces he estado pensando mucho en tu pregunta. Lo cierto es, David, que a mi manera yo también me siento frustrada. Lo que ocurre es que lo sé disimular mejor que tú. —Emma volvió la cabeza para mirarle—. Tengo veinticuatro años y no soy como Stephanie o Jenny o cualquiera de las otras chicas que tienen a los hombres detrás desde los quince años. Puesto que no soy ni la más rica ni la más guapa de la ciudad, no es probable que los hombres se peguen un tiro si yo les niego mis favores. Hasta ahora sólo he recibido la proposición de matrimonio de Alex Waterford, que, por alguna prodigiosa razón, parece que me encuentra irresistible. —David la escuchó atentamente sin compartir su sonrisa—. Antes de conocer a Damien, estaba resignada a la perspectiva de no casarme. En lugar de casarme por conveniencia, prefería permanecer soltera. Pero ahora... —Emma apartó la mirada—. Ahora tengo mis dudas.

Haciendo un esfuerzo por comprenderla, David se limitó a mirarla.

—Mira, David —dijo Emma con dulzura—, yo también estoy cansada. Estoy cansada de tener que ir tirando, cansada de tener que ganarme miserablemente una vida que no tiene significado ni dignidad, cansada de no tener un futuro. Como tú, tengo la sensación de que la vida pasa de largo y de estar estancada. Me veo condenada a una solitaria vejez, viviendo un solitario día tras otro, y, de repente, David, la perspectiva de mi vida no vivida me llena de espanto...

Emma se sorprendió de las palabras que estaban brotando de su boca y todavía más de las lágrimas que le hacían escocer los ojos.

—Hablando claro, David —terminó diciendo—, he aceptado la proposición de Damien porque es el mejor ofrecimiento que jamás tendré y no puedo permitirme el lujo de rechazarlo. —Parpadeando repetidamente, se reclinó contra el respaldo del banco y volvió a mirar a su hermano—. ¡Ya está! Ahora que te he desnudado mi alma... ¿sigues pensando que te miento?

David, que jamás la había oído hablar con tanta sinceridad acerca de sus sentimientos más profundos y, por supuesto, jamás con tanta vehemencia, se quedó sorprendido. Su hermana acababa de revelarle un aspecto de sí misma que él jamás hubiera sospechado. Para él, Emma era autosuficiente, indomablemente independiente y enteramente invulnerable; y él jamás había pensado que pudiera ser otra cosa. Ingenuo y desconocedor de la mentalidad y los motivos de las mujeres, estaba totalmente desconcertado.

—¿Me juras, Em —dijo finalmente en un susurro— que lo que me has dicho es la verdad?

—Sí.

—¿Juras que el hecho de haber aceptado la proposición de Damien Granville no tiene nada que ver con mi deuda de juego?

—Sí, lo juro.

David asintió con la cabeza y se alejó.

Temblando, Emma se reclinó contra el respaldo del banco. Estaba trastornada por lo que había dicho, trastornada por la facilidad con la cual las palabras habían brotado de su boca. Era como si hubieran estado varios meses en su garganta, a la espera de que ella explicara unos pensamientos cuya existencia ignoraba.

¿Y si las coartadas que se había inventado para convencer a su hermano fueran ciertas?

No, eso era absurdo. Su orgullo se negaba a tomarlo en consideración.

Dos días antes de la boda, Emma volvió a asustarse.

—Dímelo con toda sinceridad, Damien —preguntó, cansada tras una nueva discusión sin importancia—, ¿por qué quieres casarte conmigo?

—Ya te lo he dicho.

—¡Pero si no sabes nada de mí!

—Te conozco lo bastante como para tener asegurado un hijo como es debido.

—¿Por chismorreos recogidos aquí y allá? ¿Te parece eso suficiente para convencerte de que tú y yo estamos destinados el uno al otro?

—Bueno, exceptuando nuestro desacuerdo a propósito de los castigos corporales contra las esposas descarriadas, yo diría que estamos extraordinariamente bien emparejados.

—Si yo pudiera afirmar conocer aunque sólo fuera la mitad acerca de ti —dijo Emma—, puede que coincidiera contigo en que estamos bien emparejados... o, más bien, confirmar que no lo estamos. Pero sigo pensando que tus teorías genéticas son absurdas.

—Funcionan muy bien en el caso de los caballos. No veo por qué razón no tienen que funcionar en el nuestro.

—¡Pero si yo no sé nada de tu familia, tus costumbres, lo que haces, qué lees, qué comida te gusta!

—Si te hubiera interesado, lo habrías preguntado.

Emma se ruborizó. Era cierto; si apenas sabía nada acerca del hombre que iba a ser su esposo y su familia, ello se debía a que su intransigencia le impedía hacer preguntas y a que él apenas revelaba nada de forma espontánea.

—Bueno, no importa. Supongo que muy pronto lo averiguaré.

—Tal como ya le he explicado a tu madre —dijo Damien sin reaccionar a su estallido de mal genio—, mis padres han muerto. Vivo bien y con toda comodidad, lo mismo que vivirás tú. Mi ocupación es mi finca, que tú también podrás conocer a su debido tiempo. Mis aficiones literarias son eclécticas y liberales, tal como te dirá mi biblioteca de Shalimar. Me gusta todo lo que se edita. En cuanto a la comida, bueno, la verdad es que todo me gusta... —lo pensó un momento y rectificó— excepto las berenjenas. No me gustan las berenjenas, jamás me han gustado. Mi plato preferido es el *gushtav*, las tradicionales albóndigas de Cachemira, las mejores del mundo. ¿Alguna otra cosa?

—No, claro que no —contestó Emma en tono irritado—. Esta autobiografía tan extraordinariamente detallada dice todo lo que una mujer pudiera desear saber acerca de un futuro marido.

Damien levantó las manos.

—¿No te parece un tanto insólito que un hombre y una mujer que están a punto de entablar la más íntima relación posible no puedan mantener una conversación civilizada ni siquiera acerca de un tema intrascendente?

—No se me ocurre ningún tema lo bastante intrascendente como para que pueda dar lugar a una conversación civilizada.

—Háblame de tu padre.

—¿Mi padre? —preguntó Emma, desconcertada.

—Bueno, sé lo muy unida que estabas a él.

Damien jamás había demostrado el menor interés por su padre... como no fuera en aquella presuntuosa carta que ella había interceptado. Le molestó que ahora fingiera y redujera aquel doloroso tema a un útil pretexto para seguir charlando.

—¿Qué hay que decir? Vivió, trabajó, murió.

—Comprendo. Una biografía todavía más detallada acerca del padre de una futura esposa.

Ambos estaban a punto de volver a discutir. Sin fuerza para resistirlo, Emma cambió de tema.

—Tanto si lo apruebas como si no —anunció—, pienso reanudar mi trabajo con los papeles de mi padre en cuanto lleguemos a Cachemira. Y tengo intención de disponer del tiempo necesario para ello.

—Faltaría más... siempre y cuando tus actividades intelectuales sean secundarias a tus deberes esenciales.

—¿Qué debes esenciales?

—Los de atender tu hogar, tu casa y a tu esposo.

Emma salió hecha una furia de la rosaleda y entró de nuevo en la casa.

Decidida a no privarse de su momento de triunfo a pesar del poco tiempo de que disponía, Margaret Wyncliffe mandó alquitranar el tejado de la casa, encalar rápidamente las paredes y arreglar la verja de la entrada. Mientras repasaba las facturas con Emma la víspera de la boda, preguntó de repente dónde estaba el reloj de plata.

—Lo he guardado en las maletas para llevármelo a Srinagar —contestó Emma—. Siempre y cuando no te importe.

—No, por supuesto que no, querida —se apresuró a asegurarle su madre—. Tendremos que vender en su lugar el juego de té georgiano para pagar lo que no podamos adquirir a crédito.

—Sí, supongo que sí —convino con expresión sombría Emma.

La mañana de la boda de aquel sábado de primeros de abril amaneció clara y despejada y cubrió la ciudad con una pálida y dorada luz. El frío invernal que todavía perduraba en el aire estaba cargado del perfume de las hojas nuevas y los capullos primaverales. En Khyber Khoti la febril actividad se había iniciado al amanecer, cuando toda una procesión de comerciantes hizo entrega de los mil y un artículos que figuraban en la larga lista de Margaret Wyncliffe. De repente, el estruendo de las voces que preguntaban, discutían y protestaban se hizo ensordecedor. Tal como siempre ocurría en la India en el transcurso de cualquier actividad, la confusión era increíble.

Sentada autoritariamente en una silla de alto respaldo en compañía de su fiel lugarteniente Carrie Purcell, la señora Wyncliffe dirigía las operaciones con toda la decisión propia de un general que conduce sus tropas a la batalla. Atrás habían quedado los vahídos y los pinchazos, las mejillas pálidas y los perennes dolores y palpitaciones. Su voz sorprendentemente enérgica resonaba con tanta fuerza como la de una rana toro.

«Bueno, menos mal que algo de provecho se ha sacado de todo esto», pensó Emma, contemplando a su madre desde la tribuna de su habitación con una curiosa sensación de indiferencia.

Obligado a levantarse a muy temprana hora de la mañana, David había recibido sus correspondientes órdenes con toda una serie de bostezos. Desde su conversación con Emma en la rosaleda, el joven se había limitado a hablar con ella sólo en caso necesario. Emma observó que también evitaba a Damien con la misma tenacidad con que Damien lo evitaba a él. Ninguno de ellos le mencionaba jamás al otro.

Aquel día era el de su boda, pensó Emma con asombro, preguntándose qué debían de sentir las novias normales en semejante día. ¿Nerviosismo? ¿Dolor por el hecho de tener que abandonar el nido? Examinándose por dentro en un intento de identificar sus sentimientos, no consiguió filtrar la mezcla de emociones que la embargaban y convertirla en un único elemento reconocible.

La ceremonia privada de la boda, oficiada por el reverendo Desmond Smithers, asistido por un apenado pero virilmente estoico Alec Waterford, tuvo lugar en el salón de Khyber Khoti y a ella sólo asistieron un puñado de amigos íntimos de la familia. Por parte del novio sólo estaba Suraj Singh, el secretario privado de Damien, cuya elección como padrino había provocado estremecimientos de horror en la comunidad.

—¡Una vergüenza, señor, una atrocidad! —A pesar de no figurar en la lista de invitados, Charles Chigwell expresó la opinión generalizada en el comedor de oficiales—. Les das un centímetro y se toman un kilómetro. No tardarán en pedir el ingreso como socios en nuestros clubes, ya lo verán.

Damien rechazó la prudente protesta de Margaret Wyncliffe con un gesto de impaciencia.

—Suraj Singh es no sólo un empleado sino también un amigo y dos veces más hombre de lo que pretende ser cualquiera de estos sahibs que tanto se pavonean por ahí. Me importa un bledo lo que piensen los demás.

La novia fue acompañada por su hermano.

La recepción, un poco menos austera que la ceremonia, pero muy sencilla a pesar de todo, se celebró en el jardín de la parte de atrás —rápidamente barrido, arreglado y recortado— y, para amenizarla, David había contratado los servicios de la banda de su regimiento con una tarifa generosamente reducida.

Soportando con donaire la forzada jovialidad y las hipócritas felicitaciones y con clemencia las miradas asesinas, los irónicos comentarios en voz baja y las expresiones de incredulidad, Emma se aferró tenazmente no sólo a su sonrisa sino también a su aplomo. Si alguien reparó en la rigidez de sus labios, la inexpresiva mirada de sus ojos y la palidez de su rostro mientras bailaba el primer vals en brazos de su flamante esposo, lo debió de atribuir a su comprensible tristeza por el hecho de tener que separarse de su madre y también, naturalmente, a los nervios de la noche de bodas. Todo el mundo se mostró de acuerdo, aunque un poco a regañadientes, en que, aunque Emma Wyncliffe no fuera una novia de belleza arrebatadora, la dignidad y el decoro con que se había comportado habían sido irreprochables.

Algo que corrió mucho más libremente que las limitadas bebidas alcohólicas fueron los chismorreos, mientras que las joyas de la novia suscitaron muchos más comentarios que la novia propiamente dicha. Eran preciosas y tremendamente caras, un regalo del enamorado novio, tal como Margaret Wyncliffe se apresuró a explicar a quienquiera que quisiera escucharla.

—¡Qué desperdicio! —comentó en un malicioso susurro Charlotte Price, apartando momentáneamente a un lado su aflicción—. Es como cubrir de diamantes un camello de Rajputana.

—¿Y no os parece un desastre este vestido? —preguntó Stephanie Marsden—. Creo que lo han comprado por una miseria a una encajera de las inmediaciones de Jama Masjid. ¡Muy típico!

—Bueno, será porque no se han podido permitir el lujo de comprar el auténtico encaje de Bruselas... aunque no creo que ella fuera capaz de distinguir la diferencia.

Todos miraron a Grace Stowe, a la espera de su comentario.

—He oído decir —dijo Grace Stowe en tono misterioso— que en Srinagar hay cierta dama que... —Hizo una pausa para que los tácitos matices transmitieran los potenciales deleites.

El emocionado grupito se congregó alrededor de la suma sacerdotisa de los chismorreos de la comunidad.

—Vamos, dilo... una dama que, ¿qué?

—... mejor no revelar su nombre de momento, que... —La voz de Grace volvió a trocarse en un susurro sólo para unos pocos privilegiados.

—No tenemos que prestar oído a las habladurías —señaló Alec Waterford, aceptando como un santo su triste derrota—. El que esté libre de culpa que arroje la...

—Calla, querido —le ordenó su madre—. Si tuvieras un poco de juicio, cosa que no tienes, estarías encendiendo velas en acción de gracias en lugar de hacerlo para un velatorio.

Mucho antes de que los invitados se marcharan, los recién casados se retiraron bajo una lluvia de arroz, confeti y felicitaciones de Jenny y otras fieles amigas. Margaret Wyncliffe lloró con desconsuelo.

—¿Qué voy a hacer yo sin mis hijos? —dijo entre sollozos.

—Te las vas a arreglar estupendamente bien —le contestó secamente Carrie Purcell, poniendo fin al duelo.

La noche era fría, pero tranquila y sin viento. En el coche, los recién casados permanecieron sentados el uno al lado del otro en silencio. El alivio que ambos experimentaban era uno de los pocos sentimientos que compartían mientras cada uno de ellos miraba a través de su respectiva ventanilla.

Damien se pasó el dedo por el interior del cuello de la camisa para aflojarlo.

—Gracias a Dios que todo ha terminado —murmuró—. Si nos hubiéramos fugado, nos habríamos ahorrado esta pesadilla.

—Si lo hubieras hecho, te habrías tenido que fugar tú solo —replicó Emma.

Damien soltó un gruñido.

—La Price estuvo muy grosera, ¿y sabes por qué?

—Porque probablemente esperaba que tú te casaras con su hija —le contestó Emma, dándole a entender con su tono de voz que hubiera deseado que así lo hiciera.

—¿Cuál, la chica de los dientes salidos?

—No, la de la narizota. La madre de la chica de los dientes salidos está deseando matarte. ¿Lo ves? Abandonas Delhi dejando a tu espalda los corazones destrozados de un montón de criaturas adorables.

—Adorables y muy favorablemente dispuestas.

—Bueno, no querrías un hijo con una narizota o con los dientes salidos, ¿verdad? —preguntó Emma en tono ofensivo.

—No, pero me parece que me voy a tener que conformar con uno con muy mal genio.

Emma echó la cabeza atrás y apartó la mirada. Durante el resto del trayecto hasta Shahi Baug, no volvieron a intercambiar ni una sola palabra.

En la casa de la calle Nicholson, una suite de habitaciones recién preparadas y contiguas a la de huzur esperaban a la novia. Emma descubrió que su servidumbre estaría integrada por una rolliza anciana de sonrosadas mejillas y modales directos llamada Sharifa y una tímida muchacha llamada Rehmat, que le fue presentada como la sobrina de Sharifa. Ambas habían sido llamadas desde Srinagar para complementar la servidumbre enteramente masculina de la mansión. Emma hubiera preferido tener a su lado a Mahima por lo menos durante unos cuantos días, pero, sabiendo que su madre la necesitaba más que ella, ni siquiera sugirió aquella posibilidad.

Debilitada por el agotamiento nervioso se sentó en el sofá tapizado de raso de su salón. La suite, formada por un dormitorio, un salón y las habituales dependencias, estaba amueblada con la misma opresiva prodigalidad que el resto de la casa. Damien cruzó la estancia para abrir las ventanas y después despidió con un gesto de la mano al contingente de criados que esperaban.

—Confío en que las habitaciones sean de tu gusto —dijo, abriendo armarios y cajones y examinando los accesorios.

—Totalmente —contestó mecánicamente Emma sin dar muestras del menor interés, pues sólo deseaba que la dejaran en paz... en caso de que semejante lujo estuviera ahora a su alcance.

—Eso no es más que un arreglo provisional, tal como tú sabes. Emprenderemos viaje a Cachemira dentro de un par de semanas. Espero que Shalimar sea más de tu gusto.

—¿Un par de semanas? —Emma se incorporó en su asiento, sobresaltada—. Yo pensé que nos quedaríamos aquí por lo menos un mes. Yo... no he tenido tiempo de estar un poco más con mi madre y con David, que está a punto de trasladarse a Leh. El mes que viene tengo que ser la dama de honor en la boda de Jenny... ¿cómo puedo dejarla en el último momento?

—Lamento que tengas que hacerlo. Quizá más adelante, cuando ya te hayas aclimatado, podrás recibir a tu familia y tus amigos en Cachemira. Yo tendría mucho gusto en tomar las debidas disposiciones.

—¿Y qué me dices de las disposiciones que yo tengo que tomar para mi madre? —preguntó Emma casi al borde de las lágrimas.

—Las disposiciones para tu madre ya se han tomado. No tienes por qué preocuparte.

—¿Y quién las ha tomado?

—Bueno, por de pronto, tu madre.

¿Su madre había tomado disposiciones sin consultar con ella? Emma se llenó de resentimiento, pero estaba agotada y le faltaba energía incluso para rebelarse. Tras haberse quitado la chaqueta, remangado su camisa blanca escarolada hasta los codos y desabrochado los botones de la pechera, Damien se había acomodado en el sofá, con las piernas apoyadas en un reposapiés, delante de la chimenea. Si se percató de la angustia de Emma, no lo dio a entender.

—Ven a sentarte, aquí a mi lado —dijo, señalando el espacio vacío del sofá. Era una orden, pero su tono de voz no sonaba autoritario.

Con la garganta seca y el corazón latiendo violentamente en su pecho, Emma se acercó al lugar donde él estaba recostado, pero eligió deliberadamente el sillón que había delante. Él la observó en silencio, estudiando la esbelta figura perfilada por el vestido de seda y encaje y el profundo escote que acentuaba la subida y bajada de su pecho al respirar. Rápidamente, Emma se cubrió mejor los hombros con el pañuelo. Damien se inclinó hacia delante y apoyó suavemente la mano sobre el puño que descansaba en su regazo.

—¿Por qué estás tan nerviosa conmigo? No tengo por costumbre morder... a menos que me inviten a hacerlo.

Emma contrajo los músculos del cuerpo y trató de retirar la mano, pero él no se la soltó.

—¡No estoy nerviosa contigo en absoluto! Simplemente... indiferente.

—¿Sientes indiferencia ahora? ¡Me han acusado de muchos delitos, pero jamás de provocar indiferencia!

—Bueno, es que la perversidad femenina no tiene límites. Es una maldición de nuestro sexo. Además, tú mismo dijiste que yo era distinta de todas las demás mujeres que habías conocido, ¿no es cierto?

Molesto, Damien le soltó la mano y se levantó.

—Acaba de llegar un mensajero con una noticia que estaba esperando. Puede que tarde un poco en subir. —Emma sintió que el corazón le daba un brinco de alivio; una sola hora de bendita soledad sería un misericordioso respiro—. Pero subiré —añadió—. De eso no te quepa la menor duda.

Emma apartó la cabeza, tratando de inventarse una respuesta mordaz que lo hiriera en su orgullo, pero no encontró las palabras. Cuando las encontró, él ya había abandonado la estancia.

Desconsolada, llamó a Sharifa y se dispuso a deshacer el equipaje. La mujer y su sobrina abrieron la enorme cama con dosel, retiraron unas cajas vacías y colocaron sus artículos de aseo en el cuarto de baño. En la parte superior del baúl su madre había colocado un camisón de novia con peinador a juego, unas diáfanas y ligeras prendas de vaporoso tejido color albaricoque, encargadas a la encajera más cara de Delhi que, cobrando el doble, las había cosido en un tiempo récord. Si la ocasión no hubiera sido tan desagradable, Emma las hubiera encontrado una maravilla, pero ahora se estremeció.

—¿*Begum sahiba* frío? —inquirió Sharifa.

¿Begum sahiba? ¿Así la iban a llamar? Emma sacudió la cabeza con una leve sonrisa en los labios.

—No. Es que acaban de pisar mi tumba.

—¿Cómo?

Percatándose de que los conocimientos de inglés de la mujer eran limitados, Emma pasó al urdu.

—No tengo frío, gracias, simplemente estoy cansada. Ya no os voy a necesitar a ninguna de las dos. Os podéis retirar. Buenas noches.

Los ojos de Sharifa brillaron de asombro y aprobación.

—Begum sahiba habla muy bien el idioma de nuestro país —dijo con renovado respeto—. En Cachemira muy pocas personas hablan inglés.

—¿Qué hablan entonces, kashur y dogri?

—Sí, begum sahiba.

—¿Cuestan mucho de aprender?

—No para alguien tan inteligente como begum sahiba. Ella podría aprender enseguida.

La mujer saludó con una reverencia, tomó la mano de Rehmat y se retiró.

Emma se quitó las horquillas que le sujetaban el cabello y se deleitó en la sensación de su caricia sobre sus hombros. Después se quitó los zapatos con un suspiro de alivio, se despojó del incómodo vestido y se quitó las joyas, jurando no volver a ponérselas nunca más. Echándoles un indiferente vistazo, las volvió a guardar en el estuche forrado de terciopelo y empujó este último al fondo del baúl. Si Damien pensaba que unos brillantes y unos rubíes eran una compensación adecuada a cambio de un matrimonio por chantaje, la conocía todavía menos de lo que ella sospechaba.

Aquella noche era la culminación de una pesadilla, pero señalaba el comienzo de otra. La sortija que lucía en el anular de la mano izquierda le recordaba que ahora era la esposa de un desconocido. El compromiso contraído la obligaba a permanecer a su lado hasta el fin de sus días y confería sanción legal a cualquier cosa que él quisiera hacer con ella. Haciendo un esfuerzo por no llorar, se dirigió al cuarto de baño para meterse en la bañera. El agua, agradablemente fría, eliminó su cansancio. Se secó vigorosamente con una toalla y regresó al dormitorio para ponerse el precioso camisón de color albaricoque. Observó que éste no contribuía a mejorar ni su estado de ánimo ni su aspecto. Mientras se estudiaba cuidadosamente delante del espejo, llegó a la conclusión de que jamás en su vida había estado tan horrenda.

Las tensiones de las semanas anteriores resultaban claramente visibles en su rostro y en el encorvamiento de cansancio de sus hombros.

Bajo el dorado bronceado, tenía la piel apagada y llena de ronchas y los ojos, sin brillo, rodeados por unas ojeras de color café. Su cuerpo, alto y esbelto, parecía más delgado y anguloso. En el transcurso de las semanas anteriores, convirtiendo el pensamiento selectivo en una habilidad necesaria para la simple supervivencia, se había negado deliberadamente a pensar en la perspectiva de la intimidad implícita en un matrimonio. Pero ahora que ya casi tenía encima la hora de la verdad, no podía eludirla por más tiempo.

Una novia en su noche de bodas... ¿o un cordero llevado al matadero?

Había sabido desde el principio que Damien no la amaba. Sin embargo y por más que en su fuero interno lo lamentara, últimamente le había dolido su indiferencia. Cuanto más se armaba de valor, tanto más la turbaba su cercanía y tanto más respondía a su contacto con una reacción que ella consideraba vergonzosa. Hasta el contacto más fugaz —un roce del hombro o de la mano, un brazo alrededor de su cintura cuando bailaba con él— le provocaba unas sensaciones que jamás había experimentado, unas sensaciones incomprensibles que ella no estaba dispuesta a aceptar y no quería estimular. En cierta ocasión en que él se había limitado a sujetarla por el codo mientras bajaba del coche, se había estremecido tan violentamente que hasta Damien se había dado cuenta.

—¿Por qué te molesta mi contacto? —le había preguntado él, interpretando erróneamente su reacción—. ¿Tan imposible te resulta controlar el desagrado que te causo?

—Sí —había contestado ella para disimular su turbación—, pero estoy segura de que el tiempo me enseñará a ocultarlo.

Damien se había ruborizado y ella había experimentado una pequeña oleada de triunfo ante el hecho de haber herido el orgullo de un hombre que no había tenido el menor reparo en aprovecharse de su desesperación. Firmemente decidida a ocultar sus reacciones, había seguido replicando a su impertinencia con tolerancia y conseguido igualar su desprecio con el suyo.

¡Tal como tendría que hacer aquella noche!

Permaneció sentada un buen rato junto a la ventana abierta cepillándose el cabello con aire ausente mientras combatía su furia interior. Le llegaban desde el patio los sonidos de los cantos, los tambores y el tintineo de las campanillas de la servidumbre que celebraba el término de la soltería de su huzur. Y, mientras lo escuchaba todo sin prestar demasiada atención, aguardaba con creciente inquietud el regreso de su marido. ¡Marido! ¡Qué extraña le sonaba aquella palabra y qué aterradora! ¿Se acostumbraría alguna vez a pronunciarla?

Tratando de calmar sus nervios a flor de piel, Emma reparó de repente en un armario de puerta acristalada que guardaba distintas jarras. Oliéndolas una a una, tomó un pequeño sorbo de una de ellas; su sabor era fuerte y seco, un burdeos como el que solía servirse en algunas burra khanas. Se llenó una copa y empezó a beber. Mientras el cálido y estimulante líquido le bajaba por la garganta hasta el estómago, sus miembros empezaron a relajarse y su terror descendió a unos niveles más aceptables. Cuando Damien subió a las dos y media de la madrugada, ya se había bebido más de media jarra.

Oyó abrirse la puerta del apartamento contiguo. De pie junto a la ventana, contemplando el reflejo de una solitaria luz en las aguas del río, Emma contuvo la respiración. Unas suaves pisadas se detuvieron junto a su puerta... y pasaron de largo. Su respiración atrapada estalló en una ferviente oración. «¡Dios mío, te suplico que haya cambiado de idea!»

Pero Damien no había cambiado de idea. A los pocos minutos, se oyó el clic de una aldaba que alguien estaba levantando. La puerta de comunicación entre ambas suites se abrió y entró Damien. Sin darle tiempo a reaccionar, se acercó a ella y se detuvo tan cerca que Emma sintió su respiración sobre su rostro. Al percibir los delatores efluvios del vino en su aliento, Damien soltó una carcajada.

—¡Me tienes miedo! —exclamó en tono triunfal mientras sus labios le rozaban suavemente la frente.

Sobresaltada, Emma intentó retroceder, pero él la rodeó por el talle con un brazo mientras levantaba lentamente el otro para acariciarle el cuello con las yemas de unos dedos más suaves que una pluma. Apretando los dientes para reprimir el grito que le estaba subiendo por la garganta, Emma cerró los ojos para borrar la visión de su rostro. Los labios de Damien bajaron hacia el hueco de su cuello, y sus dedos, extendidos sobre su espalda, parecieron atraerla hacia sí sin necesidad de ejercer la menor presión.

Trató nuevamente de retroceder, pero el guardafuego de la chimenea le impidió hacerlo. Presa nuevamente del pánico, trató de liberarse de su presa, pero él se limitó a reírse por lo bajo con los labios pegados a su piel. Sabiendo que hubiera sido inútil tratar de competir con su fuerza, Emma, en un supremo acto de voluntad, consiguió que su cuerpo se convirtiera en una piedra insensible y borró de su rostro cualquier expresión. Él se lo cubrió de lánguidos besos, deteniéndose en las comisuras de su boca, los párpados firmemente cerrados y los bordes exteriores de los lóbulos de sus orejas.

Después bajó las manos y se apartó.

—Las mujeres que oponen resistencia son todavía más deseables —dijo—. ¿Lo sabías?

—¿Deseable? —replicó ella, consiguiendo soltar un amago de carcajada—. ¡Claro, porque eso es lo único que te importa, pues no reconoces la necesidad de amor!

—Jamás he conocido a una mujer con la capacidad de amor que tú pones de manifiesto. La mía la he tenido en abundancia.

—¡Querrás decir tu capacidad de lujuria!

—Como tú quieras. No importa cómo lo llames. Lo que importa es que resulte agradable. Ocupa los sentidos sin turbar el corazón.

—¿Y eso es todo lo que tú quieres en el matrimonio? ¿Ocupar los sentidos sin turbar el corazón?

—Bueno, puesto que afirmas despreciarme, deberías de estarme agradecida.

Consternada ante lo mucho que su comentario la había herido, Emma se apartó.

—Puede que hayas comprado mi cuerpo con tu reprobable pacto, Damien, y, por mucho que yo quiera, comprendo que no me será permitido negártelo. Pero más que eso, jamás obtendrás de mí. Eso te lo prometo.

Damien cubrió la distancia que los separaba a grandes zancadas y la sujetó fuertemente por la muñeca.

—Pero yo jamás te permitiré olvidar que soy dueño de tu cuerpo, ¡eso también te lo prometo!

Emma consiguió soltarse de su presa.

—¡Un acto de violación sancionado por la ley!

—¿Violación? —Damien sacudió la cabeza—. Tal como ya te he dicho, yo jamás he tomado a una mujer en contra de su voluntad, y tampoco te tomaré a ti.

Antes de que ella pudiera prepararse, Damien la volvió a estrechar en sus brazos. Esta vez, su boca sobre la suya fue un poco más exigente y la punta de su lengua ligeramente más inquisitiva. Emma se estremeció pero no se apartó. Rígida e indiferente, permitió que sus labios la mordisquearan a su gusto mientras le exploraban los huecos de detrás de las orejas, la abundancia de su cabello y las huesudas aristas de los omóplatos. Las exploraciones fueron muy suaves y muy distintas de lo que ella había previsto; el asalto, persistente y sutilmente persuasivo, no se dirigía a su cuerpo sino a sus sentidos. Pillada por sorpresa, Emma se alarmó todavía más.

Poco a poco, de forma casi imperceptible, impulsado por unas fuerzas invisibles pero aterradoramente tangibles, el eco de una sensación pareció cosquillearle las plantas de los pies y, de manera tortuosa, empezó a subirle por las extremidades, se abrió paso hasta el interior de sus venas y amenazó con alcanzar todos los rincones de su cuerpo. De pronto, experimentó un tumulto interior, una guerra civil, en la que no tuvo más remedio que luchar para conseguir dominarse. Pero más le hubiera valido no gastar su energía, pues era algo así como tratar de detener un huracán con la mano. Gradualmente fue perdiendo el control. Impotente contra unas placenteras sensaciones cada vez más intensas, empezó a disolverse. Los músculos contraídos se relajaron, la respiración, obligada a seguir un ritmo regular, se desbocó. Luchó todavía un instante, pero, de pronto, todo terminó. Como un capullo engañado por los perversos rayos del sol estival, su boca se abrió bajo la suya y la batalla estuvo prácticamente perdida.

Los brazos de Damien la estrecharon con más fuerza. Como si no pudieran soportar el peso de su cuerpo, sus rodillas vacilaron y ella permaneció inmóvil contra los latidos del corazón de Damien. Traspasada por una fuerza superior a su capacidad de resistencia, no podía moverse y, curiosamente, tampoco parecía sentir el menor deseo de hacerlo. Junto con su mente consciente, la resistencia de su cuerpo se debilitó y perdió de inmediato la última fuerza de voluntad que le quedaba. Mientras en su cerebro resonaba una lejana orden prohibiéndoles hacerlo, sus brazos se levantaron y rodearon el cuello de Damien.

Muy suavemente y sin apartar los labios de su boca, éste le quitó el camisón. En un revuelo de bruma color albaricoque, la prenda flotó hacia el suelo y se posó alrededor de sus pies. Su mano le rozó el pecho y le provocó un estallido de sensaciones tan intenso y doloroso que, sin darse cuenta, ella emitió un gemido. Con la misma facilidad que si fuera una hoja, Damien la levantó en brazos y la posó en la cama. Su rostro, una borrosa mancha de calor, aliento e incandescentes ojos, permaneció en suspenso por encima del suyo en la semipenumbra. Emma hizo un último y desesperado intento de salvarse.

—Damien, no, por favor, espera, por lo que más quieras, espera...

—¿Por qué?

—No puedo...

—Sí puedes, ya lo verás. Yo te ayudaré. Confía en mí.

—¡Todavía no, todavía no!

El resto de la protesta murió sin ser escuchado. Unas grandes manos morenas, ásperas pero increíblemente tiernas, recorrieron las líneas y los planos de su cuerpo, dejando un reguero de maravillosa devastación. Una extraña mezcla de sonido interior subió y bajó en su garganta, gritos de sorpresa, jadeos de dolor, un increíble éxtasis que liberó una prodigiosa energía primitiva. Las acariciadoras manos de Emma se volvieron más audaces y exigentes y sus reacciones empezaron a ser cada vez más apremiantes. En su afán de que Damien no se detuviera, lo obligó a seguir adelante, sorprendiéndose de la rapidez con la cual había aprendido a paladear algo que jamás había saboreado. La estaban violando y una parte infinitesimal de su persona estaba horrorizada de que ello le pudiera gustar tanto. Oyó su propio grito de dolor cuando ya no era dueña de su mente y tanto menos de su cuerpo. Sin un esfuerzo consciente, correspondió a los besos y las caricias de Damien, escandalizándose de su propio desenfreno, pero incapaz de reprimirlo. Guiada expertamente por los apartados caminos de unos paraísos desconocidos, subió flotando por las laderas, superó cumbres inaccesibles, acarició cielos y traspasó diáfanas nubes, remontándose hasta unas alturas cada vez más elevadas. Cuando le pareció que ya no podía resistir aquel tormento ni un instante más, experimentó el dolor increíblemente exquisito de la liberación y su cuerpo se quedó exánime. Cálida, lánguida y sumida en una profunda sensación de paz, se deslizó hacia los paisajes soñados del valle de la pequeña muerte. Ya no había tiempo ni realidad, sólo sensación. Al final, se quedó dormida. Cuando se volvió a despertar, su cabeza descansaba sobre el hombro de Damien y unos dedos invisibles le recorrían la abundante mata de pelo.

Levantó la cabeza y contempló, desorientada, el desconocido rostro que tenía al lado. El movimiento le produjo un intenso dolor que la obligó a hacer una mueca. Volviéndose de lado, Damien la acunó en sus brazos, la besó una vez más en los labios y depositó su cabeza sobre la almohada. Ella lo miró a través de los vapores del sueño, contemplando con el entrecejo fruncido los desconocidos perfiles.

—¿Damien?

—Sss. Duérmete.

Sin darse cuenta, Emma esbozó una sonrisa y volvió a dormirse sin soñar. Cuando se despertó, no supo cuándo, él ya no se encontraba a su lado. Estaba sola en la oscuridad.

Incapaz de pensar, permaneció inmóvil durante algún tiempo, aturdida por la cantidad de nervios a flor de piel que sentía en su cuerpo. Después se levantó de la cama y se dirigió a trompicones al cuarto de baño. A pesar de la aspereza y los afilados cantos de la noche, se bañó con purificadora agua fría, disfrutando de la sensación y deleitándose en el milagro del renacimiento.

Se pasó un buen rato sentada junto a la ventana, contemplando la noche como si no la viera. Si tuvo alguna conciencia de la realidad, fue la de que, a partir de aquel momento, ya nada volvería a ser como antes.

7

Wilfred Hethrington no deseaba asistir a la reunión convocada por el general sir Marmaduke Jerrold, comandante en jefe del Ejército Indio, ante el cual era responsable en última instancia su departamento. Dado el delicado carácter del programa, habían recibido la orden de presentarse no en su despacho sino en el estudio privado del comandante en jefe en Snowdon, su residencia oficial en Simla.

—Por mucho que lo intente, coronel —empezó diciendo sin rodeos sir Marmaduke, dando unas palmadas a la carpeta en la que descansaba el informe de Hethrington—, el hedor de esta embarazosa situación ya no se puede disimular con una perfumada prosa... por lo menos, no a mi entera satisfacción. Whitehall pide sangre y, ¡por Dios que no tengo la menor intención de entregarle la mía!

Dolido por la lluvia de incendiarias preguntas de la prensa, las violentas discusiones con el secretario de Asuntos Exteriores, las indignadas exigencias de Londres y el rapapolvo del virrey, el comandante en jefe distaba mucho de haberse rendido.

—Teniendo en cuenta el motivo del asesinato de Hyperion —añadió—, el alboroto que se ha armado está más que justificado. ¿Ha leído usted las insinuaciones de la prensa a propósito de la pérdida de los papeles?

Era una pregunta retórica. Las absurdas insinuaciones daban a entender que los rusos habían conspirado con Safdar Alí para asesinar a Hyperion y que los documentos sobre el Yasmina se encontraban o bien en Afganistán o bien en China, Alemania o Turquía. Lo más absurdo de todo era la insinuación, según la cual el propio Hyperion había vendido en secreto los documentos a Rusia.

—Eso sólo lo insinúan los demagogos más irresponsables y los todavía más irresponsables lectores, señor —contestó cautamente Hethrington—. No creo que estas fantasiosas conjeturas merezcan una respuesta oficial.

—Casualmente, coronel, coincido con su opinión... aunque yo no llegaría hasta el extremo de calificar a Geoffrey Charlton de demagogo irresponsable. ¿Sabe usted cuántas personas están de acuerdo con estas «fantasiosas conjeturas»? Medio Whitehall y Simla, y la verdad es que no se lo reprocho. —Entornando los enfurecidos ojos, el comandante en jefe se inclinó hacia delante—. Dígame, coronel, ya que estamos en ello, ¿cómo pudo Charlton averiguar tantas cosas, habida cuenta del empeño con el cual guarda usted los pequeños secretos de su departamento?

El coronel Hethrington se ruborizó al oír las sarcásticas palabras de su superior. Pero, al ver la mirada de advertencia del intendente general, resistió la tentación de replicar.

—Como todo el mundo, señor. En Simla las paredes oyen, observan y hablan, y Charlton tiene memoria de elefante y olfato de sabueso. Le bastó con explorar un poco por ahí, tomarse unos cuantos dobles en el club, atar cabos y publicar una inspirada conjetura haciéndola pasar por un hecho probado.

—Bueno, ¿puede usted reprocharle que lo hiciera a la vista de sus herméticas declaraciones oficiales? Además, las preguntas que plantea están perfectamente justificadas. Por ejemplo, sabiendo que la región está llena de bandidos de Safdar Alí, ¿cómo pudo Hyperion...? —El comandante en jefe interrumpió su pregunta—. Ya sé lo reservado que es usted a propósito de la identidad de sus agentes, coronel, pero, puesto que el desventurado ya está muerto, creo que podemos prescindir de la clave. ¿Cómo pudo Butterfield volverse tan increíblemente descuidado y negligente?

Hethrington se irritó, pero procuró disimularlo.

—En justicia, señor, debo decirle que Jeremy Butterfield era un oficial muy meticuloso. Si...

—Ya, y su meticulosidad lo indujo a llevar unos documentos secretos en su morral de alfombra con la misma indiferencia con que hubiera llevado la ropa interior, ¿verdad?

Hethrington guardó silencio. Había discrepado de sir Marmaduke en otras ocasiones desde el otro lado de una mesa de reuniones, pero, teniendo en cuenta la delicada situación en que se encontraba en aquellos momentos el departamento, provocar otro enfrentamiento hubiera resultado contraproducente. Sentado junto a la ventana al lado del secretario militar del comandante en jefe, el capitán Worth mantenía la cabeza hundida en su cuaderno de notas.

La aparición del chaprasi personal de sir Marmaduke con una bandeja de café, galletas y una caja de chinchetas les concedió un respiro. Antes de que el secretario militar tuviera tiempo de moverse, Nigel Worth se levantó de un salto, tomó las chinchetas e inició la tarea de fijar una esquina suelta del gran mapa de pared que había detrás del escritorio. Trabajó con la mayor lentitud para que su jefe tuviera tiempo de inventarse las respuestas apropiadas.

Mientras Hethrington reflexionaba, sus ojos recorrieron la estancia belicosamente masculina, con sus arañados sillones de cuero, las sencillas alfombras y los mapas murales del Servicio Oficial de Topografía y Cartografía, los trofeos de guerra y los recuerdos militares. Su mirada se posó en un conocido rostro de una fotografía orgullosamente enmarcada, el de uno de los anteriores intendentes generales y fundador del Departamento de Espionaje, el general de división sir Charles MacGregor, bajo las órdenes del cual también había servido. El recuerdo no le resultó muy agradable.

Mientras ocupaba todavía su cargo, sir Charles había redactado un informe titulado *La defensa de la India*, en el cual escribía lo siguiente: «Quiero manifestar solemnemente mi creencia de que jamás podrá haber una auténtica solución de la cuestión ruso-india hasta que Rusia haya sido expulsada del Caúcaso y del Turquestán.» Tras haber expresado aquella incendiaria opinión estando todavía en activo, sir Charles había agravado la indiscreción, filtrando el documento a la prensa.

El informe había provocado un enorme revuelo tanto en Westminster como en San Petersburgo. Un enfurecido William Gladstone se lo tomó como una crítica a su política liberal y mandó retirar los ejemplares del libro, no sin que antes varios de ellos llegaran a manos rusas y lo obligaran a sufrir la humillación de presentar una disculpa diplomática. Tras recibir una severa reprimenda, sir Charles fue autorizado a salvar las apariencias cumpliendo todo su mandato como intendente general, pero posteriormente fue relegado a un puesto de escasa importancia que supuso el final de su carrera.

A pesar de no ser más que un oficial subalterno de la plana mayor de sir Charles, Hethrington había recibido una injusta reprimenda cuyo recuerdo todavía le dolía. Ahora Charles MacGregor había muerto, pero muchos que ocupaban altos cargos en la India y en Gran Bretaña compartían con toda su alma su virulenta desconfianza con respecto a Rusia. Entre ellos figuraba sir Marmaduke Jerrold, el actual comandante en jefe.

Sir Marmaduke, cuya corpulenta figura descansaba sobre una osamenta de considerables proporciones, ocultaba un agresivo cerebro militar bajo una soberbia mata de pelo sin una sola hebra de plata, una pechera cuajada de condecoraciones, y poseía un temperamento irritable y una fina y decidida boca que custodiaba una hiriente y enérgica lengua. En su calidad de rusófobo convencido, solía manifestar con toda claridad que, si lo que Inglaterra quería era guerra, nada lo complacería más que organizarle una.

No, Hethrington no había tenido el menor interés en participar en aquella reunión.

—Tal como ya he mencionado en mi informe, señor —dijo cuando Nigel Worth volvió a sentarse y todos tenían delante sus tazas de café y sus galletas—, por obvias razones el último mensaje que nos envió Butterfield por mediación de su gurkha, a pesar de ser cifrado, era muy breve y estaba redactado con suma cautela. Sospechaba que lo que se había descubierto era el Yasmina, pero, sin tener ninguna prueba, no podemos estar seguros. —Resistiendo la tentación de apretar los puños, se limitó a entrelazar los dedos de las manos—. Debo repetir, señor, que Butterfield era un agente responsable. Cualesquiera que fueran las decisiones que tomó, lo hizo con un propósito cuidadosamente meditado.

El severo rostro del comandante en jefe no dio la menor señal de ablandarse.

—No necesito recordarle, coronel, el horror que me causa lo ocurrido. Ciertamente, jamás pondría en tela de juicio la lealtad de Butterfield a la reina y a nuestro país. No obstante... —la mirada por encima de la montura de las gafas de media luna se endureció— a la vista de la proliferación de rumores e insinuaciones, las antiguas preguntas se tienen que revisar y responder, tanto en interés de la credibilidad del Ejército como en atención al contribuyente británico.

Empujando su silla hacia atrás, el comandante se levantó y se acercó al mapa mural.

—La misión de Butterfield era investigar la posibilidad de establecer un depósito de suministros en esta región —dijo, rozando una zona del mapa con el dedo índice.

—Sí, señor. El Servicio de Topografía se propone explorar este mismo año los glaciares Hispar/Biafo. A una distancia de cincuenta y cinco kilómetros, incluyen el sistema glacial subpolar más largo del mundo, por lo que el establecimiento de un depósito de suministros accesible en Ashkole se consideraba esencial. Debido a su proximidad al desfiladero de Hunza, siempre se había supuesto que el Yasmina se encontraba en algún lugar de esta región.

—Pues, si Butterfield así lo sospechaba, ¿por qué razón no regresó directamente a Simla o Doon o incluso Leh... por qué este rodeo por el noroeste hacia Shahidullah?

—Bueno, señor, tal como hemos deducido, Butterfield cambió de dirección e identidad porque temía que lo estuvieran siguiendo. Retrocedió a Shahidullah para incorporarse a una caravana, en la creencia de que, de esta manera, estaría más seguro. —Era algo que ya habían comentado otras veces, por lo que Hethrington tuvo que hacer un enorme esfuerzo para no perder la paciencia—. Sólo hemos averiguado que cometió un error de cálculo analizando retrospectivamente la situación.

—¡En situaciones tan inestables como ésta, coronel, ningún agente presuntamente responsable se puede permitir el lujo de cometer errores de cálculo! Las preguntas que formula Charlton son embarazosamente atinadas y la sensación generalizada de alarma en Whitehall está plenamente justificada.

—El hecho de que Charlton (y Whitehall) hayan reaccionado con tanta desmesura —replicó Hethrington, dando una primera muestra de irritación— es de todo punto comprensible, señor. Es simplemente un síntoma de las irracionales y erróneas creencias que se han convertido, al parecer, en un mal nacional.

—¿Erróneas creencias, dice usted? —Sir Marmaduke regresó a su asiento, volvió a acomodar en él su figura envidiablemente en forma y clavó su mirada azul tan fría como el hielo en el rostro de Hethrington—. ¿Considera usted que el hecho de estar preocupados por la defensa contra una más que posible invasión rusa a través de un paso desconocido para nosotros es un síntoma de errónea creencia, coronel?

—Con el debido respeto, señor, considero que cualquier preocupación que podamos tener debería estar relacionada con las realidades existentes. —Evitando la severa y enfurecida mirada de advertencia del intendente general, Hethrington siguió bebiendo pausadamente su café—. Hasta ahora, no tenemos ningún motivo para asustarnos y nada demuestra que lo que Butterfield encontró fuera el Yasmina y, ciertamente, nada indica que sus mapas hayan ido a parar a manos rusas o puedan hacerlo en un inmediato futuro.

—¿Intenta usted consolarnos, coronel, sin conocer ni siquiera el contenido de aquellos papeles que, al parecer, han desaparecido como por arte de magia?

Hethrington cambió nerviosamente de posición en su asiento.

—Lo que nos hemos visto obligados a suponer, señor, es que los papeles se encontraban...

—Con estos depredadores de Londres a punto de devorarme vivo, coronel —replicó sir Marmaduke sin dejarle terminar—, las suposiciones ya no bastan. ¡A Whitehall le importan un pimiento las suposiciones y el lugar donde estaban los papeles, lo único que le interesa es dónde están ahora!

Justo en aquella peligrosa situación y de forma totalmente inesperada, sir John decidió intervenir en la refriega.

—Los papeles de Jeremy Butterfield están donde el informe del coronel dice que están —dijo con sorprendente firmeza—, esparcidos a los cuatro vientos en los desfiladeros del Karakorum.

Hasta aquel momento, el intendente general se había mantenido al margen y sólo había participado con inclinaciones de cabeza o murmullos monosilábicos, dejando que el director de su servicio secreto soportara todo el peso de aquel inquisitorial interrogatorio. Su decisiva misión de rescate pilló a Hethrington totalmente por sorpresa.

Sir Marmaduke desplazó su penetrante mirada hacia el rostro del intendente general.

—Muy bien, ¿estamos totalmente convencidos, John, de que todos los papeles de Butterfield fueron destruidos en el transcurso de aquel ataque?

Con la mirada clavada sin pestañear en las encantadoras vistas de chalés suizos y de higueras de la India más allá de las puertas de doble hoja que se abrían a los jardines, Hethrington esperó la respuesta, conteniendo la respiración.

—No tenemos ningún motivo para creer lo contrario, señor —contestó pausadamente el intendente general mientras Hethrington exhalaba de nuevo el aire.

—El superficial inventario que hizo Crankshaw de todas las restantes cosas que llevaba Butterfield... ¿es el único que se ha hecho?

—Sí, señor. —Sir John miró al comandante en jefe con rostro impasible—. Tal como se dice en el informe, temiendo ser acusado de complicidad en el asesinato, los mercaderes se limitaron a guardar todos los efectos personales de Butterfield en el morral de alfombra y lo dejaron todo en la madraza de Leh. Cuando Crankshaw consiguió llegar a la mezquita, el mulá había entregado el morral y su contenido para obras de caridad y se había ido a La Meca. Al final, Crankshaw convenció a los mercaderes de que lo ayudaran a hacer el inventario de memoria.

Sir Marmaduke frunció el entrecejo dando a entender que no estaba convencido, pero, antes de que pudiera formular más preguntas, sir John cerró la carpeta.

—Debo decirle, señor, que respaldo totalmente la evaluación de los hechos efectuada por el coronel Hethrington. No podemos saber en qué terribles circunstancias de fuerza mayor se vio Jeremy Butterfield poco antes de su muerte, pero poner ahora en tela de juicio sus decisiones sería cometer una injusticia con un hombre de reconocida valía que ya no puede defender la bondad de dichas decisiones.

Eficazmente acallado, por lo menos de momento, el comandante en jefe volvió a sentarse y se sumió de nuevo en sus reflexiones.

Hethrington no cabía en sí de júbilo. Al ser informado del proyecto Jano, sir John se había mostrado consternado y se había negado a aprobarlo. De hecho, hasta hacía unos momentos, Hethrington no tenía ni la más remota idea de lo que sir John decidiría ocultar —o revelar— en el transcurso de la reunión. La soltura con la cual las medias verdades habían brotado de la boca del intendente general lo habían dejado sin habla. Y, como es natural, le habían permitido lanzar un profundo suspiro de alivio.

—Muy bien pues —dijo a regañadientes sir Marmaduke en un tono visiblemente menos agresivo—, pasemos a otra cuestión. —Levantó un dedo y el coronel Hartley se apresuró a depositar delante de él una fina hoja de papel—. Este telegrama de Whitehall sobre el asunto Borokov... ¿cómo sugiere usted que respondamos?

En medio de un susurro de papeles, todos sacaron su propia copia del telegrama. Sabiendo que el comandante en jefe tendría sus ideas preconcebidas acerca de la cuestión, ni sir John ni el coronel Hethrington se atrevieron a aventurar una sugerencia.

—¿Tenemos alguna explicación aceptable que ofrecer sobre el hecho de que, poco después de la desaparición de los papeles de Butterfield, el tal Borokov se presentara en San Petersburgo y la prensa rusa se apresurara a vaticinar una invasión a través del Yasmina?

Tras haber aportado su granito de arena a la defensa del departamento, el intendente general dejó que el coronel Hethrington aportara el suyo.

—La prensa británica no posee el monopolio de los rumores, señor —se complació Hethrington en puntualizar—. Los periódicos rusos suelen superarla en eso. Sus dos principales diarios, el *Novoe Vremya* y el *Morning Post*, por ejemplo, han publicado recientemente que Su Majestad es aficionada a la botella y cada noche se retira a descansar en estado de intoxicación etílica... y los rusos lo creen. Tal como también creen que la prensa británica está controlada por el Gobierno, de ahí que los periódicos ingleses en Rusia sean tan despiadadamente caviarizados. Lord Castlewood es el único...

—¿Tan despiadadamente cómo, ha dicho usted?

—Mmm... caviarizados, señor. Es el término coloquial que utilizamos en el servicio por «censurados».

—Ah.

—Lord Castlewood es el único inglés de Rusia que recibe sus periódicos enteros. A pesar de su preocupación por la visita de Borokov, Su Señoría no tiene conocimiento de ninguna actividad rusa que pueda confirmar los rumores de una inminente invasión.

El embajador británico en San Petersburgo, un moderado y reconocido rusófilo extremadamente popular en la corte rusa, era un hombre de cuyas opiniones sir Marmaduke discrepaba totalmente.

—¿Qué clase de actividad espera Su Señoría, un anuncio en el boletín de la corte de San Petersburgo? —Sir Marmaduke soltó un ladrido a modo de carcajada. Ninguno de los presentes se atrevió a hacerle eco—. Todos estos contingentes rusos que están surgiendo de repente por todo el Himalaya como setas... me pregunto qué explicación daría Su Señoría.

—El auge de las exploraciones en el Himalaya se debe en parte a la información ampliamente divulgada acerca de las extraordinarias hazañas de Younghusband, Ney y otros alpinistas británicos, señor. Además —Hethrington carraspeó—, la cordillera del Himalaya sigue siendo territorio abierto, señor. No estamos en condiciones de decretar quién puede y quién no puede explorarla.

—Todavía no, coronel, todavía no —dijo con visible complacencia sir Marmaduke—. No obstante, el hecho de que estos rusos se paseen por el Pamir como Pedro por su casa y de que Safdar Alí envíe constantemente emisarios a Tashkent es... —El comandante en jefe dejó la frase sin terminar al ver acercarse a su secretario militar—. Sí, coronel, ¿de qué se trata?

El coronel Hartley se inclinó y le murmuró algo al oído. El comandante en jefe consultó el reloj y volvió a guardar el telegrama en la carpeta.

Tengo que emprender viaje a Peshawar dentro de una hora para asistir a esta reunión sobre nuestros proyectos de defensa. Tendremos que aplazar nuestra discusión sobre el asunto Borokov hasta mi regreso. Sin embargo, permítanme advertirles, caballeros, que estoy firmemente decidido a reanudar la discusión. La desaparición de los papeles, la situación que se ha producido en San Petersburgo a raíz de la visita de Borokov, el hecho de que se rumoree el nombre de Alexei Smirnoff como el próximo gobernador general de Asia Central... todas estas cuestiones exigen la máxima atención. No estoy en condiciones de dar seguridades al virrey y al secretario de Asuntos Exteriores a no ser que yo mismo esté convencido de que no se ha producido ninguna violación de la seguridad. Huelga decir que no lo estoy. Buenos días, caballeros.

Todos se levantaron, cerraron sus carpetas, se cuadraron y salieron al Mall bajo el sol de finales de primavera.

Tal como siempre ocurría durante la Temporada, el Mall estaba lleno a rebosar de paseantes y gente que aprovechaba el mediodía para ir de compras. El trío regresó rápidamente a su despacho, pasando por delante de la Secretaría del Gobierno y la iglesia de Cristo que, según decían, tenía cinco de las mejores vidrieras de colores del país. A pesar del ambiente de vacaciones de Simla, no se podía olvidar ni por un instante que allí, en los umbrosos claros del bosque, latía el corazón de un imperio. Abriéndose tortuosamente paso entre sombreros estivales, sombrillas con volantitos, perros sujetos con correa y gigantescas bolsas de compra, los criados con librea apuraban el paso, llevando cajas rojas cerradas de despachos, en cuyo interior descansaba el destino de una nación. Sin embargo, de los trescientos cincuenta millones de personas pertenecientes a dicha nación, apenas se veía la menor huella. A los civiles indios se les disuadía de pasear por el Mall en compañía de sus amos blancos y mucho menos con sus atuendos tradicionales.

—Bueno, Wilfred, un paso más hacia su destrucción, ¿eh?

El amargo comentario de sir John se produjo en cuanto los tres se acomodaron en la intimidad del despacho personal de éste.

—Su oportuna ayuda ha sido altamente apreciada, señor —contestó Hethrington en voz baja.

—Sobre todo porque usted no tenía ni la más remota idea de que se la iba a prestar, ¿verdad?

Hethrington se ruborizó.

—Bueno, ya hemos examinado suficientemente la cuestión —dijo el intendente general— y no quiero perder el tiempo con reproches, sólo recordarle que sigo opinando que su proyecto es una barbaridad. No hubiera tenido que iniciarlo sin mi consentimiento.

—Si se lo hubiera pedido, señor, ¿lo hubiera usted aprobado?

—No, no me apetece demasiado cometer un suicidio profesional. —El intendente general miró fríamente a Hethrington—. Una cosa es ocultar provisionalmente información a un superior en bien de algo que uno considera, correcta o equivocadamente, una causa justificable de más importancia, Wilfred. Todos lo hemos hecho alguna vez. Pero mentir al comandante en jefe del Ejército indio, mentirle de verdad...

Al intendente general le faltaron las palabras.

—Ambos sabemos, señor, que decirle la verdad a sir Marmaduke es abandonar toda esperanza de recuperar los papeles con un mínimo de discreción —dijo Hethrington sin andarse con rodeos—. ¿Estamos en condiciones de correr el riesgo de perderlos definitivamente?

—No. En cualquier caso, ahora ya estamos demasiado metidos en el proyecto como para retirarnos.

Sir John se comprimió fuertemente las sienes con las yemas de los dedos y cerró los ojos para reflexionar en silencio. El intendente general, un hombre engañosamente bajito, nervudo y amable, de manos cuadradas y ojos pálidos, había demostrado su temple en la segunda guerra afgana y estaba considerado por muchos como el posible comandante en jefe tras la retirada de sir Marmaduke.

—Hay tres razones, Wilfred, por las cuales decidí aprobar en último extremo su descabellado proyecto —dijo al final—. En primer lugar, conocía y respetaba al hombre y no puedo dudar de la afirmación de Jeremy Butterfield. Lo que encontró era el Yasmina, estoy absolutamente convencido. De no ser así, no lo habrían matado; así de sencillo. No obstante, hasta que tengamos los papeles en nuestras manos, es de todo punto necesario que insistamos en negarlo.

»En segundo lugar, siempre he delegado en usted una considerable porción de autoridad porque confío en su criterio. Y, muy a pesar mío —añadió secamente—, admiro la habilidad con la cual el capitán Worth teje sus pequeñas redes de intrigas.

Rígidamente de pie con la espalda apoyada contra la pared como si aguardara la acción de un pelotón de fusilamiento, el capitán Worth sintió que sus hombros se relajaban al oír lo que optó por considerar un cumplido.

—Y, en tercer lugar —sir John se reclinó en su asiento y suspiró—, da la casualidad de que creo que los imperios no se hacen ni se conservan siguiendo al pie de la letra las normas. —En sus pálidos ojos azules brilló un casi imperceptible destello—. Creo que, en una actividad tan curiosa como la nuestra, en la que uno no puede recurrir a ningún manual cuando se presenta una crisis, la imaginación y la innovación son esenciales. Tal como hace una pizca de guindilla con una sencilla pitanza, un toque de heterodoxia añade sabor a la vida de un agente y confiere brillo a la aburrida y monótona tarea de recoger información. El riesgo que entraña su desvergonzada travesura puede que me provoque una úlcera de estómago, pero, al mismo tiempo, comprendo que podría, digo podría, dar resultado.

Hethrigton parecía francamente satisfecho y Nigel Worth sonreía de oreja a oreja.

—Por otra parte —el destello de los ojos del intendente general desapareció—, podría no darlo, en cuyo caso no es necesario que les recuerde una vez más las consecuencias. Supongo que Crankshaw ha sido debidamente informado.

—Sí, señor —dijo el coronel.

—Bueno, ¿y qué opina?

—Ha expresado sus reservas, señor.

—¡Jo, jo, no me extraña! —Sir John se rio, pero muy poco—. Tenemos que andarnos con mucho cuidado, Wilfred. Si se produce alguna filtración acerca del proyecto, el servicio se hundirá... junto con todos los que navegan en él. Aparte de la vergüenza, nuestro presupuesto experimentará una drástica reducción, y ya es bastante menguado tal como está.

—No nos hundiremos, señor —afirmó resueltamente Hethrington—. Regresaremos a puerto con todos los tripulantes sanos y salvos a bordo.

Tras haber hablado impulsivamente con más convicción de la que sentía, Hethrington regresó a su despacho vagamente trastornado. En caso de que se produjera un fracaso, aparte del duro golpe que recibiría el servicio, se hacía muy pocas ilusiones a propósito de su destino personal.

De repente, el comedor del Ejército del miserable acantonamiento de Meerut se le antojó más cercano que nunca. Trató de no pensar en ello.

El sol meridiano ya se había elevado en los cielos y la estancia estaba inundada de luz. Emma hizo una mueca, se cubrió la cabeza con la colcha y volvió a recostarse sobre los almohadones con los ojos cerrados. El dolorido cuerpo se le antojaba extraño, como si ya no le perteneciera; se notaba los miembros pesados a causa del sueño y experimentaba una extraña y generalizada languidez no enteramente desagradable. Se pasó un buen rato desposeída e incorpórea, saboreando los líquidos y agridulces dolores, al borde de la vigilia pero sin salir del todo de la brumosa somnolencia. No lograba recordar dónde estaba.

Después, el recuerdo regresó y se despertó bruscamente al tiempo que recuperaba la memoria y su mente se ponía en estado de alerta. Ahora lo recordaba todo y muy especialmente su propia participación en la aventura nocturna. Bajo la implacable luz del día, se sintió desnuda. Damien la había tomado a pesar de constarle que ella no lo amaba. Había utilizado sus expertas manos en ella como un músico que manipulara un instrumento inanimado... ¡y cuán voluntariamente se había dejado ella manipular! Afligida y avergonzada, lamentó la debilidad de la carne y le dolió haber cedido a sus más bajos instintos. Pero, al mismo tiempo, se asombraba de que un acto tan vulgar e indecoroso que tan poco tenía de encomiable tuviera la capacidad de provocar toda aquella variada y deslumbradora serie de sensaciones. Era un sorprendente descubrimiento de las arcanas e inimaginables dimensiones del cuerpo humano, de su propio cuerpo. ¡Qué extraño que ella conociera tan bien su mente y tan poco su carne!

El doloroso conflicto interior la dejó agotada y volvió a quedarse dormida o quizá, simplemente, adormilada. Cuando abrió de nuevo los ojos, la tempestad había pasado. Lo único que quedaba era una leve molestia, el doloroso testimonio del hecho de que, tal como se le había prometido, la muchacha se había convertido efectivamente en mujer. Y, si Damien había gozado de aquella metamorfosis, ella también, aunque lamentara reconocerlo.

Levantándose con gran esfuerzo de la cama, echó una mirada de desagrado al camisón de color albaricoque tirado en el suelo. Lo arrojó al cesto de la ropa sucia del cuarto de baño, se echó agua fría a los hinchados párpados y se enjuagó el amargo sabor de la boca. Volvió a bañarse con purificadora agua fría y jabón perfumado con aroma de sándalo, tratando de librarse de las sensaciones de sus manos y su cuerpo. Después se secó, se peinó y desenredó el mojado cabello y se puso un fresco vestido de lino estampado. Alisando las revueltas sábanas de la cama, procuró adoptar una expresión de serena dignidad y pulsó el timbre para llamar a Sharifa.

No se advertía la menor señal o el menor sonido de Damien, de lo cual se alegraba. ¿Cómo, se preguntó, ruborizándose de vergüenza, podría volver a mirarle a la cara?

Una leve llamada a la puerta anunció la llegada de la criada y su sobrina. Entraron con la cabeza inclinada y rozándose la frente con las yemas de los dedos de una mano en el tradicional saludo del *salaam*, a la espera de sus órdenes.

—Quiero un poco de té, por favor, Sharifa —dijo Emma, fingiendo estar ocupada en la tarea de alisar los pliegues de su vestido.

Sharifa hizo una reverencia.

—Voy enseguida por él. Rehmat se quedará aquí para cumplir las órdenes de begum sahiba. ¿Un poco de desayuno también?

—Sólo el té, gracias —contestó Emma—. No tengo mucho apetito.

Consciente de las inquisitivas miradas de las mujeres y de sus sonrisas de complicidad, no levantó los ojos.

Sin embargo, cuando Sharifa regresó más tarde con una bandeja de comida, le extrañó descubrir que estaba muerta de hambre. Mientras las mujeres arreglaban la habitación, ella se bebió un pálido té perfumado con hojas de menta y después saboreó con fruición la fruta, las nueces, la tostada, los huevos revueltos y las mermeladas.

—¿Quizás hoy begum sahiba preferiría descansar? —preguntó Sharifa, mientras retiraba las sobras de la comida—. Debe de estar fatigada.

—No estoy fatigada en absoluto —replicó Emma con más vehemencia de la necesaria—. Muy al contrario.

Por un instante se debatió en la duda de si preguntar dónde estaba Damien para estar preparada para su regreso, pero después decidió no hacerlo. Dondequiera que estuviera, ella no sentía el menor deseo de verle y la pregunta daría lugar a que alguien fuera en su busca. Ahora no sabía qué hacer y se sentía vagamente perdida y desamparada. Ansiaba regresar a Khyber Khoti para permanecer un rato con su madre, pero no se atrevía a hacerlo. Si Damien subiera y descubriera su ausencia, se molestaría y ella no tenía ánimos para soportar otra discusión. Por suerte, resultó que no hubiera tenido que preocuparse.

—Se han recibido importantes mensajes del valle —le comunicó Sharifa— y hoy huzur está muy preocupado.

Emma suspiró de alivio al enterarse.

—¿Subirá para el almuerzo?

—No lo sé, pero le preguntaré al secretario de sahib...

—No te molestes —se apresuró a decir Emma—, era una pregunta sin importancia.

Se pasó el resto de la mañana en el balcón, contemplando las bonitas vistas del Yamuna. Unos *dhobis* arrodillados en los peldaños del río aporreaban un montón de ropa contra unas grandes y suaves piedras y después enjuagaban las prendas en el río. Pasó lentamente una barriguda embarcación con la cubierta abarrotada de pasajeros que se dirigían a la otra orilla mientras un solitario pescador cantaba sentado en la orilla, con la caña en el agua. Absorta en la contemplación de los variados espectáculos que se ofrecían a su vista, Emma empezó a conversar con aire ausente con la mujer que estaba limpiando, quitando el polvo y ordenando la habitación, y le hizo preguntas acerca de su hogar y de su familia. Sharifa contestó complacida que había llegado a Shalimar recién casada con uno de los cocineros y llevaba allí desde entonces. Su marido ya había muerto; Rehmat era la hija de su hermana y su hijo Hakumat era el khidmatgar personal de huzur en Srinagar.

—Jugaban juntos cuando eran pequeños —añadió con orgullo.

—¿Trabajabas en la casa cuando la difunta sahiba aún vivía?

—No. La difunta sahiba ya se había ido para entonces.

—¿Ido? —Debía de querer decir que había muerto—. ¿Adónde?

—Bueno... —La criada miró con inquietud hacia la puerta—. Begum sahiba tiene que preguntar a huzur sobre su difunta madre.

Emma recordó que Jenny le había dicho algo sobre un escándalo. Esperó a que la criada añadiera algo más, pero no hubo más información. Emma sabía que Cachemira era un estado turbulento y misterioso que sólo hasta tiempos relativamente recientes muy pocos europeos habían visitado. El territorio, escenario de muchas batallas, tenía un sangriento pasado causado por toda una serie de despóticos gobernantes. Sin embargo, la historia impersonal era del dominio público mientras que lo que ella quería conocer era la historia personal de la familia cuyo nombre llevaba ahora, una familia de extraños, acerca de los cuales nada sabía.

Damien no subió a la hora del almuerzo. Según Sharifa, había salido de casa y no regresaría hasta la tarde. ¡Un clemente respiro! En la estantería de su salón, Emma eligió una traducción del *Rajtarangini*, una historia definitiva del valle, escrita por el sabio del siglo XII Kalhana.

Mientras comía un tardío almuerzo consistente en arroz hervido, curry de cordero, yogur y hortalizas frescas de primavera, decidió entretenerse en la lectura del libro y absorbió el relato con profundo interés.

Después del almuerzo, algo más tranquila, se tumbó en la cama para leer con más comodidad. Sin embargo, antes de terminar una página, el libro se le cayó de las manos y se quedó dormida como un tronco.

La confiada llamada a la puerta que Emma había estado temiendo todo el día se produjo mientras tomaba una taza de té después de su prolongada y reparadora siesta. La puerta se abrió. Acalorado, malhumorado y cubierto de polvo, Damien entró en la estancia. Con la taza a medio camino entre la mesa y sus labios, Emma sintió que se le paralizaba la mano y se le encogía el estómago.

Damien se echó en el sofá. Sacándose un pañuelo del bolsillo, se enjugó el sudor de la frente.

—Menudo calor hace aquí fuera. Absurdo en el mes de abril.

Ella no contestó y siguió bebiendo té sin apartar los ojos del libro. Comprendiendo por el ardor de sus mejillas que se había ruborizado, inclinó la cabeza sobre las páginas. Si Damien reparó en su turbación o conservaba algún recuerdo de la víspera, no lo dio a entender. Repantigado en su postura preferida, contempló con aire ausente la apagada chimenea. Parecía muy preocupado y tan profundamente enfrascado en sus pensamientos que apenas se percataba de la presencia de Emma.

¿Convendría que ella le preguntara algo acerca del mensaje de Srinagar o sería mejor esperar a que él planteara el tema? Mientras se debatía en la duda, una llamada a la puerta anunció la llegada del khidmatgar que ella había visto en el transcurso de su primera visita a la mansión, con una nueva bandeja de té. Sin la menor vacilación, el criado la depositó en la mesa delante de Emma. Ahora que huzur tenía esposa, sugería aquel gesto, lo lógico era que ella tuviera el honor de verter el té en la taza. Emma esperó un momento; sumido todavía en sus solitarias meditaciones, Damien no dio la menor señal de haber observado el refrigerio.

—¿Te apetece un poco de té? —le preguntó Emma.

Damien asintió con la cabeza sin mirarla. Ella le llenó la taza y se detuvo una vez más, indecisa. ¿Lo tomaba con leche? ¿Con azúcar? ¿O acaso prefería el té con una rodaja de limón? Jamás se había molestado en fijarse en tales detalles y ahora no sabía qué hacer.

—Nada de leche. Sólo un chorrito de limón. Media cucharada de azúcar.

Emma se mordió el labio; estaba claro que Damien la había estado observando. Con la taza en la mano, se levantó, se le acercó y la depositó delante de él. Después hizo ademán de regresar a su asiento, pero él la obligó a detenerse con un gesto.

—¿Por qué siempre te sientas tan lejos de mí?

—Es... que tengo el libro en la mesa —murmuró ella, incapaz de mirarle directamente a la cara.

—¡Deja el libro! Ya disfrutarás de tiempo suficiente sin mí para leer todo lo que quieras.

—¿De veras? —preguntó Emma, sintiendo que el corazón le daba un vuelco en el pecho.

No era probable que él no hubiera observado el destello de esperanza que iluminó sus ojos, pese a lo cual, Damien no hizo ningún comentario.

—Tengo que irme esta noche —dijo bruscamente mientras removía el té—. Se ha presentado una emergencia.

No dio más explicaciones y ella no preguntó.

—¿Y... yo me tendré que quedar en Delhi?

—Por mucho que me duela destrozar tus dulces esperanzas, no. Dentro de quince días te irás al Valle, tal como estaba previsto. Suraj Singh se quedará para acompañarte y tomar todas las disposiciones necesarias.

El destello de esperanza murió. Emma apartó el rostro para que él no viera la desesperación que reflejaba.

—¡Quince días no son suficiente, Damien! David se va mañana y yo tengo que quedarme para asegurarme de que mi madre está bien acomodada.

—Ya te he dicho que se están tomando disposiciones para el futuro de tu madre.

—¿Qué disposiciones?

—Se lo puedes preguntar a ella misma cuando la veas. Permíteme señalar que no es ni una niña ni una imbécil. Por consiguiente, te aconsejo que dejes de tratarla como si lo fuera. Cualesquiera decisiones que se hayan tomado, han sido suyas, tal como sin duda ella misma te podrá decir.

Dos semanas... ¡era lo único que le quedaba de su cómoda familiaridad con su amada Delhi!

—La perspectiva de quedarte sin mí, ¿no te llena de regocijo? —preguntó Damien.

La burla le hizo recordar todo el resentimiento de la mañana. Los destellos de ternura, las aterciopeladas caricias, los requiebros en voz baja, todas aquellas cosas se las había dado a muchas antes que a ella. Si el amor apenas había significado nada para ella aparte las vulgares sensaciones, para él había significado todavía menos.

—Pues sí —contestó—. Lo único que me decepciona es que la perspectiva sea tan breve.

—¡No me digas! —Los ojos de Damien la miraron con un extraño fulgor—. En tal caso, la representación que ofreciste anoche fue sólo una muestra de tus teatrales habilidades, ¿verdad?

Sabiendo que él no descansaría hasta haberse burlado de ella, Emma ya estaba preparada.

—Una muestra más —lo corrigió sin bajar los ojos—. Ya has tenido amplia ocasión de poner a prueba mis cualidades de actriz. ¡Pero si toda Delhi cree que estoy locamente enamorada de ti!

—Y... ¿no lo estás?

Emma se echó a reír.

—Si tú así lo crees, Damien, es sólo porque el orgullo te coloca unas anteojeras.

—¿Incluso después de lo de anoche?

Emma se encogió de hombros.

—Lo de anoche tuvo tan poca importancia para mí como para ti. Ocupó simplemente los sentidos sin turbar el corazón... exactamente según la receta que tú tienes para un matrimonio satisfactorio.

Esta vez el dardo dio en el blanco. El bronceado tono de la tez de Damien se intensificó e hizo que la cicatriz de su barbilla adquiriera un tinte morado, pero, impulsado por el petardo que él mismo había disparado, Damien no supo qué decir. Haciendo un visible esfuerzo por reprimir su enojo, se acercó al lugar donde ella permanecía sentada, colocó un dedo bajo su barbilla y se la levantó bruscamente.

—Algún día —le dijo en un susurro—, te turbará el corazón como jamás nada te lo ha turbado, Emma. Te apuesto mi vida.

—No lo hagas. —Emma no apartó la cabeza ni desvió la mirada—. A pesar de tu habilidad como jugador, perderías ambas cosas, la apuesta y la vida.

Damien le soltó la barbilla, la sujetó por los antebrazos y la obligó a levantarse. Su dura y enfurecida boca se posó en la suya antes de que ella pudiera apartar el rostro. Emma cerró los ojos, negándose a ceder. Las manos que le sostenían el rostro no eran delicadas y sus labios la estaban castigando. Apretó los puños y se clavó las uñas en las palmas de las manos, pero no le dio la satisfacción de responder o reaccionar.

—Actúas muy bien —dijo Damien—. Será bueno tenerte conmigo en Shalimar. Estoy deseando que repitas tu actuación.

—¿De veras? ¿Y cómo llenarás las horas insoportablemente solitarias hasta entonces... con sustitutas voluntarias?

—¿Te molestaría?

—En absoluto. Es más, me encantaría no ser la única que tuviera que aguantar tus aburridas exigencias.

Antes de que él pudiera contestar, llamaron a la puerta. Damien no hizo el menor ademán de soltarla.

—Hay alguien en la puerta —dijo Emma, tratando de soltarse.

—Quienquiera que sea puede esperar.

—¡Suéltame, Damien!

—¿Por qué? —preguntó él, apretando con más fuerza—. ¿Te avergüenza que te vean en brazos de tu marido?

—Sí... no.... ¡suéltame te digo!

Haciendo un supremo esfuerzo, consiguió soltarse y se echó hacia atrás, jadeando.

Damien se rio pero no volvió a sujetarla. En su lugar, dio una orden en tono autoritario e inmediatamente entró Suraj Singh.

—Tenemos que darnos prisa, huzur —dijo Suraj inclinándose en una reverencia ante Emma.

—Pues entonces, ¿por qué demonios no me lo has dicho antes? —rezongó Damien, sin motivo, a juicio de Emma. Sin embargo, Suraj Singh no pareció tomarlo a mal—. ¿Ya se ha cargado todo?

—Sí, huzur.

—Muy bien, bajo enseguida. —Damien se volvió hacia Emma. Mientras Suraj Singh se retiraba, todo su aspecto cambió. La mirada de hacía unos momentos había desaparecido y ahora sus ojos estaban empañados y su expresión era distante—. Suraj Singh se encargará de hacer las maletas con todas las cosas que te quieras llevar.

—No es necesario que...

—¡Es necesario! El viaje es largo y las maletas mal hechas sufren fácilmente daños. Mis hombres tienen unos baúles especiales revestidos de acero que protegerán muy bien tus pertenencias. Además, preferirás pasar un rato con tu madre y tu hermano en lugar de perderlo en monótonas tareas que otros pueden hacer con toda tranquilidad.

Sorprendida por su consideración, Emma aceptó la sensatez de sus palabras con una inclinación de cabeza. Sin embargo, mentalmente se puso a inventar estratagemas para retrasar su partida de Delhi.

—No te molestes en inventar excusas para aplazar el viaje —se apresuró a decirle Damien, leyéndole el pensamiento—. Emprenderás el viaje exactamente tal y como estaba previsto, dentro de quince días.

Sin una sola palabra más y ni siquiera un gesto de despedida, Damien dio media vuelta y abandonó la estancia.

¡La salvación!

Después del terrible trauma de las semanas anteriores, Emma volvía a ser dueña de su destino. A pesar de la brevedad del respiro, se deleitaba en aquella sensación de libertad.

En cuanto Damien se fue, Emma envió una nota a su madre y después se sentó para disfrutar de una opípara cena. Se retiró temprano, reanudó la lectura del *Rajtarangini* y la felicidad que experimentaba la mantuvo despierta hasta bien pasada la medianoche. Con la espaciosa cama toda para ella sola, durmió extraordinariamente bien y se despertó muchas horas después al oír el susurro de las cortinas que alguien estaba descorriendo y el alegre tintineo de las tazas de té en su mesilla de noche. Se incorporó, bostezó, se despabiló con un sorbo de la fragante bebida y se dispuso a planear su primer día de libertad.

—¿Llegó a tiempo mi... huzur para el tren de anoche?

—Sí, begum sahiba —contestó Sharifa—, pero sólo por los pelos. El tren ya se había puesto en marcha cuando llegaron a la estación.

—Pues, ¿cómo pudieron tomarlo?

—Huzur le pidió al jefe de la estación que detuviera el tren.

—¿Y éste lo hizo?

—Oh, sí. —Sharifa la miró, sorprendida—. Nadie se atrevería a desobedecer a nuestro huzur.

Bueno, ¡nadie excepto su mujer!

Era otra clara y soleada mañana, calurosa pero no en exceso, llena de los sonidos del río. Emma pensaba pasar el día en Khyber Khoti, donde Jenny se reuniría con ella para almorzar en su compañía y la del resto de la familia. Después de tomarse un pausado baño, se puso una sencilla falda y una blusa de muselina y pidió que le sirvieran el desayuno en el balcón. En el momento de sentarse a comer, vio un paquetito envuelto en papel verde y atado con hilo dorado medio oculto bajo la servilleta.

—Lo dejó huzur —explicó Sharifa— para que fuera entregado a begum sahiba esta mañana.

Perpleja, Emma deshizo el paquete. Dentro, en el interior de una envoltura de papel de seda rojo, descansaban varias capas del tejido bordado más suave que ella hubiera acariciado en su vida. El chal, pues de eso se trataba, era de color blanco marfil y estaba exquisitamente bordado. Tan finas eran las puntadas que, a primera vista, daba la impresión de ser un tapiz primorosamente tejido o un cuadro pintado por un divino pincel. Emma había visto muchos chales de Cachemira en Delhi, pero jamás ninguno tan hermoso como aquél.

—Es un chal *shatush* —le explicó Sharifa, complacida por la reacción de su ama—, tejido con la lanilla del *chiru*, un antílope que vive en Tíbet.

Emma deslizó en silencio las palmas de las manos por los delicados pliegues de la prenda, demasiado desconcertada como para poder hablar.

—En Cachemira lo llamamos chal de sortija, yo le enseñaré a begum sahiba por qué. —Recogiendo uno de los extremos más estrechos del chal en unos pliegues, Sharifa se quitó un anillo del dedo e introdujo a través de él el extremo plegado del chal sin la menor dificultad—. Éste lo han tejido los tejedores de la finca —añadió con orgullo.

—¿Hay tejedores en Shalimar?

—Pues claro. La aldea de tejedores de la finca la creó burra huzur. Por aquel entonces, él y Qadir Mian solían recoger ellos mismos la lana *pashmina* y shatush en las montañas.

—¿Quién es Qadir Mian?

—El principal tejedor de huzur, un afgano. Fue conducido a Cachemira desde Peshawar cuando era muy joven y burra huzur le enseñó el oficio. Éste lo ha tejido y firmado él. ¿Ve? —Sharifa volvió el chal del revés para mostrarle una firma realizada en seda—. Los chales que llevan la firma de Qadir Mian son muy caros.

El chal bordado era reversible y no se distinguía nudo alguno en ninguno de los dos lados. De pie delante del espejo, Emma se lo colocó sobre los hombros y disfrutó de la sensación del tejido contra su cuello, una sensación tan suave y cálida como la del contacto de un gatito. Jamás había poseído una prenda tan regia y espléndida.

¡Si no se la hubiera regalado Damien!

El regreso a Khyber Khoti fue para Emma deprimente y gozoso a la vez. Todo parecía igual, pero no lo era ni jamás lo volvería a ser. Cuando llegó, Suraj Singh ya estaba en la casa junto con los criados que iban a hacer las maletas y esperaban sus instrucciones. Inmediatamente comprendió que la cantidad de objetos que tendría que llevarse confirmaba el sentido común de la sugerencia de Damien.

Poco antes de la llegada de Jenny para el almuerzo, Margaret Wyncliffe hizo un inesperado anuncio.

—¿Vender Khyber Khoti? —preguntó Emma, asombrada—. ¿Cuándo has tomado esta decisión, mamá?

—Bueno, no es que haya tomado precisamente una decisión, querida —contestó la señora Wyncliffe—. No... no me hubiera atrevido a hacerlo sin hablar primero contigo, pero lo he estado pensando mucho últimamente. Amo esta casa y todo lo que contiene, pero una no puede vivir eternamente en el pasado. Llega un momento en que hay que reordenar las prioridades y seguir adelante... siempre y cuando tú y David no os opongáis.

—Aunque la casa esté a nombre de David —dijo Emma, todavía bajo los efectos del sobresalto—, papá la construyó para ti. Por supuesto que no nos oponemos.

La señora Wynclyffe suspiró de alivio.

—Lo que vosotros dos lleváis tanto tiempo diciéndome es la pura verdad... esta casa es demasiado grande para nosotros y no digamos para mí sola. Resonaría en ella como una piedra en el interior de un bote de hojalata y no lo podría soportar. Además —la voz de Margaret se quebró—, ahora vosotros ya tenéis vuestra propia vida y considero que ha llegado el momento de que yo viva la mía. Llevo demasiado tiempo siendo una carga y debo irme de aquí. Lo mismo que vosotros dos.

—Pero, si vendes la casa, ¿dónde vivirás? —le preguntó Emma.

—¿No te lo he dicho? No, claro. No ha habido tiempo con la de cosas que han ocurrido. Bueno, pues como la suite de Jenny muy pronto quedará vacía en el bungaló de los Purcell, Carrie me ha aconsejado que, de momento, me mude a vivir con ellos allí.

—¿Y después?

—¿Sabes el cenador que tienen los Purcell en el jardín? Carrie me sugiere que, con el dinero de la venta, lo amplíe y lo convierta en un chalé y construya unas dependencias en la parte de atrás para los criados. En cuanto esté todo listo, les podré comprar el solar y ser independiente. Los pequeños ahorros que queden de la venta de Khyber Khoti me ayudarán a saldar las deudas de la boda y me bastarán para mis gastos.

A Emma le pareció que sí.

—¿Y todo eso se te ha ocurrido a ti sola? —le preguntó muy despacio a su madre.

—No, por Dios —contestó Margaret con el rostro arrebolado—. En realidad, fue Damien quien me lo aconsejó.

—¿Damien?

—Sí. —La señora Wyncliffe alargó la mano y comprimió la de su hija como en gesto de disculpa—. Tiene unas ideas muy prácticas, querida, y tú estabas tan ocupada que no quise decirte nada. El doctor Ogbourne está de acuerdo en que una casa más pequeña y sin escaleras sería médicamente aconsejable, más fácil de gobernar y, naturalmente, mucho más barata de llevar. Teniendo a Archie y Carrie justo al lado, Dios los bendiga, a Barak en la parte de atrás y a la buena de Mahima y los demás criados para atenderme, estaré perfectamente a salvo.

—¿Y la venta? ¿Cómo te podrás tú encargar de ella?

—James Lawrence se encargará de todos los trámites.

—Pero, antes, mamá, ¡tenemos que encontrar un comprador!

Margaret Wyncliffe bajó los ojos.

—No tenemos que preocuparnos por eso, querida. Verás... Damien se ofreció a comprar Khyber Khoti... siempre y cuando tú y David estuvierais de acuerdo, naturalmente. ¿No te parece un gesto enormemente generoso por su parte?

Por un silencioso instante, Emma miró fijamente a su madre y después soltó una carcajada. Tras haber empezado a reírse, descubrió que ya no podía detenerse. Ajena a la ironía de la situación, la señora Wyncliffe la miró perpleja, a la espera de que cesara el ataque de risa.

—Damien me hizo prometerle que no te lo diría hasta después —dijo Margaret—. Quería que fuera una sorpresa.

—Pues lo ha sido —le aseguró Emma, enjugándose los ojos—. ¡Vaya si lo ha sido!

Después del almuerzo, Emma le comunicó a Jenny la noticia de su partida.

—¿Dos semanas? —Jenny la miró consternada—. ¡No estarás aquí para mi boda!

—Me temo que no. Verás, querida, mi vida ya no me pertenece. En realidad, creo que ya nada me pertenece. Ahora sólo se espera de mí que haga lo que me mandan.

Procuró no hablar con amargura, pero no lo consiguió.

—Pero bueno. —Olvidando su profunda decepción, Jenny estudió el rostro de Emma—. ¿Percibo una pizca de desencanto en la recién casada?

—No, por supuesto que no. —Emma se apresuró a sonreír—. Quiero decir simplemente que me resulta un poco extraño tener que adaptar mi vida a los deseos de otra persona. Supongo que no tardaré en aprender y tú también, ya lo verás. En cualquier caso, Damien me ha pedido que os invite a John y a ti a Shalimar a ser nuestros huéspedes siempre que dispongáis de tiempo y os apetezca. Quiero que nos visites, Jenny —añadió en tono suplicante al tiempo que le estrechaba la mano a su amiga—, significaría mucho para mí... para nosotros.

A pesar de su valerosa fachada, la idea de no tener a Jenny a su lado para intercambiar confidencias con ella, reírse por cualquier bobada y buscar consuelo le resultó repentinamente insoportable. En cuanto cada cual se fuera por su camino, ambas estarían separadas por un subcontinente y les estaría vedado compartir su existencia cotidiana. Después, al ver que había alarmado innecesariamente a su amiga, Emma se echó a reír, hizo un rápido comentario en broma y consiguió aligerar el momento.

Ya era casi la hora de que David se dirigiera a la estación para cubrir la primera etapa de su largo viaje a Leh. El joven no había visitado a Emma en la casa de la calle Nicholson ni pensaba hacerlo, tal como Emma sabía muy bien. A pesar de que todavía procuraba evitarla, en cuanto Jenny se fue, Emma lo acorraló por última vez en su habitación.

—¿Conoces los planes de mamá sobre la casa? —le preguntó.

—Me los ha comentado, sí.

Ocupado en unas tareas de última hora, David hablaba con indiferencia.

—Me hubiera gustado que lo discutiera conmigo —dijo Emma, adivinando que David también debía de estar al corriente de la participación de Damien.

—¿Por qué? Es una buena solución que satisface a todo el mundo y, sobre todo, a mamá.

Tanto su tono de voz como la expresión de su rostro eran herméticos. No, aún no había perdonado a Damien.

—No aprecias demasiado a Damien, ¿verdad? —le preguntó impulsivamente Emma.

—No, pero, por ti, supongo que tendré que aprender a hacerlo.

—Damien puede tener muchos defectos —dijo Emma, sorprendiéndose ella misma de sus palabras—, pero también puede ser muy... considerado.

—¿Considerado?

David enarcó una ceja, sonrió y se alejó.

Emma sabía que ambos eran responsables del cisma que se había abierto entre ellos. Cualesquiera que fueran los agravios que hubiera sufrido por parte de Damien, David no había olvidado las terribles palabras que ella le había dicho aquella noche en la cuadra. Y, a pesar del resentimiento que albergaba contra él, Emma se sentía profundamente herida por su frialdad, pues, por debajo del rencor, no podía negarse que ambos hermanos se profesaban un afecto muy profundo.

En el momento de su partida en la estación de Delhi, David ya no pudo fingir por más tiempo indiferencia. Rodeó a Emma con sus brazos y la estrechó contra su pecho sin reprimir ni la emoción ni las lágrimas.

—Que seas muy feliz, mi queridísima hermana —le dijo, emocionado—. Prométeme que te cuidarás mucho.

—Lo haré, cariño, lo haré —musitó Emma, devolviéndole el abrazo—. Que Dios te proteja en Ladakh. Escribe.

David vaciló un instante.

—Ten cuidado con él, Emma —dijo bruscamente—. Damien es un hombre peligroso.

Emma le miró con los ojos enormemente abiertos.

—¿Peligroso?

—No es lo que parece.

Emma sonrió haciendo un esfuerzo.

—Bueno, bien mirado, cariño, ¿quién de nosotros lo es? Damien debe de tener también sus pequeños secretos, como todo el mundo.

—No lo entiendes —dijo David con vehemencia—, dicen que...

El estridente silbato del jefe de estación ahogó el resto de sus palabras.

—¿Dicen qué, David?

Contestando algo que ella no pudo oír, David subió a toda prisa los escalones del vagón y se perdió en su interior.

Emma permaneció de pie mientras el vagón de cola del tren desaparecía en una bruma de negro humo y lágrimas. ¿Cuándo volvería a ver a su hermano?

En el profundo dolor de la partida, Emma empujó hacia el fondo de su mente los comentarios de David acerca de Damien con la intención de examinarlos más tarde.

—¡Vaya! Al final, ha recordado usted el compromiso que adquirió conmigo con tan sincero entusiasmo, ¿eh?

El tono de voz era cortante y los modales, glaciales. El doctor Theodore Anderson estaba extremadamente enojado.

A pesar de que se tenía merecida la reprimenda, ¿qué hubiera podido alegar Emma en su defensa? No había acudido a ver al doctor Anderson desde aquella primera vez en que le había dado tan sinceras garantías. De hecho, había olvidado la cita concertada para el viernes siguiente. Cuando, al final, la había recordado y le había enviado una nota de avergonzada disculpa, él ni siquiera se había tomado la molestia de contestar. Para colmo, a causa de su alterado estado de ánimo, había olvidado incluso enviarle una invitación para la boda. Sabiendo que, como buen intelectual, el profesor vivía encerrado en su torre de marfil, Emma abrigó la esperanza de que no se hubiera enterado de la noticia, pero se había enterado.

—Ustedes las mujeres siempre hacen lo mismo —dijo Anderson enfurecido—. La boda, la boda, la boda al precio que sea... es lo único que quieren en la vida. Es por eso por lo que yo siempre trazo una línea y no admito alumnas. Les falta el sentido de la responsabilidad, la honradez intelectual...

Tras haber dado rienda suelta a su cólera con considerable elocuencia, Anderson hizo una pausa para recuperar el resuello y para que ella le diera las pertinentes explicaciones. Mansamente, Emma le hizo un relato censurado de los acontecimientos de las cuatro semanas anteriores... ¿había transcurrido sólo un mes desde que estuviera por última vez en aquella estancia? ¡Le parecía toda una vida! Cambió de posición mientras hablaba, avergonzándose profundamente de las excusas que se estaba inventando para apaciguar a su amable mentor.

—No tengo palabras para suplicarle que me perdone, doctor Anderson —terminó diciendo humildemente—. Lo único que puedo alegar en mi defensa es que, cuando recurrí a usted en demanda de ayuda, no tenía ni idea de las imprevistas circunstancias que me impedirían cumplir mi compromiso.

Tras haberla escuchado en un silencio sepulcral, el profesor soltó un gruñido, parcialmente apaciguado.

—O sea que abandona usted Delhi para irse a vivir al norte, ¿eh?

—Sí. Mi... esposo me ha precedido. —Hizo un valeroso esfuerzo por utilizar un tono de voz gozosamente nupcial—. Tengo que irme el sábado.

—¿Dice usted que su esposo vive en Cachemira?

—Sí.

—Bien pues, supongo que esto marca el final de sus nobles empeños en nombre de su padre, ¿verdad?

—De ninguna manera, doctor Anderson —le aseguró ella—. Aunque no pueda contar con su valiosa ayuda, estoy firmemente decidida a continuar lo que he empezado. Espero que el mayor esfuerzo que tendré que hacer me compense, por lo menos en parte, de la pérdida de sus esclarecedores consejos.

—Mmm. —El profesor frunció el entrecejo, profundamente enfrascado en sus pensamientos—. En tal caso, quizá podríamos enviarnos los papeles el uno al otro a través de unos mensajeros *dak* de confianza.

—¿A pesar de su prevista expedición al Tíbet?

—Puesto que los fondos que esperábamos no han llegado, hemos aplazado la expedición indefinidamente.

El profesor hablaba en tono muy seco y Emma intuyó que su enfado de aquella mañana no estaba dirigido enteramente a ella. Sabiendo lo profunda que debía de ser su decepción, comprendió la situación. Le agradeció en voz baja su amabilidad, pero se dio cuenta de que el ofrecimiento de asesoría postal, por muy generoso que fuera, no sería muy práctico.

—Tengo que confesarle, doctor Anderson, que no me fío demasiado de los mensajeros dak. Lo mejor que puedo hacer, dadas las circunstancias, es recurrir a su amable ayuda la próxima vez que venga a Delhi.

«La próxima vez. ¿Cuándo? ¿En otra vida...?»

—Como usted quiera. —El profesor se encogió de hombros, tras haber perdido totalmente el interés por el asunto. Levantándose de su asiento, se dirigió a su archivador y sacó de él las carpetas que ella le había entregado—. He hecho algunas anotaciones al margen y le aconsejo unas lecturas, pero, tal como ya le he dicho, sólo los trabajos no publicados de nuevas exploraciones podrían interesar a los estudiosos. Y ahora, si me disculpa...

La acompañó a la puerta, murmurando unos vagos votos por su futura felicidad.

En cuanto Emma salió, el doctor Anderson regresó a su escritorio y se sentó a pensar, apretando los labios y frunciendo el entrecejo.

Se pasó un buen rato inmóvil y sin ver nada, profundamente sumido en su meditación. Al final, se levantó, llamó al fiel afgano que permanecía sentado fuera en un taburete, lo hizo entrar y cerró la puerta.

—Hay que enviar un mensaje urgente esta noche, Ismail.

—Muy bien, sahib.

—Seguirás el camino de siempre y lo entregarás al contacto de costumbre.

—Comprendido, sahib.

—¿Ismail?

—¿Sahib?

—Encárgate de que no me moleste nadie durante aproximadamente una hora, ¿de acuerdo?

—Muy bien, sahib.

Cuando Ismail se retiró, el profesor cerró la puerta con llave y volvió a sentarse detrás de su escritorio. Contempló un momento la hoja en blanco que tenía delante y después tomó la pluma y la mojó en el tintero. Empezó a escribir: «Mi querido coronel Borokov...»

8

Las dos semanas pasaron sin que Emma se diera cuenta. Profundamente abatida, completó las disposiciones necesarias para el traslado de su madre a la nueva vivienda, guardó en su equipaje sus efectos personales y se despidió de los amigos. Después, en un abrir y cerrar de ojos, se encontró de nuevo en el andén de la estación de Delhi, donde se había despedido de David dos semanas antes. Rodeada por una montaña de maletas y un numeroso grupo de llorosos familiares y amigos, sintió que el corazón se le partía de pena.

—Por el amor de Dios, Em —le dijo Jenny, disimulando su tristeza con una emocionada sonrisa—, te vas al valle más hermoso del mundo para vivir rodeada de lujos con el hombre más guapo del mundo... ¡cualquiera diría que vas a la guillotina!

—No sé cuándo volveremos a vernos —dijo Emma, reprimiendo a duras penas las lágrimas—. Cachemira está en la otra punta del mundo, en otro espacio y otro tiempo.

—No digas bobadas... ¡no hay ni una chica en toda Delhi que no se muera de envidia! Charlotte Price, supongo que ya lo sabes, dice que, puesto que no puede tener a Damien Granville, renunciará al mundo y entrará en un convento. No me digas que eso no te reconforta y te hace sentir mejor.

No la hacía sentir mejor, pero Emma esbozó una triste sonrisa.

La despedida de su madre fue especialmente dolorosa. El hecho de que su salud hubiera mejorado mucho y de que Carrie Purcell hubiera prometido cuidar de ella constituía un gran consuelo, pero no mitigaba el profundo dolor de la separación. Emma abrazó con fuerza a su madre y procuró no llorar.

—Escríbeme pronto, cariño. Cuéntame todo lo del traslado, no te olvides de ningún detalle. No hagas esfuerzos, no intentes hacer demasiadas cosas, no...

Se le quebró la voz y ambas sollozaron la una sobre el hombro de la otra.

Sonó el silbato y el jefe de estación levantó la bandera verde. En medio de sacudidas, silbidos y eructos de carbonilla, el tren se puso en marcha. Mientras el vagón se llenaba de una acre humareda, Emma se cubrió la boca y la nariz con una mano y saludó por la ventanilla con la otra. Las figuras del andén disminuyeron de tamaño hasta convertirse en unas manchitas grises que, finalmente, desaparecieron del todo.

¡Otro capítulo de su vida cerrado para siempre!

A su espalda quedaba Delhi, sus seres queridos y un pasado feliz; la esperaba un desierto emocional. Cachemira, tan desconocida como un paisaje lunar, era el lugar donde pasaría el resto de su vida, convertida en esclava de un hombre al que no conocía ni apreciaba ni comprendía.

De repente, tuvo mucho miedo.

Su Excelencia el barón Boris von Adelssohn, gobernador general del imperio centroasiático de Rusia, era un hombre extremadamente preocupado. Aficionado a la zoología y gran amante de la fauna, se enorgullecía enormemente de su jardín zoológico privado de Tashkent. Aquella mañana, al ir al aviario para supervisar la primera comida, observó que una de sus queridas oropéndolas doradas se mostraba muy abatida y tenía las alas caídas y los ojillos empañados. Puesto que conocía la delicadeza de aquellas hermosas pero frágiles criaturas, el barón estaba muy preocupado. El veterinario del Ejército, mandado llamar de inmediato, había diagnosticado una infección gástrica pero no había podido recetar ningún remedio.

De ahí que, al ser informado de que dos hombres de dudoso origen habían sido detenidos en territorio ruso sin documentación, el barón se mostrara comprensiblemente enfurecido.

—Diga al coronel Borokov que se encargue de resolver el asunto —ordenó desde el otro lado de la tela metálica—. ¿No ve que estoy ocupado?

—El coronel Borokov aún no ha regresado de San Petersburgo, Excelencia —le recordó su edecán.

—Bueno, pues ¿qué me dice del capitán Vassily o de los otros diez mil que hay por aquí? ¿Es que no hay en este puesto ni un solo oficial que pueda encargarse de este trivial asunto?

—Los hombres insisten en ser recibidos en audiencia personal, Excelencia, a causa del animal.

—¿Qué animal?

—No le puedo decir, Excelencia. Jamás he visto otro igual.

—Pues dígame qué aspecto tiene. ¿Es un zorro?

Le habían prometido un par de zorros plateados y la entrega era inminente.

—No, señor. He visto zorros en Rusia. Éste parece más bien una cabra, una cabra de gran tamaño. Si Vuestra Excelencia lo ordena, podría preguntar...

—Bueno, no importa, yo mismo se lo preguntaré. Envíelos a la galería de la parte anterior.

Momentos después, sentado como en un trono en el alto asiento desde el cual recibía a las hordas de gente que acudían a presentar sus peticiones y que constituían una parte de la pesada cruz cotidiana que tenía que soportar, el barón estudió a los dos infractores con profunda expresión de desagrado. Iban pobremente vestidos y sucios, su aspecto era muy poco atractivo y despedían un pestazo inaguantable. Si los hubiera recibido dentro, el hedor habría tardado varios días en desaparecer y, estando el baile de despedida tan cerca, a su Olga le habría dado un ataque.

—Fueron sorprendidos haraganeando en la zona residencial de los oficiales sin papeles, Excelencia —dijo el capitán de los cosacos—. Al ser interrogados, ellos...

—¿Qué idioma hablan? —lo interrumpió el barón con impaciencia.

—Turki, Excelencia.

El barón estudió severamente a los dos individuos.

—¿Qué estabais haciendo en suelo ruso sin la debida autorización?

El mayor de los dos contestó, expresándose en el curioso turki hablado en Asia por mucha gente que no tenía el menor parecido con los turcos.

—¿Qué ha dicho?

Uno de los cosacos dio un paso al frente.

—Dice que no pretendían hacer nada malo —tradujo—. Vinieron para entregar un regalo a Vuestra Excelencia, pero se perdieron por el camino.

¡Menudo cuento! El barón inspeccionó severamente sus holgados pantalones, sus blusones y sus chaquetas de seda cuajadas de lamparones y ajustadas a la cintura con un cordel. Como todos los musulmanes, llevaban unos casquetes bordados bajo los turbantes —que en algún momento puede que hubieran sido blancos— con las cuarenta vueltas de rigor. Sus botas de caña alta estaban cubiertas de barro reseco y sus rostros, medio ocultos por unas alborotadas barbas, debían de llevar varios días sin sentir el contacto del agua. No se veía la menor señal de ningún animal.

—Como descubra que os ha enviado el chino gordinflón de Kashgar para espiarnos, ¡os mando decapitar de inmediato!

—No somos espías —dijo el de más edad en tono de súplica—. Sabiendo lo mucho que ama Vuestra Excelencia los animales, hemos venido a ofrecerle uno que Vuestra Excelencia no ha visto jamás.

—Bueno pues, ¿dónde está?

El capitán de la guardia le hizo una seña a un cosaco y éste abandonó la galería. Poco después regresó llevando la criatura sujeta con una cuerda. Medía unos noventa centímetros de altura y tenía el pelaje grisáceo. Era un joven macho con unos cuernos que, cuando alcanzara la plena madurez, estarían triplemente retorcidos. El animal parecía muy manso, pues inmediatamente empezó a rozar la hierba que rodeaba la galería sin prestar la menor atención a la presencia de un jardinero que trabajaba cerca de allí.

¡Un markhor de Cachemira!

El barón procuró disimular su alegría. El markhor de Cachemira, blanco preferido de los cazadores del Himalaya, era una especie gravemente diezmada. El barón ya había perdido la esperanza de conseguir uno antes de abandonar Tashkent.

—¿Dónde encontrasteis este animal?

—En el Kaj Nag, Excelencia. Su madre lo había abandonado cuando era todavía lechal. Lo hemos cuidado desde entonces.

Puesto que el markhor entraba en celo en diciembre y la hembra paría en junio, aquel ejemplar no podía tener más de diez meses. El barón se levantó, se acercó a él y le acarició cautelosamente las orejas. El markhor agitó la cabeza, pero no se asustó.

El barón estaba entusiasmado.

—¿Cuánto queréis por él? —preguntó, procurando reprimir su emoción.

—No queremos dinero —contestó el más joven.

—Pues entonces, ¿qué?

—Un favor.

—Ah, un favor. —El barón hizo una mueca. Ya estaba hasta la coronilla de favores. Un trabajo para mi hermano, un trozo de tierra para mi padre, una autorización para comerciar para mi amigo. Un pasaporte—. No, nada de favores —dijo con firmeza—. Eso está absolutamente descartado.

—Si tenéis la bondad de escucharnos, Excelencia —insistió el hombre—, el favor es muy sencillo.

—Todos los favores son sencillos al principio, pero más tarde tienen la mala costumbre de convertirse en quebraderos de cabeza. —El barón se debatió un instante en la duda y después suspiró—. De acuerdo, ¿qué clase de favor es ése, buen hombre? Date prisa. No puedo pasarme todo el día con una oropéndola enferma en la mano.

El hombre miró a los cosacos que aguardaban.

—Lo que tenemos que decir es confidencial, sólo para los oídos de Vuestra Excelencia.

El barón estaba a punto de estallar en un nuevo arrebato de furia ante aquella insolencia cuando el markhor levantó el morro y, dando grandes muestras de confianza y afecto, le hocicó el dorso de la mano. Haciendo señas a los cosacos de que se apartaran, el barón volvió a sentarse.

—Vamos a ver, cabrones de mierda, como intentéis alguna trapacería, voy a...

—No nos proponemos ninguna trapacería, Excelencia. Tal como vuestros guardias ya han comprobado, vamos desarmados.

—Ante todo, decidme de dónde venís.

—Somos dardos, Excelencia. Mi tío procede de una aldea de Chitral y yo vivo en Wakhan.

—¿Y bien?

El más joven chapurreaba un poco el ruso.

—Pedimos a Vuestra Excelencia que nos ayude a localizar a una persona desaparecida.

—¿Una persona desaparecida? ¿Quién?

—Una persona esclavizada, Excelencia.

—Ya no hay esclavos en el Turquestán ruso.

—Utilizo el término en sentido un poco amplio. Podría ser simplemente una criada al servicio de...

—¿Una mujer? —preguntó el barón, frunciendo el entrecejo.

—Sí, Excelencia. Es armenia y procede de Khiva. Su rastro desde San Petersburgo conduce hasta Tashkent.

El barón los estudió con renovado asombro.

—¿Habéis viajado a San Petersburgo en busca de esta mujer?

—Nosotros no, Excelencia, lo han hecho unos buenos amigos que son los que pretenden localizarla. Les han llegado rumores de que la mujer trabaja actualmente en la casa de un oficial del ejército ruso.

Como es natural, el barón no se creía ni una sola palabra de todo aquel galimatías. De hecho, la visita estaba empezando a olerle a chamusquina. Aquellos sujetos, que sin duda eran unos delincuentes, se habían enterado de lo mucho que él amaba los animales y habían utilizado el markhor para conseguir ser recibidos en audiencia. La mujer a la que buscaban podía ser una cómplice, probablemente una traidora, una ladrona, una asesina o puede que las cuatro cosas a la vez, y él no tenía el menor deseo de verse envuelto en ningún lío. Su mandato de cinco años estaba casi a punto de terminar y le esperaba un cómodo retiro, su casa de Moscú, la dacha del mar Negro, sus nietos y largas e ininterrumpidas horas en su zoo. Faltándole tan pocas semanas para dejar el cargo, había sido un necio poniendo en peligro todas las ventajas de su retiro por culpa de un lamentable error de cálculo.

—Dejando aparte el hecho de que no me fío de vosotros —dijo secamente, haciendo un esfuerzo por apartar los ojos del markhor—, no estoy dispuesto a malgastar los fondos del Gobierno en una quimérica empresa altamente sospechosa. Por consiguiente, os podéis quedar con vuestro animal y marcharos. —El barón se levantó para entrar en el edificio—. Si no habéis abandonado el territorio ruso dentro de cuarenta y ocho horas, os mandaré detener.

—¡Un momento, Excelencia! —El más joven levantó una mano. A punto de llamar a sus guardias, el barón lo pensó mejor—. Estamos en condiciones de ofreceros una compensación que merece la pena.

Rebuscando en el interior de su voluminosa chaqueta, el hombre sacó un trozo de papel de uno de los muchos bolsillos y se lo entregó al barón. Tomándolo cuidadosamente por una esquina, el barón leyó de un vistazo los caracteres cirílicos. «¡Oh, no, Dios mío, otra vez no!»

—¿Es una broma? —preguntó irritado, arrugando el papel y arrojándolo a su espalda.

—No, Excelencia, no es una broma.

—¿Sabéis cuántas veces y cuántas personas me ofrecen cada año mapas del paso del Yasmina?

—Charlatanes y estafadores, Excelencia. Los mapas que tenemos en nuestro poder son auténticos.

—¿De veras? ¿Y cómo se adquirieron estos mapas tan auténticos, si se puede saber?

—Por pura casualidad, Excelencia —contestó el más joven—. Hace unos meses unos salteadores de Hunza asesinaron a un agente inglés en la Ruta de la Seda. Yo era uno de los camelleros de la caravana y resulta que los mapas estaban en su poder.

—Y ahora están en el tuyo. ¿Cómo es posible?

—Los robé, Excelencia.

El barón, a través de Borokov, había sido informado naturalmente de la incursión y del asesinato del angliski, pero, ¿cómo demonios podía estar seguro de que aquellos hombres decían la verdad? Acariciándose la barbilla, dirigió una codiciosa mirada al markhor. El animal seguía paciendo tranquilamente. Comprendiendo que el asunto podía ser más complicado de lo que él había pensado, empezó a dudar sin saber qué hacer.

—Mmm, ¿lleváis los mapas?

—No, Excelencia. Serán presentados para su examen sólo en el momento del canje, cuando la mujer haya sido localizada.

—Bueno, ¿y qué importancia tiene esta mujer como para merecer semejante transacción? —preguntó el barón, cada vez más perplejo.

—Sólo es importante para nuestros amigos, Excelencia.

El barón no dudaba ni por un instante de que aquellos dos hombres eran unos bribones. Pero algo en ellos lo inquietaba. Maldiciendo por lo bajo la ausencia del coronel Borokov, llegó finalmente a la conclusión de que, a pesar de que no les creía, tampoco comprendía la situación. Si aquello era una triquiñuela, no comprendía el motivo y, si no lo era, ¿qué? Conociendo la obsesión de Borokov por el Yasmina y su estrecha amistad con Alexei Smirnoff, decidió jugar sobre seguro. Cuando regresara Borokov, éste ya abordaría el asunto como creyera oportuno.

—¿Tenéis datos sobre la mujer?

—Sí, Excelencia.

El hombre rebuscó en su sucia chaqueta, sacó un segundo papel y se lo entregó al barón.

El barón frunció el entrecejo mientras leía el texto y estudiaba el diagrama que figuraba en el papel. Estudió detenidamente ambas cosas y después se rascó la oreja. ¿Sería posible? ¡No, no podía ser!

Procurando disimular su confusión, dijo con fingida indiferencia:

—Bueno, tendré que hacer averiguaciones. Eso exigirá algún tiempo. Entretanto, vosotros os quedaréis en Tashkent hasta que regrese mi jefe de Estado Mayor de San Petersburgo y os someta a un interrogatorio como es debido. Yo me encargaré personalmente del markhor.

Una vez más, el joven lo interrumpió cuando ya estaba a punto de llamar a sus guardias.

—Lamentablemente, Excelencia, no podemos quedarnos. Regresaremos más adelante para el interrogatorio.

El barón se encrespó en serio.

—¿Me tomáis por tonto? —preguntó en tono enfurecido—. ¡Pues claro que os quedaréis!

—En caso de que se encuentre a la mujer, Excelencia, tendremos que regresar de todos modos para hacernos cargo de ella. Si ahora nos quedamos aquí y ponen los huevos y los empollan en nuestra ausencia, puede que alguien se apodere de los pollos o de que éstos crezcan lo suficiente como para volar.

—¿Qué pollos?

—Los del nido del águila dorada. El otoño pasado, mientras estábamos explorando...

—¿Un nido de águila dorada? —El gobernador general se levantó a medias de su asiento—. ¿Dónde demonios encontrasteis un nido de águila dorada?

—En Hazara, Excelencia, en los bosques que bordean los precipicios. Si el asunto de la mujer no hubiera sido tan importante para nuestros amigos, nos habríamos quedado en Hazara para vigilar el nido. La misión de apoderarnos de los pollos de águila nos la ha encomendado un general sahib inglés de Rawalpindi que, como vuestra honorable persona, es coleccionista de animales. Nosotros somos pobres, Excelencia. Si nos encarceláis ahora, no sólo corremos el peligro de perder las crías sino también la elevada recompensa que se nos ha prometido.

¡Un aguilucho dorado! El barón apenas podía respirar a causa de la emoción. En aquel momento, le importaban un bledo el general de Rawalpindi, Mikhail Borokov e incluso el maldito Yasmina. El *Aquila chrysaetus* era la criatura alada más singular que se podía ver en la cordillera del Himalaya. Muchos llevaban años buscándola sin haberla visto jamás y menos localizado un nido. Poder criar en el propio aviario un águila dorada... ¡sería la envidia de todos los ornitólogos de Rusia! Pero, ¿cómo resolver aquella situación tan extremadamente delicada?

Al final, fue el hombre de más edad, el de Chitral, quien la resolvió.

—Una sugerencia, Excelencia.

—¿Sí?

—No son necesarios dos hombre para vigilar un nido. Si mi sobrino fuera autorizado a proseguir viaje a Hazara para reanudar la vigilancia, yo me podría quedar aquí como rehén para garantizar su regreso con el pollo. Eso dará también tiempo a Vuestra Excelencia para llevar a cabo investigaciones acerca de la mujer.

El barón reflexionó. Le parecía una solución perfectamente razonable que satisfacía a ambas partes, y, además, lo que el hombre decía era cierto: para hacerse cargo de la mujer, tendrían que estar en Tashkent de todos modos. Las dudosas credenciales de los hombres ya no lo preocupaban.

—¿Cuánto tiempo tardarás en regresar? —le preguntó al sobrino.

—Regresaré antes de que Vuestra Excelencia abandone el Turquestán.

—El barón asintió con la cabeza.

—De acuerdo. Pero, en cuanto advierta la menor señal de engaño, mandaré ahorcar y azotar a tu tío hasta morir.

—No somos malhechores, Excelencia —protestaron ambos al unísono—. Somos unos pobres hombres que apenas...

—¡Muy bien, muy bien, vamos a ultimar los detalles! —Con un brillo de emoción en los negros ojillos, el barón se inclinó hacia delante sin poder contener su impaciencia. Hasta el markhor de Cachemira palidecía comparado con aquello—. En cuanto a esos pollos...

El jardinero kazako seguía arrancando malas hierbas en las inmediaciones. Mientras los hombres discutían los detalles del acuerdo, él escuchaba con la máxima atención.

El largo viaje en tren hasta Amritsar, donde terminaba la línea de ferrocarril, fue caluroso, polvoriento y tremendamente incómodo. Los cuadrados baúles de madera temblaban y matraqueaban en precario equilibrio mientras el tren circulaba a la vertiginosa velocidad de treinta kilómetros por hora. Sharifa y Rehmat atendían a Emma en el compartimiento de primera clase que Suraj Singh había abastecido de leche y botellas de gaseosa, pan, mantequilla, botes de alubias, atún y jamón en conserva, una cesta de fruta y material de lectura. Suraj Singh, que viajaba en otro vagón, estaba tremendamente preocupado y, a cada parada, acudía a preguntar cómo estaban.

Emma, que lo había atravesado en otros tiempos con su padre, estaba familiarizada con el Punjab, la tierra de los cinco ríos. La región que separaba Delhi de Amritsar era un llano y aburrido territorio que no ofrecía demasiado interés. A pesar del bloque de hielo que habían colocado en el vagón para aliviar el persistente calor, cuando el tren entró tambaleándose en la estación de Amritsar al día siguiente, Emma se sintió sucia y debilitada y con un terrible dolor de cabeza. Aún le quedaba por delante el largo viaje a través de las áridas llanuras hasta llegar a la cordillera del Pir Panjal, donde iniciarían el difícil ascenso hacia el paso. Emma acogió con entusiasmo la perspectiva de un día de descanso en Amritsar, con su promesa de las comodidades más esenciales para un ser humano, un baño frío, una comida caliente y una cama que no constituyera un peligro para todos los huesos del cuerpo. ʹ

Instalada en el bungaló sin apenas nada que hacer en todo el día, Emma repartió su tiempo entre las necesarias abluciones y la recuperación del sueño atrasado. Por la noche, cuando el polvo se posó en el suelo y la temperatura del aire bajó relativamente, Suraj Singh le organizó un paseo en coche por la ciudad y una visita al Templo Dorado, el santuario más sagrado de los sijs.

A primera hora de la mañana siguiente, antes del amanecer, el alboroto que se produjo en el recinto anunció la llegada de las acémilas y los equipos de culis que constituirían su caravana. Emma se levantó mucho más descansada y contempló sin demasiado entusiasmo la litera que Suraj Singh había encargado para ella.

—Preferiría cabalgar —dijo, sin tener la menor intención de permitir que unos hombres la llevaran sobre sus espaldas cual si fuera un saco de carbón.

—Huzur no lo aprobará —contestó nervioso Suraj Singh.

—Huzur no se enterará —le recordó Emma, firmemente dispuesta a salirse con la suya mientras pudiera.

—Begum sahiba no podrá soportar el calor...

—Si los demás pueden, yo también podré.

—... y el polvo será intolerable.

—Ya lo es, un poco más no importará.

Suraj Singh suspiró.

—Bueno, si begum sahiba se empeña...

—¡Begum sahiba ya lo creo que se empeña!

—En tal caso —Surah Singh se dio cortésmente por vencido—, tomaré las necesarias disposiciones.

En tiempos de los mongoles, el valle de Cachemira era un lugar de vacaciones estivales para los emperadores, los cuales emprendían unos increíbles viajes por aquellas mismas rutas, acompañados por miles de animales y criados. Recordando la costumbre de su padre de viajar con sólo un puñado de porteadores y el equipaje más esencial, Emma se asombró del variado surtido de medios que incluía su caravana: caballos, camellos, dos elefantes, mulos punjabíes, porteadores y culis. Además, había mozos para los animales, cabras para proporcionar leche fresca y carne para el camino, baburchis para cocinar, khidmatgares para servir, guardias armados en previsión de un ataque de alguna banda organizada de dacoits y, como es natural, toda una serie de seguidores que abastecerían de víveres a la caravana.

La montura que Suraj Singh eligió para ella era una yegua roana de tintes azulados y temperamento muy dulce. Emma, que jamás se había sentido segura cabalgando a mujeriegas, decidió cabalgar a horcajadas como los hombres, utilizando unas faldas partidas destinadas especialmente a dicho propósito. Suraj Singh le dio alcance al galope y le ofreció un salacot para protegerse del sol.

—No es que sea muy elegante —le dijo en tono de disculpa—, pero la ayudará a mantener la cabeza fresca.

A Emma le conmovió su ofrecimiento, pero lo rechazó.

—Estoy mucho más acostumbrada al sol que a los salacots, pero gracias de todos modos.

—Begum sahiba es muy... valiente —comentó apenado Suraj Singh.

Interpretando «valiente» como «testaruda», Emma se echó a reír.

—Bueno, en eso mi madre estaría de acuerdo con usted, Suraj Singh, y puede que con un mayor grado de reproche.

Durante un buen rato siguieron el lecho de un río no muy caudaloso sin una sola colina a la vista en aquella seca región que era la llanura del Punjab. Sin embargo, para compensar el calor, la ligera brisa que soplaba sobre el ondulado paisaje hacía que el viaje no resultara excesivamente insoportable. Cabalgando al trote arriba y abajo, Suraj Singh vigilaba con ojo incansable su rebaño, gritando instrucciones y reprendiendo severamente a los que se quedaban rezagados.

Se detuvieron al mediodía para almorzar y echar una merecida siesta y después reanudaron la marcha hacia su lejano destino, aunque las estribaciones del Himalaya no tardarían en recortarse contra los cambiantes cielos.

El calor y el polvo de las resecas llanuras, las tortuosas corrientes y el áspero territorio cubierto de matorrales constituía para Emma un doloroso recuerdo, por cuyo motivo cabalgaba a un ritmo pausado, perdida en sus propios pensamientos. Sin que apenas se diera cuenta, el sol se ocultó detrás de las lejanas colinas y Suraj Singh dio orden de detenerse para pasar la noche en unas de los muchos caravasares que punteaban el camino. Construidos por los mongoles para uso de los viajeros, cada caravasar era un cuadrilátero con establos y toda una serie de estancias, aunque en su mayoría se encontraban en un lamentable estado de abandono a causa de las torrenciales lluvias y las inundaciones.

Para los sirvientes y las acémilas se levantó un campamento a la orilla del río. Poco después, una tetera empezó a burbujear sobre un hornillo de queroseno, los criados ordeñaron una cabra y alguien ofreció a Emma una agradable taza de té para aliviar el cansancio. La comida a base de verdura, arroz y lentejas, saboreada entre el tintineo de los utensilios de cocina y el bullicio propio de la vida en un campamento resultó consoladoramente familiar y Emma se sintió completamente a sus anchas. Más tarde, mientras permanecía sentada sobre una roca a la orilla del riachuelo, contemplando el sinuoso movimiento del agua, Suraj Singh se acercó a ella.

—¿Hay algo que necesite begum sahiba para esta noche?

—No, gracias.

Emma sonrió, le indicó por señas que se sentara y él se sentó cuidadosamente en una piedra próxima.

—Tengo entendido que begum sahiba ya ha recorrido este camino otras veces, ¿verdad?

—Sí, dos veces. La primera fue hace muchos años, cuando mi padre exploró la localización de la antigua universidad budista de Taxila. Recuerdo que subió conmigo a Koh Murree para contemplar las altas montañas. Yo jamás había visto la nieve anteriormente.

Tomó un sorbo de té cuyo intenso sabor le recordó todos los que había bebido en otros tiempos, preparados en la tetera común de los campamentos.

—¿Begum sahiba no echaba de menos la ciudad?

—A veces, pero, en general resultaba maravilloso levantarse y acostarse con el sol, dormir al aire libre bajo las estrellas y aprender a disfrutar de la soledad.

Suraj Singh asintió con la cabeza.

—Huzur también prefiere la soledad de las montañas al ajetreo de la vida en la ciudad.

Bueno, menos mal que tenían eso en común, pensó Emma.

No añadió que en Koh Murree había oído hablar por primera vez a su padre de Cachemira y había conocido la existencia del anillo de singulares cumbres que rodeaba el valle. De repente, dejando aparte sus temores y las circunstancias en que se encontraba, la perspectiva de penetrar en aquel recóndito valle, más allá de su visión infantil, se le antojó apasionante. De hecho, por primera vez desde que muriera su padre, volvió a experimentar la emoción de un explorador en el umbral de lo desconocido.

Pidió una segunda taza de la refrescante bebida y tomó otro sorbo. El sabor del cardamomo triturado le cosquilleó la boca.

—Como es natural, usted, Suraj Singh, debe de conocer muy bien este territorio.

—En efecto, begum sahiba.

—¿Y mi... marido?

—Huzur también. Nació en Cachemira tal como begum sahiba ya sabe, y ha viajado por toda la India. Esta región le es tan conocida como a mí.

Emma no lo sabía, pero no lo dijo. Se le ocurrió una idea. En la semioscuridad, estudió con disimulo el rostro de Suraj Singh.

Éste contaba unos cincuenta y cinco años, era musculoso e inteligente y tenía unos perspicaces ojos de profunda mirada y una piel curtida por el sol que hablaba de una existencia transcurrida al aire libre. Siempre comedido y ceremonioso en su presencia, aquella noche lo estaba un poco menos. Le habían venido a la mente las palabras de despedida de David y la ocasión era demasiado buena como para no aprovecharla.

—Lleva usted muchos años al servicio de la familia Granville, ¿no es cierto, Suraj Singh?

—Sí, begum sahiba.

—¿Desde que vivía el padre de mi marido?

—No, begum sahiba. Me incorporé a la casa tras la muerte del comandante Granville.

—La madre de mi marido murió antes, ¿verdad?

—Sí, begum sahiba. —¿Suraj Singh había cambiado ligeramente de postura o eran figuraciones suyas?, se preguntó Emma—. Murió antes de que yo llegara a Shalimar.

—Vamos a ver... —Frunciendo el entrecejo como si estuviera haciendo memoria—. ¿Cuando mi marido tenía...?

Su pausa fue muy larga y el tono era de pregunta.

—Huzur acababa de cumplir doce años —se apresuró a explicarle Suraj Singh—. Aquel mismo año lo enviaron a estudiar a Inglaterra.

¿Damien había estudiado en Inglaterra? Eso tampoco lo sabía.

—¿Jamás pensó en la posibilidad de dedicarse a la carrera militar como su padre?

—A Huzur no le gusta el Ejército indio —contestó Suraj Singh—.

En cualquier caso, sus obligaciones para con Shalimar siempre han sido una prioridad.

—El comandante Granville estaba destinado en Rawalpindi, ¿verdad?

—No, begum sahiba, en Peshawar. Estaba con un regimiento gurkha.

—Sí, claro. Y allí fue donde conoció a la difunta señora Granville, y donde posteriormente se casó con ella. —Suraj Singh asintió con la cabeza y Emma imitó su ejemplo, como si confirmara algo que ya supiera—. El comandante Granville se retiró bastante joven del Ejército para instalarse en Cachemira, ¿verdad?

—Burra huzur se retiró muy pronto.

Sin la menor vacilación, Emma decidió correr el riesgo.

—¿Debido a... aquel asunto?

—Por desgracia, sí.

Emma intuyó una leve desazón en el tono de voz de Suraj Singh. El «por desgracia» era una clave, pero, como Suraj Singh daba por sentado que ella ya conocía el motivo, Emma no podía preguntar nada.

—Mi marido me ha dicho que todo fue muy desagradable. Pero, a lo mejor —otro intento aventurado—, mereció la pena.

—Sí, claro. Su Alteza aprobó con entusiasmo su proyecto y creo que burra huzur jamás se arrepintió de haberse retirado. Por suerte, la aldea de tejedores arraigó enseguida en el valle. Desde entonces, ha sido un gran estímulo para la industria textil. Él pensó que el éxito a largo plazo del proyecto le compensaría del abandono de su carrera en el Ejército.

¡O sea que así había adquirido Shalimar el comandante Granville!

—Puesto que los extranjeros no están autorizados a poseer tierras en Cachemira, la concesión por parte del marajá de una finca tan vasta a un inglés no debió de ser vista con muy buenos ojos en el valle.

—Creo que no lo fue. Hubo protestas y, de hecho, las sigue habiendo. Pero, por aquel entonces, el clima político de Cachemira era muy distinto del actual. Los británicos no estaban tan fuertemente atrincherados y el marajá Ranbir Singh ejercía el suficiente poder como para sancionar el proyecto. Mientras la propiedad se utilice para proporcionar empleo a artesanos especializados y aumentar la prosperidad y el prestigio de Cachemira, los miembros de la familia seguirán disfrutando de la condición de *mulkis*, ciudadanos del Estado.

—¿Y en caso contrario?

—Si desprestigian Cachemira o mueren sin heredero, Dios no lo quiera —Suraj Singh carraspeó levemente—, la finca pasará a manos del estado.

—¿Y lo han hecho? —preguntó Emma, alegrándose de que la oscuridad ocultara el rubor de su rostro—. Quiero decir si han aumentado el prestigio de Cachemira.

—Sin la menor duda. Los talleres producen unos chales de gran calidad y los compradores entendidos aumentan día a día. No obstante, no hay nada que pueda compensar realmente lo que más tarde se perdió.

¿Lo que más tarde se perdió? La expresión de Suraj Singh era totalmente confiada y estaba claro que éste no ponía en duda su derecho a obtener información. Aun así, Emma no se atrevió a pedirle una explicación, por lo menos, de momento, y prefirió refugiarse en una inclinación de cabeza y unos casi imperceptibles murmullos.

—Huzur jamás se recuperó del golpe, tal como begum sahiba ya debe de saber.

¿Del golpe de la muerte de su madre? ¿De aquel misterioso escándalo?

—Mi marido me ha dicho —añadió, dando nuevamente palos de ciego—, que el gran amor que su padre sentía por la finca y por su trabajo fue lo que lo ayudó a seguir adelante después de... lo que ocurrió.

—Es muy posible.

—¿Fueron felices en su matrimonio? —preguntó atrevidamente Emma.

Otro titubeo y otro cambio de posición.

—No estoy en condiciones de decirlo. Siempre he creído que sí.

¡O sea que no se llevaban bien!

—Estoy segura de que la difunta señora Granville debió de encontrar muchas cosas de interés en el valle —murmuró Emma mientras trataba de buscar otras preguntas—. Las montañas le debían de recordar su país y los preciosos Alpes austriacos.

—¿Cómo... cómo dice? —preguntó Suraj Singh, aparentemente sorprendido. ¡Puede que hubiera sido un comentario equivocado! —Quizá sería conveniente que huzur le explicara todo el resto a begum sahiba.

Desconcertada por la reacción de Suraj Singh a su inocente comentario, Emma estaba a punto de intentar arreglarlo, pero lo pensó mejor. El daño estaba hecho y, en cualquier caso, ya era demasiado tarde: Suraj Singh se había levantado y la expresión de su rostro era impenetrable. Esbozando una leve sonrisa, Emma miró a su alrededor, comentó la serenidad de la noche y preguntó cuándo estaba previsto que llegaran a las estribaciones del Himalaya. Visiblemente aliviado, Suraj Singh le contestó que la cordillera del Pir Panjal se encontraba todavía a unos cuantos días de camino y preguntó, esperanzado, si begum sahiba estaba cansada de cabalgar y prefería utilizar el palanquín que los seguía.

Su insistencia le hizo gracia, pero, aun así, Emma declinó el ofrecimiento.

—Como estoy acostumbrada a pasar largas horas sobre la silla de montar, Suraj Singh, le aseguro que no me canso fácilmente.

Suraj Singh respiró hondo.

—Con su permiso, begum sahiba es una dama muy valiente y huzur es un marido muy afortunado.

Después se retiró rápidamente.

Tras la derrota de los sijs a manos de las fuerzas de la Compañía de las Indias Orientales en la batalla de Sobraon, en 1846, el gobernador general lord Hardinge señaló la conveniencia de cortar las alas de los sijs para la futura seguridad de los británicos. Llegaron a la conclusión de que la mejor manera de conseguirlo sería privándolos del territorio de Cachemira.

De ahí que la Compañía de las Indias Orientales se apoderara de Kulu, Mandi, Nurpur y Kangra. El valle de Cachemira, Ladakh y Baltistán fueron vendidos a su fiel aliado dogra el marajá Gulab Singh de Jammu por medio millar de rupias como recompensa por su apoyo durante la conquista del Punjab. Según el Tratado de Amritsar, Gulab Singh se convirtió en el primer marajá dogra de Cachemira, gobernante de dos millones y medio de súbditos sobre ciento cuarenta mil kilómetros cuadrados de uno de los más codiciados y espectaculares países del mundo.

Pero lo que más interesaba a los británicos, por encima de la belleza del paisaje, era la importancia estratégica de Cachemira como estado fronterizo. En su afán de asegurar las fronteras del norte y utilizando la amenaza de una invasión rusa a través del Himalaya como excusa, en 1870 nombraron a un oficial político en Srinagar. La consolidación del dominio fue sólo cuestión de tiempo. En 1887, el oficial político fue sustituido por un administrador residente en toda regla, dotado de suficientes poderes como para situarse por encima del marajá y cumplir plenamente la voluntad de Calcuta.

Sin embargo, cuando llegaron al paso del Pir Panjal y pudo contemplar desde allí el paisaje de abajo, nada de aquella historia política tuvo el menor interés para Emma.

Si la subida hacia el paso a través de frondosos robledos, rododendros escarlatas y plantas campanuláceas ya fue pintoresca, la contemplación del valle estuvo casi a punto de cortarle la respiración. En el paso nevaba ligeramente; el aire era fresco y quebradizo y las ráfagas de viento levantaban los copos del suelo. Emma se quitó el pañuelo de lana de la cabeza y los guantes de cuero y dejó que los copos juguetearan con su cabello. Tomando un puñado de nieve, lo sostuvo entre las palmas de las manos hasta que se le entumeció la carne mientras contemplaba admirada el panorama que se abría ante sus ojos.

—No hay en todo el mundo ningún valle con la anchura y longitud del valle de Cachemira rodeado por una cadena ininterrumpida de altas montañas —dijo Suraj Singh—. Contemplándolo hoy en día, es difícil imaginar que hace miles de años fuera un lago.

—«Rodeado por todas partes como un precioso joyel. Ciencia, altas casas, azafrán, agua helada y racimos de uva. Cosas que ni en el cielo son fáciles de encontrar...»

La cita por parte de Emma de unos versos de un poeta del siglo VI mereció la inmediata aprobación de Suraj Singh.

—Begum sahiba ha estudiado muy bien Cachemira. No es frecuente semejante erudición en una dama europea. No es de extrañar que begum sahiba se haya ganado la admiración de huzur.

¿De veras se la había ganado?, se preguntó Emma.

Durante el descenso, pudieron admirar una inmensa alfombra de hierba tejida con miles de tonalidades de verde, lavanda y oro; la vitalidad de la flora era asombrosa. Abriéndose paso entre prados, umbrosas arboledas y bosques verde esmeralda, las espumosas aguas de los riachuelos bajaban entre unas orillas cuajadas de madreselvas, jazmines, azaleas, clemátides y escaramujos. Los árboles frutales estaban en flor... manzanos, perales, albaricoqueros, cerezos y moreras. Unos ondulados campos de arrozales, azafrán y flores silvestres esmaltaban las laderas. Y por todas partes, elevándose hacia el intenso azul del cielo de aquel singular valle de eterna primavera, se veían las nevadas cumbres del Himalaya. Era como el escaparate de una tienda tan lleno de espléndidos objetos que uno no sabía qué contemplar primero. El espectáculo hizo asomar las lágrimas a los ojos de Emma.

Siempre había pensado que las descripciones leídas acerca del Valle de Cachemira eran exageradas. Ahora comprendía que no. En todo caso, la realidad había superado sus expectativas. Le parecía increíble que la gente corriente de allí pudiera llevar una existencia tan aburrida como en lugares menos privilegiados del mundo. Tanta belleza concentrada en aquel valle... le parecía una injusticia para con el resto del mundo.

—¿Begum sahiba está impresionada?

Emma asintió con la cabeza, sin poder decirle a Suraj Singh que quizá por una vez en su vida begum sahiba se había quedado sin habla.

Mientras se tomaban la última comida al aire libre de aquel viaje, a la orilla de un arroyo en un prado cuajado de violetas y narcisos, Suraj Singh le señaló las cumbres consideradas sagradas por los hindúes: el Harmukh al este y el Mahadeo al sur. Hacia el este y el norte se elevaban las cordilleras, detrás de las cuales se encontraban Zanskar, Ladakh y el gigantesco Karakorum.

—Muchas de estas cumbres jamás han sido escaladas —dijo Suraj Singh.

—Y puede que jamás lo sean —señaló Emma—. Parece impensable que unas huellas humanas puedan profanar las vírgenes laderas que muchos consideran morada de los dioses.

Cuando ya estaban llegando a Srinagar y se vislumbraba el lago Dal en cuyas orillas se levantaba la ciudad, Emma volvió a experimentar la misma inquietud que al principio.

—¿A qué distancia estamos de Shalimar? —preguntó.

—A unos veinticinco kilómetros, begum sahiba. Está situada al oeste de Srinagar, en el camino de Baramulla.

—La finca debe de ser un motivo de inmenso orgullo para mi marido.

Suraj Singh lo pensó un momento.

—Para huzur, Shalimar es algo más que un motivo de orgullo —dijo en tono pausado—. Shalimar es su vida.

Emma se sorprendió de que los ojos habitualmente inexpresivos de Suraj Singh se turbaran de repente.

Ya era casi de noche cuando llegaron a las afueras de Srinagar. Situada sobre una elevación de algo más de mil quinientos metros de altura sobre el nivel del mar, la antigua ciudad había sido fundada por el emperador budista Asoka en el siglo III. Deteniéndose en un inmenso prado, Suraj Singh empezó a reorganizar la caravana. Sharifa, su sobrina, un khidmatgar y él se quedarían con Emma en la ciudad y, a la mañana siguiente, la acompañarían a Shalimar. Los demás deberían seguir hasta la finca con el equipaje.

—¿Mi marido tiene una casa en Srinagar? —preguntó Emma, alegrándose de poder pasar la noche en la ciudad.

—No es una casa, begum sahiba, sino una casa flotante. Se llama *Nishat* y está amarrada en el Dal.

Eso le gustó todavía más. Las casas flotantes de los lagos de Cachemira, que, al parecer, habían sido inicialmente una idea del emperador mongol Akbar, tenían fama de ser muy cómodas y pintorescas.

Al llegar a la ciudad, desmontaron y prosiguieron su camino a pie, pues las estrechas calles estaban abarrotadas de gente. En las vías adoquinadas abundaban los tenderetes donde se vendía de todo. Los hombres tocados con casquetes y turbantes y vestidos con amplias túnicas miraban con descaro al grupo, pues aún no estaban acostumbrados a la presencia de mujeres blancas. Emma les devolvió la mirada sin inmutarse.

—¿Qué llevan dentro de los *phirrens*? —preguntó, señalando los vientres prominentes bajo las holgadas prendas—. ¿*Kangris*?

—Sí, begum sahiba.

El bulto daba un poco de risa, pero Emma había leído que a muy pocos cachemires se les habría ocurrido prescindir de sus pequeños cacharros de barro con carbón encendido que llevaban colgados de la cintura en el interior de unos cestos de mimbre para conservar el calor.

—¿Qué utilizan como combustible?

—*Huk*, begum sahiba... carbón hecho con madera de deriva y hojas secas de chinar. Ambas cosas arden muy bien y proporcionan mucho calor.

—¿No es peligroso llevar estufas encendidas bajo la ropa?

—Bueno, a veces ocurren accidentes —admitió alegremente Sharifa—, pero todos los niños cachemires aprenden a tener cuidado.

El aire había refrescado. Emma se arrebujó en su chaqueta forrada de piel cuando, desde un tosco embarcadero de madera, subieron por la escalera también de madera que daba acceso al *Nishat*. Las aguas del lago estaban llenas de hojas de loto y reflejaban las luces de la ciudad. Unas débiles franjas de color acariciaban todavía el horizonte occidental y las nevadas cumbres de las montañas presentaban unos rosados reflejos que les conferían el aspecto de unos conos iluminados.

Identificado por un letrero en la proa, el *Nishat* descansaba sobre las aguas. Tenía la techumbre plana y estaba formado por varias embarcaciones atadas juntas. La embarcación principal albergaba un salón de buen tamaño, dos dormitorios, un comedor y una terraza con toldo a popa y a proa. Las cocinas, los almacenes y las habitaciones de la servidumbre ocupaban las embarcaciones auxiliares colocadas costado con costado. El cómodo mobiliario, las mullidas alfombras de Ispahan, las colgaduras, las paredes cubiertas de cuadros y estanterías de libros y todas las comodidades domésticas imaginables conferían a las habitaciones un aire hogareño.

—¿Se aloja mi marido aquí muy a menudo? —preguntó Emma.

—Siempre que pasa por Srinagar —contestó Suraj Singh—. Huzur tiene muchos intereses comerciales en la ciudad.

Su equipaje había sido pulcramente colocado en el vestidor contiguo al dormitorio principal, que debía de ser la suite que utilizaba Damien durante sus visitas. A diferencia de la decoración de la casa de Delhi, allí los materiales eran ligeros, calicó estampado de flores y muebles de madera labrada de nogal del mismo color que la miel. El dosel de la cama que dominaba la estancia tenía un volante y los jarrones estaban llenos de flores primaverales. En el escritorio había un soporte para pipas tan bien abastecido como las estanterías de libros. Algunas prendas de Damien colgaban en el gran *almirá* y unas zapatillas forradas de piel asomaban de debajo de la cama. En la estancia se aspiraba el persistente olor de tabaco que Emma ya había notado en la casa de Delhi.

Le resultaba extraño encontrarse entre los efectos personales de Damien, pues en Delhi ambos no compartían habitación. Los recordatorios mundanos de la poderosa personalidad de Damien le hicieron tener presente que aquel agradable intervalo de independencia personal estaba a punto de tocar a su fin. Al día siguiente ya estaría en Shalimar, una vez más a la disposición de un extraño y una vez más obligada a asumir el papel de obediente y sumisa esposa. Por una parte, la perspectiva le hacía experimentar una especie de vacilante espera; pero, por otra, la inducía a temer las inevitables tensiones, los constantes roces y las exasperantes discusiones. ¡Y la inevitable intimidad de las noches! Tendría que estar constantemente en guardia y se vería obligada a reprimir constantemente su deseo de rebelión. Era una perspectiva deprimente; pero, al recordar que, por lo menos, el día siguiente aún sería suyo, la depresión desapareció.

Tras tomarse un baño caliente y saborear una satisfactoria comida a base de pan indio recién hecho, chuletas de cordero sazonadas con especias y fruta, Emma subió a la terraza de la techumbre de la casa flotante y allí se sentó para contemplar las estrellas reflejadas en el agua, aspirar las frescas y húmedas fragancias primaverales y absorber la sensación de una nueva cultura en un nuevo ambiente. Pero, en cuanto se hubo sentado en la silla de la terraza, se le empezaron a cerrar los párpados. Al ver que no conseguía permanecer despierta, abandonó la lucha y regresó al dormitorio. Era la primera vez en muchos días que disfrutaba de la sensación de una cama auténticamente cómoda; se quedó dormida casi en el mismo momento en que su cabeza se apoyó en la almohada.

Despertó muy temprano a una espléndida luz matinal. Al otro lado de la ventana del dormitorio, el lago resplandecía como un lienzo dorado. Unos grandes capullos de loto blancos y rosa se mecían sobre el suave oleaje mientras una asombrosa variedad de embarcaciones surcaba las aguas. Otras casas flotantes, algunas de ellas desocupadas, estaban amarradas a la orilla, a la espera de la habitual afluencia anual de visitantes. Renovada y rebosante de energía, Emma saludó el día con entusiasmo.

—Me gustaría visitar un poco la ciudad —dijo después del desayuno—, sugiero que el viaje a Shalimar se aplace un día.

Suraj Singh la miró, inmediatamente alarmado, tal como ella ya esperaba.

—Huzur ha ordenado que...

—Huzur comprenderá mi deseo de explorar Srinagar —replicó Emma—. Un día más o menos aquí o allá no importa.

Sabiendo por experiencia que las discusiones con la testaruda begum sahiba eran un ejercicio inútil, Suraj Singh capituló con su habitual cortesía y, mirándola con resignación, se ofreció a pedirle un palanquín.

—Iré a pie —afirmó Emma—. Sería absurdo no utilizar las piernas en una ciudad tan especialmente apropiada para ellas.

Sin darle ocasión de protestar, bajó corriendo a la playa.

Las estrechas y tortuosas callejuelas adoquinadas estaban bordeadas por apretujadas casas de madera de tejado puntiagudo, ventanas enrejadas y complicadas celosías que conferían a la ciudad un aire extremadamente pintoresco. En determinado momento, Emma había descubierto que en Cachemira había nada menos que setecientos jardines de estilo mongol. El más famoso de ellos, el Shalimar Baug, que había dado nombre a la finca, estaba situado a orillas del lago, al igual que otros muchos.

Puesto que disponía de tan poco tiempo, lo más que podía esperar de aquella primera visita era efectuar un apresurado recorrido por sólo uno de ellos.

—Sería injusto no dedicar a los jardines toda la atención que merecen, begum sahiba —protestó Suraj Singh cuando ella le manifestó su intención—. Hay mucho que admirar en cada uno de ellos.

—Ya tendré ocasión de hacerlo en otra visita, Suraj Singh. ¿Cree que hoy podríamos dedicar una o dos horas al Shalimar Baug?

—Si quiere echar un vistazo a las tiendas, no, pues éstas se encuentran justo en otra dirección. Tengo entendido que begum sahiba quiere comprar un regalo para huzur, ¿verdad?

Emma, que era la primera vez que escuchaba semejante cosa, se preguntó cómo era posible que Suraj Singh lo «tuviera entendido». Sin embargo, dada la embarazosa situación, no tuvo más remedio que mostrarse de acuerdo.

—Muy bien —convino, suspirando, pues no quería dar la impresión de ser una tacaña—. Supongo que tendremos que dejar el Shalimar para otra ocasión.

La mención de un posible regalo para Damien le hizo recordar el espléndido chal que éste había dejado para ella en Delhi. Ni siquiera se le había ocurrido la idea de devolverle el detalle, pero, ahora que no tenía más remedio, decidió hacerlo de buen grado.

Las pequeñas y oscuras tiendas del bazar estaban nuevamente abarrotadas de compradores. Buscando el regalo que, a su juicio, Emma debería comprar, Suraj Singh la acompañó a una tienda que, según él, sólo vendía artículos de primerísima calidad. Entraron en una casa por una puerta muy baja, cruzaron un patio y subieron una escalera de piedra hasta una clara y ventilada estancia repleta de vistosos objetos. Había chales, alfombras, piezas de cartón piedra, grabados en madera de nogal, chucherías de plata y armarios llenos de abrigos, chaquetas, phirrens y rollos de seda de todos los colores imaginables.

El propietario de la tienda, un gordinflón y semicalvo cachemir con un poblado bigote de retorcidas guías y unas pequeñas y rechonchas manos era, le dijeron a Emma, el principal asesor artístico del marajá. El hombre los recibió efusivamente con toda suerte de sonrisas y reverencias. Su nombre era Jabbar Alí, le dijo a Emma. Su familia, originaria de Bujara, se había asentado en el valle hacía varias décadas. Su establecimiento, añadió con orgullo, como los de Pestonjee y Abdoos, era conocido a todo lo largo y lo ancho del Indostán y era propiedad suya y de su hermano Hyder Alí, que no estaba presente en aquellos momentos. Una vez dadas todas las explicaciones, el hombre decidió ir al grano.

—¿Un regalo para huzur? —preguntó Jabbar Alí con entusiasmo—. Resulta que tengo precisamente justo lo que begum sahiba necesita.

Puesto que Emma no sabía exactamente lo que buscaba, esperó con regocijo lo que el astuto cachemir le iba a ofrecer. El hombre desapareció en la trastienda y salió casi inmediatamente con un estuche de cuero de gran tamaño. Sin embargo, antes de exhibir sus mercancías, instaló a su importante cliente en un mullido colchón de suelo cubierto de almohadones y dispuso que se preparara un samovar de *qahwa*, el tradicional té cachemir servido caliente y fuertemente especiado. Después abrió el estuche y sacó varias chaquetas de lana bordada. Eran sin mangas, de cuello alto y con dos bolsillos a cada lado. La lana era tan suave como la crema y los preciosos y delicados bordados de seda estaban hechos con gran habilidad. Por dentro, el forro de seda confería a las chaquetas un acabado muy elegante.

—¿Es lana pashmina? —preguntó Emma, acariciando el tejido.

—¡Por supuesto que sí! —Jabbar casi se sorprendió de que hubiera podido pensar lo contrario—. No me atrevería a ofrecer otra cosa para un caballero tan entendido como huzur.

La chaqueta era una auténtica maravilla, pero Emma no tenía ni idea de los gustos y preferencias de Damien en cuanto a colores y diseños. Ésta miró a Suraj Singh sin saber qué hacer y le mostró dos de las prendas más llamativas para que las examinara.

—La azul pálido con bordados de color blanco y azafrán —declaró Suraj Singh sin la menor vacilación—. Tal como begum sahiba habrá observado, a huzur no le gusta el color beige. Dice que el beige es para la gente beige —añadió, permitiéndose el insólito lujo de soltar una carcajada—. A huzur le encantan estas chaquetas. Por desgracia, hace poco estropeó la única que le quedaba al guardarse en el bolsillo una pipa no del todo apagada. Lamentó enormemente la pérdida.

Tras haber resuelto rápida y satisfactoriamente el asunto, Emma lanzó un profundo suspiro de alivio. La habían obligado a adquirir aquel regalo, pero, ahora que lo había hecho, se alegraba de la compra. Mientras los empleados envolvían el paquete, ella y Suraj Singh siguieron tomando el té y Jabbar Alí trató por todos los medios de tentarla con otros ofrecimientos, desde dagas a juegos de tocador. Conociendo muy bien la manera de actuar de los vendedores, Emma respondió a sus insistencias con una pregunta.

—Oh, sí, begum sahiba —contestó el hombre, alegrándose de que se lo hubiera preguntado—, la hoja de chinar y los vistosos colores siempre han sido muy utilizados por nuestros tejedores. Y también el *jigha*, naturalmente, el adorno en forma de almendra con el penacho de plumas que utilizó por primera vez el emperador mongol Babar en su turbante. Uno de los tejedores imitó el diseño en uno de los chales del monarca y al emperador le gustó tanto que éste ordenó que el motivo fuera copiado en todo el Indostán y en Persia.

Halagado por el sincero interés de Emma, el propietario de la tienda le explicó que el arte del tejido en Cachemira se remontaba cuatro mil años atrás y se había utilizado con diversos fines, y que las tiendas reales del marajá Ranjit Singh, por ejemplo, estaban hechas con chales *kani* y *jam-e-war*.

—De hecho, nuestros chales de Cachemira se pusieron muy de moda en Europa cuando Napoleón adquirió muchos para la emperatriz Josefina cuando invadió Egipto.

Una vez finalizada la transacción —y la obligada charla, sin la cual ninguna venta se consideraba completa en la India— Emma y Suraj Singh se levantaron para marcharse.

—En mi nombre y en el de mi hermano ausente Hyder Alí —dijo Jabbar Alí, bajando reverentemente la voz—, doy la enhorabuena a begum sahiba y a huzur en ocasión de sus nupcias. *¡Mahshallah!* Es verdaderamente un matrimonio hecho por los ángeles del cielo.

«O más bien —pensó Emma con una sonrisa de regocijo mientras salía a la soleada calle— ¡por los demonios del otro sitio!»

9

¡Shalimar!

Las altas verjas de hierro forjado pintadas de negro se levantaban entre dos pulcras garitas cubiertas de plantas trepadoras y florecitas blancas. Se abrieron sin chirriar para recibir la comitiva mientras los vigilantes vestidos con librea se inclinaban en reverencia para ofrecerles su saludo. Emma miró entre las cortinas de su palanquín, pero no pudo ver gran cosa desde su recóndito asiento. En esta ocasión, y para gran alivio de Suraj Singh, Emma no había rechazado el uso de aquel odiado trasto. Cualesquiera que fueran los sentimientos que le inspiraba Damien, Emma reconocía que el hecho de que su flamante esposa llegara montada a horcajadas en una cabalgadura no habría sido muy decoroso. Tanto si huzur lo aprobaba como si no, la tradicional y conservadora servidumbre de la casa seguro que no lo hubiera aprobado, y ella no quería agravar sus problemas empezando su nueva vida con mal pie.

Por lo poco que podía ver a través de la abertura, el tortuoso camino de la entrada estaba bordeado de *chinars* en medio de un prado de un verde asombroso. Unas flores de alto tallo tan grandes y abiertas como plumeros saludaban desde unos pulcros parterres, en los que los apiñados capullos de color de rosa, amarillo limón y blanco marfil casi asfixiaban las ramas cubiertas de brotes. Sobre el trasfondo de un coro de gorjeos de aves, los gamos pacían, las regordetas ardillas de color castaño subían y bajaban sin cesar por los retorcidos troncos de los árboles y un ejército de jardineros interrumpía sus tareas para contemplar el paso de la comitiva sin el menor disimulo.

Al final, el palanquín se detuvo. Alegrándose de poder abandonar aquel reducido espacio, Emma se anudó un pañuelo a la cabeza y bajó a un pórtico sostenido por columnas. A ambos lados de los peldaños de piedra que conducían a una puerta de doble hoja con cristales de colores se alineaban en tres filas varios hombres, mujeres y niños que guardaban un respetuoso silencio y miraban al suelo. Cuando ella empezó a subir, se inclinaron al unísono en una reverencia.

—¿Quiénes son estas personas? —le preguntó nerviosa Emma a Sharifa, respondiendo al saludo con las manos cruzadas, una inclinación de cabeza y una sonrisa.

—La servidumbre de huzur y sus familias, que viven y trabajan en la finca. Han venido a presentar sus respetos a la esposa de huzur.

Pero Emma observó que de huzur no se veía ni rastro.

En su privilegiada posición de doncella personal de la señora de la casa, Sharifa empezó a dar autoritarias órdenes y todos se retiraron para cumplirlas. Mientras descargaban el equipaje, Suraj Singh cruzó con Emma la entrada y ésta oyó algunos de los comentarios en voz baja.

—Tiene la piel morena —susurró una mujer en urdu.

—Si no fuera tan alta —contestó otra—, casi podría hacerse pasar por una de nosotras.

—Bueno, a lo mejor no es una feringi —señaló una tercera—. Desde luego, no es tan guapa como las otras.

¡Las otras! Emma se mordió el labio, inclinó la cabeza y entró rápidamente en la casa. El vestíbulo de la entrada, de techo muy alto y considerables proporciones, tenía un reluciente suelo de parqué parcialmente cubierto por alfombras de Bujara con motivos geométricos. Emma tuvo una fugaz visión de pasillos que se abrían en todas direcciones, grandes ramos de flores en brillantes jarrones de bronce, tapices y cuadros sobre pálidas paredes, muebles delicadamente labrados en color castaño oscuro con matices granates y suave nogal entre retazos de mantecoso sol primaveral. En medio de la serena frialdad, todo le produjo una primera impresión de buen gusto, elegancia y sobria riqueza. En la alfombrada escalinata de madera, unos bruñidos jarrones de cobre con hojas de helecho parecían bailarines de un ballet; varias fotografías enmarcadas punteaban las paredes. En el rellano del primer piso, un barrigudo mandarín de porcelana sonreía astutamente desde una mesita, como si estuviera al corriente de lascivos secretos.

El apartamento de Emma, situado al fondo del rellano, parecía ocupar por lo menos la mitad de la superficie del piso. El bien ventilado salón rectangular miraba al sudeste y estaba inundado de luz. En contraste con la abrumadora opulencia de la casa alquilada de Delhi, allí la discreción y la serena moderación constituían un descanso para la vista. Tanto el diseño del mobiliario como el de los accesorios era delicado y en tonos pastel; los distintos objetos antiguos de marfil, bronce y porcelana, dispuestos con mesura y comedimiento, contribuían a crear una atmósfera de refinada distinción. Hasta las llamas de la chimenea ardían con serena compostura. El aire estaba ligeramente perfumado. Todo daba la impresión de un hogar en el que se vivía efectivamente... un hogar, recordó Emma consternada, del cual ella era ahora la dueña y señora. Un espacioso dormitorio, un vestidor y un cuarto de baño con todos los más modernos accesorios se abrían a un sencillo salón. Una puerta vidriera daba acceso a un balcón. Más allá del dormitorio había una estancia más pequeña inundada de luz que dejó a Emma boquiabierta de asombro.

—Huzur ordenó la preparación de un estudio para begum sahiba —explicó Suraj Singh—. Si algo se hubiera pasado inadvertidamente por alto, tengo orden de rectificar la omisión.

Emma lo contempló todo desde la puerta. Un escritorio. Dos armarios con puertas de cristal. Una estantería giratoria de libros, estantes en las paredes, cuadros, un sillón giratorio, una mullida alfombra de pelo, cortinas de terciopelo, más espacio del que ella hubiera podido imaginar en su vida o del que jamás había tenido a su disposición... de hecho, era el lugar de trabajo con el que siempre había soñado.

Estaba abrumada por la emoción.

En conjunto, el apartamento era precioso. Pero lo que de verdad le infundía vida era el panorama que se divisaba a través de los grandes ventanales que cubrían toda la longitud de la suite. Las verdes laderas del exterior bajaban a un valle cubierto por un centón de campos de cultivo. Al fondo, unos tejados de pizarra asomaban por detrás de árboles verde botella y una cascada de altos rododendros. El color estallaba por doquier; distintos matices de amarillo, rosa y canela se mezclaban entre sí, tintes de un gigantesco manto estampado. Una profusión de flores silvestres cubría una parte del valle en cuyas profundidades brillaban las aguas de una corriente de color verde lima. Y más allá, en la lejanía, con su majestuosa y cegadora blancura, recortándose contra un cielo de color zafiro, se elevaba el guardián de Cachemira, el Himalaya, morada de la nieve.

¡Y todo aquello sería lo que ella vería cada mañana al despertar!

El rumor de un carraspeo la devolvió a la realidad. Intuyendo su tácita pregunta, Suraj Singh movió los pies y bajó la vista al suelo.

—La servidumbre me ha comunicado que huzur está ausente.

Emma ya lo había medio adivinado, pero la confirmación le causó una fuerte punzada de algo. ¿Alivio? ¿Decepción?

Estudió el turbado rostro de Suraj Singh.

—¿Usted no sabía cuando llegamos que él todavía no había regresado?

—Confiaba en que ya hubiera regresado.

—Regresado, ¿de dónde?

—De Leh. Huzur se ha trasladado allí para recibir una partida de lana que esperaba urgentemente.

—¿Se fue directamente desde Delhi?

—Sí. —Suraj Singh le entregó un sobre—. Esta carta ha llegado de Leh con un correo. Puede que contenga más explicaciones.

La esencia de la discreción, como siempre. Suraj Singh la dejó con la carta y se situó al otro lado de la puerta.

El sobre no estaba dirigido a su nombre sino a «Begum Sahiba». La nota del interior sólo contenía unas pocas frases.

Un asunto de negocios me ha obligado a retrasarme, pero regresaré en cuanto pueda. Suraj Singh sabe que tiene que atender todos tus deseos cual si fueran órdenes. Toda la servidumbre está a tu entera disposición. Te ruego que la utilices como gustes. Pido disculpas por mi ausencia.

La carta estaba firmada con las iniciales «D.G.». No había más explicaciones. La involuntaria decepción desapareció y fue sustituida por una profunda sensación de alivio. ¡Unos cuantos días más de bendita independencia!

—Para eso hemos cumplido la orden de huzur de venir aquí a toda prisa —comentó agriamente cuando Suraj Singh volvió a entrar en la estancia.

—Las órdenes que me dio huzur en Delhi estaban muy claras —repuso obstinadamente éste—. No se podían desobedecer. —«Las órdenes de huzur» era una expresión que Emma estaba empezando a odiar con toda su alma—. ¿Begum sahiba aprueba el apartamento?

Al ver el afán de complacerla de Suraj Singh, Emma reprimió una mordaz respuesta y esbozó una sonrisa.

—¿Cómo no iba a aprobarlo? Raras veces he visto una suite con tantos detalles agradables y jamás he vivido en ninguna que se le pueda comparar.

Suraj Singh se acercó a una puerta del fondo del salón y la abrió de par en par.

—El contiguo apartamento de Huzur. Como es natural, begum sahiba es libre de hacer de él el uso que desee.

Emma asintió con la cabeza, pero no hizo el menor ademán de entrar. Una vez superadas las tensiones de la llegada, se sentía repentinamente cansada. Comprendiendo que el siempre atento Suraj Singh, que había cumplido mil tareas y tenía otras mil por cumplir, también debía de estar muy cansado, lo despidió junto con las doncellas. Cerrando la puerta a su espalda, se sentó en un canapé y apoyó la cabeza en el respaldo.

Se pasó un rato saboreando el ambiente que la rodeaba, aspirando el perfumado aire, disfrutando de la caricia del sol sobre sus mejillas y admirando el panorama. Después, se quitó las sandalias, paseó descalza por la habitación para disfrutar de la cálida suavidad de las alfombras, la delicadeza de los accesorios y el susurro del tafetán mientras corría y descorría las cortinas. Saboreando a manos llenas el insólito don del espacio ilimitado, examinó los cajones y los estantes de los almirás del vestidor y volvió a admirar el espectáculo de las montañas, tendiendo mentalmente las manos para sentir en sus dedos la frialdad de la nieve. Al final, sin poder contener su curiosidad, abrió la puerta de comunicación entre ambos apartamentos y entró en el de Damien.

Por su forma y dimensiones, era un reflejo idéntico del suyo, pero su aspecto era muy masculino. El salón estaba amueblado con sillones de cuero, sencillos accesorios de color tierra y bien surtidas estanterías de libros. Sin ser austero, el apartamento tenía un aire de seriedad, de función práctica más que de voluntad estética. Unas vaharadas de un aroma de tabaco ahora ya conocido y un narguile de plata junto a la chimenea acentuaban el toque masculino. A pesar de la ausencia de Damien, la chimenea estaba encendida, puede que en previsión de un inesperado regreso.

Las estancias contenían muchas de las pertenencias de Damien que Emma recordaba de la casa de Delhi. De una percha de la puerta del cuarto de baño colgaba su bata de seda; al lado del lavabo descansaba una pipa de espuma de mar, medio vacía y olvidada. Un reloj de bolsillo, al que Hakumat debía de dar cuerda diariamente a pesar de la ausencia de su amo, descansaba sobre la cómoda, haciendo suavemente tictac. En un almirá de caoba de paneles labrados, puerta de doble hoja y espejo colgaba el traje gris que Damien llevaba en la boda.

Una puerta del dormitorio comunicaba con el pequeño estudio de

Damien gemelo del suyo. La puerta no estaba cerrada. Lo que inmediatamente llamó la atención de Emma fueron toda una serie de fotografías familiares enmarcadas en cartón piedra en un estante situado detrás del escritorio. Un caballero de buena figura vestido con uniforme del Ejército y tocado con un airoso sombrero permanecía de pie en posición de firmes junto a una tienda rodeada por los árboles de un bosque. ¿Edward Granville? Era un hombre apuesto de mirada severa y penetrante, pero sus facciones no se parecían en absoluto a las de su hijo. Las otras dos fotografías eran de Damien con su padre después de una batida de caza, sosteniendo el rifle responsable del montículo de perdices que tenía a sus pies, y, la otra, con chaqueta, pantalón y corbata sobre el fondo de un triste edificio de estilo gótico... ¿su escuela de Inglaterra? En la fotografía se observaba una tercera figura, un muchacho de aproximadamente la misma edad que Damien, también con el uniforme de la escuela. Emma contempló la juvenil imagen de su marido. El desgarbado y anguloso colegial de rígido cuello, melancólicos ojos y tímida sonrisa era tan distinto del hombre tan seguro de sí mismo que ella conocía que a duras penas podía establecer un nexo entre ambas imágenes. No había ninguna fotografía de la difunta señora Granville.

En una inclinada mesa de dibujo había varias cajas de plumas de caligrafía y toda una serie de instrumentos artísticos. Los estantes contenían varios libros dedicados al tema del tejido de la lana y los chales, la flora, la fauna y la historia local. Un álbum de gran tamaño de papel de seda guardaba unos complicados diagramas y dibujos pintados a mano. La correspondencia estaba clasificada por orden alfabético en unos casilleros mientras que, en otros estantes, había varias gruesas carpetas amontonadas.

En medio de los recuerdos personales de un hombre al que ella seguía considerando un enigma, Emma se sintió súbitamente fuera de lugar, como si hubiera penetrado en territorio prohibido. Rápidamente abandonó la estancia y el apartamento y regresó al suyo. Sin saber qué hacer, entró en su estudio. Apoyada en una esquina del escritorio, contempló las distantes montañas iluminadas por el reflejo de una rojiza luz mientras el sol poniente se ocultaba en las nevadas hondonadas y la noche azul añil descendía sobre la cordillera.

La creciente oscuridad aceleró una sensación de insólita autocompasión. A pesar de lo grata que le resultaba la soledad, la ausencia de Damien le parecía humillante. El hecho de que éste no estuviera allí para darle la bienvenida a su nueva casa era un acto de imperdonable falta de delicadeza. Criada en un modesto ambiente en el que la escasez de dinero era un hecho cotidiano, se sentía impresionada e intimidada por aquella opulenta y elegante mansión que ahora tendría que gobernar. No conocía las costumbres de la casa y no sabía nada de sus residentes. ¿Cuáles serían exactamente sus obligaciones en un lugar ya organizado y perfectamente atendido? ¿Cómo debería comportarse y quién iba a decirle lo que estaba bien y lo que estaba mal? Si no otra cosa, la presencia de Damien la hubiera ayudado a superar las inevitables situaciones incómodas de los primeros días.

¿No se le había ocurrido a Damien pensar en nada de todo aquello cuando se había ido de Delhi sin volver tan siquiera la cabeza?

Sintiéndose desesperadamente sola e incluso abandonada, Emma notó que se le llenaban los ojos de lágrimas. Deslizó un pulgar por los limpios y rectos perfiles del escritorio y parpadeó con impaciencia para librarse de las lágrimas. Cerrando los ojos, trató de imaginarse trabajando en su nuevo escritorio. A pesar del cariño que le tenía y de lo mucho que lo había utilizado, el estudio de Khyber Khoti que había heredado de su padre no resultaba adecuado y carecía de espacio de almacenamiento y de superficies de trabajo suficientes. En cambio, allí no tendría ninguna limitación.

En su imaginación y detrás de los párpados cerrados, ordenó el estudio a su gusto. Cubrió la superficie del escritorio con los papeles de su padre; a su derecha colocó un montón de libros de referencia al lado de mapas, gráficos y diagramas; detrás hizo un hueco para sus fotografías familiares preferidas. En las vitrinas del fondo colocó la valiosa colección de reliquias budistas de su padre recogidas en lejanos e ignorados monasterios budistas —imágenes e iconos, rollos de corteza de abedul, *tankhas*, lámparas de aceite, instrumentos rituales y de adoración— pulcramente etiquetadas, ordenadas e identificadas. Los cajones de la cómoda resultaban perfectos para la colección de dibujos y fotografías de su padre. Los libros, catalogados y registrados, encajaban perfectamente en los numerosos estantes del estudio. Finalmente, colocó la mesita del rincón al lado del escritorio y en ella instaló su queridísima máquina de escribir.

Aquel gráfico ejercicio de fantasía resultó muy saludable, pues confirió un toque de realidad al momento y la ayudó a centrar la mente. Rodeada una vez más por sus objetos familiares, recuperó el equilibrio y el sentido de su propósito. Apartándose del escritorio, se sacudió de encima el desánimo y tiró de la cuerda de la campanita que tenía al lado del escritorio. Cuando apareció Sharifa, le pidió que le preparara un té al limón, agua caliente para un reconfortante baño y una cena ligera de caldo vegetal, tostadas y fruta, y ordenó que se encendieran los candelabros y las lámparas de queroseno.

Al día siguiente empezaría a reorganizar su vida y sus proyectos. Aquella noche, se prometió a sí misma, no pensaría ni soñaría con Damien.

Y no lo hizo.

Descansada y rebosante de energía, se despertó literalmente con los pájaros. Una pareja de graciosas aves azules y amarillas revoloteó contra los cristales de la ventana, emitiendo estridentes ruidos que Emma interpretó como una petición de desayuno. Las lejanas montañas estaban cubiertas por la anaranjada luz del amanecer. Un primer rayo de sol tocó una cumbre y la encendió; a continuación, como si fuera una cerilla, el fuego prendió en toda la cordillera y la hizo estallar en llamas. Levantándose de la cama, abrió la ventana, arrojó un puñado de galletas al aire fresco de rocío y se rio al oír el estridente alboroto de la pelea de abajo.

Se bañó, tomó un típico desayuno inglés consistente en gachas de avena, huevos y queso fresco de la granja, y empezó a deshacer los baúles. Mientras ella colocaba los libros y los papeles en el escritorio y las estanterías, Sharifa clasificó la montaña de ropa sucia acumulada durante el viaje y la envió a la casa dhobi por medio de su hijo Hakumat. Emma observó que el chico era muy bien educado, de ágiles dedos, reposada inteligencia, energía desbordante y afán de complacer. Tras haber organizado y ordenado un poco el apartamento, Emma mandó llamar a Suraj Singh y se declaró dispuesta a recibir a los criados que aguardaban para ser presentados.

Aparte de los que trabajaban en la casa, la finca tenía un considerable número de empleados: Brentford Lincoln, el euroasiático administrador de la finca y su equipo de colaboradores; los trabajadores del campo y los jardineros; los lecheros; los responsables del dispensario; los criados que desempeñaban las distintas tareas, muchos de ellos con mujeres, maridos y familia. Los tejedores de la aldea del exterior de la finca constituían una comunidad aparte que sería visitada más tarde. Emma hizo preguntas y comentarios e intentó desempeñar el papel de castellana con el mayor donaire posible. Pero, en su fuero interno, estaba consternada. ¿Cómo llegar a conocer individualmente a cada una de aquellas personas, tal como se esperaba que hiciera?

¡Y tanta gente para servir a un solo hombre! Aquel pensamiento involuntario le llenó el corazón de una inesperada tristeza.

Una vez cumplido su primer e imprescindible deber, ya era hora, le dijo Suraj Singh, de que efectuara un recorrido por la casa. El edificio, no tan grande como inicialmente le había parecido, estaba construido de forma simétrica, con dos alas divididas por un salón de paredes revestidas de madera en el primer piso y por un comedor en la planta baja. Ambas alas contenían toda una serie de largos pasillos y estancias de alto techo. El ala norte estaba cerrada. En la parte de atrás, a cierta distancia de la casa, se encontraban los cuartos de los criados, la lechería, las cocinas, el almacén y las casas dhobi, tal como se llamaban los cuartos de los lavaderos en la India. Los graneros, las cuadras, la cochera y otras dependencias se encontraban en la parte oeste, entre los vergeles y el edificio principal. La cocina y la despensa estaban impecablemente limpias bajo la supervisión del primer cocinero, un brahmán cachemir, mientras que las demás despensas contenían toda una serie de grandes tinajas de arroz, trigo, lentejas y una variedad de cereales que no criaba gorgojos. Los despachos de la finca, le explicó Suraj Singh, se encontraban a cierta distancia de la casa y ocultos de la vista por unos plátanos.

Estudiada más de cerca, pensó Emma, la casa tenía un aspecto que ella no había apreciado en sus brumosas impresiones de la víspera. Lo que había interpretado como una agradable tranquilidad era, en realidad, algo muy distinto, una sensación de apatía y deterioro. Muy bien amuebladas y cuidadosamente arregladas, las estancias de la casa eran algo así como unos fríos e impersonales escaparates en honor de los viandantes, una especie de salas de espera en las que nadie esperaba. Los salones y las salas de visita sonaban a hueco, como unos caparazones de moluscos en los que resonaran los ecos de lejanos y olvidados mares. Un sudario de melancolía lo envolvía todo tan inevitablemente como el penetrante aroma de los pinos. Las motas de polvo que danzaban en los rayos de sol constituían el único movimiento en un petrificado mundo despojado de vida.

Pero, al mismo tiempo, se respiraba en las estancias una extraña y casi espectral sensación de expectativa. El gran piano Steinway de la sala de música, desafinado desde hacía tiempo, suplicaba en silencio que alguien lo tocara. Los soportes de los rígidos tacos y la mesa de billar que nadie tocaba desde hacía tantos años parecían preparados para el comienzo de la partida. En la reluciente mesa de caoba para veinticuatro comensales, que llevaba décadas sin ser utilizada, las velas pedían el roce de una cerilla para cobrar vida, y lo mismo ocurría con las arañas de cristal, mientras que el salón de baile parecía estar aguardando un simple acorde para que los tacones empezaran a golpear el suelo y se iniciara el baile.

Una vez más, Emma tuvo la involuntaria visión de un hombre sentado y comiendo solo en su apartamento, rodeado por un ejército de criados y varias capas de silencios ininterrumpidos; y, una vez más, algo inesperado pareció tirar de su corazón.

El recorrido finalizó en el sótano, hábilmente construido en una pared rocosa que servía de bodega y de frigorífico natural para el almacenamiento de los productos perecederos de la finca. Cuando volvieron finalmente a subir a la planta baja, Emma se giró para seguir hacia la izquierda y se encontró con una reja cerrada con un candado.

—Los apartamentos de este pasillo estaban ocupados por burra huzur y su esposa —explicó Suraj Singh en respuesta a su pregunta—. Por desgracia, el parqué está totalmente carcomido y resulta muy inseguro. Huzur mandó cerrar el pasillo cuando un criado se cayó y se rompió una pierna. Cualquier día de éstos, estoy seguro de que huzur encontrará un momento para pensar en arreglarlo.

La parte cerrada de la casa, pensó Emma, se encontraba situada directamente debajo de su apartamento del primer piso.

—¿Me ha dicho usted que mi marido se encuentra en Leh esperando la llegada de una partida de lana?

—Sí, begum sahiba.

—¿La pashmina para los tejidos procede de Leh?

—Bueno, procede de las montañas. Huzur la suele recibir personalmente para comprobar que tenga la calidad exigida.

Emma estaba a punto de comentar que su hermano se encontraba acantonado en Leh, pero, recordando la hostilidad entre Damien y David, prefirió no decir nada.

—Creo que hubo un tiempo en que la única manera de conseguir esta lana consistía en recogerla en el altiplano del Tíbet, ¿verdad?

—Sí, begum sahiba, pero ahora es más fácil contratar a gente de las tribus para que haga el trabajo, pues es la que mejor conoce las montañas.

—¿Trasquilan las cabras salvajes?

—No es necesario trasquilar las cabras monteses. En invierno les crecen unas capas de pelo en el vientre. Cuando el tiempo mejora, se desprenden de este pelo restregándose contra las rocas y los arbustos espinosos. Este pelo desechado es el que recoge la gente de las tribus para su posterior entrega en Leh.

—Pero las cabras de aquí también deben tener pelo, ¿verdad?

—Sí, pero de inferior calidad. Burra huzur trató de criar cabras monteses aquí, pero, como no hacía tanto frío, a los animales no les crecía este pelo adicional y el experimento fracasó. En cambio, tuvimos cierto éxito en el cruce de cabras monteses con las nuestras. El pelo que producen no es tan fino como la pashmina o el shatush, pero también hay cierta demanda de chales de calidad media que son relativamente baratos.

—Pues a mí me interesa mucho el proceso de producción de estas preciosas prendas. ¿Cuándo iremos a la aldea de los tejedores?

—Esta tarde después del almuerzo, si begum sahiba lo desea.

Estaban bajando por un largo pasillo tras haber recorrido otros de longitud similar, y Emma hizo un comentario al respecto.

—En total, hay unos ochocientos metros de pasillos en los tres pisos de la casa —le dijo Suraj Singh.

—¡Santo cielo! ¿Y usted los ha medido?

—Sí, begum sahiba.

—¿Con una cinta métrica?

—No, begum sahiba. Con mis pasos.

Perpleja, Emma estaba a punto de hacer otra pregunta, pero se dio cuenta de que Suraj Singh se sentía un poco incómodo con aquel tema, tal vez a causa de su cojera.

—Qué ingenioso —comentó sin añadir nada más.

Después de un sencillo almuerzo, Emma se puso su atuendo de montar en preparación para su visita a la aldea de los tejedores. Era un recatado modelo pensado para montar a mujeriegas; comprendiendo que el hecho de socavar la dignidad de Damien en la finca equivaldría a socavar la suya propia, decidió llegar voluntariamente a un compromiso. Y, por respeto a las costumbres locales, se cubrió una vez más la cabeza con un pañuelo.

Se encontraban a medio camino de las cuadras cuando Hakumat les dio alcance corriendo para anunciarles la llegada de una visita.

—¿Una visita? —Con cierto asombro, Emma leyó la tarjeta que le acababa de entregar el mozo—. ¿Quién es la señora Chloe Hathaway?

—La señora Hathaway es una viuda residente en Sriganar —contestó Suraj Singh—. Su marido, que murió hace tres años, era funcionario de Hacienda y amigo de huzur.

—Bueno pues, si se ha tomado la molestia de venir desde tan lejos, supongo que será mejor que la reciba. Dígame, Suraj Singh, ¿es costumbre en el valle hacer visitas sin previo aviso?

—No, begum sahiba, no es costumbre. —Suraj Singh estaba muy perplejo—. Pero es que la señora Hathaway no es una dama que se preocupe demasiado por lo que es costumbre y lo que no.

—¿De veras? —En los ojos de Emma se encendió un destello de interés—. ¡En tal caso, es absolutamente necesario que reciba a la pobre señora! Aparte de ser mi primera visita, una mujer que no se preocupa por las costumbres es muy de mi agrado.

Cuando momentos después entró en la sala de visitas —tras haberse cambiado y puesto un vestido y unas sandalias—, Emma se detuvo en seco a causa de la sorpresa. Por una razón inexplicable, había pensado que la señora Hathaway era una mujer entrada en años; ahora vio que se había equivocado de medio a medio. La persona que tenía delante no sólo era joven sino también asombrosamente guapa... nada que ver con una «pobre señora». La alta y esbelta figura estaba muy bien proporcionada, su peinado era muy elegante y el vestido azul de impecable corte y ribetes de encaje de Bruselas seguía la última moda. Sus rosados y carnosos labios se curvaban en una encantadora sonrisa y las perfiladas cejas hábilmente depiladas formaban unos arcos perfectos. De hecho, el impecable atuendo de la señora Hathaway no hubiera desmerecido ni siquiera en los más elegantes salones de Londres y París. Por un instante, Emma se quedó petrificada. Después recuperó rápidamente la compostura y la cortesía, sonrió, alargó la mano y se adelantó.

—¿Señora Hathaway? Soy Emma Wyn...mmm... Granville. —La metedura de pata la hizo ruborizarse ligeramente—. Le agradezco que me haya visitado. Estoy encantada de conocerla.

Chloe Hathaway estrechó su mano entre las frías palmas de las suyas y la sometió a una profunda y prolongada mirada. Al final, terminó su examen y la sonrisa de sus labios se ensanchó.

—Gracias. Tengo entendido que Damien no está, ¿verdad?

Como era de esperar, su voz estaba tan bien modulada como su aspecto.

—Sí, pero espero su regreso cualquier día de éstos —contestó Emma sin dejar de sonreír.

—¡Vaya, hay que ver cómo es este hombre! —La señora Hathaway se sentó con gran donaire en un sillón de orejas y dejó que el chal de encaje le resbalara de los hombros—. Prometió ir a verme cuando regresara de Delhi, pero se fue de nuevo sin decir ni pío. Juro que le diré unas cuantas palabritas cuando lo vea. Y usted tiene que hacer lo mismo, querida —le aconsejó severamente a Emma—. Ni siquiera a Damien se le puede perdonar que abandone a su flamante esposa a los tiernos cuidados de una casa vacía.

—De vacía nada, señora Hathaway —replicó Emma medio riéndose para disimular su turbación—. Calculo que la cantidad de gente que hay en Shalimar equivale por lo menos a un tercio de los habitantes de Srinagar. Resulta que Damien se fue a Leh por un asunto urgente, directamente desde Delhi sin regresar a casa.

Mientras lo decía, se preguntó por qué demonios se molestaba en disculpar a alguien que tan poco se lo merecía.

—Bueno... los asuntos de Damien siempre son urgentes —dijo Chloe Hathaway, rechazando alegremente la excusa—. Yo que usted, querida, no me creería todos los pretextos de este hombre... puede creerme, tiene un auténtico arsenal y algunos de ellos son un prodigio de ingenio. Pero en fin —Chloe Hathaway sonrió, dejando al descubierto su blanca e impecable dentadura—, me alegro de haberla conocido finalmente, señora Granville. Tras haber oído hablar tanto de usted, confieso que me moría de curiosidad... lo cual explica mi descortés presencia aquí sin previo aviso.

—¿Había usted oído hablar de mí? ¿Quién le había hablado, y perdone que se lo pregunte?

La risa de Chloe Hathaway, tan musical como unos cascabeles, era tan seductora como todo lo suyo.

—¡Ah! Eso sería una indiscreción... pero tenemos amigos comunes en Delhi. —Dudó un instante, pero, al final, cedió—. En realidad, los Price, Reggie y Georgina, entre otros. Creo que usted los conoce, ¿verdad?

Emma asintió con la cabeza, ¡imaginando las historias que éstos le habrían contado a la señora Hathaway! Se volvió para tirar de la cuerda de la campanita, pero Hakumat, que vigilaba discretamente desde algún lugar, apareció en la puerta sin necesidad de que lo llamaran. Sin saber exactamente qué pedir, Emma se limitó a decirle que sirviera té y un refrigerio. Experimentó un momento de incertidumbre, preguntándose qué prepararía el cocinero sin haber recibido órdenes concretas, pero después decidió encomendar el té al destino y centró toda la atención en su visitante.

—¿Y cuáles son sus primeras impresiones de Cachemira? —le estaba preguntando la señora Hathaway—. ¿Ya se ha enamorado usted del valle tal como por lo visto le ocurre a todo el mundo... o acaso echa de menos el tiovivo social de Delhi?

—Puesto que llegué ayer, sería una presunción por mi parte expresar una opinión categórica —contestó Emma—, pero ya me doy cuenta de lo fácil que me resultaría entregar mi corazón a Cachemira. En cuanto al tiovivo de Delhi tal como usted lo llama, no lo he hecho de menos en absoluto y dudo mucho que eso me suceda en algún momento.

—¿Y la finca? ¿Qué piensa del Shalimar de Damien?

—Eso tampoco he tenido tiempo de explorarlo. De hecho, estaba a punto de que me acompañaran en un recorrido por la finca cuando me anunciaron su visita.

Chloe Hathaway tomó nota del comentario sin inmutarse.

—Bueno pues, es un lugar que a mí siempre me ha encantado —señaló—. Este orden, esta intimidad, esta celestial soledad... tan apartada de la suciedad y el bullicio de Srinagar.

—¿Conoce usted bien Shalimar? —preguntó Emma, tratando de calibrar a su visitante sin que se notara.

Vista más de cerca, era mayor de lo que al principio le había parecido. Una red de finas arrugas le surcaba las comisuras de los ojos cada vez que sonreía. El intento de ocultarlas con afeites era ciertamente muy hábil, aunque no lograra enteramente su propósito.

—Por supuesto que sí. —La señora Hathaway abrió mucho los ojos, sorprendida por la pregunta—. Casi podría decir que conozco la finca palmo a palmo. Era uno de los lugares preferidos de Claude, ¿sabe usted?

Suponiendo que Claude era su difunto y puede que no excesivamente llorado esposo, Emma musitó unas palabras de comprensión y después preguntó:

—¿Y usted ha decidido quedarse en Srinagar porque le gusta el país?

—Bueno, los lugares los hacen los amigos, ¿no cree? A pesar de lo mucho que me gustan Delhi, Calcuta y Simla, tras la muerte de Claude me resultó imposible abandonar un lugar donde tan buenos amigos tengo.

—Claro, comprendo que no pudiera hacerlo —convino Emma, preguntándose sin demasiada simpatía si Damien también estaría incluido en la lista—. Mi marido suele decir que le sería imposible vivir en otro sitio.

—Bueno, es que Damien está loco perdido por su Shalimar... y no se le puede reprochar, ¿verdad, querida?

Al ver que la señora Hathaway miraba hacia la puerta, Emma hizo lo propio y vio a Suraj Singh acompañando al interior de la estancia a una alta figura.

—¿Me permite presentarle a un querido amigo, señora Granville? —preguntó Chloe Hathaway, que evidentemente ya esperaba la llegada del nuevo visitante—. No estaba muy segura de que nuestro amigo accediera a venir, por eso no le he dicho nada antes. Ambos regresábamos de Baramulla y a mí se me ocurrió la idea de detenerme y presentarle mis respetos. Él temía molestar y ha insistido en esperarme fuera, pero ahora me complace que haya cambiado de parecer. A lo mejor ya conoce usted la fama de Geoffrey.

¡Geoffrey Charlton!

—Por supuesto que sí. —Pillada por sorpresa, Emma se sintió un poco incómoda—. La verdad es que me alegro muchísimo... de poder conocer finalmente al señor Charlton.

—¿Finalmente? —preguntó Charlton, estrechando su mano a la espera de que le aclarara el sentido de sus palabras.

—Bueno, es que he leído sus artículos en el *Sentinel*, naturalmente —le explicó Emma emocionada, procurando no parecer una ingenua muchacha—. Su serie más reciente sobre Asia Central era admirablemente ilustrativa. Y me encantó su conferencia con diapositivas en Delhi.

Charlton esbozó aquella tímida y juvenil sonrisa que ella recordaba tan bien.

—Gracias por sus elogios, señora Granville. No estoy muy seguro de merecer sus alabanzas, pero, dada mi naturaleza deplorablemente humana, no puedo negar que me complace recibirlas. —La sonrisa se transformó en una expresión de leve inquietud—. Confío en que usted no considere una grosería mi inesperada aparición, señora Granville. En caso afirmativo, le suplico que me perdone.

—¡Por supuesto que no lo considero así! —exclamó Emma—. Más bien le agradezco a la señora Hathaway que haya conseguido convencerle de que la acompañara, señor Charlton. A lo mejor, ahora tendré ocasión de hacerle todas las preguntas que hubiera querido formularle en Delhi y no pude.

—Geoffrey estará encantado de respondérselas, se lo aseguro —señaló la señora Hathaway con una pizca de coquetería—. Es más, se moría de ganas de conocerla, ¿verdad, querido? —Sin esperar la respuesta de Charlton, Chloe Hathaway se volvió de nuevo hacia Emma—. Se lo advierto, querida, Geoffrey tiene fama de seducir con su encanto a las hembras de la especie con descarada facilidad. A los únicos a quienes semejante habilidad no les resulta divertida es a los hombres, naturalmente. Su encanto no tiene para ellos la menor gracia.

¿Geoffrey Charlton se moría de ganas de conocerla? Inmensamente halagada, Emma se ruborizó. No sabía qué decir.

—Chloe exagera, como siempre. —Charlton aprovechó la broma para terciar en la conversación con la mayor soltura. Estaba claro que ambos se conocían muy bien—. Pese a ello, tengo que declararme culpable de la acusación. Tras haber tenido el honor de conocer al doctor Wyncliffe en el valle de Zanskar, estaba deseando conocerla, señora Granville. Como a todo el mundo, la noticia de su prematura muerte me dejó consternado.

Ambos dedicaron un momento a hablar del padre de Emma y después, por corrección social, Emma preguntó:

—¿Conoce usted también a mi esposo, señor Charlton?

—Bueno, nos hemos conocido, naturalmente. Es imposible estar en el valle y no conocer a Damien Granville —contestó Charlton sin dar más explicaciones—. ¿Ha dicho usted que asistió a la conferencia de las diapositivas y deseaba hacerme unas preguntas?

—¡Más bien centenares de preguntas! —contestó Emma entre risas, sin poder creer que finalmente estuviera hablando con aquel personaje en su propia casa—. No me atreví a hacerle ninguna durante la conferencia en el Ayuntamiento y, después de la conferencia, se vio usted rodeado de admiradores y ya no me fue posible. Y, además, no pudo usted asistir al burra khana de la señora Price a la semana siguiente.

—Ah, sí, por desgracia, aquel mismo día tuve que emprender viaje a Simla. En cualquier caso —añadió Charlton, reclinándose en su asiento—, ahora que ya nos hemos conocido mejor, me pongo enteramente a su disposición.

—¡Por Dios! —La señora Hathaway se alisó un mechón de cabello que había tenido el atrevimiento de moverse de sitio—. No estará usted pensando en volver a hablar de su trabajo, ¿verdad, Geoffrey querido? Se lo advierto, señora Granville, en cuanto Geoffrey sube a este tren ruso que tanto le gusta, ni mil caballos salvajes son capaces de hacerle bajar hasta haber explorado todas la paradas, examinado todos los montones de ruinas y analizado hasta el más mínimo matiz político.

Era la perspectiva más emocionante que pudiera imaginar, pensó Emma, pero se abstuvo de decirlo.

—Lo que yo estaba deseando que usted me contara, querida —añadió la señora Hathaway con determinación—, son los últimos rumores de Delhi. Dígame, ¿es cierto que la joven Charlotte está enamorada de un tal capitán O'Reilly del Royal Irish que tiene una espléndida mata de cabello pelirrojo y está casi a punto de declarársele?

—Pues la verdad es que no lo sé —confesó Emma—. No conozco al capitán O'Reilly y no había oído hablar de ningún compromiso cuando abandoné Delhi.

Experimentó de repente el perverso impulso de añadir que lo que de veras estaba a punto de hacer Charlotte era tomar los hábitos por no haber podido pescar a Damien. Pero, una vez más, se abstuvo de hacerlo. Impertérrita, Chloe Hathaway soltó otra andanada de preguntas acerca de amistades comunes. Emma, lamentablemente incapaz de responder, trató valerosamente de hacer memoria y contar algún que otro pequeño chisme que pudiera satisfacer la curiosidad de su visitante.

Se abrió la puerta y entró Hakumat al frente de varios criados que empujaban carritos de refrigerio, lo que dio por terminado el ávido interés de la señora Hathaway por los chismes. Por lo que a la comida y el servicio respectaba, Emma comprendió que no hubiera tenido que preocuparse; ambas cosas eran extremadamente satisfactorias. Tomando la tetera, le indicó por señas a Hakumat que sirviera el pastel milagrosamente preparado, los bocadillos y las bolitas de queso y, antes de que la señora Hathaway reanudara la conversación, se dirigió rápidamente a Geoffrey Charlton.

—Tengo entendido que tuvo usted que resumir muchas cosas para no rebasar el tiempo asignado para la conferencia, pero me decepcionó que hablara usted tan poco de las antiguas civilizaciones de Asia Central.

—La omisión fue deliberada —contestó Charlton—. Me pareció que el público esperaba oír hablar de cuestiones actuales y tópicos, y no de los huesos ya muertos de la historia.

—Mi padre se preguntaba a menudo si el Gobierno ruso permitiría que un equipo británico hiciera excavaciones en las antiguas ciudades de Merv, por ejemplo. Sé que a él le hubiera encantado hacerlo.

—Bueno, lo dudo mucho. Rusia protege celosamente los territorios que se ha anexionado y, como es natural, los británicos son más sospechosos que otros. Además, puesto que las autoridades rusas no tienen demasiado interés en conservar nada, casi todos los monumentos se encuentran en un estado lamentable. Las cosechas son muy buenas y la región es muy próspera, pero, por desgracia, ha desaparecido el esplendor de los antiguos palacios y jardines que tanto han deslumbrado a los viajeros a lo largo de quinientos años.

—Oh, qué lástima. Dígame, señor Charlton, ¿ha venido usted aquí para cumplir algún encargo especial de su periódico?

—Bueno —Charlton se rascó una oreja—... supongo que se podría decir que sí.

Emma sonrió.

—Tengo entendido que a los periodistas no les gusta revelar detalles de su trabajo y por eso me abstendré de hacerle preguntas indiscretas, pero supongo que la misión tiene que ver con Cachemira y que usted tiene intención de permanecer algún tiempo aquí.

—Pues sí. Pienso quedarme algún tiempo.

Emma se alegró mucho y así lo dijo.

—Usted ya habrá estado otras veces en Srinagar y la debe de conocer muy bien, ¿verdad?

—Bastante bien. Estuve aquí el otoño pasado cuando me dirigía a Gilgit para reunirme con Algernon Durand. Tal como seguramente usted ya sabe, han resucitado la difunta Agencia.

Emma no lo sabía, pero, puesto que no sabía quién era Algernon Durand y qué misión desempeñaba la Agencia de Gilgit, se limitó a asentir con la cabeza.

—Y con razón —dijo Charlton—. La influencia rusa en el norte aumenta a un ritmo alarmante. Y Durand está muy preocupado por las infiltraciones desde el otro lado del Pamir. —El periodista tomó un sorbo de té, frunciendo el entrecejo—. Y también lo está por las informaciones que propagan los simpatizantes rusos en la India.

—¿De veras?

Emma recordaba que Charlton había mencionado el asunto durante la conferencia. En aquel momento, no le había interesado demasiado, pero ahora fingió interés.

Charlton se inclinó hacia delante en su asiento.

—El problema es, naturalmente, la vulnerabilidad de Cachemira. De no ser por...

—No lo anime, señora Granville —dijo Chloe, interrumpiendo a Charlton con un gesto de fingido horror—, ¡de lo contrario nos vamos a pasar aquí hasta Navidad! Geoffrey ve agentes rusos detrás de todos los chinars del valle.

Charlton soltó una cordial carcajada.

—Me temo que la señora Hathaway tiene razón. A veces me dejo llevar por el entusiasmo.

—Pues parece que a muchas otras personas les ocurre lo mismo —se apresuró a comentar Emma, acudiendo rápidamente en su ayuda—. Desde luego, en Delhi los hombres no hablan más que de política.

—¡O de negocios, que son tan aburridos como la política! En fin

—la señora Hathaway volvió a centrar su atención en Emma mientras mordisqueaba un trozo de pastel de ciruelas—, ¿tuvo usted ocasión de ver algo de Srinagar antes de subir a Shalimar?

Comprendiendo que tendría que dejar para otra ocasión una conversación más seria con Geoffrey Charlton, Emma suspiró en su fuero interno y desistió de su intento.

—Por desgracia, no mucho, pero espero hacer más adelante una visita más satisfactoria con Damien. Aparte su pintoresca belleza, Srinagar posee un enorme interés histórico.

—Bueno, supongo que sí —la señora Hathaway arrugó la nariz y Emma admiró su impecable perfil—, pero la suciedad y la falta de higiene son terribles. La gente nunca se lava, ¿sabe? Y debo decir que sus rasgos faciales son bastante... toscos.

—¿Toscos? Al contrario, en el transcurso de nuestra breve estancia de ayer en la ciudad, los cachemires que vimos me parecieron extremadamente guapos.

—Algunos puede que sí —reconoció Chloe Hathaway—, sobre todo los de tez clara, cabello rubio y vestigios de sangre europea. —Se inclinó hacia delante, alanceó una bolita de queso y la depositó en su plato—. Nazneen, por ejemplo, que sólo tiene que cambiarse de vestido para pasar por europea.

Visiblemente aburrido por aquella conversación, Charlton se excusó y se alejó para echar un vistazo a las colgaduras de la pared.

—¿Quién es Nazneen? —preguntó Emma.

Chloe jugueteó con la comida de su plato.

—Bueno, Nazneen es una... una común amiga mía y de Damien.

Dejando un montón de cosas por explicar, Chloe volvió a prestar toda su atención a la bolita de queso.

—En tal caso, estoy deseando conocerla —dijo Emma—, como a todos los amigos de mi marido en el valle.

Ambas mujeres siguieron charlando de cuestiones intrascendentes y Emma tuvo que hacer un gran esfuerzo por aparentar entusiasmo. Sin embargo, por detrás de su permanente sonrisa, no pudo por menos que preguntarse... cuál era el verdadero alcance de la amistad entre Chloe Hathaway y Damien. Habría sido una estúpida si no hubiera comprendido (tal como Chloe pretendía) que la amistad entre ambos era algo más que superficial.

Paseando por la estancia, Charlton contempló con gran interés los tapices, las colgaduras de Kazán, el elegante mobiliario francés, la preciosa colección de relojes y los objetos de porcelana china, los espejos dorados y el cristal belga. Al final, se detuvo a contemplar en pensativo silencio un gran retrato de Edward Granville antes de regresar a su asiento.

—Espero que me perdone mi indecorosa curiosidad, señora Granville —dijo, sentándose frente a Emma—, pero he oído hablar tanto de la finca de su marido que me considero obligado a prestar la debida atención a todo lo que veo.

—Por favor, no se prive de satisfacer su curiosidad, señor Charlton —contestó Emma, suspirando de alivio al verle regresar—. Estoy segura de que, de haber estado aquí, mi esposo hubiera apreciado su interés.

—Aquel retrato de Edward Granville está muy bien pintado —dijo Charlton—. Deduzco por el débil contorno que se distingue en la pared, que se ha retirado otro retrato de tamaño similar. ¿Era tal vez el de la difunta señora Granville?

—Creo que sí. La humedad dañó una esquina del cuadro y lo han enviado a Lahore para que lo restauren.

Emma repitió la explicación que le había dado Suraj Singh aquella mañana al preguntarle ella el origen de aquel revelador contorno.

—Pues da la impresión de haberse retirado hace mucho tiempo —murmuró la señora Hathaway, intercambiando una rápida mirada con Charlton.

Interceptando esa mirada, Emma se ruborizó, pero no hizo ningún otro comentario. Por mucho que la señora Hathaway conociera a Damien y sus antecedentes familiares, ella no tenía la menor intención de hablar de los Granville ni con Chloe ni con Geoffrey Charlton.

La señora Hathaway sonrió, desistió de seguir hablando del tema y la conversación volvió a centrarse en cuestiones intrascendentes. Al final, Chloe se levantó para marcharse.

—Vamos, Geoffrey querido —ordenó, alisándose la falda del vestido y dando unas palmadas a su impecable peinado—, tenemos que irnos antes de abusar de la bienvenida... y antes de que oscurezca y la señora Granville no pueda reanudar su recorrido por la finca que nosotros hemos interrumpido, según creo.

—Le aseguro que ha sido una interrupción de lo más agradable —le dijo cortésmente Emma—. El recorrido no tenía demasiada importancia y puede esperar a mañana. —Después se volvió hacia Charlton sonriendo—. Estoy decidida a conseguir que conteste usted a todas mis preguntas, señor Charlton, y la próxima vez que nos veamos no le permitiré escapar tan fácilmente.

—Será un placer y un privilegio. —Charlton inclinó la cabeza con una cautivadora sonrisa en los labios—. Pero debo advertirle, señora Granville, que, cuando hablo de Asia Central, no hay cosa que más me guste que el sonido de mi propia voz.

—Tomo nota de su advertencia, señor Charlton —contestó jovialmente Emma—, y estoy muy tranquila, sabiendo que encontrará usted en mí a la oyente más atenta e interesada que jamás haya tenido.

—Muy bien, si considera usted que puedo prestarle algún otro servicio, bastará con que me envíe una nota al bungaló dak de Srinagar para que yo la reciba.

—Gracias. —Por alguna extraña razón, Emma se alegró de que Charlton no se alojara en casa de Chloe Hathaway—. Lo tendré en cuenta.

—No sé si Damien la llevará a visitar a Walter y Adela Stewart a su regreso —comentó Chloe Hathaway en tono pensativo mientras Emma los acompañaba a la entrada de la casa, donde los esperaban sus caballos y sus sirvientes—. Walter es el administrador residente de aquí, ¿sabe? Es un hombre muy simpático y baila muy bien. La pobre Adela es un poco aburrida, pero reconozco que hace lo que puede. —Puesto que no era necesario responder a la instantánea demolición de la desventurada Adela Stewart, Emma se abstuvo de hacerlo—. Por desgracia, Damien y Walter no siempre están de acuerdo en todo, por eso tengo mis dudas. En cualquier caso, debe usted venir muy pronto a cenar con su marido a mi casa. Damien asegura que mi cocinero hace el mejor gushtav de Cachemira. Es su plato preferido, ¿sabe?

Poco después, en la intimidad de su apartamento, Emma reflexionó acerca de la visita. En conjunto, pensó, se había comportado muy bien. No había reaccionado a las sutiles insinuaciones ni a las provocaciones de la señora Hathaway y había esquivado las situaciones con bastante dignidad. ¡Qué decepción hubiera sufrido aquella inteligente dama de haber sabido el poco interés que ella tenía por las pasadas, presentes y futuras relaciones de Damien! Estaba claro que la propia Chloe era una de ellas y, aquella Nazneen, otra. Hubiera sido imposible que no lo adivinara después de los esfuerzos de la señora Hathaway por facilitarle la información.

Le hizo gracia el inútil esfuerzo de su visitante y lamentó no haber podido hablar con Geoffrey Charlton y tener que aplazar un día su visita a la aldea de los tejedores.

El sol se estaba poniendo. En su apartamento, los criados ya encendían las preciosas lámparas de cristal veneciano, avivaban y alimentaban con piñas el fuego de la chimenea y cerraban las ventanas. Abriendo la puerta acristalada del pequeño balcón de su dormitorio, Emma se pasó un rato con la mirada perdida en el distante crepúsculo, enfrascada en sus pensamientos. Su padre creía que el Himalaya tenía el asombroso poder de ampliar la conciencia humana y ayudar a la persona a ver las cosas con la debida perspectiva. Contemplando ahora las lejanas cumbres, comprendió lo que había querido decir.

Volvió a sentarse a la vera del fuego y, mientras esperaba a que llegara el agua del baño, se puso a conversar con Rehmat. Había observado que la niña era retraída y exageradamente tímida.

—¿Has ido alguna vez a la escuela, Rehmat?

La niña se ruborizó, bajó la mirada y sacudió la cabeza.

—¿Sabes leer y escribir?

La niña volvió a sacudir la cabeza.

—¿Te gustaría aprender?

Levantando los ojos, Rehmat la miró nerviosa y asintió con la cabeza.

—Si Abba lo permite —contestó en un susurro.

—¿Y por qué no iba tu padre a permitirlo?

—No soy un chico. Todo el mundo se reiría.

—Lo permitirá si yo te enseño.

Los ojos de la niña se iluminaron.

—¿Begum sahiba me enseñaría?

—¿Por qué no? —dijo Emma, levantándose—. Y ahora, si me ayudas a buscar, estoy segura de que en el estudio encontraremos un cuaderno de ejercicios y unos lápices para empezar ahora mismo.

Para cuando encontraron el material de escritura y Emma hubo escrito álef, la primera letra del alfabeto urdu, la niña ya había perdido su timidez y charlaba por los codos. Sus padres vivían en Srinagar, le explicó a Emma, y su padre poseía una sastrería en el bazar. Tenía cinco hermanos, pero ninguna hermana; hacía tres meses, su Sharifa *khala* —la hermana de su madre— la había llevado a Shalimar para servir a la begum sahiba de huzur y aprender el oficio de doncella.

—¿En qué lugar de Srinagar se encuentra tu casa?

—No lejos de Naseem Baug.

—¿Naseem Baug? —Emma frunció el entrecejo, tratando de recordar las fugaces imágenes de Srinagar—. ¿Y dónde están estos jardines?

—Al borde del lago, como Shalimar Baug. Nuestra casa está en una callecita, justo delante de la nueva mezquita, la que tiene las ventanas de cristal verde. —Para que Emma lo comprendiera mejor, añadió—: Nuestra calle está justo detrás de la callejuela, donde Nazneen Bini tiene su *kotha*.

¿*Kotha*? Emma experimentó un sobresalto; ¿Nazneen era una bailarina de un local del bazar? El comentario le había revelado no sólo el oficio de aquella mujer sino también el hecho de que la servidumbre estaba perfectamente al corriente de sus relaciones con Damien.

Irritada por aquella inocente revelación, Emma tardó un momento en recuperarse. Se preguntó cómo debían reaccionar las esposas a la noticia de los pasados (y sin duda continuados) vicios de sus esposos. Sabía que las esposas normales se desmayaban, sufrían ataques de nervios, dejaban de comer y, al final, se morían de pena. Buscó en su fuero interno aquellas señales de normalidad, pero no encontró ninguna. No experimentaba ningún impulso inmediato de desmayarse y tanto menos de gritar. Nada indicaba que estuviera a punto de perder el apetito o de sufrir un colapso.

Alegrándose de ser capaz de aceptar la irregular conducta de Damien con semejante madurez y ausencia de emoción, decidió centrar su atención en la primera lección de Rehmat. Cuando Sharifa hizo pasar a los criados que llevaban el agua caliente para su baño, Emma ya había apartado de su mente a Chloe Hathaway y Nazneen y estaba pensando en otras cosas.

Aquella noche, tras haber tomado el baño, cenado y despedido a los criados, decidió entrar de nuevo en el apartamento de Damien, esta vez en busca de un libro determinado, *Viajes a Cachemira, Ladakh, Iskardu, etc.* de Godfrey Thomas Vigne. Tras curiosear un poco, estaba a punto de volver a colocar unos libros en el estante cuando golpeó sin querer un delgado volumen y éste cayó al suelo. Mientras lo recogía para devolverlo a su sitio, vio que estaba escrito con una escritura desconocida y que, en la guarda, había una inscripción manuscrita en la misma escritura. ¿Ruso? Ignoraba que Damien conociera el ruso y se extrañó un poco, pero después se preguntó por qué razón tenía que extrañarse, sabiendo tan pocas cosas acerca de él.

Apartando de sus pensamientos la cuestión y todavía totalmente desvelada, regresó muy despacio a su estudio, se sentó en su cómodo sillón giratorio y empezó a leer. A pesar de que el libro de Vigne era fascinante, se sentía extrañamente inquieta, malhumorada e incapaz de concentrarse. Si hubiera estado acostumbrada a engañarse a sí misma, se habría inventado toda suerte de excusas para justificar su desazón. Pero, siendo esencialmente honrada, no lo hizo.

La verdad era —y le dolió tener que reconocerlo aunque fuera para sus adentros— que no conseguía quitarse de la cabeza a Chloe Hathaway tan alegremente como hubiera deseado. Es más, su mente estaba llena de imágenes de la viuda alegre y de sus maliciosas sonrisas, y en sus oídos seguían resonando las mordaces insinuaciones que ésta le había hecho. Por si fuera poco, en las sombras de su mente se ocultaba el anónimo rostro de la mujer llamada Nazneen. Repentinamente furiosa —tanto con Damien como consigo misma por su reacción—, no pudo evitar un arrebato de rebelión. ¡Cómo se atrevía Damien a humillarla a través de su amante, cómo se atrevía!

Sentándose de nuevo junto a su escritorio, tomó una hoja en blanco del elegante cuaderno de papel de cartas con membrete que antes había encontrado en un cajón y empezó a redactar una carta. Estaba dirigida a Geoffrey Charlton. Esperando perversamente que Damien regresara a casa a tiempo para que ella pudiera saborear la ocasión, le repitió a Charlton lo encantada que estaba de haberle conocido y lo mucho que le gustaría volver a verle, y le preguntó atrevidamente si estaría libre para tomar el té con ella en Shalimar el miércoles siguiente.

10

Si Wilfred Hethrington no había esperado precisamente con ansia su anterior reunión con el comandante en jefe, ahora la prosecución de la misma no mejoró demasiado su estado de ánimo o su capacidad de dominarlo. Una oportuna indisposición le habría sido muy útil, pero quiso la suerte que jamás en su vida se hubiera encontrado mejor o hubiera tenido mejor aspecto.

Reunidos una vez más en el estudio de sir Marmaduke, en Snowdon, recibieron un resumen de los distintos planes de defensa discutidos en la reunión en caso de que se produjera una invasión rusa. Tras haber conocido a Francis Younghusband y escuchado de sus propios labios la descripción de sus fructíferas exploraciones de varios nuevos pasos del Himalaya —entre ellos el peligroso Mustagh—, aquella mañana sir Marmaduke parecía encontrarse de relativo buen humor. Sin embargo, nadie cometió el error de dar por descontado que así se mantendría.

—Volviendo a lo que estábamos a punto de discutir la última vez... la petición de Whitehall de una valoración de la situación que se está creando en Hunza. —Las medias lunas de las gafas del comandante en jefe captaron la luz y destellaron mientras éste estudiaba el mensaje cifrado que sostenía en la mano—. Cuando digo «petición», utilizo una cortés terminología que, tal como ustedes seguramente habrán observado, el departamento de la India no utiliza. Debo añadir que tampoco la utilizó el secretario de Asuntos Exteriores cuando cené con él en Peshawar. Tal como dirían los norteamericanos, el plazo para «ir con pies de plomo» ya ha terminado, caballeros. Sir Mortimer quiere que enviemos a Londres una exhaustiva, precisa y autorizada respuesta.

Pero, antes de que escribamos nada, hay que examinar la situación desde todos los ángulos. —Sir Marmaduke guardó el telegrama y se reclinó en su asiento—. Sobre este tal Borokov... quiero saber qué demonios ha estado haciendo en San Petersburgo.

Una vez más, su mirada de estilete se clavó en Hethrington.

Hethrington rebuscó entre los papeles de su carpeta.

—Según el agregado militar de nuestra embajada, señor, el coronel Borokov ha estado visitando distintos efectivos militares en compañía del general Smirnoff. Una de las visitas la hizo al campamento de instrucción de Krasnoe Selo, en las afueras de la capital, para presenciar las pruebas secretas de los nuevos rifles y la pólvora sin humo.

—La producción ya ha empezado, si no me equivoco. ¿Cuándo se tiene previsto que se complete?

—Según sus propios cálculos, señor, no antes de cinco años. La actual producción rusa no puede satisfacer todos los pedidos del Ejército. Por lo menos, eso es lo que ha deducido nuestro agregado militar.

—¿Debemos creer que están reequipando su infantería y su caballería por simple diversión, coronel?

—Todos los ejércitos reequipan sus tropas por sistema, siempre que se desarrollan mejores armas, señor —señaló Hethrington—. Hace veinte años, nosotros también sustituimos el rifle Snider por el Martini-Henry, que ahora hemos abandonado en favor del Lee-Metford.

—Bueno, ojalá pudiera estar tan tranquilo como usted, coronel. De todos modos, volveremos al asunto dentro de un momento. ¿Qué más?

—Dos de las visitas que hicieron Smirnoff y Borokov —añadió Hethrington— fueron a un depósito de pertrechos bélicos cerca de Moscú.

—¡Menudos demonios están hechos!

—Según informaciones recogidas en el Club Náutico —del cual Borokov y nuestro agregado militar son socios—, Smirnoff y Borokov han sido vistos también en las mesas de bacará y en cenas privadas del círculo más íntimo y selecto de Smirnoff.

—Ya. O sea que siguen siendo buenos amigos, ¿eh? —Sir Marmaduke apoyó los codos en el tablero del escritorio y se sostuvo la barbilla con una mano—. Creo que eso confirma que el propósito y el momento de la visita de Borokov son significativos... Smirnoff lo mandó llamar para que eligiera armas destinadas a Hunza.

—Ésa parece ser ciertamente la impresión que los rusos quieren dar, señor.

—¿Eso es lo único que a usted le parece que es, coronel, una impresión?

—Hasta ahora sí, señor. La posibilidad de que los rusos puedan efectuar realmente una entrega de armas a Hunza es muy remota. Si por un milagro lo consiguieran, no es probable que el envío incluyera los nuevos rifles, pues éstos son muy escasos. Los hombres de Safdar Alí siguen utilizando arcabuces de mecha, armas de retrocarga, jezails y municiones de fabricación casera. Estaría encantado de recibir cualquier cosa capaz de disparar y, como los nuestros, los depósitos de material militar rusos están llenos a rebosar de armas obsoletas. Es posible, señor, que sea eso lo que Smirnoff ha estado investigando... —Hethrington carraspeó cortés—... naturalmente con la mayor fanfarria posible para que se enteren en Londres.

El comandante en jefe contempló la caja de cigarros de madera exquisitamente labrada que descansaba sobre su escritorio.

—Supongo que se habrá usted enterado de la confirmación del nombramiento de Smirnoff como gobernador general en Tashkent en el boletín de la corte rusa, ¿verdad?

¡Vaya si se había enterado! Hethrington guardó silencio.

Abriendo la caja, sir Marmaduke examinó los cigarros de extremos recortados alineados en su interior, pero cambió de idea y la volvió a cerrar.

—La fama de Asia Central como territorio preferido de caza de los testarudos oficiales rusos es bien conocida, coronel. Las anteriores travesuras de Smirnoff en aquella región demuestran que es testarudo, ambicioso y temerario. Combinada con el hecho de que los papeles de Butterfield aún no se han localizado —por lo menos, no a mi entera satisfacción—, cualquier tipo de entrega a Hunza adquiere proporciones muy serias. Yo no le aconsejaría minimizar aquellas supuestas instrumentalizaciones, coronel.

Sir John abrió la boca, lo pensó mejor, asintió con la cabeza en dirección al coronel Hethrington y devolvió la pelota a su campo. Hethrington la recuperó a regañadientes.

—Los rusos se divierten mucho haciendo ruido de sables para observar nuestras desproporcionadas reacciones, señor —dijo Hethrington, tratando de equilibrar la honradez con la diplomacia—. Los incidentes de la cordita y los cartuchos fijos son un buen ejemplo. Sugiero que esta vez no les demos a los rusos esta satisfacción.

—Ah, ya. —El comandante en jefe asintió jovialmente con la cabeza—. Volvemos a las ideas irracionales, ¿verdad? —Tendiendo finalmente la mano hacia la caja de cigarros de extremos recortados, tomó uno y empujó la caja hacia sir John—. ¿Considera usted que nuestros gobiernos de aquí y de Whitehall exageran en su reacción a algo que no es más que simple ruido de sables?

Declinando el ofrecimiento de un cigarro, Hethrington evitó contestar a la pregunta.

—No dudo de la posibilidad de un envío de armas a Hunza, señor, sólo dudo de la probabilidad de que éste llegue a su destino. El padre de Safdar Alí había hecho un pedido similar a los chinos (los cuales, por cierto, reclaman la propiedad de Hunza) para mantenernos fuera a nosotros. Dos cañones chinos debidamente enviados se quedaron atascados en las nieves del Hindu-Kush y lo más probable es que todavía estén allí.

—¡Eso fue hace dos años, maldita sea! Hoy en día, la red de ferrocarriles permite que Rusia amplíe su esfera de influencia con más facilidad y rapidez, y las ecuaciones políticas en Asia han cambiado radicalmente, coronel.

—Pero no el clima ni la topografía, señor. El Himalaya sigue siendo una barrera natural inexpugnable que constituye un sistema de defensa más eficaz que cualquier otro que nosotros construyamos.

—¡No tan eficaz si consiguen localizar el Yasmina! —Tras dar una fuerte calada a su cigarro, el comandante en jefe lo dejó en equilibrio sobre el borde del cenicero, se levantó y se volvió hacia el mapa mural—. Younghusband confirma que los pasos del Hindu-Kush por esta zona se pueden cruzar muy fácilmente. Se ha conseguido transportar artillería ligera a través del Boroghil hasta Chitral y a través del Darkot hasta Yasin. Tenemos una carretera que va directamente a Gilgit y Chilas y sigue el curso del Indo. Para los rusos, desplazar una columna desde Kokand a Wakhan supondría menos de ochenta kilómetros de carretera... mucho menos de lo que supondría para nosotros enviar una columna desde el Punjab a Yasin o Hunza.

—En caso de que se produjera una invasión, señor —se apresuró a decir sir John, temiendo lo que la franqueza de Hethrington pudiera obligarle a decir—, seguro que dispondríamos de suficiente información previa como para preparar una contraofensiva mejor.

—No en caso de que ellos utilizaran rutas con las cuales nosotros no estuviéramos familiarizados. —El comandante en jefe señaló varios puntos del mapa—. No olvide que aquí hay unos pasos situados a no más de un día de camino de Gilgit y otros practicables todo el año.

—Ninguno de ellos permitiría el avance de un ejército de considerables proporciones y la correspondiente artillería pesada, señor, hecho confirmado por el general Lockhart y Ney Elias. De los aproximadamente cuarenta pasos que exploró Elias, éste señaló que uno o dos del Hindu-Kush podían acoger un pequeño contingente entre julio y diciembre, pero, para atravesar el Badakhshan, los rusos tendrían que superar el Amir, lo cual parece bastante improbable. En último extremo, por tanto, los únicos dos pasos capaces de permitir el avance de un ejército de considerables proporciones siguen siendo el Khyber y el Bolan. Ninguno de ellos es viable sin la colaboración de Afganistán.

—En caso de una invasión rusa, John —dijo sir Marmaduke—, no creo que los rusos fueran tan necios como para concentrar toda su fuerza en un solo paso. Tal como señaló el general MacGregor en su libro, empezarían con pequeñas incursiones, en varias direcciones, de pequeños grupos de combate —tal como haría yo si estuviera al otro lado— y es por eso por lo que el Yasmina reviste una importancia vital. Un paso cerca de Hunza ignorado por nosotros les concede la ventaja de la sorpresa.

—Pese a todo, señor, la perspectiva de un ataque ruso a través de una de las muchas combinaciones de pasos del Himalaya... —sir John buscó la palabra menos ofensiva posible— es dudosa en el mejor de los casos. Pero —se apresuró a añadir—, estoy expresando una opinión puramente personal.

—¡Una opinión no muy meditada, John! Nosotros sólo disponemos de setenta mil soldados británicos en la India. Lo cual, unido al hecho de que a los cipayos les están prohibidas las armas modernas, hace que éstos resulten más o menos inútiles. En un país de ciento ochenta millones de habitantes, tenemos un promedio de un hombre armado por cada mil quinientos civiles y nuestras vías de comunicación y suministros en el norte son extremadamente largas. Los rusos tienen en Asia Central cuarenta y cinco mil soldados para controlar a una población de sólo dos millones y medio de habitantes. Y no sólo sus hombres están mejor adiestrados para la montaña sino que, además, la geografía, el Ferrocarril Transcaspio y las realidades políticas de Asia Central les son favorables.

Sir John se rascó la barbilla.

—Cierto, señor, pero estos factores serían importantes sólo en el caso de una guerra a gran escala, que...

—No soy tan necio como para creer, John —lo cortó irritado el comandante en jefe—, que Rusia se propone una conquista. Sueña desde hace más de un siglo con una invasión. Incursiones programadas..., un golpe por aquí, un ataque de penetración por allá, y una maniobra simulada para dejarnos en ridículo. Tiene usted que comprender que incluso una incursión menor hasta el desfiladero de Hunza significaría una intolerable bofetada en la cara, a la cual nos veríamos obligados a dar una respuesta adecuada.

Los ojos del comandante en jefe se encendieron ante aquella perspectiva.

—Las exhibiciones rusas, señor, podrían ser una cortina de humo para...

—¿Mantenernos ocupados en Calcuta en lugar de en Constantinopla? No, John. —Sir Marmaduke sacudió enérgicamente la cabeza—. Jamás he estado de acuerdo con la teoría según la cual Rusia aspira a dominar el Bósforo. El coqueteo de Borokov con Hunza oculta una finalidad muy seria, lo mismo que el nombramiento de Alexei Smirnoff en Tashkent. Francamente, preferiría pecar de exceso de seguridad que de presunción. No quiero —el comandante en jefe golpeó con fuerza el escritorio y un tintero de ónice brincó, pero, por suerte, no salpicó— que nos sorprendan con los pantalones bajados, tal como ya ha ocurrido otras veces.

—No, señor. —El intendente general se echó para atrás—. Por supuesto que no.

—Volviendo a Smirnoff, es de todo punto necesario que estemos informados de todo lo que hace este sujeto en cuanto llegue al Turquestán. ¿Entendido?

—Sí, señor.

—¿A quién tenemos allí en este momento?

—¿Coronel? —dijo el intendente general, devolviéndole la palabra a Hethrington.

—Dado que Tashkent es casi enteramente un puesto militar y se encuentra siempre en estado de alerta, es peligroso colocar allí a uno de nuestros expertos con carácter permanente. Por consiguiente, nos vemos obligados a fiarnos de la información que nos facilita un funcionario uzbeko de uno de los departamentos de menor importancia del barón y de los chismes del bazar que nos traen los viajeros.

—Este uzbeko, ¿es el mismo contacto que estableció nuestro agregado militar en San Petersburgo cuando fue invitado a Tashkent?

—Sí, señor. Como el hombre domina un poco el inglés, los rusos lo utilizaron como intérprete durante la visita.

—¿Ha demostrado ser de fiar?

—Bastante, señor. Fue él quien nos alertó de que los emisarios de

Safdar Alí habían llegado para reunirse con el barón... lo cual desencadenó la visita de Borokov a Hunza.

—Bueno, pues quiero que Smirnoff y Borokov sean vigilados. Cualquier cosa que se salga de lo corriente, por muy trivial que sea, deberá ser comunicada de inmediato.

—El uzbeko ya ha recibido instrucciones en este sentido, señor.

—¿Y qué hay de la nueva carretera desde Osh?

—Sus progresos están siendo seguidos por uno de nuestros hombres que acaba de ser reclutado, pero mantiene excelentes relaciones con los habitantes de la zona, señor. Cualquier inesperada actividad militar nos será comunicada.

Consciente de la reserva que mantenía el Servicio Secreto a propósito de sus agentes e irritado a menudo por ella, sir Marmaduke miró enfurecido a su alrededor, pero decidió no seguir indagando.

—¿Cuándo llegaron los emisarios de Safdar Alí a Tashkent... antes de la visita de Durand a Hunza o después?

—Poco después, señor. —Ahora que pisaba un terreno relativamente más seguro, Hethrington hablaba con más confianza e incluso con una pizca de malicia. El recelo que le inspiraban los métodos del coronel Durand en la Agencia de Gilgit no era un secreto en los círculos oficiales—. Safdar Alí se molestó por la arrogancia y las acusaciones a bocajarro de doblez que le hizo Durand.

—¿De veras? —Sir Marmaduke enarcó las cejas—. ¿Acaso no le parece a usted intolerable que este maldito sujeto tenga el valor de tontear con Rusia?

—El maldito sujeto también tontea con nosotros, señor —señaló jovialmente Hethrington—. Si Durand se hubiera mostrado menos arrogante y más conciliador, puede que hubiéramos hecho mejores migas con el mir. Con el debido respeto, señor, la doblez es el único recurso que les queda a los pequeños reinos atrapados entre gigantes hostiles.

El comentario no cayó muy bien y el brillo de acero de los ojos del general así lo dio a entender.

—Entonces, ¿qué sugiere usted que hagamos, coronel... mimar a este sinvergüenza mientras coquetea con el enemigo? ¿Quedarnos cruzados de brazos y cerrar los ojos cuando se produzca un envío ruso de armas?

Percatándose de que el intendente general había cambiado una vez de posición en su asiento, Hethrington se tragó la mordaz respuesta.

—No, señor, pero mientras la cosa no pase de coqueteo...

Se encogió de hombros y dejó la frase sin terminar.

El comandante en jefe entornó los ojos.

—Tal vez le interese saber, coronel, que, a pesar de su optimismo, en la reunión sobre defensa, todos los acontecimientos que se han producido últimamente, unos acontecimientos lo bastante graves como para justificar una movilización, causaron general consternación. —El comandante en jefe levantó una mano y empezó a contar con los dedos—. El asesinato de Butterfield, la misteriosa pérdida de los papeles, la inopinada visita de Borokov a Hunza, su amistad con Smirnoff y su llamada a San Petersburgo, la mala fama de Smirnoff y su inminente llegada a Tashkent, la cuestión de los nuevos rifles y la pólvora sin humo. —El general levantó ambas manos—. ¿Qué más necesitamos para sacudirnos de encima la complacencia, maldita sea... una descarga de artillería contra Simla?

George Aberigh-Mackay, un comentarista satírico tan mordaz como Rudyard Kipling, había aplicado a un antiguo comandante en jefe el mote de «el revólver del Gobierno de la India». La descripción le hubiera venido también como anillo al dedo al hombre que en aquellos momentos ocupaba el cargo.

Hethrington se ruborizó, pero soportó la andanada en silencio. Sabía que su insistencia en discutir le hubiera valido un traslado.

Respirando afanosamente para contener su creciente furia, sir Marmaduke sacó un segundo cigarro de la caja, lo encendió y empezó a dar furiosas caladas.

—Y ahora, volviendo al asunto de Butterfield...

El intendente general no parpadeó, pero Hethrington tuvo la presencia de ánimo suficiente como para arrojar su lápiz a la alfombra, inclinarse y tomarse la búsqueda con calma...

—Ya sé que su Servicio tiene sus dudas a propósito de las afirmaciones de Butterfield, John, pero dígame...¿cree usted personalmente que lo que Butterfield encontró era el Yasmina?

Sir John se acarició una oreja y adoptó un aire de profunda reflexión.

—Pudo ser, naturalmente; ciertamente, no podemos descartar por entero la afirmación. Por otra parte, tampoco la podemos confirmar.

—¿Quiere decir porque los detalles se han perdido a los cuatro vientos en el Karakorum?

La pregunta estaba cargada de sarcasmo, pero cabe decir en su honor que sir John no se inmutó.

—Sí, señor. Dejando aparte lo que Butterfield pudo creer haber encontrado, personalmente creo que la desaparición de los papeles no constituye ningún peligro inmediato para nuestra seguridad.

—Yo hubiera podido dormir mejor sin este «inmediato», John —replicó el comandante en jefe, entornando los párpados—. ¿Esta seguridad es lo bastante sólida como para que se pueda transmitir a Whitehall?

—No, señor. Considero que no sería prudente fiarnos de más de una autorizada opinión acerca de las probabilidades que ofrece nuestro instinto dentro de los límites de la información disponible. Consciente, en cualquier caso, de que no estamos en condiciones de ofrecer garantías, lo único que Whitehall nos pide es una valoración de los hechos.

El burocrático don de la verborrea sin contenido indujo a Hethrington a esbozar en su fuero interno una sonrisa que éste reprimió sin permitir que aflorara a la superficie.

Visiblemente escéptico, sir Marmaduke asintió a regañadientes.

—Muy bien. Adelante pues, ¿quiere tener la bondad de redactar un mensaje cifrado y someterlo a la aprobación de S.E. y del secretario de Asuntos Exteriores, John? Encárguese de que yo lo reciba esta tarde.

—Sí, señor.

—Creo que sería una buena idea subrayar sus dudas, John, aunque sólo sea para protegernos las malditas espaldas. Procure que se filtren a la prensa para acallar cualquier rumor que se pueda estar produciendo en estos momentos. Por lo demás, tendremos que esperar a ver qué ocurre cuando llegue Smirnoff. Bueno, ¿alguna otra cosa?

Al parecer, no había ninguna más. Se oyó un murmullo de carraspeos, cierre de carpetas y patas de sillas empujadas hacia atrás. Hethrington lanzó un suspiro de alivio. Era sólo una breve tregua, naturalmente, pero, por lo menos, era una tregua. Con un poco de suerte, tal vez habría tiempo para que el proyecto diera sus frutos.

¡Si es que los daba!

Las cuadras estaban muy bien abastecidas y la montura que Suraj Singh eligió para Emma a la mañana siguiente era una yegua alazana muy dócil y obediente.

—A diferencia de su vecino, según veo —comentó Emma, contemplando el espléndido caballo negro como la noche que ocupaba la casilla de al lado, agitando las crines y soltando enfurecidos relinchos.

—Ah, bueno, éste es *Toofan*, el caballo preferido de huzur. No obedece demasiado bien las órdenes... excepto las de huzur. —Al oír el nombre el caballo ensanchó los ollares, rascó el suelo con un casco y los miró enojado a los dos. Suraj Singh soltó una carcajada—. Ahora ya ve usted por qué se llama *Toofan*. Su temperamento es tan fuerte como una tormenta, pero también lo es su resistencia, por eso resulta ideal para cabalgar duro. En casa, huzur utiliza a *Sikandar*, un árabe con menos energía pero mejores modales.

Cuando iniciaron la marcha a trote lento, Emma contempló los puros y cuadrados perfiles de la casa principal y admiró los muros exteriores pintados de amarillo sol y las contraventanas verdes, del color de la salvia. El efecto del conjunto resultaba de lo más atractivo. Suraj Singh contestó satisfactoriamente a todas las preguntas que ella le hizo acerca de la propiedad. Estaba familiarizado con cada detalle y era evidente que se enorgullecía enormemente de la finca.

—¿Pertenece usted a una familia de agricultores, Suraj Singh? —le preguntó Emma.

—No, begum sahiba. Mi padre era soldado.

—¿De Rajputana?

—No, begum sahiba. Nosotros procedemos de Jammu.

—Ah, entonces es un dogra, ¿verdad?

—Sí, begum sahiba.

Respetando su aversión a las preguntas personales, Emma no le preguntó si su cojera se debía a una herida de guerra. En su lugar, comentó con indiferencia que había invitado a Geoffrey Charlton a tomar el té la semana siguiente. No era probable que Suraj Singh no se hubiera enterado del envío de la carta a Srinagar a primera hora de la mañana, pese a lo cual, éste no hizo ningún comentario. Sin embargo, en la breve inclinación de su cabeza, Emma intuyó un reproche.

—¿Se espera también la presencia de la señora Hathaway? —preguntó Suraj Singh.

—No —contestó Emma. ¿Creyó ver un destello de alivio en sus ojos? A pesar de que no estaba obligada a hacerlo, Emma le dio ulteriores explicaciones—. El señor Charlton es un corresponsal muy famoso y un experto en Asia Central. Me gustaría saber algo más acerca de sus experiencias en la región. El señor Charlton me dijo que conoce a mi esposo.

—Se han conocido, sí. —Suraj Sigh titubeó levemente—. Sin ánimo de ofender, begum sahiba, me siento obligado a señalar que huzur no le tiene demasiada simpatía a este caballero.

Lo cual hizo, naturalmente que la perspectiva de recibir a Charlton le resultara a Emma tanto más deseable.

—¿Y a la señora Hathaway? —preguntó con fingida inocencia, consciente de la turbación de Suraj Singh—. ¿Huzur tampoco le tiene demasiada simpatía a la señora?

—No se lo puedo decir —contestó Suraj Singh con distante seriedad—. No conozco la opinión de huzur acerca de todas sus amistades.

O sea que Chloe Hathaway era una simple amistad, ¿verdad?

—¿Desea begum sahiba que el té se sirva en el salón como de costumbre?

—No, creo que el huerto que hay delante del cenador será más agradable. Sería una lástima que nos perdiéramos la puesta de sol en las montañas occidentales.

Era una decisión muy meditada. En caso de que Damien regresara la semana siguiente —tal como ella esperaba, aunque sólo fuera para fastidiarlo con la presencia de Charlton—, el lugar donde tomaran el té no tendría importancia. Pero, si no regresaba, la tendría. Geoffrey Charlton era joven, guapo y soltero, y allí las costumbres eran muy conservadoras. El hecho de recibir a un visitante varón al aire libre y a la vista de toda la servidumbre causaría menos sensación.

Estaban cruzando un campo de azafrán de color delicadamente morado, un monopolio de Cachemira desde tiempos muy antiguos. Utilizado por los griegos y los romanos en sus ritos, el azafrán tenía un perfume, con el cual, según la leyenda, los griegos rociaban los lugares públicos y los romanos las calles cada vez que el emperador entraba en la ciudad. En la India aquella especia aromática se utilizaba como condimento para añadir color y sabor a los platos tradicionales. Entre los árboles, Emma pudo identificar sauces, chinars, álamos, cipreses y cedros, pero muchos otros le eran desconocidos. Si se hubiera podido dar crédito a la proliferación de flores, los vergeles prometían una auténtica explosión de fruta para aquel verano. Emma había averiguado que en el Valle las estaciones cambiaban a cada trescientos metros de altitud. Podía haber nieve, flores primaverales y fruta simultáneamente, dependiendo de la altitud.

Las casitas de la aldea de los tejedores tenían los tradicionales tejados de pizarra, tejamaniles de madera y carrizos del lago. En un patio enladrillado, los tejedores, sentados bajo los manzanos o los albaricoqueros, movían las lanzaderas de uno a otro lado siguiendo el ritmo de un invisible metrónomo. Varias mujeres, sentadas en el suelo alrededor de una montaña blanca de lana, separaban las fibras en dos montones. Otras, sentadas con las piernas cruzadas junto a las ruecas, tomaban finas hebras de lana y las retorcían. Detrás de la aldea discurría un pequeño arroyo cuyas herbosas orillas estaban veteadas por el coral de las raíces de los sauces. Los campos circundantes, cuajados de flores de arroz color bronce, resplandecían como metal bruñido, y una familia de patos regresaba contoneándose del río; los animales hacían sonar los picos anaranjados como castañuelas. Hacia un lado, entre la alta hierba, se encontraba el redil de un gran rebaño de cabras.

Al ver acercarse a Emma, los tejedores se levantaron e inclinaron la cabeza a modo de saludo, a la espera de que los presentaran. El primero en ser presentado fue Qadir Mian, el anciano tejedor afgano que con tanto orgullo le había mencionado Sharifa en Delhi.

Hablando en urdu, Emma lo felicitó por el precioso chal de shatush que él había tejido y que huzur le había ofrecido como regalo. El hombre recibió el cumplido con una indiferente inclinación de la cabeza, pero ella se dio cuenta de que se alegraba.

—Seguid con vuestro trabajo —le dijo Emma—. No quiero interrumpir vuestras tareas.

Todos volvieron a sentarse, tres hombres por cada telar, y el ritmo sincopado se reanudó. La purísima lana blanca de arriba, le explicó Suraj Singh, se reservaba para los hilos de la urdimbre de los chales de mejor calidad; la inferior, de color gris, se teñía y usaba para la trama. Mientras tejían, los obreros humedecían constantemente los hilos con pasta de arroz líquida para evitar que se deshilacharan. El maestro de los estampados, el *talim guru*, había escrito sus instrucciones con minucioso detalle en el tradicional «alfabeto de los chales». El experto de los colores —el *tarah guru*— los recitaba en voz alta, indicando los colores y el número de hilos de la urdimbre bajo los cuales tenían que pasar las canillas de la trama. Las instrucciones se colocaban en una especie de atriles delante de los tejedores, como las partituras musicales en un piano.

Cuando se terminaba un chal, le explicaron a Emma, éste se lavaba en el río, se pisoteaba con los pies desnudos y después se golpeaba fuertemente contra una losa de piedra para eliminar el almidón de arroz de la fibra. El proceso se repetía varias veces antes de colocar el chal a la sombra para que se secara. Al manifestar Emma su asombro por el brutal tratamiento que recibía aquella prenda tan delicada, Qadir Mian se rio.

—Esta fase final es la que confiere precisamente al chal de Cachemira su inimitable suavidad, begum sahiba. En nuestros ríos hay una magia que no se encuentra en ninguna otra agua del mundo.

—¿Cuánto se tarda en terminar un chal?

—Se puede tardar hasta un año y medio.

Triste y lamentablemente, los muchos años de arduo y minucioso trabajo afectaban a la vista y algunos de los tejedores más veteranos llevaban gafas. Las de Qadir Mian, observó Emma, eran especialmente gruesas.

Gracias a la habilidad de Qadir Mian —dijo Suraj Singh— los regalos anuales para la reina de Inglaterra se preparan en Shalimar. —Al observar la perplejidad de Emma, Suraj Singh enarcó una ceja—. ¿Huzur no se lo ha comentado a begum sahiba?

¡Si Suraj Singh supiera cuántas cosas no le había comentado huzur a begum sahiba! Emma sacudió la cabeza.

—Por el Tratado de Amritsar, el marajá accedió a hacerle a la reina un simbólico regalo anual consistente en un caballo, doce cabras de lana de chal —seis machos y seis hembras— y tres pares de chales de Cachemira. Cuando nuestro proyecto empezó a marchar bien, el marajá le pidió al difunto huzur que se encargara de la preparación de estos regalos en Shalimar. Los chales se tejen aquí y los caballos se crían y cuidan en las cuadras de huzur, en Gulmarg.

—¿Y las cabras sobreviven a la travesía por mar hasta Inglaterra?

—Por desgracia, no. Morían tantas que, al final, la propia reina sugirió que se abandonara la práctica por motivos humanitarios. Los regalos consisten ahora en diez libras de pashmina natural, cuatro libras respectivamente de lana blanca, gris y negra y una libra de cada una de las tres mejores calidades de hilo. Todo eso, junto con un caballo y tres chales cuadrados se acepta ahora como prueba suficiente de la lealtad que pueda rendirle Cachemira a la Corona.

Sabiendo lo mucho que aborrecían los cachemires la presencia británica en su Estado, Emma no se sorprendió de la ironía.

—¿Cuántos tejedores profesionales hay en el valle?

—Hace veinte años, había cuarenta mil, pero sólo cuatro mil sobrevivieron a la hambruna de hace trece años, por eso cuesta tanto encontrar maestros tejedores como Qadir Mian. Dicen que aquel año murieron unas doscientas mil personas.

Se pasaron un rato hablando de aquel terrible desastre y después Emma preguntó:

—¿No ha bajado la demanda de chales en los últimos años, ahora que en Europa se han puesto tan de moda los polisones que impiden llevarlos con la misma soltura que antes?

—Por desgracia, sí. Hoy en día un tejedor medio de Cachemira no gana más de un ana y cuarto al día, trabaja en lamentables condiciones y muere joven a causa de la desnutrición. Pero —Suraj Singh se encogió de hombros—, las modas son muy volubles. Van y vienen con las estaciones. Huzur cree que para los chales tan delicadamente tejidos y con unos estampados tan bonitos como éstos siempre habrá demanda por parte de las personas de buen gusto.

—La tejeduría de la lana no parece una actividad muy propia de un militar —dijo Emma—. ¿Cómo pudo el comandante Granville adquirir un interés tan grande por el tema?

—La madre del difunto huzur era francesa y uno de sus hermanos era propietario de unas fábricas de chales en Francia. Cuando fue a París para asistir a una de las grandes exposiciones, éste llevó consigo a su joven sobrino. Fue entonces cuando burra huzur se aficionó por primera vez a los tejidos delicados.

—¿Y mi marido sigue la tradición con el mismo entusiasmo?

—Begum sahiba puede juzgar por sí misma. —Suraj Singh le señaló uno de los telares—. El dibujo que están tejiendo lo hizo el propio huzur. Es un artista extraordinario.

—¿Como su padre?

—No. El difunto huzur tenía muy buen ojo para los diseños y la textura, pero no era un artista.

—¿Como su madre entonces?

—Sí, begum sahiba.

—¿Era una buena pintora?

—No, begum sahiba, pero dicen que tenía un instinto innato para el arte.

Antes de que Emma pudiera hacer más preguntas, Qadir Mian se acercó para preguntarle si le gustaría presenciar el proceso del tinte, y una vez más Emma se vio obligada a abandonar el tema de la difunta señora Granville.

En conjunto, la mañana había resultado muy provechosa. La finca, le explicaron, era casi autosuficiente en cuestión de alimentos y en ella se desarrollaba una asombrosa variedad de actividades. Las moreras criaban gusanos de seda para los chales de seda de Cachemira; una parcela de una hectárea y media de superficie se dedicaba al cultivo de plantas medicinales para el dispensario de la finca. Había ríos con pesca abundante, una próspera vaquería, un molino, un nogueral con tres variedades de nueces, varios huertos y una fábrica de conservas para el aprovechamiento de la fruta sobrante.

—¿Quién cuida de todo eso, aparte de mi marido y usted? —preguntó Emma, sorprendida de que hubiera tantas tareas distintas.

—Lincoln, a quien usted ya conoce, el administrador de la finca. La finca se administra según criterios un tanto heterodoxos. Todos los que trabajan aquí participan de los beneficios y por eso les conviene trabajar duro y ser honrados.

Cabalgando entre los trigales y los arrozales, cuyas espigas llegaban hasta la cintura, y rodeando huertos primorosamente cuidados, ambos regresaron a la casa siguiendo otro camino, a tiempo para el almuerzo. En los prósperos viñedos, los racimos rojos y blancos colgaban profusamente por doquier. Alentado por el Gobierno de Cachemira, explicó Suraj Singh, huzur había plantado lúpulo y ahora quería elaborar vino.

—Ahora no hay tanta uva como en tiempo de los mongoles, en que ocho *sers*, aproximadamente ocho kilos, costaban una cuadragésima parte de rupia. Más tarde, el marajá Ranbir Singh importó cepas de Burdeos e inauguró una destilería en Gupkar. El experimento sigue adelante, pero no ha tenido mucho éxito porque las plantas son propensas a la filoxera.

—¿Y las viñas de Shalimar?

—Se importaron de Estados Unidos. Al parecer, son más resistentes a las plagas.

—¿Hay demanda de vinos en Cachemira?

—Sólo en Srinagar. Hay demanda en la India, naturalmente, pero el coste del transporte y los aranceles en la frontera impiden que el negocio sea rentable.

—Pues entonces, ¿por qué se ha embarcado mi marido en un proyecto que tiene tan pocas esperanzas de éxito comercial?

Suraj Singh lanzó un suspiro.

—Precisamente por este motivo, begum sahiba. Huzur es tan incapaz de rechazar un reto como de aceptar la perspectiva del fracaso.

—Pero, hombre, por Dios —dijo sir John ligeramente irritado mientras ambos se sentaban para redactar el texto del telegrama—, ¿hace falta sacarlo de quicio en todas las reuniones? No estaría de más que fuera usted un poco más diplomático de vez en cuando. Las cuestiones de la cordita y del cartucho fijo, por ejemplo, creo que fue una falta de tacto comentarlas.

—Considero tan poco honrado expresar una opinión hipócrita, señor, como no expresar una que sea sincera —replicó Hethrington.

—¡Qué disparate! —Sir John se rio de buena gana—. Con un poco de práctica, no haría usted tal cosa. Con toda sinceridad, Wilfred, lo que ha dicho sir Marmaduke tiene su lógica. La coincidencia de acontecimientos es preocupante y hay que tomar precauciones.

—Me parece un error basar la política exterior en los rumores y creo que resulta humillante pegar un brinco cada vez que los rusos tocan el silbato. En cualquier caso, yo no expreso puntos de vista que no mantengan y expresen un millón de personas moderadas en Gran Bretaña.

—¡Moderadas! Son voces que claman en el desierto, Wilfred... ¡y ambos sabemos lo que sir Marmaduke piensa de ellas!

—Tiene que haber algunos políticos sensatos que...

—¿Políticos y sensatos? —Sir John se rio—. Ni lo sueñe, Wilfred, ni lo sueñe... Le aseguro que no hay ni una sola posibilidad en el mundo de encontrar semejante animal. En cualquier caso, la política y los políticos son un coto vedado para nosotros... y usted lo sabe muy bien.

Sir John volvió a su redacción y Hethrington guardó silencio.

La tendencia del Gobierno a esperar lo peor de Rusia sobre la base de simples chismes jamás dejaba de asombrarlo. Medias informaciones, informaciones erróneas, mentiras descaradas, todo servía para alimentar los rumores. Por ejemplo, un simple rumor, según el cual Rusia había robado una muestra de cordita británica había sido suficiente para provocar el pánico en Whitehall. Posteriormente, un científico alemán que trabajaba para el Departamento de Guerra francés en la pólvora sin humo —la melinita— había señalado que la pólvora británica era químicamente inútil, y las caras de costumbre se habían sonrojado.

La cuestión del cartucho «fijo» había sido todavía más embarazosa. Ante la petición de que confirmara el rumor según el cual Rusia había introducido cartuchos «fijos» en su artillería, el agregado militar británico en San Petersburgo había contestado afirmativamente. Se produjo el consabido alboroto... hasta que el agregado confesó que había cometido un lamentable error. No siendo experto en artillería, había creído que los cartuchos «fijos» eran aquellos cuya dispersión y cuyo proyectil eran «fijos» para cada tipo de arma. Pero, en realidad, los cartuchos «fijos» eran aquellos cuyo proyectil se fundía con el revestimiento formando una sola cosa para conseguir una más rápida potencia de fuego. Huelga decir que no habían sido introducidos en el ejército ruso y que San Petersburgo volvió a mondarse de risa.

Sir John posó la pluma y se reclinó contra el respaldo de su asiento.

—Bueno, Wilfred, déjeme preguntarle una cosa... ¿Está usted, con toda sinceridad, tan tranquilo como parece a propósito de la llegada de Smirnoff?

—No, señor. En realidad, estoy sumamente preocupado. Sé que algo se está tramando en Tashkent y que, cuando él llegue, el proceso se acelerará, pero las conjeturas oscurecen la cuestión, no la aclaran. Tenemos que estar alerta, lo reconozco, pero no podemos ponernos histéricos y convertirnos en halcones. ¿Ha tomado usted nota del largo mensaje cifrado de lord Castlewood?

—Sí, pero sir Marmaduke no le presta atención. Cree que, cuando se haya completado la fabricación del nuevo rifle, Rusia declarará la guerra posiblemente a Inglaterra y probablemente en la India. Los partidarios de la violencia en Asia Central están atizando el fuego en su afán de ganar medallas, Wilfred.

—¿Cree usted que el coronel Durand es menos partidario de la violencia y tiene menos afán de ganar medallas, señor?

El intendente general se encogió de hombros pero guardó silencio.

—No niego que Smirnoff viene para provocar problemas, pero, sean cuales sean, no tendrán la bendición del zar.

—Bueno, de acuerdo, aunque aceptemos que actúa por su cuenta y riesgo, ¿no le parece curiosa la forma en que San Petersburgo ha reaccionado a la violencia en el pasado? Por su escaramuza con los afganos en el Murghab, por ejemplo —un descarado acto de irresponsabilidad—, ¡Alexei Smirnoff se ganó nada menos que un ascenso!

—Bueno, porque su padre era ministro de la Guerra en aquellos momentos.

—¿Y considera usted a Smirnoff hijo menos influyente por derecho propio en su calidad de interventor militar de la casa del zar?

Hethrington sacudió la cabeza.

—En Rusia sólo hay un centro de poder, señor, Alejandro III, que apenas delega autoridad en nadie. Hasta los certificados de gastos de un agregado militar tienen que ser aprobados y recibir el visto bueno personal del zar. Oficialmente, el Ejército ruso en Asia Central tiene órdenes estrictas de no poner los pies en ningún territorio disputado.

—Pero, ¿oficiosamente?

—Oficiosamente, si un oficial ruso rebasa sus límites, se trata de un acto de indisciplina individual, no del preludio de una guerra, y eso es lo único que yo digo. Los actos aislados de beligerancia son tan poco representativos de la política exterior rusa como la *Defensa de la India* de sir Charles lo es de la nuestra.

Sir John levantó las manos.

—No importa lo que usted y yo pensemos, Wilfred —dijo en tono cansado—. Algy Durand, el comandante en jefe, el secretario de Asuntos Exteriores y Whitehall piensan otra cosa y eso, amigo mío, es lo que importa. Permítame también recordarle, Wilfred, que el servicio secreto es de muy reciente creación, todavía se tiene que ganar los laureles y aún está en periodo de prueba, por así decirlo. Nuestro presupuesto es para muchas personas una espina clavada y estoy seguro de que no hace falta que le recuerde...

—Lamento interrumpirle, señor... —tras haber llamado brevemente a la puerta, el capitán Worth entró con un papel en la mano— pero esto acaba de llegar de Leh.

El intendente general y Hethrington levantaron simultáneamente los ojos.

—¿Qué dice? —preguntaron ambos con igual alarma.

—El señor Crankshaw informa de que, tras regresar de Yarkand, Geoffrey Charlton acaba de llegar a Srinagar.

Tras un instante de impresionado silencio, sir John se acercó una mano a la frente.

—Bueno pues, me parece que eso es el colofón de un día sensacional. ¿No está usted de acuerdo, Wilfred?

Hethrington no tuvo ni siquiera el valor de asentir con la cabeza.

—Hablando de Merv —dijo Geoffrey Charlton—, creo que sufriría usted una decepción si la viera tal como es hoy en día.

—¿De veras? —Emma se inclinó hacia delante para escuchar mejor—. ¿Y son tres antiguas ciudades? Algo tiene que quedar de sus sucesivas civilizaciones.

—Sólo las ruinas que se extienden hasta donde alcanza la vista, a quince kilómetros del nuevo conglomerado urbano. De hecho, no hay ni un solo palmo cuadrado en el que uno no tropiece con alguna ruina olvidada o semienterrada. —Hakumat se acercó y le ofreció a Charlton una bandeja de crema y melocotones recién cortados—. Durante la construcción del ferrocarril, Merv disfrutó de cierta prosperidad, pero ahora casi todos los comerciantes se han ido. La nueva ciudad es un conjunto de cabañas, un perezoso río, unas cuantas casas vulgares de madera y uno o dos parques.

—¿Y la impresionante fortaleza de adobe de Kushid Khan Kala?

—Ahora la cruza el ferrocarril a la salida de Merv. Otras antiguas estructuras albergan las oficinas del Ejército ruso, la residencia del gobernador provincial, unas pequeñas guarniciones militares y puede que algún jardín o una iglesia sin la menor importancia.

—¿Y las antiguas ciudades atribuidas a Alejandro, Zoroastro y los macedonios?

—Lamento decir que todas se han convertido en polvo.

—¡Qué final tan doloroso para el entusiasmo de un viajero! —exclamó apenada Emma—. Dígame, señor Charlton, ¿por qué los habitantes de la ciudad no protestan por este imperdonable abandono de sus monumentos y sus héroes históricos?

Charlton esbozó una sonrisa.

—Veo, señora Granville, que es usted una romántica.

—¿Por qué? Cualquier persona que sienta interés por la historia tiene que lamentar semejante destrucción, ¿no le parece? ¿Usted no la lamenta, señor Charlton?

Charlton se encogió de hombros.

—Se trata de organizar las propias prioridades. Mi condición de periodista me obliga a ser esencialmente realista. Más que el pasado inmutable me preocupa el acelerado cambio del presente... y el acierto con el cual Rusia lo está moldeando en un futuro beneficioso para sus intereses.

—¿Califica usted de acierto esta destrucción?

—¿Destrucción? —Charlton se echó a reír—. Muy al contrario, señora Granville. Hoy en día los oasis son más productivos que nunca y ésta es precisamente la razón de que a los habitantes de la zona ni se les pase por la cabeza la idea de protestar. —Apartó a un lado la taza y se acercó una servilleta a las comisuras de la boca. Las leyendas modernas sólo reconocen a un héroe, el general Konstantin Kaufmann, el primer gobernador general ruso. Puede que Tamerlán y Alejandro les suenen de algo, pero la verdad es que nadie tiene tiempo que perder con la Antigüedad. Por desgracia, a pesar de su falta de escrúpulos y su voracidad, los rusos son también unos excelentes colonizadores, señora Granville.

Charlton se levantó, se desperezó y contempló admirado las lejanas cordilleras iluminadas por el sol.

—¿Quiere usted decir en comparación con los británicos?

—En comparación con cualquier otro colonizador. Por ejemplo, mucho antes de la anexión de Merv, San Petersburgo envió equipos para revitalizar el oasis. La región es naturalmente rica; sesenta millones de nuevos árboles plantados la hicieron todavía más rica; se restablecieron antiguas vías fluviales, se iniciaron proyectos de riego y se repararon los daños de la presa del sultán Bend sobre el Murghab. En los últimos cinco años, la producción de algodón de Ferghaná se ha multiplicado por veinticinco y las exportaciones van viento en popa. Las alfombras turcomanas, por ejemplo, se venden en Europa nada menos que a treinta mil libras. —Charlton se volvió y miró a Emma con regocijo—. O sea que hoy en día, señora Granville, existe una Merv renovada y revitalizada. Si el comercio prospera y la gente vive bien, ¿por qué preocuparse por el pasado muerto, pudiendo obtener tantos beneficios en el presente vivo?

Emma se decepcionó ante aquella muestra de cinismo que, en cierto modo, se le antojaba un poco incongruente.

—¿Cree usted que la prosperidad material justifica el olvido de la Antigüedad?

—No lo justifico, señora Granville, me limito a exponerle las realidades existentes hoy en día. A los rusos no les interesa preservar la historia sino protagonizarla. Las excavaciones que han intentado llevar a cabo siempre han sido cicateras y han estado presididas por la indiferencia.

—Pero, ¿por qué no permiten que las hagan equipos extranjeros? Muchos se alegrarían de tener semejante oportunidad.

—El comercio anual de Merv se calcula en cinco millones de rublos, señora Granville, y sus beneficios van a parar directamente a los bolsillos del zar. Los rusos jamás permitirán ninguna actividad que pueda apartar la atención de la gente de sus tareas cotidianas.

—Pero eso es una explotación.

—La gente no lo considera así. Sabe que el enriquecimiento del zar garantiza el desarrollo económico de Merv, y el suyo propio.

Emma frunció el entrecejo, perpleja por la lógica de aquel razonamiento.

—¿Debo entender por tanto que usted aprueba la colonización rusa?

—Al contrario. Gracias a su prosperidad, la región transcaspia está empezando a atraer también a muchos nativos de la India británica, especialmente en los estados fronterizos. —La mirada de Charlton siguió el vuelo de una mariposa gigante amarilla y morada que pasó por delante de la mesa en busca de un lugar donde posarse—. Deslumbrados por la superior calidad de vida en el Imperio ruso, los indios olvidan que no sólo de pan vive el hombre y que el que pone la comida en su mesa se apodera en último extremo de su alma.

—¿Acaso no hacen lo mismo todos los colonizadores? —preguntó Emma—. ¡De una u otra manera, todos interpretan el papel de Mefistófeles!

—Lo que ocurre es que los rusos lo interpretan mucho mejor. Por ejemplo... —Charlton interrumpió bruscamente la frase y frunció el entrecejo—. ¿Cómo demonios hemos conseguido llegar a esta interminable discusión a partir de las antiguas ciudades de Merv?

Emma se echó a reír.

—Eso mismo me estaba empezando a preguntar yo.

Charlton adoptó inmediatamente una expresión contrita.

—La culpa ha sido mía. Pido perdón. Sería imperdonable desperdiciar una tarde tan preciosa en un ambiente tan idílico con una estéril discusión política. Bueno —Charlton volvió a sentarse, dispuesto a prestar atención—, ¿qué me había preguntado antes sobre Bujara?

Puesto que ni la política ni los métodos de colonización rusa le interesaban lo más mínimo, Emma suspiró de alivio. El antiguo kanato de Bujara, construido en buena parte por ingenieros indios, debía su nombre al sánscrito *vihara*, asamblea de sabios. Se había limitado a preguntar si quedaba todavía algún vestigio de aquella sabiduría. Alegrándose de que la conversación siguiera unos derroteros más agradables y menos polémicos, Emma repitió la pregunta.

Era efectivamente una tarde preciosa, fresca y perfumada y llena de zumbidos de abeja, de brisa primaveral y del denso y dulce aroma de la fruta madura. Según lo acordado, Charlton se había presentado a las tres en punto, sin sombrero y vestido con atuendo informal, sinceramente complacido por la invitación. Había tenido la consideración de acudir a la casa cargado con varios libros sobre Asia Central que, a su juicio, serían de interés para Emma. La mesa del té, cubierta con un mantel almidonado de damasco blanco y puesta con vajilla de porcelana, un servicio de té de plata y unos delicados tapetes de encaje con cuentas de cristal en los bordes para mantener a los insectos alejados de la comida, había sido supervisada por Hakumat y Sharifa. Antes de sentarse a tomar el té y a petición de Charlton, Emma había acompañado a éste en un recorrido por la finca. El entusiasmo de Charlton por todo era casi de colegial y éste se deshizo en alabanzas de Damien. Siguiéndolos a una discreta distancia, Suraj Singh mantenía una actitud más inescrutable que nunca.

Olvidando la política, ambos conversaron acerca de Bujara y Samarcanda, el mágico río Oxo que nacía en los glaciares del Pamir, y muchos otros lugares exóticos. A pesar de la amplia variedad de sus conocimientos, la actitud de Charlton era tan modesta como en el Ayuntamiento de Delhi. Mientras escuchaba sus minuciosas respuestas a sus numerosas preguntas, Emma se sorprendió una vez más de la claridad con que sabía exponer sus puntos de vista y de su memoria para los detalles. Hablaba en comedida cadencia, raras veces tenía que detenerse para buscar las palabras y su voz jamás superaba los niveles de la cortesía. En el transcurso de la conversación, Emma averiguó también algo acerca del propio Charlton. Se enteró de que se había criado en una ciudad minera de Yorkshire y que había ganado una beca para sus estudios de segunda enseñanza y, posteriormente, para la Universidad de Manchester.

Acercándose a un melocotonero, Charlton se volvió y la miró inquisitivamente. Emma sonrió y asintió con la cabeza. Pegando un brinco, arrancó un melocotón de una rama alta e hincó el diente en su dulce carne. Tras haberlo liquidado, apuntó con el hueso y lo lanzó hacia la maleza. Al ver que se examinaba las manos sucias, Hakumat se acercó presuroso a él con una jarra de agua, una jabonera y una servilleta limpia.

—Cuando al emperador mongol Akbar le preguntaron en su lecho de muerte cuál era su último deseo... —Charlton suspiró— contestó: «Sólo Cachemira».

—Supongo que la vida en el valle también es de su agrado, ¿verdad? —le preguntó Emma.

—Sí, me gusta. —Charlton se lavó las manos y se las secó cuidadosamente, dedo por dedo—. Es una base muy cómoda para Asia Central. Aquí, en este perfumado silencio, puede uno escribir sin que lo molesten, y el administrador residente Walter Stewart tiene la amabilidad de ofrecerme su telégrafo para el envío de mis informes a Londres.

Levantando el rostro hacia las montañas, Charlton respiró hondo.

Emma sonrió, admirando su sinceridad y su ingenua manera de gozar de todo lo que lo rodeaba. Sí, pensó, aquel hombre poseía un encanto especial y una singular naturalidad, gracias tal vez a sus humildes orígenes. Le pidió por señas a Hakumat otra tetera.

—Tal como le comenté la última vez —dijo Charlton—, tuve el privilegio de conocer a su padre. Me causó una profunda impresión no sólo como hombre sino también como estudioso. Me hubiera gustado conocerle mejor. Estaba buscando a la sazón los viejos monasterios situados a lo largo de las antiguas rutas comerciales que seguían los peregrinos budistas.

—Sí. —Emma lanzó un pequeño suspiro—. Sí, los monasterios excavados en las montañas a lo largo de la Ruta de la Seda fueron la obsesión de toda la vida de mi padre. Había descubierto uno en el Tian Shan, que los chinos llaman la Montaña Celeste, y en las cuevas de Magar descubrió más tarde la más antigua y más vasta serie de murales y escrituras budistas de todo el mundo. Le encantaban los prados alpinos del Tian Shan —añadió nostálgica—. Dijo que era imposible dar un paso sin aplastar algún pensamiento de los muchos que alfombraban el suelo en todos los colores imaginables.

Ambos se pasaron un rato comentando la vida de Graham Wyncliffe y su pasión por los tesoros ocultos de la antigua sabiduría hasta que, finalmente y para su gran asombro, Emma empezó a hablar también de su muerte. Teniendo en cuenta lo muy doloroso que todavía le resultaba el recuerdo, se sorprendió de que pudiera evocarlo con alguien a quien apenas conocía. Pero había en Geoffrey Charlton algo consolador y era inmensamente comprensivo. No sólo resultaba fácil hablar con él, sino que, como buen periodista que era, sabía escuchar con halagadora atención.

—Mi padre era tremendamente celoso de su intimidad y a menudo se iba a pasear solo —dijo—. Los miembros de su equipo respetaban su necesidad de soledad. A veces se pasaba varios días lejos del campamento base, pero ellos no se preocupaban. Por desgracia, esta vez no regresó. Resulta insoportablemente cruel —añadió, tratando de evitar que el dolor se le notara en la voz— que nos viéramos privados hasta del pequeño consuelo de depositar unas flores sobre su tumba... si es que existe efectivamente una tumba reconocible.

Le brillaban los ojos pero no derramó ninguna lágrima, pues el desahogo había surtido en ella un efecto catártico; mientras hablaba, se sintió invadida por una profunda sensación de alivio. Estaba muy cansada de que el dolor se le enconara dentro y, además, lo ocurrido ya era del dominio común. Apoyó la cabeza contra el respaldo de su asiento y contempló el cielo rojizo.

—Vivimos en la esperanza durante mucho tiempo y habíamos rezado para que se produjera el milagro, pero no pudo ser. Averiguamos mucho más tarde que el cuerpo de mi padre había sido descubierto por los miembros de una tribu de la montaña que se sintieron en el deber de enterrarlo, aunque nosotros no tenemos ni idea de dónde.

Al percatarse de que Emma ya no podía reprimir el dolor, Charlton se levantó para dar un paseo por el huerto y dejarla sola un momento. Al regresar a su asiento, ya no insistió en el tema y, en cambio, dijo:

—Tengo entendido que su esposo se encuentra en Leh, ¿verdad?

Emma hizo un esfuerzo por apartar sus pensamientos del pasado.

—Sí, pero no tardará en regresar.

—Su esposo es un hombre extremadamente inteligente, señora Granville.

¿Lo decía como un cumplido? Emma no estaba muy segura.

—Me han dicho que conoce el nombre de casi todas las plantas, animales y pájaros de Cachemira, y todos los senderos de las montañas. Y que habla con fluidez varias lenguas, claro.

—Bueno, se crio en Cachemira. Su urdu es tan perfecto como su kashur y su dogri.

Emma estuvo casi a punto de añadir, «eso me han dicho», pero se abstuvo de hacerlo.

—Y como su ruso, naturalmente.

Emma se había inclinado para recoger una servilleta que se le había caído al suelo, lo cual la libró de la necesidad de una respuesta inmediata. Sus sobresaltados pensamientos regresaron al libro ruso que había descubierto en la biblioteca, pero, un momento después, cuando levantó el rostro, éste no revelaba la menor señal de asombro.

—Naturalmente —contestó sonriendo—. Su ruso también.

—Resulta que yo conocí a su esposo en el Club Náutico de San Petersburgo, señora Granville.

Charlton tomó delicadamente una mariquita de su rodilla y la depositó en el dorso de su mano.

—Ah, ¿sí? Bueno, probablemente debió de ser durante uno de sus viajes de negocios. Creo que los chales de Cachemira son muy apreciados incluso en Rusia.

—Sí, probablemente.

Sin acabar de comprender del todo el significado de las preguntas, Emma decidió no añadir nada más. Charlton se pasó un rato absorto en la contemplación del lento avance de la mariquita por la manga de su chaqueta y después inclinó la cabeza y la alejó con un suave soplo.

Ya estaba oscureciendo. Sacándose el reloj del bolsillo del chaleco, Charlton soltó una repentina exclamación y se levantó de un salto.

—¡Qué barbaridad! No me había dado cuenta de que fuera tan tarde. Espero no haber abusado de la visita.

Emma le aseguró que no. De hecho, lamentó en su fuero interno que Charlton no se quedara un poco más. Había disfrutado inmensamente de la tarde y las horas habían pasado volando. A pesar de que sólo era la segunda vez que se veían, se sentía completamente a sus anchas en compañía de Charlton. Era un hombre extremadamente culto y, cuando una se acostumbraba, hasta su cinismo resultaba curiosamente atractivo. Se alegró de que, a lo largo de la tarde, no se hubiera mencionado en absoluto a Chloe Hathaway.

Al final, Damien no había regresado. Incapaz de perdonarle la ofensa, Emma decidió repetir el ejercicio de recibir a Charlton en Shalimar.

Percatándose de que los ojos de Charlton estaban clavados en su rostro, se ruborizó.

—Le agradezco mucho que se haya tomado usted la molestia de venir hasta aquí sólo para satisfacer mi curiosidad, señor Charlton. Espero no haberle aburrido demasiado con mis interminables preguntas.

—Muy al contrario, señora Granville, tal como ya le he confesado, uno de mis mayores placeres es pontificar delante de un público extasiado... y, en cuestión de públicos extasiados, usted es ideal.

Emma sonrió; la humildad era muy típica y en cierto modo conmovedora.

—Tiene usted que cenar una noche con nosotros cuando regrese mi marido —dijo audazmente.

Charlton no contestó, pero sus ojos, repentinamente graves y turbados, siguieron estudiando su rostro.

—Me sentiría muy honrado señora Granville —dijo de pronto—, si usted quisiera acceder a un ruego muy especial que le voy a hacer.

—¡Por Dios, pero qué serio se ha puesto usted, señor Charlton! —exclamó Emma, riéndose—. Teniendo en cuenta lo mucho que me ha costado conocerle y hablar con usted, estaré encantada de acceder prácticamente a cualquier ruego que usted tenga a bien hacerme.

—En tal caso, le ruego que me considere su amigo —dijo Charlton sin sonreír—. Puede que muy pronto le haga falta uno.

11

El coronel Mikhail Borokov bajó por una ancha y hermosa avenida de Tashkent llamada calle Romanov. La avenida estaba bordeada de cuádruples hileras de acacias, álamos y sauces geométricamente espaciados, circunstancia de la que tomó nota complacido, pues le encantaba la geometría.

También le encantaba la ley marcial y el sentido de la disciplina que ésta había infundido en Tashkent, capital del imperio asiático ruso y núcleo del comercio de Asia Central. No cabía duda de que el gobierno militar había modernizado efectivamente la «ciudad de piedra» y le había aportado un toque de sabor europeo. Tan extensa como París pero con una décima parte de su población (menos de una centésima parte si se descontaban los cien mil indigentes), Tashkent era ahora una capital casi tan envidiada como Calcuta, centro del Imperio británico de Asia.

Mientras pasaba por delante de la plaza de armas y los cuarteles, una formación de soldados se cuadró y él se rozó la gorra con un dedo, lanzando un suspiro. La pura verdad era que, a pesar de su disciplina cuartelaria y de lo mucho que él la aprobaba, en su fuero interno, a Mikhail Borokov Tashkent le parecía muy triste. El club militar y sus incesantes bailes y cenas eran muy aburridos y los oficiales que asistían a los mismos todavía más. Despreciaba a los veinte mil hombres destinados allí y los consideraba unos retrasados mentales indignos de que él confraternizara con ellos, de la misma forma que despreciaba a los indigentes de todas las razas, colores y orígenes posibles. Lo que más le faltaba a Tashkent, muy a su pesar, era una clase de instruidos, prósperos y refinados nativos como la que había en las ciudades del Imperio indio británico. Por una curiosa ironía, los defectos de la ciudad eran precisamente una consecuencia de aquellos aspectos de la sociedad urbana que la ley marcial había destruido: la vitalidad individual, el contraste de pareceres y la sofisticación social, todo lo que confería un sabor tan embriagador a las ciudades europeas como San Petersburgo.

En su fuero interno, Mikhail Borokov estaba deseando regresar a San Petersburgo. Echaba de menos la alegría y el esplendor, las veladas y las cenas, el lujoso Club Náutico, donde, entre la refinada elite rusa, uno podía codearse con la verdadera elegancia y el estilo. También echaba de menos, no podía negarlo, los privilegiados almuerzos en los palacios imperiales que de vez en cuando organizaba Alexei Smirnoff. Cualquiera que fuera su opinión personal acerca de Alexei, no cabía duda de que aquel hombre era un auténtico aristócrata. Había nacido en medio de la riqueza y tenía la confianza social propia de los que gozan de privilegios, y eso era algo que él envidiaba con toda su alma.

Pero, por muy grandes que fueran sus anhelos, sabía muy bien que la vida a la cual aspiraba tendría que esperar. Tenía asuntos que resolver en Asia Central, un plan que desarrollar, una misión que cumplir. Lanzó otro silencioso suspiro, apartó a un lado sus visiones de San Petersburgo y consultó una vez más su reloj de bolsillo.

Era todavía demasiado temprano para su cita con el barón, por lo que decidió dar un paseo por uno de los muchos jardincitos que bordeaban las calles de Tashkent, y sentarse en un banco. El barón, un inepto sujeto que no veía más allá de su ovis poli, era, sin embargo, un maniático de la puntualidad, que censuraba no sólo a los que llegaban con retraso sino también a los que lo hacían con antelación. Borokov se alegraba, naturalmente, de que Ivana jamás le permitiera faltar a una cita, pero, al mismo tiempo, su eficiencia lo irritaba algunas veces. En lugar de permanecer allí sentado, tocándose las narices en un parque, hubiera podido dedicar una provechosa media hora a completar su informe para San Petersburgo en su despacho.

Mientras contemplaba con aire ausente los juegos de un muchacho con su perro, pensó en sus secretas intrigas con Alexei Smirnoff. Alexei había considerado peligrosa la entrega, aunque sólo fuera de una pequeña parte, de los nuevos rifles de repetición sin autorización oficial, y él no veía de qué manera se podría convencer a Safdar Alí de que aceptara armas obsoletas. Safdar Alí no los conduciría al Yasmina hasta que hubiera montado y probado los rifles; ellos, por su parte, se negarían a montarlos sin un previo acceso al Yasmina. ¿Y si el malnacido los matara en cuanto ellos ocuparan el paso? Borokov alivió su irritación lanzando un silencioso reniego; ¡hasta que llegara Smirnoff, todo estaría en el aire! No sabía si, al final, se posaría suavemente a sus pies o si estallaría por encima de su cabeza. Tratando de librarse de sus inquietudes, se levantó de un salto, consultó una vez más el reloj y reanudó el malhumorado camino hacia su destino.

El llamado palacio del gobernador general del Turquestán ruso no era, en realidad, más que una monstruosidad cuya fealdad quedaba compensada en parte por los espléndidos jardines de la parte de atrás. Éstos se extendían alrededor de un río y una cascada artificiales, con montículos cubiertos de floridos arbustos y plantas amorosamente cuidadas, y eran efectivamente un espectáculo digno de ver. A un lado del recinto que albergaba el zoo del barón, se encontraba el foso de los osos. Los osos, sacrificados tras haberles dado por comerse a los jardineros, habían sido sustituidos recientemente por un par de zorros plateados menos agresivos.

Puesto que el barón se pasaba muchas horas de su jornada en aquellos jardines, allí fue donde recibió al coronel Borokov.

—Veo que llega puntual. —El barón lo aprobó con una complacida inclinación de la cabeza. Librándose de un montón de perros de todas las formas, tamaños, razas y colores imaginables, el gobernador desplazó el halcón que sostenía en su mano derecha enguantada a su mano izquierda—. Aprecio al hombre que respeta el tiempo, coronel. Falta todavía una hora para la siguiente distribución de alimento, pero sea buen chico y procure no entretenerse.

Perdiendo interés por su visitante, el barón dedicó su atención a una jaula de curiosas perdices de las colinas de Chimgan, dejando a Borokov plantado delante de un faisán del Oxo de petrificada mirada. El barón usaba monóculo y era un hombre grueso y de baja estatura, mejillas colgantes y comisuras de la boca inclinadas hacia abajo que le conferían un aspecto muy parecido al de uno de sus antipáticos cockers spaniels, sobre todo ahora que estaba de luto por la muerte de su querida oropéndola dorada. Al final, volvió a reparar en la presencia de Borokov.

—Bueno, hombre, hable ya de una vez... ¿qué le trae por aquí?

—Usted me pidió que me presentara inmediatamente después de mi regreso de San Petersburgo, señor.

—Ah, sí, es verdad. Bueno, ¿qué tal fue?

—Todo lo bien que cabía esperar, Excelencia. —De nada hubiera servido exponerle los detalles de sus discusiones con Alexei; el pobre imbécil apenas recordaría una palabra de cada diez—. Se han elegido y registrado las armas y ahora las están desmontando.

—¿Las armas?

Borokov suspiró.

—Para Hunza, señor.

—Ah. —El barón levantó un dedo índice para dar a entender que lo había comprendido—. Claro. Pero, ¿por qué desmontadas?

—No podríamos transportarlas a través de las montañas sin provocar una fuerte reacción de los angliskis, señor. Las partes desmontadas serán más fáciles de disimular.

—Ya. Espero que no serán estos nuevos rifles, ¿verdad?

—No, señor. El general Smirnoff duda mucho que se autorice su envío.

—¡Ya me imagino! Bueno pues, ¿cuándo empezarán las entregas?

—Bien entrado el verano, señor; por desgracia, para entonces, Su Excelencia ya habrá abandonado Tashkent.

El barón alisó el entrecejo y esbozó una alegre sonrisa.

—Lástima —murmuró, fingiendo lamentarlo—. Lástima. Me hubiera gustado ver cumplido nuestro compromiso antes de irme. ¿Cómo ha dicho que se llamaba el hombre?

—Safdar Alí, señor —contestó Borokov, tratando de sacudirse de encima un gigantesco perro de raza indeterminada que estaba intentando copular con su pierna derecha en la creencia de que era una hembra en celo.

—¿No espera también un poco de dinero de nosotros?

—Sí, señor. San Petersburgo sólo lo enviará cuando se cumpla el trato.

—¿El trato? —El barón lo miró perplejo, hizo una mueca y se apresuró a posar de nuevo el halcón en su percha. Arrodillándose en el suelo, frotó enérgicamente el guante acolchado contra la hierba para librarse del recuerdo de la visita del ave—. Mmm... refrésqueme la memoria, si no le importa.

—A cambio de la entrega de armamento y de subsidios, señor, hemos pedido acceso al paso del Yasmina.

¡El Yasmina!

El barón experimentó un sobresalto.

—Ah, sí, ahora lo recuerdo.

Sus ojos se desviaron hacia el recinto donde pacía el markhor de Cachemira. Observó una vez más con orgullo que sus cuernos tendrían efectivamente tres vueltas. Al recuperar el recuerdo, las comisuras de su boca se curvaron hacia abajo. Estaba seguro de que el maldito dardo no tardaría en regresar con los pollos de águila dorada, pero el otro parecía haber sido engullido por las entrañas de Tashkent. Aunque, en realidad, no estaba muy preocupado. Uno de ellos tendría que regresar a causa de aquella mujer, ¿no?

Trató de darse ánimos respirando hondo.

—Se ha producido un... hecho un tanto curioso en su ausencia, Borokov —dijo nerviosamente—. Por consiguiente, vamos a sentarnos al salón de fumar para hablar más tranquilos.

Borokov lo siguió para salir del jardín y, al pasar, propinó un buen puntapié al trasero del amoroso perro para calmarle el ardor. El perro soltó un gañido y se alejó en dirección contraria. El resto del grupo brincó, mordisqueó y le mordió los tacones mientras los acompañaba a la casa.

El estudio privado del barón era una confortable y apartada estancia, en la que ni siquiera su mujer podía entrar sin permiso. Los paneles de revestimiento de las paredes y las sobrepuertas artesonadas habían sido pintados por artistas sartos de la zona, y los divanes estaban tapizados en terciopelo rojo tejido especialmente en Bujara. El estudio se abría al salón de recepciones principal, donde unos enormes retratos del difunto zar y su esposa la zarina y de la actual pareja imperial adornaban la pared por encima del estrado. A pesar de la suave temperatura de la tarde, la chimenea estaba encendida. Los perros se acercaron corriendo a ella, cayeron amontonados de cualquier manera delante del hogar y se disputaron ruidosamente los mejores sitios.

—¿Un hecho curioso, señor?

Sólo tras haberse sentado delante de sus vasos de *slivovitz* y sus cuencos de almendras tostadas y cuando los perros ya se habían calmado, pudo Borokov hacer la pregunta.

—Pues, sí, mucho.

—¿Curioso porque nos favorece, señor?

—Curioso porque no lo sé. Y tampoco estoy muy seguro de lo que opinará usted al respecto. —El barón jugueteó con creciente inquietud con un cigarro apagado—. Recibí la visita de dos hombres que aseguraron ser dardos. Y me hicieron una proposición de lo más sorprendente.

A Borokov se le cayó el alma a los pies... ¿en qué espantoso lío los habría metido ahora aquel imbécil? En la estancia hacía un calor insoportable. Se levantó, abrió la ventana de par en par, se aflojó simultáneamente la tirilla de su uniforme y regresó a su asiento, preparándose para lo peor.

Al otro lado de la ventana abierta, directamente bajo el saliente alféizar, el jardinero kazako estaba agachado sobre la hierba, podando unos rosales.

El barón entornó los párpados y contempló el fuego de la chimenea.

—Dígame, Borokov, si alguien le ofreciera un joven markhor, unas crías de águila dorada y... todo lo que usted pudiera ambicionar en bandeja, ¿cuál sería su primera reacción?

—Sospecharía de inmediato, señor.

—Exacto. —El barón asintió taciturno con la cabeza, encendió una cerilla y la acercó al extremo de su cigarro—. Y, si este alguien le ofreciera todo eso a cambio de algo que él quisiera... ¿cuál sería entonces su reacción?

Sin tener ni idea de lo que estaba diciendo aquel hombre, Borokov empezó a perder la paciencia.

—Bueno, supongo que llegaría a la conclusión de que lo que aquel hombre deseaba debía de tener un considerable valor para él, ¿qué otra cosa podría pensar?

—¡Justamente! —El barón pareció tranquilizarse—. Ésa es precisamente mi interpretación, aunque la verdad es que no entiendo nada.

—¿Podría yo ayudarle, señor? —preguntó Borokov, haciendo un sobrehumano esfuerzo por no apretar los dientes—. Dicen que cuatro ojos ven más que dos.

—Así lo espero, Borokov, así lo espero. —El barón dio una fuerte calada a su cigarro—. Me han ofrecido unos mapas detallados y autorizados del paso del Yasmina.

Borokov se relajó.

—Ya. Este nuevo animal del jardín... es el que trajeron los hombres, ¿verdad?

El barón se ruborizó.

—Un markhor de Cachemira, Borokov, con los cuernos triplemente retorcidos...

—Y, al mismo tiempo, ¿le ofrecieron los mapas del Yasmina?

—Bueno, no exactamente.

—¿Cuánto dinero piden a cambio?

—No pidieron dinero, pidieron que...

—¿Dijeron que eran dardos? —preguntó Borokov, interrumpiéndolo con impaciencia.

—Sí, pero, con toda esta pelambrera y esta suciedad, a mí toda esta gente me parece igual. Uno de ellos (el sobrino, creo) dijo que era de Chitral.

—¿Y cómo entraron en posesión de estos supuestos mapas?

—Dijeron que los habían robado.

—¿De dónde?

—El sobrino dice que era camellero de la caravana en la que viajaba aquel angliski, el que mataron... ¿cómo se llamaba?

—¿Butterfield?

—Sí, ése.

Borokov se levantó muy despacio.

—¿Mencionó a Butterfield por su nombre?

—Sí... no. No me acuerdo, pero dijo que robó los papeles de su morral durante el ataque.

Borokov frunció el entrecejo. Un confidente ocasional, un tratante de caballos, había oído hablar del asesinato del angliski en el caravasar de Leh. Ahora ya lo habían publicado todos los periódicos ingleses y rusos, a pesar de los desesperados esfuerzos de Simla por mantenerlo en secreto. En cuanto a la afirmación de los dardos, se mostraba francamente escéptico, pero también perplejo.

—No sé si habrá alguna relación —musitó.

—¿Relación?, ¿qué relación? ¡Hable claro de una vez, hombre de Dios!

A punto de explicárselo, Borokov lo pensó mejor. Hubiera sido una pérdida de tiempo explicarle al barón lo que había descubierto casualmente en Hunza. En vez de eso, preguntó:

—¿Dejó usted en libertad a los hombres?

—Sólo a uno de ellos. Para que vigilara el nido y robara las crías de águila real cuando salieran del cascarón. Y para ir por los mapas, claro. El otro se encuentra todavía en Tashkent.

—¿Dónde?

El barón hizo un vago gesto con la mano.

—Por ahí. ¿Qué importa eso mientras esté dentro de nuestra jurisdicción?

—¿No mandó usted mantenerlo bajo custodia?

Borokov se sorprendió de la estupidez de aquel hombre.

—No era necesario. Ya le he dicho a usted que querían algo a cambio, ¿no?

—Cualquier cosa que quisieran, no volverá usted a verles el pelo —replicó Borokov en tono irritado—, ni con las crías de águila y los mapas ni sin ellos.

—Tendrán que volver si la quieren.

—Si quieren, ¿a quién?

El barón se pasó un buen rato tosiendo, después se levantó y atizó el fuego de la chimenea sin mirar a Borokov.

—Por lo visto, vinieron para localizar a una mujer que, según creen, trabaja en algún lugar de nuestro territorio. Cuando les sea entregada la mujer, ellos me entregarán las crías de águila y los mapas.

El barón volvió a sentarse, tomó a un pequeño y peludo lulú blanco de Pomerania y se lo colocó sobre las rodillas.

—¿Quién es esta mujer a la que buscan a cambio de todos estos regalos? —preguntó Borokov, perplejo—. ¿Y cómo se la puede localizar?

—Ya la he localizado.

—¿Dónde?

Enfrascado en la tarea de examinar las patas del lulú, el barón arrancó una garrapata, la arrojó al fuego haciendo una mueca de repugnancia y volvió a dejar el perro en el suelo.

—Aquí, en Tashkent. Nos facilitaron esta información acerca de ella —añadió, alargando una hoja de papel a Borokov.

Borokov no hizo el menor ademán de tomarla.

—Bueno, ¿y qué tengo yo que hacer al respecto, Excelencia? —preguntó enfurecido—. Ya estoy harto de tener que asumir las responsabilidades de los demás.

El barón volvió a doblar la hoja de papel y la depositó cuidadosamente sobre la mesa.

—Creo que debería echarle un vistazo, coronel. Dicen que es armenia y es posible que lleve un colgante como el que aparece dibujado en este papel. Verá, coronel —el barón miró con la cara muy seria a Borokov—, yo estoy convencido de que la mujer a la que buscan es Ivana Ivanova.

Al otro lado de la ventana, el jardinero kazako recogió sus útiles de jardinería y se retiró con el mismo sigilo con el que había llegado.

Emma ya llevaba más de ocho semanas sola en Shalimar cuando regresó Damien.

Calculaba que, desde la boda, habrían pasado menos de cuarenta y ocho horas juntos. Si el noviazgo no había sido más que una sucesión de palabras huecas, falsas sonrisas y farsas sin ningún significado, el matrimonio estaba resultando ser un digno corolario de su preludio. Emma sabía que en Shalimar la ausencia de Damien era objeto de comentarios en voz baja; pero, por mucho que le dolieran, no podía replicar, pues el virtual abandono en que él la tenía era prueba más que suficiente de su desinterés. ¿Por qué, se preguntaba una y otra vez, se había tomado Damien la molestia de casarse con ella?

Pero mucho más preocupante que la ausencia de Damien era el hecho de que ésta estuviera empezando a provocarle unas emociones no deseadas. Había tratado de engañarse pensando que la libertad de que gozaba era una bendición; sin embargo, tras haberse pasado varias semanas sola en una inmensa casa desconocida en un país desconocido, ya no podía seguir engañándose. Lo cierto era que, por mucho que luchara contra aquel sentimiento, la indiferencia de Damien le resultaba terriblemente dolorosa.

Y, por si la sensación de inseguridad que experimentaba no hubiera sido suficiente, la visita de Charlton le había producido una vaga desazón. No cabía duda de que era un ameno conversador, que su compañía resultaba muy agradable y que sabía escuchar; a pesar de lo poco que lo conocía, le parecía que ya se había instaurado entre ambos una cierta afinidad. Pese a lo cual, le dolía la curiosa petición que él le había hecho al despedirse. ¿Tanto se notaba su soledad y su desesperada necesidad de amistad que hasta alguien a quien apenas conocía se había dado cuenta?

Pese a todos sus recelos, Emma trataba de ocupar sus jornadas con actividades que ella misma se inventaba. Cediendo a su natural curiosidad, decidió familiarizarse con la finca. Se pasaba todo el día haciendo preguntas, indagando, examinando y explorando todos los rincones, permanecía largas horas en el despacho con Lincoln, el administrador de la finca, y visitaba los hogares y a las familias de los trabajadores en un intento de absorber al máximo toda la esencia de aquel hermoso lugar al que el destino la había conducido.

Contemplaba cómo trillaban el arroz en los arrozales para proporcionar los mejores granos a las exigentes mesas de la India y Afganistán, y cómo plantaban el azafrán que se recolectaría en octubre cuando los estigmas adquirieran un color escarlata. Ayudaba a clasificar, pesar y registrar la fruta sobrante para su transformación en conserva y aprendía los métodos indígenas de contabilidad. Para gran regocijo de Qadir Mian, insistía en aprender a cortar y cardar la lana de las cabras monteses de largo pelo para su conversión en hilo.

Estaba a punto de celebrarse una boda en la finca. Intrigada por las costumbres y los rituales de una ceremonia brahmán cachemir, acerca de la cual apenas sabía nada, Emma hizo anotaciones en su diario con vistas a futuras consultas. Para poder comunicarse más fácilmente, contrató los servicios de un tímido e instruido *munshi* del despacho de la finca con el fin de que le diera lecciones de kashur, el único dialecto del valle derivado del sánscrito e influido por numerosas otras lenguas a lo largo de sus siglos de existencia.

Cuando hacía mal tiempo, se dedicaba a estudiar las anotaciones del doctor Anderson y a trabajar en el libro. Aprovechando todo el espacio que el estudio le ofrecía, etiquetaba, catalogaba y exponía piezas a su antojo. Los objetos budistas de su padre ya estaban orgullosamente colocados en las vitrinas y sus libros cuidadosamente ordenados en las estanterías mientras que sus preciosos tankhas de seda tibetanos ya colgaban en las paredes color crema. Para entretener las solitarias horas de la velada, pedía que le sirvieran platos cachemires e intentaba acostumbrarse a los nuevos sabores, buscaba en la biblioteca de Damien material de lectura y se había entregado a un profundo estudio de Cachemira, tratando de hacer de la necesidad virtud y de sacar provecho de la situación. Por la noche, antes de irse a dormir, escribía largas y entusiastas cartas a su madre, a los Purcell, a Jenny y a John y David, ensalzando las virtudes de su nuevo hogar y de su flamante esposo e inventándose todos los detalles que, a su juicio, éstos tendrían interés en conocer.

Pero, cuando hacía buen tiempo, pasaba gran parte de las horas del día en la aldea de los tejedores, fascinada por su habilidad.

—Usted hace las mismas preguntas que ella solía hacer —le dijo una mañana Qadir Mian mientras ambos se tomaban una taza de aromático qahwa.

El anciano le hablaba con una familiaridad que, a juicio de Emma, constituía una muestra de la creciente aceptación de su cotidiana presencia en la aldea.

—¿Quién? —preguntó ella, interrumpiendo el examen de una carpeta de diseños.

—La difunta begum sahiba. —Qadir tomó una pizca de rapé, se la introdujo en una de las ventanas de la nariz y estornudó con profunda satisfacción—. Ella también quería saberlo todo y verlo todo. Por lo menos, durante los primeros años.

—¿No en los últimos?

Qadir sacudió la canosa cabeza.

—En los últimos años estaba angustiada por muchos dolores. Ella también era una señora muy elegante como puede usted ver... —el anciano señaló el libro que Emma sostenía sobre su regazo— y una artista de talento.

—¿Estos dibujos los hizo ella?

—Éstos y otros muchos. Sus diseños eran como alas de mariposa, ligeros, delicados y llenos de color, justo como los de nuestro chota huzur. Porque ella conocía los misterios del pino de Cachemira cuyas formas se cantan como un bello poema. Más tarde, pintaba para mitigar su dolor, a veces durante varias horas al día, con la cabeza inclinada sobre la mesa mientras las lágrimas rodaban por sus mejillas.

—¿Cuál era la causa de su dolor?

Perdido en sus pensamientos, el anciano no oyó la pregunta.

—A menudo me mandaba llamar a su habitación y, mientras pintaba junto a la ventana, me hablaba de su país y de su gente, y me contaba historias de su hogar y de su infancia.

—¿Hablaba bien vuestro idioma?

—No, no muy bien, pero el lenguaje de la pena es universal.

Emma repitió su anterior pregunta.

—¿La causa de su dolor? Ésta también era universal. Era una forastera en Cachemira y deseaba regresar junto a los suyos.

—¿Estaba usted aquí cuando ella se fue?

—Sí —contestó de buena gana el anciano, aceptando el derecho de Emma de preguntarle lo que quisiera.

—¿Y chota huzur y su padre?

Qadir respiró hondo y le temblaron los carrillos.

—Si hubieran estado aquí aquella noche, no lo hubieran permitido, pero estaban en Bombay para el *numaish* y regresaron cuando ella ya hacía tiempo que se había ido. —Emma dedujo que Qadir se refería a una de las muchas exposiciones del sector que se celebraban en las ciudades indias—. Dos de nuestros artesanos hicieron en Bombay una exhibición de la tejeduría de un *tilikar*, un chal hecho con pequeños diseños cuadrados como éste. Eran muy apreciados.

Emma admiró el chal que el hombre le mostraba. Era verdaderamente exquisito, pero sus pensamientos estaban en otra parte.

—¿Se fue sola?

—¿Sola? Oh, no. Se fue con el hombre que acudió a buscarla.

—¿Quién era, un feringi?

Qadir asintió con la cabeza.

—¿Era joven?

—Con los feringis, eso nunca se sabe. Sólo lo vio Zaiboon y ya estaba medio ciega.

—¿La doncella de la difunta begum sahiba?

—Sí. Fue amada por Alá hace cinco años. —El hombre volvió a asentir con la cabeza mientras trataba de buscar recuerdos en su empañada memoria—. Era una noche muy fría. Todos estábamos acostados en nuestras cálidas camas, hasta los chowkidars. Las torrenciales lluvias habían provocado grandes desprendimientos de tierras e inundaciones en plena recolección de las manzanas. Lo recuerdo muy bien porque algunas de nuestras ovejas se escaparon durante la tormenta y tuvimos que caminar con el barro hasta aquí —el hombre se rodeó la rodilla con la mano— para encontrarlas.

—¿Sabe alguien adónde fue?

El hombre contempló el azul del cielo y extendió las manos.

—Adonde su *kismet* la llevó, pobre señora. Ahora ha muerto y jamás regresará. —Detrás de los gruesos cristales de sus gafas, Emma vio que se le habían humedecido los ojos—. Jamás olvidaré aquella noche. Se llevó consigo la vida de burra huzur y cambió las de todos nosotros para siempre. En cuanto a nuestro chota huzur... —Qadir sacudió la cabeza— entonces era sólo un muchacho, demasiado joven para comprenderlo, demasiado mayor para llorar. Poco después burra huzur lo envió lejos a *bilait*. Nos las arreglamos lo mejor que pudimos, pero no era lo mismo, jamás volvió a ser lo mismo. Hubo un tiempo en que los chales eran tan valiosos como las joyas. Ahora ya no, ya no.

Qadir acarició amorosamente su tilikar y, perdido el hilo de la conversación, lamentó la falta de una singular lana —«oro suave» la llamaban los tibetanos— de las cabras de Ush Tarfan.

Emma comprendió que de nada le serviría hacerle más preguntas.

Sin haber podido satisfacer por entero su curiosidad acerca de la difunta madre de Damien, empezó a forjar mentalmente un atrevido plan. Suraj Singh no lo aprobaría, naturalmente, pero, si ella eligiera el momento con cuidado, Suraj Singh no tendría ni que enterarse.

Era una agradable noche, despejada y tranquila, y el murmullo del aire resultaba tan cálido como la vaina de un fruto. Galeones de nubes surcaban los océanos nocturnos y enjambres de estrellas, todavía no oscurecidas por el gigantesco melón de la luna enredado en la copa de un chinar, derramaban la suficiente luz como para que Emma distinguiera el sendero que atravesaba los jardines. Exceptuando los gritos de las criaturas nocturnas y los distantes ecos de música y cantos, el silencio era absoluto.

Era la noche de la boda. La servidumbre, y especialmente Suraj Singh, estaba ocupada con los festejos. Como señora de la casa e invitada de honor, Emma había dado la enhorabuena a las familias, había bendecido a la pareja y, siguiendo el consejo de Suraj Singh, había entregado veintiuna rupias de plata, unos phirrens y unos *poots* bordados, un turbante de seda, dos ajorcas de oro y varias bandejas de dulces. Tras la consagración del matrimonio con las siete vueltas alrededor del fuego y la consumición de los dulces rituales, se había excusado para permitir que dieran comienzo los festejos más profanos.

Ahora ya eran las once pasadas. Sin temor a ser descubierta, Emma abandonó su apartamento provista de una linterna, una caja de cerillas y un destornillador. Sharifa y Rehmat, que dormían en una antesala situada al fondo del pasillo, se encontraban en la boda, y lo más probable era que tardaran varias horas en regresar. Suraj Singh vivía en un chalé independiente, dentro de la finca; en ausencia de Damien y a menos que lo llamaran, Suraj Singh no visitaba la casa después del anochecer. La escalinata y el oscuro vestíbulo de la entrada estaban desiertos y en silencio. Con toda su atención centrada en los festejos y tras haber comido y bebido en abundancia, no era probable que los chowkidars fueran testigos de su pequeña expedición. A través de una puerta lateral de la trascocina de la planta baja, salió al jardín.

Entrar en el apartamento del piso de abajo fue más fácil de lo que ella había previsto. En el transcurso de una exploración anterior, había observado la existencia, en la parte de atrás de la casa, de dos puertas cerradas con llave, cada una de las cuales conducía a un apartamento. Utilizando el destornillador que llevaba en el bolsillo, soltó la aldaba de candado de una de ellas. Era vieja y oxidada y los tornillos salieron sin apenas resistencia. Empujó suavemente la puerta y ésta se abrió hacia adentro con un simple chirrido causado por la falta de uso. Entró, cerró la puerta a su espalda y subió la llama de la linterna. Tal como había imaginado, la estancia era un cuarto de baño cuya posición coincidía con la del de Damien en el piso de arriba, con lo cual no le fue difícil adivinar el plano del apartamento. Sin perder el tiempo con el abandonado cuarto de baño, se quitó los zapatos y cruzó el vestidor contiguo, que daba acceso a lo que antaño fuera el salón privado de Edward Granville.

Sostuvo la linterna en alto y miró a su alrededor, observando con alivio —y cierta sorpresa— que las lámparas de queroseno de las mesas estaban llenas de combustible. Corrió las pesadas cortinas de las ventanas, encendió una cerilla y la acercó a un bien recortado pabilo; éste se encendió fácilmente y con gran claridad. Olfateó el aire; olía a limpio, como si las estancias se hubieran aireado recientemente. Recordando las palabras de advertencia de Suraj Singh, avanzó con gran precaución, tanteando los suelos de parqué con los pies. No se escapó ningún crujido de protesta desde debajo de las alfombras; el suelo daba la impresión de encontrarse en perfecto estado.

¿Por qué razón Suraj Singh le había mentido?

Emma examinó con interés el ambiente que la rodeaba. El mobiliario del apartamento era anodino, casi espartano, sin apenas concesiones a la elegancia. No había película de polvo en ningún sitio y ni siquiera la más mínima mota y, en medio del mortal silencio, desde algún lugar de las entrañas del apartamento, se escuchaban los latidos del corazón de un reloj a quien alguien había dado indudablemente cuerda. Lejos de estar dañado y resultar peligroso, tal como Suraj Singh le había dado a entender, el apartamento de Edward Granville parecía no sólo estar en buenas condiciones sino habitado con frecuencia.

La pieza más interesante de todo el sencillo mobiliario era un escritorio rectangular de reluciente madera de caoba con un grano precioso cuyas columnas de cajones situadas a ambos lados sostenían el plano superior. Mientras posaba la lámpara en la superficie, más brillante que un espejo, los lustrosos tiradores de metal tintinearon. Vio que las columnas de cajones estaban protegidas por unas lengüetas verticales provistas de bisagras que bajaban hasta sus bordes exteriores. Los candados que cerraban las lengüetas se notaban grasientos al tacto y no mostraban la menor huella de herrumbre. Se preguntó para qué se utilizaría aquel escritorio y el motivo de la existencia de un escritorio cerrado en un apartamento cerrado y supuestamente inutilizable, habiendo en el piso de arriba y en el despacho de la finca tanto espacio para guardar cosas con toda seguridad. Sentándose en el sillón giratorio, examinó cuidadosamente los candados.

¿Y si...?

Su intención al entrar en el apartamento era lícita y, a su juicio, justificable: averiguar algo más acerca de los Granville. Puede que el escritorio conservara libros, pinturas, álbumes de fotografías y otras reliquias capaces de revelarle por lo menos en parte los antecedentes de la misteriosa familia, de la cual había entrado a formar parte por matrimonio. En caso de que efectivamente hubiera algún secreto, ella, como esposa de Damien, tenía derecho a conocerlo, ¿no?

Apartando a un lado sus escrúpulos, tomó el destornillador.

Sin embargo, antes de que pudiera acercarlo a la lengüeta, sus oídos captaron un sonido. Se quedó petrificada y prestó atención. Sí, otra vez un crujido y después toda una sucesión de ruidos identificables:

una llave chirriando en una cerradura, una cadena que alguien había soltado, la apertura de una puerta de hierro enrejada y, resonando en las paredes, las fuertes pisadas de unas botas. Alguien había entrado en el pasillo que conducía a los apartamentos, alguien que no se tomaba la menor molestia en ocultar su presencia.

«¡Damien!»

Reprimiendo un jadeo, apagó la lámpara con un soplo, la retiró de la mesa, la tomó junto con su linterna y corrió al cuarto de baño. Echarían en falta la lámpara, claro, pero mejor eso que el revelador olor del pabilo recién apagado y la sensación de chimenea encendida. Cerró suavemente la puerta del cuarto de baño a su espalda y se apoyó contra ella para recuperar el resuello. Oyó que se abría la puerta del apartamento y que las fuertes pisadas resonaban sobre las tablas de madera del suelo hasta que la alfombra las amortiguó; después, silencio. Las pisadas le habían parecido irregulares. Emma comprendió que su confiado compañero de apartamento no era su marido sino Suraj Singh, por desgracia, menos interesado por los festejos nupciales de lo que ella había imaginado.

Esperó, temiendo que Suraj Singh irrumpiera en el cuarto de baño de un momento a otro y la sorprendiera acurrucada en un rincón: ¡la suprema humillación! ¿Cómo explicaría su furtiva entrada? Pero pasaban los minutos y no ocurría nada. ¿Se habría marchado? Abriendo un resquicio de la puerta del cuarto de baño —y rezando para que ésta no chirriara—, atisbó en la oscuridad. En la distancia distinguió el tenue resplandor de una luz y llegó a la conclusión de que Suraj aún estaba allí.

Ahora ya menos nerviosa y nuevamente impulsada por la curiosidad, abrió la puerta lo bastante como para pasar a través de ella. Cruzando muy despacio el vestidor para no tropezar con algún objeto en la oscuridad, se acercó a la puerta que daba acceso al salón y atisbó, oculta detrás de la cortina.

De espaldas a ella, Suraj Singh permanecía inclinado sobre el escritorio, estudiando unos papeles bajo la luz de la lámpara situada junto a su codo. Tras haber soltado una de las lengüetas del escritorio y haber abierto el cajón inferior, Suraj Singh parecía profundamente enfrascado en su tarea.

Una de sus ajorcas golpeó la pared con un ligero tintineo y ella contuvo la respiración, pero Suraj Singh no se volvió. ¿Por qué iba a hacerlo? Puesto que no esperaba ninguna visita, ni se le pasaba por la cabeza la posibilidad de que alguien lo pudiera estar observando. Por sus gestos y por la seguridad con que sacaba y volvía a dejar los papeles en su sitio, Emma comprendió que estaba familiarizado con el escritorio y con su contenido. Suraj Singh se sentó y se puso a escribir. Los chirridos de la pluma eran el testimonio de la velocidad con la que ésta se deslizaba sobre el papel. A los pocos momentos, sacó un sobre del cajón, introdujo la carta en su interior, escribió la dirección y selló el sobre con una varilla de cera roja derretida con el calor de la lámpara.

Que Suraj Singh gozaba de la confianza y el respeto de Damien, Emma ya lo sabía, pero el hecho de que éste estuviera al corriente de las intimidades de la vida de su amo le pareció súbitamente insoportable y la llenó de resentimiento. ¡Qué ironía que ella, la esposa de Damien, tuviera que entrar en el apartamento a escondidas y que él, un empleado, pudiera hacerlo cuando quisiera!

Una vez finalizada su tarea, Suraj Singh se incorporó, se guardó el sobre en el bolsillo, cerró el cajón y volvió a cerrar el candado de la lengüeta. Emma observó con desaliento que las llaves pertenecían a un llavero sujeto mediante una cadenilla a un hojal de su chaqueta. Suraj Singh tomó la pequeña linterna que llevaba consigo, apagó la lámpara de un soplo, se encaminó hacia la puerta y la cerró a su espalda, tarareando una melodía; debía de estar satisfecho de lo que acababa de hacer.

A pesar de su curiosidad y de su deseo de investigar también la suite contigua, Emma comprendió que sería arriesgado reanudar sus exploraciones. Si Suraj Singh regresara y la sorprendiera en alguno de los apartamentos, se vería metida en un buen lío. Tragándose la decepción, decidió dejar su viaje de descubrimiento para otra ocasión más oportuna. Esperó quince minutos más para asegurarse de que Suraj Singh hubiera abandonado el apartamento y regresó por donde había entrado, a través del cuarto de baño. Volvió a colocar los tornillos de la aldaba de candado de la puerta, bajó a la trascocina y subió corriendo. Los festejos aún no habían terminado y Sharifa y Rehmat no habían regresado.

Su ausencia había pasado inadvertida.

A la mañana siguiente, y para su inmensa alegría, Emma recibió dos cartas. Era el primer paquete de correspondencia que recibía desde su llegada allí, por cuyo motivo se olvidó de todo lo demás. Una carta era de su madre; la otra, de su hermano, procedía de Leh.

Estaba claro que a David no se le había pasado el enfado, pues su carta era muy rígida y estirada y sólo le facilitaba las noticias más esenciales acerca de su nueva existencia. Su bungaló era aceptable, su mozo ladakhi un ladrón y Maurice Crankshaw un jefe muy exigente. Tenía mucho trabajo de oficina que hacer, pero, por lo demás, apenas desarrollaba ningún otro tipo de actividad. El monasterio de la colina era un refugio interesante, con una espléndida biblioteca de textos antiguos, y el tiempo estival seguía aguantando. Había participado en un reconocimiento, había establecido buenos contactos durante sus viajes y ahora estaba a punto de partir en su primera misión auténtica (no decía adónde). Esperaba que ella se encontrara bien y que Cachemira le gustara.

No preguntaba por Damien.

En cambio, la larga carta de su madre estaba llena de noticias y de cordialidad. Se había mudado a vivir con Carrie y Archie y se encontraba muy bien. La boda de Jenny en St. James había resultado extraordinariamente solemne, la recepción espléndida y el baile se había prolongado hasta después del desayuno. Los Purcell, y especialmente Jenny, la habían echado terriblemente de menos. Georgina había hecho una velada alusión al inminente noviazgo de Charlotte sin revelar la identidad del pretendiente (por si éste se echara atrás en el último minuto), pero todo el mundo sabía que era el joven O'Reilly, el que había cortejado a la hija de los Drabble antes de que ésta se fugara con aquel como-se-llamara de Karachi. Ya no se había vuelto a hablar de la renuncia al mundo de Charlotte. Todo el mundo daba por sentado que su plan de entregarse a Dios había quedado aplazado indefinidamente.

Corrían rumores de que Stephanie Marsden estaba finalmente a punto de librar al joven Alexander Sackville de sus angustias (aunque ya lo había dicho otras veces y todo había quedado siempre en agua de borrajas). El subgobernador había asistido a la boda (la de Jenny) y había preguntado por ella (Emma). Alec Waterford se había emborrachado como una cuba y al desplomarse sobre la mesa de las bebidas había manchado de sorbete rojo el vestido nuevo de la pobre Carrie. Daphne se había puesto histérica, pero no sin antes echarle una bronca. Todos habían censurado su comportamiento y más que nadie, el reverendo Smithers, a pesar de la donación canadiense. Los recién casados se habían ido a pasar la luna de miel a Agra (donde John tenía una hermana) y, desde allí, seguirían viaje directamente hasta Calcuta.

El bueno de Clive Bingham se había ido a otra expedición, pero el pobre Theo Anderson seguía esperando fondos para la suya y, al final, los Handley habían sido desahuciados. Habían encontrado cobijo provisional en casa de los Bankshall, pero tenían que pagar hasta las cerillas, cosa que todo el mundo consideraba escandaloso. Al parecer, Howard Stowe estaba a punto de decidirse por Prudence. Por su parte, ella, su madre, echaba desesperadamente de menos a sus dos hijos... ¿cuándo volverían a reunirse?

Ansiosa de recibir noticias, Emma devoró con avidez los chismorreos. La fina escritura, los conocidos giros de las frases y las repetidas manifestaciones de afecto le hicieron experimentar una intensa nostalgia. Abrumada por los recuerdos, rompió a llorar. Más tarde, cuando Sharifa entró para encender las luces, ella se lo impidió, sabiendo que aún tenía los ojos hinchados y enrojecidos. A pesar de que el llanto la hizo sentir mejor, abrumada por los recuerdos de su hogar, permaneció sentada en la oscuridad hasta que se le cerraron los ojos.

Cuando los volvió a abrir, vio a Damien recortado en el marco de la puerta. Ignorando que se esperara su regreso aquella noche y viéndolo enmarcado por el débil resplandor de la luz del pasillo que tenía a su espalda, Emma tardó un momento en identificar la aparición. Cuando al final lo consiguió, sintió que el corazón le daba un vuelco en el pecho. Inmediatamente recuperó la compostura y se pasó una mano por los ojos. ¿Cuánto tiempo debía de llevar Damien allí?

Damien se acercó y le estudió el rostro.

—¿Por qué estás a oscuras?

—Por... ningún motivo en especial. —El esfuerzo que hizo por hablar con normalidad la hizo estremecerse—. Estaba contemplando la puesta de sol y debí de quedarme dormida.

Él la estudió con más detenimiento.

—¿Has estado llorando?

—¡Por supuesto que no!

Emma consiguió esbozar una sonrisa y corrió al dormitorio para lavarse la cara y tratar de serenarse. Al volver, tiró de la cuerda de la campanilla para llamar a Hakumat y ordenó que encendieran las lámparas y subieran una bandeja de refrigerios.

—¿O acaso hubiera sido mejor que pidiera la cena? —le preguntó a Damien—. Debes de estar muerto de hambre.

Sentado con los brazos cruzados detrás de la nuca y los ojos cerrados, Damien sacudió la cabeza.

—Todavía no. De momento, un té y un buen baño me irán de maravilla.

Emma guardó silencio mientras trataba desesperadamente de encontrar algún tema de conversación.

—¿Has tenido éxito... en tu viaje?

—Sí.

Tumbado en el sofá con las piernas estiradas, Damien ofrecía un aspecto muy fatigado. Tenía las mejillas cubiertas de una ligera barba, la camisa manchada de sudor y las botas llenas de barro. A su espalda, Hakumat se movía en silencio por la estancia, encendiendo las lámparas y cambiándolas de sitio.

—¿Conseguiste la lana?

—¿Qué lana?

—La que fuiste a recibir a Leh.

—Ah, ya. Pues sí. Sí, en efecto. —Damien utilizó la punta de una bota para quitarse la otra. Ésta cayó al suelo con un sordo rumor—. Los sujetos que llevaban la partida llegaron con retraso. Por lo visto, quedaron atrapados en un desprendimiento de tierras y por poco pierden la vida.

Emma titubeó.

—¿Viste... a David?

—No.

Damien volvió a cerrar los ojos y entrelazó los dedos detrás de la nuca.

—¿Y al señor Crankshaw?

—¿Quién?

—El superior de David en Leh.

—No. —Damien hizo una mueca—. Jamás he conocido a este hombre... y no tengo el menor interés en conocerlo. Ya sabes lo que opino de estos agentes británicos.

—Me hubiera gustado saber qué tal le iba a David en su trabajo. Dice tan poco en su carta...

Damien no hizo ningún comentario. Todavía turbada por su repentina presencia, Emma se levantó, le indicó por señas a Hakumat que se llevara las botas de su marido y aumentó la intensidad de la llama de las lámparas; la estancia se llenó de luz. Damien la observó en silencio mientras colocaba otro tronco sobre las moribundas llamas de la chimenea. Sólo habló cuando ella se volvió a sentar.

—Y tu viaje, ¿fue cómodo? Supongo que Suraj Singh atendió todas tus necesidades según mis instrucciones, ¿verdad? —preguntó, dando una palmada al asiento del sofá.

—Sí, gracias. Todo fue muy bien. Suraj Singh no hubiera podido ser más amable —contestó Emma.

Fingiendo no haberse percatado de la muda invitación, permaneció sentada donde estaba.

—Bueno, ¿y qué te parece Cachemira? —Damien señaló la ventana con un gesto de la mano—. ¿No te gusta este lugar donde dicen que los cielos se juntan con la tierra?

—Sí, pero ya veo que tú mismo has contestado a tus preguntas.

Damien se inclinó hacia delante para examinarle detenidamente el rostro.

—¿Y la casa? ¿La servidumbre, tu apartamento y, especialmente, tu estudio? ¿Es todo de tu entera satisfacción?

Emma se sentía incómoda bajo su mirada, pero consiguió no perder la serenidad.

—¿Y cómo no iba a serlo? Tu Shalimar tiene todas las comodidades que cualquier persona podría desear y tu servidumbre es extremadamente atenta y eficiente.

Ambos conversaban con gran cordialidad, pero como dos amigos que estuvieran manteniendo una charla intrascendente. Emma contestó con recelo y precisión a las muchas preguntas que le hizo Damien, percatándose con irónico regocijo de que era la primera vez que ambos mantenían algo que pudiera llamarse una conversación mínimamente civilizada. Debido al carácter trivial de la charla, ésta le sonaba extraña y contribuía a intensificar su nerviosismo. Si Damien se percató de la cautela de sus respuestas, no hizo ningún comentario.

—Lamento no haber podido estar aquí cuando llegaste.

Emma no esperaba la disculpa y la recibió sin ninguna reacción.

—No importa. Tus criados me atendieron muy bien.

—¿Quieres decir que no me echaste de menos en absoluto?

—En absoluto —contestó ella, imitando el indiferente tono de su voz—. Estoy acostumbrada a arreglármelas sola y el proceso de adaptación a tu Shalimar no me ha dejado apenas tiempo para cavilar.

Damien enarcó una ceja.

—¿Mi Shalimar, mis criados?

Emma se ruborizó.

—He utilizado el pronombre sin darme cuenta. No estoy acostumbrada a tanta riqueza y tardaré algún tiempo en adaptarme.

Antes de que ella pudiera prever el movimiento, Damien se inclinó hacia delante y tomó su mano en la suya.

—Todo lo que hay aquí es tuyo también —dijo con una pizca de irritación en la voz—. Me gustaría que fueras feliz en Shalimar.

—¿De veras? ¿Por eso esperaste mi llegada con la intolerable impaciencia que me prometiste en Delhi?

—De mi ausencia no tuve la culpa. —Damien le soltó la mano—.

No la pude evitar y ya te he pedido perdón. Este lugar es nuevo para ti, Emma, y es natural que al principio te sientas un poco incómoda. No tardarás en acostumbrarte. A fin de cuentas, es tu hogar.

—Ah, ¿sí? Pues, en tal caso, deberías pedirle a tu amante que no adquiriera la costumbre de visitarme sin ser invitada.

Tras haberlo soltado, Emma estuvo casi a punto de morderse la lengua. Su intención no era rebajarse comentando aquel tema. Sin embargo, como ya no podía retirar lo dicho, decidió adoptar una actitud desafiante.

—¿Te refieres a Chloe? Sí, ya me han dicho que te visitó en compañía de Charlton. —Damien ni siquiera se molestó en negarlo. Al parecer, la cosa le hacía gracia—. No debes preocuparte por Chloe. En realidad, es totalmente inofensiva... y, de vez en cuando, resulta útil.

—Tan inofensiva como una serpiente venenosa —replicó Emma—. Y, en cuanto a su «utilidad» —tal como tú tan delicadamente dices—, pues sí, supongo que todas las personas tenemos nuestra utilidad, ella quizá más que otras.

—¿Te comparas con Chloe Hathaway? Tú eres una esposa, no una amante.

—¡Luego reconoces que es tu amante!

—Sí... exceptuando el tiempo verbal. Chloe fue mi amante en determinado momento. Fue una relación sin importancia.

—¿Quieres decir —preguntó maliciosamente Emma— que ocupó los sentidos sin turbar el corazón?

A Damien le molestó el recordatorio.

—Puesto que me lo preguntas, sí, pero no la he visto desde que me fui a Delhi. —De pronto, levantó las manos—. ¿Hubieras preferido que te mintiera, Emma? Sabes que no he sido un santo... ¿Hay algún hombre libre que lo sea? Eres lo bastante mayor como para saber que ciertos apetitos... físicos se tienen que satisfacer. Y que los hombres tienen que gastar unas energías determinadas para poder conservar otras.

¡Ya estaba hablándole otra vez en tono paternalista!

Llegó el té con una bandeja de samosas recién fritas. Era evidente que el cocinero estaba mejor preparado que ella para el regreso del amo, pensó amargamente Emma mientras servía las samosas, le ofrecía a Damien la bandeja y empezaba a llenar las tazas.

—Y, como marido —preguntó cuando Hakumat se hubo retirado de la estancia—, ¿aceptarías de tu esposa esta misma explicación acerca de las necesidades del cuerpo femenino?

Damien mordió con fruición una samosa.

—Para satisfacerlas, se espera de una esposa que recurra a su marido.

—¿Y si ella prefiriera satisfacerlas en otro sitio? —preguntó Emma, tan enfurecida por su masculino orgullo como por su previa confesión.

Damien se terminó el resto de la samosa, volvió a dejar el plato y, esbozando una leve sonrisa, tomó la pipa que guardaba en la parte interior del cinturón.

—¿Con quién, por ejemplo?

—Con... —dominada por la cólera, Emma pronunció el primer nombre que le vino a la mente— Geoffrey Charlton, tal vez.

Durante una décima de segundo, la mano de Damien permaneció en suspenso en el aire, pero éste volvió a prestar inmediatamente atención a su pipa. Sólo tras haber llenado de tabaco la cazoleta, tomado una delgada brasa de la chimenea y haber encendido la pipa a su entera satisfacción, Damien volvió a tomar la palabra.

—Si ella le dijera tal cosa, el marido pensaría que mentía.

En los ojos de Emma se encendió un destello de rabia.

—¿Y si no mintiera?

—Pues supongo que, como todo cornudo que se respete, el pobre hombre tendría que hacer una cosa tremendamente cansada... Azotar al otro con un látigo.

—¿A pesar de que son necesarios dos para convertir a alguien en cornudo? —preguntó maliciosamente Emma, furiosa por el hecho de que él no se la quisiera tomar en serio.

Damien volvió a inclinarse hacia delante para estudiar su rostro.

—Si la esposa de quien estamos hablando eres tú, Emma, te aconsejo que te abstengas de jugar a este juego. Por lo menos, hasta que aprendas cómo se juega. —Sin inmutarse lo más mínimo, Damien echó la cabeza hacia atrás y siguió dando tranquilamente caladas a su pipa—. Aparte de que ya sabes cuáles son mis opiniones acerca de las esposas descarriadas y la manera de tratarlas, las mujeres tan poco sofisticadas como tú corren el peligro de hacer el más espantoso de los ridículos.

Emma hubiera deseado borrarle la satisfecha sonrisa de la boca y herirlo en lo más profundo de su ser para que la tomara en serio.

—¿Y qué me dices de las mujeres sofisticadas como Nazneen?

Damien tardó unos instantes en contestar.

—¿Quién te ha hablado de Nazneen?

¡Una vez más, ni una sola palabra de negativa, ni un solo susurro de disculpa!

—Tal como ocurre entre los ladrones —contestó mordaz Emma—, parece que entre las amantes el honor brilla bastante por su ausencia. La señora Hathaway tuvo la gentileza de informarme acerca de Nazneen... Es más, creo que éste fue el principal propósito de su visita. —Levantándose bruscamente, hizo ademán de abandonar la estancia—. Le diré a Hakumat que suba un poco de agua caliente para tu baño y disponga la cena para dentro de una hora.

A pesar de su cansancio, Damien no estaba dispuesto a batirse mansamente en retirada. Se desenroscó muy despacio, dejó la pipa en la repisa de la chimenea y se levantó de un salto de su asiento con tal rapidez que ella no tuvo tiempo de reaccionar. En un abrir y cerrar de ojos, Damien le cerró el paso y tomó su rostro entre las manos.

—Ya te he dicho que he tenido muchas amantes —le dijo en un suave susurro—. ¿Por qué te disgusta tanto eso ahora?

—Tu interés por las amantes me trae sin cuidado. —Procurando no moverse, Emma clavó su fría mirada en los ojos de Damien—. Puedes tener todas las que tu salud y tu tiempo te permitan... siempre y cuando no profanen el umbral de mi casa. Te ruego que tomes nota del pronombre. ¿Ves qué rápido estoy aprendiendo?

—¡Vaya si te trae con cuidado! —La burlona mirada de sus ojos le hizo comprender a Emma que todavía le estaba tomando el pelo—. Sería imposible que la indiferente y autosuficiente Emma Wyncliffe estuviera celosa, ¿verdad?

Emma se echó a reír.

—¡En efecto, Damien, sería imposible! Si lo parece es sólo porque, como de costumbre, tu orgullo te impide ver la realidad.

—Conque sí, ¿eh?

Sujetándola por la cintura con ambas manos, Damien se inclinó hacia ella y la besó fuerte en la boca. Inmóvil, Emma se envaró interiormente, pero se mantuvo impertérrita. Damien no repitió su actuación. Se apartó, apoyó un codo en la repisa de la chimenea y esbozó una sonrisa.

—¡Veo que mi ausencia te ha dado tiempo de perfeccionar más si cabe tus dotes histriónicas!

—¡O más bien tú no eres tan irresistible como crees!

—Bueno, tendremos que ver lo que ocurre esta noche, ¿verdad? —Damien alargó la mano hacia la cuerda de la campanilla y apareció Hakumat—. Dile a Lincoln que prepare los archivos de las discusiones sobre las rentas. Bajo enseguida. Y dile al *bhisti* que me suba mucha agua muy caliente para el baño. —Se volvió hacia Emma—. No me esperes para cenar. Hakumat me llevará algo al despacho.

Dicho lo cual, desapareció al otro lado de la puerta que comunicaba con su propio apartamento.

Emma se hundió en su asiento y contempló el fuego de la chimenea con aire ausente. Había dejado que la conversación se le escapara de las manos y estaba furiosa. Pensó que ojalá se hubiera comportado con menos despecho y más dignidad... No tenía la menor intención de echarle nada en cara a Damien en cuanto éste regresara a casa. Pero, al mismo tiempo, había hablado muy en serio... ¡No estaba dispuesta a permitir la presencia de sus compañeras de libertinaje (pasadas o presentes) y a convertirse en el hazmerreír de todo el mundo!

Como no le apetecía cenar, mandó retirarse a Sharifa, apagó las lámparas y el fuego de la chimenea y cerró con llave las dos puertas de su apartamento.

Se lavó, se cambió y se tumbó en la cama, temblando al percibir el roce de las frías sabanas. Hubiera sido inútil intentar dormir; sabía que el sueño no acudiría a su llamada.

Cuando las campanadas de la medianoche resonaron a través de los oscuros silencios, oyó finalmente que alguien trataba de hacer girar el tirador de una puerta. Apretando los dientes, permaneció inmóvil en la cama, con la colcha hasta la barbilla. El tirador giró una vez más y enmudeció. Prestó atención un instante sin apenas atreverse a respirar, pero el sonido no se repitió. Sus tensos músculos se relajaron; con un sollozo de alivio, se deslizó bajo la ropa de cama.

Pero su alivio fue muy breve. Apenas un minuto después se oyó la detonación de un disparo de arma de fuego y, entre una lluvia de astillas, la puerta de comunicación entre ambos apartamentos se abrió, empujada por un sonoro puntapié. Ahogando un grito, Emma se levantó de un salto de la cama y trató de huir al estudio. Antes de que tuviera tiempo de alcanzarlo, Damien irrumpió en la estancia y le cerró el paso, con el revólver todavía humeante en la mano. El acre olor le llenó las ventanas de la nariz y la obligó a toser.

Damien permaneció de pie junto a la cama con las piernas separadas y las manos en jarras a la espera de que cesara su paroxismo. Entonces ella buscó a tientas la cama, volvió a acostarse y se subió la colcha hasta el cuello. A pesar de que no podía ver la expresión de su rostro en la semioscuridad, comprendió que Damien estaba furioso.

—Jamás se te ocurra volver a cerrarme la puerta —le dijo Damien en un tono cuya suavidad destacaba más si cabe la amenaza implícita.

Terriblemente asustada pero procurando disimularlo, Emma hundió el rostro en la colcha.

—¡Déjame en paz, Damien, déjame en paz, por favor! ¿No te das cuenta de que no te quiero ver cerca de mí?

Bruscamente, Damien se guardó de nuevo el revólver en el interior del cinturón.

—Si te sigues empeñando en creer que te tomé en contra de tu voluntad, Emma, allá tú con tus engaños. Pero recuerda... —Damien se dirigió hacia la puerta de comunicación entre ambos apartamentos— no volveré a ti hasta que tú me lo pidas.

—¡Jamás te lo pediré, jamás!

Damien se volvió y el blanco de sus ojos brilló en la oscuridad.

—¡Puede que seas una mujer, Emma, ¡pero, por los clavos de Cristo, que te falta todavía un buen trecho para convertirte en una esposa!

—¿Y por qué tengo que tomarme la molestia, habiendo tantas voluntarias como Nazneen, dispuestas a satisfacer lo que tú llamas tus apetitos físicos?

—Una mujer prudente sabe cuándo ser enérgica y cuándo comportarse con ternura. Eso es algo que Nazneen te podría enseñar muy bien.

—Pues vete con tu Nazneen, con este... dechado de perfecciones —gritó Emma— y a mí déjame en paz para que me las arregle yo sola.

—Sí, puede que lo haga.

Dando media vuelta, Damien regresó a su habitación.

A la mañana siguiente, Emma se enteró de que éste se había levantado temprano y se había ido a primera hora a Gulmarg.

12

Ésta sería la rutina de su matrimonio, pensó Emma con amargura: un marido errante, una casa vacía y escenas desagradables cada vez que ambos estuvieran juntos. Al parecer, sus vidas estaban destinadas a seguir unas líneas paralelas que jamás se podrían juntar. A pesar de los chismorreos, Damien seguiría entrando y saliendo a su gusto y llevando la misma existencia independiente de siempre. ¡Qué sublime alegría experimentarían sus múltiples y variadas mujeres cuando se enteraran de que él y su esposa ni siquiera se molestaban en compartir la misma cama!

A pesar de arrepentirse de haber provocado la humillante escena, Emma juró una vez más no tolerar su libertinaje. ¡Y no pedirle que volviera a su cama!

A la mañana siguiente, mientras esperaba en la dehesa antes de comenzar su habitual recorrido diario por la finca, Suraj Singh tenía la misma expresión inescrutable que de costumbre. ¿Cómo le habría explicado Damien, se preguntó Emma con inquietud, el disparo nocturno y la rotura de la puerta? ¿Un accidente fortuito? ¿Ignorancia de que el revólver estuviera cargado? ¿Pérdida de la llave?

Emma observó de repente que Suraj Singh sostenía en las manos las riendas de una montura desconocida, una yegua zaina con crines, manos y cola canela claro y unos húmedos y lánguidos ojos. La silla de montar de cuero estaba hecha a mano y era preciosa.

—Huzur cree que begum sahiba necesitará una montura propia para desplazarse por la finca —explicó—. La yegua es de muy buena raza y ha sido traída especialmente desde Gulmarg para cumplir esta misión.

Emma se quedó de una pieza.

—Aunque está muy bien adiestrada, es un poco terca, por lo que huzur piensa que será muy apropiada para begum sahiba. —Suraj Singh hizo el comentario sin sonreír—. Huzur le ha puesto el nombre de *Zooni*, la poetisa más famosa de Cachemira, que vivió en Gulmarg.

El inesperado (y generoso) regalo le trajo a la memoria el desconcertante recuerdo de otro, el chal shatush. Recordó que no le había dado las gracias a Damien y que tampoco le había entregado la chaqueta comprada en Srinagar. Mientras acariciaba la frente de la yegua y admiraba su suavidad, experimentó una punzada de remordimiento.

—¿A qué distancia se encuentra Gulmarg de aquí?

—A unos treinta kilómetros.

—¿Regresará pronto mi esposo?

—Es difícil decirlo. La casa necesita unos arreglos y los muros exteriores también. Hay mucho trabajo que hacer antes de...

Suraj Singh dejó la frase sin terminar.

—¿Antes de?

—Antes de las lluvias. Mañana por la mañana yo también me voy a Gulmarg.

La respuesta no era la que Suraj Singh estaba a punto de darle, por lo que Emma suspiró en su fuero interno; ¿otro comentario inofensivo que había tocado un punto sensible?

—¿La casa es tan cómoda como la de aquí?

—Pues sí, es igual de cómoda pero más pequeña. Está hecha de madera y tiene menos habitaciones. A huzur le gusta la intimidad de que puede gozar en ella durante sus ocasionales visitas.

¿Visitas con Chloe? ¿Nazneen? El destello de culpa se apagó sin dejar huella y Emma notó un sabor amargo en la boca.

Resultó que aquella noche la semilla de una idea había estado germinando en su cerebro completamente despierto. Era una idea atrevida, atrevida hasta el punto de resultar casi impensable. Alimentada ahora por el resurgir de su enojo, la semilla echó súbitamente raíces y floreció.

—He leído en alguna parte —dijo— que el primer coche de caballos de Cachemira lo trajo hace muchos años Henry Lawrence.

—Sí, begum sahiba —contestó Suraj Singh—, pero, puesto que entonces no había carreteras en Cachemira, el coche se conservó en Srinagar como un objeto de valor extraordinario. Pese a ello, causó tal sensación que a nuestro burra huzur se le ocurrió pedir uno a Lahore.

—Ah, sí, lo vi en la cuadra de la parte de atrás. Las piezas se debieron de transportar por separado y después se debieron de ensamblar en la finca, ¿verdad?

—Sí. Tal como begum sahiba habrá observado, su tamaño es muy pequeño.

—¿Pero es un vehículo seguro?

—Bueno, sólo en la nueva carretera entre Baramulla y Srinagar. En realidad, es sólo un sendero, pero admite vehículos de ruedas. De hecho, huzur lo ha utilizado una o dos veces para ir a Srinagar.

—¿A qué distancia de aquí se encuentra Srinagar?

—A unos quince kilómetros, contando a partir del recodo de Narabal.

Emma comentó que debía ser un viaje incomodísimo. Suraj Singh convino en que efectivamente lo era y ya no se volvió a hablar del tema.

«Una mujer prudente sabe cuándo ser enérgica y cuándo comportarse con ternura. Eso es algo que Nazneen te podría enseñar muy bien.»

El sarcástico comentario, que Emma no estaba dispuesta a olvidar, le seguía doliendo, pero ahora, a la dolida furia de la víspera se había añadido la curiosidad. ¿Quién era aquella Nazneen? ¿Qué era aquello que Damien tanto admiraba en ella hasta el extremo de inducirlo a restregársela a su mujer por las narices? A pesar de su ardiente rencor, Emma estaba consumida por el perverso deseo de averiguar algo más acerca de aquel presunto dechado de perfección.

A la mañana siguiente, se levantó al amanecer. Tras haber comprobado que Suraj Singh se había ido efectivamente a Gulmarg, le dijo a Sharifa que pensaba irse en el coche a Srinagar para dar un paseo por Shalimar Baug. Sharifa se sorprendió, alarmó y alegró. Sin embargo, la sorpresa y la alarma se disiparon cuando ella le aseguró que huzur había dado su consentimiento al viaje.

—Puesto que Hakumat se encuentra en Gulmarg con huzur, pediremos que nos acompañen otros dos criados a caballo —sugirió la doncella con entusiasmo—. A huzur le molestaría que fuéramos sin escolta.

Emma convino en que sería una excelente idea.

—Nos llevaremos a Rehmat. Mientras exploro los jardines, vosotras dos podréis ir a visitar a vuestra familia. Más tarde, yo podría entrevistarme con tu cuñado y convencerle de que me permita enseñar a la niña.

Sharifa aceptó la proposición de mil amores.

—Otra cosa, antes de que se me olvide —añadió Emma como si lo acabara de recordar en aquel momento—. Cuando volvamos, habrá que rociar mi almirá con desinfectante. Anoche vi una cucaracha en uno de los cajones de la ropa blanca, y estoy muy preocupada.

—¡Una cucaracha! —exclamó Sharifa, horrorizada—. *¡Toba, toba!* ¿De dónde ha podido salir este bicho? Huzur les tiene mucha manía a las cucarachas y los ratones, pero que mucha manía. No puedo esperar ni un momento más a limpiar este almirá, begum sahiba. ¡Es imposible que vaya a Srinagar, totalmente imposible! ¿Por qué no se lleva sólo a Rehmat? La niña hace mucha compañía y la distraerá.

Con lo cual, el problema quedó perfectamente resuelto.

Mientras se preparaba para el viaje, Emma se preguntó —no sin cierta ironía— qué atuendo se podría considerar el más indicado para visitar a la amante del marido. ¿Sencillo, elegante? ¿Llamativo o discreto? Al final, eligió un moderno vestido de velludillo verde pálido con un gracioso sombrerito a juego. Se cepilló el cabello hasta dejarlo tan reluciente como la seda, se lo peinó con especial cuidado y se maquilló un poco el rostro. Al terminar, se miró detenidamente al espejo para darse un completo repaso. Las ojeras se habían atenuado y las mejillas redondeado. La aterciopelada piel resplandecía a causa de las muchas horas al sol y los ásperos y angulosos perfiles de su cuerpo se habían suavizado. Las clavículas ya no sobresalían como caballones. De manera consciente o inconsciente, había empezado a mantener la cabeza confiadamente erguida y en sus ojos brillaba un fulgor que ella hubiera jurado que antes no existía.

En conjunto, la imagen que la miraba resultaba tranquilizadora. Cualesquiera que fueran las virtudes que pudiera poseer la sin par Nazneen, ella no desmerecería demasiado. Aunque la perspectiva de conocer a otra de las amantes de Damien no le resultara muy agradable, conociéndose tal como se conocía, estaba segura de que no hubiera podido descansar hasta satisfacer aquella obstinada curiosidad.

Pequeño pero cómodo y en perfecto estado, el coche parecía tan enérgico como la jaca que tiraba de él, cosa que no hubiera podido decirse del cochero con librea que se sentaba en el pescante. El hombre, inexperto y nervioso por el hecho de que lo hubieran obligado de repente a cumplir aquel servicio, se puso en marcha con tanta torpeza que poco faltó para que acabaran en una zanja. Emma hubiera preferido llevar ella misma las riendas o, todavía mejor, viajar a caballo, pero semejante audacia habría escandalizado a la servidumbre y ella no quería tentar demasiado la suerte. Tras haber evitado por los pelos un par de percances más, el cochero recuperó las fuerzas y, a partir de aquel momento, avanzaron a un razonable trote sin correr innecesarios riesgos para la vida o las extremidades. Los dos chowkidares cabalgaban delante para detectar los peligros ocultos. Paralizada por el miedo, la pequeña Rehmat tomó la mano de Emma y no paró de entonar oraciones. El camino, lleno de baches, rodadas y caballones les hizo pegar más brincos de los necesarios, pero la mañana estival era fresca, el panorama espléndido y, al final, hasta los nervios de Rehmat se acostumbraron a la insólita experiencia.

Poco antes del mediodía llegaron a las afueras de Srinagar y bajaron en un campo de la orilla sur del lago Dal. Uno de los chowkidars fue enviado a contratar una *shikara* que los transportara a Naseem Baug, en cuyas inmediaciones vivía la familia de Rehmat. Emma hubiera preferido rodear el lago a pie, pero el tiempo apremiaba y ella deseaba acabar de una vez con el asunto que se llevaba entre manos antes de que le faltara el valor. Después le entregó al otro chowkidar una muestra de tejido para que fuera a comprar un hilo de seda del mismo color a la tienda que los hermanos Alí tenían en la ciudad. Dándoles a los dos dinero para comer, ordenó al cochero que diera de beber al caballo y esperara su regreso junto al coche.

—Aquí es donde vivo yo —exclamó Rehmat, tremendamente emocionada cuando ambas saltaron de la shikara a la orilla, cerca de Naseem Baug—. En aquella callecita, al doblar la próxima esquina.

—Muy bien. —Emma depositó una moneda en la mano de la niña—. Te esperaré junto a la entrada de Shalimar Baug a las dos en punto. No te retrases. Tenemos que regresar a casa antes de que oscurezca.

Cuando Rehmat se alejó corriendo seguida del otro chowkidar, Emma esperó un momento. En cuanto los perdió de vista, se cubrió la cabeza con la *burka* que llevaba consigo, echó a andar por la calle y bajó por una callejuela al final de la cual se distinguía el alminar de la mezquita. La gente la empujaba al pasar, pero, cada cual enfrascado en sus propios asuntos, nadie reparó en ella. Se detuvo en una platería para confirmar la dirección. Tomándola por una cliente, el tendero esbozó su más convincente sonrisa y empezó a mostrarle su mercancía. Sin embargo, al oír la pregunta, la sonrisa se desvaneció.

—¿La casa de Nazneen Sultana? —preguntó secamente el hombre mientras guardaba de nuevo las bandejas de joyas de plata—. Al lado de la mezquita, la que tiene unas persianas verdes.

Volviéndose de espaldas a ella, el comerciante se retiró murmurando por lo bajo.

La casa de dos pisos colindante con la mezquita era alta y estrecha y estaba pintada de color marfil. Sin detenerse a pensarlo, Emma empujó la puerta verde y entró en un patio enladrillado. Le dio un vuelco el corazón al recordar una vez más la locura que la había llevado hasta allí. ¿Y si la mujer fuera grosera y antipática? ¿Y si se negara a recibirla? Una gruesa anciana medio adormilada se levantó del lugar donde permanecía sentada limpiando una bandeja de arroz.

—¿Sí?

Emma se quitó la burka y se presentó.

—Vengo a ver a la begum Nazneen Sultana.

La fláccida boca manchada de betel de la mujer se aflojó más de lo que ya estaba mientras ésta contemplaba con asombro a la visitante. Después, la anciana dio media vuelta sin decir nada, subió con dificultad por una estrecha escalera de piedra y le hizo señas a Emma de que la siguiera. Desde el otro lado de una celosía pintada de verde unos ojos ocultos la observaron y Emma volvió a ponerse nerviosa: ¿qué diría Damien si se enterara de su inexplicable misión?

A través de una arcada protegida por una cortina de cuentas de colores, pasaron a un salón decorado con una alfombra persa de complicado dibujo, gruesos colchones cubiertos con lienzos de terciopelo rojo bordado con hilo de oro y mullidos almohadones. En un rincón había varios instrumentos musicales tradicionales y un cesto lleno de ajorcas con cascabeles para los tobillos.

Las herramientas del oficio de una cortesana.

Otra puerta protegida por una cortina similar conducía a una estancia interior. Emma titubeó. ¿Qué le iba a decir a aquella mujer? ¿Cómo podría explicarle aquel incomprensible impulso que ni ella misma acertaba a comprender? Si la vieja no hubiera estado tan cerca, habría dado media vuelta y huido corriendo. Pero ya era demasiado tarde.

—Pase, se lo ruego, señora Granville. Soy Nazneen Sultana.

Se abrió la tintineante cortina de brillantes cuentas de cristal y apareció una mujer que acompañó a Emma a una estancia más pequeña y más íntima, amueblada al estilo occidental con mesas, sillas, un sofá y un diván más bajo, delante del cual se detuvo para mirarla. La mujer lucía el tradicional phirren de Cachemira y unos holgados pantalones, y se cubría la cabeza con un fino velo de gasa de color de rosa. Era de estatura media, delgada y de huesos muy finos. Hizo lentamente el salaam con toda la gracia y la delicadeza propias de su profesión.

—Siéntese, señora Granville, se lo ruego. Me honra que se haya usted molestado en visitar a alguien tan indigno como yo —dijo sin levantar los ojos pintados con *khol*—. Si lo hubiera sabido de antemano, me hubiera preparado para recibirla conforme a su categoría.

Miró a la anciana y le ordenó que fuera por un samovar y unas bandejas de dulces.

Se había expresado en un inglés muy culto y agradable. No había el menor asomo de burla en sus modales, sólo una exagerada deferencia destinada a subrayar la indefendible situación de Emma. En su intento de encontrar la mejor manera de conversar con la amante de su marido, Emma se quedó momentáneamente sin habla. La mujer —¡la muchacha!— que tenía delante era sorprendentemente joven, más que ella incluso. Tenía unos profundos ojos grises y una abundante melena castaña teñida con alheña y recogida en una trenza que le llegaba hasta las rodillas. Su pálida y sonrosada piel poseía el suave resplandor de la juventud en flor, parecido al de una manzana madura, y sus carnosos labios eran de un delicado color coral. Su notable belleza era inconfundiblemente euroasiática. No parecía sentirse incómoda ni siquiera ante una presencia tan inesperada y puede que incluso amenazadora. Al contrario, se la veía extremadamente tranquila, mucho más que a la propia Emma.

Levantó la mirada y alivió el pesado silencio con una sonrisa.

—He oído hablar mucho de usted, señora Granville, pero no pensaba que pudiéramos conocernos.

Emma consiguió articular unas palabras.

—¿Quién le ha hablado mucho de mí?

—Pues huzur.

Lo dijo con la mayor naturalidad del mundo, como si no tuviera nada de extraño que ambas compartieran el mismo hombre. De hecho, fue Emma la que se ruborizó. Pillada por sorpresa, ésta lamentó sentirse tan torpe y desgarbada y carecer de la gracia que aquella joven derramaba a manos llenas.

—¿Le gusta mi país? —Con una soltura no exenta de respeto, la muchacha le hizo la inevitable pregunta—. No muchos europeos visitan Cachemira, pero los que lo hacen se quedan encantados.

Emma tragó saliva para aliviar la sensación de ahogo que experimentaba en la garganta.

—Es natural. El valle es de una belleza singular.

—¿Y Shalimar? ¿No le parece un mundo no menos singular?

Emma se quedó helada.

—¿Ha estado usted en Shalimar?

—Oh, no. No sería correcto que huzur me llevara a su casa. Eso es el dominio de su esposa. —Lo dijo con sencillez y sin el menor rencor—. Huzur me ha hablado tantas veces de todo aquello que he aprendido a imaginármelo como si lo viera.

A pesar de su visible incomodidad y de su mal disimulado rencor, Emma volvió a sentirse invadida por la curiosidad. Le parecía increíble que una mujer que se dedicaba a semejante profesión pudiera ofrecer un aspecto tan discreto e inocente. ¡Sin duda una fachada, otra útil herramienta de su oficio!

La anciana regresó con un samovar y un refrigerio. Cuidadosamente, como si cumpliera un ritual, Nazneen vertió el qahwa en unas tacitas de cobre y después se levantó para ofrecerle una bandeja de dulces a Emma que, rechazándolos con un movimiento de la cabeza, aceptó el té y tomó un sorbo aunque sólo fuera para que se le suavizara la reseca garganta. Mientras le bajaba al estómago, el té caliente contribuyó a darle un poco de confianza.

—¿En qué puedo servirla, señora Granville? —preguntó la cortesana en cuanto la vieja se hubo retirado.

¿Servirla? La audacia implícita en la palabra hizo que Emma volviera a ruborizarse. ¿Qué clase de servicio podía ella esperar de aquella chica? De repente, comprendió todavía con más claridad el carácter absurdo de su situación; sin saber ni siquiera por qué estaba allí, había hecho simplemente el ridículo. Dejando la tacita sobre la mesa, se levantó torpemente.

—No hubiera tenido que venir —dijo, tremendamente avergonzada—. La verdad es que no sé cómo explicar mi presencia ni qué decir. Tendrá usted que perdonarme por haberla molestado sin respetar su intimidad.

Pero, antes de que pudiera alejarse, Nazneen Sultana se levantó.

—Huzur dijo que era usted una señora insólitamente valerosa. Tenía razón. Haber hecho una visita como ésta no puede haber sido nada fácil.

—Ni fácil ni prudente —murmuró Emma, tan incapaz de dar por terminado aquel fallido encuentro como lo había sido para iniciarlo. Nazneen rompió hábilmente el silencio para evitar que se prolongara en exceso.

—Usted y yo formamos parte de una curiosa situación, señora Granville —dijo, indicándole por señas a Emma que se volviera a sentar—. Una situación de esas que hasta a las inglesas nacidas y criadas aquí les resulta difícil comprender. O aceptar. —Extendió las palmas de las manos adornadas con dibujos trazados con alheña y sonrió—. En Oriente nos enseñan que la vida de un hombre tiene muchos compartimientos separados, cada uno de los cuales ejerce una función. Veo que se avergüenza de haber venido. No se avergüence, por favor. Tiene preguntas que necesita que le contesten, unas preguntas que tiene derecho a que le contesten. Le ruego que me pregunte lo que quiera. No me ofenderé.

¿Preguntas? Pues sí, tenía unas preguntas... pero, ¿cómo podía rebajarse a formularlas? Por si fuera poco, demasiado trastornada como para darse cuenta, había retrocedido y se había vuelto a sentar.

—¿Mi marido la visitó anoche?

Inmediatamente comprendió lo absurdo de la pregunta. ¿Cómo hubiera podido Damien hacer tal cosa si a medianoche se encontraba en Shalimar y por la mañana se había ido a Gulmarg?

Sin embargo, Nazneen aceptó la pregunta con toda naturalidad.

—Huzur no ha venido a verme desde que se fue a Delhi. Eso es lo que usted esperaba escuchar en el fondo, ¿no es cierto, señora Granville?

—No, yo... sentía curiosidad por usted, eso es todo.

—¿Huzur le habló a usted de mí?

—¡De ninguna manera! Supe de su existencia por... otra persona.

—¡Ah!

Nazneen no añadió nada más, pero aquella solitaria sílaba fue suficiente para revelar su profunda comprensión.

—¿Desde cuándo conoce usted a mi marido? —preguntó Emma, envalentonada.

—Desde hace dos años. Me dio a conocer a huzur su buen amigo Hyder Alí Mian, que conocía a mi madre.

¡Damien llevaba dos años visitando a aquella chica! La revelación le causó a Emma un inesperado dolor en el corazón.

—Las mujeres como yo, señora Granville, sólo podemos ejercer esta profesión. —Nazneen se refería naturalmente a su origen mixto—. Soy hija de padre inglés y madre cachemir. Mis padres no estaban casados. Mi padre era un oficial del ejército de Umballa de permiso y mi madre una chica cachemir sin estudios que trabajaba como lavandera en el bungaló dak. Era muy joven y muy sencilla. —Nazneen empezó a mover con aire ausente hacia arriba y hacia abajo la sortija de oro que lucía en un dedo—. Un hijo nacido fuera del matrimonio entre dos culturas no tiene ningún futuro en la India. Y, para las chicas, la situación es todavía peor. No tienen más remedio que... —interrumpió la frase mientras su rostro se teñía levemente de arrebol por efecto de la cólera—. Pero no le quepa duda, señora Granville... No pido disculpas ni comprensión. La nuestra es una profesión honrada. No es ninguna vergüenza dar placer a una persona, aunque sea a cambio de dinero.

Temiendo haber provocado la revelación de unas intimidades que no deseaba escuchar, Emma levantó la mano, pero la mujer sacudió impacientemente la cabeza.

—Tiene usted derecho a saber. Es su esposa. —Nazneen hizo una pausa para volver a llenar las tacitas y después se reclinó de nuevo contra el almohadón y entrelazó los bien formados dedos de las manos sobre el regazo—. Yo he tenido más suerte en la vida que la mayoría de las mujeres, señora Granville. He tenido la inmensa suerte de gozar de las atenciones de un solo hombre y éste ha sido muy amable conmigo.

¿Amable?

Intuyendo la fugaz reacción de Emma, Nazneen esbozó una sonrisa.

—Su esposo es un hombre de opiniones obstinadas y arrebatos violentos, señora Granville. Su caparazón es muy duro, pues cubre muchas heridas, pero por dentro es blando como la melaza y, a menudo, tan dulce como ésta. Como no es muy comunicativo, para discrepar de él, primero hay que estar de acuerdo.

—Por lo visto, con usted ha sido muy comunicativo —comentó Emma con involuntaria dureza.

—Hay una razón. —La mirada de Nazneen volvió a centrarse en el complejo dibujo de la alfombra—. Verá, señora Granville, los hombres que acuden a nosotras no nos tienen en demasiada consideración. Y, como consecuencia de ello, con nosotras suelen bajar la guardia. —Una fugaz punzada de amargura vibró en su voz—. Se manifiestan a nosotras sin darse cuenta y muchas veces sin que les importe, y nosotras aprendemos muy pronto a recibir y respetar las confidencias. —Los ojos se levantaron para cruzarse con los de Emma—. En los últimos dos años, he visto muchos aspectos de su esposo, señora Granville, unos aspectos que, a lo mejor, su esposa aún no ha podido ver.

La muchacha lo dijo con absoluta sinceridad, pero, aun así, Emma se sintió traicionada. Aparte de su cuerpo, Damien había permitido que aquella chica compartiera sus pensamientos más íntimos y sus emociones más ocultas. Se sentía dominada por un sentimiento muy profundo y tan ajeno a su naturaleza que no supo identificarlo como de celos. Estudiándola atentamente, Nazneen tomó silenciosamente nota del rubor de sus mejillas, el destello de furia de sus ojos y puede que incluso el oculto dolor de su corazón.

—En nuestra profesión, señora Granville —añadió con dulzura—, se considera una necedad traspasar ciertos límites establecidos. Huzur me aceptó por lo que soy. No me pidió nada que yo no estuviera en condiciones de cumplir y, por mi parte, yo no esperé ni pedí nada que no me correspondiera.

Emma frunció el entrecejo, tratando de comprenderlo.

—¿Y usted consideraba satisfactoria semejante relación?

—¿Relación? —La palabra desconcertó a Nazneen—. Las relaciones sólo son posibles entre iguales, señora Granville. Huzur es mi mentor, mi benefactor y puede que mi admirador, pero sería totalmente incorrecto que yo me considerara su igual... o la de usted. Si él ha tenido conmigo unas atenciones que rebasan lo establecido, ello no se ha debido a su falta de rectitud sino a mi buena suerte.

Como ejercicio de sinceridad, era admirable. De una forma muy sutil, Emma vio que la muchacha estaba tratando de darle seguridades... y de enseñarle, al mismo tiempo, a identificar el lugar que tenía que ocupar en la vida de Damien. En aquel extraño y amanerado juego que había decidido jugar, estaba claro que existían unas normas que ella aún no había aprendido. El hecho de comprender que Nazneen había intuido el motivo de su visita mientras que ella no, la humilló y la indujo a menospreciarse todavía más.

—Dentro de unos días me voy a Lahore para reunirme con mi madre y mi hermana —dijo Nazneen. Otra seguridad—. Seguiré bailando en la esperanza de que, con la gracia de Alá, pueda encontrar algún día otro mentor que sea amable conmigo y con mi familia. —En los orgullosos ojos gris peltre de la muchacha se encendió un breve destello de regocijo ligeramente teñido de desprecio—. He dado placer a huzur, tal como era mi deber, pero en su corazón usted no encontrará ninguna huella mía. Puede regresar a casa en paz, señora Granville. Yo no ocupo ningún lugar en la vida de su esposo. Él ya jamás volverá a mí.

¿Qué otra cosa podía decir? La chica se lo había contestado todo, lo que ella había preguntado y lo que no. Sólo quedaba una cosa por aclarar.

—¿Dice usted que mi marido le habló de mí?

—Sí.

—¿Cuándo?

—Antes de irse a Delhi. —Con una sonrisa en los labios, Nazneen desenroscó la piernas y se levantó—. Rezo a Alá para que bendiga su unión, señora Granville —dijo—. Rezo para que usted le dé muchos hijos a huzur.

Emma bajó la escalera de piedra, aturdida. ¿Damien le había hablado a Nazneen de ella antes de irse a Delhi? Qué extraño... ¡Antes de que él se fuera a Delhi, ellos jamás se habían visto!

En cuanto compareció ante la presencia del gobernador, Conolly comprendió que no todo iba bien. De hecho, el taotai estaba furioso.

Sin embargo, tal como la etiqueta china exigía y cualesquiera que fueran las circunstancias, primero se tomaron el té y conversaron acerca del tiempo. A Conolly no le gustaba el té verde. A su juicio, sabía a insípida agua caliente, pero, para que no se le notara el nerviosismo, mantuvo el dedo índice sobre la tapa de la taza y sorbió el líquido a través del resquicio, dando muestras de profundo deleite. Ambos estaban solos pero, con indudable intención, al otro lado de la puerta dos de los cortesanos de más confianza del taotai montaban guardia discretamente.

Al final, terminó el ritual del té.

—Me he enterado de algo que me ha inquietado en gran manera, doctor Conolly —dijo el taotai.

Era un comienzo siniestro. Conolly esperó sin dejar de sonreír y sin prestar la menor atención al vuelco que le acababa de dar el corazón.

—Tal como usted sabe, doctor Conolly —añadió el gobernador—, los ingleses están deseando establecer un consulado en Kashgar.

¡Cómo no lo iba a saber!

—¿De veras? —preguntó Conolly, poniendo cara de cortés asombro—. Pues estaría muy bien.

—¡No, no estaría nada bien, doctor Conolly! No quiero extranjeros, y mucho menos extranjeros ingleses, en mi territorio. Los anglosajones son más hábiles que los eslavos en causar desgracias.

Conolly asumió los pecados de su raza en humilde silencio.

—Hace cuatro años —añadió el gobernador—, cuando estuvo aquí el señor Andrew Dalgleish antes de tener la desgracia de ser asesinado en el Karakorum, el Gobierno indio envió una delegación a Kashgar. No consideramos oportuno autorizar la estancia del señor Dalgleish porque ya habíamos aprendido a desconfiar de su pueblo. Ahora se ha recibido otra petición de entrada del señor George MacCartney, de su Departamento Político y del capitán Francis Younghusband. Sin duda está usted al corriente de la petición.

Conolly estaba a punto de volver a fingir ignorancia, pero lo pensó mejor.

—Un cónsul contribuiría a incrementar el mutuo comercio, Excelencia —tuvo la audacia de sugerir, procurando no poner de manifiesto un entusiasmo excesivo—, y beneficiaría a nuestras dos grandes naciones.

El taotai enarcó una ceja tan fina como un trazo de lápiz.

—¿Tal como la Compañía de las Indias Orientales ha beneficiado el Indostán, doctor Conolly?

—¡Ja, ja! —Sin querer poner en peligro su futuro puesto con una discusión política, Conolly se rio jovialmente y levantó un dedo. Tampoco quería pasarse—. En eso tiene usted muchísima razón, Excelencia. Pero, tal como Vuestra Excelencia sabe, yo no tengo el menor interés por la política. Me resulta tremendamente aburrida.

—¿De veras, doctor Conolly? —El taotai no compartía su regocijo—. Hágame el honor de no mentirme o de subestimar mi inteligencia. Sé que es usted un agente inglés enviado por su Gobierno para espiarnos. —Conolly abrió la boca para protestar, pero rápidamente la volvió a cerrar—. Hoy lo he mandado llamar para comunicarle que el señor MacCartney y el capitán Younghusband no recibirán autorización para entrar en Kashgar. —El taotai hizo una pausa para examinarse las yemas de los dedos mientras Conolly contenía la respiración—. A no ser que se cumplan ciertas condiciones.

La respiración contenida empezó a normalizarse progresivamente.

—¿Unas condiciones, Excelencia?

El taotai se levantó haciendo un esfuerzo, se irguió todo lo que pudo y dominó con su estatura a su visitante sentado.

—Primero, quiero saber algo más acerca de esta armenia a la que todo el mundo busca.

¿Todo el mundo? Conolly notó que se le encogía dolorosamente el estómago.

—Mmm, ¿qu...quién más la busca, Excelencia?

—Aunque no es asunto de su incumbencia, doctor Conolly, le daré una respuesta como un simple favor. El gobernador general ruso en Tashkent ha recibido una petición idéntica a la suya.

Conolly lo miró, estupefacto.

—¿Por parte... de quién?

—Yo esperaba que eso me lo pudiera decir usted —contestó secamente el taotai.

Conolly, que se había quedado sin habla, guardó silencio.

—¿Y bien, doctor Conolly? ¿Quién es exactamente esta mujer?

—Es sólo una... una esclava sin importancia, Excelencia —contestó Conolly con un hilillo de voz, tratando de inventarse alguna explicación—, una de las... mmm... miles que todavía permanecen en cautividad en Sin-Kiang.

—¡Bah, mentiras, todo son mentiras! —El taotai rechazó la explicación con un gesto de la mano—. En cualquier caso, no lo he mandado llamar aquí para perder el tiempo en la dignificación de unos vulgares rumores, doctor Conolly, sino para averiguar algo más acerca de esta misteriosa mujer.

—Aparte de los detalles que ya le facilité —protestó Conolly mientras cubría mentalmente de improperios la cabeza del coronel Hethrington—, no sé nada, Excelencia. A decir verdad, hice la petición por cuenta de... un buen amigo.

El taotai entornó los párpados y convirtió sus ojos en dos rendijas.

—Usted hace la petición en nombre de sus superiores de Simla —dijo con voz sibilante.

—Yo no tengo superiores en Simla.

—Quiero... mejor dicho, ¡exijo saber la identidad de la mujer!

Conolly estuvo casi a punto de echarse a reír. ¡Si el taotai supiera lo que él habría dado por saberlo!

—No me saque demasiado de quicio, doctor Conolly —tronó el taotai—, de lo contrario, las consecuencias no serán muy agradables para usted.

—No puedo traicionar la confianza personal...

—¿Qué interés tiene su Gobierno en conseguir la liberación de una «esclava sin importancia», me lo quiere usted decir?

—Yo no tengo ninguna relación con el...

—¡Ya basta!

Pensando que el taotai estaba a punto de sufrir un arrebato de todopoderosa furia, Conolly se asustó, pero, para su sorpresa, los celestes modales cambiaron repentinamente. Volviendo a sentarse, el taotai entrelazó los rechonchos dedos de las manos sobre su abultado vientre y se encogió de hombros.

—Bueno, pues como usted quiera, doctor Conolly. Tanto usted como yo no tardaremos en recibir la respuesta a esta pregunta. Resulta que ya he localizado a la mujer.

Conolly emitió un jadeo.

—¡Caray! ¿Dónde?

—De momento, me reservo la información.

Conolly extendió las manos en sincero gesto de impotencia.

—No... no puedo revelar nada más, Excelencia, porque no sé nada más. —Eso, por lo menos, era cierto—. Simplemente estoy cumpliendo un servicio por cuenta de un amigo.

—¡Ya!

El taotai apartó significativamente el rostro y se entregó a un desdeñoso examen de la pared del otro lado.

—Con toda justicia, Excelencia —dijo Conolly suplicante—, creo que tengo derecho a saber, por lo menos, quién ha preguntado por esta mujer en Tashkent para poder facilitarle la información a mi... mmm... amigo.

Tras una breve lucha interior, el taotai se ablandó.

—La petición se hizo por medio de dos dardos, sin duda unos mercenarios contratados, que, a cambio, ofrecieron al payaso ruso una información de vital importancia.

—¿Qué información?

—Unos mapas auténticos del paso del Yasmina.

Conolly se reclinó contra el respaldo de su asiento. ¿Unos dardos, unos mercenarios contratados, el Yasmina? Pero bueno, ¿qué demonios era todo aquello? Estaba perplejo y, al mismo tiempo, furioso por aquella falta de información. Sin embargo, en su calidad de funcionario político, había aprendido a no revelar jamás su sorpresa. Disimuló su desconcierto con una leve sonrisa.

—A través de fuentes secretas fidedignas —le explicó el taotai—, he sabido que los ingleses han conseguido localizar este paso.

Conolly estuvo casi a punto de soltar una carcajada. Fuentes secretas fidedignas un cuerno... los rumores llevaban varias semanas publicándose en los periódicos ingleses. Pese a lo cual, Conolly mantuvo una expresión adecuadamente circunspecta.

—¡No me diga, qué bárbaros!

—Su hábil alarde de ingenuidad le honra, doctor Conolly —dijo el taotai, esbozando una triste sonrisa—. Pero ahora le aconsejo que deje de fingir. Puede que sus superiores del servicio secreto militar de Simla sean unos maestros de la intriga, pero una nación que ha dado al mundo el ajedrez y la pólvora no puede ser despreciada y tenida por estúpida. Por consiguiente, doctor Conolly —el taotai soltó una risita triunfal—, si desea hacerse cargo de esta mujer, tendrá que recibir del Gobierno con el cual afirma usted no tener ninguna relación la autoridad que en estos momentos asegura no tener.

—Hacerme cargo de ella, ¿a cambio de qué? —preguntó consternado Conolly, conocedor ya de la respuesta.

—Los mapas del paso del Yasmina. Espero que sean librados lo antes posible a un representante designado del Celeste Imperio, es decir, a mí mismo. La mujer le será entregada sólo cuando se haya efectuado el traspaso de los mapas y hayamos tenido tiempo de comprobar su autenticidad.

Conolly se enjugó el sudor de la frente.

—Quisiera poderle ser útil, Excelencia —insistió en decir—, pero no puedo entregarle lo que no tengo la menor posibilidad de adquirir.

—Yo le ofreceré la posibilidad. Enviará usted un mensaje a su gente de Sahidullah, desde donde suele usted enviar sus mensajes al señor Crankshaw en Leh, para darle a conocer la situación. Si dentro de un plazo de ocho semanas usted no recibe esos mapas, sobre los cuales afirma no saber nada, será usted ejecutado. —Una siniestra pausa—. Al igual que esta mujer a la que tanto busca su Gobierno. Si usted decide fugarse, la mujer será ejecutada de todos modos.

A pesar del aterrador ultimátum, Conolly experimentó un estremecimiento de emoción... ¿estaría la mujer ya bajo la custodia de los chinos?

—He sido muy tolerante con usted, doctor Conolly —terminó diciendo el taotai—, debido sobre todo a sus conocimientos médicos. Ha prestado usted un buen servicio a mi pueblo, pero ahora ya se me ha terminado la paciencia. —El gobernador se inclinó hacia delante y volvió a entornar los negros ojillos hasta convertirlos en unas brillantes lunas crecientes—. Comunicará usted también a ese Gobierno con el cual dice no tener ninguna relación mi decisión de no permitir que el señor MacCartney y el capitán Younghusband pongan los pies en Kashgar hasta el momento en que los mapas obren en mi poder.

Conolly pensó rápidamente. Sabía que las excusas y las coartadas eran ya inútiles. Se había descubierto el pastel y sus días en Kashgar estaban contados.

—Veré lo que puedo hacer, Excelencia —dijo en expeditivo tono profesional—, pero no puedo prometerle nada. Resulta que yo también necesito respuestas.

—¿Bien?

—Los rusos quieren un paso secreto para introducir tropas en Cachemira y los británicos lo quieren para impedir que lo hagan. En cambio, el Celeste Imperio no tiene ambiciones territoriales al otro lado del Himalaya. ¿Cuál es la razón de su interés por el Yasmina?

—El Celeste Imperio ya se extiende más allá del Himalaya —lo corrigió fríamente el gobernador—. Si Hunza es nuestro, también lo es el Yasmina. No pedimos nada que ya no sea legalmente nuestro.

Conolly se atrevió a esbozar una leve sonrisa. Aquella ampulosa explicación no era, naturalmente, la verdadera razón.

El territorio de ochenta kilómetros de extensión situado entre Sin-Kiang y Afganistán era el punto de encuentro de tres imperios y un potencial foco explosivo. Al sur del Himalaya acechaban los despreciados británicos; al oeste, unos ejércitos rusos en permanente formación arrojaban su aliento sobre las celestes nucas y, constantemente presente en Kashgar, destrozando los nervios chinos, estaba el muy temido Pyotr Shishkin. ¿Qué mejor medio para equilibrar la balanza del poder (y cortarle de paso las alas a Shishkin) que el acceso al Yasmina?

Conolly se guardó la reflexión.

—Las dos onzas de polvo de oro de Hunza son sólo un símbolo, Excelencia —señaló—, exactamente lo mismo que se paga a Cachemira.

El taotai le miró con desprecio.

—Para ser un hombre a quien la política le resulta aburrida, doctor Conolly, está usted extremadamente bien informado. Sea como fuere —el gobernador hizo ademán de levantarse—, a no ser que se cumplan mis exigencias tal y como se han establecido, dentro de dos meses podrá usted considerar terminadas su estancia aquí y su vida. Y ahora, retírese.

Conolly se levantó y abandonó la estancia. Mientras recorría el bazar, no pudo negar su inquietud. Simla lo estaba utilizando como rehén en una siniestra intriga, de la cual él no tenía conocimiento. No sabía nada de aquella armenia ni del maldito Yasmina ni de los dardos. Aunque tuviera idea de dónde estaban los mapas —cosa que no tenía—, no hubiera tenido la menor posibilidad de hacerse con ellos. En los periódicos ingleses que a veces recibía a través de las caravanas, había leído, naturalmente, la historia del bueno de Jeremy Butterfield y de los papeles perdidos, pero ignoraba por completo lo ocurrido después.

Mientras regresaba a casa meditando sobre su precaria situación, en palacio el taotai daba instrucciones secretas a sus dos cortesanos de más confianza.

—Hay en Tashkent una mujer que tiene que ser conducida cuanto antes a Kashgar. Los medios utilizados para secuestrarla carecen de importancia. Pueden drogarla pero no causarle daño. Se llama Ivana Ivanova y se la encontrará en la casa de un tal coronel Mikhail Borokov, donde trabaja como ama de llaves.

—Dadlo por hecho, Excelencia.

—¿Padshah Khan aún está aquí?

—Sí, Excelencia. Espera autorización para incorporarse a su puesto en los jardines del barón antes de que se le eche en falta.

El taotai asintió con la cabeza.

—Decidle que regrese inmediatamente a Tashkent y que se prepare para la próxima misión. Encargaos de que su recompensa sea más generosa que de costumbre, ¿de acuerdo? Esta vez se la ha ganado.

No se veía ni rastro de Rehmat ni del chowkidar a la entrada de los jardines de Shalimar; Emma suspiró de alivio. Necesitaba estar sola; necesitaba tiempo para pensar y recuperar la compostura. Entrando en los jardines, se dispuso a dar un repentino y solitario paseo.

Estaba sorprendida por la revelación de que Damien sabía de ella mucho antes de que ambos se hubieran conocido. Siempre había creído que su inicial encuentro con él cerca de Qudsia Gardens había sido fortuito, pero ahora se inclinaba a pensar que no, que, a lo mejor, Damien se las había ingeniado para conocerla. Siempre se había mostrado escéptica a propósito de los motivos que él había aducido para querer casarse con ella. ¿Y si, se preguntó ahora, deslumbrada ante aquella posibilidad, ella se hubiera menospreciado en exceso? ¿Y si Damien la hubiera perseguido con tanto empeño porque ella le resultaba realmente atractiva?

Por inimaginable que la perspectiva le pudiera parecer, no cabía duda de que le resultaba inmensamente halagadora. Tras haberse convencido de que su audaz comportamiento había obedecido tan sólo a la curiosidad, se asombraba de la facilidad con la cual Nazneen había descubierto su verdadero motivo: la necesidad de tranquilizarse. Estaba dispuesta a aborrecerla tanto como a Chloe Hathaway, pero ahora se sorprendía de que no hubiera sido así y de que el encuentro con ella no sólo la hubiera tranquilizado sino que, además, le hubiera producido una inesperada sensación de humildad.

En cualquier caso, Damien había estado en lo cierto: había aprendido mucho de Nazneen.

—¿Señora Granville? ¡Pero bueno, señora Granville!

Emma se volvió y vio a Geoffrey Charlton acercándose a ella.

—Vaya, qué agradable sorpresa, señor Charlton —le contestó alegremente—. Resulta que he estado pensando en usted.

—¿De veras? ¿Y a qué debo tan inmerecido honor? —preguntó Charlton, dándole alcance.

—He estado pensando en nuestra conversación del otro día y me he preguntado cuándo tendremos ocasión de reanudarla.

—Cuando usted quiera. Estoy siempre a su servicio. —Charlton miró a su alrededor—. No habrá usted venido a Srinagar por su cuenta, supongo.

—No, todo lo contrario, llevo una buena escolta. He venido para... para hacer unas compras y, naturalmente, para ver estos jardines. La niñita y uno de los chowkidares que me han acompañado ya tendrían que estar aquí.

—Me tranquiliza. A pesar de la consoladora circunstancia de que en Cachemira el delito es casi inexistente y la policía disfruta de grandes privilegios, no es una buena idea que una dama pasee sin compañía. ¿Tendría usted algún reparo en que yo le sirviera de escolta hasta la llegada de sus sirvientes?

—No, por supuesto que no. Es más, me alegra contar con una compañía tan agradable con quien compartir todas estas bellezas tan extraordinarias.

—Será un placer.

En tácito acuerdo, ambos empezaron a pasear el uno al lado del otro rodeados por una profusión de plantas de belleza singular. Los jardines del siglo XVII habían sido proyectados por el emperador mongol Jehangir. Diseñadas con simétrica precisión, las terrazas penetraban profundamente en la ladera de la montaña. Había canales artificiales bordeados de chinars y constelados de fuentes. Cada terraza de mármol se comunicaba con la siguiente mediante escalinatas, pórticos con columnas y cascadas en miniatura. Dos islitas unidas por un puente completaban el panorama en la parte inferior. Más allá se extendía el plácido lago Dal, en cuyas aguas verde jade desembocaban los canales.

—Los mongoles desarrollaron el paisajismo y la horticultura como singular forma artística en la India —explicó Charlton, y ambos se pasaron un rato comentando aquél y otros jardines reales del estado que, al parecer, eran nada menos que setecientos.

—He leído dos traducciones de la palabra Shalimar —dijo Emma—, la una muy distinta de la otra. Según una, significa «palacio del amor» y, según la otra, la palabra es una combinación de *shala*, «montaña», y *mar*, «hermosa». En su opinión, ¿cuál de ellas le parece más acertada, señor Charlton?

—¿Qué importa el significado mientras sea bello?

—Puede que no importe —reconoció Emma sonriendo. De pronto, se detuvo en la escalinata—. El otro día al despedirse hizo usted un extraño comentario, señor Charlton. ¿Puedo preguntarle qué quiso decir?

—¿Acerca de su inminente necesidad de un amigo? —preguntó Charlton sin tomarse la molestia de fingir haberlo olvidado—. Me temo que hablé de una manera un poco impulsiva y fuera de lugar. No hubiera tenido que hacerlo.

Un tanto avergonzado, hizo ademán de seguir adelante.

—Pero el hecho de que hiciera el comentario —insistió en decir Emma— me autoriza a pedir una explicación, ¿no cree?

Charlton aminoró al paso.

—No tenía importancia, señora Granville, quería decirle simplemente que, siendo forastera en el valle, puede que le resultara agradable una amistad con una persona con quien congenia. Y, como amigo, me ofrecí en caso de que surgiera esta necesidad.

Emma lo miró con cierta severidad.

—Si quiere usted que seamos amigos, señor Charlton, absténgase de menospreciar mi capacidad de percepción. El otro día pareció darme a entender que esta necesidad surgiría, y muy pronto, por cierto.

Un chiquillo acompañado por sus padres empezó a corretear entre ellos y se ganó un sonoro cachete de su progenitor. Mientras esperaba a que cesaran los gritos de protesta del niño, Charlton se sumió en sus pensamientos.

—Sí —reconoció al final, aunque un poco a regañadientes, cuando la familia se alejó—, creo que le debo una explicación por mi impertinencia.

—Bueno, pues ¿por qué no nos sentamos cómodamente mientras me la da?

Al ver un banco cerca del lugar donde ambos se encontraban, Emma se apresuró a tomar asiento para no darle ocasión de negarse.

Inclinando levemente la cabeza, Charlton sonrió y se dio por vencido.

—Como usted quiera, señora Granville. —Se sentó cuidadosamente en el otro extremo del banco—. Lamento, sin embargo, no poder darle una explicación sin cometer otra impertinencia. ¿Me da usted su permiso para hacerle una pregunta extremadamente delicada?

Emma asintió con la cabeza.

—¿Conocía usted mucho a su marido antes de casarse con él?

—¡Lo bastante como para haberme casado con él, señor Charlton!

Aunque ella se hubiera tomado a broma la pregunta, el hombre optó por mantenerse muy serio.

—¿Y qué sabe usted de la historia de la familia Granville?

—Bueno, sé que los padres de Damien se conocieron y se casaron en Peshawar, donde el comandante Granville se encontraba destinado por aquel entonces y que éste abandonó el Ejército poco después para fijar su residencia en Cachemira.

—¿Sabe usted por qué abandonó el Ejército Edward Granville?

Emma vaciló.

—¿Porque la vida militar le resultaba menos atrayente que la del Valle?

—Edward Granville lo abandonó porque le pidieron que lo hiciera.

—Ah.

—¿No lo sabía?

—No. Pero sólo porque el tema no ha salido a colación —se apresuró a añadir Emma—. De todos modos, tengo entendido que hubo una especie de... escándalo en la familia.

—Sí, supongo que se podría expresar de esta manera.

Emma vio que Charlton hablaba a regañadientes. Una parte de sí misma la instaba a dejar las cosas tal como estaban, pero su curiosidad se negaba a permitirlo.

—Cualquier cosa que ocurriera, ocurrió hace muchos años, señor Charlton. No me gustaría que sintiera que está traicionando la confianza de alguien, pues no es así. Lo hubiera podido averiguar fácilmente por Damien, si se me hubiera ocurrido preguntárselo.

—Sigo pensando que no me corresponde a mí revelar los detalles, señora Granville —dijo Charlton, visiblemente incómodo—. Las cuestiones familiares se tienen que discutir dentro del ámbito de la familia. Le aconsejo que deje que sea su esposo quien se lo explique todo a su regreso de Gulmarg.

¿Cómo sabía Charlton que Damien estaba en Gulmarg?, se preguntó Emma, vagamente sorprendida.

En voz alta, preguntó en tono un tanto esperanzado:

—Si el escándalo tuvo que ver con otro hombre, señor Charlton, no cabe duda de que los amantes y las queridas siguen estando a la orden del día, ¿no cree?

—El escándalo fue de otra clase, señora Granville.

—¿Algo de carácter no menos lascivo? A fin de cuentas, hay chismorreos de todo tipo.

—No, no fue un chismorreo. —Charlton hizo una pausa y clavó la vista en el suelo—. Aunque me avergüence ser yo quien se lo diga, señora Granville, pensándolo bien, creo que, en su propio interés, tiene usted derecho a saber algo más. Debo insistir, sin embargo, en pedirle perdón por revelarle lo que no es asunto de mi incumbencia.

«¿En su propio interés?»

—Su difunta suegra, la condesa Greta von Fritz —empezó diciendo Charlton—, llegó a la India cuando sólo contaba diecinueve años. Se dijo que era una aristócrata austriaca de Viena, muy rica, que había enviudado trágicamente a muy temprana edad. Era también muy guapa.

—¿Se dijo?

—Sí. —Charlton apartó la mirada—. En realidad, Greta von Fritz era rusa. Su verdadero nombre era Natasha Vanonkova.

Emma disimuló su sorpresa. ¡No era de extrañar que a Suraj Singh hubiera estado a punto de darle un ataque al oírla mencionar los Alpes austriacos!

—¿O sea que el escándalo fue simplemente el hecho de que fuera rusa?

—Bueno...

Emma soltó una carcajada.

—Señor Charlton, tal como usted sabe mejor que nadie, todos los rusos son automáticamente sospechosos en la India. Me costaría mucho creer que la difunta señora Granville no hubiera sido objeto de recelos.

—Su caso no fue tan sencillo como eso —dijo Charlton—. Verá, señora Granville, hace treinta años, Natasha Vanonkova entró ilegalmente en la India como miembro del servicio secreto ruso. La trajo aquí un tal Igor Petrovsky, un oficial de los dragones de Kiev que se hacía pasar por aristócrata austriaco y tío suyo. Entraron en la India a través de Bombay con documentación falsa, subieron siguiendo el curso del río Jhelum y se establecieron en Peshawar, donde había, y sigue habiendo, una considerable presencia del Ejército indio. —Charlton hablaba sin la menor inflexión en la voz—. Mientras Petrovsky exploraba en secreto las rutas de la montaña, supuestamente para estudiar la flora local, Natasha Vanonkova hacía amistad con los oficiales del Ejército para obtener información acerca de los movimientos de las tropas británicas a lo largo de las vulnerables fronteras noroccidentales con Afganistán. Era joven, atractiva y alegre, tocaba el piano y pintaba muy bien. Era capaz de trazar el boceto de cualquier rostro en pocos minutos. Lo cual no sólo era motivo de diversión en las fiestas sino que más tarde sirvió para que San Petersburgo identificara a los oficiales de más alta graduación del Ejército indio.

Charlton hizo una pausa para mirar a Emma de soslayo, pero ésta no le devolvió la mirada.

—Echando mano de todas estas cualidades —añadió—, Greta von Fritz no tardó en convertirse en un elemento imprescindible en la sociedad de Peshawar y en tener acceso a casi todas las casas de los militares de la ciudad. El dinero para su elevado tren de vida no constituía ningún problema: procedía de fondos rusos. Uno de los oficiales que trabó amistad con Greta von Fritz fue el comandante Edward Granville, el cual tuvo la desgracia de enamorarse perdidamente de ella. —Charlton hizo una pausa mientras pasaban unas mujeres enzarzadas en una animada conversación—. Al final, empezaron a circular rumores acerca de la misteriosa condesa austriaca. Pese a la advertencia de su superior, Edward Granville se negó a creerlos. Cuando los rumores se generalizaron y la situación de la joven Greta empezó a ser un poco difícil, Granville le pidió que se casara con él. Nada se pudo demostrar contra ella y los altos mandos del Ejército no quisieron provocar un escándalo público. Pidieron discretamente a Granville que dimitiera de su puesto, abandonara Peshawar y se fuera a vivir más allá de los confines de la India británica. Tras una precipitada boda, la pareja emprendió viaje a Amritsar en su camino hacia Cachemira, donde, gracias a su interés de toda la vida por la tejeduría, Granville se ganó muy pronto la protección del marajá. Alegrándose de haber podido librarse de una situación embarazosa, el Ejército barrió el asunto bajo la alfombra y allí lo dejó. El marajá concedió a Natasha Granville permiso para quedarse y la pareja se estableció en Cachemira. Petrovsky desapareció de Peshawar sin dejar rastro. Dedujeron que había regresado a Rusia a través de Afganistán.

Un martín pescador de pecho azul se posó sobre la hierba no lejos del lugar donde ellos se encontraban sentados y, con un estridente grito, volvió a levantar el vuelo. Siguiendo su trayectoria hasta que desapareció entre las nubes, Emma consiguió disimular su impresión, haciendo un considerable esfuerzo. Sólo sus manos, fuertemente entrelazadas sobre el regazo, delataban su tensión. Ahora comprendía por qué razón Charlton no quería hablar. Lo había obligado a asumir un papel muy difícil... pero, si ahora le pedía disculpas, el papel difícil lo hubiera tenido que interpretar ella.

—No sabe cuánto siento haber tenido que ser yo quien le cuente todo eso, señora Granville —dijo Charlton en un susurro.

Procurando disimular su propia turbación, Emma le miró sonriendo.

—Bueno, pero supongo que ahora todo eso ya es agua pasada, señor Charlton —contestó jovialmente—. Sin embargo, debo decir que me compadezco de la pobre Natasha. Sólo Dios sabe bajo qué terribles presiones debió hacer aquello que la obligaban a hacer.

Debatiéndose entre el deseo de saberlo todo y el remordimiento por aquella indiscreción que se le antojaba un acto de deslealtad con Damien, hizo un esfuerzo por no decir nada más. No hubiera sido necesario que se tomara la molestia. Intuyendo su turbación, Charlton resolvió su dilema.

—Le sugiero que el resto se lo pregunte a su esposo, señora Granville. Yo ya he rebasado suficientemente mis límites por un día y le pido perdón. Gracias por haberme permitido disfrutar de su compañía. Si no me equivoco, veo que los miembros de su escolta acaban de cruzar la verja de los jardines. Por cierto, mi ofrecimiento de amistad sigue en pie. Buenos días, señora Granville.

Sin esperar su respuesta, Charlton se alejó a toda prisa.

Al fondo del sendero que Emma tenía a su espalda, Rehmat, el chowkidar y un anciano con barba —probablemente el padre de la niña— se estaban acercando al banco donde ella se encontraba sentada.

«Natasha Vanonkova.»

Emma se pasó el nombre por la lengua. A pesar de su inmediata reacción a lo que acababan de revelarle, su impresión estaba empezando a suavizarse para dar paso a la compasión. La historia tenía conmovedores visos de terrible tragedia familiar y ella estaba más intrigada que nunca. Sin embargo, por las graves tensiones que reinaban entre ellos, su orgullo le impedía considerar la posibilidad de hacerle preguntas a Damien.

Lo que le quedara por saber tendría que averiguarlo por su cuenta.

La segunda visita nocturna de Emma a los apartamentos de la planta baja no plantearon ningún problema. Suraj Singh no estaba y Sharifa y Rehmat roncaban que daba gusto. Aquella noche, armada con el destornillador, las cerillas y la linterna, se dirigió de nuevo a la parte de atrás de la casa.

No le cabía la menor duda de que Charlton le había dicho la verdad. A fin de cuentas, éste no tenía ningún motivo para mentir y los escándalos ocultos no eran difíciles de confirmar cuando se conocía a las personas adecuadas. Puesto que no sentía el menor interés por la política y los juegos clandestinos a los que se entregaban los gobiernos, le fue extremadamente fácil recuperar su equilibrio. En el patio de recreo de la política, los aliados de hoy eran los enemigos de mañana y el que era traidor para unos era héroe para otros. El hecho de que la madre de Damien hubiera espiado en favor de su propio país la traía sin cuidado.

Más que lo que Geoffrey Charlton había dicho, la preocupaba lo que no había dicho. El escándalo de varias décadas atrás ya estaba muerto y enterrado, al igual que sus protagonistas; pero, de una curiosa y tácita manera, Charlton le había dado a entender que los acontecimientos del pasado seguían estando vinculados al presente.

¿Por medio de Damien?

El cerrojo de la segunda puerta de atrás fue tan fácil de retirar como el de la primera y Emma entró en el cuarto de baño de Natasha Granville sin ningún problema. El moho que cubría los azulejos despedía un olor penetrante, pero los grifos de latón tenían un diseño muy elegante y las toallas que colgaban de los toalleros también de latón estaban un tanto descoloridas, pero tenían unas preciosas aplicaciones de encaje y todo el conjunto resultaba exquisitamente femenino. Sin embargo, en su afán de explorar el resto del apartamento, Emma abandonó el cuarto de baño y cruzó el vestidor contiguo para dirigirse al salón.

La llama de su linterna no conseguía iluminar la oscuridad que reinaba en la estancia. En el salón, que era una réplica del suyo, descorrió la cortina de la ventana. Una nube de polvo le atacó las fosas nasales y estuvo a punto de empañarle la vista. Tosió, se cubrió la boca con la orla de su vestido y abrió una persiana. La luz de la luna que penetraba a través de los listones era suficiente para echar un vistazo superficial. Sobre las mesas había lámparas, pero estaban totalmente resecas y sus pabilos atascados se notaban quebradizos al tacto. Aumentó la intensidad de la llama de la linterna y, como una pintura plana a la que se confiriera de repente una tercera dimensión, la estancia adquirió una perspectiva perceptible.

Además de por la película de polvo que cubría los apretujados muebles, la diferencia entre aquel salón y el de Edward Granville del apartamento de al lado era sorprendente. De hecho, la asombrada primera impresión que tuvo Emma fue la de una cueva de Aladino amueblada con empalagoso exceso de detalles. Unos pesados relojes de oro cuyos corazones llevaban mucho tiempo sin latir se alternaban con figurillas de mármol y ónice; varias cajas de rapé con incrustaciones de piedras preciosas deslucidas por los años descansaban entre dragones chinos de jade, urnas funerarias y toda una exquisita serie de objetos de cristal. Bajo la capa de polvo que lo cubría, la tapicería de brocado de un confidente bellamente labrado aparecía ligeramente desteñida, pero los almohadones de raso en forma de corazón conservaban el brillo de tiempos pretéritos.

Las cortinas de todas las ventanas estaban completamente corridas y llegaban hasta el suelo con sus adornos de borlas y flecos. Protegidos de la devastación de la luz solar bajo varias capas de polvo, todos los pájaros y las flores de la alfombra de seda del suelo conservaban la viveza de sus colores. Dos arañas de cristal cubiertas de suciedad colgaban de las vigas del techo mientras que en las paredes, tapizadas de papel con un motivo de muguetes, colgaban varias desteñidas acuarelas de blancos lagos helados y árboles esqueléticos despojados de sus hojas por un viento glacial. Un tríptico dorado de una Virgen rusa con el Niño miraba con expresión apagada a través de sus relieves. Por encima del escritorio, un calendario con caracteres cirílicos facilitaba una información que nadie necesitaba desde hacía veinte años.

Aquí también, el parqué que había bajo las alfombras se encontraba en perfecto estado y no se percibía el menor signo de deterioro.

Cada vez más tranquila, Emma se acercó a la tabla de dibujo colocada sobre el escritorio, en la cual descansaba un esbozo de unos estilizados pinos y unas hojas entrelazadas. El papel había adquirido un tono amarillento y los sueltos bordes inferiores se habían curvado hacia arriba. Una carpeta apoyada contra la pared contenía otros dibujos cuidadosamente separados entre sí por hojas de papel de seda resquebrajadas por el paso del tiempo. Una pluma de calígrafo con la punta incrustada de tinta descansaba todavía en la acanaladura de una paleta, al lado de varios lápices de colores y otros objetos. Detrás del escritorio, casi ocultos por una cortina, se distinguían los perfiles de un marco dorado de grandes dimensiones.

Pasó al dormitorio. Un peinador y un salto de cama de encaje estaban doblados en el interior de un estuche de raso sobre una colcha bordada; unas zapatillas de dormitorio adornadas con unas rositas rojas asomaban por debajo de la cama con dosel; un libro abierto descansaba boca abajo sobre una cómoda de cantos de latón al lado de la cama. Emma deslizó un dedo por la manchada cubierta y vio que el título estaba escrito en ruso. Los jarrones todavía conservaban marchitos ramos de flores. Sobre una mesa, amorosamente envuelta en un polvoriento lienzo de seda morada, había una balalaica cuyas rotas cuerdas formaban una confusa maraña de retorcidos zarcillos.

Emma regresó al vestidor y abrió una de las puertas correderas del armario. Entre nubes de moho, vio docenas de vestidos de calle, vestidos de noche adornados con lentejuelas, elegantes chaquetas y faldas y vestidos de mañana bordados y estampados, todos ellos protegidos por fundas de muselina. En los estantes numerosos zapatos descansaban sobre sus soportes de hierro junto a bolsos de calle y de noche y una increíble variedad de sombreros. En el suelo había una bufanda tirada de cualquier manera al lado de un par de guantes de cuero ribeteados de encaje, quitados precipitadamente.

Con el rabillo del ojo, vio un repentino movimiento. Una visión espectral apareció ante sus ojos y se llevó la mano a la garganta, presa de un frío terror. Pero, casi inmediatamente, comprendió que lo que se había movido era su propia imagen empañada en el triple espejo de la mesita del tocador, y lanzó un suspiro de alivio.

Cosméticos, artículos de tocador y frascos de perfume se alineaban delante de los espejos, al lado de cepillos del cabello y peines con lomo de plata sobre unos tapetitos de encaje. Tomó un peine en cuyos dientes habían quedado prendidos unos pálidos cabellos, quizá la última vez que se había utilizado. Aunque pareciera increíble, una leve bruma de perfume permanecía en suspenso en el aire, como un obstinado espíritu que se negara a desaparecer.

Tiró del tirador de cristal de uno de los cajones y aparecieron unos compartimientos forrados de terciopelo morado destinados a contener joyas, ahora vacíos.

Volvió a cerrar el cajón y regresó temblando al salón.

Natasha Granville había vivido rodeada de belleza y elegancia. Ni el polvo de los años ni el moho podían borrar su exquisito gusto, su pasión por las cosas bellas y su amor a la vida. Pero, a pesar de haber vivido mimada y protegida por el lujo, no había encontrado la felicidad. La tristeza lo invadía todo... una persistente y honda melancolía que ni siquiera dos décadas habían conseguido borrar.

Inevitablemente, sus ojos se desviaron hacia el marco de un cuadro medio oculto situado detrás de la cortina. Mientras lo sacaba de su escondrijo y le daba la vuelta, el rostro de Natasha Granville cobró vida ante sus ojos. El retrato al óleo era la pareja del que figuraba en el gabinete de Edward Granville.

¡Suraj Singh también le había mentido a este respecto!

Emma se pasó un buen rato contemplando el rostro, hipnotizada por su belleza. Un pálido cabello rubio cuyos ensortijados bucles enmarcaban, siguiendo los dictados de la moda, una clara y despejada frente; unos labios curvados en una sonrisa en forma de media luna; pómulos pronunciados y profundos y risueños ojos eslavos celebrando jubilosamente un tiempo feliz. Alrededor de un largo y alabastrino cuello, en el profundo y tentador escote, descansaba un collar de perlas con un colgante de filigrana. Sus finos dedos enjoyados sostenían un abanico japonés pintado de fondo anaranjado y con una borla. Despreciando la muerte, parecía viva e invencible, una mujer destinada a la inmortalidad. Emma se sorprendió del gran parecido de Damien con su madre. El color de su tez era el de su padre pero la delicadeza de los rasgos procedía de su madre.

¿Quién había retirado el cuadro del lugar que le correspondía en el gabinete de arriba, Damien o su padre? ¿Un acto de rabia o de dolor?

Natasha Granville había huido precipitadamente y su apartamento se había quedado exactamente tal y como estaba aquella noche. En cierto modo, era como una cámara mortuoria ritual en la que sólo faltaba el ataúd. Pero, por otra parte, cada valiosa pieza que ella había coleccionado poseía una palpitante y curiosa presencia propia, una presencia tan palpable como la de aquella desventurada mujer. Se respiraba una atmósfera de desesperada esperanza, como si el lugar estuviera aguardando el regreso de una antigua ocupante condenada a no regresar jamás.

Emma volvió a experimentar una sensación de temor y sintió que se le ponía la carne de gallina. Para acabar con sus fantasías, sacudió enérgicamente la cabeza, echó atrás los hombros y respiró hondo. Regresó al escritorio y abrió un cajón. Estaba lleno de cartas escritas en ruso. ¿Oficiales o personales? No podía saberlo. Decepcionada, cerró el cajón y abrió otro. Aquí tuvo más suerte: unos cuantos paquetes atados de cualquier manera con cintas. Desató uno. Contenía hojas de papel rayado garabateadas con letras cirílicas de trazo infantil. ¿La letra de Damien? Sin poder leerlas, las volvió a guardar, soltando un gemido de frustración.

«Hay una hoja nueva en el chinar...» De repente, vio una página que empezaba bruscamente en inglés. Sus ojos volaron hacia la fecha: 4 de mayo de 1870. ¿Una carta? ¿Un ensayo?

Hay una hoja nueva en el chinar. La nieve hincha las corrientes y los sapos croan. Mañana lloverá. Las brisas primaverales soplan cuando aparecen los capullos del cerezo, pero a mí no me gustan. El toque del viento es áspero y escuece. *Sasha* ladra toda la noche. Cuando oigo los gritos de las lechuzas me asusto, permanezco despierto y presto atención. Creo que oigo su voz en la escalera. ¿Está subiendo? No, es sólo la llamada de un pájaro o un engaño de la noche. Ella no verá las hojas nuevas y la flor del cerezo, tampoco estará aquí cuando yo vuelva. ¡Bien! [La última palabra triplemente subrayada.] Los ojos que contienen maldad no merecen percibir la belleza. Y tampoco...

Las anotaciones terminaban tan bruscamente como habían empezado y no estaban firmadas. No había cartas en inglés sino tan sólo un viejo cuaderno de apuntes escolar, lleno de notas dispersas y de una extraña mezcla de inglés y de ruso. Leyó una frase:

¿Cuál es el color del agua, el sabor del fuego, la sensación del viento en la mano? Nadie lo sabe más que ella [subrayado dos veces] pues ahora se ha ido al lugar, donde todo se revela y nada es secreto.

Intuyendo más que comprendiendo, Emma leyó unas cuantas frases más, consciente de que estaba entrando sin permiso en un erial de tormentos privados. En otra página:

Hoy ha florecido la primera rosa amarilla en el rosal que ella plantó. Aplasté sus espinas y lo arranqué de cuajo. Lo quemé detrás de las cuadras y pisoteé sus cenizas sobre la tierra. Lo odio, me repugna.

Curiosamente, Emma comprendió aquella referencia. Los antiguos egipcios consideraban la rosa amarilla el símbolo de la perfidia y la traición. En su oído mental resonaron los ecos de la soledad, de las efusiones de dolor, perplejidad, rabia e, inevitablemente, odio. Reflexiones de muchos años atrás, inexplicablemente conservadas, recuerdos del dolor de la parte más débil y vulnerable de un niño abandonado.

Demasiado joven para comprender, demasiado mayor para llorar...

Emma trató de imaginarse aquella noche de veinte años atrás en que una llamada a la puerta acabó con el mundo de un niño. Éste había regresado a una casa vaciada de su esencia, en la que sólo quedaban los recordatorios materiales de una congoja demasiado grande como para poder absorberla. ¿Cuáles habían sido los motivos del abandono? ¿Se habían explicado y comprendido alguna vez? ¿Y si alguna vez se pudieran...?

La visión le hizo escocer los ojos. Sentía rencor contra aquella mujer que había destrozado dos vidas y un hogar. Después, comprendiendo la injusticia de su perentoria sentencia, apartó a un lado su enojo. ¿Cómo podía ella, después de tantos años, calibrar la desesperación de la madre de Damien? El hecho de que Damien echara la culpa a su madre de aquella traición era comprensible... ¿De qué otra forma hubiera podido ser si sólo tenía doce años y no conocía las maneras del mundo?

En el apartamento de al lado un reloj dio las doce y Emma se sobresaltó. Concentrada en otras cosas, no lo había oído dar anteriormente la hora. Era tarde y los párpados le escocían por falta de sueño. Bostezó, lo volvió a dejar todo en su sitio y miró a su alrededor para cerciorarse de que no hubiera dejado ninguna reveladora huella de su visita. Tras haber comprobado que no, salió por donde había entrado. Para cuando hubo enroscado de nuevo los tornillos del cerrojo, ya eran casi las dos.

En caso de que se pudieran encontrar otros vestigios de la infancia de Damien, Emma comprendió que no estarían en el apartamento de su madre. Dolido por su abandono, estaba claro que Damien llevaba años sin pisar aquel lugar, desde que escribiera y guardara sus gritos de dolor en el escritorio de su madre. Ansiosa de averiguar más detalles acerca del desarrollo de aquella saga familiar y más deseosa que nunca de reanudar la búsqueda antes del regreso de Suraj Singh o de Damien, Emma decidió hacerlo la noche del día siguiente.

Pero resultó que no pudo ser. A la mañana siguiente cuando despertó y entró en el salón, vio un par de botas de caña alta de cuero negro manchadas de barro en el hogar de la chimenea, a la espera de que Hakumat se hiciera cargo de ellas.

En algún momento de la noche, Damien había regresado.

13

—¿Has dormido bien?

Recién salido del baño, Damien estaba secándose enérgicamente el cabello con una toalla en el salón. Al ver que Emma se detenía bruscamente en la puerta, la miró a través de los pliegues de la toalla; momentáneamente sin habla, Emma asintió con la cabeza.

—Pues no lo parece. ¿Qué has estado haciendo... luchando en sueños tú solita contra los demonios del infierno?

Puesto que aún no se había lavado ni peinado, Emma se retiró a toda prisa para serenarse. Cuando regresó al poco rato, lavada, con el cabello cepillado, envuelta en una bata acolchada de color amarillo limón y aceptablemente serena, Damien estaba sentado en su sillón preferido delante de la chimenea, examinando un montón de cartas. Su oscuro cabello todavía mojado estaba alborotado, y se había echado la toalla sobre los hombros.

—¿A qué hora regresaste de Gulmarg? —preguntó Emma situándose nerviosamente delante de él en la esperanza (¡Dios no lo quisiera!) de que no hubiera sido durante sus exploraciones nocturnas.

—Muy pronto, justo pasadas las tres —contestó Damien.

Emma se tranquilizó.

Por una parte (recordando las circunstancias de su tormentosa partida), recelaba de su repentino regreso; pero, por otra, teniendo todavía frescos en la mente sus descubrimientos secretos, el recelo se mezclaba con un cierto placer.

Damien le arrojó un sobre.

—Carta para ti. Si es de tu madre, confío en que esté bien y no demasiado preocupada por el hecho de que el lobo feroz se haya llevado a su hija al bosque.

Aquella insólita muestra de humor era tan sorprendente como su regreso. Emma jamás lo había visto tan alegre y despreocupado.

—Gracias.

Apartó la carta a un lado, con la intención de leerla más tarde. Vio que no era de su madre sino de Jenny.

Era todavía muy temprano y no hacía mucho rato que había amanecido. Hakumat sirvió el desayuno, que evidentemente ya había sido pedido. A Emma le resultó extraño compartir por primera vez con Damien una normal comida cotidiana. La súbita inmersión en la vida doméstica la hizo sentirse ligeramente incómoda; alegrándose de que las exigencias de su condición de ama de casa le ofrecieran un pretexto para disimular su turbación, empezó a cumplir sus deberes inmediatos.

—Pero bueno, ¿es que no vas a leerla?

Levantando los ojos de su carta, Damien miró el sobre que descansaba junto al codo de Emma.

—Me la quería guardar para después del desayuno —contestó Emma.

—¿Tienes tanta paciencia para esperar a leer lo que te escribe tu madre?

Damien se llenó ávidamente el plato con riñones rellenos, setas silvestres y huevos revueltos, y empezó a comer.

Emma contempló la carta.

—Bueno, en realidad, no —contestó, tomando el sobre con una sonrisa en los labios.

La carta de Jenny contenía más detalles sobre la boda, más noticias sobre amigos comunes y más emocionantes chismes de Delhi. Escrita con su característico estilo, le provocó la sonrisa y una o dos veces la hizo reír. A media lectura, hizo una pausa para tomar la taza y vio que Damien la estaba mirando.

—Es de Jenny... Jenny Purcell —se apresuró a explicarle—. No sé si la recuerdas.

—Sí, la recuerdo.

—Ahora ya se deben de haber instalado en Calculta. Su marido John Bryson tiene un nuevo trabajo en el departamento de ventas de una empresa escocesa de yute. Jenny escribe unas cartas muy divertidas.

—Eso está claro, pues te hacen sonreír. Lo decía —añadió Damien— porque sonríes tan pocas veces que el hecho de ver que te diviertes espontáneamente constituye un cambio muy agradable. No me gusta verte vagar por allí como un cisne moribundo.

—¿De veras? —Su alegría era contagiosa y Emma decidió seguirle la corriente—. Pensaba que ibas a decir como un pato enojado. Porque me sueles acusar de mal genio.

—Bueno, eso también.

Damien se echó a reír y se alisó el cabello mojado con los dedos.

Si él jamás la había visto reírse de buena gana, Emma hubiera podido devolverle el cumplido y decirle lo mismo a él. Aquella mañana parecía de muy buen humor. Simulando estar enfrascada en la lectura de su carta, le estudió el rostro con disimulo mientras comía una tostada y leía su correspondencia. A pesar de su jovialidad, unas profundas arrugas le surcaban la frente, unas oscuras sombras de agotamiento le rodeaban los ojos y unas débiles líneas le enmarcaban las comisuras de la boca. ¿Cansancio del viaje? ¿Preocupación? Emma jamás había reparado en aquellos detalles.

Recordó súbitamente los infantiles garabateos, las palabras llenas de dolor y la angustiosa incapacidad de expresión, y su corazón experimentó un repentino vuelco de... ¿qué? ¿Compasión? ¡Compasión! Era el sentimiento que menos hubiera imaginado que pudiera provocarle Damien Granville, o cualquier otra persona, por lo que ella misma se extrañó.

Al parecer, la desagradable escena de la otra noche estaba destinada a caer en el olvido. Damien no la mencionó ni directa ni indirectamente y no parecía que tuviera la menor intención de hacerlo. Lanzando un suspiro de alivio, Emma terminó de leer la carta y se sirvió una buena ración de gachas de trigo, miel de mandarina y leche de cabra. Damien había pedido que sirvieran grandes racimos de uva de las viñas; la uva era dulce y amarga a la vez y, en respuesta al comentario de Damien, Emma convino en que resultaba deliciosa. Aquella mañana los modales de Damien eran tan cordiales que se preguntó con malicia si habría algún motivo detrás, por más que no se le ocurriera ninguno.

—Dentro de poco tengo que irme a Srinagar para hablar con Jabbar Alí sobre el envío de una partida de chales a Lahore —dijo Damien mientras ambos se terminaban el desayuno—. ¿Te apetecería acompañarme?

A Emma le dio un vuelco el corazón... ¿Estaría Damien al corriente del viaje que ella había hecho la víspera por su cuenta y riesgo? Probablemente no, por lo menos, de momento.

—Me encantaría —le contestó—. Gracias.

—Podríamos pasar la noche en la casa flotante y regresar por la mañana, si la idea cuenta con tu aprobación.

Emma le aseguró que sí.

La mención de Jabbar Alí le hizo recordar la chaqueta que aún no le había entregado. Fue en su busca al dormitorio y se la ofreció tímidamente.

—La... la compré al pasar por Srinagar cuando venía hacia aquí. Espero que te siente bien y sea de tu gusto.

—¿Para mí? —preguntó Damien, sorprendido—. ¡Dios bendito, debe de hacer años que nadie me hace un regalo!

Desenvolvió rápidamente el paquete, sacó la chaqueta, la sostuvo en alto y la examinó desde todos los ángulos.

—¡Justo lo que necesitaba! —Su alegría fue tan desbordante que, recordando la indiferencia con la cual ella la había adquirido, Emma se avergonzó—. Quería comprarme una, pero no acababa de decidirme. ¿Cómo adivinaste que necesitaba una chaqueta nueva?

—Bueno, Suraj Singh me dijo que te habías hecho una quemadura de cigarrillo en la que tenías.

Damien se la puso rápidamente, dijo que le caía perfectamente, se dio unas palmadas en los bolsillos y quitó una mota de la solapa.

—Veo que eso de haberme casado también tiene sus ventajas... aunque sólo sea para librarme de la enojosa tarea de ir de compras.

—Aún no había tenido ocasión de darte las gracias por el shatush —dijo Emma, dispuesta a liquidar de una vez aquel asunto pendiente— y también por la yegua zaina. No... quiero que pienses que espero que me mimes con costosos regalos.

Comprendió, en su turbación, que estaba hablando en tono rígido y descortés.

—Ya sabes lo que dicen de los caballos regalados —contestó Damien, tan torpe para recibir muestras de gratitud como ella para expresarlas—. Además, necesitarás uno para recorrer la finca.

—¿Sólo la finca? —preguntó Emma, aprovechando para cambiar de tema—. ¿Ningún otro lugar?

—Bueno, sólo si vas con escolta. En Cachemira, una mujer que anda callejeando sola por ahí no es tenida en muy buen concepto.

—Yo creía que no te importaba la opinión de los demás.

—No me importa, pero tampoco quiero herir la susceptibilidad de nadie. Somos forasteros en Cachemira, tenemos que hacer lo que ellos hacen y respetar el *kashmyriat*... ¿Sabes lo que eso significa?

—¿La esencia de ser un cachemir?

—Eso y algo más. Abarca todos los intangibles matices de sus códigos de pensamiento y de conducta. En cualquier caso, ¿adónde quisieras ir por tu cuenta?

—A ningún sitio. Es que no estoy acostumbrada a que me acompañen los criados.

—No tienen por qué ser muchos. Si así lo quieres, a tu única escolta se le ordenará que se mantenga a una discreta distancia.

Abriendo otra carta, Damien le echó un vistazo y empezó a hacer anotaciones al margen.

Emma comprendió que el tema ya estaba cerrado.

«Para discrepar de él, primero hay que estar de acuerdo...»

Decidió no insistir.

Para no tener que estar a la merced de los tiernos cuidados del cochero, Damien decidió tomar él mismo las riendas cuando emprendieron su viaje a Srinagar. Emma se sentó delante, a su lado, y Sharifa se acomodó detrás con el equipaje. Hakumat, el cochero y otros dos criados los seguían a caballo, llevando de las riendas a *Toofan*, el fogoso semental de Damien.

—¿Por qué necesitas a *Toofan* en Srinagar? —le preguntó Emma—. No podrás cabalgar con él por aquellas callejuelas sin poner en peligro la vida de la gente.

—Puede que tenga que irme a la bodega de Gupkar. *Toofan* me llevará hasta allí más rápido que cualquier otro caballo.

Emma suponía que Suraj Singh se encontraba todavía en Gulmarg. No preguntó por él.

Damien conducía el coche con sumo cuidado y su habilidad en el camino lleno de baches fue un auténtico alivio. Aún no eran las ocho de la mañana. En medio de la delicada bruma que cubría la campiña, los valles parecían opalescentes. Los almendros floridos que daban almendras dulces eran de color rosa claro mientras que los que las daban amargas eran rosa oscuro. La víspera, preocupada por su inminente misión, Emma apenas había reparado en los detalles del viaje. Aquella mañana, en cambio, procuraba no perderse nada.

A medida que avanzara el día, le explicó Damien, el aspecto de las colinas cambiaría considerablemente. Las distantes hondonadas pintadas de añil se irían aclarando hasta adquirir tonos azul pálido, verde y lavanda. Más tarde, cuando las sombras cubrieran las laderas, sus colores se transformarían en ocres y amarillos intensos.

—¿Sabes que, según se dice, Cachemira está relacionada con tres profetas?

—¿Tres? Dos, que yo recuerde —contestó Emma—. La mezquita de Hazratbal alberga lo que se cree que es un cabello del profeta Mahoma y dice la leyenda que Jesucristo vino una vez a este valle. ¿Quién es el tercer profeta?

—Moisés. —Damien sonrió al ver su cara de asombro—. A cincuenta kilómetros de aquí hay un lugar llamado Badipur, antiguamente llamado Beth-Poer. Muchos judíos creen que aquí murió Moisés. Un sepulcro en la selva señalado por una roca negra y cuidado todavía por un anciano de religión judía dicen que es su lugar de descanso definitivo. Algún día te llevaré allí. —Damien miró a su alrededor con visible complacencia—. Lo malo que tiene vivir en Cachemira es que te incapacita para vivir en cualquier otro lugar de la Tierra... ¡y es lo que me ha ocurrido a mí!

Emma se lo había oído decir otras veces, pero sólo ahora estaba empezando a comprenderlo.

—Me dicen que el valle de Gulmarg posee una belleza singular en esta época del año —dijo—, pues tiene una gran variedad de plantas y unas vistas preciosas de Nanga Parbat y Harmukh. ¿Podríamos subir allí alguna vez?

—Sí. Cuando se hayan terminado las obras de reforma.

Damien refrenó bruscamente la montura y se detuvo al borde del camino.

—¿Por qué nos paramos? —preguntó Emma, súbitamente alarmada. ¿Habría dicho alguna inconveniencia?

—¿No quieres tomar un refrigerio? —le preguntó Damien.

—¿Un refrigerio? —Emma miró a su alrededor—. ¿Dónde?

Damien le señaló con la mano el huerto que cubría la ladera al borde del camino, con sus árboles cargados de frutos primaverales.

—Aquí.

—¿A quién pertenece?

—No importa. En Cachemira está permitido comer en cualquier huerto siempre y cuando uno no abuse del privilegio. Ven.

Saborearon con fruición redondas moras, ciruelas, cerezas y unas dulces fresas de un tamaño que Emma no había visto en ningún otro lugar. La fruta del granado aún estaba verde y no maduraría hasta finales del verano. Emma escuchaba las entusiastas explicaciones de Damien acerca de todo, tan asombrada por el alcance de sus conocimientos como por su entusiasmo. Muchas cosas en él la desconcertaban. A veces desesperaba de poder conocerle por entero y se extrañaba de desearlo. Pero lo que más la sorprendía era que su desgraciada infancia le hubiera tocado las fibras más sensibles del corazón y le hubiera causado un dolor tan profundo. ¿Y si le preguntara por su madre? En determinado momento, estuvo casi a punto de hacerlo, pero se tragó la pregunta. El conocimiento que ambos tenían el uno del otro era todavía muy imperfecto, demasiado frágil como para alterarlo con torpes tanteos.

Bajaron en el mismo campo de las afueras de Srinagar en el que se habían detenido la víspera y se dirigieron a pie a la orilla del lago, donde los esperaba una shikara.

—Hakumat y Sharifa te acompañarán al *Nishat* —dijo Damien—. Aparte de Jabbar, tengo que ver a otras dos personas. Tendré que dejarte con ellas hasta la hora de la cena.

¿Quiénes serían las «otras dos personas»? Reprimiendo una dolorosa punzada de celos, Emma subió dócil a la shikara.

En la cubierta del *Nishat* la esperaban la servidumbre y el inevitable samovar de qahwa. Había fragantes ramos de flores por todas partes. Las cortinas y la ropa de cama estaban recién almidonadas y planchadas y la mesa del comedor estaba puesta para dos. A su alrededor, el lago resplandecía en tonos blancos y azul zafiro, los mismos colores del cielo salpicado de nubes que en él se reflejaba. Sintiéndose maravillosamente a gusto, Emma salió de nuevo a la cubierta para contemplar mejor el panorama, y entonces Hakumat se le acercó de inmediato con una agradable taza de té.

El lago rebosaba de actividad. Numerosas embarcaciones de distintas clases surcaban su plácida superficie, algunas muy rápido y otras tomándose las cosas con mucha más calma. Unas cuantas permanecían ancladas balanceándose sobre las olas como las flores de loto, los nenúfares y las alfombras de lentejas de agua. Los vendedores de fruta y verdura se desplazaban en shikaras de una casa flotante a otra para ofrecer los productos que transportaban en sus embarcaciones llenas de frutos frescos de la temporada.

El Dal estaba constelado de islas cubiertas de recios chinars, abetos y pinos. Algunas eran llanas y abundaban en ellas los melones y los pepinos; otras aún no habían sido cultivadas. Emma sabía que eran los llamados «campos flotantes» de Cachemira, formados por una tupida red de plantas acuáticas y carrizos. En una de dichas islas se levantaba el palomar del marajá, el *kotar khana*, en el que se posaban millares de aves. Un tímido chiquillo de no más de diez años se acercó con su shikara al *Nishat*. Mirando a Emma por debajo de sus larguísimas pestañas negras, le dirigió una sonrisa y ella le correspondió con otra. Animado, el niño se levantó y le ofreció a Emma un capullo de flor de loto de color de rosa. Ella se inclinó sobre la barandilla y lo tomó. El niño se rio y, sin esperar ningún pago, se alejó remando a toda prisa, satisfecho de su audacia.

A lo largo del ancho paseo del norte estaban los bancos, la oficina de correos y las tiendas y los establecimientos europeos. Las plantas bajas de los altos y estrechos edificios de madera estaban construidos por encima del nivel del agua como medida de precaución contra las crecidas anuales provocadas por el deshielo estival. Las ventanas de las casas estaban protegidas por celosías y los tejados de tejamaníes cubiertos de hierba y parterres de flores. Dominaban el horizonte dos colinas aisladas, una rematada por la prisión del Estado y la fortaleza de Hari Parbat, la otra por el antiguo templo llamado Takht-e-Suleiman, el Trono de Salomón.

En la otra orilla del lago, al otro lado del *Nishat*, una hilera de casas flotantes de tejado plano aguardaba la llegada de los visitantes estivales.

Emma contempló las distintas escenas sumida en sus propias reflexiones desde la tumbona en la que descansaba en un agradable estado de adormecimiento, saboreando castañas de agua recién tostadas, pues había comido demasiado y no le apetecía almorzar. Cuando la tarde tocaba a su fin, se le ocurrió una idea. Mandó llamar a Hakumat y le pidió que comunicara al cocinero su deseo de ayudarlo a preparar una cena a base de platos tradicionales cachemires.

Alegrándose de su genial inspiración, entró dispuesta a ponerse una ropa más apropiada para las tareas culinarias. En el vestidor principal, vio que habían colocado su baúl al lado del de Damien y se quedó petrificada. ¿Tendrían que compartir el dormitorio?

No habiendo previsto aquel aspecto enteramente inesperado del viaje, Emma se vio repentinamente abrumada por toda una extraña mezcla de emociones: ¿consternación, inquietud, anticipación?

No supo exactamente qué.

«¿Ivana Ivanova?»

Cuanto más pensaba Mikhail Borokov en aquel extraño asunto, tanto más aumentaba su perplejidad, hasta el punto de que, en el transcurso de los últimos días, apenas había podido pensar en otra cosa. Mientras permanecía sentado en la galería de su modesta residencia a última hora de la tarde, tomando con aire ausente su vodka y comiendo triángulos de tostada con beluga y huevo duro picado que Ivana preparaba tan bien, trató una vez más de encontrar las respuestas. Pero, una vez más, se le escaparon.

¿Alguien quería a Ivana a cambio de los mapas del Yasmina? ¡Sencillamente, no podía creerlo!

Durante los dos años que llevaba en Tashkent, habían recibido la visita de muchos hombres que afirmaban haber descubierto el Yasmina. Pero ninguno lo había podido demostrar. Al principio, él mismo había dirigido personalmente los interrogatorios, pero más tarde, harto de mentiras, evasivas y descaradas peticiones de dinero, le había encargado la tarea a su segundo, el capitán Vassily. Sin embargo, no había podido ignorar las afirmaciones de los dardos.

Y tampoco la cuestión de Ivana.

El barón conocía, naturalmente, la triste historia de la muchacha, y los detalles que acerca de ella habían dado los dardos eran tan reveladores que no se podían descartar sin más, de la misma manera que el dibujo del colgante y la conexión armenia tampoco se podían considerar simples coincidencias. Si aquel imbécil no hubiera permitido escapar a uno de aquellos bribones y dejado suelto al otro con tanta ligereza, les hubieran podido arrancar la verdad en un santiamén. A Borokov le parecía ridículo que alguien pudiera considerar a Ivana digna de una transacción tan extraordinaria.

Pero estaba claro que alguien lo hacía. ¿Por qué?

—¿Retiro la bandeja, señor coronel, o la dejo donde está?

Borokov se sobresaltó. No la había oído entrar en la estancia, aunque bien era verdad que jamás la oía entrar. Ivana tenía la costumbre de caminar con tanto sigilo como los gatos, como si llevara las suelas recubiertas de unas almohadillas especiales. En determinado momento, cuando ella era todavía una niña, sus silenciosas idas y venidas lo habían puesto tan nervioso que había insistido en que calzara botas de tacón para ir por la casa. Sin embargo, con los años había acabado apreciando en grado sumo sus pies de felino, al igual que sus restantes virtudes: respeto por su intimidad, tácita comprensión de sus necesidades, admirable competencia doméstica y, por encima de todo, discreción.

Los criados de otros oficiales que él conocía mentían, robaban, sisaban en la compra, charlaban sin parar y se dedicaban a contar los asuntos privados de sus amos por todo el barrio. En cambio, él no podía quejarse de Ivana. Hablaba sólo en caso necesario y siempre con gran comedimiento. De hecho, en los quince años que llevaba a su servicio, Borokov no recordaba haber mantenido con ella más que alguna trivial conversación de carácter doméstico. Pese a lo cual, la intuición de la criada era asombrosa: bastaba con que él pensara en algo para que ella lo cumpliera. Y, en cuanto al dinero, su confianza en la mujer era absoluta. En realidad, si algo de todo aquel absurdo asunto había escandalizado a Mikhail Borokov era el hecho de que alguien considerara a Ivana una esclava. Al principio no supo si interrogarla acerca de aquel extraño ofrecimiento, pero después decidió no hacerlo. Estaba seguro de que ella no sabía nada y no quería alarmarla innecesariamente.

Ahora, enfundada en su habitual y descolorida *babushka* gris, Ivana se dispuso a vaciar el cenicero, ahuecar los cojines y quitar las migas de la mesa. Borokov la estudió detenidamente, como si la viera por primera vez. Para él, las mujeres simplemente no existían como individuos; salvo en algunas ocasiones determinadas, no ocupaban ningún lugar en su bien planeada y cuidadosamente calculada existencia. Si alguna vez pensaba en ellas, lo hacía con carácter colectivo, como una raza sin nombre y sin rostro a la que sólo toleraba de vez en cuando para cumplir los deberes necesarios para la conservación de su salud.

Por consiguiente, en todos aquellos años jamás se le había ocurrido pensar que Ivana Ivanova pertenecía a un género determinado, tal vez porque carecía de la astucia, la coquetería y la avaricia que él asociaba con su sexo. Para él era simplemente unas manos muy hábiles y unos pies muy resistentes hechos para su comodidad, un utensilio doméstico como la plancha, el termo o la cocina. No recordaba haberse fijado ni siquiera en su cara. Si le hubieran pedido que describiera sus rasgos con los ojos cerrados, habría tropezado con serias dificultades para hacerlo.

Cuando se había cruzado casualmente con ella dieciséis años atrás en Khiva, Ivana no debía de tener más de cuatro o cinco años y era uno de los muchos millares de huérfanos en cautividad que él había heredado por pura casualidad. Apareció una mañana con la pareja de criados que había contratado en la guarnición rusa de Petro-Alexandrovsk y éstos le habían suplicado que permitiera quedarse a la niña. Era armenia, le dijeron, y había trabajado en la zenana del kan. A la caída de Khiva a manos de los rusos, cuando el kan huyó con los suyos, la niña se quedó sola. No tenía familia ni medios de subsistencia y ni siquiera un nombre. La llamaban simplemente *Khatoon*, «la chica».

Borokov se percató de que Ivana había entrado en la estancia y le había hecho una pregunta cuya respuesta estaba esperando. Al darse cuenta de que él no la había oído, Ivana se la repitió:

—La cena está servida en el comedor, señor coronel, pero, si a usted aún no le apetece comer...

—Me apetece.

Apurando el contenido de su vaso, Borokov se levantó, impresionado una vez más por el suave timbre de la voz de la chica y la halagadora deferencia con que ésta siempre se dirigía a él. Se sentó a cenar. Bajo la supervisión de Ivana, sus dos criados de Bujara le sirvieron una cena excelentemente preparada, pero él comió con aire ausente sin poder quitarse de la cabeza a aquella mujer.

Puesto que le daba igual una cosa que otra, Borokov permitió que la niña se quedara, con tal de que no saliera de la cocina y él la tuviera lejos de su vista y de sus oídos, hasta el punto de que, en el transcurso de los nueve años siguientes, llegó a olvidarse de su existencia. Cuando lo trasladaron, la pareja de criados de Khiva se negó a acompañarlo a San Petersburgo. Demasiado pobres para alimentarla e incapaces de asumir la responsabilidad de la niña, los criados le suplicaron que se llevara en su lugar a Khatoon, asegurándole que era honrada, trabajadora y de toda confianza, y que sabía cocinar muy bien. Preocupado por su seguridad, Borokov accedió a la petición. Y jamás se había arrepentido.

En sólo unos meses de estancia en San Petersburgo, la muchacha aprendió la cocina, las costumbres, la forma de vestir y la lengua rusas y no tardó en asumir el gobierno de la casa. Al principio, Borokov quería buscarle trabajo en la cocina del Club Náutico, pero después, más por desidia que por interés, dejó que las cosas siguieran tal como estaban y la chica se quedó en la casa. Para evitar todo el complicado papeleo de la inmigración, con la ayuda de Smirnoff la registró como rusa bajo el nombre de Ivana Ivanova. Ella había aceptado aquel nombre tan poco original, tal como aceptaba todo lo demás, sin quejas ni comentarios, y así se había llamado desde entonces. Cuando Borokov fue destinado a Asia Central, en Tashkent, Ivana ya se había convertido en un componente esencial de su vida doméstica. Se sentía tan completamente perdido sin ella que hasta se la llevaba en sus ocasionales viajes.

Uno de los muchachos le ofreció una bandeja de *shashlik*, pero él la rechazó con un gesto de la mano, pues ni siquiera su plato preferido le apetecía en aquellos momentos. Últimamente había observado con cierto asombro que Ivana no resultaba desagradable a la vista. Tenía una figura alta y esbelta y un suave rostro ovalado de expresión permanentemente serena. Borokov raras veces la había visto sonreír. Hablaba de la misma manera que caminaba, despacio y sin prisa. Ahora, mientras sus confiados dedos le volvían a llenar la copa de vino, retiraban el cuenco de *borsch* y enrollaban la servilleta para volver a colocarla pulcramente en el servilletero de plata, Borokov observó que sus dedos lo estaban haciendo todo con la misma economía de movimientos con que ella cumplía todas las tareas que se le encomendaban. Se le ocurrió de repente que aquella mujer debía de tener pensamientos, emociones, aspiraciones, necesidades, simpatías y antipatías, cosas todas ellas que él jamás había tenido en cuenta, por lo que experimentó una punzada de remordimiento.

—¿Has sido feliz en mi casa, Ivana Ivanova? —le preguntó impulsivamente.

—¿Perdón, señor coronel?

Si él le hubiera hecho una proposición deshonesta, su sobresalto no habría podido ser mayor. Borokov se ruborizó.

—Me he limitado a preguntarte si habías sido feliz trabajando en mi casa —le repitió con aspereza, clavando una vez más los ojos en el colgante de plata de complicado diseño que descansaba sobre su cuello.

—Pues claro, señor coronel. —Unos breves instantes fueron suficiente para que recuperara su habitual compostura—. Tengo todo lo que necesito.

—Seguramente te apetecen otras cosas —la aguijoneó Borokov—, ropa, perfumes o... todas estas cosas que normalmente desean las mujeres.

—Tengo ropa suficiente, señor coronel, y no uso perfume.

Sus mejillas se ruborizaron y Borokov comprendió que se sentía incómoda.

De pronto, Borokov se sintió molesto por aquella conversación y por el hecho de que Ivana hubiera adquirido de la noche a la mañana otra personalidad. De ser un simple número, había pasado a convertirse en una mujer de carne y hueso —una mujer a la que alguien buscaba— y a él le fastidiaba tener que perder el tiempo pensando en ella. Un elemento extraño se había introducido subrepticiamente en el tejido cuidadosamente texturado de su vida. Y eso a él lo molestaba porque no lo entendía.

—¿Te gustaría irte a pasar un mes de vacaciones fuera? —le preguntó bruscamente.

Mientras ordenaba la realización de investigaciones que le permitieran llegar al fondo de aquel enojoso asunto, pensó, lo mejor sería apartar totalmente a la chica de Tashkent.

—¿Unas vacaciones? —preguntó ella, asombrada—. Acabamos de regresar de San Petersburgo, señor coronel.

—Eso no han sido unas vacaciones, Ivana. Lo que yo quiero decir son unas auténticas vacaciones lejos del trabajo, un mes de descanso completo.

—No tengo ningún sitio adonde ir, señor coronel.

—Bueno, resulta que en el Caspio conozco una pequeña pensión regentada por una anciana viuda, donde estarías muy cómoda y bien atendida. El aire del lago te sentará muy bien.

Reacia y desconcertada pero obediente como siempre, Ivana bajó los ojos.

—Muy bien, señor coronel. Haré lo que usted mande.

Fue una de las conversaciones más largas que ambos habían mantenido y sin duda la más personal. Satisfecho del resultado, Borokov se levantó de la mesa.

—Tomaré disposiciones para que te vayas en cuanto llegue el general Smirnoff.

Apartando a Ivana y a los dardos de sus pensamientos, Borokov centró su atención en otras cuestiones más vitales, unas cuestiones muy íntimas que guardaba en los compartimientos más secretos de su mente. Pensó en Alexei Smirnoff e, invadido por una intensa sensación de placer, en el Yasmina.

Levantó la mano —tal como solía hacer varias veces al día— y sus dedos se curvaron alrededor de la pepita de oro que lucía en una cadena alrededor del cuello, la pepita que Safdar Alí había depositado en la palma de su mano en su último día de estancia en Hunza.

Le quedaban todavía muchos obstáculos por superar y muchos peligros a los que enfrentarse y que vencer, pero, si algo había aprendido en la vida era que, para obtener algo, se tenía uno que arriesgar. Después de haber llegado tan lejos, no tenía la menor intención de echarse atrás.

Dominado por una repentina explosión de energía, entró en su estudio y se sentó para redactar una breve carta.

Querido doctor Anderson:

No he recibido nada de usted desde su respuesta a mi carta inicial. ¡Le agradezco la información, pero no es suficiente! Si yo mismo no hubiera sostenido en mis manos los prismáticos en Hunza y los hubiera examinado, no habría insistido tanto. Por consiguiente, le repito que, si no recibo información completa de usted acerca del asunto mencionado anteriormente, y a la mayor brevedad posible, no podré facilitarle más fondos para sus expediciones.

—Primero el *ghi* —el cocinero echó varias cucharadas de mantequilla clarificada en la sartén del *korma* de orejones de albaricoque—, una buena cantidad. Después las cebollas, el ajo, el genjibre, las especias, el azafrán y, por último, el requesón...

Mientras escuchaba en reverente silencio aquella letanía de ciencia culinaria, Emma procuró asimilarla con la misma rapidez con que el cocinero la recitaba. La mejor manera de arrancar el color y la fragancia del azafrán consistía en empaparlo con leche caliente; las personas que no soportaban la cebolla y el ajo podían sustituirlos por la picante asa fétida; el fruto seco no tenía que estar deshuesado antes de la elaboración del korma de albaricoque y los trozos de cordero se tenían que socarrar para que no perdieran los jugos. Más de un gushtav se malograba, le advirtieron, porque el picadillo no estaba suficientemente desmenuzado. Los segundos platos que aconsejó el cocinero para la cena cachemir fueron flores de Bauhinia fritas, *pilaf* con setas negras de la zona y un *panjiri*, un dulce y espeso jarabe aromatizado con azafrán, servido caliente, con semillas de loto y dátiles.

Cuando estaban elaborando el pilaf (que siempre se dejaba para el final) la lección fue bruscamente interrumpida por el sonido de una voz femenina que preguntaba en inglés desde la orilla si huzur y begum sahiba estaban en casa. Emma soltó un gemido; aquel día, el más insólito de los días, en que reinaba la armonía entre Damien y ella, no quería atender visitas y mucho menos la de Chloe Hathaway. Estaba a punto de mandar decirle que le dolía la cabeza cuando, flotando en medio de unas nubes de inconfundible perfume, la dama apareció en la puerta de la cocina de la embarcación donde estaba ubicada la cocina.

—¡Ah, está usted aquí, querida! —Con una radiante sonrisa en los labios y mirando a su alrededor con expresión risueña, Chloe entró en la cocina—. Me he enterado de que iban ustedes a pasar el día aquí y me hubiera dolido mucho no verles. —Sin el menor cumplido, levantó la tapadera de la sartén y aspiró el aroma—. ¿Korma? Sí, la especialidad de Mukhtiar. Reconozco que huele de maravilla. —Levantó la tapa de otro recipiente y olfateó—. Gushtav, naturalmente, sin berenjenas, espero. Muy bien. Es que Damien no las soporta, ¿sabe? Procure mimar su afición a los dulces con muchos budines.

—Qué amable ha sido usted al visitarnos —musitó Emma, disimulando su pesar con una sonrisa tensa—. Siento que Damien no esté en casa. No sé cuándo regresará.

En comparación con el impecable aspecto de Chloe Hathaway, Emma sabía que el suyo debía ser horrible. Llevaba el cabello lacio y húmedo alborotado, le brillaba la nariz, la arrugada bata de estar por casa estaba salpicada de manchas de grasa y toda ella olía a ajo. Procurando sacar el mejor partido de la situación, contestó cortésmente a varias preguntas sobre el menú, se lavó y se secó las manos y acompañó decidida a Chloe a la salida de la embarcación, jurándose a sí misma que, ocurriese lo que ocurriera, no se dejaría convencer para invitar a aquella mujer a cenar.

—¿Me permite un momento para arreglarme? —preguntó con soltura—. Apuesto a que debo de estar hecha un desastre.

Cuando regresó a la cubierta tras haberse aseado rápidamente y puesto un vestido fresco de lino, Chloe Hathaway ya se había instalado en una tumbona y contemplaba el panorama de la otra orilla del lago, dándose aire con un pequeño abanico japonés de color malva y marfil que hacía juego con los colores de su espléndido vestido estival. Mientras Emma volvía a sentarse, Chloe levantó su perfecta nariz griega hacia el sol y aspiró profundamente.

—Divino —dijo en un susurro—, simplemente divino. El maravilloso frescor del aire de aquí hace milagros con los nervios agotados.

Emma se limitó a asentir con la cabeza.

—Y, naturalmente, con el insomnio.

La ofensiva insinuación no podía pasar inadvertida... ni su autora pretendía que lo pasara.

—¿Ha probado usted un almohadón relleno de azafrán? —preguntó dulcemente Emma sin dejar de sonreír.

—¿Un almohadón relleno de azafrán?

—Sí, un conocido remedio contra el insomnio que, según me han dicho, los emperadores romanos utilizaban después de una copiosa comida. Pruébelo la próxima vez que no pueda dormir, señora Hathaway.

—¿De veras? ¡Qué extraño!

Sin saber muy bien si le estaban tomando el pelo, Chloe pareció desconcertada. Apartando la mirada, volvió a reclinar la cabeza, cerró nuevamente los ojos y siguió aspirando y espirando rítmicamente el aire. Sin demasiado entusiasmo, Emma tomó nota de la serena expresión, las sedosas pestañas sobre la delicada piel de porcelana, el seductor cuerpo, la gracia con la cual la mano sostenía el abanico y, por encima de todo, el aire de imperturbada e imperturbable confianza. A pesar de su irritación, Emma experimentó una punzada de envidia; cuánto esfuerzo y cuánta afición a las mágicas fórmulas se necesitaba para conservar la belleza... ¡y cuán lejos quedaba todo aquello de sus esporádicos intentos de mejorar su imagen!

—¿Le apetece un poco de té? —preguntó displicente.

Para gran alivio suyo, Chloe sacudió la cabeza.

—No, gracias. Adela Stewart me espera en la Residencia dentro de una hora. Ha invitado al aburrido matrimonio Bicknell y necesita apoyo moral para rechazar otro ataque al platillo de las limosnas. Teniendo en cuenta las dos nuevas sillas-retrete de la Residencia que acaban de enviar al hospital, su actitud es perfectamente comprensible, ¿no le parece? —Chloe hizo una pausa para recuperar el resuello—. A usted no la habrán invitado, por casualidad, ¿verdad, Emma?... Puedo llamarla Emma, ¿no es cierto?

—Sí, claro. No, no me han invitado.

—Ya lo suponía. Damien y Walter no se llevan nada bien, tal como ya le dije el otro día. De hecho, no se soportan. Por desgracia, sólo puedo quedarme unos cuantos minutos más, de lo contrario, llegaré tarde y Adela jamás me lo perdonará, sobre todo, si ya la han estado acosando. ¿Cuánto cree que tardará Damien en regresar?

—Lo siento, pero no tengo ni idea —contestó Emma, esperando con toda su alma que tardara el máximo tiempo posible. Me ha advertido que, a lo mejor, no llegaría a tiempo para la cena —añadió sin pensar.

—Vaya por Dios... ¿Y que se echen a perder todos los ímprobos esfuerzos que ha hecho usted en la cocina? Malo, malo —dijo Chole, riéndose.

—Ha dicho que quizá no llegaría a tiempo —rectificó Emma, sintiéndose una estúpida por no haberse inventado una excusa más verosímil—. Sé que tenía que acudir a varias citas de negocios.

—Ah. —El monosílabo vibró con implícito significado—. Me pregunto qué haría el bueno de Damien sin sus queridas citas de negocios.

La oportuna aparición de una embarcación alegremente engalanada y la ruidosa celebración de una boda no lejos del lugar donde estaba amarrado el *Nishat* apagó el comentario lo suficiente como para que Emma pudiera simular no haberlo oído. Mientras los pasajeros vestidos de fiesta se derramaban por la orilla del lago, Emma hizo algunos comentarios acerca de sus atuendos y consiguió cambiar hábilmente de tema. Sin embargo, sus plegarias de que Chloe se fuera antes del regreso de Damien no fueron escuchadas; media hora más tarde, su inconfundible voz tronó desde la orilla y éste subió por los escalones del embarcadero a la cubierta. Al ver a Chloe Hathaway, se detuvo en seco, visiblemente desconcertado.

No le ocurrió lo mismo a su visitante.

—¡Ah, el hombre escurridizo en persona! —Todo encanto y efusión, Chloe sonrió, tributándole una bienvenida inequívocamente cordial—. Más le vale... de lo contrario, su flamante esposa jamás le hubiera perdonado, después de lo mucho que ha trabajado en el festín de bienvenida.

Dicho lo cual, se levantó, se acercó a él y le ofreció la mejilla. Damien se ruborizó tan visiblemente turbado que, a pesar de su imperfecta compostura, Emma experimentó una oleada de malicioso regocijo. ¿Cómo respondería, se preguntó, al gesto de intimidad de una antigua amante en presencia de su esposa?

Respondió ignorándolo.

—Vaya, vaya —dijo, volviéndose para entregarle la chaqueta y un paquete a Hakumat—, menuda sorpresa.

—Agradable, espero —dijo Chloe.

Sin turbarse por el desplante, Chloe soltó una carcajada mientras le acariciaba juguetonamente la mejilla con el abanico y transformaba el desaire en un triunfo de su coquetería.

—Eso ya lo veremos.

—¡Rompió usted la promesa de ir a verme, chico malo! —En caso de que fuera posible hacer pucheros sin perder el aplomo, Chloe conseguía hacerlo admirablemente bien—. Le exigiré una elevada recompensa, se lo advierto.

Damien se acercó al lugar donde Emma se encontraba y se apoyó con indiferencia en la barandilla.

—Casi no he estado en Srinagar en estas últimas semanas, tal como estoy seguro de que usted sabe muy bien.

Chloe abrió el abanico para cubrirse el rostro y arqueó por encima de él unas cejas artísticamente perfiladas.

—Más de dos meses, ¿no es cierto, Emma querida? —Sin saber qué hacer, Emma asintió con la cabeza—. Bueno pues, nos parece imperdonable que un recién casado permanezca tanto tiempo lejos de casa, ¿verdad, Emma querida?

Alegrándose sádicamente de verlo sumido en aquella turbación que tanto esfuerzo le estaba costando disimular, Emma asintió en silencio. Pero, al mismo tiempo, experimentó una sombra de inquietud: ¿adónde pretendían ir a parar todas aquellas bromas?

Muy pronto lo averiguó.

—¡Pero si hasta su abandonada esposa se vio obligada a efectuar ayer su primer viaje a Srinagar por su cuenta y riesgo! Si no hubiera acordado reunirse con el siempre galante y bien dispuesto Geoffrey —añadió Chloe ya imparable y totalmente en su elemento—, la pobrecilla hubiera tenido que explorar el romántico Shalimar ella solita. ¡Debería usted avergonzarse, Damien querido!

Emma trató de decir algo, pero no le salió la voz, por lo que se limitó a mirar fijamente hacia delante. Dios bendito, pensó aterrorizada, ¿también estaba a punto de ser desvelada su visita a Nazneen? Curiosamente, Damien no reaccionó. Aparentemente absorto en la contemplación de una acalorada disputa entre dos barqueros que habían estado a punto de chocar, mantenía los ojos clavados en el lago. El silencio no debió de durar más allá de un par de segundos, pero a Emma se le antojó una eternidad.

Chloe abrió enormemente los ojos mientras desplazaba la mirada desde el pálido rostro de Emma a la impasible espalda de Damien.

—Dios mío, ¿acaso he dicho algo que no debía? —exclamó en tono quejumbroso, abanicándose con fuerza mientras su rostro adoptaba una expresión apenada—. Siempre meto la pata, ¿no es cierto, Damien querido? No tenía ni idea de que usted no sabía nada acerca del encuentro de ayer en Srinagar.

—Claro que lo sabía. —Volviéndose perezosamente, Damien miró a Chloe directamente a los ojos—. Emma me lo dijo. Es más, me alegré de que Charlton pudiera dedicar un poco de tiempo a acompañarla en un recorrido por los jardines.

Emma tragó saliva y Chloe fingió buscar algo..., pero sólo por un instante.

—En tal caso, me alegro de no haber dicho nada que no debiera. Por nada del mundo hubiera querido provocar un problema.

Los risueños ojos eran conmovedoramente inocentes; sólo un perverso brillo detrás de la sonrisa delataba su irritación.

—Por supuesto que no —dijo Damien—. Eso sería totalmente impropio de usted. Bueno, ¿qué tal si le ofrecemos algo de beber a nuestra visita, Emma? Con la cantidad de energía que ha gastado tratando de explicarme un asunto de tan vital importancia, lo menos que podemos hacer es compensarla con una copa de jerez.

Dirigiéndole una mirada de puro veneno, Chloe se levantó.

—Me encantaría quedarme, Damien querido —dijo sin que apenas se le descompusiera la sonrisa—, pero no debo, pues Adela se enfadaría mucho conmigo. Otra vez quizá. ¿Cuánto tiempo piensan quedarse aquí?

Damien miró a Emma para que fuera ella quien diera una respuesta.

—¿Uno... o dos días...?

—Muy bien. En tal caso, tienen ustedes que cenar conmigo mañana por la noche. Invitaré también a Geoffrey para que pueda usted agradecerle personalmente la amabilidad que tuvo con su esposa.

Damien enarcó una inquisitiva ceja y volvió a mirar a Emma.

—Bueno, yo... pensé que podríamos...

Emma dejó la frase sin terminar, confusa y casi al borde de las lágrimas.

—¿Explorar el Takht-e-Suleiman? —Terciando hábilmente en la conversación, Damien contempló el espléndido panorama de la colina al otro lado del lago—. ¿Es eso lo que querías?

—Sí —contestó Emma con gratitud—. He... leído tantas cosas acerca de él que, ahora que Damien está aquí...

—Una idea excelente —dijo Chloe en tono cortante, recogiendo la sombrilla que había dejado sobre el asiento de una silla—. Será mejor que aproveche usted al máximo su quimérico esposo antes de perderlo de vista.

Mientras Chloe bajaba los peldaños seguida de Damien, Emma se dejó caer en la silla, temblando de humillación. El improvisado rescate de Damien la había sorprendido, naturalmente, pero hubiera sido esperar demasiado que el asunto terminara allí.

Resultó que Damien no mostró el menor interés por su clandestina visita a Srinagar ni durante la complicada cena ni después de ella. A lo largo de la comida —altamente alabada y saboreada con gran fruición— se mantuvo de muy buen humor y la conversación se desarrolló con gran fluidez, por lo menos, por su parte. Presa de una fuerte tensión y haciendo un esfuerzo por adivinar sus intenciones, Emma se limitó a picar la comida sin apenas intervenir en la conversación.

En cuanto a los planes para la hora de dormir, tampoco hubiera tenido que preocuparse. Poco después de que los criados retiraran la bandeja del café de la terraza donde ambos se habían sentado después de la cena, Damien le deseó cordialmente buenas noches, bajó los peldaños con un libro en la mano y la dejó con sus solitarias reflexiones. Más tarde, mucho más tarde, cuando las trémulas luces del lago empezaron a apagarse una a una y la luna se elevó por encima de las cumbres de las montañas sobre Srinagar, Emma bajó temerosa al dormitorio principal.

Una lámpara ardía sobre una mesita; la colcha y las sábanas habían sido dobladas hacia abajo, las cortinas estaban corridas y tanto su camisón como sus zapatillas habían sido cuidadosamente preparados. Pero la cama de dosel estaba vacía. Damien había optado por dormir en la habitación contigua, cuya puerta de comunicación estaba significativamente cerrada.

«No regresaré a ti hasta que me lo pidas.»

No, Damien no se retractaría de su palabra; ¡pero ella tampoco!

A pesar de los consejos de Chloe Hathaway, Emma durmió muy mal. Con los párpados pesados, se levantó a la mañana siguiente entre los alegres arrullos de las palomas y los trinos de los zorzales, pero ninguna de las dos cosas consiguió animarla. Preocupada por el sepulcral silencio de Damien acerca de su escapada, subió valerosamente a la cubierta. De pie junto a la barandilla, Damien estaba leyendo una carta con el entrecejo fruncido. Una taza descansaba junto a su codo.

—Espero que no sean malas noticias —le dijo ella, esforzándose por hablar con normalidad.

—No. —Damien le entregó la carta—. El marajá escribe que ha regresado de su palacio de invierno en Jammu con un resfriado, pero que ahora ya se encuentra mucho mejor. Nos ha invitado a tomar el té el domingo que viene. Su Alteza siente muchos deseos de conocerte.

Emma echó un vistazo a la carta y se la devolvió.

—¿Dormiste bien anoche? —le preguntó amablemente Damien.

—Extremadamente bien, gracias.

—Le pedí a Jabbar Alí que hiciera unos nuevos colchones para la cama. ¿Te han parecido cómodos?

—Comodísimos. He dormido como un tronco.

—Me alegro.

Hakumat se presentó con una nueva tetera. Emma tomó el té en silencio, contemplando las embarcaciones que surcaban el Dal. El aire de la mañana le llevaba los húmedos aromas del lago. El pálido sol confería un brillo translúcido a las aguas y las playas estaban llenas de sauces y de amentos de color amarillo limón. Con el rabillo del ojo, Emma estudió la expresión de Damien; no parecía que estuviera enojado o enfurruñado. Al contrario, tenía los labios entreabiertos en una leve sonrisa y daba la impresión de estar extremadamente relajado. Emma hizo otro valeroso intento por entablar conversación, dirigiéndole una pregunta.

—¿Las vías fluviales? —repitió él como un eco—. Sí, son la esencia del transporte de mercancías y hay centenares en Cachemira. Constituyen el medio de vida de casi cuarenta mil barqueros.

Comentando la gran variedad de embarcaciones, Emma señaló una de gran tamaño que navegaba muy despacio y preguntó cuál era su función.

—Éstas se dedican al transporte de mercancías pesadas. Cereales y madera, sobre todo.

—¿Y no se hunden con tanto peso? Da la impresión de que vayan a hacerlo.

—No. Casi todas las embarcaciones de Cachemira son de fondo plano, con proa y popa alta, y pueden transportar hasta mil *maunds*, es decir, aproximadamente mil quinientos kilos. Las más pequeñas tienen la proa más baja, ¿lo ves? Las embarcaciones más pesadas y abiertas transportan piedras y aquélla tan rara de allí abajo...

La inquietud de Emma crecía en proporción directa con la indiferencia de Damien. Apenas escuchaba. Al final, ya no pudo resistir.

—Lo de anteayer, Damien... —dijo impulsivamente.

Damien apuró el contenido de su taza y se la tendió a Hakumat para que se la volviera a llenar.

—¿Qué ocurre?

—Es cierto lo que dijo Chloe. Hice una visita a Srinagar.

—Lo sé. Me lo dijo el cochero.

Claro... qué tonta había sido de no haberlo adivinado.

—Me aburría sola —dijo, apresurándose a dar unas explicaciones que él no le había pedido—. Llevabas varias semanas ausente y yo no tenía ni idea de cuándo ibas a volver. Estaba deseando explorar Srinagar y el Shalimar y quería convencer al padre de Rehmat de que dejara estudiar a la niña. Me tropecé con Geoffrey Charlton por casualidad. Lo vi allí y, bueno, no hay más que decir.

—¿Por qué no me lo comentaste?

—Quería complacerte, fingiendo que ésta era mi primera visita a Srinagar contigo... —Su voz se perdió. Al ver en el rostro de Damien algo que ella interpretó como una expresión de escepticismo, se enfureció—. ¡Bueno, pues no me creas si no quieres! A ti no te da vergüenza que tus amantes, pasadas o presentes, tengan el descaro de coquetear contigo en mi presencia, pero yo me tropiezo por casualidad en un lugar público con un hombre que a ti no te gusta demasiado y tú ya piensas lo peor de mí, ¿verdad? ¡Pues bueno, puedes creer lo que te dé la gana! Me da igual una cosa que otra.

Estaba a punto de alejarse, pasando por delante de él, cuando Damien la sujetó por el brazo.

—Resulta que te creo —dijo sin soltarla—. Creo que el encuentro con Charlton en el Shalimar fue accidental, pero la invitación a tomar el té no lo fue. No quiero que este hombre vuelva a mi casa, Emma. Es...

—¿Mi casa? Vaya por Dios, ¿ya no es la nuestra?

Damien se ruborizó y la cicatriz de su barbilla adquirió un tinte morado como consecuencia del aflujo de sangre.

—Sé que no te gusto, Emma —dijo en tono pausado—, y estoy obligado a aceptarlo. Pero lo que no pienso aceptar es que me hagan hacer el ridículo. Por favor, tenlo en cuenta la próxima vez que veas a Charlton. Por muy enredadora que sea Chloe Hathaway...

—Ah, conque lo es, ¿eh? —Emma se soltó el brazo—. Yo creía que habías dicho que era inofensiva.

—Lo que dije es que...

—No te molestes en repetirlo, Damien. —Unas lágrimas de rabia estaban amenazando con asomar a sus ojos, pero logró reprimirlas—. Si alguien te ha hecho hacer el ridículo, el mérito no es mío, por desgracia, sino de una autoridad superior.

Pasando por delante de él para dirigirse a su habitación, Emma cerró ruidosamente la puerta a su espalda. Cuando salió, varias horas después, Damien había dejado dicho que no volvería para la cena. Cuando regresó bien pasada la medianoche, Emma fingió estar dormida. A la mañana siguiente regresaron a Shalimar, él de ofensivo y burlón buen humor y ella en desolado silencio. El viaje en el que había depositado tantas esperanzas se había convertido en un completo desastre.

«Sé que no te gusto...»

Sentía deseos de echarse a llorar.

—¿Truchas? ¿En la India? No digas sandeces, Hartley... me estás tomando el pelo.

—Y nada menos que de ocho kilos, te doy mi palabra.

—¿De ocho kilos? ¡Santo Dios! Pero si yo en casa jamás he visto una que pese más de ochocientos gramos...

—No te engaño... Pregúntaselo a Wilfred Hethrington si no me crees. Wilfred, oiga, Wilfred.

Hethrington se volvió y vio a dos coroneles del Estado Mayor del comandante en jefe apurando el paso a su espalda.

—Usted ha ido a pescar a Lidder, ¿verdad?

—A menudo.

—Aquí Eastbridge se niega a creer que las truchas de Lidder pueden llegar a pesar hasta ocho kilos.

—Bueno, mis trofeos siempre han sido más modestos —confesó Hethrington—, pero sí, se pueden pescar piezas de este tamaño... con un poco de suerte.

—¿Lo ves, amigo? Si quieres más pruebas, hay en el club una fotografía justo detrás de la barra que...

Wilfred Hethrington reanudó la marcha.

Era la tarde de la segunda gincana del año. Annandale, la más vasta extensión de terreno llano de que disponían los residentes de Simla y sede habitual de los más conocidos acontecimientos al aire libre, estaba abarrotado de gente. Los alegres festejos habían sido organizados por el Gincana Club. Había tiovivos, columpios, tiendas y tenderetes de juegos, y todos ellos estaban haciendo el gran negocio. En la primera carrera de obstáculos de la tarde, algunos caballos se habían empeñado en correr alrededor de las vallas y no por encima de ellas, pero el concurso de colocación de mástiles de tiendas de campaña iniciado por el virrey había sido un completo éxito. Todo el mundo parecía despreocupado y feliz... todo el mundo menos Wilfred Hethrington.

Abriéndose paso entre la gente, éste intercambió sonrisas, inclinaciones de la cabeza, reverencias y palabras contemplando sin la menor sensación de regocijo el enorme gentío congregado en aquel lugar. Llevaba bajo el brazo un pato de gran tamaño con el cuello colgante, ganado en la carrera del huevo con la cuchara, en la que los participantes corrían sosteniendo en la mano una cuchara con un huevo que no se tenía que caer, para gran deleite de su mujer, que estaba al frente del tenderete del elefante blanco. Incluso en los momentos en que no estaba gravemente preocupado, Hethrington aborrecía los festejos de Annandale a que tan aficionada era Simla durante la Temporada. Aquella tarde ansiaba más que nunca la llegada del mes de noviembre, en el que una de cada veinte casas estaría vacía, se habrían marchado todos los civiles, la temperatura descendería a uno bajo cero y las calles cubiertas de nieve se quedarían agradablemente desiertas... y regresarían de hecho a la vida civilizada.

Evitando la severa mirada de su mujer desde el otro lado del recinto de la feria, agarró a una niña de unos seis años, hija de uno de los sargentos de servicio en la residencia virreinal, y depositó el pato en sus sorprendidas manos.

—¿Quieres un juguete muy peludito, nena?

La niña estudió el pato con desprecio y se lo devolvió.

—No. Le falta un ojo y tiene el cuello roto.

Sin saber qué hacer, Hethrington contempló unas serpentarias consideradas indicadores infalibles de lluvia, pues sus rizomas crecían enhiestos cuando estaban a punto de llegar los monzones y adquirían un tinte rojo cuando estaban a punto de terminar. Ocultándose detrás de ellos, arrojó el pato a una zanja del otro lado y, al volverse, se encontró cara a cara con el perplejo rostro del intendente general. Le dedicó una avergonzada sonrisa y una balbuciente explicación, pero sir John tenía otros asuntos en que pensar. Sus ojos estaban clavados en alguien que, situado cerca de la instalación de lanzamiento de cocos, conversaba con Belle Jethroe. Hethrington siguió su mirada hasta la elegante y refinada figura del cónsul general ruso.

—El hombre que tenemos infiltrado en el consulado comunica una considerable actividad en el envío de mensajes —señaló Hethrington—. Parece que está muy preocupado... el cónsul general, quiero decir.

—¡Bueno, es que yo también lo estaría si tuviera a Alexei Smirnoff a la vuelta de la esquina! ¿Cuándo está prevista su llegada a Tashkent, lo sabemos?

—¿La de Smirnoff? Cualquier día de éstos, creo.

Sir John levantó una mano y la dejó caer en un elocuente gesto.

—Lo tendremos demasiado cerca como para poder estar tranquilos, Wilfred. En realidad... —El intendente general interrumpió la frase—. No irá usted a participar, por casualidad, en el concurso de la patata en el balde, ¿verdad?

—No, por Dios.

Hethrington observó con alarma cómo se acercaba a ellos un cargante y menudo joyero francés especializado en cajitas de esmalte, que cada año visitaba la feria. Tras haber cometido el error de examinar y después rechazar una de sus infernales cajitas como regalo de cumpleaños para su mujer, ahora le resultaba imposible sacudírselo de encima.

—Allí dentro podremos hablar, señor —dijo en tono apremiante.

Dieron bruscamente media vuelta y, pasando por delante del tenderete de azúcar hilado, se adentraron entre los árboles siguiendo un sendero que atravesaba un pinar con el suelo cubierto de piñones.

—Nuestro uzbeko informa de que algo más está ocurriendo en Tashkent —dijo Hethrington—. Algo un tanto extraño.

—¿Extraño?

—Mucho.

Un balón de fútbol surgió volando de la nada, seguido por un desgreñado joven, deshecho en sudor y disculpas. Sir John asintió brevemente con la cabeza y le devolvió el balón de un puntapié.

—Vamos a buscar un sitio un poco más tranquilo, si no le importa.

Volvieron a cambiar de dirección y se adentraron en un denso platanar situado más allá del pinar.

—¿Y bien? —preguntó sir John tras haber conseguido encontrar un lugar más apartado.

—A juzgar por una conversación que oyó entre los cosacos, nuestro hombre señala que dos individuos, al parecer infiltrados, acudieron a ver al barón para hacerle una petición. —Hethrington se agachó para apartar una rama que obstaculizaba el camino—. Parece ser que querían localizar a una mujer armenia.

Sir John se detuvo.

—¿De veras?

—Aseguraron ser dardos.

—¿Dardos? ¿Y qué interés podían tener por ella unos dardos?

—Lo más probable es que mintieran, señor. En este juego, la verdad es la excepción a la regla.

—Pues entonces, ¿quién demonios eran?

Hethrington apartó la mirada.

—Podrían proceder de cualquier lugar.

—¿De cualquier lugar? Pero, ¿de dónde? ¡No me diga que, de repente, todo el mundo ha organizado una batida de caza para buscar a una condenada esclava armenia en el Turquestán!

A través de la celosía de ramas, Hethrington contempló la veteada cara de la roca y los matorrales iluminados por el sol de la tarde. Algo correteó entre los arbustos, una enorme liebre parda que, moviendo sincopadamente los orificios nasales, corrió a esconderse en su madriguera bajo las raíces de un baniano.

—Pero, más preocupante que eso, señor —añadió compungido Hethrington—, es lo que dichos hombres ofrecieron a cambio de la mujer.

—No me lo diga, deje que lo adivine. —Sir John se acercó una mano a la frente—. ¿Los mapas del Yasmina?

Hethrington asintió con la cabeza.

—Uno de los hombres afirmó ser uno de los camelleros de la caravana. Dijo que robó los papeles del morral de Butterfield durante el ataque.

—¡Dios bendito!

El intendente general se detuvo en seco.

—Pues sí, señor.

—Bueno, ¿y qué deduce usted de todo eso?

—Nada, señor. Tal como ya he dicho, lo más probable es que mintieran.

Sir John estudió el desolado rostro de Hethrington y, de pronto, comprendió lo ocurrido.

—Ya —dijo, entornando los sagaces ojos—. O sea que tenemos una vía de agua, ¿eh? —dijo en un susurro—. ¿El barco que tanto esperaba usted poder dirigir a buen puerto con todos los tripulantes sanos y salvos a bordo?

—De eso aún no podemos estar seguros, señor.

—Ah, ¿no?

Una nueva pregunta estaba a punto de brotar de los fruncidos labios de sir John, pero, antes de que pudiera formularla, un grupo de alegres muchachas empezó a distribuirse entre la maleza en busca de escondrijos. Cuando las jóvenes ya se habían ocultado entre los arbustos, apareció un administrativo del servicio que se había abierto camino en la espesura con un mensaje urgente del secretario del club. La carrera de las tres en punto de la tarde estaba a punto de empezar y ya se estaban haciendo las últimas apuestas.

Sir John echó un rápido vistazo a su reloj, soltó un gruñido de irritación y echó a correr.

—Trataremos de este asunto el lunes a primera hora —dijo precipitadamente—. A las nueve en punto en mi despacho. No se retrase.

Olvidando momentáneamente todo lo demás, el intendente general saludó con la mano, musitó una disculpa y se alejó a toda prisa en busca de la victoria segura que le habían prometido.

¡Salvado por los pelos!

Hethrington contempló con mal disimulado alivio la espalda que se alejaba. Sir John tenía muchísima razón. El barco tenía abierta una vía de agua y estaba empezando a escorarse... Y lo peor de todo era que él no podía hacer absolutamente nada por evitarlo.

14

Puesto que jamás había sido presentada a ningún miembro de la realeza, Emma ignoraba por completo cómo debía comportarse. Al pedirle consejo a Damien, éste se había limitado a decirle vagamente que «se comportara tal como hubiera hecho normalmente». Su indiferente «cualquier cosa» en respuesta a la pregunta de cómo debía vestirse, fue interpretado por Emma como un vestido de organdí azul claro con falda amplia y mangas caladas, ni demasiado complicado ni excesivamente sencillo.

Desde su regreso de Srinagar, el ánimo de Damien se había mantenido tan jovial como al principio y Emma se alegraba de que así fuera. Por suerte, la estúpida discusión en la casa flotante estaba olvidada y no habían vuelto a hablar ni de Charlton ni de Chloe Hathaway. Ocupado en los asuntos de la finca, Damien se pasaba largas horas en el despacho poniendo orden en el papeleo acumulado o bien en los campos supervisando la cosecha y la recolección de fruta, y Emma había adquirido la costumbre de acompañarlo. El principio que guiaba la actuación de Damien en la finca la había impresionado. *Yus karih gonglu sui kartih krao:* el que siembra cosechará. No era un principio que muchos respaldaran en aquel país dominado por los despóticos *zamindars*. A menudo, los campesinos apenas ganaban para mantenerse; atrapados en la nefasta conspiración entre los intermediarios y los corruptos funcionarios del Gobierno, casi todos ellos eran siervos de por vida.

Por las tardes, cuando ambos estaban solos, los modales de Damien seguían siendo sorprendentemente afables, las conversaciones agradablemente civilizadas y la atmósfera que reinaba entre ellos mucho menos fría que antes.

Ninguno de los dos comentaba el asunto de los dormitorios separados. Puesto que el palacio se encontraba en Srinagar, habían decidido pasar la noche anterior y la siguiente en el *Nishat*. Mientras se preparaba para la velada en el dormitorio principal de la embarcación, Emma pensó en las joyas de la boda, preguntándose si inicialmente habrían pertenecido a Natasha Granville y se habrían guardado en aquel cajón del tocador. Había jurado no volver a ponérselas jamás, pero ahora, estando Delhi tan lejos, su decisión se le antojó un tanto infantil. Tras pensarlo mucho —y sabiendo que ello sería muy del agrado de Damien—, se puso finalmente una gargantilla de perlas y zafiros y unos pendientes a juego que había colocado en su equipaje junto con su ropa. En un gesto adicional de apaciguamiento, se cubrió los hombros con el chal shatush. Mientras se miraba por última vez en el espejo de cuerpo entero, oyó una llamada con los nudillos en la puerta de comunicación, y entró Damien. Con su traje azul, el corbatín a juego y los relucientes zapatos de vestir, era la elegancia personificada, y ofrecía un aspecto lo bastante conservador como para haber superado con éxito la prueba incluso en casa de los Bankshall.

—¿Qué... qué tal estoy? —le preguntó ella en tono dubitativo.

Él la estudió, desde el peinado hasta las sandalias doradas, y asintió con la cabeza.

—Muy bien. Su Alteza lo aprobará.

«¿Y tú?», le preguntó en silencio ella. Mientras bajaba los peldaños de madera del embarcadero, Damien le ofreció la mano y Emma se estremeció.

—¿Tienes frío?

Emma sacudió la cabeza, se cubrió mejor los hombros con el chal y se acomodó rápidamente en los almohadones del palanquín, comprendiendo una vez más que aquel tradicional medio de transporte era el más adecuado para la solemnidad de la ocasión.

Los funcionarios del *durbar* real que los recibieron en el vestíbulo del palacio parecían conocer muy bien a Damien. Éste se los fue presentando uno a uno a Emma con unas palabras de introducción: un eminente poeta musulmán, un refugiado de Afganistán emparentado con el rey en el exilio, un jefe de protocolo dogra de Jammu y un oficial uniformado prestado por el *nizam* de Haiderabad para que sirviera como secretario militar a Su Alteza. Escoltados rápidamente por una serie de pasillos, antesalas y escalinatas, ambos avanzaron hacia el lejano destino donde los esperaba el principal secretario particular del marajá. Un *pandit* cachemir vestido con pantalones blancos y chaqueta de cuello alto los hizo pasar al lugar sagrado y a la presencia real.

—Ah, Damien, me alegro de que haya venido. —Despidiendo con un gesto de la mano a los cortesanos que revoloteaban a su alrededor, el marajá Pratap Singh estrechó las manos de Damien entre las suyas—. Estaba deseando volver a verle y, como es natural, conocer a su flamante esposa.

Damien se inclinó en una reverencia.

—Celebro que Vuestra Alteza haya recuperado una vez más la salud tras su reciente indisposición —dijo.

Después presentó a Emma y ésta dobló la rodilla y juntó las manos en gesto de saludo mientras el marajá la estudiaba con unos oscuros y soñadores ojos que parecían inmensamente cansados.

—Me complace conocer a la apreciada dama que ha conseguido finalmente que Damien siente la cabeza —dijo el marajá—. Me estaba empezando a preocupar su afición a la soltería. —El soberano sonrió mientras Emma se ruborizaba, volvió a acomodarse en el diván y cruzó las piernas bajo el cuerpo en un gesto de familiaridad—. Siéntense, por favor, y hablemos.

Cualesquiera que hubieran sido sus prejuicios, Emma se sorprendió de la sencillez de aquel hombre y de sus aposentos, en modo alguno de acuerdo con el lujo que hubiera cabido esperar en alguien que gobernaba un territorio de extensión superior a la de Inglaterra. El marajá se había expresado en dogri. Emma, que todavía no dominaba el idioma, le contestó como pudo y entonces él pasó inmediatamente al urdu.

—Puesto que el virrey ha decretado que hay que hablar más el urdu en el Estado, aprovecharé la oportunidad que me brindan los conocimientos de su esposa para practicar un poco el idioma, Damien.

Emma se sorprendió de que conociera aquel detalle y así se lo dijo.

—Bueno, puede que yo sea una fuerza agotada por lo que a los británicos respecta, pero le aseguro que todavía queda mucha vida en este viejo perro. —Sus fatigados ojos se iluminaron fugazmente—. Puedo decirle, señora Granville, que la noticia de su boda partió muchos corazones en Cachemira. Piense que hasta en mi propio palacio una visita de Damien bastaba para que todas las mujeres de la zenana corrieran a las ventanas en la esperanza de poder verle.

Damien se ruborizó levemente e hizo una avergonzada protesta, pero a Emma le hizo gracia su turbación y se echó a reír.

El marajá la felicitó por la perfección de su acento y añadió:

—Pero bueno, es que es usted la hija de Graham Wyncliffe, ya lo sé. Alguien me recordó esta mañana que yo había tenido el privilegio de conocerle hace unos cuantos años en Jammu. Lamentablemente, mi memoria ya no es tan buena como era en tiempos más felices. Lamenté leer que había muerto en tan tristes circunstancias.

Emma le agradeció el comentario con una inclinación de la cabeza.

—Estuvo aquí por última vez en el ochenta y siete, el año en que los británicos, sin ningún disimulo, impusieron un administrador residente en mi estado cuando yo aún estaba de luto por la muerte de mi padre. Es un año imposible de olvidar. —En su tono de voz se adivinaba algo más que amargura—. De hecho, el primer administrador residente, sir Oliver St. John, fue quien me hizo conocer al doctor Wyncliffe.

Dada la delicadeza del tema del dominio británico sobre el Estado y la escasa información política que ella tenía, Emma prefirió guardar silencio. Observó que la estancia estaba llena de periódicos, el *Times of India* de Bombay, la *Civil & Military Gazette* de Lahore, el *Statesman* de Calcuta y muchos de Inglaterra, entre ellos, el *Sentinel*. Fue el propio marajá quien se encargó de romper el embarazoso silencio.

—¿Y usted, señora Granville, también se interesa activamente por la arqueología y la historia budista?

Emma contestó afirmativamente.

—En tal caso, tenemos muchas cosas que le interesarán en Cachemira, que antiguamente era una plaza fuerte del budismo, tal como usted indudablemente ya sabe. Espero que su esposo ya le haya mostrado algunos de los lugares más famosos.

—Bueno...

—Todavía no, Alteza —terció Damien, saliendo en su propia defensa—. Debido a mi ausencia, debo confesar que he olvidado vergonzosamente a Emma.

—¡Bueno, pero ahora que ya está de vuelta tiene que compensarlo de inmediato! —El marajá soltó una carcajada y se volvió hacia Emma—. Aparte de los emplazamientos históricos, tenemos muchos lugares de adoración, venerados tanto por los hindúes como por los musulmanes, que ciertamente la intrigarán.

Se pasaron un rato hablando de aquel tema, de la antigüedad y de los vestigios del pasado hasta que se abrió la puerta de la sala y aparecieron toda una serie de servidores uniformados con bandejas de refrescos. Uno de los criados sirvió sorbetes de *khus-khus* y otros sirvieron los distintos refrigerios; después, tras dejar las bandejas de plata alineadas sobre una mesa, cerca de la ventana, los sirvientes se retiraron.

—Lamento que la majaraní se encuentre en peregrinación a Amarnath —dijo el marajá—. Le hubiera encantado conocerla y poder conversar sin intérprete.

Emma expresó cortésmente su pesar. Pero, en su fuero interno, se alegró de poder permanecer allí, escuchando a los hombres.

Tomando nota del shatush que lucía, el marajá se deshizo en elogios.

—Tengo entendido que los regalos de este año para la reina emperatriz han vuelto a alcanzar su espléndido nivel habitual, Damien. Su Majestad lo aprobará. —Su fina boca esbozó una leve sonrisa—. Una buena prueba de la gran consideración en que usted y yo tenemos a Gran Bretaña, ¿verdad, Damien?

El sarcasmo era inconfundible.

—En efecto —contestó Damien, sonriendo.

—¿Va bien el trabajo en los talleres?

—Todo lo bien que cabe esperar, teniendo en cuenta los caprichos de la moda europea. Curiosamente, a pesar de que la demanda en Europa ha bajado, el censo del año que viene promete registrar un incremento de la población de tejedores en el valle.

—¿Y qué dicen los hermanos Alí de la demanda de Asia Central? Ellos viajan allí muy a menudo y pueden calibrar muy bien las posibilidades.

—Bueno, las posibilidades serían sin duda mucho mejores si los impuestos rusos no dificultaran la competencia de los extranjeros.

—Aun así, Damien, fue una suerte para nuestros tejedores que su padre decidiera establecerse en Cachemira. —El marajá lanzó un profundo suspiro y, en los blandos músculos de su rostro, se le acentuaron los surcos de las comisuras de la boca—. Su padre contribuyó en gran manera a incrementar el prestigio de nuestro estado en Europa, tal como usted sigue haciendo. El hecho de que usted siga proporcionando empleo a tantos artesanos es un estímulo para nuestra célebre pero debilitada industria.

—Cachemira ofreció a mi padre el refugio que necesitaba —contestó Damien—. En realidad, Cachemira nos ha dado más a nosotros de lo que nosotros le podremos devolver.

Pratap Singh tomó una almendra glaseada, se la colocó entre los dientes y empezó a mordisquearla.

—En aquella época, Cachemira era un lugar muy distinto, Damien, tal como seguramente le oyó usted decir muchas veces a su padre. Por aquel entonces, un gobernante gobernaba; hoy en día, en cambio, se limita a bailar al son que le tocan un Consejo y un administrador residente. Apenas tiene voz y voto en la administración de su propio estado.

Ahora la amargura había aflorado a la superficie. A pesar de su ignorancia acerca de los asuntos de Estado, Emma sabía que la intriga era el azote de todas las cortes reales. Lo cual no era óbice para que el desamparo de Pratap Singh resultara patético. Tuvo la sensación de que el marajá ya se había rendido a las circunstancias que le habían arrebatado el control de su propia vida.

—Otorgan a Cachemira una nueva constitución —añadió en tono irritado—. Causan estragos en el seno de mi propia familia. Temo que lo que se interpone entre mi persona y el destronamiento es un paso equivocado, eso es todo. Me preocupa gravemente el futuro de Cachemira, Damien. —Su mirada se posó en el periódico medio abierto que tenía a su lado—. Y también me preocupa todo este desasosiego de los reinos de la montaña.

Damien frunció el entrecejo.

—Es difícil separar la verdad de la mentira en los periódicos ingleses, Alteza, y en los reinos de la montaña siempre ha habido desasosiego.

—Muy cierto, pero cuando ayer me visitó, Walter Stewart estaba muy preocupado por la visita rusa a Hunza. Stewart opina que están fomentando deliberadamente la tensión a lo largo de las fronteras. Espero que se equivoque, Damien. Lamentaría que los ingleses encontraran un pretexto para enviar más tropas a Cachemira.

—Si no encuentran un pretexto, Durand se lo inventará —contestó Damien—. Cachemira y sus reinos fronterizos revisten una importancia fundamental para Gran Bretaña y si... —sacudió la cabeza— mejor dicho, no «si» sino «cuando» Durand se salga con la suya, uno a uno los reinos desaparecerán.

Pratap Singh lanzó otro quejumbroso suspiro.

—Temo mucho que tenga usted razón. El feringi defiende a capa y espada sus derechos territoriales —¡a pesar de haberlos adquirido ilícitamente!—, pero es considerablemente insensible a las legítimas exigencias de los demás. Sé que Chitral está abocado a una guerra de sucesión cuando muera su actual gobernante, y Safdar Alí es muy poco de fiar. A pesar de sus suaves modales y sus floridos discursos, el virrey eludió las respuestas directas durante su visita del año pasado y el administrador residente goza de poderes cada vez más alarmantes. —El marajá señaló con el dedo un titular del periódico—. ¿Cree que los rusos se proponen en serio una confrontación por este asunto de Hunza?

—No.

—Aun así, Damien, con todos estos nuevos pasos que están descubriendo, nuestra Cachemira es cada vez más vulnerable. Me temo que llegará un día en que ya no habrá ningún secreto, ni siquiera el del Yasmina. Todo lo que contienen estas almenas naturales que Dios nos ha dado quedará al descubierto y será explotado. —El marajá se inclinó hacia delante y apoyó una mano en el brazo de Damien—. No es asunto nuestro lo que se hagan los unos a los otros en sus propios países, pero no quisiera verme arrastrado a una guerra de otro en suelo cachemir.

—Sabiendo que, cuando se dispara un rifle en San Petersburgo, los británicos oyen la detonación en el Himalaya —dijo Damien en tono despectivo—, Rusia utiliza la esgrima política sólo para provocar, Alteza. No habrá ninguna guerra.

—¿Y qué me dice de este nuevo ferrocarril? ¿Acaso no ha dado lugar a un cambio significativo en el equilibrio de poderes en Asia Central? Dicen que los rusos extienden la línea hasta Tashkent, que llega un nuevo gobernador general, que traen un número todavía mayor de tropas con vistas a una confrontación. Usted viajó en este ferrocarril cuando regresó de San Petersburgo, Damien. ¿Qué opina de él como instrumento bélico?

O sea que Damien había estado en San Petersburgo. Charlton no había mentido. Emma escuchó con creciente interés.

—Como máquina comercial no cabe duda de que es formidable, pero, ¿como máquina bélica? —Damien se encogió de hombros—. El Transcaspio discurre por una sola vía. Está equipado con mucha sencillez y sufre averías cada dos por tres. Puesto que dispone sólo de seis mil vagones de mercancías, no es posible el transporte de gran cantidad de tropas o municiones.

—Pues Walter Stewart parece convencido de lo contrario.

—¡Y, como es natural, se esfuerza en convencer a Vuestra Alteza! ¿De qué otra manera podría fortalecer el dominio británico en Cachemira? —Un enfurecido fulgor se encendió en los ojos de Damien—. ¡Rusia no tiene ni la capacidad ni las rutas ni la voluntad de librar una guerra, cualesquiera que sean las opiniones de los británicos!

Reclinándose contra un almohadón, Pratap Singh estudió el rostro de Damien.

—Comprendo su dilema personal —le dijo amablemente—. Está usted incómodamente atrapado entre dos lealtades.

—No hay ningún dilema personal, Alteza —se apresuró a aclarar Damien—. Mi lealtad es sólo para Cachemira.

—A pesar de todo, estoy nervioso, Damien. No quiero que nuestro estado sea pisoteado por ejércitos extranjeros.

Era la primera vez que Emma oía a Damien expresar sus opiniones políticas con tanta claridad. La conversación que involuntariamente había escuchado en el burra khana de los Price en Delhi durante la cena había sido muy breve, pero, aun así, las simpatías de Damien hacia Rusia no habían dejado lugar a duda. Perdida en sus propias reflexiones, Emma comprendió con retraso que el marajá le había hecho una pregunta que ella no había oído.

—¿Có...cómo dice Vuestra Alteza? —balbució, ruborizándose—. Pido disculpas, pero, por un instante mis pensamientos han volado a otra parte.

El marajá se echó a reír.

—Bueno, no se lo reprocho, querida. La política es un tema muy sórdido y despiadado. No me sorprende que una persona tan inclinada hacia la cultura muestre tan poco interés por ella.

—Lo que me falta no es el interés sino los conocimientos —protestó Emma—. Me temo que no estoy suficientemente bien informada acerca de los actuales acontecimientos como para aventurar una opinión que merezca la pena.

Pratap Singh hizo otro jovial comentario y después, todavía preocupado, se volvió de nuevo hacia Damien.

—Hay algo que considero mi deber comunicarle, Damien... temo no sólo por Cachemira sino también por usted. Stewart no lo aprecia.

Damien se encogió de hombros.

—Tiene derecho a pensar lo que quiera.

—Usted y yo tenemos muchos enemigos, Damien —dijo Pratap Singh—. Están esperando una oportunidad de atacar. No quiero que ninguno de nosotros se la ofrezca. Falsifican cartas para intentar demostrar mis pactos secretos con Rusia. Tras haber sido acusado una vez de traición, tendré buen cuidado en evitar que me vuelvan a humillar. —El marajá hizo una pausa—. Y quisiera que usted también lo tuviera.

De repente, a Emma le pareció que la tónica de la conversación había cambiado y que ésta había pasado de las generalizaciones a los detalles concretos. Damien se levantó y se acercó a la ventana sin contestar.

—Tenga cuidado, amigo mío —le advirtió el marajá—, tiene mucho que perder. Aquí en la selva hay lobos dispuestos a no perdonarnos la vida.

—¿Lobos? —Damien se volvió y se echó a reír—. No son lobos, Alteza, sino tan sólo *hawabin*.

—Pero son precisamente los hawabin los depredadores, Damien, los que dictan la política y causan estragos impunemente. No nos dejarán en paz hasta apoderarse de lo que por derecho nos pertenece.

—Las lenguas no se pueden hacer callar, Alteza, y las garras no se pueden recortar.

—¿Derrotismo, Damien? Me deja usted asombrado.

—Más bien pragmatismo, Alteza. —Damien volvió a sentarse—. Simplemente quiero llegar a un entendimiento con lo inevitable en este mundo tan injusto en que vivimos.

—¿De veras? No sé qué decirle.

Ambos se miraron un instante sin poder disimular su inquietud. Después, sin más comentarios, el marajá dio una palmada e inmediatamente se abrió la puerta y entraron dos criados con un pesado arcón de madera de nogal exquisitamente labrada.

—Un pequeño regalo para usted y Damien —dijo el marajá, mirando con una sonrisa a Emma—, con mi más sincera enhorabuena en la fausta ocasión de su boda. Les deseo muchos hijos varones. —Los cansados y empañados ojos se iluminaron—. Y también hijas que sean la viva imagen de su madre, naturalmente.

Emma murmuró unas palabras de agradecimiento, admiró el espléndido regalo, y llegó la hora de la despedida. El marajá los acompañó a la puerta de sus aposentos e hizo una pausa. Apoyando una mano en el brazo de Damien, clavó sus profundos ojos en él.

—Si necesitara usted mi ayuda, ya sabe que le prestaré toda la que pueda.

—Gracias. Jamás lo he dudado.

Había sido un encuentro desconcertante. Pensando más tarde en la visita, Emma se dio cuenta de que no había comprendido por entero el texto que se ocultaba bajo la superficie de la conversación y que muchos de los matices se le habían escapado. La verdad era, reconoció con toda sinceridad, que su educación política dejaba mucho que desear. Llevaba varias semanas sin leer el periódico, apenas sabía nada de las tensiones en las fronteras y de las intrigas fronterizas y la traían sin cuidado los radicales cambios que se estaban produciendo en el clima político. En un estado montañoso tan explosivo como Cachemira, semejante ignorancia era imperdonable y, de repente, Emma se avergonzó. Ya era hora, pensó, de que ampliara sus horizontes, aprendiera un poco y cambiara de actitud.

—Mañana por la mañana tengo una cita con el gerente italiano de la bodega de Gupkar —le dijo Damien después de la cena mientras ambos permanecían sentados en la terraza con sendas copas de oporto—. Estaré ausente prácticamente todo el día y no sé muy bien a qué hora regresaré. Podrías regresar antes por tu cuenta a Shalimar o visitar algún lugar de interés de aquí, lo que tú prefieras.

Emma optó inmediatamente por lo segundo y expresó su intención de visitar el Takht-e-Suleiman, ahora que tenía la oportunidad de hacerlo. Damien asintió con aire ausente. Emma comprendió que estaba preocupado y no deseaba conversar. Aun así, se armó de valor y se atrevió a hacerle una pregunta.

—¿Quiénes o qué son esos... hawabin que has mencionado en palacio?

—¿Los hawabin? Los que viven de los rumores.

—Ah, ya comprendo, literalmente, «los vigilantes del viento». ¿Y los depredadores?

—Los que cazan en terreno donde no tienen derecho a hacerlo.

—¿Los británicos?

—Sí.

—¿Y por qué tienen que ser tus enemigos?

Damien se encogió de hombros.

—Cuando alguien es un extranjero y es propietario de una finca como Shalimar, siempre tiene enemigos.

—¿Quién en particular?

—Bueno... por de pronto, Stewart, el administrador residente.

—¿Y si el motivo fuera tu defensa a menudo tan poco diplomática de los rusos? —preguntó cautelosamente Emma.

—No me importan las reacciones de Stewart a mis opiniones.

Emma buscó en su rostro alguna señal de irritación, pero no vio ninguna. Envalentonada, abordó otro tema.

—¿Viajaste a San Petersburgo el año pasado?

—Sí.

—¿Habías estado allí otras veces?

Damien asintió con la cabeza.

—¿Por asuntos de negocios?

Damien iba a decir algo, pero vaciló y cambió de idea.

—Sí, por asuntos de negocios.

—Tus simpatías por Rusia —añadió Emma en un acceso de valentía—, ¿nacen de una sincera creencia política... o de consideraciones emocionales?

—¿Quieres decir porque mi madre era rusa y trabajaba por cuenta de su país? —Damien se encogió levemente de hombros—. Un poco de ambas cosas quizá.

La facilidad con la cual hizo la confesión dejó a Emma estupefacta. Aprovechando su sinceridad, se apresuró a preguntar:

—¿Conocías la vida que ella había llevado anteriormente?

—No hasta después de la muerte de mi padre. Me dejó una carta explicándome todo lo que pudo.

Para su gran alivio, Damien no le preguntó cómo lo sabía ella ni a través de qué fuente lo había averiguado.

—¿Por qué se fue?

—¿Por qué? —David soltó una sarcástica carcajada—. ¡Por el motivo más antiguo del mundo! ¡Pensó que otro hombre tenía más que ofrecerle que su marido!

—¿Otro hombre que había conocido aquí, en el valle?

—No. Un violonchelista que conoció en Peshawar, un rumano que un día se presentó de repente para verla. Se fue con él.

Extrañándose de que se las fuera contestando todas, Emma le hizo más preguntas.

—¿Cómo murió y dónde?

Acunando la copa entre ambas manos, Damien la miró a la cara, aunque sus ojos no la miraban a ella sino más allá, como si estuviera contemplando las imágenes del pasado en alguna lejana orilla.

—El viaje a través de las montañas fue demasiado duro para ella y la dejó sin fuerzas. Siempre había sido muy frágil... Un hada de oropel en un árbol de Navidad. —Damien hizo una mueca—. Por lo menos, eso era lo que mi padre pensaba de ella.

—¿Y tú? —Los angustiados garabateos y otra docena más de preguntas se agolparon en la mente de Emma. Se preguntó si el hijo habría concedido la absolución a la madre fugitiva.

—¿Y eso es también lo que tú piensas que era, un hada de oropel en un árbol de Navidad?

—No. —La visión del pasado se borró y Damien frunció los labios—. No pienso en ella en absoluto.

¡O sea que la madre no había sido perdonada! Comprendiendo ahora el yunque sobre el cual se habían forjado las vehementes actitudes de Damien, Emma experimentó una oleada de simpatía. Pero, antes de que pudiera hacer otra pregunta, él dejó aquel tema.

—Todo eso ya no importa, Emma. Los recuerdos de la infancia son dibujos en el agua, enseguida se hacen y enseguida se destruyen.

—Los recuerdos de la infancia forman parte de nosotros, Damien. —Desesperadamente ansiosa de ganarse su confianza y de conocerle mejor, Emma se negaba a abandonar el tema—. Nos convierten en lo que somos, configuran nuestros pensamientos y las características de nuestra personalidad, y son la guía de nuestro futuro.

—La suya es una historia muy larga y complicada, Emma —dijo Damien en tono cansado—. Era una mujer muy complicada, complicada y desgraciada. Lo que ocurrió es muy largo de contar.

—¡Tenemos tiempo, Damien!

Emma contuvo la respiración mientras él vacilaba sin saber qué hacer. Cuando parecía que ya estaba casi a punto de capitular, se oyó un carraspeo en la escalera. El baburchi apareció en la terraza para recibir las órdenes del día y la ocasión pasó.

Damien se levantó.

—Cualquier día de éstos volveremos a hablar. Ahora debo preparar esta cita de mañana. Tendré que salir temprano. Puede que no te vea por la mañana.

Emma se sintió invadida por la decepción.

Aquella noche permaneció mucho rato tumbada en la cama, contemplando la puerta cerrada que se interponía entre ambos. Nerviosa y completamente despierta, desistió de seguir intentando dormir y se levantó de la cama. Se sentó junto a la mesa, frunció momentáneamente el entrecejo, tomó una pluma y garabateó una breve nota para Geoffrey Charlton.

Llamada Maracanda por los macedonios y Samokien por los budistas, lugar de descanso definitivo de Tamerlán y espléndida capital del primer emperador mongol Babar, Samarcanda había sido en otros tiempos el orgullo del continente asiático. Descubierta por los chinos en el año 138 a. C. como próspero reino, Samarcanda fue lo que primero despertó la curiosidad del mundo occidental y dio lugar a la ruta comercial conocida con el nombre de la Ruta de la Seda.

Con sus bien trazadas calles, sus bungalós de blancas fachadas, sus anchas avenidas y sus ríos, aquel privilegiado refugio de los tártaros seguía contando con más árboles, jardines y viñedos que cualquier otra ciudad de Asia Central. Cada uno de los impresionantes monumentos antiguos de Samarcanda estaba relacionado con un capítulo de la historia a lo largo de sus muchos siglos de conquistas y reconquistas. El punto focal de la ciudad era el Righastan, una de las más bellas plazas urbanas del mundo, más grande, según decían, que la plaza de San Marcos de Venecia. Samarcanda, situada a una altura de seiscientos metros, disfrutaba de un clima ideal. El mercurio jamás superaba los treinta grados centígrados en verano ni bajaba de cero en invierno.

Por su condición de estación terminal del Ferrocarril Transcaspio, la ciudad había adquirido fama de tener un carácter más moderno. Mientras Mikhail Borokov paseaba impaciente por el andén esperando la llegada del tren, sus pensamientos se concentraron precisamente en aquella extraordinaria hazaña.

El edificio de la estación y los despachos adyacentes aún no estaban terminados. Las cuadrillas de obreros locales eran muy lentas, su trabajo considerablemente chapucero y los montones de mampostería sobrante constituían una ofensa para la vista. Pero, tras haber mandado interrumpir las obras por un día y barrerlo y limpiarlo todo para la llegada del nuevo gobernador general, Borokov creía haber hecho todo lo posible dadas las circunstancias. El regimiento de cosacos y la batería de artillería alineados junto a las vías ofrecían un aspecto impecable, la guardia de honor estaba preparada para la revista y la banda había ensayado para iniciar los primeros acordes en cuanto se escuchara el silbido de la locomotora. Esperaba que no se produjera ningún contratiempo imprevisto.

Vestido con su uniforme de gala y con todas sus medallas, el barón se moría de calor y parecía de mal humor mientras esperaba en el andén en compañía del gobernador local y de otros dignatarios. A cada pocos minutos consultaba su reloj, soltaba un gruñido y contemplaba con nostalgia el cobertizo que albergaba su zoo. La baronesa ya había emprendido viaje a San Petersburgo. En cuanto hubiera traspasado el cargo a su sucesor, junto con el personal a su servicio y su amado séquito zoológico, tomaría aquel mismo tren en su viaje de regreso... ¡y la expresión de su rostro decía bien a las claras que estaba deseando hacerlo! Pensó con anhelo en la cría de águila dorada que ya jamás sería suya. Borokov había tenido razón, reconoció con tristeza; el más joven de los hombres no había regresado, ni siquiera para recoger a la mujer, y ellos no habían conseguido encontrar en Tashkent al otro bribón de más edad. Sabedor de que no había manejado debidamente la situación, el barón le había pedido a Borokov que no le comentara el asunto a su sucesor.

Un penetrante silbido anunció la llegada del tren y la estación cobró repentinamente vida. Echando un último vistazo a sus armas, los soldados adoptaron posición de firmes, el barón se volvió a guardar el reloj en el bolsillo y corrigió el ángulo de su gorra y el personal de la estación se apresuró a ocupar sus posiciones a lo largo del borde del andén. De pronto, apareció la locomotora. Obedeciendo a una señal de Borokov, la banda inició los acordes del himno nacional y la artillería disparó una ensordecedora salva en honor del nuevo gobernador general.

A pesar del incompleto estado de la estación y de los complicados preparativos que se habían tenido que hacer, la ceremonia de la recepción se desarrolló extraordinariamente bien. Con sonrisas y saludos a la multitud de curiosos que se había congregado en el exterior de la estación, Alexei Smirnoff felicitó al barón por su esfuerzo. El barón le cedió noblemente el mérito al coronel Borokov.

—Veo que sigue usted muy bien, coronel —comentó afable Smirnoff—. Está claro que la comida y el clima de Asia son muy beneficiosos para su salud.

El comentario iba dirigido a la ancha cintura de Borokov; molesto, éste no le devolvió la sonrisa. Menos mal que Alexei hablaba en ruso y no en francés, un idioma con el cual no estaba demasiado familiarizado. Los modales, el estilo y el idioma franceses eran costumbres adquiridas por la elite rusa que admiraba ciegamente todo lo que procediera de Francia. De hecho, precisamente en atención a la dominante moda francesa, Alexei se llamaba Smirnoff en lugar del tradicional Smirnov, una vanidad que Borokov despreciaba.

Durante el recorrido por el camino cubierto de grava que conducía al palacio del Gobierno, donde se ofrecería un baile de gala al que asistirían los más destacados personajes de la ciudad y él pasaría la noche antes de seguir hasta Tashkent, Smirnoff expresó su admiración por aquel camino.

—Las cosas eran muy distintas la última vez que estuve en Asia —dijo—. Y por supuesto que entonces no había calles de grava.

—Ésta de la estación es la única que hay al este del Caspio —explicó orgullosamente el barón.

—Bien, me alegro de que nuestro ferrocarril haya dado lugar a un cambio tan significativo en las comunicaciones. Cuando yo estuve aquí, un telegrama desde Samarcanda a Bujara se tenía que desviar a través de Tashkent, Orenburg, Smara, Moscú y Baku, sin ninguna garantía de que llegara a su destino. En cuanto al servicio postal, cuanto menos diga, mejor.

A Borokov aún le quedaban varios deberes que cumplir relacionados con el banquete de aquella noche y la estancia del general Smirnoff y su séquito. Finalmente, cuando se disponía a marcharse al club militar donde tenía que cambiarse para la cena, Smirnoff levantó un dedo para que se detuviera.

—Le estaría muy agradecido, coronel, si fuera usted tan amable de encargarse de mi equipaje personal. Mi esposa ha enviado unos muebles y unas piezas de porcelana china de valor incalculable para mi uso en Tashkent. Jamás me perdonaría que una sola pieza llegara dañada.

Borokov tuvo la sensación de que el corazón le pegaba un brinco y le subía a la boca. ¡Smirnoff llevaba las armas como parte de su equipaje personal!

—Ciertamente, Excelencia —contestó, consiguiendo esbozar una sonrisa—. Yo mismo lo transportaré y desembalaré.

—Y ahora, si fuera usted tan amable de esperar un momento, le explicaré el complicado inventario de mi esposa.

Era una señal para que los demás se retiraran.

—Supongo que ya has adivinado lo que contienen las cajas, ¿verdad, Mikhail? —preguntó Smirnoff en cuanto ambos se quedaron solos.

—Sí.

—Las cajas más importantes llevan la indicación de «Frágil».

—¿Las armas obsoletas que elegimos?

—En parte.

—¿Y el resto?

—Rifles de repetición de pequeño calibre.

Los ojos de Smirnoff se iluminaron mientras esperaba la reacción de Borokov. No sufrió una decepción. Borokov se quedó de piedra.

—¿No tuviste ningún problema en conseguirlos?

—¡Por supuesto que tuve problemas! Sólo porque al final los convencí de que los rifles y la pólvora se tenían que probar en Asia Central —donde posteriormente tendrían que utilizarse—, accedieron a entregar un número limitado.

—¿Y los cañones? Safdar Alí insistió mucho en ellos.

—¡Tonterías! En cuanto vea los nuevos rifles, se olvidará de los cañones. Ya conozco a los hombres como Safdar Alí, Mikhail... salvajes, incultos y groseros. Yo lo manejaré sin problemas.

«Yo lo manejaré.» A Borokov no le pasó inadvertida la utilización del pronombre singular.

—¿Cuándo tenemos previsto hacer la entrega? —preguntó, subrayando sutilmente el plural.

—Pronto, pronto.

Acercándose al espejo, Smirnoff se quitó el cinturón, contrajo el vientre y se dio unas complacidas palmadas en la lisa superficie. La boca de Borokov se tensó por aquella tácita burla, pero se abstuvo de hacer comentarios. Smirnoff, un hombre de figura impresionante, era alto, musculoso y estaba en excelente forma. Con su espléndido cabello, su barba pulcramente recortada y su carnosa boca coronada por un fino bigotito, decían que era irresistible para el sexo contrario. Y, ciertamente, había en Moscú y San Petersburgo mujeres suficientes para dar fe de ello. Le llevaba dos años a Borokov, pero parecía que tuviera cinco menos.

—Tengo que saber de cuánto tiempo dispongo para desmontar las armas —dijo Borokov, irritado por la imprecisión.

—Ya hablaremos de eso más tarde, en Tashkent. ¿Dónde piensas almacenar las cajas?

—Tengo en Tashkent un edificio anexo totalmente seguro.

—¿Y tu ama de llaves, cómo se llama?

—Ivana Ivanova.

—¿Es de fiar?

—Completamente.

—Espero que las cajas se transporten a Tashkent con toda seguridad.

—Por supuesto. Déjalo todo de mi cuenta.

—¿Cuándo te irás?

—Al amanecer. Empezaré a cargar inmediatamente después de la cena.

—Bien. Tendrás cuidado, ¿verdad, Mikhail? No puede haber ningún percance, teniendo en cuenta la cantidad de manos que se han tenido que untar y los muchos favores que se han tenido que hacer para conseguir traer estos malditos rifles.

—No, no habrá ningún percance. —A Borokov le molestó el aire de superioridad de Smirnoff—. ¡Por el amor de Dios, Alexei, cualquiera diría que soy idiota!

—Espero que no, Mikhail, espero sinceramente que no. Por cierto... —la expresión de Smirnoff se enfrió— cualquiera que sea nuestra relación en casa, sugiero que en Asia Central te dirijas a mí formalmente. La familiaridad puede dar lugar a malas interpretaciones.

Borokov se tomó muy a mal el desaire, pero lo disimuló.

—Por supuesto, Excelencia. El error no se repetirá.

—Muy bien. Puede retirarse.

Borokov regresó al club militar casi al galope. Estaba furioso. O sea que Alexei quería situarse por encima de él en todo aquel asunto. Pasando como una exhalación por delante de la iglesia rusa con su cúpula azul, los jardines públicos y el lago artificial, refrenó su montura al llegar a la mezquita de Bibi Khanum y desmontó. Necesitaba tiempo para reflexionar y ordenar sus pensamientos. Sin apenas prestar atención a las bellezas que lo rodeaban, cruzó la mezquita hasta llegar al mausoleo del siglo XV, sepulcro de Tamerlán y sus descendientes.

Aún no había oscurecido. El solitario vigilante del sepulcro permanecía sentado fuera, a la espera de los visitantes. Para gran alivio de Borokov, en el interior el lugar estaba desierto. Decían que el cuerpo de Tamerlán, que descansaba en la cripta inferior, había sido embalsamado con almizcle y agua de rosas, envuelto en lienzos de lino y encerrado en un ataúd de ébano. En la cámara superior se habían colocado unos cenotafios cuya situación correspondía a los sepulcros subterráneos. El cenotafio de Tamerlán, el más grande de todos, era de una piedra color verde musgo, jade según se creía. Todavía enfurecido, Borokov se sentó en ella en taciturno silencio.

Ahora que lo había vuelto a ver cara a cara, recordó lo mucho que aborrecía a Alexei Smirnoff. A diferencia de sus amables y generosos progenitores, con quienes él estaba tan en deuda, Alexei era egoísta, presumido, fanfarrón y ambicioso. Ya cuando eran más jóvenes, Borokov odiaba los arrogantes modales de Smirnoff, su ostentosa manera de comportarse, su descarado engreimiento y su obsesiva necesidad de ser admirado. En su calidad de interventor militar de la Casa Imperial, Alexei era uno de los peces más gordos, pero el estanque era muy grande y en él nadaban otros peces más gordos que él. El principal motivo de que Smirnoff hubiera luchado con tanto denuedo para regresar a Tashkent era el hecho de que allí podría ser un rey y gobernar a su antojo.

Borokov sabía que Alexei lo consideraba *nekulturny*, inculto, lo cual le dolía profundamente porque él sabía que era verdad. En su fuero interno, envidiaba a Alexei por ser todo lo que él no era... influyente, sofisticado y socialmente seguro de sí mismo. ¡Y rico! Con la confianza propia del privilegiado mundo del que procedía, Alexei conversaba con soltura, se movía con donaire y aguantaba la bebida tanto como los dragones y los húsares rojos de Kiev. Fue Alexei quien lo apoyó para que pudiera convertirse en socio del elegante Club Náutico y el que le había conseguido el insólito privilegio de cenar en el Palacio de Invierno. Aún recordaba la emoción que había experimentado por el hecho de encontrarse a tan escasa distancia de un monarca que controlaba los destinos de millones de personas, incluido el suyo.

Su desgracia, pensaba Borokov, era que en San Petersburgo todo era muy caro. Una comida corriente con vino y propina incluida costaba por barba en los mejores restaurantes casi tanto como la *shuba* que él llevaba, por lo que las frecuentes invitaciones de los acaudalados amigos de Smirnoff aliviaban la carga que tenía que soportar su modesto bolsillo. Borokov se avergonzaba de reconocer, incluso en su fuero interno, la atracción que ejercían sobre él las grandes fincas del círculo social de Smirnoff. Una vez, en Moscú, había sido invitado por un gran duque y su familia a esquiar en el Moscova. El hielo estaba demasiado duro para los cortantes bordes de los patines, pero a él le encantó ser aceptado, aunque sólo fuera por un día, como miembro de la sociedad moscovita. Sin embargo, le molestaba admirar tanto a Smirnoff. Cuantas más muestras de generosidad recibía de él, tanto más lo envidiaba.

Lamentablemente, en la cuestión del Yasmina no podía prescindir de la ayuda de Smirnoff, y eso era lo que más lo fastidiaba. El diálogo clandestino con Hunza había sido idea suya, pero sin la influencia de Alexei en Palacio y en los círculos militares, el plan no hubiera podido levantar el vuelo. Y los nuevos rifles no se hubieran podido conseguir en modo alguno. Por consiguiente, por más que el hecho de tener que rebajarse ofendiera su sentido de la dignidad, en las presentes circunstancias la protección de Smirnoff era tan vital como su propia necesidad de humildad.

Había sido pobre en otros tiempos. Pero jamás volvería a serlo.

La aparición del vigilante interrumpió sus ensoñaciones. Era la hora del namaz, le dijo éste. Tenía que cerrar la entrada del mausoleo e irse a la mezquita. ¿Tardaría mucho el señor coronel?

No, contestó Borokov, ya había terminado. Deslizando una moneda en la mano del hombre, Borokov se levantó y se dirigió al lugar donde había dejado atado su caballo.

Sólo las personas que habían tenido la desgracia de tener que recorrer el camino entre Samarcanda y Tashkent a bordo del vehículo más sádico jamás inventado por el hombre, el *tarantas*, sabían la tortura que eso suponía. Tirado por una troica de caballos, no tenía ni un solo muelle que protegiera la rabadilla de las sacudidas que provocaban los terribles baches. Por consiguiente, para transportar los importantes embalajes, aquella noche Borokov revistió el interior de los vehículos elegidos con toda una serie de colchones. Puesto que en las cajas se indicaba su condición de efectos personales del gobernador general y figuraba la etiqueta de «Frágil», las precauciones no despertaron ninguna sospecha.

Para los civiles que necesitaban autorización para cambiar los caballos en las postas, el viaje a Tashkent, incluidas las paradas, duraba de treinta a treinta y seis horas. Borokov se puso en camino a primera hora de la mañana siguiente con una escolta de cosacos y llegó a Tashkent en menos de veintidós.

El trémulo amanecer estaba empezando a asomar por el horizonte cuando, muerto de cansancio, entró con su montura en el recinto de su residencia. Dejando los embalajes en el edificio anexo, cerrado con llave, bajo la atenta vigilancia de los cosacos, se bañó y se cambió de ropa. No creía que la tensión le permitiera pegar ojo, pero, cuando apoyó la cabeza en la almohada para echar una breve cabezadita, se apagó como una luz y no despertó hasta varias horas después.

Tonificada por el descanso, su mente se puso de inmediato en estado de alerta. Llamando a su criado de Bujara, preguntó por Ivana. Ya se habían tomado todas las disposiciones necesarias para sus vacaciones a orillas del Caspio; podría irse a la mañana siguiente.

—¿Ivana Ivanova, señor? —El criado lo miró, sorprendido—. Puesto que el señor coronel la mandó llamar ayer, es natural que no esté aquí.

—¿Que yo la mandé llamar? —preguntó Borokov estupefacto—. Ayer yo estaba en Samarcanda, estúpido... ¿cómo demonios podía mandarla llamar?

Confuso, el muchacho repitió la explicación que había dado. El hombre dijo que Ivana tenía que hacer la maleta e irse con él de inmediato. Eran órdenes del coronel, dijo el hombre.

—¿El hombre? —A Borokov se le erizaron los pelos de la nuca—. ¿Qué hombre?

—El jardinero de Su Excelencia, señor, el kazako que la semana pasada nos trajo los rosales.

Borokov se puso en pie de un salto, apartó al muchacho de un empujón y corrió a los cuartos de la servidumbre. La ropa de la cama de Ivana estaba pulcramente enrollada sobre su catre de hierro. En el armario colgaban unas cuantas prendas y en la mesa del tocador había unos artículos de aseo cuidadosamente alineados, pero de Ivana Ivanova no se veía ni rastro. Borokov notó que se le enfriaban las manos y empezó a sudar. Soltando una maldición por lo bajo, experimentó una extraña sensación de debilidad y se apoyó contra la pared. Tendría que haber adoptado más precauciones. ¡No hubiera tenido que tomarse tan a la ligera el asunto de aquellos malditos dardos!

—Me intrigó mucho el texto de su nota, señora Granville —dijo Geoffrey Charlton mientras ambos subían por la ladera de la colina—. ¿Cuál es la causa de esta curiosa necesidad de aprender, si me permite la pregunta?

Emma se echó a reír y se quitó la burka.

—Bueno, es que ayer nos invitaron a palacio. Hubo muchas cosas de la conversación que no entendí y me sentí francamente avergonzada, de ahí mi petición de ayuda.

Charlton contempló la burka de soslayo y comprendió la intención de Emma de no ser identificada, pero no hizo ningún comentario.

—Bueno, ¿buscamos algún sitio donde sentarnos?

Satisfecha de que su petición de préstamo de algunos periódicos ingleses recientes hubiera sido atendida con tal presteza por parte de Charlton, Emma estaba encantada con el voluminoso paquete que él le había enviado en respuesta a su nota. «Esta mañana tengo intención de pasar aproximadamente una hora en el Takht-e-Suleiman —le había escrito Charlton—. Si está libre y tiene la bondad de acompañarme, será un honor.»

Al principio, había temido correr el riesgo de aceptar la invitación. ¿Y si la omnipresente Chloe Hathaway se enterara y, a través de sus buenos oficios, Damien llegara a saberlo?

Por otra parte, pensó, ella ya tenía intención de pasar un rato allí aquella mañana y Damien no había puesto ningún reparo. A fin de cuentas, el Takht-e-Suleiman era un lugar público y su deseo completamente natural. Al final, cedió a la tentación y justificó el pequeño subterfugio que había empleado. En ausencia de Hakumat, había pedido que la escoltara otro criado.

—No estaba segura de que recibiera usted mi notita —dijo mientras ambos paseaban sobre una alfombra de flores silvestres entre las frondosas acacias, los almendros y los castaños que rodeaban el conjunto—. Se la entregué a un descarado pilluelo que vende verduras en una shikara del lago y me trae unas flores de loto preciosas. Es un chiquillo simpatiquísimo y tiene los ojos más dulces que he visto en mi vida.

—Vaya si me la entregó. De hecho, me pidió un ana a cambio.

Ambos soltaron una breve carcajada.

—Gracias por los periódicos —dijo Emma—. Espero que no tenga mucha prisa en recuperarlos.

Charlton le aseguró que no.

La colina del Takht-e-Suleiman estaba coronada por las ruinas de un antiguo templo que, según se decía, había albergado en otros tiempos más de trescientas imágenes de plata y oro. El original había sido construido en el siglo III d. C. por Jaluka, hijo del emperador budista Asoka, fundador de Srinagar, pero ahora de la estructura primitiva sólo quedaba la peana y el murete que la rodeaba. Visitada mil años atrás por el sabio hindú Adi Shankaracharaya, la colina también era conocida por su nombre. Grupos de visitantes paseaban por el lugar con el habitual acompañamiento de guías, mirones y mendigos. Se sentaron en el murete, detrás de unos rododendros, tras haber enviado al criado al bazar por una taza de té, con instrucciones de que regresara al cabo de una hora.

—¿Sobre qué tema en particular desea usted recibir instrucción, señora Granville? —preguntó Charlton.

—Pues supongo que sobre los actuales acontecimientos políticos.

—¿De veras? Yo pensaba que la política la aburría.

—Es cierto —Emma le dirigió una mirada vacilante—, pero, por lo visto, parece que no aburre a nadie más. Me avergüenza parecer una ignorante y llamar la atención.

Charlton se sacó un periódico doblado del bolsillo.

—El último ejemplar del *Sentinel*. Llegó ayer, cuando su mensajero ya se había retirado. Puede que algunos reportajes le interesen.

—¿Los suyos?

Charlton asintió modestamente con la cabeza. Mientras Emma tomaba el periódico y echaba un vistazo a los titulares, Charlton le preguntó de repente:

—Dígame, señora Granville, ¿significa algo para usted el nombre de Butterfield?

—¿Butterfield? —Emma hizo ademán de sacudir la cabeza, pero interrumpió el gesto—. Bueno, me parece que lo he oído en alguna parte, pero no recuerdo a propósito de qué. ¿Por qué?

—Por nada en especial. Jeremy Butterfield era un agente secreto británico que actuaba bajo el nombre en clave de Hyperion. Se ha estado hablando mucho de él últimamente.

—¿Era?

—Sí, el pobrecillo fue asesinado en el Karakorum por unos atacantes de Hunza.

—¡Dios bendito, qué horror! ¿Cuándo?

—El pasado otoño. Por distintos motivos, el Gobierno ha tratado de ocultar buena parte de los hechos. Los ejemplares que he seleccionado para usted se refieren a una parte de la historia de Butterfield.

—¿Que usted consiguió descubrir?

—Sólo en parte. Quedan todavía muchas cosas por aclarar.

—¿Por qué lo asesinaron?

—Por los documentos que llevaba.

—¿Documentos secretos?

—¡Supersecretos! Se cree que, en su último mensaje a Simla, afirmaba haber descubierto y cartografiado el Yasmina.

—¿El paso secreto de Hunza?

—Sí. Todos los que han tenido tiempo para hacer la excursión y dinero para pagarla han estado intentando encontrarlo, especialmente los rusos.

—¿De veras? Los antiguos monjes budistas conocían el Yasmina. En uno de los textos de mi padre hay una referencia a este paso que se remonta al siglo III. Pero tiene que haber un centenar de pasos desconocidos en el Himalaya, ¿no cree?

—Es posible, pero ninguno tan escurridizo y, por consiguiente, militarmente estratégico como el Yasmina. Las supersticiones que lo rodean disuaden a mucha gente de acercarse... ogros, hadas, demonios, brujas que hacen hechizos y lanzan maldiciones, secuestros. Todo son bobadas, naturalmente, pero Hunza fomenta las leyendas para alejar a los intrusos y, hasta ahora, parece que éstas han dado resultado. Aun así, me sorprende que Younghusband, Elias o nuestros pandits jamás hayan conseguido descubrirlo.

Emma se protegió los ojos del sol con una mano.

—¿Pandits? No sacerdotes, ¿verdad?

—No, no sacerdotes... agentes indios adiestrados por el Servicio de Agrimensura en Dehra Doon. Se les llama pandits porque muchos de ellos son profesores. Capaces de mezclarse libremente con la población local, los pandits son una fuente extraordinaria de información secreta. Nain Singh, por ejemplo, uno de los primeros en penetrar en el Tibet. Fue galardonado con una medalla de oro de la Royal Geographical Society por su labor como cartógrafo.

—Ah, sí, recuerdo haber leído cosas acerca de él en las antiguas publicaciones de la RGS. Exploró los yacimientos de oro, de los cuales los tibetanos extraen el metal para dorar sus ídolos y tankhas, si no recuerdo mal.

—Sí, en Thok Jalang. Disfrazado de mercader, viajó con sus instrumentos escondidos en el doble fondo de un baúl de madera. Registraba las distancias medidas en su rosario de oraciones.

—¿En su rosario de oraciones? —preguntó Emma, riéndose—. ¡Se aprovecha usted de mi ignorancia, señor Charlton! ¿Cómo se puede registrar algo en un rosario de oraciones?

No lejos del lugar donde ellos se encontraban, un mendigo ciego permanecía sentado interpretando una melancólica melodía en su *santur*. Charlton se levantó, arrojó un par de monedas en su regazo y volvió a sentarse en el murete.

—Los agentes utilizan un rosario especial de cien cuentas en lugar del tradicional rosario de ciento ochenta y ocho cuentas del rudraksha hindú. El número redondo facilita los cálculos y nadie se fija en la diferencia. Para medir con precisión, se les entrena a dar pasos regulares. El paso de Nain Singh, por ejemplo, medía exactamente ochenta centímetros, de tal forma que dos mil pasos equivalían a algo más de un kilómetro y medio. A cada paso, se pasa una cuenta; después de cien, se adelanta una cuenta de inferior tamaño de un rosario unido al primero; y después se repite el ciclo. Todos los instrumentos de espionaje fabricados en el taller del Servicio de Dehra Doon llevan unas señales especiales que un profano no puede identificar.

Charlton le describió a Emma algunos de los restantes instrumentos que solían llevar los agentes. A pesar de que el tema no le interesaba demasiado, Emma lo escuchó cortésmente. Mientras hablaba en tono meditabundo, Charlton la estudió con curiosa intensidad, sin apartar ni un solo instante los ojos de su rostro. Emma tuvo la extraña sensación de que la estaba sometiendo a una evaluación personal, y se sintió incómoda. Apartando los ojos, los mantuvo clavados en el lago y en la ciudad de Srinagar que se extendía a sus pies. Algo que él había dicho le había hecho evocar un recuerdo que no lograba identificar.

—Santo cielo, todas estas cosas tan teatrales superan cualquier fantasía —exclamó jovialmente cuando él terminó—. ¿Quién lo podría creer?

—Casi nadie, señora Granville, casi nadie... —Charlton sonrió—, pero existen, se lo aseguro, vaya si existen.

Emma observó con pesar que la hora que había destinado a la cita estaba a punto de tocar a su fin, por lo que decidió dedicar lo que quedaba de ella antes de que regresara el criado a una breve exploración. En la parte posterior del antiguo templo, había un pequeño depósito cuya techumbre estaba sostenida por cuatro pilares de piedra caliza. Mientras ambos examinaban una inscripción persa parcialmente borrada en uno de los pilares, Geoffrey Charlton dijo de repente:

—En cuanto al otro día, señora Granville...

Era la primera vez que se veían desde su encuentro en Shalimar Baug. A pesar de que dicho encuentro seguía estando muy presente en la mente de Emma, ésta se había abstenido deliberadamente de comentarlo.

—¿Sí, señor Charlton?

—Si rebasé los límites y la ofendí en algo, le ruego sinceramente que me disculpe. Más tarde no pude por menos que pensar que hubiera tenido que ser más discreto y comedido.

—No rebasó usted ningún límite, señor Charlton —le aseguró Emma—. Más tarde o más temprano mi esposo me hubiera hablado de Natasha Granville. Además, puesto que fui yo quien lo obligó a hacer las revelaciones, le considero enteramente libre de culpa. —Después añadió en tono burlón—: Es más, si usted tuviera conocimiento de algún otro oscuro secreto, ¿cabría la posibilidad de que lograra convencerle de que también me lo revelara?

Charlton reflexionó acerca de la pregunta con la misma solemnidad con que había estudiado todas las demás.

—Lo que pueda haber, no me corresponde a mí decirlo sino a su esposo, señora Granville.

—Eso significa que queda algo, ¿verdad? Bueno, a ver si lo adivino... entre estos subversivos que viven en la India y fomentan la hostilidad contra Inglaterra, ¿quizás está incluido mi marido?

Charlton no se tomó la pregunta a broma.

—¿Por qué lo pregunta?

—Bueno, puesto que la madre de mi marido era rusa y, encima, espía —contestó Emma en tono ligeramente burlón—, y Damien siente una fuerte simpatía por sus primos rusos, supongo que es uno de los principales sospechosos de subversión.

Charlton la seguía mirando con la cara muy seria.

—Dígame, señora Granville —preguntó bruscamente sin contestar al comentario—, cuando usted se casó con su esposo, ¿sabía que era medio ruso?

—¡Naturalmente!

—¿Y que sustentaba unos puntos de vista fuertemente antibritánicos?

—¡Santo cielo, si eso lo saben todos los que lo conocen! Damien jamás ha ocultado su antipatía hacia el Imperio. —Emma vio en la expresión de Charlton algo que no consiguió comprender y que la indujo a dejar de sonreír—. Hay muchos británicos cuyas madres no son rusas y que, sin embargo, no consideran a los rusos enemigos mortales, señor Charlton. A fin de cuentas, no estamos en guerra.

—Vaya si lo estamos —dijo suavemente Charlton—, lo estamos con toda certeza. Hay muchas clases de guerra, señora Granville. La que está librando Rusia es la más perniciosa, porque es encubierta. No necesita enviar a agentes a la India, puede conseguirlos in situ.

¿Era una respuesta a su pregunta?, se preguntó Emma. La insinuación era inequívoca, por lo que ella le miró con asombro.

—¡Dios mío, está usted hablando en serio! ¿Insinúa que uno de ellos es mi marido?

Charlton permaneció un instante con la mirada perdida en el espacio, sin contestar de inmediato. Después, su expresión cambió de repente y, mirándola con una sonrisa, contestó:

—Por supuesto que no. Estaba hablando en términos generales.

—¡Bueno pues, me alegro! Empezaba a pensar que aquello de lo que lo acusa la señora Hathaway es cierto... Ve usted agentes rusos detrás de cada chinar.

Charlton se unió a su risa y se dio por vencido con una reverencia.

—Por galantería, permitiré que sea usted quien diga la última palabra, señora Granville. Cuando haya leído estos periódicos, puede que podamos reanudar esta estimulante discusión.

Poco después, mientras bajaban al lago, Emma recordó algunos olvidados detalles. En primer lugar, Butterfield. Recordó el lugar donde había oído su nombre por primera vez: en el burra khana de los Price en Delhi, cuando había escuchado involuntariamente la conversación. Recordó también que Suraj Singh había medido los corredores de Shalimar con sus pasos. ¡Qué curioso!

Por otra parte, la insinuación de Charlton acerca de Damien era tan absurda que no había palabras para describirla. Emma la descartó de plano. Aun así, la leve sombra de la duda la dejó un poco preocupada.

Holbrook Conolly estaba perplejo. Había transcurrido más de la mitad del tiempo que le habían asignado en Kashgar y seguía sin saber nada de la mujer armenia. Como es natural, las averiguaciones directas estaban descartadas y las investigaciones encubiertas en los bazares no le habían permitido obtener ninguna información significativa. La única conclusión segura a la que había llegado era la de que la mujer no estaba en Kashgar, por lo menos, todavía no. Cabía la posibilidad de que la tuvieran retenida en otro lugar, lejos de la capital, pero puesto que era optimista por naturaleza, prefirió no pensar en ello, por lo menos, de momento.

Pese a todo, no había permanecido ocioso. Estuvo en Sahidullah y transmitió un mensaje a Leh acerca de las disparatadas condiciones del taotai. Suponiendo que el taotai condujera a la mujer a Kashgar más tarde o más temprano, él ya había elaborado unos detallados planes para la posible huida. Ahora todo estaba preparado menos lo más esencial: la misteriosa y anónima mujer sin rostro en torno a la cual giraba todo lo demás.

Por consiguiente, resultaba un tanto curioso que la persona que debería ser el catalizador de todo aquel golpe de gracia —de forma involuntaria claro— tuviera que ser el cónsul ruso Pyotr Shishkin.

Aunque Shishkin siempre se refería a él como «doctor Conolly» y siempre lo trataba con exquisita cortesía, Conolly no era tan necio como para suponer que el amable ruso lo aceptaba por lo que aparentaba ser. Astuto e inmensamente hábil, Shishkin había intentado impedir por todos los medios la presencia de un representante británico permanente en Kashgar y, de momento, lo había conseguido. Ahora ya debía de haberse enterado de la llegada de los dardos a Tashkent. ¿Se habría enterado también, se preguntó Conolly, de que el taotai estaba buscando a la misma mujer?

Cualesquiera que fueran las sospechas que en privado albergara acerca de Conolly, en el plano social el cónsul ruso era un afable y generoso anfitrión. Puesto que los conocimientos de ruso de Conolly eran más que aceptables, Shishkin se complacía en gastarle bromas de carácter político durante las partidas mensuales de ajedrez que ambos jugaban. Sin embargo, a pesar de que le seguía la corriente, Conolly jamás cometía el error de bajar la guardia. La noche en cuestión, en cuanto terminó la espléndida cena en el consulado ruso, Shishkin pidió que sacaran el tablero.

—Bien, doctor Conolly —dijo mientras llenaba unas copas de coñac—, ¿para cuándo se espera la entrada de las tropas británicas en Tashkent a través del Yasmina?

—Cualquier día de estos, señor —contestó Conolly en el mismo tono de chanza—. Espero que sus cosacos estén en buena forma para la inminente guerra... que ganaremos nosotros, naturalmente.

—Ah, pero primero tendrán que encontrar aquellos mapas que tan imprudentemente extraviaron, ¿no cree?

El ruso se partió de risa y Conolly sonrió discretamente.

La batalla ya había comenzado. Satisfecho tras haber ganado la primera partida y mientras Conolly se levantaba para estirar las piernas, Shishkin le hizo una petición. Uno de los muchos parientes parásitos de su cocinero, que vivían a su costa en el edificio del consulado, había resultado herido en el transcurso de una reyerta entre borrachos en el *chai khana* y él sospechaba que la herida era de navaja.

—Hubiera echado al muy bribón de casa de no haber sido porque la herida ya se le estaba enconando. Por nada del mundo quiero que se muera en la calle y se produzca un incidente diplomático con el taotai, que, tal como usted quizá ya sabe, olfatea siniestras conjuras allí donde no las hay. ¿Sería usted tan amable de echar un vistazo a este hombre antes de irse, doctor Conolly?

Era efectivamente una herida de navaja y bastante fea, tal como Conolly descubrió más tarde en el cuarto del herido, un kazako que aún apestaba a vino de moras y yacía presa de fuertes dolores. Las reyertas estaban a la orden del día en las tabernas, pero aquellos hombres eran muy resistentes y Conolly no se preocupó. Limpió y curó la herida y le echó una pequeña bronca al hombre.

—Yo no tuve la culpa —gimoteó el kazako—. Padshah me obligó a beber más de la cuenta y me provocó para arrastrarme a una pelea.

—¿Quién es Padshah?

—Un primo mío por parte de padre y un buen amigo, menos cuando bebe. Entonces se vuelve loco y empieza a tirar el dinero.

—Eso quiere decir que es un hombre rico, ¿eh?

Conolly conversaba con él para distraerle del escozor de la tintura de yodo.

—¿Rico? ¡Qué va! —El hombre soltó un bufido—. Era más pobre que una rata antes de ir a Tash...

El herido dejó la frase sin terminar y se mordió el labio.

—¿Dices que estuvo en Tashkent?

El hombre se agitó con inquietud y después asintió a regañadientes con la cabeza.

Retirando con las pinzas una torunda de algodón manchada de sangre, Conolly tomó otra.

—¿Y qué hacía en Tashkent?

El hombre dirigió una nerviosa mirada hacia la puerta. Estaba cerrada.

—Trabajaba por cuenta del gordinflón. En los jardines del palacio.

—Bueno, no me extraña que le pagaran muy bien. Tengo entendido que son unos jardines enormes.

—No era sólo eso, pero no puedo decir nada más. —El hombre apretó las mandíbulas—. Es... un secreto, ¿sabe?

—Ah, ¿sí? —A Conolly se le aceleraron ligeramente los latidos del corazón. Desenrolló una venda limpia, vendó la herida e inmovilizó el brazo lo mejor que pudo. Después se reclinó en su asiento y miró al hombre con expresión pensativa.

—¿Estás seguro de que fue este Padshah quien te acuchilló?

—¡Tan seguro como el vello que tengo en el pecho!

—¿Y fue él quien empezó la pelea?

—¡Pues claro! Todo el mundo lo puede atestiguar.

—¿Y te atacó sin motivo?

—¡Lo juro por el alma de mi madre! Se me echó encima como un tigre...

—Puesto que tú puedes demostrar que él fue el agresor —lo interrumpió Conolly— y puesto que tiene mucho dinero, Padshah te tendrá que indemnizar por la herida.

—Ah, ¿sí? —El kazako no había pensado en aquel aspecto de la cuestión. Primero abrió mucho los ojos, después le brillaron con un extraño fulgor y, finalmente, miraron a Conolly con expresión taimada—. Entonces dice usted que tengo derecho a una indemnización, ¿verdad?

—Pues claro —contestó solemne Conolly—. Es la ley. Si quieres, yo mismo me encargaré de que te pague, tal como te corresponde. ¿Dónde se le puede encontrar?

—Chini Baug. —La respuesta no hubiera podido ser más rápida ni más entusiasta—. Su Excelencia lo ha nombrado jefe de los jardineros como recompensa por sus servicios en Tashkent.

¿Un puesto lucrativo en la residencia del gobernador? Conolly sintió que el corazón le galopaba en el pecho. Comprendió que allí había gato encerrado, pero su expresión no lo dio a entender. Sabiendo que nada impresionaba más a los analfabetos que el hecho de que se escribiera algo acerca de ellos, sacó lápiz y papel.

—No te puedo prometer nada, pero, para hacer lo posible, necesito saber todo lo que ocurrió en Tashkent.

El kazako lo volvió a mirar con semblante preocupado.

—Padshah dijo que nadie debía saber...

—Nadie más que yo lo sabrá —le aseguró Conolly— y te prometo no decírselo a nadie.

Acostumbrado a obtener información de los pacientes apocados, cinco minutos más tarde Conolly ya había averiguado toda la historia.

Regresó a la partida de ajedrez con semblante inexpresivo pero caminando como entre nubes. La mujer había sido secuestrada en Tashkent y se encontraba en Kashgar desde la víspera. ¡Menuda suerte la suya! Sin embargo, antes de que pudiera saborear el triunfo, le cayó encima un jarro de agua fría. Mientras se disponían a jugar la última partida a instancias de Shishkin tras haber vuelto a llenar las copas de coñac francés para acompañar unos canapés, el cónsul le preguntó:

—Por cierto, doctor Conolly, ¿se ha enterado usted de la última noticia?

—¿Sobre qué, señor Shishkin?

—El taotai tiene una nueva concubina.

Conolly se quedó petrificado.

—¿De veras?

—¡Nada menos que una ojos redondos! Para que no la vean sus esposas, el muy libertino la tiene encerrada en Chini Baug. —El cónsul soltó una risita, hizo un guiño lascivo y le birló limpiamente a Conolly un peón—. Estoy seguro de que de esta pequeña joya se podrá obtener un capital político sumamente divertido, ¿no cree?

Conolly notó que se le encogía fuertemente el estómago. La inesperada entrada de Pyotr Shishkin en escena había sido repentina e inquietante. El ruso, que probablemente aún no estaba al corriente de todas las implicaciones, se estaba tomando el asunto a broma... aunque no por mucho tiempo.

«¡Maldita sea!» El problema había llegado antes de lo que Conolly esperaba. Comprendió consternado que no le quedaría más remedio que abandonar las precauciones, correr tremendos riesgos y lanzarse a ciegas a lo que fuera. En medio de su creciente desazón, colocó a su reina en una emboscada directa, le dieron jaque mate y perdió la partida.

Esperaba con toda su alma que aquella derrota no fuera una metáfora de la prueba con la que estaba a punto de enfrentarse.

Anochecía cuando Emma regresó a Shalimar. Suraj Singh aún no había vuelto y Damien se había retrasado en Gupkar, y cualquiera sabía cuándo regresaría. Tanto mejor; tenía asuntos que terminar. Aquella noche, de nuevo en el apartamento de Edward Granville, Emma se acercó directamente al escritorio.

Los fragmentarios vistazos a través de una inesperada mirilla a la infancia de un enigmático esposo al que no podía comprender habían sido conmovedores pero no suficientes para satisfacer por entero su curiosidad. Aunque Damien hubiera negado el perdón a su madre, eliminado su imagen de la casa y dejado que sus aposentos y posesiones se deterioraran, el dolor —tal como Emma había intuido aquella noche— no estaba olvidado, simplemente encerrado y oculto. Por muy duro que se empeñara en parecer Damien en su presencia y por motivos que sólo él conocía, sus sentimientos eran más dulces que la miel y no costaba demasiado adivinarlos.

Tras echarles un rápido vistazo, Emma apartó a un lado las polvorientas carpetas del primer cajón del escritorio en las que se guardaban unos antiguos archivos de la finca. En el cajón de en medio no había fotografías sueltas ni álbumes familiares; pero tuvo suerte con el último cajón, el del fondo. Colocados de cualquier manera en la parte de atrás había varios paquetes de amarillentos sobres con sellos ingleses, todos dirigidos a Edward Granville con una escritura no totalmente madura.

¡Las cartas de Damien a casa desde el internado!

Su interés creció en la misma medida que la alarma de su conciencia. Eran cartas privadas; ¿le era lícito fisgonear su contenido? Por otra parte, la correspondencia tenía más de dos décadas de antigüedad, Edward Granville llevaba mucho tiempo muerto y sus motivos no obedecían en modo alguno a la simple curiosidad. Con su intento de averiguar algo más acerca de la infancia de su marido, pretendía simplemente comprenderle mejor como hombre y mejorar las perspectivas de conseguir un matrimonio más compenetrado. Apartando a un lado sus escrúpulos, sacó la primera carta. Estaba fechada el 7 de octubre de 1871 y tenía más de dos páginas de extensión.

Redactada con respetuosa formalidad como parte de un deber semanal impuesto por la escuela, la carta temblaba de emoción reprimida. Estaba claro que Damien odiaba la escuela. El Día del Fundador, escribía, había sido un aburrimiento y la conferencia del principal invitado sobre Cómo Dar Ejemplo, todavía más. Se había resfriado por culpa de una húmeda merienda a bordo de una barca en un lago bajo una llovizna helada y el tiempo era deprimentemente sombrío. La carta incluía toda una serie de dolorosas quejas. El director había utilizado el brazo derecho demasiado fuerte, demasiado a menudo y (en su opinión) de manera totalmente injusta: y ahora él tenía dificultades para sentarse. No había hecho bien un examen de química porque no había entendido el tema; una cría de erizo encontrada en el jardín, a la que la muerte había librado finalmente de ulteriores tormentos, lo había dejado desolado. Si había algo que odiara más que la escuela era un alumno de entre dieciséis y dieciocho años llamado Ruggles que le retorcía las orejas, le robaba los lápices y lo obligaba a lustrarle las botas. ¿Podría, por favor, dejar la química y elegir en su lugar la pintura?

Se había hecho amigo de un chico nuevo del dormitorio. Aquel compañero, apodado Hammie —¡abreviación nada menos que de Hamlet!—, era un entusiasta miembro de la asociación teatral de la escuela. Su familia vivía en Rangún, donde el padre, médico de profesión, dirigía un hospital militar. Los chicos llamaban «cobardica» a Hammie, y a él, «negro». Por favor, ¿le podrían enviar un mapa para demostrar que Cachemira era más grande que Escocia? Unidos por la común desgracia, él y Hammie se habían convertido en hermanos y compartían la comida. En la carta se hacían sentidas peticiones de noticias de casa, se daban numerosas instrucciones sobre cómo atender a los distintos animales domésticos —especialmente, a su perro mestizo *Sasha*— y qué hacer en caso de enfermedad. Por favor, ¿podría ir a casa por lo menos a pasar las vacaciones al año siguiente?

Las primeras cartas eran todas del mismo estilo y rezumaban de nostalgia, pero más tarde el tono iba cambiando. El dolor inconfesado y las peticiones de más noticias seguían estando presentes, pero eran menos desesperados. Los Kew Gardens, que habían visitado en el transcurso de una excursión, eran preciosos, pero él encontraba que las orquídeas de Shalimar eran más grandes y mejores. Había ganado el primer premio de dibujo y Hammie había destacado en «Conducta habitual». Tras propinarle por separado una paliza a Ruggles, entre los dos le habían hecho sangrar la nariz, y astillado una muela. El posterior castigo con la palmeta había merecido la pena, pues ahora Ruggles ya no lo llamaba «negro» ni le retorcía las orejas y por fin reconocía que Cachemira era más grande que Escocia. Un tal Percy, cuya familia vivía en Redcar, tenía *seis* (fuertemente subrayado) hermanos y *dos* (también subrayado) hermanas, y él los conocía a todos. Eran muy simpáticos y envidiaba la numerosa y alegre familia de Percy.

En algún momento se mencionaba sin demasiado entusiasmo a unos parientes de Somersert, una tía solterona y un tío que eran sus guardianes ingleses. Severos, tristones y siempre dispuestos a regañarlo, jamás sonreían y hablaban en susurros detrás de las puertas cerradas. No era difícil adivinar que Damien se refería a la parte paterna de la familia de Edward Granville que evidentemente no perdonaba el escándalo de Peshawar y la elección por parte de Edward de una esposa rusa.

Emma observó que la causa del cambio de tono de las cartas siguientes había sido una visita a Francia (en compañía de Hammie, naturalmente) a los parientes maternos de Edward Granville. Uno de los primos franceses era propietario de una finca en Saint-Ouen, cerca de París, y tenía una próspera fábrica de chales negros bordados de lana importada del Tíbet. Damien se animaba especialmente cuando describía las largas horas pasadas contemplando el proceso de tejeduría. Era su entretenimiento preferido, escribía con nostalgia, pues le recordaba su casa.

En ninguna de las cartas mencionaba a su madre.

Ya era muy tarde. Cansada del viaje por el camino lleno de baches de Srinagar, Emma apenas podía mantener los ojos abiertos. Quedaban dos paquetes de cartas por leer. Tendrían que esperar a que se presentara la siguiente oportunidad. Satisfecha de su esfuerzo nocturno, se desperezó, bostezó y sonrió, más en paz consigo misma de lo que jamás hubiera estado desde su llegada a Shalimar.

15

«¡Agente británico brutalmente asesinado en el Karakorum!»

Fue el primer titular del *Sentinel* que llamó la atención de Emma cuando se sentó para leer los periódicos que Geoffrey Charlton le había proporcionado, y a él se refería el reportaje de la primera plana. Los reportajes de los ejemplares sucesivos señalaban que los documentos confidenciales que obraban en poder de Butterfield no habían sido destruidos sino robados, que en el asunto había mucho más de lo que se había revelado y que el Gobierno estaba implicado en una sórdida conspiración de silencio. Como consecuencia de la oleada de indignadas protestas y descabellados rumores que se habían desatado, escribía Charlton, el Departamento de la India se había visto obligado a divulgar unos cuantos detalles más, pero muchas preguntas seguían sin respuesta.

Impulsada por la curiosidad, Emma siguió leyendo.

En otras páginas de los periódicos se mencionaban nombres que ella recordaba vagamente, acontecimientos de los que no se había enterado y referencias políticas que a duras penas comprendía. Se dedicaba mucho espacio al Yasmina y a sus misteriosas leyendas, a los asaltantes de caravanas de Hunza y a los coqueteos de Borokov con el caprichoso mir. La bárbara ejecución se describía con toda suerte de espeluznantes detalles a partir de relatos de primera, segunda, tercera y cuarta mano. El coronel Algernon Durand y la Agencia de Gilgit figuraban en lugar destacado en todos los reportajes, al igual que Cachemira, centro neurálgico del problema fronterizo. Se ponía en tela de juicio la lealtad del marajá a la Corona y se condenaba su presunta relación con el zar.

Los periódicos contenían complicados análisis políticos, belicosos editoriales, cartas de protesta y cautos comunicados de Whitehall, confusos e incomprensibles. «Ciertos círculos» insinuaban que la lealtad de Butterfield estaba bajo sospecha y que los papeles ya se encontraban en San Petersburgo. Otros lo calificaban de mártir y patriota. Algunos reportajes parecían atenerse a los hechos mientras que otros estaban basados en opiniones y conjeturas. Se hacían frecuentes menciones a «fuentes fidedignas», «funcionarios informados que desean conservar el anonimato» y «alguien cercano al servicio secreto». Un lugar de honor ocupaba el leal amigo de todos los periodistas, el omnipresente «Portavoz».

Se dirigían insultos a ambas partes. Los rusos eran atacados por su doblez y sus artimañas, Westminster y el Gobierno indio por toda suerte de cosas, desde su «magistral pasividad» hasta el encubrimiento, el engaño y la incompetencia. Un reportaje sobre los planes rusos de invasión de la India con sus correspondientes tablas enumeraba los distintos proyectos que se habían elaborado y descartado en el transcurso del siglo anterior. Los profetas de desgracias y las modernas Casandras predecían el nombramiento de un ambicioso y despiadado gobernador general en Tashkent que aceleraría la puesta en práctica de nuevos planes de invasión. Se aconsejaba una contraofensiva preventiva antes de que los rusos se apoderaran del Yasmina y bajaran en tropel por las laderas del Himalaya. La oposición descargaba puñetazos sobre las mesas y exigía dimisiones. Se pedían elecciones generales.

Abrumada por el peso de tanta palabrería, Emma notó que la cabeza le daba vueltas. ¡Todo aquello estaba ocurriendo a la puerta de su casa y ella, encerrada en su torre de marfil, no se había enterado de nada!

Había leído con inmenso placer las anteriores series de artículos de Charlton sobre Asia Central, pero había pasado por alto los comentarios políticos. Ahora, mientras lo leía todo palabra por palabra, experimentó el efecto de su encendida prosa, su sarcástico e hiriente ingenio, la vehemente pasión con la cual atacaba a Rusia, su bestia negra, y el empeño que ponía en buscar y obtener información. Un reportaje de un periódico rival comentaba en tono despectivo la prodigiosa memoria de Charlton y su capacidad de retener y reproducir algo tras haberlo leído una sola vez. Se comentaba con regocijo que una vez había sido incluso detenido por haberse tomado unas descaradas libertades con un documento secreto.

Emma estaba fascinada no sólo por aquel diluvio de información sino también por el rápido ensanchamiento de su horizonte político, pero, al mismo tiempo, se sentía confusa. Las revelaciones de Charlton contenían unas referencias y unas insinuaciones que aún no lograba comprender del todo. Había aprendido muchas cosas... pero no las suficientes. Para llenar los huecos que quedaban, tenía que ver de nuevo a Charlton por última vez. Pero, ¿cómo hacerlo sin ganarse la cólera de Damien?

La solución le vino inesperadamente de donde menos pensaba.

A la mañana siguiente, recibió la visita desde Srinagar de la señora Mary Bicknell que, junto con su esposo Malcom, médico de profesión, había fundado y dirigía la escuela y el hospital de la misión. A pesar de los despectivos comentarios de Chloe Hathaway, ambos eran unas figuras muy respetadas en Cachemira, pues el pequeño hospital había prestado un inestimable servicio durante las frecuentes inundaciones, incendios y brotes de cólera que se producían en la ciudad. Emma tenía intención de visitar aquellas instituciones para echar una mano a los Bicknell, pero aún no había encontrado el momento.

Mary Bicknell, una mujer con pinta de gorrión que llevaba el cabello gris recogido con todo un arsenal de horquillas, constituía un espectáculo singular. Se presentó calzada con botas de goma, tocada con un sombrero de paja de ala ancha y enfundada en un arrugado vestido de muselina que en su vida habría conocido el almidón. Llevaba colgados del brazo una bolsa de yute y un cesto lleno de herramientas de jardinería. Dejando de lado los cumplidos, se presentó sin más.

—Tendrá usted que perdonarme, mi querida señora Granville, por venir a verla inesperadamente, pero vengo por mi perganum... con su permiso, naturalmente. Su administrador el señor Lincoln me dijo el domingo pasado en la iglesia que hay una nueva remesa en el sur junto al río y he venido a toda prisa antes de que pierda sus virtudes tal como suele hacer el perganum en verano. Sé exactamente dónde crece, pues he estado allí otras veces.

—¿Perganum? —preguntó Emma, perpleja.

—Dios mío, qué tonta soy... usted no sabe nada, ¿verdad? Es el *Perganum harmala*, lo que los cachemires llaman *isband*. Verá usted, querida, es que yo preparo remedios de hierbas para nuestro hospital. El señor Granville ha tenido la amabilidad de dejarme recorrer la finca de vez en cuando, pues lo que ustedes tienen aquí es prácticamente una farmacia... No cabe duda de que el *Aconitum heterophyllum* es el mejor que he visto en todo el valle.

Al comprenderlo, Emma esbozó una sonrisa.

—Ya. Es usted botánica, ¿no es cierto, señora Bicknell?

—Pues sí, aunque muchas recetas son lo que muchos llaman «cuentos de viejas» —contestó la señora Bicknell, guiñando el ojo—. Sea como fuere, he observado que los remedios tradicionales son muy eficaces y la mejor prueba son los resultados, ¿no le parece? Bueno, querida, ¿me da usted permiso para que vaya hacia allá?

—Faltaría más. Pero, si fuera usted tan amable de esperar un momento a que me cambie los zapatos, me encantaría acompañarla. Tengo muy pocos conocimientos sobre plantas medicinales y me encantaría aprender algo.

Se pusieron alegremente en marcha, dispuestas a pasar una agradable e instructiva mañana cruzando bosques de abedules, entre enebros y altas hierbas, buscando detrás de las rocas, examinando las grietas, cortando ramitas y arrancando raíces a la orilla del río.

A pesar de su estrafalario aspecto, Emma no tardó en darse cuenta de que Mary Bicknell era una mujer muy bien preparada y con unos profundos conocimientos de botánica. Todos los «cuentos de viejas» habían sido probados y habían resultado ser unos remedios muy baratos para muchas afecciones comunes. La *Cuscuta*, llamada localmente *kakilipol*, era un laxante muy eficaz; la *Viola serpens* —las flores de la sal, pues solían cambiarse por su peso en sal— era un expectorante que descongestionaba muy bien los pulmones; la *Salvia* —*janiadam* para los cachemiros— era un excelente diurético.

—¿Y ve usted eso? —La señora Bicknell apartó los arbustos y se introdujo alegremente entre ellos—. *Berberis lycium*, un astringente. Muy valioso en los casos de cólera que tanto proliferan en los bazares. Al mediodía, la señora Bicknell ya había llenado su bolsa e iba más contenta que unas pascuas con su pequeña carga.

—¿Le apetece almorzar conmigo? —le preguntó Emma cuando ya entraban en la casa.

Dejando en la alfombra del vestíbulo un rastro de terrones de tierra, Mary Bicknell aceptó inmediatamente la invitación.

La señora Bicknell que, a diferencia de la siniestra imagen que había pintado Chloe Hathaway, era una persona extremadamente simpática, divirtió enormemente a Emma con su animada charla. Le contó que su esposo no sólo era un experto médico sino también un antiguo campeón de boxeo. Él era quien había introducido la bicicleta en el valle y quien había fomentado su uso como medio de transporte seguro y barato.

—La verdad es que el hospital es muy pequeño, pues sólo tiene doce camas, pero creemos que cubre una necesidad muy sentida en la ciudad. En realidad —Mary Bicknell se ruborizó con encantadora timidez— el señor Charlton ha tenido la amabilidad de escribir un artículo en su periódico acerca de nuestros humildes esfuerzos en el valle. Y, como es natural, nos sentimos muy honrados. Ha accedido a tomar el té con nosotros el martes que viene para sacar fotografías. ¿Le apetecería reunirse con nosotros?

Emma aceptó de mil amores.

Habían transcurrido tres semanas desde la desaparición de Ivana.

El jardinero, según habían revelado las discretas averiguaciones llevadas a cabo por el capitán Vassily, era un kazako, un tal Padshah Khan, que había abandonado su trabajo tres semanas atrás para regresar al pueblo junto a su madre moribunda. Nadie sabía dónde estaba aquel pueblo; las cautelosas preguntas acerca de una posible compañera (sin mencionar a Ivana por su nombre, naturalmente) dieron lugar a risotadas y lascivos comentarios, pero nada más.

Por suerte, la ausencia de Ivana no fue difícil de explicar: había ido a tomarse unas vacaciones al Caspio.

A Borokov no le cabía la menor duda de que la razón de la visita de los dardos era la de colaborar con el kazako en el secuestro de Ivana, pero no lograba adivinar el motivo que se ocultaba detrás de todo aquel complicado ejercicio. Si el secuestro no tenía el menor sentido para él, la relación entre Ivana y el Yasmina todavía tenía menos. ¿Existía efectivamente una relación... o no era más que una bobada? Lo malo era que él no lo sabía y el hecho de no saberlo era lo que más lo preocupaba. Si, por alguna extraña circunstancia, los dardos hubieran conseguido apoderarse de los papeles «perdidos» de Butterfield, de haber estado él allí en aquel momento, ¡habría sido el beneficiario del intercambio! Maldijo una vez más su suerte y al barón a partes iguales.

Borokov estaba furioso y desanimado cuando acudió a palacio en respuesta a la primera llamada de Smirnoff. Era una noche desapacible, oscura, húmeda y deprimente. Se encasquetó la áspera shuba sobre las orejas, irritado por el hecho de que Smirnoff se pudiera permitir el lujo de comprárselas de piel de marta mientras que él se tenía que conformar con las de piel más barata adquiridas por unos miserables doscientos rublos tras un reñido regateo. Aparte de todo lo demás, sin Ivana su casa se estaba desmoronando. Las habitaciones llevaban días sin que nadie les quitara el polvo, la comida que le servían era una bazofia y unos dedos ladrones arramblaban con cualquier cosa que hubiera a la vista en cuanto él se daba media vuelta.

Parecía que todo le salía al revés.

—¿Ya has abierto las cajas?

Fue la primera pregunta de Smirnoff en cuanto ambos se acomodaron en el estudio que hasta hacía muy poco había ocupado el barón. En la estancia se podían ver ahora muchas fotografías que conmemoraban los distintos momentos de gloria personal de Smirnoff, en las que éste aparecía con todas sus galas militares en compañía de grandes duques y Romanovs y otros vástagos de las antiguas familias que dominaban la corte de San Petersburgo. En lugar destacado figuraba una fotografía firmada del zar y la zarina. Reconcomiéndose de envidia, Borokov trató de no mirarla.

—Sí, Excelencia.

—¿Has examinado y elaborado una lista de las armas?

—Sí, Excelencia.

Smirnoff enarcó una ceja.

—¿Y bien?

—Estoy muy contento, naturalmente —dijo Borokov, añadiendo por simple despecho—, aunque no imagino de qué manera se podrá efectuar la entrega de unos rifles nuevos con los británicos vigilando todos nuestros movimientos.

—¿No puedes? —Smirnoff sonrió—. No, tal vez no, la imaginación nunca ha sido tu punto fuerte, ¿verdad, Mikhail?

—No hace falta mucha imaginación para prever la reacción de los angliskis —replicó Borokov, rebosante de furia y dispuesto a hacer daño—. Lo considerarán un acto bélico.

—Tan pusilánime como siempre, ¿eh? ¿No crees que todo depende de la estrategia que se utilice para la entrega?

—¿Qué milagrosa estrategia permitirá la entrada de las cajas en Hunza sin que nadie se dé cuenta?

—No tengo previsto entrar en Hunza.

—Pues entonces, ¿qué? ¿Efectuaremos la entrega en Shimsul?

Smirnoff suspiró.

—Mikhail, Mikhail... ¿sólo hasta aquí llega tu ingenio? ¡Piensa, hombre, piensa un poco!

Borokov miró fríamente a Smirnoff.

—Las listas aún no están completas, Excelencia —dijo—. No tengo tiempo que perder en adivinanzas.

Smirnoff tomó de una caja de plata uno de sus cigarros de extremos recortados especialmente seleccionados para él, frotó una cerilla contra la parte superior de su bota y lo encendió. No le ofreció uno a

Borokov. Con expresión risueña y sin darse prisa en explicar nada, se sentó y apoyó las piernas en la mesa.

—Cuando Mikhail Skobelev era gobernador de Ferghaná, elaboró un plan de invasión y se lo envió al entonces gobernador general Kaufmann. ¿Lo sabías?

—Naturalmente. Era del dominio público.

—El plan consistía en organizar un ataque a tres columnas con veinte mil hombres que marcharían hacia el Pamir desde tres bases distintas, Petro Alexandrovsk, Samarcanda y Margilan. La tercera columna subiría después al Alai desde Ferghaná y, a través de los pasos del Pamir, bajaría a Chitral y al valle de Cachemira.

—El plan de Skobelev no dio resultado —le recordó secamente Borokov—. El intento fue abortado.

—Pero consiguió demostrar un punto muy importante: la elevada altitud del Pamir no impide necesariamente el avance de la artillería pesada.

—¿Y es así como pretende usted transportar este envío a Hunza, a través del Pamir?

—Las armas no irán a Hunza —dijo Smirnoff, jugando todavía al gato y al ratón—. Es Hunza la que vendrá por las armas.

—¿A Tashkent?

—No seas necio, Mikhail —replicó Smirnoff, súbitamente irritado—. ¡Por supuesto que no a Tashkent! Piensa un poco, ¿por qué es famosa Hunza?

Sintiéndose como un niño de parvulario, Borokov hizo un esfuerzo por dominarse.

—Por los asesinatos, la esclavitud y el pillaje, ¿por qué otra cosa?

—¡Exactamente! Por consiguiente, nosotros los ayudaremos en su noble tarea. Organizaremos una caravana y Safdar Alí se encargará de atacarla. Así de sencillo.

Borokov se quedó sin respiración. Estaba impresionado, más aún, escandalizado por la desvergüenza de aquel plan.

—¿A través de qué ruta?

Smirnoff bajó las piernas del escritorio, extendió un mapa de gran tamaño y lo colocó sobre el escritorio.

—Ésta. —Señaló con el dedo toda una serie de puntos rojos—. Khojend, Margilan, Osh y Gulja, en la nueva ruta. Desde aquí hay tres marchas hasta el paso del Taldik que, a sus algo más de tres mil quinientos metros, se puede cruzar sin dificultad. Más allá se encuentra el río Kizil Su, donde la ruta se bifurca al este hacia Irkishtam y Kashgar y al sur hacia el puesto de Murghab y Pamirski.

—¿El tramo final exigirá el ascenso a los glaciares?

—¿Ya empiezas a tener miedo? —Smirnoff miró a Borokov con mal disimulado desprecio—. Tal vez. Eso dejaremos que lo decida Safdar Alí.

Borokov guardó silencio y se notó la boca seca. El plan era tan temerario y extravagante como el hombre. Pero la pregunta era, ¿daría resultado?

—¿Por qué no? —replicó Smirnoff al manifestarle él su escepticismo—. A Alikhanov le dio resultado un subterfugio parecido, ¿por qué no me lo va a dar a mí?

Ocho años atrás, Alikhanov, un impulsivo caucasiano musulmán, había conducido al oasis de Merv una caravana en la que viajaban disfrazados de mercaderes sus hombres. Tras una minuciosa labor de reconocimiento y unas hábiles manipulaciones, consiguió anexionar el oasis para Rusia sin derramar ni una sola gota de sangre.

—¿Quiere contratar a auténticos mercaderes para la caravana?

—A unos cuantos. El resto serán cosacos disfrazados de mercaderes europeos. Se divulgará ampliamente que la caravana transporta un valioso cargamento desde Bujara a Leh (pomos de plata, *shabrakhs* bordados, cinturones de cuero, vainas de daga, rapé verde, vasijas de cobre y latón y, naturalmente, lingotes de oro y plata), suficiente para tentar a cualquier salteador.

—¿Dónde tendrá lugar el ataque?

—Eso lo decidirá Safdar Alí. Sus hombres se apoderarán de las cajas y serán perseguidos por nuestros cosacos que, más adelante, se reunirán con ellos en un lugar previamente acordado.

—¿Y permitirá usted que Safdar Alí se quede con las cajas?

La fría mirada de Smirnoff se clavó en la de Borokov.

—¿Viste algo insólito al sacar los rifles?

—Sí. Los paquetes no contienen municiones.

—Justamente. Las cajas de los cartuchos y la pólvora sin humo permanecerán en poder de los cosacos. Y sólo serán entregadas cuando hayamos ocupado el Yasmina.

—¿Y está usted seguro de poder hacerlo? —Aunque estaba asombrado de la habilidad de Smirnoff, Borokov no quería dejarlo traslucir—. Quiero decir si está seguro de poder ocupar el Yasmina a pesar de los glaciares.

La boca de Smirnoff se curvó en una sonrisa.

—Hay dos maneras de cruzar un paso, Mikhail —dijo éste en un susurro—, y dos maneras de salir. Si la entrada sur bordea la zona del glaciar, la otra tiene que estar en el norte, igualmente escondida.

—La frontera china atraviesa el Kun Lun...

—Utilizaremos la franja de ochenta kilómetros entre Afganistán y Sin-Kiang. Hasta que se decidan las fronteras, es tierra de nadie.

—¿Cree que la operación se podrá ocultar a los británicos y los chinos?

—¿Y para qué queremos que sea secreta? Las caravanas circulan diariamente por la Ruta de la Seda, ¿por qué no iba a hacerlo ésta?

—¿Qué ocurrirá con los mercaderes auténticos?

Smirnoff se encogió de hombros.

—A uno o dos se les permitirá sobrevivir para que puedan declarar en la investigación que inevitablemente se llevará a cabo. Los demás serán liquidados.

Borokov guardó silencio mientras se le aceleraba el pulso. Alexei había pensado en todo... ¡era un plan brillante! Pensó que ojalá se le hubiera ocurrido a él.

—Safdar Alí exigirá pruebas —dijo.

—No habrá pruebas.

—No aceptará los rifles sin primero probarlos.

Smirnoff dio una fuerte calada a su cigarro.

—Tú conoces muy poco las montañas, Mikhail. Cualquier alpinista sabe que en elevadas altitudes un disparo de arma de fuego es suficiente para provocar un alud, y el sonido se propaga con gran rapidez. Safdar Alí tendrá que confiar en mí, eso es todo.

Borokov le miró enfurecido. Smirnoff sabía que no le gustaban las montañas, que temía las alturas y que a sus pulmones les costaba mucho respirar el aire enrarecido. Si toda su vida no hubiera dependido de ello, a buena hora habría hecho aquel diabólico viaje a Hunza.

—¿Y cómo podremos tener la certeza de que el paso al que nos conduzcan es el Yasmina? —preguntó, tratando de disimular su inquietud.

—Mi querido Mikhail, los mapas rusos del Pamir se revisan cada año y en ellos se incluye cada nuevo paso que se descubre. Mientras sea un paso que los británicos no conozcan, ¿qué más nos da?

—¡No, cualquier paso no sirve, tiene que ser el Yasmina!

Smirnoff enarcó una ceja.

—¿Tiene que ser? ¿Por qué?

Borokov procuró dominarse.

—El Yasmina forma parte del folclore himalayo —dijo, haciendo un esfuerzo por sonreír—. Los británicos llevan años buscándolo. Su descubrimiento reportará más gloria, más fama y más honores al descubridor. Puede que una medalla de la Royal Geographical Society. Un lugar en la historia.

Sabía que el tema interesaría a Alexei. Y así fue.

—Bueno, puede que tengas razón, Mikhail. En cualquier caso, veremos qué hacemos cuando llegue el momento.

—¿Cuándo será?

—En septiembre. Para ser más exactos, el día veintiséis. —Borokov le miró con expresión inquisitiva y entonces Smirnoff esbozó una tímida sonrisa—. ¿No lo recuerdas? El veintiséis de septiembre es mi cumpleaños. Siempre me ha sido favorable para el comienzo de una nueva empresa.

Sí, ahora lo recordaba. Borokov jamás dejaba de asombrarse de lo supersticiosos que eran los aristócratas rusos, incluido Smirnoff. Durante sus breves estancias en Moscú y San Petersburgo se había quedado de piedra ante la serie de extraños rituales que practicaba y en los que creía el círculo de amistades más íntimas de Smirnoff.

—¿Qué ocurrirá después de la ocupación? ¿Se quedarán los británicos cruzados de brazos y lo contemplarán todo en silencio?

—¡No, hombre, en silencio de ninguna manera! —Smirnoff soltó una despectiva carcajada—. Sus superiores civiles de Whitehall agitarán los paraguas y aullarán como chacales. Los directores de periódicos escribirán editoriales, los parlamentarios se desgañitarán en Westminster y habrá ensordecedores rugidos diplomáticos, pero nada más. En cuanto hayamos puesto el pie en el Yasmina, no podrán expulsarnos del Himalaya.

—¿Safdar Alí aprueba su plan?

—Lo aprobará. Su emisario llegará aquí dentro de una semana.

—¿Y lo aprueba su Majestad Imperial? —preguntó astutamente Borokov.

Smirnoff tensó la mandíbula.

—El Imperio ruso no se ganó redactando memorandos por triplicado para Palacio, Mikhail —contestó fríamente—. Se ganó gracias a la iniciativa de individuos que supieron aprovechar las oportunidades que se les ofrecían. Menospreciaban los trámites burocráticos y yo también los menosprecio. La ley tácita es alcanzar el éxito, eso es todo. La aprobación de Su Majestad se recibirá a su debido tiempo. Tú llevas en Asia Central el tiempo suficiente como para saberlo.

«En efecto», pensó Borokov.

A pesar de la irritación que le causaban el engreimiento y la arrogancia de Smirnoff, consiguió dominarse.

—¿Cree de veras que conseguiremos retener el Yasmina sin ninguna represalia?

Smirnoff se acercó a la chimenea y empezó a calentarse las manos, de espaldas a Borokov.

—¿Has leído el libro de MacGregor?

—Naturalmente.

—¿Y qué opinas?

—Lo mismo que cualquier patriota ruso, que es una grave ofensa y un insulto a nuestra nación.

—Una ofensa tan grave —dijo Smirnoff— que merece una respuesta adecuada. Tras haberse tragado buena parte de la India, Birmania y el resto del subcontinente, Gran Bretaña tiene la desvergüenza de predicarnos a nosotros lo que es correcto moralmente, ¡nada menos que a nosotros! MacGregor ha llegado a acusarnos de codicia. Bueno, pues quizás ha llegado el momento de demostrar que tiene razón.

Hubo una pausa en cuyo transcurso Borokov esperó. Smirnoff no se había referido para nada a su papel en aquel plan. No quería rebajarse a hacer una pregunta directa y prefirió referirse a otra cosa.

—La carretera de Osh no está terminada. Aún no llega a Gulja.

—Lo sé muy bien y aquí es donde tú entras en acción, Mikhail. Mañana te irás a Osh. Ya se ha enviado un mensaje y el comandante te espera. Contratarás a más hombres, los harás trabajar más horas y te encargarás de que la carretera esté terminada cuando nosotros la necesitemos. Como es natural, el comandante no debe saber nada de lo que se está planeando. Ya me inventaré alguna manera de enviarlo lejos de aquí cuando llegue el momento. —Smirnoff consultó su reloj y lo despidió—. Eso es todo por ahora, Mikhail.

Mientras regresaba despacio a casa sumido en una especie de estado de hipnotismo, Borokov empezó a comprender poco a poco una estremecedora probabilidad; cuando llegó a su casa, la probabilidad ya se había convertido en certeza.

Smirnoff no tenía la menor intención de incluirlo en la campaña.

La certeza le llegó de repente como un fogonazo y con una fuerza devastadora. Lo había visto en los ojos de Alexei, aquellos perversos ojos de animal salvaje que él conocía tan bien de casi toda la vida. La responsabilidad en la construcción de la carretera se le ofrecía como compensación, como una humillante migaja de la mesa del gran héroe. ¡Bueno pues, no pensaba aceptarlo ni loco! El plan original había sido suyo; ¿cómo se atrevía Alexei a excluirlo de él? Mikhail Borokov se llenó de una terrible furia por aquella traición que le hizo subir la bilis a la boca y le quemó las entrañas como una gran bola de fuego.

¡El Yasmina era suyo! Antes de que Alexei se lo arrebatara, lo ahorcaría, lo descuartizaría y lo enviaría a la condenación eterna.

En su fuero interno, el imperio ruso le importaba un bledo. Lo único que le importaba era esto... Sus dedos se doblaron alrededor de la pepita de oro que guardaba celosamente junto a su corazón. Aunque Safdar Alí fuera un salvaje de quien nadie se podía fiar, con aquella pepita de oro le había transmitido un mensaje muy claro, un mensaje acerca del cual Smirnoff no sabía y jamás sabría nada.

Había sido pobre en otros tiempos. ¡Pero bien sabía Dios que jamás volvería a serlo!

Al llegar a casa, Borokov encontró a un mensajero esperándolo, Ismail Khan, el correo de Theodore Anderson. Era demasiado pronto para que la carta fuera la respuesta a la que él le había enviado recientemente, por lo que la recibió sin demasiado entusiasmo. En la creencia de que contendría las habituales peticiones de fondos para sus interminables expediciones, la leyó por encima. Para su asombro, la carta no contenía ninguna petición de fondos. De hecho, la noticia que le comunicaba era tan inesperada que las rodillas le temblaron y tuvo que sentarse para no perder el equilibrio.

Si era cierto lo que afirmaba Theodore Anderson (¿y por qué no iba a serlo?), él ya no necesitaba a Alexei Smirnoff ni a los dardos ni a Ivana Ivanova. Lo único que necesitaba era confianza en sí mismo, valor para asumir su propio destino y hacer lo que le dictara su voluntad.

Con el rostro contraído en una perversa mueca y los ojos ardiendo de triunfo, Borokov elevó los ojos al cielo y levantó los puños en alto. Una de las muchas supersticiones de Alexei consistía en creer que el hecho de que a uno le desearan suerte al comienzo de una nueva empresa constituía un presagio de desgracias.

—Buena suerte, Alexei, buena suerte —musitó Borokov contra el viento—. ¡Buena suerte una y mil veces, traidor malnacido!

Después soltó una sonora carcajada.

De haber sabido que su racha de buena suerte no había hecho sino empezar, Mikhail Borokov aún se habría reído más.

La respuesta de Walter Stewart a su telegrama le daba tantas seguridades que Hethrington se alarmó en serio. Desde su llegada a Srinagar, le comunicaba el administrador residente, Geoffrey Charlton había estado muy tranquilo, casi aislado. Escribía otro libro que se publicaría en primavera. Por consiguiente, se pasaba casi todo el rato leyendo, pensando, escribiendo, explorando el valle y ocupándose de sus propios asuntos.

—¡Y un cuerno! —Hethrington contempló enfurecido la lluvia que golpeaba las laderas de las colinas y arrugaba la superficie del estanque de los nenúfares en uno de los habituales aguaceros de los monzones—. Está tramando algo, lo presiento. ¿Por qué sino permanecería a la espera después de Yarkand y Leh?

—Y Kanpur —añadió Nigel Worth.

—¡Ah, sí, no olvidemos Kanpur!

—Quería decirle, señor, que ayer, cuando estaba en la tienda de Jacob —dijo Worth—, oí involuntariamente a la señora Price comentándole al coronel Hartley que Charlton iría a almorzar a casa de los Stibbert en Kanpur. Los Price han venido a pasar la Temporada aquí desde Delhi, lo mismo que la señora Stibbert, que es la hermana de la señora Price y la esposa del comandante Stibbert, destinado a la fábrica de artillería de Kanpur. Si quiere, señor, podría tratar de obtener discretamente un poco más de información. La señora Stibbert y la señora Price toman todas las tardes el té en Peletti's.

—Pues sí, averigüe todo lo que pueda —se apresuró a decir Hethrington—. A veces me pregunto por qué nos molestamos en enviar telegramas siendo así que le lengua humana trabaja más rápido y no cuesta ni un maldito penique.

Justo en aquel momento entró Burra Babu con un mensaje debidamente descifrado y entregado una hora antes por un mensajero dak que acabó con todos los comentarios sobre Charlton. El mensaje de Conolly enviado desde Sahidullah unas cuantas semanas atrás era largo, explícito y —con un detallado informe acerca de su segundo encuentro con el taotai— también alarmante.

—Lo que nos faltaba —se quejó Hethrington—, ¡que los chinos se metieran en este maldito asunto! Seguro que el intendente general tendrá algo que decir al respecto.

Se levantó de un salto de su asiento y se encaminó hacia la puerta.

Cinco minutos después, sir John tuvo efectivamente mucho que decir mientras daba rienda suelta a toda su terrible cólera. Al final, se calmó lo bastante como para preguntar:

—¿Capricornio cree que la mujer ya se encuentra en Kashgar?

—O que pronto lo estará.

—¿Cómo demonios pudieron los chinos localizarla en tan poco tiempo?

—Probablemente porque las paredes de Asia Central tienen unos oídos más finos que las nuestras, señor —contestó secamente Hethrington—. Puesto que basta que los rusos estornuden para que el taotai pille un resfriado, está claro que el hombre tiene un ejército de confidentes que trabajan a destajo.

—¿Y quién demonios le comunicó la sorprendente noticia de que nosotros estamos a punto de ocupar la tierra de nadie a través del Yasmina? ¿Shishkin?

—Muy probablemente, señor. Puesto que Shishkin lee la prensa inglesa, tal como Capricornio ha observado, le bastó con sembrar una semilla y dejar que el nerviosismo chino la fertilizara y convirtiera en un bosque.

—¿Está al corriente del interés de los chinos por la mujer?

—Capricornio cree que no, señor, por lo menos no en el momento en que se envió la carta.

El intendente general no estaba nada contento.

—Si Capricornio abriga la esperanza de apoderarse de la mujer bajo las mismísimas narices de los chinos, la única conclusión a que puedo llegar es la de que este hombre ha perdido totalmente el juicio. Habida cuenta del enorme poder de negociación que esperan obtener con los mapas, no creo que la exhiban como una ciruela madura para que la arranque el primero que pase. —El intendente general tomó un lápiz y golpeó fuertemente con él la superficie de la mesa—. Teniendo a Younghusband y MacCartney preparados para una nueva arremetida en Kashgar, lo que menos nos interesa es un incidente diplomático.

Nigel Worth carraspeó discretamente.

—¿Sí, capitán?

—Si Capricornio consigue apoderarse de la mujer, señor —y ambos sabemos que es un hombre muy ingenioso—, puede que los chinos no armen demasiado alboroto, tratándose de una súbdita rusa. Por de pronto, Pyotr Shishkin exigirá saber por qué la mujer se encontraba bajo su custodia. Y dudo que el taotai esté interesado en favorecer un enfrentamiento.

El intendente general soltó un gruñido y se levantó para estirar las piernas.

—Bueno pues, suponiendo que, por un milagro, Capricornio consiguiera poner en práctica su descabellado plan, ¿qué camino es más probable que siga para regresar a Leh?

—O cruzando el desierto del Takla-Makan hasta Yarkand y atravesando después el Karakorum, señor —contestó Hethrington—, o siguiendo la ruta de los mensajeros dak a través del Pamir. En ambos casos, se incorporará a una caravana durante una parte del camino en lugar de correr el riesgo de hacer el viaje solo. Si puede esquivar las patrullas del Ejército chino hasta llegar a una aldea kirguiz, los kirguiz lo ayudarán. Aborrecen a los chinos y Capricornio tiene buenos amigos entre ellos.

—Siempre y cuando sobreviva hasta llegar allí. —Sir John se dejó caer pesadamente en su asiento y cerró los ojos—. No podemos permitirnos el lujo de perder a otro agente, Wilfred. ¡Seríamos crucificados sin piedad!

—Lo sé, señor —convino tristemente Hethrington—. Capricornio necesitará ayuda.

—Sin la menor duda. Habrá que colocar patrullas del Ejército en puntos estratégicos cerca de los pasos... y usted ya sabe lo que eso significa, ¿verdad? —Sir John expresó en voz alta el pensamiento que se cernía sobre ellos como la espada de Damocles—: El comandante en jefe tendrá que ser informado del proyecto Jano.

Hubo un momento de pesado silencio. Después Hethrington sacudió enérgicamente la cabeza.

—¡No, nada de patrullas del Ejército! Un equipo del Servicio de Geología se encuentra actualmente en Kun Lun. Podríamos recabar su ayuda. Como no conocen los antecedentes, no supondrán ningún peligro para nuestra seguridad.

—No podemos mantener indefinidamente en secreto su proyecto, Wilfred —le advirtió el intendente general—. Tal y como están las cosas, se pagaría muy caro. Si nos pillan en el último momento y los mapas acaban en poder de los rusos... —Apretó los labios y dejó la frase sin terminar.

—Es sólo cuestión de un mes, señor —dijo Hethrington en tono de súplica—. Capricornio no es un irresponsable. Su plan es muy arriesgado, pero, si hay alguien que pueda llevarlo a la práctica, es él. Tenemos que darle la oportunidad. En el peor de los casos, se limitará a... —Hethrignton vaciló.

—Se limitará, ¿a qué?

—Bueno pues, a irse sin la mujer.

—¿Y obligarnos con ello a nosotros a empezar de nuevo por el principio? —Sir John le dirigió una penetrante mirada—. Si así fuera, Wilfred, se da usted cuenta de lo que eso significaría para el Servicio, ¿verdad?

Era una pregunta retórica. Sin la mujer, el servicio estaría condenado, su fama se arrastraría por el barro y Whitehall tendría una excusa perfecta para reducir el presupuesto a su mínima expresión... en caso de que quedara algo de él.

Hethrington lanzó un suspiro y murmuró unas palabras.

—¿La cantina? —Sir John captó una palabra—. ¿Qué cantina?

—Era sólo una idea, señor. —Hethrington volvió a suspirar—. No tenía importancia.

Sir John tamborileó un momento con los dedos sobre la mesa y, de repente, tomó una decisión.

—De acuerdo, Wilfred. Le concedo un mes... pero ni un solo día más. Si no tenemos esos papeles en nuestro poder dentro de treinta días, se acabó. El proyecto se tendrá que exponer al comandante en jefe, el secretario de Asuntos Exteriores y el virrey, y tendremos que afrontar las consecuencias. —El intendente general se levantó—. Y ahora busque al mensajero más rápido que tenga y envíe un mensaje a los chicos del Servicio de Geología. Hágale llegar una copia a Crankshaw como medida adicional de precaución.

De vuelta a su despacho, un poco aliviado por la tregua, el coronel puso inmediatamente manos a la obra.

—Tendremos que ponernos los patines, capitán, e irnos enseguida a Ladakh. Salimos a primera hora de la mañana.

—¡Sí, señor! Ahora mismo me encargo de los preparativos.

—Por cierto, capitán.

Nigel Worth se detuvo en seco.

—¿Señor?

—La próxima vez que se le ocurra un proyecto tan fantástico, hágame el favor de guardárselo para usted solito, ¿de acuerdo?

En cuanto el capitán se retiró, Hethrington contempló el cielo encapotado, tramando todavía venganza sobre las colinas de Simla. Al otro lado de la ventana no había ni un solo mono a la vista. Se preguntó vagamente adónde iban cuando llovía.

Un mes: treinta días. Era lo único que le quedaba para obrar lo que cada vez se iba pareciendo más a un milagro. Calculando las posibilidades de éxito que tenía, se le ocurrió pensar que un traslado a las cocinas del cuartel de Meerut quizá no fuera una mala idea en el fondo.

—Quiero enseñarte una cosa de la finca —dijo Damien a la hora del desayuno—. Una sorpresa.

Había regresado de Gupkar la víspera y su vuelta había sido para

Emma un innegable motivo de placer. Durante una animada cena, ambos se habían intercambiado noticias; el administrador italiano de la bodega se había mostrado muy favorablemente dispuesto, explicó Damien. Hacían unos excelentes *barsac* y *médoc* a partir de cepas importadas de Turfán, en China. Por su forma, las uvas de Turfán se conocían con el nombre de «pezones de yegua» y eran las que habían proporcionado a la dinastía Tang de China sus primeros vinos.

Emma correspondió con una descripción de la visita de Mary Bicknell y le explicó lo mucho que había aprendido sobre las plantas medicinales indígenas. Después, no porque él se lo hubiera preguntado sino para tranquilizar su propia conciencia, añadió un relato resumido de su visita al Takht-e-Suleiman.

La esquina del extremo sudoriental de la finca hacia la cual se dirigieron después del desayuno albergaba una pequeña parcela oculta detrás de un alto muro. Suraj Singh le había dado a entender que era uno de los almacenes destinados a la variedad más cara de arroz, y ella se lo había creído. Ahora, cuando Damien abrió la verja que daba acceso al recinto, vio que lo que había allí dentro no tenía nada que ver con un almacén de arroz: eran nada más y nada menos que las ruinas de un antiguo monumento medio oculto por la maleza.

Ahogando un grito de asombro, Emma hizo ademán de acercarse a él pero Damien se lo impidió con un gesto.

—Estos arbustos están infestados de serpientes y escorpiones. No creo que les hiciera mucha gracia que los molestaran.

Retrocediendo de inmediato, Emma miró a través de las enredadas ramas.

—¿Qué era, un templo?

—Sí. Di orden a Suraj Singh de que no te permitiera verlo, pues quería ser yo quien te lo presentara oficialmente.

—¿Sabes qué antigüedad tiene?

—Unos mil cien años aproximadamente. Con toda probabilidad se remonta al siglo VIII, al reinado de Lalitadiya.

Emma recogió un cascote.

—¿Piedra caliza?

Damien asintió con la cabeza

—Mi padre solía llamar «ario» a este estilo de arquitectura, lo que los griegos llaman «araio». Me parece que lo que hay bajo tierra es más de lo que hay arriba. —Profundamente emocionada, retiró una capa del suelo con la punta de una rama—. ¿No has pensado nunca en la posibilidad de mandar hacer excavaciones en estas ruinas?

—Muchas veces. Es más, me estaba preguntando si tú tendrías interés en hacerte cargo de las excavaciones.

—¿Yo? —preguntó Emma, extasiada—. ¡Oh, Damien!

—Bueno, ¿tienes interés?

—¡Tú sabes que sí! ¡Cuándo?

—Cuando tú quieras.

—¿El verano que viene? En cuanto termine el libro. En primer lugar tendremos que pedir el consejo de los expertos del Servicio de Arqueología. Después tendremos que reunir un equipo, pero, antes, creo que deberíamos...

Mientras ella forjaba planes con entusiasmo, Damien la escuchaba con halagadora atención.

Fue un día estupendo, en más de un sentido. La hierba sobre la que se sentaron estaba cálida y olía a fresco a causa de las lluvias caídas durante la semana. En una umbrosa ladera bajo las ramas de los frondosos nogales almorzaron al aire libre chuletas de cordero, pan *chapati* sin levadura tostado sobre unas piedras calientes untadas de aceite y fruta.

Tras saciar el apetito, Emma se sentó en una roca y, rebosante de satisfacción, contempló el panorama ininterrumpido de las verdes laderas. Damien se tendió sobre la hierba, apoyado en un codo. A su alrededor, se escuchaba el zumbido de las abejas y las hojas de los árboles crujían en respuesta a los susurros del viento. Presa de la languidez del sueño, Emma cerró los ojos.

Damien apoyó la cabeza sobre la hierba y contempló el cielo.

—¿Por qué fuiste a ver a Nazneen?

Emma se despertó de golpe.

—¿Te lo ha dicho ella? —preguntó, inmediatamente celosa.

—No. Nazneen ya no está en Srinagar. —Sin abrir los ojos, Damien cambió de posición—. Pocas cosas ocurren en este valle sin que yo me entere de una o de otra manera. Bueno pues, ¿por qué?

—¿Importa?

—Para mí, sí. Siento curiosidad.

—Bueno, como me dijiste que tenía mucho que aprender de Nazneen —contestó secamente Emma—, podría decirse que mis razones fueron de carácter educativo.

—¿Y aprendiste algo?

—Pues la verdad es que sí.

—¿Qué?

Emma sacudió la cabeza.

—Creo que hasta Chloe Hathaway estaría de acuerdo en que los secretos entre una esposa y una amante no se deben desvelar.

Damien se ruborizó, se sacudió la hierba de los pantalones y cambió de tema.

—¿Has pescado truchas alguna vez?

Emma sonrió, alegrándose de haberse apuntado un tanto.

—Algunas veces, pero no sabía que hubiera truchas en Cachemira.

—No las había. Los alevines vinieron de Inglaterra, por orden de la reina, en realidad, y fueron introducidos en el Lidder como experimento. Ahora dicen que quieren importar truchas arco iris del Canadá para las plantas de agua potable del valle de Telbal y lucios para los lagos de Dal y Manasbal. Hace algunos años solté unas cuantas truchas del Lidder en este río y parece que se reproducen muy bien.

Mientras bajaban por el herboso sendero que conducía al río, Hakumat regresó desde la casa con el equipo de pesca. Se estaba fresco a la sombra, los pájaros llenaban el aire con sus trinos y los repentinos destellos de color alegraban la vista. Al llegar a la orilla del río, Damien hincó una rodilla para examinar el agua.

—Veo una o dos muy gordas. Vamos, puede que tengas suerte.

—¿Yo? —Emma sacudió la cabeza—. No voy vestida para chapotear por ahí pescando truchas.

—¿Por qué no? Te basta con unas botas impermeables.

—No pienso meterme en el río con este vestido —dijo Emma con firmeza—. Como se encoja y me suba hasta las rodillas, no te digo la pinta que tendré.

Al final, llegaron a un compromiso y resolvieron el problema. Emma accedió a lanzar el sedal desde una roca plana que se proyectaba sobre la corriente, pero poco faltó para que éste se quedara enredado en unos arbustos.

Damien se echó a reír, pero dijo que, para ser el primer intento, no estaba mal.

—Si pica alguna, no sabré qué hacer —dijo Emma—. No te alejes demasiado.

Damien volvió a tumbarse sobre la hierba, cruzó los brazos bajo la nuca y cerró los ojos. Quiso la suerte que, a los cinco minutos, picara una trucha. Tratando de rebobinar torpemente el sedal, Emma lanzó un grito. Damien se puso en pie de un salto, se calzó las botas impermeables y se adentró en el agua. Introduciendo ambas manos en las agitadas aguas, atrapó el pez que trataba desesperadamente de librarse del anzuelo.

—Es una trucha estupenda.

La llevó a la orilla, le clavó hábilmente el garfio y le quitó el anzuelo de la boca.

Emma se estremeció.

—¿Está muerta?

—Totalmente. —Damien la sostuvo en alto para que ella la viera—. Diría que pesa unos novecientos gramos. No es un récord mundial, pero no está mal para la cena.

Volvieron a explorar las ruinas, hurgando y apartando las ramas de los arbustos con unos largos palos. Buena parte del templo se encontraba efectivamente bajo tierra y Emma estaba entusiasmada ante la perspectiva de dirigir unas excavaciones. En la empinada ladera que había detrás de las ruinas rozaba una manada de cervatillos. Eran los *rous*, los almizcleros de Cachemira, le explicó Damien. Cazados sin piedad por su almizcle, su número se había reducido considerablemente, por cuyo motivo él estaba intentando reproducirlos en la finca a pesar de que su hábitat natural era mucho más alto.

—Esta criatura que pesa entre ocho y doce kilos es sacrificada por la bolsa de almizcle de su vientre, el *nafa*, que no pesa más de dos *tolas*, pero por el que los fabricantes de perfumes pagan precios astronómicos.

—¿Ha tenido éxito el experimento?

—Bastante. Si no lo diezma la escopeta, el almizclero cría muy pronto y se reproduce con gran rapidez. Aquellos tres o cuatro de allí con el lomo y los costados moteados son crías y han nacido en la finca.

Emma se sorprendió una vez más de los conocimientos que tenía Damien acerca de su ambiente y se conmovió de la sosegada pasión con que lo amaba y conservaba.

Más tarde, incomprensiblemente hambrientos por segunda vez, destriparon la trucha y la asaron en una fogata que acababan de encender. Cuando la piel estuvo crujiente y la carne al punto, se la comieron con las manos. Emma se chupó el sabroso jugo de los dedos y aseguró que hasta los trozos carbonizados estaban riquísimos.

—¿Te gusta el pescado? —le preguntó Damien.

—¡Me encanta!

—Muy bien. El pescado es una parte importante de la dieta del valle. De hecho, muchos creen que es el pescado el que hace que las mujeres cachemires sean tan fértiles.

¿Aquel comentario sería acaso una insinuación? Emma no estaba muy segura, pero se ruborizó. Se levantó, se acercó al río y se lavó las manos en el agua helada. Estaba oscureciendo y ya empezaban a soplar los fríos vientos nocturnos; se respiraba una atmósfera de paz en el aire. Emma se estremeció y se rodeó el torso con los brazos, pensando que ojalá se hubiera llevado el chal. De pie junto a la orilla de la fragorosa y pequeña corriente, no oyó las pisadas de Damien a su espalda y se sobresaltó al percibir una cálida prenda sobre sus hombros: la chaqueta de Damien. Levantó los ojos hacia él y le sonrió. Mientras subían por la cuesta de la loma para dirigirse al lugar donde habían dejado sus monturas, un chacal aulló no lejos de allí y otros imitaron su ejemplo.

—¿Hay muchos animales grandes por aquí? —preguntó.

—No más que en otro sitio. Los animales nos tienen más miedo a nosotros que nosotros a ellos.

—Los oficiales del ejército de Delhi solían venir al valle para cazar cuando subían a Gulmarg. ¿Hay buena caza por aquí?

—Hay que subir más arriba para cazar grandes felinos y más todavía para cazar íbices. Alrededor de Gulmarg, que es una zona desierta, se ven leopardos y, de vez en cuando, algún tigre, pero sólo en verano. Cuando hace frío, bajan a los valles.

Hakumat interrumpió su conversación, presentándose con un sobre que entregó a Damien. En cuanto leyó la carta, el tranquilo y jovial estado de ánimo de Damien experimentó un sorprendente cambio. Inmóvil como una roca, contempló las montañas bajo la creciente oscuridad del ocaso mientras su rostro reflejaba toda una serie de emociones contrapuestas. Bajo la camisa, los músculos de sus hombros se habían tensado visiblemente.

—¿Qué ocurre, Damien? —le preguntó Emma, alarmada—. ¿Alguna mala noticia?

Él la miró con aire ausente.

—¿Cómo?

Emma le repitió la pregunta. Damien sacudió la cabeza, pero ella comprendió que no había oído su pregunta. Arrugó la frente en un leve gesto de impaciencia, como si le molestara que interrumpieran el hilo de sus pensamientos. Emma contempló su aguileño perfil, los mechones de cabello alborotados por el viento, la espalda más tiesa que un palo y el puño apretado alrededor de la carta. De repente, experimentó el deseo de tocarlo, de alisar las arrugas de su frente y de tomar entre sus manos el puño apretado para transmitirle consuelo. El impulso fue tan fuerte que, por un instante, estuvo a punto de hacerlo, pero después, temiendo ser rechazada, lo reprimió. Perdido en un mundo privado en el que ella no estaba incluida, Damien no parecía percatarse de su presencia. Dominada por una profunda tristeza, Emma hizo ademán de dar media vuelta.

—¿Adónde vas?

Antes de que pudiera moverse, él le rodeó la muñeca con su mano.

Emma se detuvo. Aquel leve contacto físico carecía de importancia, pero, una vez más, hizo que se le secara la garganta. No apartó la mano.

—Pensé que preferirías estar solo...

—No, no prefiero estar solo.

Por un trémulo instante, ambos se miraron a los ojos. A punto de decir algo, algo significativo, algo que permitiera a Emma entrar en su mundo, Damien vaciló una vez más. Soltando su mano, se alejó pendiente abajo. Desconcertada por su impenetrable estado de ánimo, Emma corrió tras él y le dijo algo, lo primero que se le ocurrió, para mantener el canal de comunicación abierto.

—La señora Bicknell me ha invitado a tomar el té el martes que viene.

—Ya.

A Emma le remordió la conciencia al recordar el verdadero motivo que la había impulsado a aceptar la invitación.

—¿Te gustaría... acompañarnos?

—No. Mañana tengo que irme.

—¿Otra vez? —preguntó Emma, consternada—. ¿Adónde?

—A Gukpar. Lo siento, pero es que no están en condiciones de producir toda la cantidad que yo necesito antes de invertir dinero en el proyecto.

—Pues entonces deja que te acompañe hasta Srinagar —le suplicó ella, sorprendida por la intensidad de su decepción—. Aprovecharé para ver otros lugares de interés y esperaré en el barco hasta que regreses.

Damien sacudió la cabeza.

—Esta vez no, Emma. Puede que la próxima.

Emma comprendió que le ocultaba la verdad y, una vez más, su corazón experimentó el mismo dolor que en otras ocasiones. Guardó silencio.

Chini Baug, la residencia para huéspedes ilustres del Estado, era un enorme edificio almenado de dos pisos de altura, situado lejos del centro de la ciudad. Estaba rodeado por unos bien recortados setos, unos céspedes esmeradamente cuidados y unos floridos parterres, que ahora eran el dominio del simpático Padshah Khan. Tras haber registrado concienzudamente tanto el palacio del taotai como la residencia de invitados al amparo de la oscuridad, Conolly entró en acción, consciente de que el tiempo apremiaba.

Sabía por experiencia que Chin Wang, el jefe de los cocineros del taotai, que a menudo le facilitaba información, era el último en abandonar las cocinas del palacio por la noche. Acurrucado bajo un alto muro protegido por unos arbustos, Conolly esperó a que saliera por la puerta de atrás más próxima a los edificios de la cocina. Lo hizo bien pasada la medianoche, sosteniendo en una mano una linterna y en la otra la bolsa diaria de su ilícito botín de la despensa de su amo. Conolly le cubrió fuertemente la boca con una mano y lo arrastró hacia los arbustos.

—¡Pe...!

—No hagas ruido, amigo —le advirtió Conolly, apartando lentamente la mano de su boca—. Necesito ayuda.

—¡No! —El hombre sacudió la cabeza—. No puedo correr el riesgo de meterme en más líos y perder mi trabajo.

Conolly le miró con semblante imperturbable; así solían empezar todas sus transacciones. Sin decir nada, sacó una bolsa de tela e hizo tintinear su contenido contra la oreja del cocinero.

Chin Wang tragó saliva y miró a su alrededor.

—Aquí no, aquí no. —Empujó a toda prisa a Conolly por un tosco camino que conducía a una desierta carbonera—. Bueno, ¿qué es esta vez?

—Me han dicho que ha llegado un nuevo invitado a Chini Baug.

—Yo no sé nada de Chini Baug —musitó Chin Wang sin apartar los ojos de la bolsa—. Los huéspedes van y vienen constantemente.

—Y también comen —dijo Conolly—. Puesto que en Chini Baug no hay cocinas, la comida se envía dos veces al día desde vuestras cocinas.

El hombre se encogió de hombros.

—¿Y qué?

Conolly hizo tintinear más fuerte las monedas.

—Aquí hay dinero suficiente para que te vayas adonde quieras, incluso para que regreses a tu casa de Cantón.

—¡No, esta vez no! —Mirando con expresión anhelante la bolsa de monedas, Chin Wang se encaminó hacia la puerta de la carbonera—. Esta vez es muy peligroso. Me niego a colaborar.

—Muy bien pues —dijo Conolly, con un suspiro—, me obligas a hablar con tu mujer.

—¿Mi mujer? —El cocinero se echó a reír—. ¿Y qué sabe la muy bruja de lo que ocurre en Chini Baug?

—Nada. En realidad, mucho menos de lo que sabe acerca de tus devaneos con esa chica tan pechugona y desvergonzada que trabaja en los lavaderos del taotai.

El cocinero palideció. El miedo que le inspiraba el taotai no era nada comparado con el terror que le inspiraba su mujer, una fiera tremendamente celosa que una vez lo había perseguido por el bazar con una horca, amenazando con atacar la parte más vital de su anatomía.

—Hablo en serio —dijo Conolly—. Si no respondes a mis preguntas, no sólo informaré a tu mujer acerca de tu aventura sino que le ofreceré mi bisturí quirúrgico más afilado para que pueda hacer con él lo que tenga que hacer.

Los conocimientos de Chin Wang acerca de Chini Baug mejoraron milagrosamente. Sí, confirmó el cocinero con semblante enfurruñado, había una nueva huésped en Chini Baug, y dos veces al día se le enviaba comida.

¡Una mujer! Conolly contuvo la respiración.

—¿Quién es?

Eso no lo sabía, dijo Chin Wang, pues él no llevaba la comida, simplemente la preparaba y la empaquetaba. Sólo sabía que era una mujer porque la criada de una de las esposas del mandarín —tía de la chica con quien él mantenía la... mmm... relación— había sido enviada recientemente a Chini Baug para llevar a cabo unas tareas especiales.

Conolly se animó; su optimismo no se había equivocado. Si la mujer de Chini Baug era efectivamente la armenia —¿y quién más podía ser?—, por lo menos la mitad de sus problemas se habrían terminado. Se sorprendió de que Padshah Khan la hubiera podido sacar de Tashkent a pesar de las estrictas medidas de seguridad, pero, en realidad, los agentes del taotai eran tan corruptos como cualquier guardia fronterizo ruso, y treinta monedas de plata eran un elemento de cambio de uso universal.

—¿Cómo se llama el hombre que lleva la comida a Chini Baug?

—Genghis. Es el criado personal del taotai.

—¿Tú jamás la has entregado personalmente?

—Sólo una vez.

—Ya sé cuántos guardias hay en el exterior de Chini Baug... ¿cuántos hay dentro?

—Cuatro o cinco.

—¿Dónde?

—Por todo el palacio. —El cocinero miró de reojo la bolsa de tela y se humedeció los labios con la lengua—. Dentro de las habitaciones la vigila esta doncella que es un auténtico demonio.

—¿Ha ido el taotai a visitar a la señora?

—Sí. El primer día.

—¿Oíste de qué hablaban?

—Nada. Dicen que tuvieron que drogar a la mujer. También dicen que es su nueva amante y, por si fuera poco, con ojos redondos de piel blanca. —El cocinero soltó un despectivo escupitajo al suelo—. Supongo que el lunes que viene la trasladarán a otro sitio, pues, a partir de este día, ya no hay orden de servir más comida.

¡El lunes, faltaban sólo cuatro días!

—¿Adónde la trasladarán?

El cocinero se encogió de hombros.

—¿Quién sabe?

Conolly rebuscó en su bolsillo y sacó un tosco plano de la residencia de invitados que él mismo había trazado.

—¿En qué habitación se entregan las comidas?

El cocinero suspiró, levantó en alto la linterna y señaló un punto.

—Muy bien. El domingo que viene por la noche, tú entregarás la comida...

—¡No! —Chin Wang se horrorizó—. Genghis no lo permitirá.

—Si Genghis se pone enfermo, tendrá que permitirlo.

—¡Pero es que no está enfermo!

—Lo estará. —Conolly depositó un paquete en la mano del hombre—. Mezcla eso con su comida del mediodía del domingo. No te preocupes, no se morirá, sólo deseará haber muerto para cuando terminen de gotearle las tripas. En cuanto salga a los campos, no se dará prisa en regresar.

—¡No lo haré! —gimoteó el cocinero—. Genghis es mongol, una bestia de hombre, por eso lo llaman Genghis. Tiene unas manos que parecen garras de oso y un carácter que...

Conolly lo interrumpió con un tentador tintineo de la bolsa.

—El domingo es el día del concurso de peleas de carneros y el taotai tiene que entregar la oveja negra al ganador, lo cual quiere decir que todo el mundo asistirá al concurso. Estando Genghis enfermo, nadie se extrañará y ni siquiera se fijará en tu recado nocturno.

—¿Y qué ocurrirá con el banquete que se celebrará a continuación y para el que yo tengo que preparar...?

—Tienes siete ayudantes. Que se encarguen ellos de prepararlo todo.

—No. ¡Me niego en redondo a mezclarme en este asunto!

—No te mezclarás. Cuando más tarde te interroguen, les dirás simplemente la verdad, que, cuando te dirigías a Chini Baug, unos desconocidos se te acercaron por detrás y se llevaron la comida. No pudiste llegar a ver a tus asesinos, pero te pareció que eran rusos.

—¡Asesinos! —El cocinero palideció—. ¿Me harán daño?

—No, no, por supuesto que no. Simplemente fingirás que te lo han hecho.

Conolly agitó la bolsa hacia delante y atrás para que las monedas tintinearan.

—¡Quieto, por el amor de Dios, quieto!

El hombre hizo ademán de tomar la bolsa, en parte para que no tintineara y en parte porque ya no podía resistir más la tentación.

—Todavía no. —Conolly apartó la bolsa fuera de su alcance—. Sobre lo demás, te daré instrucciones más tarde.

—Dios mío, ¿aún hay más?

—Unos cuantos detalles de última hora. Lleva la comida al huerto de los albaricoqueros que hay detrás de Chini Baug el domingo a las siete de la tarde. Yo me reuniré contigo allí. —Al ver que el hombre abría la boca para protestar, Conolly le deslizó la bolsa en la mano y la protesta se acabó—. Esto no es más que un anticipo, habrá más cuando se termine el trabajo.

Apretando la bolsa contra su pecho, el cocinero empezó a gimotear.

—Como se entere el taotai...

—No se enterará si tú haces exactamente lo que yo te diga.

—¡... me matará!

—Y yo también... si queda algo de ti cuando tu mujer haya hecho su trabajo con el bisturí.

El plan no era en modo alguno perfecto, pero era el único que se le ocurría a Conolly. Los riesgos eran terribles, los puntos débiles muchos... y uno de los peores era aquel bribón que no paraba de lloriquear y del cual dependían, por desgracia, tantas cosas. Cabía la posibilidad de que Chin Wang mintiera, naturalmente; la mujer podía haber sido trasladada a otro sitio. Y lo peor de todo era la posibilidad de que el hombre se echara atrás en el último momento y no apareciera. Sin embargo, sabiendo que el tiempo apremiaba y que las dificultades eran muchas, Conolly no tenía más remedio que arriesgarse. Y rezar para, con la ayuda de Dios, derrotar a Pyotr Shishkin en aquella partida.

En una región en la que escasea la atención médica, hasta un mal médico se gana la gratitud de los pacientes a los que ha tratado y curado. Como tal, Conolly recibía constantemente modestos regalos y sinceros ofrecimientos de servicios gratuitos por parte de sus pacientes.

Aquella noche, cuando visitó al joven matrimonio beluchi a cuya hija había conseguido salvar de una neumonía, los esposos lo recibieron con sincera alegría. Siendo demasiado pobre para pagar y sintiéndose en deuda con él, el joven padre, que era un mensajero dak, se había ofrecido con lágrimas en los ojos a prestarle cualquier servicio que pudiera necesitar.

—¿Khapalung, cerca del paso de Suget? —preguntó el hombre cuando Conolly le hizo la petición—. Sí, por supuesto que lo conozco.

Conolly depositó en su mano un sobre cerrado.

—Busca a un kirguiz llamado Mirza Beg y dale esta carta. Tiene que ser entregada cuanto antes.

El joven recibió el encargo de muy buen grado.

Ahora que se acercaba el momento de abandonar Kashgar, Conolly no podía negar que lo sentía. Había recibido mucho afecto de aquellas sencillas gentes que habían depositado toda su confianza en él y le habían aceptado por lo que él decía ser. ¿Qué dirían cuando se enteraran de su deserción? Lamentablemente, no había tiempo para arrepentirse y no podía darles ninguna explicación.

Sola una vez más, Emma decidió dedicar su atención a los papeles de su padre. Pero, a pesar de sus esfuerzos, su mente pensaba en otras cosas y le costaba concentrarse. No podía pensar más que en Damien.

Poco a poco estaba surgiendo un marco en cuyo interior ella empezaba a comprenderle mejor. Los esqueléticos huesos se estaban recubriendo de carne, las oscuras grietas empezaban a iluminarse y la espectral sustancia adquiría una forma humana tridimensional. A pesar de la ausencia de intimidad física y de felicidad matrimonial, se estaba produciendo entre ambos una creciente sensación de intimidad. Emma aún no lograba identificar sus sentimientos, pero sabía que éstos le estaban produciendo una sensación de bienestar y de satisfacción tan grande que no quería analizarlos demasiado de cerca por temor a que se desvanecieran. ¡De pronto, experimentaba el deseo de ronronear como un gato!

Abandonando el esfuerzo de concentrarse, decidió efectuar una última visita al apartamento de Edward Granville. Quedaban todavía dos paquetes de cartas de Damien y, en caso de que en aquella visita no consiguiera encontrar las escurridizas fotografías que estaba buscando, supondría que estaban guardadas en otro lugar o habían sido destruidas, y abandonaría la misión. Ahora que la atmósfera entre ambos había mejorado y Damien se mostraba mucho menos cerrado que antes, puede que se atreviera a preguntarle directamente dónde estaban cuando él regresara.

Las cartas que Damien había enviado a casa en sus dos últimos años de escuela eran muy variadas y presentaban un estilo mucho más estructurado. Los acontecimientos escolares y las excursiones se comentaban impacientemente y como de pasada y, en su lugar, abundaban las entusiastas descripciones de sus vacaciones en Francia con Hammie. Ahora el muchacho pasaba mucho tiempo en la fábrica de tejidos de la finca del primo de su padre y las cartas estaban llenas de terminología recién adquirida, «técnica de tejido en cadenilla cruzada», «tejido de espolín» y «chales de Ternaux». Había descubierto que Francia había importado en otros tiempos unas cabras especiales de las tribus kirguiz, pero sólo quinientas de las mil enviadas habían sobrevivido al viaje, lo cual le causó una profunda tristeza. En una gran exposición de París, los chales de Cachemira habían sido muy admirados y él se había enorgullecido tanto de ello como si fueran una obra personal suya.

En otros momentos, recorría alegremente los viñedos y los bosques o se iba al lago, y su mayor felicidad la experimentaba, al parecer, en compañía de sus jóvenes primos. En la finca había caballos y él y Hammie se pasaban el día sentados en la silla de montar. Su francés, decía, era casi perfecto: había trabajado duro y sacado muy buenas notas en los exámenes finales. Al año siguiente, cuando él y Hammie regresaran finalmente a casa —él a Cachemira y Hammie a Rangún—, Hammie pasaría un mes con ellos en Shalimar. La noticia de la enfermedad de su querida *Zaiboon* le había dolido mucho. Le pedía a su padre que cuidara mucho de ella y le hiciera comer mucha fruta, crema de leche y avellanas.

Estaba claro que el amargado y dolido muchacho había madurado. Las afiladas esquinas y los cortantes bordes se habían suavizado. Emma experimentó la extraña sensación de que el hecho de compartir, aunque fuera de manera indirecta, la infancia de Damien también la había ablandado a ella en cierto modo. En lo más profundo de su ser, experimentaba una nueva suavidad, un agradable sosiego y toda una nueva serie de emociones e instintos que jamás había sentido.

¿Amor...?

Puesto que jamás había estado enamorada ni había conocido una relación íntima con un hombre, no estaba en condiciones de identificar lo que sentía. Amorfos y tiernos, como una semilla que estuviera a punto de germinar, sus sentimientos aún estaban tratando de adquirir una forma. A lo mejor, Damien tenía razón. A lo mejor, lo que crecía con el tiempo en un matrimonio era el amor (¡no la gota!), como un minúsculo capullo obligado a florecer por medio de los lentos e ininterrumpidos rayos del sol. Cualquiera que fuera la etiqueta que se les aplicara, aquellos dulces dolores resultaban cálidos y reconfortantes y llevaban aparejada una extraña felicidad muy distinta a cualquier otra que ella hubiera conocido en su vida.

¿Y qué decir de los sentimientos de Damien hacia ella? Esos tampoco estaba en condiciones de descifrarlos. Pese a todo, en su desesperado afán por encontrar algo que la tranquilizara, se refugió en las conjeturas; él ya sabía quién era ella antes de ir a Delhi, había hablado de ella en términos elogiosos con Nazneen, se había empeñado en tomarla como esposa. De hecho, contemplando ahora la situación desde lejos, le hacía gracia pensar en todas las absurdas molestias que él se había tomado para obtener su consentimiento. Aquí también se veía obligada a reconocer que Damien había actuado con mucho tino. Si se le hubiera declarado de inmediato, ¿lo hubiera ella aceptado? Pensando en su propia intransigencia durante aquellos inolvidables días, ahora se podía permitir el lujo de reírse de sí misma... ¡qué infantil le parecía su comportamiento y qué innecesario! Pensó con toda su alma que ojalá él estuviera en casa.

Volviendo a colocar cuidadosamente los paquetes de las cartas en su lugar correspondiente del cajón, hizo ademán de marcharse. Pero la idea de aquellas fotografías todavía por descubrir la seguía inquietando. Sin saber qué hacer, consideró la posibilidad de examinar la segunda columna de cajones. Estaba cansada, pero, puesto que ya había llegado tan lejos, sería una lástima que ahora desistiera de su intento cuando sólo le quedaban aquellos cajones por examinar.

Lanzó un suspiro y alargó la mano hacia el destornillador.

Los viejos catálogos, facturas y folletos de distintas exposiciones que llenaban los primeros cajones y los de en medio no revestían el menor interés. Pero el último cajón estaba lleno hasta arriba de gruesas carpetas que examinó sin entusiasmo. Pese a ello, colocó ambas manos bajo el montón de carpetas para no alterar el orden y tiró cuidadosamente de él. Al hacerlo, observó algo suave y de color blanco hacia el fondo del cajón, un trozo enrollado de muselina. Sacó cuidadosamente el tejido y percibió que algo crujía en su interior. ¿Trozos de papel?

Presa de la curiosidad, desdobló el trozo de tela y extrajo su contenido: una hoja de papel en blanco que envolvía un increíble revoltijo de ensortijadas tiras de papel enredadas entre sí como confeti. En la hoja de papel que cubría las tiras figuraba un nombre escrito. Un nombre que ella reconoció.

«Jeremy Butterfield.»

Alisando rápidamente una de las tiras, la examinó a la luz de la lámpara. El papel estaba lleno de garabatos. Por un instante, sólo un instante, contempló inexpresivamente los extraños signos. Después se quedó petrificada.

¡La escritura que estaba viendo era la de su padre!

Su reacción instintiva fue pensar que había cometido un error. Acercando un poco más la lámpara, estudió con más detenimiento los apretados caracteres. No, no se había equivocado; la caligrafía que ella conocía tan bien como la suya propia era efectivamente la de su padre.

¡Pero aquello era imposible!

Emma se dejó caer de nuevo en el asiento, con los perplejos ojos clavados en la maraña de tiras de papel del escritorio. No hizo el menor intento de leer lo que éstas contenían. Tampoco hubiera podido; tenía la visión desenfocada y los caracteres estaban borrosos.

A pesar de que más tarde no recordó haberlo hecho, debió de colocar de nuevo el candado y cerrar el escritorio y, a continuación, la puerta del apartamento. De repente, se encontró de nuevo en su estudio del piso de arriba, apretando con fuerza el revoltijo de papeles en la húmeda palma de su mano. Se pasó un rato de pie junto a la ventana abierta, contemplando la brumosa noche, absorbiendo la oscuridad y sintiendo su fría caricia en sus mejillas. A su vez, la noche la contempló a ella en silencio sin darle respuestas ni explicaciones capaces de ayudarla a adaptar su mente a una naciente realidad, todavía demasiado inmensa como para que ella pudiera comprenderla.

Se abrazó fuertemente el torso para reprimir el temblor. Haciendo un esfuerzo por recuperar una calma que no sentía, encendió una lámpara, depositó los papeles sobre su escritorio y extrajo unas cuantas tiras. Las alisó y las examinó cuidadosamente. Una palabra le saltó con toda claridad a los ojos. «Yasmina.»

Algo frío y siniestro la envolvió como un sudario. Lo que había empezado siendo una pequeña punzada de perplejidad había adquirido unas aterradoras proporciones. Se sintió abrumada por una fuerte sensación de mareo y de terrible e inminente desastre. ¿Qué relación había tenido su padre con el Yasmina? Ella jamás había visto aquellos papeles y ni siquiera conocía su existencia. ¿Cómo pues había tenido conocimiento de ellos Damien? ¿Y cómo habían ido a parar a su escritorio?

¿Por qué?

16

Limitándose a recoger lo más esencial, Conolly se dispuso a hacer el equipaje: pistola, bolsa de dinero, material de escritura, gemelos de campaña, *kukri*, el cuchillo de combate de los gurkhas, brújula, cantimploras de agua, un poco de comida y un mínimo de ropa. Su explicación de que iba a visitar a unos pacientes de las aldeas del norte, tal como tenía por costumbre hacer regularmente, fue recibida sin la menor extrañeza por el muchacho que le servía de ayudante. La voluminosa maleta de médico, las alforjas y la cartera de documentos pasaron inadvertidas.

—Estaré tres días ausente —dijo Conolly al término de su larga lista de instrucciones—. Si me necesitan los pacientes de la otra orilla del lago, puede que tarde un poco más.

Al romper el alba emprendió su viaje al norte, cuidando de llamar la mayor atención posible por el camino. Al llegar al puesto fronterizo, donde era muy conocido, se detuvo para tomar un té y charlar un rato. ¿Se habían enterado, les preguntó con indiferencia, de que unos rufianes rusos habían sido vistos fisgoneando al otro lado de la frontera, cerca de Irkishtam? Los alarmados guardias del puesto fronterizo le contestaron que no, e inmediatamente decidieron hacer averiguaciones.

Tras pasarse todo un día atendiendo a una larga cola de pacientes de la primera aldea, Conolly manifestó su intención de pasar a la otra orilla del lago, donde le esperaban más pacientes. Poco después del anochecer, cuando se encontraba a medio camino del lago, regresó a Kashgar, siguiendo una ruta más larga y menos conocida. Llegó a la puerta norte de la ciudad cerca del amanecer y se encaminó directamente al cementerio público. Avanzando sigilosamente hacia el escondrijo que previamente había elegido, permaneció en el lugar hasta el anochecer.

Tras haber culminado con éxito la primera fase del plan, se dispuso a pasar a la siguiente.

Como no se fiaba ni un pelo de Chin Wang, al anochecer de aquel día, que era domingo, lanzó un suspiro de alivio al ver que, al final, había triunfado la codicia. A las siete en punto, la hora convenida, el cocinero se presentó en el huerto de los albaricoqueros de la parte de atrás de Chini Baug. En el palacio los festejos estaban en pleno apogeo, le dijo Chin Wang. Nadie le había pedido explicaciones acerca de su misión. Poco después del mediodía y según lo previsto, Genghis había desaparecido y, desde entonces, no se le había vuelto a ver.

—¿El resto del dinero? —dijo el cocinero, alargando la mano.

—Todavía no, aún tienes que hacer otra cosa. Quítate la ropa.

—¿Cómo?

Hubo que concertar precipitadamente un nuevo trato antes de que el indignado cocinero accediera a desprenderse de su ropa.

—Ahora espérame aquí hasta que regrese —le dijo Conolly al tembloroso cocinero, arrojándole su abrigo.

—¿El dinero?

—Cuando vuelva.

Vestido con la ropa y el gorro chino y con la cara bien tapada, Conolly se echó al hombro la balanza con los dos platillos sobre los que descansaban los recipientes de la comida.

Elevando al cielo una silenciosa plegaria, avanzó con paso decidido hacia la entrada principal de la residencia de invitados.

—Abridme la puerta —dijo—. Traigo la comida de la señora.

Uno de los guardias lo miró con recelo.

—¿Quién eres?

—Li, el nuevo ayudante de Chin.

—¿Y dónde está el bueno de Genghis?

—Enfermo... o eso dice él, por lo menos. Como si yo no tuviera bastante que hacer con los cincuenta invitados a la cena y los setenta pollos que...

—¡Bueno, bueno, entra de una vez!

Se abrió la puerta y, sin dejar de rezongar por lo bajo, Conolly entró.

La serie de aposentos que Chin Wang le había indicado estaba rodeada por unos setos pulcramente recortados en cuyo interior crecía una espléndida rosaleda. No se podía negar que Padshah Khan —que se había ido a beber como todas las noches al chai khana— se esforzaba al máximo en ganarse sus recompensas. Conolly pasó el control de otros dos guardias; éstos le hicieron señas de que siguiera adelante sin echarle un vistazo tan siquiera. En la galería a la que se abrían las habitaciones, una china de mediana edad, aire autoritario y mirada hostil, permanecía sentada con los codos apoyados en la balaustrada. Le miró con cara de pocos amigos y Conolly hundió el rostro en la bufanda.

—¿Quién eres? —le preguntó la mujer en tono desabrido.

—Li, el nuevo ayudante.

—¿Dónde está Genghis?

Repitiendo sus quejas, Conolly descargó los recipientes, dando a entender con toda claridad que no tenía tiempo para chismes. La mujer tomó la comida, comentó con aspereza su mal carácter y le ordenó que esperara allí hasta que le devolviera los recipientes. Con el corazón latiéndole como un timbal, Conolly se agachó en un rincón de la galería y utilizó los cuarenta minutos de espera para planear su siguiente jugada, la más decisiva de todas las que había llevado a cabo hasta aquel momento. Cuando la mujer regresó con los recipientes, ya estaba preparado. En arrogante silencio, los dejó ruidosamente en el suelo delante de él y dio media vuelta para regresar a la habitación.

—Eh, espera un momento —le dijo Conolly.

—¿Qué quieres ahora? —preguntó la mujer, deteniéndose a medio camino de la puerta.

—¿Es tuya esta servilleta o venía del palacio?

Conolly le mostró un trozo de tejido. Mientras ella inclinaba el rostro para examinarlo mejor, él le colocó una mano en la nuca y con la otra le aplicó fuertemente el lienzo contra la cara. La mujer luchó como una tigresa, pero sólo un momento. Cuando el cloroformo le empezó a hacer efecto, puso los ojos en blanco, se le doblaron las rodillas y el cuerpo se le aflojó. Arrojando la servilleta a un lado, Conolly arrastró a la mujer a un rincón de la galería detrás de la balaustrada, la ató de pies y manos y le colocó una mordaza en la boca. Después tomó la servilleta y entró corriendo en la estancia.

De momento, todo bien. Ahora venía lo más difícil.

Sabía que las siguientes fases eran la parte más endeble de su plan. No tenía ni idea de cómo reaccionaría la mujer ante su repentina aparición. Puede que le pidiera explicaciones y le hiciera perder un tiempo muy valioso. Puede que hasta gritara y opusiera resistencia física, en cuyo caso tendría que volver a utilizar el cloroformo. En caso de que ya estuviera drogada con opio, tendría que enfrentarse con la poco envidiable perspectiva de cargar con ella, cruzar el jardín de la parte de atrás y saltar el muro del huerto, todo sin ser visto por ningún guardia que acertara a pasar por allí.

A primera vista, la estancia a la que acababa de entrar parecía desierta. Después, a la luz de una solitaria lámpara, vio una figura de pie junto a la ventana con barrotes situada en la pared del otro lado. Sobre la mesa se encontraban los platos sucios y las sobras de la comida. No tuvo tiempo de observar más cosas pues la mujer se volvió.

—No hay tiempo para explicaciones —le dijo en ruso, procurando tranquilizarla con el sereno y apremiante tono de su voz—, pero, si quieres huir de aquí, tienes que venir conmigo enseguida.

Mirándole con aterrorizados ojos, la mujer permaneció clavada donde estaba.

—Mira —dijo Conolly, procurando hablar con calma—, los hombres que te trajeron aquí son malos y te quieren hacer daño. He venido para llevarte a lugar seguro.

Ella no contestó, pero sus atemorizados ojos estudiaron de arriba abajo su vulgar aspecto.

Conolly se apresuró a destaparse el rostro.

—No temas, no soy chino. Soy un... un amigo del coronel. Me ha enviado para recogerte y llevarte de nuevo a Tashkent, ¡pero tenemos que darnos prisa!

Al final, ella habló, también en ruso.

—¿Qué lugar es éste?

—Kashgar. Los chinos te trajeron aquí desde Tashkent.

—El jardinero dijo que el coronel me había mandado llamar.

—Mintió. Estos hombres son enemigos del coronel, de Rusia, del pueblo armenio... —Conolly se sentía un imbécil, pero su terror aumentaba por momentos—. ¡Tienes... tienes que acompañarme!

—¿Dónde está el coronel Borokov?

¡Conque éste era su nombre! Por lo visto, Padshah Khan sólo lo conocía como el coronel.

—En Tashkent.

—¿Sabe que me han traído aquí?

—Sí. Él es quien lo ha organizado todo para tu viaje de vuelta.

—¿A Tashkent?

—Sí, sí, a Tashkent. Pero no hay tiempo que perder, tenemos que salir inmediatamente, de lo contrario, vendrán los guardias y el coronel se enfadará mucho. ¡Confía en mí, por favor!

A Conolly le pareció que había conseguido convencerla, pues, sin decir nada más, ella se retiró a la estancia interior y regresó momentos después con una pequeña maleta.

Conolly estuvo a punto de desmayarse de alivio.

—Tenemos que procurar no hacer ruido. Tienes que hacer lo que yo te diga...

—La criada china...

—Ya me he encargado de ella.

En la galería, agarró a la mujer inconsciente por las piernas y empezó a arrastrar su poderosa mole hacia la habitación. Sin necesidad de que él le dijera nada, su nueva protegida agarró los brazos de la mujer para ayudarlo a levantarla. Ahora parecía más tranquila, pero en sus ojos brillaba un fulgor de inquietud y su respiración era una rápida sucesión de pequeños jadeos. Depositaron el cuerpo de la criada en la cama, lo ataron al armazón de la misma y apagaron la lámpara. Saliendo a toda prisa a la galería, Conolly cerró la puerta a su espalda. Estando la puerta cerrada y la luz apagada, los guardias que vigilaban supondrían simplemente que, después de la cena, ambas mujeres se habían retirado a descansar.

Mientras Conolly volvía a colocar los recipientes en los platillos de la balanza y se preparaba para la huida, uno de los guardias apareció de repente, doblando una esquina. Conolly a duras penas tuvo tiempo de empujar a la ex prisionera detrás de la balaustrada y cubrirse el rostro con la bufanda.

—Ya han comido, ¿verdad?

El guardia se detuvo delante del último peldaño, dispuesto a subir.

—Sí, y como puedes ver, ya se han ido a la cama. —Antes de que el guardia tuviera tiempo de subir otro peldaño, Conolly bajó a toda prisa con la balanza—. Ahora ya estaba a punto de retirarme con los recipientes.

Los ojos del guardia se iluminaron.

—Genghis siempre nos daba las sobras —dijo con intención.

Conolly vaciló y volvió nerviosamente la cabeza atrás.

—Bueno... pero que no os vea esta bruja del demonio. Mejor que os vayáis todos a comer al cuarto de la guardia.

El guardia tomó la balanza.

—Espera aquí y te devolveré los recipientes.

—¿Los recipientes? —Por una décima de segundo, Conolly se desconcertó. Era un problema imprevisto. Pensando rápidamente, añadió—: Mmm... no te preocupes por los recipientes. Los recogeré mañana por la mañana. En el palacio hay más que de sobra.

Conolly tardó otros cinco minutos en cruzar la verja de la entrada y rodear corriendo el edificio para regresar al huerto de la parte de atrás, donde Chin Wang esperaba temblando en ropa interior bajo el abrigo. Ambos se escondieron detrás de unos arbustos para volver a efectuar el cambio de ropa.

—Bueno, ¿eso es todo?

—Sí.

—¿Y el resto del dinero?

Conolly le entregó una segunda bolsa, más pesada que la primera. El cocinero le miró sonriendo.

—¿Ahora ya me puedo ir?

—Sí.

—¿Les has dicho a los dos hombres que no me peguen demasiado fuerte?

—Sí.

—¿Dónde están los recipientes vacíos? Si no los devuelvo, pensarán que los he robado.

—No te preocupes, los tienen los guardias. Les he dicho que los pasarán a recoger mañana por la mañana.

El cocinero lo miró con inquietud.

—¿Juras que no me veré metido en ningún lío?

—No siempre y cuando te atengas a la historia. Dos hombres te atacaron mientras te dirigías a Chini Baug. No tienes ni idea de quién era el tal Li, pero es evidente que estaba confabulado con los criminales. Cuando recuperaste el conocimiento, estabas medio desnudo en una zanja con la ropa diseminada a tu alrededor, y los recipientes de la comida habían desaparecido. Aparte el hecho de que hablaban en ruso, no sabes nada de tus asaltantes. Recuerda... no te des prisa en regresar al palacio. Tómatelo con calma.

El cocinero se volvió para alejarse a toda prisa con el premio tan duramente ganado. Conolly tomó una rama seca y le golpeó con fuerza la parte posterior de la cabeza. Soltando un gruñido, el hombre se agachó detrás de los arbustos. Conolly esperó un momento y aguzó el oído, pero nadie se acercó a investigar. Una vez más, entró en acción, cual si lo hubieran galvanizado.

Se introdujo entre unos arbustos y tiró de una carretilla de mano provista de una plataforma y sacó dos fardos escondidos entre la maleza. Dos días atrás le había comprado la carretilla a cambio de un elevado precio a un lavandero, a quien había conseguido curar de unos dolorosos forúnculos, alegando como excusa su repentino deseo de dedicarse a la jardinería. Había comprado los fardos de ropa vieja en un mercadillo para una inexistente familia de pacientes sin recursos. La víspera, disfrazado bajo la lluvia, había escondido la carretilla —con las ruedas bien engrasadas— en el huerto, rezando para que nadie la descubriera. Y nadie la había descubierto.

Se cambió a una larga túnica con cinturón, unos holgados pantalones y un turbante y dejó su ropa con las demás del montón. Cruzó corriendo el huerto, saltó la verja y regresó a la residencia de invitados, sabiendo que los guardias estaban todos en el cuarto de la guardia, atracándose. La mujer lo estaba esperando pacientemente en el mismo lugar de la galería, donde él la había dejado.

—Buena chica —murmuró, complacido.

Aprovechando la ausencia de los guardias, el regreso al huerto no planteó ningún problema. Cinco minutos después, ambos consiguieron saltar a la seguridad del huerto, donde el cocinero yacía inconsciente. Al ver la inmóvil figura, la muchacha retrocedió, horrorizada.

—No está muerto, sólo transitoriamente inutilizado —le explicó Conolly en tono tranquilizador—. Ahora es demasiado complicado de explicar, pero ha recibido una buena recompensa a cambio de la molestia.

Diez minutos más tarde, Chin Wang ya había sido artísticamente colocado en la zanja que separaba el huerto del trillado sendero que lo bordeaba, junto con un apolillado sombrero ruso de piel, comprado también de segunda mano en el mercadillo.

Una vez hecho esto, Conolly se detuvo para mirar a su alrededor. Hacia el norte, al otro lado de un río, se levantaban varios peñascos de color amarillento, coronados por un agrupamiento de casitas de adobe. Más allá se extendían campos y huertos y el desierto de Takla-Makan. Hacia el suroeste, en la lejanía, brillaban las cumbres nevadas del Pamir y al oeste, cuando el día era despejado, se alcanzaba a ver la cordillera del Tian Shan. En algún lugar de la noche, probablemente en el caravasar del bazar, se oía el incesante tintineo de los cascabeles de los camellos, pero, por lo demás, todo estaba en calma.

Se volvió hacia la mujer.

—¿Vas suficientemente abrigada?

—Sí.

—Aquí dentro hay otras prendas de lana, si tienes frío. Ahora sube a la carretilla.

Ella no discutió. Doblando las rodillas bajo la barbilla para que no le sobresalieran las piernas de la plataforma, permaneció inmóvil mientras Conolly la cubría con montones de ropa. Ya era muy tarde; había empezado a lloviznar y la noche era brumosa. No había ni un alma a la vista. Conolly calculó que debía de ser por lo menos la medianoche, pero, al consultar su reloj, comprobó con asombro que no eran ni siquiera las nueve.

Con un poco de suerte, al rayar el alba ya estarían cruzando el borde del Takla-Makan en su camino hacia Yarkand.

Esforzándose por no correr, bajó con la carretilla por el camino para alejarse de Chini Baug en dirección a Yarwakh Durwaza, la puerta norte de la ciudad. Vio a algunos viandantes y alguien saludó con la mano al ver el conocido espectáculo del lavandero que avanzaba lentamente con su carretilla de la colada bien entrada la noche, de regreso del río.

El cementerio donde Conolly se había ocultado durante el día se extendía a ambos lados del camino sobre una superficie de casi tres kilómetros, más allá de la puerta norte. Avanzó cautelosamente bajo la luz de las estrellas entre miles de lápidas, pasando por delante de la mezquita con su cúpula de azulejos verdes, hasta que llegó al panteón en el que previamente se había escondido.

Era uno de los centenares de panteones pertenecientes a los más ricos, se accedía a su interior a través de un gran arco de entrada y disponía de mucho espacio libre entre los cenotafios. Empujó la carretilla hacia el interior, contuvo la respiración y prestó atención: inmediatamente fue saludado por un suave relincho ligeramente ofendido procedente de las oscuras profundidades, y suspiró de alivio. Las supersticiones locales no permitían que nadie se adentrara en aquella inmensa ciudad de los muertos a no ser que no tuviera más remedio que hacerlo; estaba claro que los que habían muerto aquel día habían tenido el detalle de hacerlo con un gran sentido de la oportunidad. Su caballo, atado en el lugar donde él lo había dejado aquella tarde, no había sido descubierto. Arrojó al suelo la ropa de la carretilla.

—¿Estás bien? —preguntó, preocupado.

La mujer asintió con la cabeza.

—¿Tienes unas botas resistentes?

—En mi maleta.

—Muy bien pues. Póntelas. Y también esto. —Le entregó un grueso jersey de lana y unos pantalones de recio tejido—. Te hará falta en el desierto. —Abriendo su maleta, sacó un par de tijeras quirúrgicas y la miró con cierta inquietud—. No sería seguro que viajaras como mujer...

Ella tomó las tijeras, se deshizo la gruesa trenza que llevaba enrollada alrededor de la cabeza y, casi sin el menor titubeo, la cortó por la base. Contemplándola en silencio, Conolly admiró su pragmatismo, su tácita comprensión de la apurada situación en que se encontraban y su falta de vanidad femenina. Hasta aquel momento, no había tenido tiempo de examinarla con detenimiento, aunque, por el timbre de su voz, había adivinado que era joven. Ahora estudió su rostro a la luz de la linterna y su extrema juventud lo sorprendió. Era una simple muchacha que ni siquiera había cumplido a lo mejor los veinte años.

Tras cortarse el pelo, la joven recogió los mechones en un pañuelo y se lo entregó a Conolly.

—Será mejor que lo enterremos en otro sitio. No conviene que lo encuentren aquí.

Conolly asintió en señal de aprobación, guardó el bulto en la alforja y sacó el caballo del panteón. Cuando regresó a los pocos minutos, la chica ya se había puesto los pantalones y la chaqueta, y con la cabeza envuelta en un pañuelo a modo de turbante se había transformado en un muchacho de lo más convincente.

Conolly se rio.

—Pues sí, das muy bien el pego.

Después empujó la carretilla a un oscuro rincón, detrás de los cenotafios. Tardarían días y tal vez semanas en descubrirla.

—Por cierto, ¿cómo te llamas?

—Ivana Ivanova.

Conolly frunció el entrecejo.

—¿Un nombre ruso?

—Es el nombre que me puso el coronel.

Un tropel de preguntas se agolpó en los labios de Conolly, pero no había tiempo para más.

La distancia más corta entre Kashgar y Yarkand, trescientos cincuenta kilómetros, discurría cruzando el borde occidental del desierto de Takla-Makan. Entrar en la vieja ciudad donde estaba ubicado el caravasar hubiera sido imposible. Por consiguiente, Conolly se había puesto de acuerdo con el jefe de la caravana —un yarkandi que a veces le había servido de confidente y le había transmitido noticias de Tashkent— para que él y un acompañante pudieran incorporarse a la caravana cuando ésta ya se hubiera adentrado unos cuantos kilómetros en el desierto.

Conolly sabía que la desaparición de la mujer —y, a su debido tiempo, también la suya— serían investigadas concienzudamente. El taotai no era tonto, pero, teniendo en cuenta lo preocupado que estaba por los espías rusos, la dolorosa historia de Chin Wang lo induciría a ordenar primero una exhaustiva investigación en la frontera. En segundo lugar, la investigación los conduciría a las aldeas del norte para confirmar la visita que él había asegurado tener que realizar por aquella región, y transcurrirían varios días antes de que se descubriera el engaño. Para entonces, él y la mujer ya estarían más allá de Yarkand y de la frontera china. O eso esperaba él, por lo menos.

En turki, *taklamakan* significaba «el que entra no sale», y con razón. El desierto tenía fama de ser una tumba, un féretro común para miles de cuerpos conservados en las arenas. Las gentes de imaginación calenturienta juraban que por la noche los espíritus resucitaban y, a través del viento, contaban en susurros las estremecedoras historias del horrendo final de hombres y reyes olvidados desde hacía mucho tiempo. Él no era supersticioso, pero, aun así, no respiró tranquilo hasta ver en la lejanía el montículo de viejos ladrillos que era su punto de encuentro con la caravana.

Mientras se sentaban para comer su frugal alimento y beber afanosamente el agua de las cantimploras, Ivana hizo súbitamente un comentario.

—Se ha tomado usted muchas molestias por mí. —Sin saber qué contestar, Conolly se limitó a sonreír—. ¿Por qué?

—Porque tu... mmm... coronel me lo mandó.

Ella reflexionó en silencio.

—¿Quién es usted?

—Digamos simplemente que soy un amigo.

Ella asintió con la cabeza y no preguntó nada más, ni siquiera su nombre.

Su aceptación incondicional resultaba tan conmovedora como la de un niño que deslizara confiadamente la mano en la de un progenitor, por lo que, de repente, Conolly se sintió incómodo. ¿Qué diría cuando descubriera la verdad, que él le había mentido y no la llevaba a Tashkent sino a Leh?

Una vez más se preguntó quién sería aquella misteriosa mujer —¡muchacha, mejor dicho!— que ni siquiera conocía su verdadero nombre. ¿Por qué era tan importante para tanta gente? ¿Y cómo demonios era un ser tan intacto e inocente estaba implicado en algo tan brutal como una intriga internacional? No había tiempo para buscar respuestas.

Dormir era impensable.

Emma esperó a que se le pasara el entumecimiento y entonces se levantó del escritorio, se arrojó agua fría a la cara, se lavó los inexpresivos ojos de sonámbula y volvió a sentarse. Tenía que sobrevivir al sobresalto y volver a controlar su mente. Era lo único que le quedaba, la capacidad de pensar. Eso no podía ponerlo en peligro. Haciendo un esfuerzo por razonar con lógica, empezó a desenredar la maraña de tiras de papel esparcidas sobre su escritorio.

Identificó el papel, pertenecía a los cuadernos de apuntes de papel rayado tamaño folio que solía utilizar su padre. Las hojas habían sido cortadas siguiendo las rayas, y las tiras eran más o menos del mismo tamaño. Había treinta y cinco tiras en total, cubiertas de apretada escritura por ambos lados. Colocándolas la una al lado de la otra, se dispuso a juntarlas cual si fueran las piezas irregulares de un rompecabezas.

Estaba acostumbrada a los ilegibles garabatos de su padre, pero aquellos eran especialmente difíciles de descifrar. La letra era diminuta, la caligrafía muy desigual y las frases se sucedían sin orden ni concierto como si se hubieran escrito con dedos trémulos. Había constantes llamadas en todo el texto, y el hecho de que las tiras se hubieran cortado después de la escritura hacía que la tarea resultara todavía más laboriosa. Pese a ello, perseveró y, poco a poco, de entre toda aquella confusión, empezó a emerger una pauta coherente. El documento cuyos retazos ella había conseguido juntar no era muy largo, siete páginas en total. Colocando las tiras en orden consecutivo, las numeró en color rojo para futuras referencias.

Hubiera deseado examinarlo todo con objetividad, pero no era fácil. De vez en cuando, hacía una pausa y apoyaba la cabeza contra el respaldo del sillón. Más tarde o más temprano, lo sabía, su corazón se rebelaría, pero todavía no podía correr el riesgo de que se produjera una rebelión, ¡todavía no! Cuando, al final, consiguió terminar la tarea, se levantó, bebió ansiosamente de una jarra y volvió a lavarse el rostro para obligar a su mente a reaccionar y a pensar con calma.

Después se sentó a leer lo que su padre había escrito.

17 de junio de 1889: Cara norte del Biafo después de dos días de lenta marcha. Una horrible y estremecedora subida. Aquí el glaciar tiene unos tres kilómetros de anchura y el hecho de cruzarlo causa pavor. Desolación inimaginable. Un salvaje y primitivo lugar, un lugar muerto, pero lleno de sonido y movimiento. Derrumbamiento de rocas, atronadores aludes, cataclismos primitivos en las entrañas

de los montes, aterradores movimientos de tierras que sellan antiguas grietas y abren otras nuevas. La superficie del glaciar está tan ondulada como un mar congelado. Bajo ella, unos profundos charcos helados verdosos claro. Las profundas grietas se hunden en la oscuridad y sus paredes están cubiertas de largos carámbanos de color verde tan afilados como espadines. La región está viva, es un mundo que se desmorona. Cuando se disipa la niebla, los riscos y las paredes rocosas impiden ver el día. Un frío espantoso.

Se avecina un temporal de nieve. Escasa visibilidad. ¡Bingham y los demás no pueden tardar en llegar! El frío me vacía por dentro, me congela la sangre, el aliento y todas las células del cuerpo. Tengo suerte. Un hueco en la roca, una cueva por encima de un saliente, me ofrece cobijo. Aquí es donde ahora estoy agachado, escribiendo. La luz es muy tenue y se desvanece enseguida. La tempestad de nieve arrecia. Durará toda la noche. Comida suficiente para cuatro días. No hay fuego.

18 de junio: La tempestad de nieve está amainando. Ni rastro de los demás. Visibilidad todavía muy escasa. ¡Oh, si tuviera un poco de *chai*! No debo quejarme.

19 de junio: ¡Ni una sola señal de Bingham! ¿Se han perdido ellos o me he perdido yo? El tiempo es ártico, pero brilla un pálido y lechoso sol. Recibo una visita, un muchacho. Es de Hunza, habla en burishaski y le encantan mis gemelos. Tengo que andarme con cuidado. No quiero perderlos. Dice que esto es un mal sitio, lo repite varias veces, pero no me da ninguna explicación. Es musulmán; ¿se refiere acaso a algún infiel monasterio budista? Lo acribillo a preguntas, pero no sabe nada de ningún monasterio. ¿Qué es este «mal sitio»? Al final, consigo sacárselo. El Yasmina, dice. ¡Como es natural, no le creo!

Yo no veo ningún paso, pero él insiste. Dice que me lo indicará a cambio de mis gemelos. Me niego. Sé que me quiere engañar. Aun así, miro a través de los gemelos hacia el lugar que él me indica. Hay una grieta en la cara de la roca, una abertura apenas visible a simple vista. ¿Qué es? No puedo decirlo, pero parece muy raro.

20 de junio: Sol, no calienta, pero brilla mucho, cielo azul. El tiempo se ha despejado. Las nieves son cegadoras, menos desoladas y siniestras. Me deslumbra la inmensidad de este impresionante reino. El chico se ha ido. ¡Y mis gemelos también! Estoy desolado, pero no puedo hacer nada. Hoy sé que Bingham me encontrará. No debo alejarme. Espero y pienso en lo que dijo el chi-

co. No consigo reprimir la curiosidad. He subido por una resbaladiza ladera hacia el norte, calculo que a más de trescientos metros. Un angosto camino en zigzag. Pedregoso. Piedras de gran tamaño. Un saliente peligroso. Ahora estoy a más de cinco mil metros sobre el nivel del mar. Mi instrumento marca una temperatura de cuarenta y cinco bajo cero.

Por delante de mí se encuentra esta angosta abertura, como si alguien hubiera cortado la cara de la roca con un gigantesco cuchillo de pan. Una estrecha abertura de no más de tres metros. Las caras perpendiculares de la roca se inclinan hacia dentro en la parte superior y casi se tocan. Resbaladizo terreno irregular, cortantes bordes rocosos, profundas concavidades, grandes incrustaciones de hielo. Avanzo despacio y con cuidado. El desfiladero se curva hacia el oeste. Ecos. Luz muy escasa. Una estrecha franja azul arriba. Sensación de misterio, malévola, triste. No me encuentro a gusto. El tiempo vuelve a empeorar, está oscuro. No puedo seguir adelante, retrocedo. Es casi mediodía.

El barranco se llena de una repentina luz sobrenatural. Tengo miedo, pero es el sol en su cenit, directamente por encima de mi cabeza. Unos velos de luz cubren las paredes de la roca y éstas brillan. ¿Humedad? Desaparece la luz y vuelve la penumbra. Son las doce y doce minutos del mediodía. Tengo que racionarme la comida. Cecina. El último chapati. ¡Dios se apiade de mí!

Regreso al saliente. Tengo que escalar la pared exterior, pero hoy no. No me quedan fuerzas. La pendiente es peligrosa. Estoy agotado. Mañana, si estoy vivo. ¿Conduce este barranco al Yasmina? No lo sé. Por desgracia, me faltan los instrumentos, sólo tengo un altímetro. La vida se me escapa junto con la fuerza. Me pregunto si no estará todo predestinado. Hay un propósito diabólico en este mundo inhumano y estoy atrapado sin que una inteligencia superior a la mía me pueda guiar. Me temo que no podrá ser. He penetrado donde no debía. Los dioses no me perdonarán.

22 de junio: Congelado. La cabeza me da vueltas. No me queda comida. No me noto las piernas. Tengo que alcanzar el morro del glaciar. ¿Podré hacerlo? El cielo tenga compasión de mi alma. Dios proteja a mi familia. Decidles que no puedo...

La escritura se disolvía en unos garabatos ilegibles y se iba agotando poco a poco. Era el final del diario, el final del último testamento de su padre.

El final de su vida.

Embargada por el dolor y por una inmensa y devastadora sensación de pérdida, Emma reprimió una vez más sus emociones. El lujo de las lágrimas aún no era posible; tenía que hacer preguntas, encontrar respuestas y deshacer nudos. Buscando soluciones, abrió el depósito del sufrimiento y dejó que su mente retrocediera en el tiempo.

El regreso a Delhi del equipo de su padre había marcado el final de varias semanas de angustiosa incertidumbre. Dos meses después, el subgobernador los había visitado para comunicarles la cruel noticia de la pérdida de sus últimas esperanzas: el cuerpo de Graham Wyncliffe había sido encontrado por los miembros de una tribu en una grieta del Biafo. Tras haberlo enterrado, aquella buena gente había comunicado la noticia al comisario de Leh, el cual la había telegrafiado a Delhi. Demasiado afligida en aquel momento como para hacer preguntas, se había limitado a asimilar la muerte de su padre. Hubo emocionados homenajes en la prensa; el subgobernador leyó un panegírico durante el conmovedor funeral organizado por el Servicio de Arqueología. Una gran corriente de visitantes bajó a Khyber Kothi y su aturdido dolor borró todo lo demás.

Varias semanas más tarde, se recibió una misteriosa entrega. Dos monjes budistas entregaron al vigilante de la entrada de Khyber Kothi un fardo de gran tamaño, atado de cualquier manera y dirigido a Graham Wyncliffe. Antes de que pudieran hacerles preguntas o darles las gracias, los monjes se retiraron a toda prisa y todos los intentos de localizarlos resultaron infructuosos. Cuando Emma examinó el contenido del morral de alfombra —pues eso era lo que había en el fardo—, no identificó nada. Ni la bolsa ni su contenido pertenecían a su padre. Sin sentir el menor interés, guardó el morral en un baúl de metal que había en una estancia contigua a su estudio y se olvidó de él. Hasta aquel momento.

Sacando el morral del baúl en el que llevaba tanto tiempo olvidado, Emma vació una vez más su contenido sobre la mesa y lo examinó. Su segunda y más minuciosa inspección sólo sirvió para confirmar su inicial conclusión: ni la ropa, ni los zapatos, ni los artículos de aseo ni la solitaria rueda de oraciones del morral pertenecían a su padre. En el interior de un bolsillo de tela había unos papeles —facturas, inventarios, pedidos de mercancías y una lista de nombres y direcciones de Aksu, Bujara y Samarcanda. En el reverso de una factura figuraban el nombre y la dirección de su padre, aunque no escritos con su letra, cosa que anteriormente le había pasado inadvertida. Estudió atentamente otros nombres que se mencionaban, pero ninguno le sonaba... con una sola excepción. Una factura de unas alfombras de Khotan figuraba a nombre de un tal Rasul Ahmed.

Ahora sabía por los reportajes de Charlton que «Rasul Ahmed» era el seudónimo utilizado por el difunto agente británico Jeremy Butterfield. Si el morral de alfombra pertenecía a Jeremy Butterfield, ¿por qué había sido enviado a su padre? Y algo todavía más desconcertante... el diario demostraba que el Yasmina había sido localizado. ¿Por qué el Gobierno se obstinaba en seguir negándolo? ¿Y por qué el descubrimiento se atribuía a Butterfield sin mencionar para nada a su padre?

Emma sintió que la cabeza le daba vueltas. Todo aquello no tenía sentido, y tanto menos lo tenía la posibilidad de que su padre hubiera podido tener alguna relación con Butterfield y sus actividades de espionaje, cosa que ella rechazaba de plano.

El alba aclaró el plomizo y encapotado cielo. Estaba cayendo una fría lluvia y el coro del amanecer hizo sonar sus primeras y melancólicas notas. Abrió el balcón y salió a la fría humedad del exterior para contemplar con aire ausente la nada de la bruma.

Se había pasado toda la noche impidiendo que sus pensamientos se centraran en Damien y procurando limitarse sólo a los papeles. Todavía incapaz de aceptar la verdad implícita —y negándose a aceptarla—, trató de pensar en cosas sin importancia: la borla suelta de una cortina que se tenía que coser; ese día tenía que echar un vistazo a las cifras de venta de la cosecha de arroz; debía escribir una carta de recomendación para que el hijo de Qadir Mian trabajara como auxiliar sanitario en el hospital de la misión.

Al final, ya no pudo mantener el engaño por más tiempo. La carga era demasiado pesada y su resistencia se rompió.

¡Damien le había mentido!

Las preguntas mantenidas a raya detrás de los diques de su pequeña isla mental de seguridad brotaron como un torrente desbordado. Sí, Damien le había mentido, le había estado mintiendo desde el principio. Ella no sabía nada acerca del descubrimiento de su padre; ¿cómo era posible que él lo supiera? ¿Y cómo habían acabado los papeles en su poder? ¿Cómo, dónde y por qué?

De repente, el problema adquirió unas aterradoras dimensiones de una magnitud totalmente distinta. Detrás de sus ojos fuertemente cerrados, las oscuras y pavorosas sospechas se agitaban en círculos como remolinos que no iban a ninguna parte. Luchando contra la desesperación y llena de dolor, buscó a ciegas las respuestas. A ella no le importaba el Yasmina, su valor estratégico o su política. A ella sólo le importaba Damien, y él la había engañado, manipulado y utilizado.

Se sintió morir. Apoyando la cabeza sobre el escritorio, rompió finalmente a llorar.

Lo que Gilgit era para Gran Bretaña, Osh lo era para Rusia. Gulja, el último puesto ruso antes de las montañas del Transalai, se encontraba a cuarenta y cinco kilómetros más allá de Osh y muy pronto quedaría conectada con ella por ferrocarril. Desde allí, el río Kizil Su se encontraba a una distancia de tres marchas para una tropa, pero Mikhail Borokov calculaba que, para un hombre que cabalgara solo, la duración sería menor. Explicando que deseaba pasar el día por su cuenta para explorar el territorio y calcular la cantidad de explosivos que se necesitaba para la carretera, declinó cortésmente el ofrecimiento de una escolta que le había hecho el comandante.

Llegó al punto más alto del paso de Taldik, desde el cual la lejana vista del monte Kaufmann era impresionante. A algo menos de cuatro mil metros de altura, el paso miraba al sur hacia las llanuras del río Kizil Su, donde el camino se bifurcaba entre el fuerte ruso de Irkishtam y Kashgar, y, a la derecha, hacia el Murghab y al puesto de Pamirski. Hacia delante, en algún lugar del seno del aterrador infinito del Himalaya, se encontraba su destino final: Srinagar.

Borokov se volvió por última vez para mirar a su espalda. Ocultos bajo la lejanísima manta de nubes se encontraban Tashkent y el verde valle de Ferghaná, donde había pasado tantas vacaciones felices paseando por las plantaciones de algodón. Se le llenaron los ojos de lágrimas; jamás volvería a ver San Petersburgo, jamás volvería a poner los pies en suelo ruso. Pero inmediatamente se secó las lágrimas y apartó a un lado los recuerdos. Ahora que ya había llegado tan lejos no podía y no quería echarse atrás. Tenía que seguir adelante. El Yasmina era suyo; Smirnoff no tenía ningún derecho sobre él.

Empezó a bajar hacia el río.

En la otra orilla del Kizil Su, unos potros retozaban en los verdes pastos y unos perezosos pastores kirguiz dormitaban, vigilando con apenas medio ojo sus ovejas. Sabiendo que el fresco y puro aire de la montaña despertaba el apetito, Borokov compró una oveja por veinte rublos, esperó mientras la desollaban y destripaban y reanudó su camino con el cadáver del animal echado sobre la silla de montar. La oveja le duraría hasta que pudiera adquirir más provisiones y un caballo en la aldea kirguiz que había marcado en su mapa en el transcurso de su anterior viaje de reconocimiento. En cualquier caso, en las llanuras abundaban los patos salvajes, las perdices y las liebres; no se moriría de hambre.

Se dirigió a un aislado lugar del río que previamente había elegido, oculto detrás de unas formaciones rocosas. Se quitó el uniforme y lo colgó en una esquelética rama, pasó un morral bien lleno de forraje alrededor del cuello de su semental, cubrió la silla de montar con una cálida manta y ató el animal a un arbusto. Lamentaría desprenderse de su caballo, su fiel amigo y compañero, pero el hecho de quedarse con él hubiera despertado sospechas y no se atrevía a correr el riesgo.

Respiró hondo y se dispuso a completar lo que había empezado. Poniéndose una gruesa y abrigada camisa, unos voluminosos pantalones y una chaqueta a cuadros, se anudó un pañuelo alrededor de la cabeza. No era un hombre presumido; raras veces pensaba en sí mismo en términos personales. Pero, si algo lamentaba, era el aspecto de su rostro. Un rostro inconfundiblemente eslavo, plano, con pómulos pronunciados y una nariz ancha imposible de disimular. Admiraba a los agentes que podían asumir otras identidades, hablar lenguas nativas y hacerse pasar por mercaderes locales. Hombres como Jeremy Butterfield. Sus propias habilidades comunicativas se limitaban a un chapurreo de algunos dialectos locales, pero le era tan imposible disimular su marcado acento como su rostro.

Una vez vestido, contempló sin entusiasmo los interminables y rocosos yermos helados y los siniestros glaciares que lo rodeaban. Estaba rodeado de montañas altas y hostiles, que él temía y odiaba. ¿Conseguiría escapar con vida de sus garras? Echándose a la espalda su pesada mochila, dedicó una última mirada emocionada a su caballo y se puso en marcha, caminando con toda la rapidez que le permitían los pedregosos, desiertos y tortuosos caminos.

Calculaba que la voz de alarma sobre su desaparición se daría a la mañana siguiente. En cuestión de uno o dos días encontrarían su caballo, su ropa y algunos efectos personales diseminados junto a la orilla del río. La búsqueda de su cuerpo en los caudalosos torrentes del Kizil Su muy pronto se abandonaría por imposible. Se enviaría un urgente mensaje a Tashkent. Smirnoff fingiría sobresalto y aflicción, pero en su fuero interno se alegraría de no tener que compartir su gloria con un mortal inferior a él. Se celebraría una conmovedora ceremonia en su honor. Smirnoff pronunciaría un discurso de compromiso y puede que incluso derramara un par de lagrimitas de cara a la galería. Sus pertenencias se empaquetarían y enviarían a su anciana tía de Járkov, su único pariente vivo, que las vendería para ganarse unos cuantos rublos, y ahí terminaría todo.

Disfrutando de aquella visión imaginaria, Borokov sintió que su espíritu se elevaba y empezó a experimentar una extraña ingravidez que fue como una liberación. No debía nada, no debía nada. Libre para siempre, había dejado de existir. Su vida había completado el círculo.

No supo exactamente cuándo empezó a presentir que no estaba solo. No veía a nadie, pero su fino oído captó las sutiles señales de otra presencia... un chirrido de piedras, el graznido de un cuervo asustado que levantaba el vuelo, un repentino e inexplicable silencio. Siguió adelante sin detenerse, pero, cuando cayó la noche, se convenció de que lo seguían o, por lo menos, de que alguien caminaba a su espalda. Los ladrones y bandidos abundaban en las montañas. Firmemente decidido a no permitir que le robaran los ahorros de toda su vida, reunidos rublo a rublo a lo largo de los años, dio unas palmadas al bolsillo del dinero para asegurarse de que lo llevaba todavía bien atado.

Al llegar a la cueva que había localizado en su anterior viaje, encendió una linterna para cerciorarse de que ningún animal de presa acechaba en sus cavernosas entrañas. Era una cueva profunda y relativamente abrigada, al fondo de la cual una segunda salida conducía hacia arriba y hacia el exterior. Silbando tranquilamente, recogió un poco de leña, encendió una hoguera y puso a asar la oveja en un improvisado espetón. Su altímetro marcaba casi seis mil metros y las sienes ya estaban empezando a batirle. Pese a ello, se mantuvo atento con el revólver al alcance de la mano, sin apartar demasiado los ojos de la entrada de la cueva. Cuando la oveja ya estaba parcialmente asada, cortó un trozo y empezó a masticarlo más por necesidad que por placer.

Tras haber cenado, extendió su saco de dormir, extinguió parcialmente el fuego, apagó la linterna y, con el mayor sigilo, subió hacia la salida de la parte trasera de la cueva. Tal como ya sabía, ésta conducía a una especie de saliente que miraba a la entrada de la cueva, situada directamente debajo. Eligiendo una posición ventajosa y segura, esperó.

Había transcurrido una hora cuando oyó el amortiguado sonido de una piedra rodando cuesta abajo. ¡Alguien estaba subiendo por el camino! ¿Un animal? Apretó con más fuerza el revólver. Después, en medio del espectral silencio, se oyó el murmullo de una primera y cautelosa pisada. La luna, no del todo llena, arrojaba suficiente luz como para que él pudiera ver. Abajo, junto a la entrada de la cueva, vio surgir una sombra de la oscuridad y distinguió un destello de acero. ¿El cuchillo de un miembro de alguna tribu? Aún no veía si el hombre iba solo.

La sombra volvió a moverse y Borokov oyó un suave crujido de ropa. Contempló la oscuridad y esperó. El intruso, ahora claramente visible y aparentemente solo, se estaba acercando a la entrada. Cuando lo tuvo directamente debajo, Borokov saltó y fue a parar directamente sobre la espalda encorvada. Bajo su peso, el intruso se desplomó en silencio al suelo y permaneció inmóvil. Tras haber comprobado que no simulaba estar inconsciente, Borokov le arrebató el cuchillo, arrastró el cuerpo inerte al interior de la cueva y lo ató de pies y manos con una cuerda. Después avivó el fuego, puso a hervir un recipiente con agua y se sentó una vez más a esperar. Cuando el hombre empezó a agitarse, Borokov ya se estaba tomando una jarra tibia de té. Se levantó y arrojó un puñado de agua helada al rostro del desconocido. Escupiendo agua, el sujeto se despertó de golpe y recuperó plenamente el conocimiento.

—¿Quién eres y por qué me sigues? —preguntó severamente Borokov en turki.

El muchacho —pues eso era el intruso— soltó un gemido pero no contestó. Borokov le repitió la pregunta.

—No te seguía —contestó el enfurruñado joven en el mismo idioma—. Vivo cerca de aquí. Regresaba a mi casa de la aldea.

—¡Embustero! —Borokov empuñó el revólver—. ¿Por qué subiste a la cueva?

—Tenía curiosidad. No quería hacerte daño.

—¿Eres kirguiz?

—Sí. Llevamos las ovejas a pastar a la orilla del río.

Tras haber inmovilizado al sujeto, Borokov no sabía qué hacer con él. Desarmado y bien atado, parecía totalmente inofensivo. Con un poco de suerte, puede que incluso lograra sacar provecho de la situación.

—Te voy a desatar las manos —le dijo, hablando con dureza para no perder su autoridad—, pero un solo movimiento en falso y eres hombre muerto. ¿Comprendido?

El pastor asintió con la cabeza.

—¿Conoces bien estas montañas?

—Tan bien como la nariz de mi cara.

—Estupendo.

Borokov se levantó, pero, al hacerlo, notó que se tambaleaba ligeramente. El aire enrarecido lo había vuelto a aturdir y el ejercicio físico lo había dejado sin respiración. Se apoyó contra la pared de la cueva y se llenó los pulmones de aire para recuperar el resuello. Después, molesto por el hecho de que alguien fuera testigo de sus deficiencias, enderezó bruscamente la espalda. Le quitó las ataduras al kirguiz, vigilándole por si hacía algún movimiento inesperado, pero el muchacho no hizo nada. Una vez libre, corrió a un rincón de la cueva, se secó el rostro con un lienzo no demasiado limpio y se sentó para frotarse las extremidades y activar la circulación.

Llenando dos jarras de hojalata con el pálido líquido amarillo, Borokov le ofreció una al chico y se quedó con la otra. A pesar de que estaba tibio y un poco salado, el té resultaba reconfortante. Respirando todavía con dificultad, Borokov notó que se le cerraban los ojos. Estaba firmemente decidido a no cerrarlos, pero, privada de oxígeno, la cabeza le daba vueltas y los pulmones jadeaban por falta de aire. Debió de quedarse brevemente dormido, pues, cuando volvió a abrir los ojos, su aliento se había normalizado y se encontraba considerablemente mejor.

No había ni rastro del kirguiz.

Soltando una maldición por lo bajo, Borokov se puso en pie de un salto, tomó la linterna y corrió en silencio hacia la entrada de la cueva. Fuera, sentado en cuclillas detrás de una roca, el infernal sujeto examinaba el contenido de su bolsa de cuero.

Furioso, Borokov se le echó encima y le propinó un fuerte puñetazo.

—¡Jesús!

La exclamación estalló en inglés. Tambaleándose hacia atrás, Borokov tomó la linterna y la acercó al perplejo rostro.

—¡Dios bendito! —murmuró—. ¿Eres angliski?

Aturdido por el golpe, el herido no contestó.

Borokov lo agarró por el cuello de la camisa, lo arrastró de nuevo al interior de la cueva y lo arrojó violentamente contra la pared. ¡Menuda suerte la suya!

—Y ahora, dime la verdad —le dijo con voz sibilante—. ¿Quién demonios eres?

Seguía hablando en turki. Para su ulterior asombro, sin embargo, el hombre le contestó temerosamente en ruso.

—Un soldado.

Eso Borokov ya lo había deducido; pocos civiles se hubieran atrevido a adentrarse en las montañas sin autorización y tanto menos en solitario.

—¿Por qué me seguías?

—Obedecía órdenes.

—¿De quién?

—De mi comandante.

—¿Y con qué objeto?

—Usted participó en la construcción de una nueva carretera entre Osh y Gulja. Me ordenaron vigilarle.

Bueno, eso tenía sentido. Siempre temerosos de una invasión rusa, los británicos interpretaban la construcción de cualquier carretera en las montañas como un preparativo para una guerra. ¡Y en este caso, no les faltaba razón, naturalmente! El soldado contestaba a las preguntas con tanta espontaneidad que a Borokov se le ocurrió una estremecedora posibilidad.

—¿No temes revelarme tus actividades clandestinas a mí, que soy un oficial ruso? —le preguntó con severo semblante.

El inglés sonrió.

—No. Vi lo que hizo en el río. Usted no quiere que los suyos sepan que no ha muerto, ¿verdad?

Sus peores temores se habían hecho realidad. La mano de Borokov se curvó alrededor del revólver.

—¡Estoy por matarte sólo por eso, fisgón hijo de puta angliski!

—No sería una buena idea —replicó el soldado—. Usted está fuera del territorio ruso. Aquí predomina nuestra influencia. Contar con una escolta inglesa podría ser un salvoconducto para usted.

—¿Para que me entregues al puesto inglés más próximo?

El inglés soltó una carcajada.

—¿Tiene usted idea de a qué distancia de aquí se encuentra el puesto inglés más próximo?

Reflexionando en silencio, Borokov comprendió que la sugerencia de aquel hombre no era descabellada. Recorrer aquellas peligrosas montañas sin que lo descubrieran no sería nada fácil, sobre todo para un escalador tan poco experto como él. En cualquier caso, no cabía duda de que le irían mejor las cosas con un guía inglés. Se le ocurrió una idea.

—Mira —le dijo mientras el corazón le latía violentamente en el pecho—, mientras te portes bien, no tienes nada que temer de mí. No deseo causarte ningún daño, ¿por qué iba a hacerlo? A fin de cuentas, somos rivales, no enemigos. Los hombres que escriben en Londres y en San Petersburgo y que dictan la política no son los pobres soldados que tienen que combatir en estas montañas asesinas. ¿Por qué tenemos que comportarnos como dos perros que se pelean por el mismo hueso?

El inglés frunció el entrecejo sin saber muy bien qué iba a ocurrir a continuación.

—¿Y bien?

—¿Sabes cómo llegar a Srinagar?

—¿Srinagar? —El inglés pareció sorprenderse—. ¿Y para qué podría querer ir a Srinagar un soldado ruso?

—Por tres motivos: ¡por mí, por mí y por mí! Ya no tengo nada que ver con el Ejército ruso. Por lo que a ellos respecta, estoy muerto.

El soldado reflexionó con expresión recelosa. Las elevadas altitudes alteraban el cerebro de los que no estaban acostumbrados a las montañas y el ruso tenía pinta de encontrarse bastante mal; ¿y si estuviera perdiendo el juicio?

—¿Tiene algún asunto que resolver en Srinagar?

—Sí. Un asunto personal. Voy simplemente como civil.

Como jamás había conocido a un soldado ruso, el inglés no sabía cómo enfrentarse con aquella situación. Le habían enseñado a ver las cosas en nítido blanco y negro; no tenía ni idea de cómo comportarse en las grises situaciones intermedias. Podía ser una trampa, naturalmente; le habían advertido de que jamás se fiara de un ruso, cualquiera que éste fuera. Por otra parte, si rechazaba su proposición, cabía la posibilidad de que el hombre se volviera violento. Tras haber sido testigo de la teatral escenificación de su suicidio —prueba evidente de su inestable equilibrio mental—, prefería seguirle la corriente.

—Muy bien —dijo—, pero, si es simplemente una treta para llegar a Cachemira y crear problemas...

—No es una treta, te lo prometo. —Borokov esbozó su más cautivadora sonrisa y alargó la mano—. Mikhail Borokov, antiguo coronel de la Guardia Imperial rusa... ¿o acaso ya lo sabes?

El soldado se sobresaltó. No, no conocía el nombre del oficial al que llevaba varios días vigilando. Había oído hablar de Mikhail Borokov, naturalmente... el lugarteniente del general Smirnoff que había armado aquel lío en Hunza. Consternado por la identidad de aquel hombre, ya no supo qué hacer. Pero, tras una breve vacilación, alargó a regañadientes la mano.

—Teniente David Wyncliffe. De la Guardia de Dragones de la reina.

«¡Wyncliffe!»

Borokov se quedó de una pieza.

—¿Wyncliffe? ¿El hijo de Graham Wyncliffe?

David asintió con la cabeza.

Borokov no cabía en sí de emoción.

Santo cielo... ¿pero es que aquel día su buena suerte no iba a tener fin?

—¡Fue tu padre el que descubrió el Yasmina!

—¿Mi padre? —Ahora el sorprendido fue David—. ¿Y de qué deduce usted tal cosa?

Embargado por la alegría del momento, Borokov soltó una carcajada.

—Una casualidad, amigo mío, una pura casualidad. Pensaba que mi estrella me había abandonado, pero no es así. Aquellos gemelos... ¡los vi en Hunza con mis propios ojos después de la ejecución!

—¿Qué gemelos?

Convencido ahora de que la altitud estaba alterando el cerebro del ruso, David volvió a ponerse nervioso.

Borokov reprimió su júbilo.

—Los de tu padre. Sus iniciales figuraban en los gemelos que el muchacho le robó en las inmediaciones del Yasmina, el muchacho que fue ejecutado. Safdar Alí me los mostró. No fue Jeremy Butterfield quien descubrió el paso sino tu padre.

David se sentó pesadamente. Estaba perplejo por lo que decía aquel hombre y no sabía si creérselo.

—¿Usted conocía a mi padre?

—No.

—Pues entonces, ¿cómo consiguió adivinar que las iniciales eran suyas?

—No lo adiviné. Lo averigüé a través de un contacto que tengo en la India.

—¿Quién?

Borokov sacudió la cabeza.

—Incluso en este insensato juego al que estamos jugando, se tienen que respetar ciertas reglas. No te puedo revelar mi fuente.

Ahora lamentaba haber maldecido a Anderson y no haberle enviado los fondos para su expedición. De no haber sido por Anderson, jamás hubiera oído hablar de Graham Wyncliffe ni de su hija. Le había escrito a Anderson comentándole la cuestión de los gemelos a su regreso de Hunza. Anderson, que conocía al difunto arqueólogo y estaba al corriente del itinerario que éste iba a seguir, no había tenido la menor dificultad en identificar las iniciales. El pobre hombre había hecho todo lo posible por sacarle los papeles a la hija de Wyncliffe. Él no tenía la culpa de que ésta los hubiera conservado astutamente en su poder y después se hubiera casado e ido a vivir a Srinagar.

Otra idea surgió de pronto en la mente de Borokov. No, no una idea... ¡una inspiración! Una idea que hizo que aquel bendito angliski pareciera un maná caído del cielo, un ángel bajado a la tierra. Ya no le importaba quién hubiera descubierto el Yasmina ni dónde pudieran estar los papeles. La repentina idea fue tan inesperada y se produjo tan sin previo aviso que notó que se le encogían las entrañas y tuvo que acercarse la mano al vientre.

—¿Coronel Borokov? —Alarmado, David salió bruscamente de su aturdimiento—. ¿Se encuentra mal?

Con los ojos fuertemente cerrados, Borokov se sentó con sumo cuidado, inclinó la cabeza entre las rodillas e inspiró profundamente. Después cesó el espasmo y volvió a respirar con normalidad.

—No, no me encuentro mal —contestó, enderezando la espalda con mucho cuidado—. Al contrario, jamás en mi vida me he encontrado mejor. Pensándolo bien, creo que ya no hay necesidad de que me acompañes a Srinagar.

—¿De veras?

—En su lugar, me acompañarás al Yasmina.

David emitió un jadeo, ahora plenamente convencido de la locura de aquel hombre.

—¿Y cómo demonios puedo acompañarlo? —preguntó—. ¡No tengo ni la más remota idea de dónde está el maldito paso! Y, además, ¿por qué tendría que hacerlo?

Borokov pareció no haberle oído. Con glacial serenidad, se acercó al lugar donde David estaba sentado y se lo quedó mirando.

—Según la nota necrológica publicada en el *Times* de Londres, el cuerpo de tu padre fue descubierto en el Biafo. El geólogo Bingham declaró que se encontraban a dos marchas de Ashkole cuando Graham Wyncliffe se separó del resto del equipo. Si calculamos media marcha más teniendo en cuenta las dificultades del glaciar, podríamos localizar el Yasmina dentro de un radio razonable.

—¿Dificultades? ¿Radio razonable? —David se echó a reír—. Coronel Borokov, ya veo que no es usted montañero y no tiene ni la menor idea de cómo es esta región. Si la tuviera, temblaría ante su sola mención. Nadie que jamás haya estado allí puede imaginarse la extensión de los glaciares o la frecuencia y profundidad de sus grietas. Por el amor de Dios, coronel, ¡esos glaciares se encuentran en el mismísimo centro del más despiadado y traicionero sistema montañoso de nuestro planeta! Aunque supiera cómo llegar hasta allí, cosa que no sé, ¡el hecho de intentarlo sería un suicidio seguro!

—Pese a lo cual, es allí adonde iremos —replicó serenamente Borokov—. Si tú eres la mitad de experto que tu padre, como guía serás suficiente para mis necesidades, sobre todo teniendo en cuenta que no tengo ninguna posibilidad de encontrar otro. Mañana por la mañana nos dirigiremos al campamento kirguiz más próximo para contratar porteadores y bestias de carga y comprar comida y equipo. Como es natural, no mencionaremos el Yasmina. —Borokov esbozó una leve sonrisa—. Sabiendo que el descubridor del paso fue tu padre, ¿no te parece que la ironía de nuestra aventura es lo más poético que pueda haber?

¡Pues no, no se lo parecía! Más bien le parecía aterradora, porque estaba viendo que el ruso hablaba completamente en serio. En su locura, había perdido el contacto con la realidad. Hablaba con mucha calma, pero en sus ojos ardía un fulgor casi de obseso.

—Por muy hijo de Graham Wyncliffe y muy buen montañero que yo sea —dijo David en un desesperado intento de hacer entrar en razón a aquel loco—, soy también un soldado de las Fuerzas Armadas de Su Majestad británica. Conspirar con un oficial ruso y entrar ilegalmente en un territorio prohibido sería un acto de traición.

—Al contrario, sería un acto de patriotismo que te reportaría una medalla. —Al ver su perplejidad, la sonrisa de Borokov se ensanchó—. Evitaremos las ciudades y nos limitaremos a seguir caminos no frecuentados. Ambos viajaremos tal como estamos, como nómadas kirguiz. Como es natural, cuando hagamos las compras, hablarás tú.

—¡No! —Tremendamente alarmado, David se levantó mientras su trémula mandíbula se cerraba en una obstinada línea—. Lo siento, pero no puedo permitirme el lujo de poner en peligro mi vida y mi carrera, participando en esta... esta absurda escapada.

—No puedes permitirte el lujo de no hacerlo, teniente Wyncliffe —dijo dulcemente Borokov—. Tal como ya te he dicho, mis motivos son personales, no políticos. Debo señalar también que se te pide tu participación no como un favor sino como el deber de un soldado y como parte de una justa contrapartida.

—Una justa contrapartida, ¿de qué?

—De los planes de Alexei Smirnoff de apoderarse del Yasmina.

Era la época que en Cachemira se conocía como el *ador*, cuando el valle disfrutaba de trece días de lluvia. Se aspiraban por doquier los perfumes de la tierra mojada y de los dulces melones amarillos. Las flores rojo rubí de los granados, cuyos frutos estivales eran los últimos en madurar, ya se habían abierto y caído; los árboles no tardarían en estar listos para la recolección.

En los largos y dolorosos días transcurridos desde que Emma descubriera los papeles de su padre, muchas cosas habían encajado en su sitio correspondiente; lo que quedaba no importaba demasiado. Algo había estado terriblemente mal desde el principio; lamentablemente, ella no se había dado cuenta. Cegada por la vanidad, de una forma estúpida y para su propia satisfacción, había explicado lo inexplicable. En cierta ocasión, Damien la había acusado de menospreciarse demasiado. Ahora comprendía que, atribuyendo a éste unos motivos que halagaban su propia dignidad, se había valorado en exceso.

Jamás podría volver a mirar a la cara a Geoffrey Charlton, sabiendo que éste no se había equivocado; ¡necesitaba desesperadamente un amigo!

Damien ya estaba al corriente del descubrimiento de su padre antes de casarse con ella; antes incluso de trasladarse a Delhi. La cuidadosa colocación de la trampa y su inexorable cierre... todo había obedecido a un plan, la obertura de una composición orquestada de antemano a la perfección. Y, con la ejecución de aquel plan, le había arrebatado todo lo que tenía, su confianza, su dignidad, la misma base, sobre la cual ella había asentado en precario equilibrio su futuro, pese a todos sus recelos.

Damien la había utilizado. La había estado utilizando desde el principio.

Aplastada bajo el peso de la crueldad de aquella conspiración, Emma no podía asimilarlo. Los pensamientos atrapados en el interior de un cerebro a la deriva revoloteaban como mariposas contra una red. A cada día que pasaba, la corriente de emociones se iba solidificando e intensificando y el dolor era tan insoportable como el de una agresión física. Ahora había llegado finalmente el último acto de autoaniquilación, la aceleración de los recuerdos que ella temía.

Empezó a evocar todo aquello que la razón la impulsaba a olvidar, y cada recuerdo era una despiadada herida en el centro de su ser. Unas imágenes fragmentarias se le agolpaban en la mente como reflejos de las esquirlas de un espejo roto. Recordaba los pocos intervalos que ambos habían compartido, la promesa de intimidad, la naciente comprensión de los elocuentes silencios y de las miradas intercambiadas, las trémulas esperanzas que ella misma había alentado en su fuero interno. La noche de bodas.

Su vida se iba disolviendo.

Esforzándose en volver a colocar en su sitio el fulcro de su sentido natural del equilibrio, trató por todos los medios de recuperar la mesura. Cada día se alejaba un poco más, tamizaba los desenfrenados sentimientos, observaba su propia desintegración desde una distancia que iba en aumento. Cuando Damien regresó, ya había rectificado la posición de su mundo. El aislamiento volvía a estar en su sitio, una sábana de duro hielo invernal tendida sobre un palpitante e inquieto estanque.

Una noche Damien regresó muy tarde. Emma lo oyó moverse de un lado para otro en el apartamento contiguo. Una hora después, oyó el sonido que esperaba: el crujido de una tabla del suelo del rellano. ¡Iba a bajar al apartamento de su padre! Concediéndole una ventaja de media hora, lo siguió.

Había llegado la hora de la confrontación.

Entró atrevidamente por el pasillo abierto. La puerta del apartamento de Edward Granville estaba abierta. Fortalecida por una serena calma interior, entró. Damien se encontraba de pie junto al escritorio; las dos lengüetas estaban abiertas y algunos cajones fuera de sus guías. Una lámpara ardía con la llama muy alta sobre la mesa. Había montones de carpetas esparcidas por el suelo.

Envuelta en las sombras, Emma se apoyó contra una pared para observar. Damien se inclinó sobre el último cajón y rebuscó en su interior con rápidos y ansiosos movimientos. Emma le oyó murmurar algo, un juramento, y después le vio sacar el cajón y volcar su contenido sobre la mesa. Cuando terminó de examinarlo y lo estaba contemplando con furia sin comprender lo ocurrido, ella habló finalmente.

—¿Es esto lo que estás buscando?

Damien giró en redondo y, en medio del espectral silencio, ella le oyó exhalar el aire reprimido en sus pulmones. Acercándose al escritorio, depositó en él un objeto: una rueda budista de oraciones. Era de latón y estaba artísticamente labrada. Retirando la tapa, esparció su contenido sobre la mesa, sorprendiéndose de que no se le doblaran las piernas, de que su voz sonara tan firme y de que los fríos dedos no le temblaran.

Damien contempló la enredada maraña de tiras de papel, pero no alargó la mano hacia ellas.

—Encontré los papeles, Damien, los papeles del Yasmina.

Él permaneció inmóvil y en silencio, momentáneamente desconcertado.

—Los papeles pertenecían a mi padre. Tengo derecho a ellos. —Emma acercó una silla y se sentó—. Al principio, esta apretada pelota de papeles no significó nada para mí, pero después reconocí el recipiente cuya forma habían adquirido.

Damien la miró fijamente sin decir nada.

—Eres un hombre muy porfiado, Damien. Fuiste a Delhi con el exclusivo propósito de apoderarte de los papeles de mi padre. Hay que reconocer el mérito de tus esfuerzos. —Sin apartar los ojos de su rostro, Emma se reclinó contra el respaldo del asiento—. Los papeles estaban escondidos en esta rueda de oraciones, la rueda de oraciones de Jeremy Butterfield. Estaba en el morral de alfombra que nos entregaron... —Hizo una pausa y esbozó una leve sonrisa—. Pero todo eso tú ya lo sabes, ¿verdad?

Esperó a que dijera algo, pero él se limitó a seguir mirándola con creciente interés. Si con su persistente silencio pretendía ponerla nerviosa, no lo conseguiría.

—Encontraste fácilmente los papeles en mi estudio porque sabías exactamente dónde estaban escondidos. Tuviste tiempo para buscar el morral de alfombra en el baúl. En cuanto lo encontraste, sacaste los papeles y dejaste la rueda donde estaba. ¿No es eso lo que ocurrió?

—Dímelo tú —contestó Damien, hablando por primera vez—. Al parecer, eres la única que conoce todas las respuestas.

No era ni una negativa ni una confesión. Estudiándola desde lejos, volvió a apoyarse contra el escritorio, cruzó los brazos y esperó.

—De ninguna manera, Damien, todavía no, pero casi todas. Volviendo a tus estratagemas en Delhi... organizaste la pequeña comedia en la casa de juego porque el chantaje era el único recurso que se te ofrecía, la única manera de llegar hasta mí y, a través de mi persona, a estos papeles. Tuviste razón, Damien.

Emma soltó una carcajada, pero la ironía le supo amarga.

Damien hizo ademán de decir algo. Ella se lo impidió con un gesto.

—No me vengas con excusas, Damien, no más mentiras, por favor. No insultes mi inteligencia más de lo que ya lo has hecho. —Emma entrelazó los dedos para evitar que le temblaran—. Tú estabas al corriente de nuestra apurada situación, lo estaba todo el mundo. Sabías también que yo no aceptaría tu proposición a menos que me viera obligada a hacerlo. Pese a ello, estabas muy seguro de conseguir lo que querías... ¿Por qué no? A fin de cuentas, la trampa contenía un cebo irresistible.

»Pagaste a Highsmith para que arreglara la partida, para que aturdiera a mi hermano con bebidas mezcladas con droga de tal forma que perdiera Khyber Kothi. Estabas tan seguro de tu éxito que hasta dispusiste que Sharifa y Rehmat se trasladaran a Delhi antes de que tú abandonaras Shalimar, lo cual explica la presteza de su llegada. El estudio lo preparaste también de antemano para que todos mis papeles estuvieran en una habitación y resultara más fácil localizarlos. Hasta le hablaste de mí a Nazneen antes de tu partida.

—¿Y qué? —Un músculo se contrajo en la mejilla de Damien—. Como todo el mundo, yo también había oído hablar de la irascible Emma Wyncliffe. Pero, a diferencia de todo el mundo, yo estaba deseando que me atacaras.

Emma no prestó atención a la inoportuna impertinencia.

—Sé también cuándo sacaste exactamente los papeles de la rueda.

—Ah, ¿sí?

Damien enarcó inquisitivamente una ceja.

—La primera vez que estuvimos en Srinagar. —Emma tragó saliva para aliviar la sequedad de su garganta—. En lugar de irte al bazar para reunirte con Jabbar Alí, regresaste corriendo a Shalimar para registrar mi estudio en mi ausencia... La primera oportunidad que se te ofrecía de hacerlo. Lincoln confirma que regresaste aquella mañana, presuntamente para recoger una olvidada carpeta. Por eso te llevaste a *Toofan*, el caballo más rápido de tus cuadras. —Su sonrisa era tan fría como la implacable mirada de sus ojos—. No me extraña que estuvieras tan contento... ¡tenías motivos para estarlo!

Damien sacó la pipa que guardaba en el cinturón, frotó una cerilla y la encendió.

—Hábilmente elaborado y muy verosímil, tengo que reconocerlo. Supongo que aún hay más, ¿verdad?

—Sí, hay más. —El fragor de unos truenos resonó por las colinas. Emma esperó a que cesaran los ecos—. No tengo ni idea del cómo o el porqué los papeles de mi padre acabaron en la rueda de oraciones de Jeremy Butterfield, pero así ocurrió. Las ruedas de oraciones son lo que utilizan los agentes de espionaje para esconder sus documentos secretos.

—Ah, ¿sí? ¿Otra de las lecciones de Charlton?

—Nadie más sabía dónde estaban escondidos los papeles —dijo Emma sin responder a la pregunta—, ¿como lo supiste tú?

—¿Quieres decir que, a pesar de tus excepcionales dotes deductivas, ¿aún no lo has averiguado?

—¡Quizá porque mis dotes no son suficientemente excepcionales! —Emma se frotó los ojos con el dorso de una trémula mano. El inamovible aplomo de Damien amenazaba con desestabilizar el suyo—. ¿Para quién robaste los papeles, Damien... para los rusos?

—Si es eso lo que quieres creer, allá tú.

Damien se volvió de espaldas y empezó a ordenar las carpetas.

—¿Y qué querrías tú que creyera? —le gritó ella—. ¿Que todo lo que he dicho es mentira?

—¿Y por qué demonios tendría yo que querer que creyeras algo? Este privilegio te corresponde enteramente a ti.

Emma se llenó de renovada furia.

—Contéstame una pregunta con toda sinceridad... ¿Me puedes mirar directamente a los ojos y jurarme que nada de lo que yo he dicho es cierto?

Damien interrumpió lo que estaba haciendo e hizo exactamente lo que ella le pedía, mirarla directamente a los ojos sin pestañear.

—No.

¡Una sílaba, un golpe de Estado! Emma experimentó de repente una pena desgarradora, una penetrante sensación de impotencia, pero después, haciendo un esfuerzo, se recuperó y la debilidad desapareció.

—Para obtener estos papeles vendiste tu alma, Damien, y, de paso, también la mía. Si eran lo bastante importantes como para que destruyeras mi vida, por lo menos tengo derecho a saber por qué.

Esperó con angustiada esperanza una negativa, alguna muestra de indignación e incluso de dolor, pero no hubo nada, sólo indiferencia.

—Tú ya has descubierto la razón. La verdad es que yo no hubiera podido mejorarlo ni aun queriendo.

Volviéndose una vez más de espaldas a ella, Damien empezó a colocar los cajones en sus compartimientos correspondientes.

Ella contempló la arrogante espalda con odio reconcentrado.

—Lo que me robaste y ocultaste era el testamento de mi padre a la hora de morir —dijo con vehemencia—, la crónica de la última semana de su vida. Si yo no lo hubiera encontrado por casualidad, puede que jamás lo hubiera visto, ¡que jamás hubiera conocido su existencia!

—Sí. —Damien se volvió y, por primera vez, en su rostro se dibujó una expresión—. Puedes creerme si te digo que eso lo lamento con toda mi alma. Los papeles se te hubieran devuelto.

—¿En cuanto se hubieran entregado unas copias a los rusos?

—Puesto que tú ni siquiera conocías su existencia —dijo Damien sin contestar a la pregunta—, pensé que no los echarías en falta.

—Hiciste lo posible por que yo nunca conociera su existencia...

¿por qué sino Suraj Singh me hubiera mentido acerca de estos apartamentos?

—Mintió obedeciendo mis órdenes, pero ahora veo que subestimé tanto tu ansia de saber como tu habilidad con el destornillador.

—Yo buscaba... —empezó diciendo Emma, pero enseguida se detuvo. ¡Con cuánta inteligencia estaba intentando Damien desviar la culpa y modificar el sesgo de la discusión! ¡Lo que ella buscaba no tenía importancia, lo importante era lo que había encontrado! Su furia se intensificó—. Tenía derecho a conocer las últimas palabras que dejó mi padre... ¿Cómo te atreves a robarme mi herencia?

—Me atreví porque tenía que hacerlo —contestó Damien sin la menor inflexión en la voz—. No puedo alegar nada más en mi defensa, Emma, lo tomas o lo dejas. No obstante, te debo una disculpa, una disculpa inmensa. Yo estaba...

—¿Una disculpa? ¿Eso es lo único que me debes? —Emma estaba indignada—. Tras haber concertado despiadados tratos con unos acreedores impotentes, ¿tienes la desvergüenza de fijar una cuantía tan ridícula de la deuda?

—Hay cosas muy importantes en juego...

—¿Para ti, pero no para mi padre? ¿Por qué se tenía que ocultar que el Yasmina lo había descubierto él? ¿Por qué no debía Geoffrey Charlton publicar que era Graham Wyncliffe quien...

No vio el movimiento, pero, de repente, él le torció el brazo y las palabras murieron en su garganta.

—¿Es ésa tu intención —le preguntó en un susurro—, entregarle los papeles a Charlton?

—Te preocupa, ¿verdad? —Emma se moría de miedo, pero lo disimuló con una bravata—. Sabes que, cuando él te desenmascare, serás detenido, juzgado por traidor y enviado a la cárcel... y Shalimar dejará de ser tuya.

Damien le soltó el brazo con una sacudida y se acercó a la ventana. La fría e incesante lluvia estaba dejando unas mojadas y lustrosas serpientes en el cristal. Las contempló un instante.

—Mañana me voy a Gulmarg —anunció de pronto—. Cuando regrese, tendrás tus explicaciones.

Explicaciones, disculpas... ¿Era eso lo único que se necesitaba para recomponer un matrimonio roto, una vida rota? Profundamente decepcionada, Emma le dirigió una última mirada de desesperación. ¿Cómo había podido pensar que lo amaba, que experimentaría el deseo de que él la quisiera? Le había arrebatado todo lo que más quería y la había dejado tristemente humillada ante sus propios ojos. Incapaz de asimilar los angustiosos imponderables que habían asumido el control de su vida, se sintió repentinamente derrotada.

—Cuando regreses —dijo—, yo no estaré aquí.

Tras guardar de nuevo las tiras de papel en la rueda de oraciones, tomó esta última, dio media vuelta y abandonó la estancia. Él no trató de impedírselo.

17

Acurrucado bajo el inapropiado refugio de un saliente rocoso por debajo del morro de un glaciar, David estaba desollando un par de conejos. Contempló el desolado y gélido paisaje que lo rodeaba sin el menor entusiasmo. A más de cinco mil metros de altura, el frío era insoportable.

En aquel miserable campamento, sus pobres e inapropiadas tiendas de campaña estaban profundamente enterradas en la suave nieve recién caída. Con los cuarenta y cinco grados bajo cero del hielo bajo la lona, las violentas tempestades de nieve y los fuertes vientos, resultaba imposible calentarse. Dormían cubiertos con varias capas de ropa interior de lana, chaquetas de piel de oveja, botas, gorros y manguitos de piel adquiridos por Borokov a precios exorbitantes en los campamentos kirguiz. Para reunir hombres, mulos y provisiones, habían tenido que regatear desesperadamente, sobornar descaradamente y contar toda suerte de mentiras. El nombre del Yasmina no se pronunciaba en susurros ni siquiera por equivocación.

Una vez en Sin-Kiang, bajo la jurisdicción del *amban* de Yarkand, se habían dirigido hacia el sereno valle del Sariqol, atravesado por el río Yarkand. Serena y ordenadamente dispuestas en las verdes quebradas, los amarillos prados y los umbrosos campos, las pulcras casitas de adobe punteaban el paisaje, cercadas por vallas de madera. El ganado rebosaba de salud, los huertos daban fruto en abundancia y en las lomas se aspiraba el dulce perfume del espliego. Los vastos campos de cebada, trigo y maíz y los perezosos rebaños de ovejas bajo la dorada luz del sol completaban la pastoral imagen de idílica perfección. David ya había estado anteriormente en aquel lugar construyendo puentes con los habitantes de la región, por lo que ambos fueron cordialmente recibidos y generosamente acogidos. Las patrullas militares chinas eran frecuentes, pero, como los sariqolis odiaban a los chinos, no había peligro de traición.

Lamentablemente, de eso ya habían transcurrido varios días. Ahora, tras dejar atrás el bucólico idilio, se encontraban de nuevo en el mundo real, avanzando penosamente por un accidentado territorio en medio de unas condiciones climáticas muy variables. La región que atravesaban no estaba cartografiada, no había mapas, los caminos eran peligrosos y estaban trazados sin orden ni concierto, y cabía la posibilidad de que los sorprendiera una patrulla. Los senderos y caminos menos conocidos que Borokov se empeñaba en seguir eran auténticas trampas mortales.

Por si fuera poco, los repentinos cambios de temperatura en las subidas y bajadas eran físicamente devastadores. Si a las dos de la tarde temblaban de frío en una cumbre helada en medio de un tiempo subártico, tres horas más tarde sudaban a mares a cuarenta grados y el aire enrarecido hacía que el sol les provocara tremendas quemaduras en la piel. No sabían cómo vestirse. O ardían y se asfixiaban o se congelaban y se les ponía la piel azulada.

Borokov había sido el primero en sucumbir a las terribles fluctuaciones de temperatura. Aquejado de fiebre, vómitos y fuertes dolores de cabeza, tuvo que permanecer tumbado semiinconsciente en la tienda. Varios porteadores corrieron la misma suerte. Andaban escasos de combustible y tenían que comer la carne medio cruda mientras el frío glacial les minaba el espíritu.

Un grito desgarrador se escapó de la tienda de Borokov. David se levantó a toda prisa y corrió a responder a la llamada. Avanzó a rastras por la nieve, apartándose los copos del rostro. Acurrucado en un rincón y ardiendo de fiebre, el ruso yacía bajo una montaña de ropa, temblando entre fuertes convulsiones. Los debilitados pulmones le crujían a causa del esfuerzo de respirar, y tenía los labios azulados. Pidió agua con un hilillo de voz. Cuando le acercó la fría taza a los labios, David observó que tenía la frente cubierta de gotas congeladas de sudor y que sus ojos inyectados en sangre no podían enfocar nada.

—¿Cuántos kilómetros nos quedan?

Era una pregunta que Borokov hacía cien veces al día, y la sombría respuesta de David era siempre la misma.

—Muchos.

—Llegaremos. Tenemos que llegar. Necesito dormir bien esta noche, así mañana podremos seguir adelante.

—Yo conozco estas montañas, coronel Borokov, y usted no. —David trató una vez más de convencerlo—. Muchos de nuestros porteadores nos han abandonado. Sólo nos quedan tres mulos y se nos está acabando el combustible y la comida. No podemos seguir adelante.

En un arrebato de energía, Borokov se incorporó, lo agarró por el cuello de la camisa y le clavó las uñas en la garganta.

—Tú no lo entiendes, angliski —graznó—, podemos seguir adelante, ¡tenemos que hacerlo!

Después volvió a tumbarse entre jadeos.

David comprendió que estaba gravemente enfermo. No sólo no podría atravesar los glaciares más traicioneros del mundo sino ni siquiera subir la cuesta del siguiente paso. También comprendió que Borokov había perdido el juicio y ya no razonaba con lógica. El joven guardó silencio sintiendo una vez más en la garganta el sabor del miedo.

Le administró al enfermo una tableta de su botiquín de medicamentos y lo vio sumirse en un sueño intranquilo. De vez en cuando, Borokov pronunciaba incomprensibles murmullos mientras se agitaba, víctima de sus pesadillas. David prestó atención por si mencionaba el nombre de Smirnoff, pero no lo hizo. Lo único que pudo descifrar fue una palabra que Borokov repetía a menudo: *zolata*. Era la palabra que en ruso significaba «oro».

Sin saber qué hacer, David permaneció sentado, vigilando en impotente silencio a Borokov. Abandonar al ruso a su destino en aquel helado infierno era impensable. Aparte de que no se atrevía a perderle de vista, se negaba simplemente a hacerlo. La información que Borokov afirmaba poseer podía ser la fantasía de un chiflado... pero también podía ser cierta. Tenía que buscar la forma de engatusar al ruso para que le revelara lo que sabía antes de que se terminara el tiempo, pero, de momento, estaba atrapado.

Saliendo a gatas de la tienda, David se acercó con aire abatido a los pocos porteadores que les quedaban. Los hombres estaban tratando infructuosamente de avivar una hoguera moribunda. Necesitaba ayuda, pero, ¿de quién, y dónde?

Si la situación había sido mala hasta entonces, sabía que la que lo esperaba sería peor. Habría que cruzar más ríos semicongelados sobre resbaladizas piedras, siempre a un paso de la muerte. Cada vez que cruzaran un río, descargarían las bestias y cargarían ellos con el equipaje. En las altas laderas había algunos asideros para los pies. Tendrían que conservar a los animales a toda costa; era imposible cabalgar. Además, ahora ya se encontraban peligrosamente cerca del territorio de caza de

Hunza. Hasta en aquellos desiertos y desolados parajes, las noticias se propagaban muy rápido. Los podían atacar y matar mucho antes de que llegaran a la siguiente loma, y no digamos a su mítico destino.

¡El sueño del Yasmina de Borokov era imposible!

Aun así, David no podía por menos que sentir una curiosa compasión por aquel hombre obsesionado, en cuyo interior ardía un fuego tan inextinguible. A pesar de todo, el valor y la indomable fuerza interior del ruso eran admirables. Cualesquiera que fueran sus demonios personales, eran éstos los que le infundían la voluntad de seguir adelante, burlándose de las limitaciones y el sufrimiento de su cuerpo.

Borokov volvió a llamar y esta vez estaba despierto. Por increíble que pareciera, daba la impresión de encontrarse mejor. Sus ojos estaban despejados y podían concentrarse en los objetos y su voz sonaba fuerte. Incorporándose con gran dificultad, pidió algo de comer y David llenó una jarra de hojalata de té medio congelado. Borokov hizo una mueca pero se lo bebió ávidamente e incluso se comió unos cuantos bocados de una especie de nutritivas gachas antes de apartar a un lado la jarra. Después volvió a tumbarse, cerró los ojos y empezó a respirar con regularidad.

—Tienes razón —dijo sin abrir los ojos—. Estoy demasiado enfermo para continuar. No podemos seguir adelante con nuestra empresa.

David se llevó tal sorpresa que se quedó sin habla y se limitó a exhalar una nube de aire helado.

—Mañana daremos media vuelta —añadió Borokov—. Esta noche quiero dormir mucho, así recuperaré fuerzas para el regreso.

Lanzando un suspiro de alivio por aquella salvación de última hora, David enjugó el sudor de la frente del enfermo.

—Ha tomado usted la decisión más acertada, coronel. Me encargaré de que esta noche nada turbe su sueño.

Borokov abrió los ojos. Su mirada era distante y soñadora.

—Los dioses han hablado —dijo con tristeza—. El oro no tiene que ser para mí.

—¿El oro? ¿Dónde?

—En el Yasmina.

David estuvo casi a punto de echarse a reír y se preguntó si el hombre no estaría delirando otra vez. Pero los ojos del ruso se llenaron de lágrimas.

—No hay oro en el Yasmina —le dijo dulcemente David.

Borokov no pareció escucharle. Introduciendo la mano bajo las varias capas de ropa que lo cubrían, sacó la pepita y la mostró en silencioso triunfo.

—¿Y eso procede del Yasmina? —preguntó David.

—Sí. —El blanco de los ojos de Borokov brilló en la semioscuridad—. Ahora pertenecerá a Smirnoff.

David se puso inmediatamente en estado de alerta.

—¿Smirnoff anda detrás de este... este presunto oro?

Borokov no contestó. Volvió a tumbarse y cerró los ojos. Fuera, un mulo relinchó y los hombres se pelearon por la frugal comida, pero él no los oyó. Tenía los labios curvados en una leve sonrisa y sus pensamientos estaban muy lejos.

Le había oído hablar de Nain Singh y del oro tibetano años atrás a Theo Anderson, cuando ambos se conocieron en Baku en el transcurso de una noche de juerga en que Anderson había bebido más de la cuenta. Siglos atrás, había dicho Anderson, Heródoto escribió acerca de las vetas del oro himalayo y de los gigantescos roedores que lo arrancaban de las montañas. Nain Singh, un agente del Servicio de Agrimensura de la India, había confirmado la existencia de grandes pepitas en los yacimientos de oro tibetanos, algunas de las cuales llegaban a pesar casi un kilo. El yacimiento era tan rentable, había señalado, que hasta en invierno daban trabajo a seis mil mineros y les pagaban treinta rupias por cada onza de polvo de oro que extraían. Pero las pepitas de gran tamaño las devolvían a la tierra en la creencia de que contenían vida.

Según los mineros, había dicho Anderson, sólo había otra veta de oro de riqueza comparable en el Himalaya, y ésta se encontraba en el paso del Yasmina.

Borokov se había mostrado fascinado, pero también escéptico. Sin embargo, cualquier duda que hubiera podido tener se había disipado el día en que Safdar Alí había depositado en la palma de su mano aquel informe trozo de metal amarillo. Él sabía que los hunzakut extraían polvo de oro con bateas en el río de la garganta de Hunza; ¿por qué razón no podía haber también oro en el Yasmina? En su siguiente visita a San Petersburgo, se había dirigido a la biblioteca y leído una traducción rusa del informe de Nain Singh, publicado en la revista de la Royal Geographical Society en Londres. A pesar del tiempo transcurrido, conservaba grabados en la memoria todos los detalles de aquel informe. De hecho, el sueño del oro del Yasmina lo había impulsado a seguir adelante y había sido la esencia, el objetivo y la orientación de su vida.

Cada vez que le fallaba la determinación, recordaba su pobreza inicial en Járkov, su humillante infancia en hogares adoptivos, limpiando pocilgas y corrales de gallinas y alimentándose de cortezas de queso y asaduras medio cocidas. El recuerdo de aquellos días lo seguía persiguiendo y lo llenaba de repugnancia, y lo había obligado a arrastrarse delante de Alexei, pues, sin la ayuda de Alexei, su sueño no hubiera sido más que polvo y el oro del Yasmina habría podido estar en la luna.

—¡Escúchame bien! —Borokov se incorporó haciendo un esfuerzo. Tenía los labios azulados a causa del frío. Atrajo a David hacia sí y acercó la boca a su oído. La fina película de hielo le había dejado las mejillas rígidas—. En cuanto a Alexei Smirnoff...

—¿Sí?

—¡Tienes que pararle los pies!

—¿Yo? —David sintió que el corazón le martilleaba los oídos—. ¿C...cómo?

—Escribe —le ordenó Borokov con voz sibilante—, anótalo todo, cada palabra. —Al ver que David lo seguía mirando, boquiabierto de asombro, agitó impaciente los brazos—. Date prisa, date prisa, ¡escribe, maldita sea, escribe!

Con los dedos entumecidos por el frío, David rebuscó desesperadamente en el interior de su voluminosa chaqueta hasta que encontró su cuaderno de apuntes y un lápiz. Procurando no perder la calma para conservar mejor las escasas fuerzas que le quedaban, Borokov empezó a hablar. Hablaba muy rápido y sin la menor emoción. A David se le cayó varias veces el lápiz de los dedos congelados, pero, apretando los dientes, continuó. Al terminar, el ruso volvió a tumbarse, totalmente agotado.

—Mañana nos pondremos en marcha a primera hora —dijo David con renovada energía—. Cuanto antes lleguemos a Simla, mejor.

Borokov no contestó. Ya estaba durmiendo.

Fuera la temperatura había vuelto a bajar y el frío era insoportable, pero, en su eufórico aturdimiento, David apenas lo notó. Hundiendo el rostro en su piel de oveja, se agachó junto a las moribundas brasas a cuyo alrededor se apretujaban los hombres y las bestias y, para asombro de todos, tomó temerariamente una brazada de estiércol prensado de mulo y la arrojó a las moribundas llamas. Puso a calentar una olla llena de nieve y, cuando ésta se fundió, le echó la carne de conejo. El agua tardaría horas en hervir y la carne seguiría siendo incomible, pero no importaba; por la infinita misericordia del Señor, su pesadilla estaba a punto de terminar.

Mientras permanecía sentado contemplando las llamas, volvió a pensar en lo que Borokov le había dicho acerca de su padre. Al principio, había tenido sus dudas pero, al final, y con razón, había rechazado como falsa la información de Borokov. De haber sido cierto que su padre había localizado el Yasmina, Emma se lo hubiera dicho, a pesar de las tensas relaciones que reinaban entre ambos. Así de sencillo.

Tras haber comido, se arrastró a gatas al interior de su miserable y pequeña tienda cubierta de hielo. El infame sabor de la carne medio cruda de conejo le ensuciaba la boca y le revolvía las tripas. Se sentía rígido, muerto de frío e incómodo, pero más animado que nunca. En cuanto regresaran a Simla, entregaría a Borokov al servicio y se lavaría las manos de todo aquel desagradable asunto. Su alivio después de tantas semanas de insoportable tensión era tan profundo que se quedó dormido casi enseguida. No volvió a abrir los ojos hasta que la clara luz se filtró a través de la lona y lo despertó. Quitándose el sueño de los ojos con un puñado de nieve y enjuagándose el desagradable sabor de la boca con otro, salió a toda prisa para atender a su compañero.

La tienda había desaparecido, y el ruso también.

Los porteadores le comunicaron que se había ido antes del amanecer con un mulo, una pequeña mochila, un bastón, su caja de instrumentos y el resto del conejo medio cocido. Les había pagado lo que les debía, les había dado las gracias por sus esfuerzos y les había dicho que no regresaría.

¡El muy chiflado del ruso se había ido solo en busca de su oro!

Mientras hacía indiferentemente el equipaje, Emma se sentó en su dormitorio lleno de cajas y baúles. Movía las manos mecánicamente sin que su mente supiera lo que hacían. Contemplando todo aquel incomprensible desorden ignorando lo que hacer a continuación, cerró la tapa de un baúl, se sentó encima de ella y, paralizada por la pena, se abrazó las rodillas.

¿Por qué le había hecho eso Damien? Era una pregunta estúpida; sabía muy bien por qué.

Poco después entró Sharifa con una tarjeta de visita y Emma se quedó petrificada. ¿Geoffrey Charlton a aquella hora de la mañana? A pesar de sus bravatas en presencia de Damien, temía la perspectiva de enfrentarse con Charlton. Ya había escrito a la señora Bicknell, excusándose por no poder tomar el té con ella. Su primera reacción, dictada por el miedo, fue devolver la tarjeta, inventarse alguna excusa y rechazarlo. Pero después vio el apresurado mensaje escrito en el reverso de la tarjeta: «Necesito verla urgentemente y en privado.»

¿Qué urgente noticia podía requerir tanto sigilo? ¿Qué otra cosa habría descubierto acerca de la vergonzosa y misteriosa vida de Damien?

Haciendo un valeroso esfuerzo, se tranquilizó, recordando que los pecados de Damien recaerían sobre él y ya no eran asunto de su incumbencia. Se lavó la cara, se cepilló el cabello y se puso un vestido fresco de muselina. Tras aplicarse un poco de colorete en las pálidas mejillas y un toque de perfume detrás de las orejas, cerró la puerta del desordenado dormitorio y ordenó que se avivara el fuego de la chimenea del salón. Cuando Charlton entró momentos después, lo recibió con absoluta serenidad.

—Vaya, señor Charlton, qué amable de su parte venir a visitarme —le dijo jovial—. Siéntese, por favor. Dígame, ¿qué lo trae aquí tan temprano y exige la intimidad de mi salón?

—Al parecer, tengo la costumbre de venir a molestarla —contestó Charlton, completando su disculpa con una triste sonrisa—. Si el asunto no fuera lo bastante urgente como para exigir mi presencia en esta casa, no la hubiera molestado. —Se sentó, se alisó el cabello y carraspeó, cubriéndose la boca con la mano—. Se trata de algo urgente y, por supuesto, confidencial.

—¿De veras? —Emma le miró sin dejar de sonreír—. En tal caso, quizá convendría que tomáramos un refrigerio mientras lo discutimos.

Llamó a Sharifa y le pidió una bandeja. El hecho de servir café y unos pastellillos la ayudaría a mantener las manos debidamente ocupadas.

Charlton no perdió tiempo en comentarios intrascendentes.

—Tal como ya le dije una vez, señora Granville, el otoño pasado coincidí con su marido en San Petersburgo.

—En efecto, señor Charlton.

—Nos vimos por casualidad en el Club Náutico, al que yo había sido invitado por nuestro agregado militar. Su marido cenaba con unos oficiales de alta graduación del Ejército ruso. Estaban enfrascados en una profunda conversación. En ruso, naturalmente. Me enteré de que aquél no era su primer viaje a Rusia. Como yo había estado en Cachemira otras veces, conocía de oídas a Damien Granville, como es lógico, pero aquel hecho me intrigó. ¿Cómo era posible que aquel inglés, me pregunté, se encontrara tan a gusto en compañía de unos rusos. Y, sobre todo, ¿con qué objeto?

—Mi marido pertenece a ambos países —se sintió obligada a decir Emma, sin saber por qué razón seguía considerando necesario inventarse coartadas— y mantiene relaciones comerciales con los rusos.

—Puede que no sólo relaciones comerciales, señora Granville. —El tono de voz de Charlton era indiferente e incluso perezoso, pero no así sus ojos—. Averigüé más tarde, por medio de un amable camarero, que buena parte de la conversación en su mesa aquella noche tenía que ver con un tal coronel Mikhail Borokov. Al parecer, su marido estaba deseando conocerle. No sé si a usted le sonará el nombre del coronel por haberlo leído en alguno de mis reportajes en el *Sentinel*.

La sonrisa de Emma se ensanchó.

—Vaya por Dios, ¿está usted a punto de volverme a repetir que mi marido es un espía ruso?

Charlton se levantó, apoyó un codo en la repisa de la chimenea y esquivó la pregunta.

—A principios de este año, en Delhi —añadió—, al enterarme que su marido también se encontraba allí, decidí averiguar algo más acerca de él. Fue entonces cuando, a través de mis fuentes de información en el Ejército, supe de Edward Granville, de su extraordinaria esposa y de la forma en que adquirió esta... —extendió los brazos hacia la ventana— espléndida finca en Cachemira. En cuanto a los motivos de la presencia de su marido en Delhi....

Hizo una pausa en el transcurso de la cual Emma contuvo la respiración.

—... pero me parece que estoy empezando la casa por el tejado. Le ruego que tenga un poco de paciencia conmigo. Ahora que ya la supongo familiarizada con los antecedentes publicados en la prensa, tengo que retroceder un poco. Hasta Jeremy Butterfield, concretamente, el agente muerto que le mencioné el otro día.

Llegó el café y Emma se alegró de haberlo pedido. Mientras llenaba las tazas, le tembló la mano. Charlton no pareció darse cuenta.

—Verá usted, señora Granville —añadió en cuanto ella le llenó la taza y le ofreció los pastelillos—, a mí jamás acabaron de convencerme las insatisfactorias explicaciones del servicio secreto acerca de la pérdida de los papeles de Butterfield, tal como usted debió de deducir por mis reportajes.

—¿Azúcar? —preguntó Emma—. Dos terrones, si no recuerdo mal.

—Sí, gracias. A pesar de que corrían toda suerte de rumores cuando estuve en Simla, observé que en el servicio reinaba una curiosa conspiración de silencio. Todas las bocas estaban cerradas, todas las compuertas bajadas y yo no obtenía más que evasivas. Puesto que los papeles habían resultado destruidos durante el ataque, según ellos, las afirmaciones de Butterfield acerca del Yasmina no eran de fiar. Tampoco eran ciertos, insistían en decir, los rumores según los cuales cualquier mapa que éste pudiera tener se encontraba ahora en manos rusas o era probable que se encontrara en ellas, etc., etc. —Charlton se rio y volvió a sentarse—. ¿Ha estado usted alguna vez en Simla durante la Temporada, señora Granville?

—No.

—Bueno, pues aquello es un País de las Maravillas de *Alicia a través del espejo*, poblado por Gatos de Cheshire y Sombrereros Locos. El objetivo universal (afortunadamente para mí, por cierto) es averiguar secretos acerca de quien sea y compartirlos después con todo el entusiasmo propio de un verdadero socialista. —Charlton le dirigió a Emma una mirada penetrante—. Dígame, señora Granville, ¿le dice a usted algo el nombre de Lal Bahadur?

No le decía nada. Emma sacudió la cabeza.

—Lal Bahadur era el gurkha que acompañó a Jeremy Butterfield en su última misión, el hombre que entregó su último mensaje al servicio secreto. Curiosamente, yo descubrí que, a partir de aquel momento, Lal Bahadur, como el Gato de Cheshire, había desaparecido. ¿Por qué? Nadie podía decirlo. ¿Adónde? Nadie lo decía. A través de unos amigos conseguí localizarle finalmente en Kanpur, en la fábrica de artillería, adonde había sido discretamente trasladado. Bahadur se mostró muy cauto, pero, como era un hombre sencillo y honrado, las mentiras no se le daban muy bien. Lo que al final conseguí sacarle era, por usar un adjetivo suave, pasmoso. —Apuró el contenido de su taza y la posó sobre la mesa—. El tema al que ahora me voy a referir renovará sin duda su dolor, pero, puesto que es inevitable, confío en que me perdone una vez más.

Emma permaneció inmóvil, procurando mantener un semblante impasible.

—Verá usted, señora Granville, no fueron unos anónimos miembros de una tribu sino Jeremy Butterfield quien descubrió y enterró el cuerpo de su padre en el glaciar Biafo.

Emma palideció, pero, con un envidiable dominio de sí misma, consiguió reprimir cualquier otra reacción. Ahora que comprendía la relación, cien angustiosas preguntas acudían a su mente, pero un sagaz instinto la indujo a no formularlas hasta haberlo oído todo.

—El nombre de su padre fue eliminado por la misma razón por la que se negó la veracidad de los hallazgos de Butterfield: aquellos escurridizos papeles. Reconocer que el Yasmina había sido localizado significaba reconocer también que los papeles habían desaparecido. Eso era impensable. Hubiera provocado un escándalo nacional y el Gobierno habría sido crucificado. Por consiguiente, con su torpeza habitual, Simla prefirió en su lugar utilizar la táctica de las evasivas y el obstruccionismo.

Emma comprendió que la pesadilla estaba a punto de aumentar. Negándose a permitir que aquella perspectiva le nublara el entendimiento, hizo un esfuerzo por reprimir su angustia y, como una buena anfitriona, volvió a llenar la taza de Charlton. Éste removió el café y tomó un sorbo con semblante complacido.

—Lal Bahadur confirma que, junto con el cuerpo de su padre, Butterfield encontró también su cuaderno de notas. El gurkha ignora su contenido, pero dice que, cuando Butterfield lo leyó, se puso muy nervioso y desapareció con sus instrumentos. A su regreso, envió inmediatamente a Bahadur a Simla con su baúl de madera y un mensaje urgente. Bahadur no tiene ni idea del resto. —Charlton se inclinó hacia delante—. Fue su padre quien descubrió el paso del Yasmina, señora Granville, y Butterfield confirmó sus hallazgos. Por desgracia para Butterfield, los asesinos de Safdar Alí lo vieron en las inmediaciones del Yasmina, lo siguieron y, finalmente, lo mataron. —Charlton clavó los ojos en los de Emma—. Pero los papeles sobrevivieron al ataque.

En medio del silencio que siguió, Emma se levantó y alargó la mano hacia la mesa sobre la que descansaban los tapetes de ganchillo que estaba tejiendo. La cafetera estaba vacía y ella necesitaba desesperadamente algo que disimulara el temblor de sus manos. Los huecos en el mosaico de su información se estaban llenando con tal rapidez que casi no podía asimilarlos.

—Simla sostiene que Butterfield guardaba los papeles en el morral de alfombra y que los asaltantes los destruyeron. —Introduciéndose los pulgares en las sisas del chaleco, Charlton se reclinó contra el respaldo de su asiento—. Sabiendo muy bien cómo actúan los agentes, yo comprendí que todo eso era un cuento. Lo que posteriormente descubrí en Yarkand y Leh lo confirmó.

Volvió a levantarse, se acercó a la chimenea y tomó el atizador para avivar el fuego a pesar de que éste ardía perfectamente.

—Temiendo verse mezclados en el asunto, los mercaderes que viajaban con Butterfield se negaban a hablar conmigo. Sin embargo, tuve más suerte con un locuaz mulero que, en cuanto le ofrecí el aceite que mejor lubrifica la lengua humana —Charlton se frotó el índice contra el pulgar—, habló con mucho gusto. Los mercaderes musulmanes, me dijo, se habían negado a tocar las dos posesiones paganas de «Rasul Ahmed», un rosario hindú y una rueda de oraciones. Puesto que él era hindú, no tuvo el menor escrúpulo cuando le pidieron que guardara ambos objetos en el morral de alfombra. Confesó alegremente que el rosario lo conservaba para regalárselo a su madre. Ignoraba qué había sido de la rueda de oraciones. —Echando la cabeza hacia atrás, Charlton dirigió la mirada al techo—. Creo que usted sabe muchas cosas acerca de las ruedas de oraciones, ¿no es cierto, señora Granville?

Emma dejó escapar cuidadosamente un punto de su labor de ganchillo y tardó un ratito en recuperarlo.

—Sí, señor Charlton. Mi padre estaba especializado en su estudio.

—En tal caso, recordará usted que el otro día en el Takht-e-Suleiman, le dije que, al igual que los rosarios, las ruedas de oraciones revisten un significado especial en las actividades de espionaje.

—¿De veras? Lo siento, pero no lo recuerdo.

—¿No lo recuerda, señora Granville? No importa. Ya llegaremos a eso más adelante. Aquel día también le comenté que todos los instrumentos de espionaje que se fabrican en Dehra Doon llevan unas señales especiales. Puesto que la madre del mulero se negó, indignada, a aceptar un rosario con sólo cien cuentas, el hombre se alegró de poder ganarse unas cuantas monedas más vendiéndomelo a mí. —Se introdujo la mano en el bolsillo, sacó el rosario y se lo mostró—. Como puede usted ver, las inconfundibles señales están aquí, cerca de la borla.

—No tengo ningún motivo para dudar de sus palabras, señor Charlton —dijo Emma, declinando el ofrecimiento—. Sé muy bien lo exhaustivas que son siempre sus investigaciones. En cualquier caso, ¿qué tiene todo eso que ver conmigo?

—Me temo que mucho... pero vayamos por partes. —Charlton volvió a guardar el rosario y juntó los dedos de ambas manos bajo su barbilla—. En Leh, y a pesar de su reciente purificación en La Meca, la lengua del mulá se movió con la misma diligencia tras haber recibido el lubrificante apropiado. Sí, reconoció, una rueda de oraciones formaba parte de los efectos personales de Rasul Ahmed. En su afán de deshacerse de ella antes de irse en peregrinación a La Meca, la entregó, junto con el morral de alfombra de Butterfield, no a obras de caridad, tal como afirma el servicio, sino a unos monjes budistas que se dirigían a Gaya pasando por Delhi. Tenía ciertos conocimientos de inglés y había descifrado una dirección de Delhi entre los papeles de Rasul Ahmed en los que figuraba un nombre, garabateado probablemente por el propio Butterfield. —Separó las manos para sacudirse una miga de la rodilla—. El nombre y la dirección, señora Granville, eran los de Graham Wyncliffe. —Charlton hizo una pausa—. ¿Es necesario que siga?

—¿Por qué no, señor Charlton? —repuso Emma, sorprendiéndose de la repentina oleada de confianza que experimentaba—. Estoy deseando escuchar el resto.

—Usted ya conoce el resto, señora Granville.

—No me diga. ¿Y usted cómo lo sabe, señor Charlton?

—A pesar de su constante y muy creíble aire de inocencia, nada de lo que yo le he dicho le es desconocido. Como periodista, he aprendido que, mucho más elocuente que lo que dicen las personas, es lo que no dicen... y usted, señora Granville, ha guardado un llamativo silencio. Y diré más, un silencio sorprendentemente confiado.

Dejando su labor de ganchillo, Emma dedicó un momento a estudiar a Geoffrey Charlton con imparcialidad. La sonrisa seguía siendo tan suave como la seda e incluso cautivadora, pero el encanto estaba un poco empañado. Bajo el barniz de una modestia hábilmente cultivada, vio que ardían las devastadoras y despiadadas llamas de la ambición. Se preguntó ahora por qué no se había dado cuenta antes.

—Y ahora, señora Granville, volvemos a los motivos de la presencia de Damien Granville en Delhi. —Los ojos intensamente azules eran tan fríos como el hielo—. Curiosamente, mis investigaciones me permitieron descubrir una increíble cadena de coincidencias. Individualmente, significaban muy poco. Juntas, abrían toda una nueva vía de exploración en la que ni siquiera se me había ocurrido pensar. Reuniendo toda la información de que ahora dispongo, vamos a considerar estas coincidencias en orden cronológico.

Extendiendo los dedos de una mano, empezó a contar.

—Uno, la rueda de oraciones en la cual Butterfield esconde los papeles es entregada a la hija de Wyncliffe en Delhi. Dos, Damien Granville, rusófilo declarado e hijo de una espía rusa, fija también su residencia en Delhi. Tres, Granville empieza a frecuentar una casa de juego donde juega a las cartas con un tal David Wyncliffe que resulta que es el hijo de Graham Wyncliffe, el secreto descubridor de un paso montañoso desesperadamente buscado por Rusia. Cuatro, David Wyncliffe sufre fuertes pérdidas, de hecho pierde su casa y deja a su familia en una situación desesperada. Sin embargo, no todo está perdido porque, oh milagro, la deuda de juego es generosamente cancelada y cinco, Damien Granville se casa con la hija de Graham Wyncliffe.

Charlton bajó la mano y esbozó una radiante sonrisa que dejó al descubierto sus blancos y regulares dientes. Emma se sorprendió de que, en algún momento, aquella taimada y cruel sonrisa le hubiera podido parecer juvenilmente atractiva.

—*Quod erat demostrandum*, tal como se quería demostrar, ¿no le parece, señora Granville?

Con renovado valor, Emma no sólo captó el insulto sino que, además, fue incluso capaz de tomárselo a broma.

—¿Me está usted pidiendo que crea, señor Charlton, que el servicio secreto ignora todos estos supuestos hechos y coincidencias que usted afirma conocer?

—¡El servicio secreto! —Charlton lo rechazó con una mueca de desprecio—. Un hato de burócratas miopes dirigidos por normas incomprensibles. Son unos monstruos, señora Granville. Se mueven en equipo, con siniestra lentitud e insensata cautela, sobre todo cuando se ven atrapados en una red de mentiras y se enfrentan con una desagradable publicidad. Yo, en cambio, viajo ligero de equipaje, solo, en silencio y con rapidez.

—Quizá con demasiada rapidez, señor Charlton —replicó Emma, molesta por su arrogancia—. Aun suponiendo que su cuento de hadas pudiera tener la más mínima relación con la realidad, ¿cómo descubrió mi marido que los supuestos papeles se encontraban en esta mítica rueda de oraciones, me lo quiere usted decir?

Era una pregunta que le había hecho a Damien, una pregunta para la cual todavía no tenía una respuesta.

—Probablemente de la misma manera que yo —contestó Charlton, mirándola directamente a la cara.

—¿Probablemente? —Emma soltó una carcajada—. ¿Quiere decir que todavía hay algo acerca de lo cual no está seguro?

—Lo digo como una probabilidad.

—¿Y la otra cuál podría ser?

—Que él supo de la existencia de los papeles a través de usted.

La sorpresa dejó a Emma sin habla.

Charlton se levantó de un salto y empezó a pasear arriba y abajo.

—Perdone, señora Granville, pero no se me ocurre ninguna manera diplomática de decirlo. En Delhi era universalmente sabido que usted, aunque culta e inteligente, tenía muy pocas posibilidades de casarse. Sin apenas dinero, con una madre enferma y un hermano un tanto díscolo, aceptó con entusiasmo lo que Granville le ofrecía: el término de su soltería, la seguridad económica y, por si fuera poco, la cancelación de la deuda de su hermano. —Charlton emitió un leve carraspeo—. A cambio de los papeles, claro.

—Comprendo. —Emma estaba tan asombrada que ni siquiera podía enojarse—. O sea que, tras haber interpretado a su imaginativa manera todas estas presuntas coincidencias, decidió usted ponerse en contacto conmigo a través de los buenos oficios de la señora Hathaway y rogarme que lo aceptara como amigo, ¿verdad?

Charlton se ruborizó.

—Su marido es un traidor que pretende vender los papeles a un enemigo en potencia —replicó en tono cortante—. Para descubrir una traición, uno tiene que utilizar cualquier medio que tenga a su alcance.

—¿Y sus motivos son puramente patrióticos, señor Charlton?

—Tal como ya le dije una vez, soy un periodista y una persona realista. Ni me las doy de patriota ni lo soy. Su padre era británico y su lealtad era para Gran Bretaña. Sus papeles...

—Mi padre era un estudioso, un ciudadano del mundo sin tiempo para los intolerantes localismos.

—Pese a ello, lo que él descubrió pertenece a Gran Bretaña, señora Granville, y el público británico tiene derecho a saberlo.

—Y usted quiere adquirir y publicar los papeles simplemente para servir a su país, ¿verdad?

—No. Tampoco soy un altruista. Ser el primero en publicar los papeles del Yasmina sería una primicia por la que cualquier periodista estaría dispuesto a matar.

—Puesto que parece usted convencido de que lo que ha descubierto es la verdad, ¿por qué no la ha publicado todavía?

—Por dos buenas razones. Primera, sin pruebas documentales del Yasmina, sería el hazmerreír de todo el mundo. Y segunda —en el rostro de Charlton se encendió un fulgor de triunfo que éste ya no veía ninguna razón para ocultar—, no fue hasta anoche que confirmé finalmente, más allá de cualquier duda razonable, que su marido ya está negociando con los rusos sobre los papeles del Yasmina.

Su tono de voz sonaba terriblemente auténtico. Emma sabía que era un periodista demasiado astuto como para hacer una afirmación tan tajante sin disponer de pruebas. Si consiguió mirarle con rostro inexpresivo, fue sólo porque el orgullo le dio la fuerza necesaria para no dejar que aquel hombre aborrecible descubriera el horror que sentía.

—¿Puedo preguntarle cómo y por medio de quién ha conseguido usted obtener esta presunta confirmación?

—A través de unos medios demasiado difíciles y complicados como para que se los pueda enumerar, señora Granville, y, como es natural, no le puedo revelar mi fuente. Baste decir que, si uno sabe cómo provocar la respuesta y está dispuesto a escuchar con paciencia de santo, más tarde o más temprano puede inducir prácticamente a todo el mundo a hacer revelaciones involuntarias —dijo Charlton. Después añadió, soltando un ronroneo casi gatuno—: Quiero estos papeles, señora Granville.

Emma se rio involuntariamente de su desvergüenza.

—¿Así, por las buenas, señor Charlton?

—Oh, no, así por las buenas, no. A cambio de algo, naturalmente.

—¿Más aceite lubrificante?

—Si usted quiere. El lubrificante en este caso sería no revelar el papel de su marido en este asunto ni la decisión que usted tomó y tampoco la forma en que yo adquirí los papeles y a quién.

—¿Y si me niego?

—Entonces los desenmascararé a los dos. Tras haber causado tan grave desprestigio a Cachemira, su marido perderá Shalimar y será expulsado del Estado. Stewart goza de suficientes poderes como para eso.

Emma se estremeció, pero no contestó.

—La posesión de estos papeles es un robo, señora Granville. Venderlos a una potencia enemiga es un acto de alta traición. Su marido será detenido y condenado sin remedio, al igual que todos sus cómplices... Suraj Singh y los hermanos Alí, Hyder y Jabbar, que han sido voluntariamente sus intermediarios en Asia Central durante muchos meses. Y usted también, naturalmente.

Emma le miró con incredulidad. ¡Geoffrey Charlton había estado desnudando sus vidas con la ayuda de Chloe Hathaway y sus chismosos amigos de Delhi al tiempo que disfrutaba de su hospitalidad, se ganaba su confianza y la engatusaba con ofrecimientos de amistad! Estaba indignada.

Levantándose, echó los hombros hacia atrás y le miró con evidente desprecio.

—Puede que en algún momento le haya considerado un amigo, señor Charlton, y lamento muy de veras que no lo sea, pero no tengo estos papeles en mi poder. Sin embargo, aunque los tuviera, usted sería la última persona a quien se los entregaría. Y ahora le ruego que abandone mi casa y no se tome la molestia de volver. Si lo hace, mandaré que lo echen.

Charlton entornó los ojos enfurecido y empezó a respirar afanosamente.

—Muy bien. señora Granville. Mañana por la mañana Walter Stewart firmará la orden. La casa de la que tanto se enorgullece usted será registrada habitación por habitación, los papeles se encontrarán y se confiscarán. Hasta entonces, permanecerá confinada en su apartamento. Dos guardias de la residencia, apostados delante de su puerta, le impedirán salir. Otros tendrán órdenes de registrar a cualquiera que intente abandonar la propiedad. —Ahora estallaba todo el amargo resentimiento que tanto esfuerzo le había costado reprimir—. ¿Por qué se toma todas estas molestias que tanto daño le están causando para proteger a un hombre al que no ama? ¿Un hombre que traficó con su vida a cambio de un beneficio político y que la ganó en una mesa de juego?

Emma alargó la mano y le abofeteó el rostro con toda la fuerza que pudo. Pillado por sorpresa, Charlton se cubrió la boca con una mano y soltó una maldición. Con la rapidez de un rayo, Emma se acercó corriendo a la mesa y sacó su Colt del interior de un cajón.

—Salga de aquí, señor Charlton, o le prometo que le alojo una bala en la rodilla izquierda. Soy muy buena tiradora y no es probable que falle.

Charlton empezó a retroceder.

—Eso no es el final, señora Granville, sólo el principio —escupió maliciosamente Charlton—. Mañana regresaré con la orden de registro. Encontrarán los papeles... y Shalimar dejará de ser suyo.

Emma observó con considerable satisfacción que el pañuelo que Charlton se sostenía sobre la boca estaba manchado de sangre. Con un deliberado *clic*, quitó el seguro de su Colt.

Charlton vaciló sólo un instante, después se encogió de hombros, se retiró tambaleándose y cerró ruidosamente la puerta a su espalda.

Para no correr el riesgo de tropezarse con las patrullas chinas alertadas por el amban de Yarkand, exceptuando una breve parada para adquirir las necesarias provisiones, Conolly decidió dar un rodeo y desviarse del oasis.

En el bazar de Yarkand, fuera del caravasar, se detuvieron justo el tiempo suficiente para comprar provisiones y otros artículos de primera necesidad para el viaje. Él e Ivana comieron con mucho apetito en un tenderete chino del borde del camino, donde todo, hasta los fideos, se hacía al momento, y descansaron una o dos horas. Después, sin más pérdida de tiempo, se pusieron en marcha siguiendo el tramo sur de la Ruta de la Seda, una umbrosa alameda de varios kilómetros de longitud, al sur de Yarkand.

Gracias a que viajaban muy ligeros de equipaje, podían desplazarse con gran rapidez. Recorrieron más de cincuenta kilómetros en un día y adquirieron las provisiones en las caravanas que encontraron. Gracias a la ventaja que llevaban, su desaparición aún no había sido descubierta, pero, en la certeza de que saldrían en su busca, Conolly actuaba con cautela. Por consiguiente, sólo cuando hubieron cruzado el paso de Sanju, el primero de los cinco que había que atravesar para llegar a Leh, decidió detenerse a estudiar el camino más seguro a seguir.

La recién descubierta ruta a Leh a través del valle de Karakash y las llanuras de Aksai Chin, bordeando el río Changchenmo, era menos conocida y, por consiguiente, menos transitada. Pero las desiertas y desoladas llanuras de Aksai Chin los obligarían a permanecer durante centenares de kilómetros a unas altitudes de cinco mil metros o más en medio de solitarios y estériles yermos, lo cual prolongaría en varios días su viaje y los dejaría sin fuerzas y sin energía. Conolly no estaba seguro de que él y menos Ivana pudieran sobrevivir. De ahí que optara a regañadientes por seguir la tradicional ruta a través del Karakorum.

Sin embargo, su obstáculo más serio aún no había llegado: el Suget, el segundo de los pasos que marcaba el término del territorio chino y estaba guardado por un fuerte muy bien guarnecido. Una vez pasada la frontera china, podrían permitirse el lujo de ir un poco más despacio y unirse a otra caravana. Situado en una meseta por encima de la llanura de Karakash, el fuerte estaba rodeado de altas y escarpadas montañas por tres lados y nadie podía acercarse a él sin ser visto. Encajada entre dos grandes rocas —Conolly lo sabía por haberla visto en anteriores viajes— se encontraba una siniestra advertencia: «Quienquiera que cruce la frontera china sin presentarse en este fuerte será encarcelado.» Aunque la noticia del secuestro y de la fuga aún no hubiera llegado a Suget, habría sido una locura correr el riesgo. Para evitar el fuerte, tenían que dar un largo, difícil y peligroso rodeo atravesando un río, pero él no veía otra solución.

—¿Te da miedo el agua? —le preguntó a Ivana.

—No.

—¿Sabes nadar?

—Sí.

—Muy bien.

Esperó hasta el anochecer y entonces, evitando Shahidullah, se dirigieron al oeste hacia el río Yarkand. Allí, en sus desiertas orillas, Conolly desenvolvió el equipo esencial que había comprado y puso manos a la obra. Infló unos grandes pellejos de búfalo con fuelles y ató fuertemente las bocas con una cuerda. Después sujetó a Ivana a uno de ellos, a sí mismo a otro, sus pertenencias a un tercero y los ató todos juntos.

Respiró hondo.

—Reza una oración, Ivana. Necesitamos la intervención divina para sobrevivir.

—Sé que hace todo lo que puede. No tengo miedo. —Ivana le miró directamente a los ojos—. Gracias una vez más por todo lo que está haciendo por mí.

Conolly hizo una mueca, pero comprendió que no era el lugar ni el momento para dar explicaciones. Levantó una mano y, a una señal suya, ambos se arrojaron juntos a las heladas aguas. En el otro extremo de una larga cuerda que Conolly se había atado alrededor del cuello, el caballo los siguió sin temor. La corriente los llevó rápidamente y con suavidad. Sabiendo que se acercaban a unos rápidos. Conolly rezó una silenciosa oración. Si para entonces no habían muerto de frío, tenían muchas posibilidades de golpearse contra las rocas alrededor de las cuales bajaban los rápidos.

Fue un viaje espantoso. Enteramente a la merced de las fuertes corrientes, las aguas los azotaron sin piedad y varias veces escaparon de la muerte por un pelo. Mientras bajaban velozmente en medio de la terrible e infinita oscuridad, perdieron el control de sus vidas y centraron toda su energía simplemente en mantener la cabeza fuera del agua. En determinado momento, la cuerda que sujetaba el caballo se rompió y lo perdieron de vista, pero no había tiempo para lamentaciones mientras se balanceaban, giraban vertiginosamente y las aguas se arremolinaban a su alrededor durante una aterradora eternidad.

Al final, superaron los rápidos; las aguas se calmaron y volvieron a convertirse en una corriente. Aferrándose a sus improvisadas balsas, remaron utilizando las manos con todas las fuerzas que les quedaban. Horas más tarde —o puede que minutos, no había manera de saberlo—, chocaron con algo duro y blando al mismo tiempo: ¡la otra orilla!

Con los músculos doloridos y casi sin aire en los pulmones, Conolly se agarró a las retorcidas raíces de un árbol con una mano. Con la otra tiró de los nudos de las cuerdas hasta deshacerlos y después subió a la orilla. Tras haber hecho lo mismo con Ivana y con el equipaje, observó que le sangraban las uñas medio arrancadas y sintió que cada centímetro de su cuerpo gritaba de dolor. Jadeando por falta de oxígeno, tosió y escupió agua hasta desplomarse en la orilla. Empapado hasta el tuétano y temblando, soltó un último jadeo y perdió el conocimiento. Su último pensamiento fue para Ivana, pero no tuvo fuerzas para volver la cabeza ni para llamarla. Los pellejos de búfalo que les habían salvado la vida se alejaron en la invisible oscuridad para seguir su camino hacia lo desconocido.

Lo primero que vio al recuperar el conocimiento fue el leve resplandor del horizonte oriental. Se incorporó dolorosamente y miró a su alrededor. Muy cerca del borde del agua, Ivana estaba tendida en el suelo con los ojos cerrados. No podía decir si respiraba. Santo cielo, ¿estaría muerta? Se levantó como pudo, corrió hacia ella y le tocó el rostro con desesperados dedos.

—¿Ivana?

Los párpados se movieron levemente pero no se abrieron. La recogió del suelo y, medio cayéndose a causa del esfuerzo, la apartó de la orilla y la dejó bajo un árbol. Miró a su alrededor, buscando alguna morada humana, pero, en medio de aquella fría y exánime desolación, no vio ninguna. No sabía dónde estaban, pero no le importaba.

¡Estaban vivos y fuera del territorio chino!

Por encima de ellos, el cielo fue adquiriendo un pálido tono azulado. Prometía ser un día vivificador. Conolly hubiera deseado ponerse a saltar, agitar los brazos y bailar de júbilo, pero los párpados le pesaban como si los tuviera cargados de piedras. Dejó que se cerraran y, como Ivana, se deslizó hacia el sueño de los muertos.

Horas más tarde, cuando el día ya había recorrido la mitad de su camino y rebosaba de luz, se despertó con dificultad y se incorporó, apoyándose en un dolorido codo. A cierta distancia, Ivana se estaba secando al sol. Mantenía los ojos cerrados y su cabeza descansaba en un brazo extendido sobre una roca. La llamó y ella se volvió.

—¿Te encuentras bien?

Ivana esbozó una leve sonrisa y asintió con la cabeza.

En cuanto se secaron sus pertenencias, ambos se cambiaron de ropa y devoraron ávidamente unas tiras de carne de yak que, a pesar de estar todavía saturadas de humedad, les supieron a gloria. Conolly había guardado cuatro artículos casi con el mismo celo con que había custodiado a Ivana: sus gemelos de campaña, un mapa, su revólver y su brújula, todos protegidos por una lámina de goma fuertemente enrollada. Habían sobrevivido milagrosamente a la larga inmersión en el río sin sufrir prácticamente ningún daño. La pérdida del caballo había sido un golpe muy duro, pero él ya no podía hacer nada al respecto.

Ahora estudió el territorio que lo rodeaba a través de sus gemelos de campaña. Basándose en la posición del sol y en su brújula, calculó aproximadamente dónde estaban y la dirección de su siguiente destino, confiando en que el mensaje que él había enviado previamente desde Kashgar ya hubiera llegado. Después, echándose a la espalda las pocas pertenencias que les quedaban, iniciaron su lenta y agotadora marcha hacia el sureste.

Para su gran alivio, un día y medio después, Conolly comprobó que su amigo beluchi de Kashgar no lo había dejado en la estacada y que el mensaje había sido efectivamente entregado. En el campamento kirguiz situado a pocos kilómetros al oeste de la ciudad de Khapalung, su amigo Mirza Beg lo esperaba con su habitual hospitalidad.

El hecho de que dos gigantescos y bigotudos dogras uniformados montaran guardia a la entrada del apartamento de Emma causó la alarma de la servidumbre.

—¿Qué ocurre, begum sahiba? —preguntó Sharifa en voz baja, dirigiendo nerviosas miradas a través de la puerta abierta hacia el lugar donde otros pálidos y preocupados criados aguardaban sin saber qué hacer—. Dicen que otros soldados están en camino para rodear la casa. ¿Quiénes son estos hombres, begum sahiba?

Esbozando la sonrisa más tranquilizadora que pudo, Emma cerró firmemente la puerta.

—Los guardias proceden de la residencia y están aquí a petición de huzur. Dicen que hay bandidos en la región y huzur quiere que nosotros y la finca estemos protegidos en su ausencia. Por favor, diles a todos que no se preocupen.

Esperaba con toda su alma que la creyeran. Lo que menos le interesaba en aquel momento era que se produjera una situación de pánico; de eso ya habría suficiente al día siguiente cuando se iniciara el registro de la casa.

—¿Cuántos guardias hay? —le preguntó a Sharifa.

—Dos en el pasillo. A los otros no se les puede ver desde la casa.

—Bueno, supongo que se han escondido en el jardín para no poner sobre aviso a los posibles intrusos.

Detrás de la forzada calma, sus pensamientos corrían desesperadamente. ¿Qué iba a hacer? ¿Qué podía hacer? Suraj Singh se encontraba en Gulmarg, y Lincoln, el administrador de la finca, se había ido a Srinagar con un importante pedido de fruta en conserva que desde allí se enviaría a Amritsar. No tenía a nadie en quien depositar su confianza. En cuanto Charlton consiguiera la orden de registro, el descubrimiento de los papeles sería sólo cuestión de tiempo, cualquiera que fuera el lugar donde ella los ocultara. En las angustiosas circunstancias en que se encontraba, hasta el hecho de hacer paquetes estaba prohibido.

¡Pero tenía que haber algún medio de enviarle un mensaje a Damien!

A pesar de sus diferencias y de su firme decisión de abandonar aquel matrimonio concertado por codicia y basado en el engaño, sabía que no podía irse sin hacerle por lo menos una advertencia. De momento, tenía la conciencia tranquila. No quería mancharla dejando que Damien perdiera su maldito Shalimar por incomparecencia. Para mantener una apariencia de normalidad, pidió su habitual almuerzo y comió sin apetito. En el transcurso de la tarde, su mente empezó a gestar muy despacio un confuso plan. Al llegar la noche, ya sabía exactamente lo que tenía que hacer.

Los guardias que seguían ocupando sus posiciones en el pasillo no daban señales de abandonar sus puestos y seguramente permanecerían allí hasta que Charlton se presentara a la mañana siguiente con refuerzos. Tras haber ordenado a Sharifa que preparara comida para los dos hombres, pidió para sí misma una temprana —y un tanto insólita— cena a base de *parathas*, panecillos con mantequilla, fruta fresca y seca y queso. En cuanto le sirvieron la cena, mandó retirarse a Sharifa y Rehmat.

—Anoche no dormí muy bien —dijo— y no quiero que me molesten. Ya os avisaré con la campanilla mañana cuando os necesite.

Cerró la puerta y puso manos a la obra.

Su salón del primer piso daba a un jardín lateral. Para preservar la intimidad del apartamento, una parte del jardín estaba protegida por una hilera de árboles que la aislaba del camino que conducía a los edificios de la cocina. Tomando las sábanas de su cama y añadiendo varias más del armario de la ropa blanca, las anudó todas juntas, formando una cadena. A un extremo de la improvisada cuerda ató un pesado libro. Ató el otro extremo a la balaustrada de hierro forjado del balcón, rezando para que aguantara el peso.

Después envolvió la cena que no había comido en un trozo de papel grueso y uno de hule, vertió el queroseno de una de las lámparas en un frasco de bolsillo de plata —el único recipiente irrompible que pudo encontrar— y lo envolvió en una funda de almohada. A continuación, lo ató todo con un trozo del galón del dosel de su cama. Se cambió de ropa y se puso unos gruesos pantalones de montar, un abrigado chaleco de lana, unos calzones largos también de lana y una chaqueta acolchada con capucha; se guardó unos guantes forrados de piel en el bolsillo de la chaqueta, se protegió los pies con unas pesadas botas forradas de lana y, finalmente, sacó los papeles del interior de la rueda de oraciones y volvió a dejar la rueda en el armario. A las ocho, ya había terminado sus preparativos.

Sabía que, después de cenar, los criados solían reunirse en su patio para descansar y contarse chismes alrededor de una fogata. Cuando le pareció que el momento era oportuno, apagó las lámparas y descolgó desde el balcón el trozo de galón con los objetos que había atado con él. El más pesado, el frasco de plata, fue el primero en golpear el suelo con un ruido sordo. Emma esperó un momento; aparte los chillidos y los correteos de las asustadas ratas huyendo a buscar refugio, no hubo otros sonidos, por lo que repitió el mismo procedimiento con los restantes objetos. Después, poniéndose los gruesos guantes, comprobó la resistencia de la improvisada cuerda, se encaramó a la barandilla, cerró los ojos en una callada oración y empezó a descolgarse.

El descenso fue alarmantemente rápido. Casi sin tiempo para asustarse, aterrizó entre los arbustos con un fuerte golpe. Esperó un momento para que se le normalizara la respiración y se le calmaran los acelerados latidos del corazón y miró a su alrededor. La media luna que se elevaba por encima de las copas de los árboles era en aquellos momentos un inconveniente, pero ella sabía que más tarde le sería útil. No vio a nadie ni oyó el crujido de las pisadas de ninguna patrulla. Aun así, tuvo la sensación de que había ojos vigilándola por todas partes y se estremeció.

Salió a gatas de entre los arbustos y, pegada al borde de los parterres, avanzó poco a poco hacia el fondo del huerto, donde había un granero de grandes dimensiones que se utilizaba como almacén de maquinaria rota y objetos diversos. Lo alcanzó sin ningún contratiempo. Agachada junto a una de las paredes, roció la base con el queroseno del frasco y le acercó una cerilla encendida. En cuanto las llamas prendieron en las resecas tablas de madera, corrió a la seguridad de unos matorrales y espero a que el fuego llamara la atención de alguien.

Cuando se empezaron a oír unos gritos, el incendio ya se había convertido en un infierno y el fragor de la madera llenaba la noche. La gente salió corriendo desde todas direcciones mientras el caos se propagaba por doquier. Unas figuras enmarcadas por el resplandor del fuego corrían arriba y abajo con cubos, baldes y recipientes de agua. Alguien le gritó a Sharifa que avisara a begum sahiba y ésta le soltó una severa reprimenda. A begum sahiba, dijo con firmeza la doncella, no se la podía molestar, pasara lo que pasara.

Emma sonrió y apuró el paso.

Sin apartarse de la hilera de árboles, avanzó en dirección a las cuadras situadas al otro lado del granero. Los mozos estaban ocupados con el incendio, en la cuadra no había nadie, así que no tardó en ensillar a *Zooni*. En el transcurso de sus muchos recorridos por la finca, Suraj Singh le había mostrado un camino de herradura que atravesaba los azafranales, rodeaba la verja principal y se juntaba con el camino más ancho del exterior. En medio de la confusión y la oscuridad, nadie reparó en el solitario jinete que avanzaba a través de un mar de azafrán hacia la carretera principal. Media hora más tarde, ya estaba en camino hacia Gulmarg.

A su alrededor, la líquida y oscura noche se extendía en silencio sobre todo el valle. La media luna en la que ella tanto confiaba la había abandonado, escondida detrás de una nube. Hacía mucho frío. Unas fuertes ráfagas penetraban a través de la chaqueta acolchada hasta su carne y el gélido aire le clavaba alfileres en los ojos. Llovería. Los caminos eran accidentados y lo fueron todavía más pasada la curva de Narabal. Dos chacales aullaban peligrosamente a su espalda. Recordando lo que Damien le había dicho acerca de los grandes felinos que merodeaban de noche por las laderas de Gulmarg, Emma se llenó de temor.

«¿Por qué lo hago? —se preguntó amargamente—. ¿Por qué sufro este tormento por causa de un hombre que no ha hecho nada para ganárselo?»

No encontró ninguna respuesta que su razón pudiera aceptar.

El campamento kirguiz se levantaba a la orilla de un transparente lago azul lleno de patos salvajes, aves acuáticas y grullas de largas patas. De pie a la entrada de su *akoi*, la redonda tienda de los kirguiz, Mirza Beg recibió a Conolly con una cordial sonrisa de bienvenida.

Ambos se abrazaron.

—*Us-salaam-alaikum* —dijo Mirza—. Mi hogar es tuyo. Utilízalo a tu antojo.

—*Walaikum salaam.* —Conolly sonrió y suspiró de alivio—. Siempre estaré en deuda contigo.

—No, no —protestó Mirza Beg—, al contrario.

Durante la última visita de Conolly, la tercera esposa de Mirza se había puesto de parto y Conolly la ayudó lo mejor que pudo en su largo y difícil alumbramiento con sus medicinas y los consejos prácticos que le dio a la comadrona. Al final, nació un niño perfectamente sano —el primer hijo varón de Mirza después de tres niñas— y, desde entonces, Mirza había atribuido a Conolly el mérito de la salvación de su mujer y el nacimiento de su heredero.

—He reunido todo lo que me pedías en la carta para tu viaje, incluidos los caballos —dijo Mirza—. Pero tienes que quedarte algún tiempo aquí. Insisto.

—Bueno, quizás uno o dos días —contestó Conolly, aceptando de buen grado la invitación—. Después tendremos que reanudar nuestro camino, pues nos esperan en Leh.

Permanecieron cuatro días en el campamento sin hacerse de rogar demasiado por su anfitrión. No era fácil resistir la tentación del lujo de unas mullidas camas, unas tiendas espaciosas, una generosa hospitalidad y la sensación de libertad que les producía el hecho de saber que nadie los perseguía, por lo que Conolly ni siquiera lo intentó. Aún les quedaban dos pasos por atravesar, incluido el Karakorum. Pero, tras haber descansado y recuperado las fuerzas, Conolly esperaba que, bajo la protección de otra caravana, también lograrían sobrevivir. Después de la larga y agotadora marcha desde Kashgar, el campamento se le antojaba algo así como el paraíso de Omar Kayyam, pues los yermos se habían trocado en un paisaje celestial en el que comían bajo las ramas de los árboles pan recién horneado, suculentas carnes de caza e interminables copas de *khumis*, el tradicional licor kirguiz hecho con leche de yegua.

Uno de los muchos hermanos de Mirza, que era músico, los deleitaba por las noches con el *ngara*, el tambor utilizado en otros tiempos para las proclamas reales, a cuyo son ellos cantaban y bailaban. A su alrededor se extendían los verdes y serenos pastos, pues los kirguiz amaban sus caballos y afirmaban que allí se habían inventado siglos atrás las primeras sillas de montar y los primeros estribos.

Los kirguiz se ganaban la vida apresando y adiestrando águilas y haciendo sombreros de piel de zorro y chaquetas de piel de tejón. En las laderas de las colinas donde abundaba la caza, los rebaños de *kayangs* pastaban bajo bandadas de *chakors* y palomas silvestres. Entre el hielo y las piedras de las zonas más altas crecían flores de intenso color azul; digital purpúrea, margaritas azules, alguna que otra prímula amarilla y una que Ivana juró que era una violeta.

Tras haber abandonado finalmente su disfraz de hombre, Ivana se alojaba en las tiendas de la zenana. Su presencia despertaba mucha curiosidad, pero, obedeciendo quizá las órdenes de su amable anfitrión, nadie hizo preguntas incómodas. La propia Ivana, que jamás había conocido un ambiente como aquél, se mostró al principio aturdida, pero no tardó en sentirse totalmente cautivada.

Era su última noche en el campamento y ambos estaban tumbados a la orilla del lago disfrutando por última vez del soberbio espectáculo de un ocaso tan rojo como el fuego y de las claras y luminosas aguas de color de rosa que lo reflejaban. En un cercano pastizal, un rebaño de caballos *yabu* rozaba la fresca hierba; el viento llevaba los ecos de las llamadas de los pájaros que regresaban a sus nidos al anochecer y del tintineo de los cascabeles de los camellos. Sobre la superficie del lago, las grullas de largas patas, las cigüeñas y los patos extendían sus perezosas alas antes de retirarse a descansar, imperturbables ante la presencia humana.

Una familia de patos pasó nadando cerca de la orilla y los miró tímidamente. Conolly se adentró en las someras aguas y trató de agarrar uno, pero toda la familia desapareció bajo la superficie en un abrir y cerrar de ojos. Zambulléndose tras ellos, consiguió atrapar uno y se lo ofreció a Ivana para gran deleite de ésta.

Mientras acariciaba al pato sentado nerviosamente en su regazo, Ivana le preguntó de repente:

—¿A qué distancia estamos ahora de Osh?

Conolly sabía que algún día ella le haría aquella pregunta y la esperaba con temor.

—¿Osh? —Apartó la mirada sin atreverse a fijarla en sus inocentes y confiados ojos—. Estamos muy cerca.

—¿Pronto llegaremos?

Conolly asintió con la cabeza.

—El comandante es amigo de mi coronel. Cuando sepa que usted también es un amigo, nos llevará sanos y salvos a Tashkent.

Lleno de remordimiento, Conolly murmuró una excusa y se alejó, caminando por la orilla del lago.

A lo largo de las últimas semanas transcurridas había averiguado muchas cosas acerca de Ivana. El difícil viaje rodeado de todo tipo de tensiones los había obligado a vivir en una extraña intimidad y sin la menor formalidad. Juntos se habían acurrucado en el interior de las cuevas alrededor de unas insuficientes hogueras, habían compartido frugales alimentos y habían dormido casi el uno al lado del otro, pues en los desiertos parajes la intimidad era un lujo. E Ivana se había mostrado en todo momento extremadamente serena, obediente e impasible. Tenía la costumbre de hablar poco y escuchar con atención. Jamás discutía las decisiones de Conolly y se conformaba con ir a donde la llevaban y hacer lo que le mandaban. Conolly sabía que se había pasado la vida sirviendo a los demás y obedeciendo órdenes sin apenas pensar en sí misma. Y, por una extraña razón, se compadecía de ella.

La había interrogado detenidamente acerca de su vida y ella le había contestado de buen grado. Al parecer, Borokov la había tratado bien, pues ella hablaba favorablemente de él. Sin embargo, su ignorancia de las complicaciones del mundo le impedía saber cómo vivía y pensaba la gente más allá de los limitados confines de su propia experiencia. Conolly jamás había conocido a una mujer tan sencilla y tan poco consciente de sí misma. A veces por la noche, cuando pensaba que él estaba dormido, Conolly sabía que lloraba muy quedo para sus adentros, pero jamás veía ninguna huella de sus lágrimas, y, cualesquiera que fueran sus temores, jamás se los revelaba. Siempre lo llamaba «señor Conolly».

Allí en el campamento, donde sus vidas cotidianas eran relativamente regulares, Conolly había descubierto en ella unas costumbres conmovedoras. A pesar de sus avergonzadas protestas, Ivana insistía, por ejemplo, en doblarle la ropa, alisar su cama, limpiarle la jofaina de lavarse y, para su horror, lustrarle cada noche las pesadas y sucias botas. Cuando comían, se empeñaba en servirle.

Había estado en Moscú con el coronel, le dijo, y se había quedado asombrada de su brillo y su magnificencia, de las bellas damas tan bien vestidas y peinadas y los apuestos caballeros uniformados. Había cocinado para ellos, los había servido y observado y admirado desde lejos, pero jamás había hablado con ellos. No hubiera estado bien, dijo, que conversara con aquellas personas tan finas de igual a igual.

A veces, aunque no muy a menudo, su naturalidad le atacaba los nervios, pero sólo una vez había perdido los estribos con ella.

—¿Es que no sabes nada del mundo? —le había preguntado exasperado al manifestarle ella su ignorancia acerca de una trivial cuestión sin importancia—. ¿Es que no has leído ningún libro?

—No. —Ivana bajó los ojos y se miró las manos—. No sé leer.

Conolly se calló, avergonzado, y el corazón se le llenó de compasión. Jamás le había vuelto a levantar la voz. Era como una niña, intacta y vulnerable, y, como una niña, depositaba toda su confianza en él.

¿Cómo le diría que le había mentido, que jamás había visto a su coronel, que no se dirigían a Tashkent sino justo en dirección contraria, a Leh?

—¿Quién demonios eres, Ivana? —estalló, enojado no con ella sino consigo mismo.

La pregunta la sobresaltó y, tal como siempre hacía cuando se sentía insegura, se acercó la mano al cuello y dobló los dedos alrededor del colgante de plata.

—Usted ya sabe quién soy —musitó, atemorizada—. Soy Ivana Ivanova.

Era inútil. No se enteraba de nada.

De repente comprendió que ya no podía mantener por más tiempo aquel engaño. Sabía que Ivana era una pieza de una partida de ajedrez mucho más amplia, pero tenía tan poca idea de quiénes eran los jugadores como ella. Considerando la poca importancia que Ivana se daba, de haber sabido el elevado precio que ofrecían por ella los británicos, los chinos y probablemente los rusos, se habría aterrorizado.

—Creo que hay algo que debes saber —le dijo ahora, pensando que se lo tenía que revelar rápidamente y sin ningún rodeo. No había otra forma—. No vamos a Tashkent.

Ella le miró sin comprenderle.

—¿Has oído hablar del paso del Yasmina?

—No.

Hablando despacio y en voz baja, le contó todo lo que sabía. No era mucho, pero sí más de lo que sabía ella. Ivana le escuchó como siempre con mucha atención y sin interrumpirle. Cuando terminó, no hizo ningún comentario inmediato, pero después preguntó:

—¿Adónde me lleva si no vamos a Tashkent?

—Primero a Leh y después a Simla.

Ella no había oído hablar de ninguno de aquellos dos lugares.

—¿Por qué?

Conolly esbozó una triste sonrisa.

—Tendrás que creerme si te digo que no tengo ni la más remota idea.

Ivana pidió permiso, se levantó, depositó cuidadosamente el pato en el agua y se apartó de él. Paseó sola un buen rato por la orilla del lago, arrojando migas de pan a unos pajarillos que seguían sus pasos gorjeando. Cuando regresó, Conolly vio que había estado llorando.

Lo lamentó profundamente y trató de tranquilizarla.

—No te preocupes, cuando lleguemos a Leh, aclararemos todo el misterio. Te ruego que confíes en mí, Ivana.

—Yo confío en usted —dijo ella entre lágrimas. Después pidió perdón por sentirse tan apenada y le suplicó que no la considerara una desagradecida—. Usted es un amigo, lo sé, y si me comporto mal es porque nunca he tenido un amigo.

Conolly se sintió un gusano.

Justo en aquel momento Mirza Beg se acercó corriendo al lugar donde ellos estaban sentados.

—Rápido —dijo, presa de una gran agitación—, tenéis que esconderos. Se acercan unos jinetes. Podría ser una patrulla china.

A Conolly se le heló la sangre en las venas.

—¿Aquí? ¡Pero si estamos muy lejos del territorio chino!

—¿Y tú crees que eso a ellos les importa?

—¿Cuántos son?

—No lo distingo muy bien, pero, a juzgar por la polvareda que levantan, yo diría que son por lo menos diez caballos. Date prisa, amigo mío, te enseñaré un sitio donde estarás a salvo.

Señaló el lago y Conolly asintió con la cabeza. Mirza Beg estaba familiarizado con las incursiones chinas y era evidente que ya estaba preparado para semejante posibilidad.

Aun así, Conolly vaciló.

—¡Si sospechan vuestra complicidad en dar cobijo a unos fugitivos, vuestra vida correrá peligro!

—No te preocupes por nosotros, amigo mío. Ya nos hemos encargado de todo. No queda ni rastro de vuestra presencia. Y, aunque quedara —hizo un pícaro guiño—, a los chinos les gusta el khumis tanto como a nosotros y tenemos de sobra. ¡Ahora, date prisa!

Conolly no compartía su optimismo, pero no había tiempo para discutir.

En la orilla del agua, Mirza le entregó un haz de largas, duras y huecas cañas y se hizo cargo del calzado y las chaquetas de piel de oveja que ellos se habían quitado y también del revólver de Conolly. Atándose fuertemente la ropa alrededor del cuerpo para no flotar, ambos se adentraron en el agua y se dirigieron hacia una hilera de altas plantas acuáticas. El agua era somera pero estaba más fría que el hielo. Por un instante, Conolly apenas pudo respirar. Mientras ambos se sumergían hasta el cuello, Conolly le pasó un puñado de cañas a Ivana. Ella se introdujo una en la boca, le miró y él asintió con la cabeza. Sin decir nada, sumergieron la cabeza bajo el agua y se agacharon entre las enmarañadas hierbas, rozando con los pies el fondo del lago.

¡Estaba claro que el taotai era más obstinado de lo que él pensaba!

En la semioscuridad, el mundo submarino ofrecía un aspecto espectral. A través del denso follaje se distinguían retazos de pálido y ondulado cielo, pero, aparte los atronadores latidos del corazón de Conolly y el chirrido de su respiración al pasar por el interior de la caña, todo estaba en silencio. Transcurrió una eternidad. Enterrado en un pálido universo verde de veloces formas y de fugaces sombras, Conolly se hundió en la desesperación. ¿Todo el esfuerzo no había servido de nada y estaba condenado a terminar de aquella manera?

Sin previa advertencia, sintió de repente una presión sobre su cabeza, la torpe presión de unos dedos que se agitaban. Una mano humana con los dedos extendidos buscó a tientas bajo el agua, encontró la caña y se la arrancó de la boca sin miramientos. Sin poder respirar y creyendo morir de un momento a otro, Conolly emergió del agua, agitando violentamente los brazos en todas direcciones. Apartando las hierbas, se inclinó hacia delante y hacia fuera mientras sus dedos buscaban a ciegas un blanco de carne en el espacio. Si tenía que morir, fue lo primero que pensó, prefería hacerlo matando y llevándose a unos cuantos por delante.

Pero, antes de que pudiera establecer contacto con algo que se pareciera remotamente a la carne, se sintió las muñecas esposadas por una presa que lo inmovilizó.

—Juá, juá... ¡calma, amigo! ¿Qué demonios te crees que estás haciendo?

¡Una voz inglesa!

Atragantándose, escupiendo y agitando la cabeza para sacudirse el agua de los ojos, Conolly contempló borrosamente una mata de cabello rubio brotando de un rubicundo rostro, y un par de insultantes ojos azules. El matorral se movió, se abrió un orificio y le soltaron las muñecas. Una fuerte y poderosa mano se extendió para tomar la suya.

—¿El doctor Conolly, supongo?

18

Sir John Covendale permanecía sentado en su estudio, tomando un coñac. Era pasada la medianoche y hacía mucho rato que lady Covendale se había retirado a descansar. La estancia se encontraba a oscuras, pero él no hizo el menor intento de encender una lámpara. Tumbado en su sofá preferido con los pies estirados, calentó la copa entre las manos y apreció los sorbos con aire ausente. Después se levantó, se acercó a la ventana y escuchó el ritmo de la lluvia. La llovizna que había empezado a caer mientras él regresaba a casa a pie se había convertido en un fuerte aguacero. Se alegraba de haberse librado de él.

Había pasado la velada en Snowdon con el comandante en jefe. Ambos habían compartido una cena de trabajo consistente en emparedados de carne y cerveza fría mientras examinaban un montón de carpetas pendientes y discutían de nuevo el informe de la Comisión Real. Dicha comisión había recomendado la eliminación del cargo de comandante en jefe y su sustitución por el de un jefe de Estado Mayor responsable directamente ante Londres. Sin estar todavía seguros de su reacción, ambos se habían pasado un buen rato analizando el asunto.

Profundamente enfrascado en sus pensamientos, sir John regresó al cómodo hueco del sofá, se tumbó en él, se aflojó el cuello de la camisa y se quitó los zapatos. Las sillas infernalmente duras de ordenanza que se veían obligados a utilizar en el servicio secreto le provocaban unos dolores terribles y el calor del mullido almohadón colocado detrás de su espalda era un alivio. Tal como ocurría todos los sábados por la noche, los juerguistas que regresaban de los distintos jolgorios del Mall estaban armando un alboroto espantoso. Vagamente molesto, echó la cabeza atrás, clavó la dura mirada en el techo y recordó de nuevo la velada.

—¿Adónde dice usted que ha ido Hethrington, John? —le había preguntado sir Marmaduke cuando él se disponía a retirarse.

No lo había dicho, pero difícilmente hubiera podido evitar dar una respuesta directa a una pregunta directa.

—A Leh, señor.

—Comprendo. —No del todo satisfecho, el comandante en jefe le acompañó bajando por el tortuoso sendero que desembocaba en el Mall—. Sé que los caminos de su servicio son casi tan misteriosos como los del Señor, pero me preocupa lo que ocurre a mi espalda y se me oculta con tan exagerado sigilo. Quisiera tener la certeza de que el sigilo tiene motivo justificado, muy justificado.

A pesar de los remolinos de niebla, sir John sintió en su rostro toda la dureza de aquella persistente mirada. Pillado por sorpresa y alegrándose de la oscuridad que los rodeaba, el intendente general carraspeó.

—Bien, señor, nosotros...

—No tengo la menor intención de acorralarlo, John —lo interrumpió con impaciencia el comandante en jefe—. Dígame confidencialmente... ¿tiene eso algo que ver con el asunto Butterfield?

El titubeo de sir John fue notablemente breve. Bien mirado, era un alivio poder descargar en parte su conciencia.

—Sí, señor.

—¿Y corremos el riesgo de volver a hacer el ridículo?

—Sólo si fracasamos, señor.

—¿Es probable que fracasemos?

—No, señor. Por lo menos...

Sir John respiró hondo y se detuvo.

Sir Marmaduke soltó una carcajada semejante a un ladrido.

—Quiere usted decir que del dicho al hecho siempre hay un trecho, ¿verdad?

—Pues sí, señor. Como en todas las operaciones, hay un elemento de riesgo, pero es un riesgo aceptable.

—¿Me puede dar usted su palabra?

—No, señor. Sólo puedo darle mi palabra de que se está haciendo todo lo posible por recuperar los papeles.

—Ya, ¡o sea que al final resulta que no se perdieron a los cuatro vientos en las gargantas del Karakorum!

—No, señor.

—Jamás lo creí —rezongó muy satisfecho de su intuición sir Marmaduke—, pese a los denodados esfuerzos que se hicieron por convencerme de lo contrario. Bien pues, ¿cuándo es probable que tenga el placer de gozar de su confianza?

Sir John se ruborizó por el sarcasmo de la pregunta.

—A finales de semana, señor.

Recapitulando acerca de la conversación, el intendente general cambió nerviosamente de posición en el sofá. «¡A finales de semana!» Era lo único que le quedaba a Hethrington para recuperar aquellos condenados papeles. Esperaba que fuera suficiente. Porque, de no ser así...

Cortó en seco la idea. Había sido un día muy largo; estaba agotado, el coñac era muy suave y le bajaba con facilidad por la garganta. Bostezó, volvió a echar la cabeza atrás y dejó que se le cerraran los párpados. Casi inmediatamente —o eso por lo menos le pareció a él— fue bruscamente despertado de su sueño por un tumulto que sonaba peligrosamente próximo, concretamente, justo al otro lado de la puerta principal. Irritado, se levantó de un salto y salió al pasillo en calcetines. A cada Temporada que pasaba, la embriaguez callejera era peor. Era una vergüenza; tendría que hablar de ello con el comisario.

—¿*Koi hai?*

Llamando a gritos a los criados, descorrió el pestillo de la puerta principal de la casa y la abrió. Sin embargo, antes de que pudiera hacer lo mismo con la boca y cantarles las cuarenta a los borrachines, una ruidosa maraña de brazos y piernas surgió de la oscuridad, cruzó la puerta dando tumbos y aterrizó a escasos centímetros de sus pies.

Sir John pegó un brinco hacia atrás y soltó una maldición.

—Pero, ¿qué diablos...?

—¿Quién es, John? —preguntó preocupada lady Covendale, asomándose desde la barandilla en lo alto de la escalera—. ¿No están ahí los chowkidares?

Justo en el momento en que unos criados se acercaban corriendo, la palpitante maraña se transformó en dos alterados y ruidosos chowkidares que sujetaban algo que, a primera vista, parecía una sucia bolsa de la lavandería con vida propia.

—¿*Yeh sab kya tamasha hai?* —rugió sir John—. ¿*Kon hai yeh?*

—No sabemos quién es, sahib —contestó uno de los vigilantes entre jadeos, sujetando su presa con toda la fuerza de una prensa de tornillo—. Lo sorprendimos cuando trataba de escalar la verja. Le hicimos preguntas, pero se negó a contestar.

—C-Columbine, señor. —Lo interrumpió un áspero graznido procedente de la bolsa de la lavandería mientras ésta se soltaba de la presa y se convertía de pronto en una forma humana—. Columbine se... se presenta de regreso de una... misión, señor...

—¿Columbine? —Sir John lo miró con recelo—. ¡Santo cielo, Wyncliffe! —Momentáneamente sin habla, sir John contempló las ropas cubiertas de barro, los enmarañados cabello y barba, los ojos inyectados en sangre y los pies y manos atados de cualquier manera—. ¿Qué está usted haciendo aquí? Le creía en algún lugar del Murghab.

Wyncliffe trató de entrar en el vestíbulo, pero no pudo y permaneció de pie, tambaleándose.

—S...Smirnoff, señor —dijo en un susurro—. Veinte de sep...

Fue lo único que pudo decir. Puso los ojos en blanco, se le doblaron las rodillas y se desplomó sobre el felpudo.

Reaccionando rápidamente, sir John apartó a los vigilantes y se arrodilló al lado del hombre inconsciente.

—¡*Pani lao, juldi, juldi, aur lady sahib ko bulao!*

—¡Voy, querido, voy enseguida! —Lady Covendale bajó corriendo la escalera—. Dios mío, ¿quién es?¿Alguien a quien conocemos?

—Wyncliffe. David Wyncliffe. —Tras haber tomado el pulso de la débil muñeca, sir John levantó primero un párpado y después el otro y deslizó las yemas de los dedos por las extremidades—. Parece que no hay nada roto, pero está medio congelado. Tiene las manos y los pies prácticamente en carne viva. Será mejor que lo acostemos y mandemos llamar al comandante.

Introdujeron a la fuerza medio vaso de agua en la inerte boca del inconsciente joven y lo llevaron a la habitación de invitados del piso de la planta baja, colocaron bolsas de agua caliente bajo la colcha y enviaron a un perplejo chowkidar al hospital militar.

—Por Dios, John, ¿adónde enviaste a este pobrecillo para que haya vuelto en este estado tan lamentable?

Aunque sir John hubiera considerado profesionalmente ético contestar al reproche de su mujer, no habría podido hacerlo. A pesar del impacto que le había causado la contemplación del herido, la mención de Smirnoff lo había desconcertado. Wyncliffe había sido reclutado recientemente y era todavía bastante novato. La tarea inicial se la había encomendado Crankshaw, una misión de vigilancia relativamente sencilla de la nueva carretera rusa. ¿Por qué se había presentado en Simla en lugar de hacerlo en Leh, corriendo el peligro de provocar la ira de Crankshaw? Pero, de momento, ésta era la menor de las preocupaciones del intendente general. Estaba claro que Wyncliffe había tropezado con algo que él consideraba de vital importancia militar, algo relacionado con Alexei Smirnoff.

¡Maldita sea! Naturalmente, en el grave estado en que Wyncliffe se encontraba en aquellos momentos, hubiera sido imposible interrogarle. El interrogatorio tendría que esperar; la intuición que había adquirido a lo largo de sus muchos años de servicio le decía a sir John que cualquiera que fuera la noticia de la que Wyncliffe era portador, ésta significaría un quebradero de cabeza para el servicio secreto... y lo que menos necesitaba el intendente general en aquel momento era que le echaran en el plato otra ración de comida indigesta.

Pero resultó que las respuestas a las preguntas no formuladas llegaron mucho antes de lo esperado.

—Tiene usted razón, señor, no hay ningún hueso roto —le confirmó el comandante del Servicio Médico indio, tras haber examinado al paciente, haberle administrado medicación y haberlo lavado con una esponja y vendado—, pero la congelación es muy grave y se encuentra en un severo estado de desnutrición; de hecho, se encuentra prácticamente en estado de inanición. Yo diría que tiene suerte de estar vivo. Como es natural, pasará varias semanas fuera de combate, pero lo suyo se arreglará con buena comida, un largo período de descanso y una cuidadosa atención. Me encargaré de que lo trasladen al hospital mañana por la mañana.

Sir John frunció el entrecejo.

—¿Es absolutamente necesario, comandante? Siempre y cuando no sea médicamente aconsejable, preferiría que se quedara donde está.

El médico se rascó la barbilla y después asintió con la cabeza.

—Lo comprendo, señor. No, no es médicamente desaconsejable. Dejaré a mi auxiliar para que se encargue de sus cuidados. —El médico alargó una mano en la cual sostenía algo envuelto en varias capas de tela medio podrida que despedía un olor semejante al de un caso avanzado de pie de atleta—. Encontramos esto atado al pecho del teniente, señor. Se lo tuvimos que quitar para poder lavarlo con la esponja. Buenas noches, señor. Pasaré a visitarlo mañana a primera hora.

Dando órdenes de que se encendieran las lámparas, sir John corrió a su estudio con el paquete. Desenvolvió cuidadosamente la tela podrida, mandó que la quemaran y examinó su contenido, un cuaderno de apuntes empapado de humedad. Haciendo caso omiso del insoportable hedor, de la irritada insistencia de su mujer en que se fuera a dormir y de su propio cansancio, volvió a ponerse cómodo en el hueco del sofá y empezó a leer. A lo largo de toda la noche —o de lo que quedaba de ella— examinó con lenta y constante concentración las anotaciones de Wyncliffe. Cuando terminó de ingerir las sorprendentes revelaciones de Mikhail Borokov, la luz del amanecer ya estaba empezando a derramarse sobre las colinas y había comenzado un nuevo día.

A pesar de que los párpados le pesaban como el plomo, de que tenía la espalda más tiesa que una lanza y de lo mucho que le dolían todas las articulaciones del cuerpo, la mente de sir John jamás había estado más despierta. Su estupefacción era tan grande que le hubiera impedido contemplar la posibilidad de irse a dormir.

Las estrellas del cielo nocturno resultaban tranquilizadoras, pero la oscuridad de la tierra era inexorable y el silencio causaba pavor. Un ejército de negras nubes rugía amenazadoramente hacia el norte y un helado viento silbaba alrededor de las orejas de Emma y penetraba sin la menor dificultad a través de su manguito y su chaqueta. Se aspiraba en el aire un intenso olor a lluvia. Parecía increíble que un valle tan cálido y vibrante bajo la luz del sol pudiera convertirse en algo tan siniestro de noche. Jamás había recorrido aquel camino. La carretera, bordeada de álamos, arrozales y maizales, era recta y llana, y la pendiente muy leve, pero, bajo la escasa luz de las estrellas, las rodadas y los baches no se distinguían con claridad y, a pesar de la seguridad de los cascos de *Zooni*, el avance era muy lento. En la la oscura lejanía brillaban las cumbres nevadas que rodeaban el valle de Gulmarg.

Situada a casi tres mil metros de altura, Gulmarg se encontraba a un kilómetro por encima de Srinagar y Emma sabía que, después de Tanmarg, la empinada subida a lo largo del último tramo sería muy traicionera, sobre todo en caso de que lloviera. Los tortuosos senderos atravesaban espesos bosques de pinos azules y, en medio de la oscuridad, los precipicios serían dos veces más peligrosos. Emma procuró no pensar en los depredadores que había mencionado Damien.

El rugido de las nubes sonaba cada vez más cercano y un móvil velo había cubierto las estrellas. La única linterna que llevaba no era suficiente, pues apenas podía ver su propia mano extendida delante de su rostro. A pesar de que el ritmo de los cascos de *Zooni* no se había alterado, no tenía ni idea de lo que tardaría en llegar a Tanmarg. Agachada sobre la silla, confió su destino a la habilidad de la yegua, cerró los ojos contra las frías ráfagas de viento y siguió adelante.

No vio el grupo de chozas que constituían Tanmarg hasta que lo tuvo delante de las narices.

Ya era casi el amanecer y la aldea se estaba despertando. Detrás de ella, recortándose contra la creciente claridad del cielo, se elevaban las montañas cuyas decapitadas cumbres semejaban glaciares flotando en un océano de niebla. Una luz parpadeaba en una puerta abierta; por encima de ella se extendía un tosco toldo de saco de yute. ¡Un chai khana! A pesar de que el hecho de detenerse significaba una pérdida de tiempo precioso, no podía seguir adelante sin descansar un poco y tomar una taza de té caliente y un poco de comida. Llamó y le abrieron casi de inmediato.

—Quiero un refrigerio para mí y un morral, agua y un buen cepillado para mi yegua.

Una mujer de ojos adormilados y cabello desgreñado la miró un instante, asintió con la cabeza y abrió la puerta de par en par.

La estancia era pequeña, pero aún conservaba el calor residual de la cocina encendida de la víspera. Mientras la mujer avivaba el fuego, un joven tan desgreñado como ella, probablemente su hijo, entró bostezando y se llevó a *Zooni* a la parte de atrás. Emma se sentó en un banco de madera y cerró los ojos. Tenía el cuerpo aterido a causa del frío y la mente en blanco. En el momento en que le servían el té, apareció el resto de la familia. Intrigados por su presencia, todos se congregaron a su alrededor y la miraron sin disimular su curiosidad.

Abriendo el paquete de la comida que guardaba en la alforja, Emma comió con voracidad. Poco a poco, el calor de la cocina le desentumeció los congelados miembros e infundió vida a su tenso cuerpo. El té, vigorizante y muy caliente, le sentó muy bien y le vivificó el estómago, pero le embotó los sentidos. Incapaz de mantener los ojos abiertos, Emma apoyó la cabeza sobre la mesa y los cerró.

No supo cuánto rato debió de permanecer dormida, pero no debieron de ser más que unos cuantos minutos pues la jarra de hojalata que todavía sostenía en la mano aún estaba tibia. Renovada por la pequeña siesta, regresó poco a poco al estado de vigilia y se percató al mismo tiempo de que alguien había salido de las sombras y se encontraba de pie delante de ella, junto a la mesa.

—¿Geoffrey Charlton?

En la certeza de que estaba soñando, contempló medio atontada la aparición mientras pronunciaba el nombre, pero justo en aquel momento él se inclinó en una cortés reverencia y le habló.

—A su servicio, señora Granville. Al parecer, siempre nos vemos en los lugares más impensados, ¿no cree?

Emma abrió bruscamente los ojos y lo miró, horrorizada. «¡Dios bendito!»

—¿Q...que está usted haciendo aquí? —preguntó con un jadeo, tratando de reprimir su pánico.

—Lo mismo que usted, señora Granville. Disfrutando de una taza de té de buena mañana, tras un duro viaje nocturno a caballo.

—¿Cómo pudo...?

—¿Saber que la encontraría aquí? —Charlton sonrió, acercó una silla y se sentó—. Bueno, ¿en qué otro lugar podía estar una esposa como Dios manda en las circunstancias en que usted se encuentra sino dirigiéndose a advertir a un marido que ignora lo que ocurre?

—¡Me ha seguido!

—Muy al contrario, es usted la que me ha seguido a mí. —A Charlton le hizo gracia su perplejidad—. Pensé que sería sólo cuestión de horas que usted se las ingeniara para salir y dirigirse a Gulmarg. ¿Qué mejor lugar para esperarla que este cálido y pequeño oasis? —Charlton levantó su jarra en un falso brindis—. Es usted una dama enormemente valiente e ingeniosa, señora Granville. Me quito el sombrero.

—¡Me mintió acerca de la orden de registro!

—Una pequeña estratagema, lo reconozco, pero me ha servido para lo que yo quería.

Furiosa por el hecho de que hubiera adivinado sus propósitos con tal facilidad y precisión, Emma permaneció sentada e indefensa delante de él.

¡Sus esfuerzos habían sido inútiles!

La triunfal mirada de Charlton se dirigió con infalible instinto hacia la alforja que se interponía entre ambos sobre la mesa.

—He estado esperando durante mucho tiempo y con mucha paciencia lo que hay aquí dentro, señora Granville —dijo Charlton en voz baja—. Ahora, con su permiso, la aliviaré de su peso.

Alargó la mano hacia la alforja. Emma no hubiera podido impedírselo aunque lo hubiera intentado. Sus dedos, curvados alrededor de la jarra, estaban entumecidos y paralizados.

Charlton vació el contenido de la alforja sobre la mesa, apartó impacientemente a un lado la comida y agarró como una fiera el sobre que ella había ocultado en el fondo. Disimulando su desesperación, Emma contempló en impotente silencio cómo él colocaba las tiras de papel —en orden y tan cuidadosamente numeradas— la una al lado de la otra, las alisaba con las palmas de las manos y empezaba a leer. Mientras los ardientes ojos se desplazaban vorazmente de uno a otro lado, a Emma le pareció saborear su emoción, percibir el temblor de su cuerpo y oír el ritmo de su corazón como si fuera el suyo propio. Mientras el dedo que se deslizaba por las desordenadas líneas de letras se movía a trompicones, observó con satisfacción un hueco en su dentadura en el lugar que hubiera tenido que ocupar un canino.

—No tiene ningún derecho a apoderarse de estos papeles —le dijo en tono apagado.

—Su esposo tampoco.

—Pero yo sí... ¡y la RGS también!

Charlton soltó una carcajada.

—No nos engañemos, señora Granville. La pura verdad es que nadie tiene derecho a conservar en su poder los informes acerca de las exploraciones del Himalaya excepto el Gobierno, quienquiera que las haya financiado.

Charlton reanudó la lectura. Emma observó que le costaba mucho leer y que el carácter ilegible de los garabatos lo estaba sacando de quicio. El breve descanso, la comida y el té le habían devuelto las fuerzas y, bajo su aparente compostura, su mente se había puesto nuevamente en marcha.

—Teniendo en cuenta que usted no conoce la caligrafía de mi padre —dijo—, ¿cómo sabe que estos papeles son auténticos?

—No me tome por tonto, señora Granville... si no lo fueran, ni usted ni los papeles estarían aquí. —Charlton volvió a rebuscar en el interior de la alforja y examinó de nuevo las tiras de papel—. Auténticos, pero incompletos —añadió entornando los ojos—. ¿Dónde está el resto de los papeles?

—¿El resto?

—Los dibujos de los mapas, localización, altura, mediciones. ¡Los detalles del Yasmina, señora Granville, los detalles!

—Mi padre no llevaba instrumentos.

—¡Pero Butterfield sí! Butterfield era cartógrafo y agrimensor. ¡Es inconcebible que, tras haber confirmado los hallazgos de su padre, no anotara los suyos! —En su agitación, Charlton había levantado involuntariamente la voz; el marido de la mujer, sentado detrás de la cocina, lo miró y frunció inquisitivamente el entrecejo. Charlton procuró dominarse, pero contrajo el rostro en una enfurecida mueca—. ¿Dónde están los papeles de Butterfield, señora Granville?

A Emma no se le ocurría ninguna respuesta. Jamás había visto los papeles de Butterfield y ni siquiera se le había pasado por la cabeza la idea de buscarlos. La emoción del súbito descubrimiento de los papeles de su padre había borrado de su mente cualquier otro pensamiento. Pero comprendió que lo que estaba diciendo Charlton tenía sentido. Por supuesto que Jeremy Butterfield tenía que haber dejado unas notas... pero, ¿dónde estaban? ¿Todavía olvidadas en el escritorio? ¿Estando Damien en Gulmarg?

—Éstos son los únicos papeles que tengo —contestó con absoluta sinceridad—. No sé nada de los otros.

Charlton respiró afanosamente para dominar su furia, tomó los papeles, cerró el puño y se levantó de un salto.

—No menosprecie mi capacidad, señora Granville —graznó—. Y no olvide que puedo privarla de su precioso Shalimar si los papeles de Butterfield se encontraran en la propiedad. —Volvió a guardar los papeles en la alforja y se la colocó bajo el brazo—. O en posesión de su marido —añadió.

—¿Adónde va? —le preguntó ella, alarmada.

Charlton la miró con tal desdén que ella se echó hacia atrás.

—¿Adónde cree usted, señora Granville?

Antes de que ella pudiera aspirar tan siquiera otra bocanada de aire, desapareció.

—¿Tiene el cuaderno de apuntes, señor?

Sir John asintió con la cabeza en respuesta al ansioso rostro de la cama.

—Sí, tengo el cuaderno de apuntes, Columbine. El médico lo encontró cuando lo iban a lavar a usted con una esponja. Es un hombre honrado y no lo leyó.

David Wyncliffe gimió y volvió a reclinarse sobre las almohadas.

—¡Gracias a Dios! Temía que se hubiera desintegrado. Tengo que disculparme, señor, por haberles dado a usted y a lady Covendale un susto tan grande la otra noche, pero había oído decir que el coronel Hethrington y el capitán Worth se encontraban ausentes del puesto y no sabía a qué otro lugar dirigirme.

—Hizo usted justo lo que tenía que hacer, Columbine.

—Las notas, señor... ¿ya ha tenido ocasión de echarles un vistazo?

—Sí. —El intendente general se levantó—. Hablaremos de eso más tarde, cuando se haya recuperado usted lo suficiente.

—Ya me he recuperado lo suficiente, señor —dijo ansiosamente David—. Si no le importa, preferiría soltarlo todo, ahora que todavía lo tengo fresco en la memoria.

—Bueno, ya lo hemos averiguado todo —dijo sir John sonriendo—. El cuaderno de apuntes no hubiera podido estar mejor guardado.

—Hay más que contar sobre el coronel Borokov, señor, mucho más. No lo podía poner todo por escrito porque tenía los dedos congelados.

Sir John estudió un instante el sincero y sereno rostro. Lavado, con ropa limpia y descansado, no cabía duda de que estaba totalmente despierto, aunque todavía tuviera las manos y los pies fuertemente vendados. Pensando que Wyncliffe tardaría por lo menos una semana en poder enfrentarse con las preguntas, sir John se alegró de que éste ya estuviera en condiciones de contestarlas al cabo de sólo dos días. Como es natural, se había enviado urgentemente un resumen de las revelaciones de Borokov al virrey, el secretario de Asuntos Exteriores y el comandante en jefe, y la reacción de éstos había sido la que cabía esperar: la del virrey, circunspecta la del secretario de Asuntos Exteriores, reservada hasta que tuviera más datos; y la del comandante en jefe tan furiosa como la de un toro herido. ¡Mejor que Hethrington estuviera ausente!

Lo que Wyncliffe había descubierto por pura casualidad era dinamita, pura dinamita, por lo que, cuanto antes se llevara a cabo el informal interrogatorio preliminar, mejor.

—Muy bien, puesto que el tiempo apremia, mejor que vayamos allá. —Sir John volvió a sentarse rápidamente junto a la cama—. Sus notas eran extremadamente claras teniendo en cuenta las condiciones en que se redactaron, pero, como es natural, quiero saberlo todo, cada pequeño detalle que usted pueda recordar.

Pidió material de escritura y una jarra de zumo de lima recién exprimido y le rogó al auxiliar sanitario que aguardara fuera. Dando orden de que sólo los molestaran en caso de que se incendiara el edificio, cerró la puerta, volvió a sentarse al lado de la mesilla de noche con varias hojas de papel en la mano y anunció que ya estaba preparado.

—No se dé prisa, joven. Tómese todo el tiempo que quiera y empiece por el principio, a partir del día en que vio a Borokov a la orilla del río.

Habida cuenta de la cantidad de cosas que habían ocurrido tan inesperadamente y en un período de tiempo relativamente tan breve, David Wyncliffe se tomó efectivamente mucho tiempo para contar todo lo que sabía. Fue un relato muy extenso, convincente y muy bien recordado y no hizo falta que lo instaran a seguir hablando. Cada vez que sir John se quedaba rezagado en la escritura, David se lubrificaba la garganta con unos cuantos sorbos de dulce zumo de lima, y esperaba. Sir John anotó concienzudamente y con todo detalle el relato y sólo lo interrumpió ocasionalmente para formular alguna pregunta. Cuando terminaron, ya era casi la hora del almuerzo.

Sir John soltó el lápiz, dobló los doloridos dedos, chasqueó los nudillos y paseó arriba y abajo por la estancia para activar la circulación de las piernas.

—¿Está usted convencido de que Borokov dijo la verdad?

—Sí, señor. No tenía ningún motivo para mentir.

—¿Por qué quiere que Smirnoff le crea muerto?

—Deduje que se habría producido alguna desavenencia entre ellos, señor. Borokov no lo explicó, pero a mí me dio la impresión de que tenía motivos para sentirse traicionado.

—El veintiséis de septiembre, ¿eh?

—Sí, señor. El cumpleaños de Smirnoff, un día que él considera propicio.

Sir John se volvió para echar un vistazo a un calendario colocado encima del escritorio situado a su espalda; 26 de septiembre... ¡faltaban treinta y tres días!

—¿Adónde cree usted que se dirigió Borokov cuando lo dejó?

—Casi con toda seguridad a los glaciares, señor.

—¿Sin guías, mapas ni equipo?

—Sí, señor. Borokov estaba obsesionado con aquel paso, señor. Lo aterrorizaba la idea de que Smirnoff llegara antes que él y le robara su oro. Lo estuvimos buscando varios días, pero todo fue inútil. El tiempo era muy malo y él se encontraba en muy malas condiciones. —David suspiró afligido—. A estas horas lo más probable es que haya muerto.

—¿Su interés por el Yasmina era sólo por el oro?

—Sí, señor. El pobrecillo ya no estaba para fingir.

—Sufrirá una decepción, naturalmente... aunque no creo que llegue hasta allí. No hay oro en el Himalaya. Una pequeña cantidad de polvo se recoge en algún lugar, en la garganta de Hunza, por ejemplo, pero no es suficiente en modo alguno para que un hombre se haga rico. El oro tibetano ya es otra cosa.

—Eso él también lo sabía, señor, pero no había nada que pudiera cambiar su convicción de que en el Yasmina había oro. Llevaba la pepita constantemente colgada alrededor del cuello y la adoraba como si fuera una especie de talismán capaz de transformar su vida. Estaba decidido a hacerse rico, señor. Una vez, me dijo, había reunido incluso un equipo de oficiales rusos para buscar un antiguo tesoro de oro chino que, según se creía, estaba enterrado en el desierto de Takla-

Makan. No encontraron nada y uno de los oficiales murió en el intento.

—¿Dice usted que, al principio, pidió ser conducido a Srinagar?

—Sí, señor.

—¿Por qué?

—No lo explicó, señor. Dijo que era un asunto de carácter personal.

Sir John frunció el entrecejo, pues la idea no le gustaba ni un pelo.

—Bien, supongamos que usted hubiera conseguido guiarlo hasta el paso y que allí se hubiera encontrado efectivamente oro... ¿qué habría ocurrido entonces?

—Entonces hubiera querido ser escoltado hasta aquí, señor, hasta Simla. Quería transmitir personalmente la información acerca de Smirnoff.

—¡No gratuitamente, claro!

—No, señor... a cambio de un salvoconducto a Bombay, un pasaporte bajo otro nombre, un pasaje a la Argentina y la promesa de guardar el secreto ante los suyos.

—Comprendo.

—Siempre había soñado con ser propietario de una mansión con cientos de hectáreas de tierras, señor, criar ovejas y caballos y ofrecer fastuosas fiestas. Decía que deseaba ser dueño de sí mismo y no depender de los favores de nadie. Eso es lo que esperaba adquirir con el oro, señor, autosuficiencia y dignidad. —Extrañamente conmovido, David notó que le temblaban los labios—. Debo decir, señor, que había algo patético en aquel hombre. No era la simple codicia la que lo impulsaba a seguir adelante sino el agotamiento. Estaba cansado de ser pobre.

Asintiendo con aire ausente, sir John recogió los papeles y se dispuso a retirarse.

—La jerarquía ya tiene conocimiento de los hechos en general, naturalmente. Mañana terminaremos su extenso relato y lo tabularemos para poder discutirlo exhaustivamente. —El intendente general contempló con expresión dubitativa las extremidades vendadas—. ¿Cuándo cree usted que podrá estar en pie para someterse a un interrogatorio oficial?

—En cuanto los médicos me permitan levantarme de la cama, señor.

—Tendrá que utilizar muletas durante algún tiempo, claro.

—Sí, señor, ya me lo ha dicho el médico. —David tragó saliva—. Si cometí algún error, señor, fue por mi falta de experiencia para enfrentarme con una situación superior a mis conocimientos y mi capacidad.

—Un hombre no puede hacer más que lo que está en sus manos hacer, hijo mío —dijo afectuosamente sir John—. Teniendo en cuenta las terribles circunstancias en que se encontraba, actuó usted con mucho pragmatismo y una enorme valentía. Tanto con experiencia como sin ella, en el desierto y en los páramos, un hombre sólo puede echar mano de su sentido común. Y usted utilizó muy bien el suyo. Estoy seguro de que Su Excelencia estará de acuerdo con mi opinión. Ciertamente, todos podemos sentirnos orgullosos de usted.

El labio inferior de David volvió a temblar. Quiso decir «Gracias, señor», pero no pudo.

—Bien, en cuanto termine el interrogatorio, no será difícil concederle un mes de permiso. A lo mejor le gustará disfrutar de unas buenas vacaciones y algunas partidas de caza allá arriba, en Cachemira.

De pronto, el intendente general interrumpió el comentario, confuso. ¡Dios bendito, teniendo en cuenta la persona con quien estaba casada su hermana, seguro que no!

—Si a usted no le importa, señor —dijo David, cerrando la embarazosa brecha mientras bajaba los ojos—, preferiría pasar la licencia con mi madre en Delhi.

Sir John suspiró de alivio.

—Como usted quiera.

David vaciló.

—Señor, ¿me da usted su permiso para hacerle una pregunta un tanto... atrevida?

—¿Y bien?

—¿Es cierto que fue mi padre quien descubrió el Yasmina?

El intendente general lo esperaba todo menos eso.

—Y eso, ¿quién se lo ha dicho? —preguntó bruscamente.

—El coronel Borokov, señor.

—¿Y él, cómo demonios lo sabía?

David le comentó la cuestión de los gemelos y el anónimo contacto de Borokov en la India.

—¿Es cierto, señor? ¿Fue mi padre?

Sir John reflexionó un instante y, acto seguido, asintió con la cabeza.

—Sí. Lo fue... pero, por motivos que no son de su incumbencia, todavía no se puede hablar con nadie de este asunto.

—Comprendo, señor. —David jugueteó con una esquina de su sábana—. Mi hermana... ¿lo sabe?

Otra pregunta delicada. Puesto que él no lo sabía, era comprensible que la idea lo preocupara. Bien, cualquiera que fuera la verdad entre hermano y hermana, por su espléndida actuación, el muchacho merecía salir de dudas.

—No, hijo mío. Su hermana no lo sabe.

El entrecejo de David se alisó.

—Gracias, señor. Estaba seguro de que, si ella lo hubiera sabido, me lo habría dicho.

—La relación de su padre con el Yasmina es todavía una información reservada, Columbine —le advirtió severamente sir John—. Confío en que lo recuerde.

—Sí, señor, por supuesto, señor.

Sir John vio que todavía quedaba algo que lo preocupaba.

—Cuando el Gobierno esté preparado, le aseguro que se le reconocerá el mérito a su padre.

—No es eso, señor. —David apartó la mirada—. Por motivos personales que prefiero no revelar, señor, quería simplemente decirle que... me alegro de que mi hermana no lo sepa.

Al comprender el motivo, sir John entornó los ojos: o sea que era por eso por lo que el muchacho estaba preocupado, por su poco recomendable cuñado. ¡Desde luego, razones no le faltaban!

Al regresar un tanto malhumorado a su estudio, sir John pidió que le sirvieran una cerveza fría y un almuerzo ligero en una bandeja y volvió a dar órdenes de que no lo molestaran. Que un ruso estuviera al corriente de lo que ellos se habían tomado tantas molestias en ocultar a los suyos había sido un golpe muy fuerte. No obstante, el hecho de que la información no se hubiera comunicado a Smirnoff (¡de lo contrario, ellos se hubieran enterado, qué caray!) era una compensación. A lo mejor la intuición de Wyncliffe era acertada; a lo mejor, era verdad que Borokov estaba actuando en solitario y por su cuenta y riesgo.

Estando ausentes Worth y Hethrington, la extraordinaria declaración de Wyncliffe no se podía revelar a nadie más del servicio. Tras haber enviado una nota a su despacho diciendo que permanecería en casa trabajando, sir John suspiró y se resignó a enfrentarse con la tarea. Sin embargo, cuando unas cuantas horas más tarde terminó de escribir varias copias de la transcripción, su estado de ánimo era muy distinto... sorprendentemente alegre, en realidad.

Había reparado en un aspecto de la cuestión que previamente le había pasado inadvertido. Y que no sólo le alivió el dolor de los nudillos sino que, además, aligeró el peso que agobiaba su mente. Cualesquiera que fueran las explosiones que se produjeran en Whitehall a raíz del informe de Wyncliffe, las consecuencias para el servicio secreto no podrían por menos que ser beneficiosas. Muchos escépticos seguían poniendo abiertamente en tela de juicio su utilidad y lo rechazaban como un lujo y un capricho. Lo que Wyncliffe había descubierto cambiaría la situación; el servicio secreto no sólo adquiriría la importancia y la respetabilidad que ahora le faltaban sino que, encima —y eso era lo más significativo—, recibiría un presupuesto más digno.

La única y molesta pega seguía siendo el descabellado proyecto de Hethrington, cuyo resultado aún estaba en el aire. No podía olvidarse ni por un instante que del dicho al hecho hay un trecho y de que la carrera no había terminado todavía.

Como hombre aficionado a las carreras, sir John nunca subestimaba la importancia de la recta final.

Bajo el cielo de peltre, la mañana era gris. El valle de Gulmarg estaba envuelto en la bruma y el aire era frío, húmedo y traicionero. Había muy poca gente a la vista. En medio de la espesa niebla, Emma sólo distinguía los árboles incorpóreos y los espectrales perfiles de los dispersos tejados de madera que se aferraban a las laderas de las colinas. ¿Cuál sería el de Damien? No podía saberlo.

En la última etapa del viaje, sólo había tenido tiempo de pensar en la supervivencia. La cuesta era tremendamente empinada y los caminos no señalizados estaban muy resbaladizos. Sólo gracias a la milagrosa seguridad de *Zooni* y a la ayuda de una mano invisible había conseguido mantenerse en la silla de montar. Charlton le había dado a entender que él también se dirigía a Gulmarg para encararse con Damien. ¿La había seguido? ¿Se le había adelantado? En su renovada sensación de desorientación, Emma se sentía demasiado cansada para pensar.

Se percató vagamente de que *Zooni* se había detenido. Haciendo un denodado esfuerzo, consiguió concentrarse. Vio que se encontraban delante de una gran verja de hierro. Recordó de repente que la yegua había nacido y se había criado en Gulmarg... ¡Estaba claro que no había olvidado los recuerdos de su primer hogar! Desmontó, empujó la verja y entró a trompicones. A su espalda, la yegua emitió un leve relincho, se lanzó al trote y giró a la derecha. Emma la siguió a ciegas hasta una cuadra en cuyas casillas había varios caballos atados. A uno de ellos, un lustroso caballo negro de ardientes ojos y grandes ollares, lo reconoció de inmediato: ¡*Toofan*!

Sin esperar a los sobresaltados mozos que corrían hacia ella, dio media vuelta y, con renovada energía, echó a correr entre barro hacia los borrosos perfiles de una casa apenas visible a través de la niebla. Había luz en las ventanas, pero las cortinas estaban corridas. Acercándose a la puerta, la golpeó con los puños con toda la fuerza que pudo. Se abrió la puerta y, en su borrosa visión, apareció una figura, Suraj Singh. Sin responder a sus exclamaciones de asombro, pasó por su lado y cruzó la primera puerta que encontró. Daba a un salón. La chimenea estaba encendida y la estancia agradablemente caldeada. Sentado en un sillón de orejas, Damien levantó la vista de su lectura en el momento en que ella irrumpió en la habitación.

—¡Emma! —exclamó desconcertado, haciendo ademán de levantarse—. ¿Qué demonios haces aquí?

—Geoffrey Charlton ha... ha... —Emma avanzó tambaleándose, consiguió alcanzar una mesa, apoyó las palmas de las manos en ella e inclinó la cabeza—. Charlton —repitió en un susurro, pues su espasmódica respiración no le permitía levantar la voz— viene hacia acá... el resto de los papeles. Una orden de registro... van a confiscar Shalimar. No hay tiempo para...

Se quedó sin respiración y sin voz. Justo en el momento en que Damien se acercaba a ella, se le doblaron las piernas. Unas negras sombras la envolvieron y, como una muñeca de trapo, se desplomó en sus brazos.

Maurice Crankshaw no estaba de buen humor.

Se acababa de enterar de que Columbine se había presentado al intendente general en lugar de hacerlo en Leh, y estaba sumamente disgustado. Respaldado y pagado por su despacho, aquel sujeto no tenía por qué dirigirse a Simla sin expresas instrucciones. El telegrama enviado por sir John era críptico, muy poco informativo e incluso ofensivo. La afrenta se merecía una respuesta adecuada y, a fe suya que la daría. Para no perder la grata sensación de agravio que experimentaba en aquel momento y correr el riesgo de que su cólera se disipara, tomó una pluma y se sentó, dispuesto a redactar una respuesta apropiada. Si el agente errante no regresaba a la base cuanto antes, lo declararía ausente sin permiso.

Mientras permanecía sentado sopesando los relativos méritos de las expresiones «por encima de mi cabeza» y «a espaldas mías» para conferir más potencia verbal a su escrito, se abrió la puerta y entró Holbrook Conolly.

Irritado por una interrupción que había prohibido expresamente, Maurice Crankshaw levantó los ojos, abrió la boca para soltar una elocuente reprimenda, pero inmediatamente la volvió a cerrar. Después examinó lentamente a su agente de pies a cabeza sin modificar la expresión de su rostro. A juzgar por su reacción, cualquiera hubiera dicho que el agente acababa de entrar procedente del despacho de al lado para hacerle una consulta de rutina. Volviendo a concentrarse en el escrito, Crankshaw eligió la expresión «a espaldas mías» como la más incisiva y posó la pluma.

—O sea que, al final, aquellos geólogos lo encontraron, ¿eh?

Acostumbrado al habitual mal genio del comisario y firmemente decidido a no dejarse ganar en indiferencia, Conolly lo miró con expresión imperturbable.

—Sí, señor... pero huelga decir que no estábamos perdidos.

—¿Dónde estaban?

—En el campamento de Mirza Beg.

El comisario asintió con semblante complacido.

—Le dije a Hethrington que lo más probable era que usted se escondiera allí. Bueno pues, ya era hora. Teniendo en cuenta sus habituales chifladuras y payasadas, estaba empezando a pensar que la había palmado. Puesto que acabamos de pagar un funeral, lo que menos nos podemos permitir en este momento es costear otro. ¿Y bien? —El comisario miró detrás de Conolly por encima de la montura de sus gafas—. ¿No habrá venido sin el paquete, espero?

Conolly le miró fríamente.

—La señorita Ivanova espera en la antesala, señor —dijo en tono distante—. Como no tiene ni la menor idea de la razón por la cual ha sido conducida aquí, tal como tampoco la tengo yo, está comprensiblemente nerviosa.

—Bueno, si usted hubiera dedicado menos tiempo a beber khumis y un poco más a viajar, puede que hubiera alcanzado a ver a Hethrington. Se fue la semana pasada a Srinagar. Le aseguro que el hecho de verla hubiera sido un gran alivio para él.

El comisario le indicó a Conolly una silla. Conolly abrió la boca para decir algo, pero ya era demasiado tarde; Crankshaw había vuelto a tomar la pluma para cambiar «ausente sin permiso» por simplemente «ausente» y se había enfrascado de nuevo en su pendenciera redacción. Conolly no tuvo más remedio que esperar.

Habían llegado al caravasar de Leh a primera hora de la mañana e inmediatamente se habían dirigido al despacho del comisario. Cuanto más se acercaban a Leh, tanto más angustiada se mostraba Ivana. Perpleja e insegura tras haber averiguado la verdad —la poca que él podía revelarle—, había hecho unas preguntas a las que Conolly aún no podía contestar y poco había faltado para que le pidiera entre lágrimas que la devolviera a casa. Sin medios para consolarla, Conolly no había sabido cómo afrontar la situación.

—¿Cómo me recibirán? —preguntó tristemente Ivana mientras recorrían los últimos kilómetros que los separaban del centro de la ciudad—. En Tashkent dicen que los ingleses son unos presuntuosos y no nos aprecian.

—¿Yo te parezco presuntuoso?

—No, por supuesto que no, pero usted es distinto. Usted es un amigo.

Conolly lanzó un suspiro.

—El viejo Cranks también o, por lo menos, lo será en cuanto te vea. Reconozco que ladra mucho, pero todavía no ha mordido a nadie. Por lo menos, que yo sepa.

Ivana se pasó una mano por un cabello tan desgreñado como un césped sin recortar.

—¿Qué pensará el señor Viejocranks de mí? ¿Y qué dirá su señora esposa cuando me vea con esta ropa tan sucia?

—¿Su señora esposa? —Conolly soltó una risotada—. ¿Crees que alguna señora estaría dispuesta a casarse con ese puerco espín? Además, este hombre es un soltero empedernido. La contemplación de una mujer le provoca urticaria... y apuesto a que lo mismo les ocurre a ellas al verle. Lo atiende un ama de llaves tibetana a quien le importará un bledo tu aspecto. Por cierto... mmm... su nombre es señor Crankshaw.

Como es natural, ninguna de aquellas explicaciones resultaba especialmente tranquilizadora. Cuando llegaron al despacho, Ivana estaba tan paralizada por el miedo que ni siquiera se atrevía a entrar.

Crankshaw terminó de redactar el texto del telegrama, le aplicó papel secante y cerró la carpeta.

—La joven... está en buenas condiciones físicas, ¿verdad?

—Todo lo buenas que cabe esperar, señor.

—¿Se ha portado bien?

—Se ha portado impecablemente bien, señor.

—¿No se ha desmayado ni ha tenido berrinches, ataques de histeria y todas las demás cosas que les ocurren a las mujeres más allá de los confines de su tocador?

—Nada de todo eso, señor. —El tono de Conolly adquirió un matiz glacial—. La señorita Ivanova se ha comportado en todo momento de manera ejemplar. Su fortaleza de carácter ha sido admirable y su serenidad siempre rayana en la perfección. Ninguna otra joven que yo conozca hubiera soportado todo lo que ella ha soportado sin ninguna queja. Es comprensible que tenga recelos dadas las circunstancias, pero no está en modo alguno trastornada.

—Ya. —Crankshaw enarcó las pobladas cejas y éstas se le erizaron elocuentemente—. En tal caso, ¿podría tener también yo el placer de conocer a este dechado de perfecciones que tan profunda impresión parece haberle causado a usted?

Ruborizándose levemente, Conolly se apresuró a ir en su busca. Regresó poco después, seguido de una temerosa Ivana.

—Presento a la dama armenia, señor, según las órdenes de la dirección —anunció Conolly, haciendo un ceremonioso gesto con la mano—. La señorita Ivana Ivanova.

—Mmm. —Crankshaw se limpió las gafas, se las volvió a colocar sobre el caballete de la nariz y sometió a Ivana a una prolongada inspección visual—. Nos ha traído usted de cabeza, señorita —le dijo severamente—. Espero que comprenda todas las molestias que se ha tomado el Gobierno británico para rescatarla de los rusos.

Sin comprender ni una sola palabra, pero alarmada por el tono de voz casi tanto como por la mirada, Ivana se acercó un poco más a Conolly.

—No creo que la palabra «rescate» sea la más apropiada, señor —señaló secamente Conolly—. Quizá fuera mejor decir «secuestro».

Crankshaw rechazó el detalle técnico con un desdeñoso gruñido.

—Siéntese, siéntese —dijo en tono irritado. Comprendiendo el gesto, Ivana se apresuró a sentarse en una silla—. No está muy desmejorada, ¿verdad? —añadió.

—No habla inglés, señor —dijo Conolly, volviendo a sentarse delante del escritorio con los brazos firmemente cruzados—. Como no tiene idea del porqué ha tenido que soportar todo este tormento, puede que unas explicaciones...

—Más tarde, Capricornio, más tarde. Vayamos por partes. Tras haberse acostumbrado a la vida cómoda, me imagino que estará muerto de hambre como de costumbre.

Su estómago soltó un siniestro rugido y Conolly reconoció de inmediato el acierto de la sugerencia.

—Ahora que lo dice, señor, no me vendría mal un pequeño desayuno. Y estoy seguro de que a la señorita Ivanova tampoco.

—Té, jamón, huevos, tostadas, mermelada de naranja y un poco de empanada de codorniz, ¿le parece?

Conolly tragó saliva.

—Pues creo que sí, señor, muchas gracias. Una buena siesta en una cama sin población residente también sería muy de agradecer.

La boca de Crankshaw emitió un crujido en su esfuerzo por sonreír.

—Muy bien, delo por hecho... exceptuando el orden de las prioridades. —Arrugó la nariz y se la rozó con un dedo—. Primero, que mi ama de llaves les busque ropa limpia, pues echan ustedes un pestazo que hasta en la maldita Simla lo deben de notar. Segundo, dígale al mozo que queme estos trapos infernales fuera de la casa y después métanse los dos en la bañera y frótense bien fuerte. —Crankshaw miró con la cara muy seria primero al uno y después al otro—. Por separado, naturalmente.

Conolly suspiró de pura felicidad.

Cuando volvió a quedarse solo, Crankshaw leyó de nuevo el borrador que había redactado. Mientras lo leía, sus manazas acariciaron con aire ausente la enorme calva como si quisiera aplacar a la divinidad de la calvicie. Aunque en la coronilla no se observaba la menor señal de pelusa, por encima de cada oreja le crecían unos tupidos mechones de cabello gris, y sus patillas amorosamente cuidadas estaban debidamente pobladas. Su piel, gruesa y arrugada, ofrecía el mismo aspecto que una de las empanadas de pasta de hojaldre que le preparaba su ama de llaves.

Se le ocurrió una idea, se rascó una reseca mejilla y esbozó una astuta sonrisa. El proyecto Jano había sido un invento del servicio secreto. Él se había visto implicado en él (muy en contra de su voluntad) sólo porque, sin su colaboración, Simla no hubiera tenido la menor posibilidad de alcanzar el éxito. Pues bien, si Columbine había decidido presentarse en Simla, Capricornio había optado por Leh, lo cual constituía un satisfactorio quid pro quo. Manejada con habilidad, puede que la situación le fuera incluso favorable, una perspectiva que en modo alguno se podía despreciar habida cuenta de la miseria con la cual esperaban que él dirigiera aquel maldito tinglado.

Tras haber recuperado el honor, arrugó el borrador en un puño, lo arrojó a la papelera y se dispuso a redactar un segundo mensaje de tono mucho más conciliador.

Bañado, alimentado y descansado, durante la cena de aquella noche Conolly se alegró de ver a Ivana mucho menos abatida, gracias tal vez a los maternales cuidados del ama de llaves. Su rostro estaba menos tenso, los grandes ojos parecían un poco menos asustados y, de vez en cuando, esbozaba una sonrisa. El ama de llaves había conseguido encontrar un multicolor vestido tradicional tibetano para Ivana y unos cuantos viejos pantalones y camisas para él. Se decidió que Ivana se alojaría con la familia tibetana predominantemente femenina del ama de llaves, cosa que no sólo cumplía los requisitos del decoro sino también los de la conveniencia.

Visiblemente incómodo por la presencia de una joven en sus incontaminados dominios, Maurice Crankshaw le dirigió en el transcurso de la cena unos cuantos ladridos y gañidos y después —para gran alivio de Ivana— la dejó en paz durante el resto de la velada.

—Conque ventosidades, ¿eh? —Mientras escuchaba el relato de las aventuras de Conolly en Kashgar, Crankshaw soltó una carcajada—. Me pregunto qué va a hacer ahora el viejo pedorro sin sus mágicos brebajes.

—Cualquier cosa que haga, yo preferiría no encontrarme a su espalda —dijo Conolly, y ambos se partieron de risa juntos.

—¿Cuándo podré contar con su informe por escrito? —preguntó Crankshaw.

—Mmm... ¿le parecería bien pasado mañana, señor?

—¿Qué tiene de malo mañana?

Conolly se mordió el labio.

—Mañana, señor, tenía pensado acompañar a la señorita Ivanova a lo alto de la colina. Jamás ha visto un monasterio budista.

Crankshaw meneó un dedo delante de su rostro.

—Ya se está dejando corromper por la vida cómoda, ¿eh? —dijo, soltando un gruñido—. Bueno, bueno, pero, si no lo tengo en mi escritorio a primera hora de pasado mañana, Capricornio, le aseguro que me haré unas ligas con sus tripas.

—Sí, señor; gracias, señor.

—¿Se está recuperando bien la señorita Ivanova? Se encuentra a gusto donde está, ¿verdad?

—Sí, señor. Como es natural, le llevará un poco de tiempo adaptarse. En cuanto a las explicaciones, señor... —se apresuró a añadir Conolly para no perder la oportunidad.

—Después del informe, Capricornio —dijo Crankshaw con firmeza—. Y ahora, hablemos de los gastos.

—Tengo una lista, señor.

—Sí, de eso no me cabe la menor duda. Verá, he estado pensando,

Capricornio. Puesto que su aventura se la inventaron los del servicio secreto, es justo que Hethrington cargue con los gastos. Por cierto, ¿cuánto se ha gastado? —Conolly le dijo una cantidad y Crankshaw soltó una andanada. Pero, cuando terminó, lanzó un profundo suspiro de resignación y se encogió de hombros—. Bueno, en último extremo, supongo que ha merecido la pena.

—Puesto que lo ignoro todo —replicó fríamente Conolly—, no sabría decirle, señor.

Sin responder a la provocación, Crankshaw se levantó, bostezó y les dio las buenas noches.

—Ah, por cierto, Capricornio —añadió con indiferencia cuando ellos estaban a punto de retirarse—, le dije a Hethrington al principio que, si alguien podía cumplir la misión sin estropearlo todo, era usted. Pensé que le gustaría saberlo.

Viniendo de Maurice Crankshaw, el elogio era verdaderamente excepcional. Holbrook Conolly se emocionó profundamente.

Un insolente y desconocido cielo se extendía sobre los horizontes interiores de Emma. Despierta y no despierta, se mantenía como en suspenso al borde de la conciencia, entrando y saliendo de febriles paisajes oníricos. Lentamente y uno a uno, los nebulosos mundos inferiores se fueron alejando y, con gran esfuerzo, abrió los ojos. Deslumbrada por un rayo de sol, los volvió a cerrar rápidamente e hizo una mueca. Trató de incorporarse.

—No te muevas.

Damien la estaba vigilando desde las sombras. Extenuada, ella volvió a recostarse sobre las almohadas y trató de abrir nuevamente los ojos. Damien se acercó a las ventanas y corrió las cortinas. La luz matinal se transformó en una sosegada penumbra suavemente acariciada por el resplandor anaranjado del fuego de la chimenea.

—¿Te encuentras mejor?

Murmurando algo, Emma se pasó la lengua por los resecos labios y tomó nota del ambiente que la rodeaba. Se encontraba en una cama con dosel bajo un mullido edredón en una caldeada estancia con las paredes revestidas de madera. Por encima de su cabeza, unas gruesas vigas de madera de roble sostenían un techo inclinado. En el suelo había alfombras de lana estampada y las cortinas de las ventanas eran de cretona floreada. Levantó el edredón y contempló la enorme camisa de dormir de hombre que llevaba puesta.

—Estabas empapada y se te tenía que cambiar la ropa. Lo siento, pero una camisa de dormir fue lo mejor que pude encontrar. —Damien se acercó a la cama—. ¿Cabalgaste hasta aquí desde Shalimar?

El recuerdo regresó con la misma velocidad que un viento invernal. «¡Charlton!»

Se incorporó, apoyándose sobre los codos.

—Geoffrey Charlton me estaba esperando en Tanmarg —musitó, abriendo enormemente los ojos—. Se llevó los papeles de mi padre.

—¿Él solo?

—Mandó rodear la casa, Damien. Dijo que Walter Stew...

—No hubieras tenido que venir sola. —Damien estaba tan alterado que apenas la escuchaba—. Te hubieran podido atacar, incluso matar. Fue una imprudencia.

Emma apretó los puños y levantó los ojos hacia las vigas del techo.

—Tenía que advertirte. Charlton dijo que...

—Primero, un poco de caldo. Te sentará bien.

Damien tomó una taza que había en la mesa y se la ofreció.

—¿Es que no lo entiendes? —gritó ella, apartando la taza—. Charlton sabía que yo llevaría los papeles de mi padre y me los arrebató. No pude hacer nada por impedirlo.

Damien volvió a dejar la taza sobre la mesa, se sentó al pie de la cama y la miró solemnemente.

—¿De veras lo querías?

Por un instante, Emma no comprendió lo que quería decir, pero entonces recordó la terrible confrontación entre ambos y, con un estremecimiento, cerró fuertemente los ojos.

—No importa —dijo él—. Cuéntame qué ocurrió. ¿Charlton se presentó en Shalimar?

—Sí. —Procurando serenarse y sin mirarle a los ojos, Emma le contó todo lo ocurrido.

—Se enfadó mucho porque yo no tenía el resto de los papeles. Pensó que los tenías tú. Venía hacia aquí por ellos... ¿Ha venido?

—Sí. Tú estabas durmiendo. No vi ninguna razón para despertarte.

—¿Tienes los papeles?

—Los tenía. Se los he entregado a él.

Por un instante, sólo por uno, Emma se quedó aturdida. Pero después, recordando la brutal realidad entre ambos, el asombro se borró de su rostro. Si no había logrado comprender a aquel hombre a lo largo de tantos meses, no era probable que pudiera hacerlo ahora que ya se encontraban al término de, ¿qué?, ¿su asociación, su relación? No se le ocurría ninguna palabra apropiada. De repente, su insensata carrera sola a través de desiertos parajes en medio de la oscuridad de la noche se le antojó absurda. No había conseguido nada, se había limitado a hacer el ridículo. La barrera que existía entre ambos era demasiado alta, se elevaba muy por encima de su cabeza. No hubiera tenido que intentar escalarla. No hubiera tenido que olvidar que Shalimar ya no era asunto suyo... de la misma forma que Damien tampoco lo era.

Él la estaba mirando, perplejo.

—¿Corriste todos estos terribles riesgos sólo por advertirme?

—Sí, pero ahora comprendo que no hubiera tenido que hacerlo.

—No, no, no me refería a eso —rectificó Damien—. Me impresiona que tuvieras la valentía de ... —Damien se interrumpió, confuso—. La verdad es que casi no sé qué decir.

—No es necesario decir nada —le aseguró secamente Emma—. Puesto que no quería irme teniendo sobre mi conciencia la pérdida de tu propiedad, mis motivos fueron enteramente egoístas.

—Pese a ello, me siento en deuda contigo.

Ella se volvió de espaldas a él.

—Ojalá jamás hubiera visto esos papeles —dijo con repentina amargura—. Hubiera sido mejor permanecer en una feliz ignorancia en lugar de...

Hundió el rostro en el consuelo de la almohada sin terminar la frase.

Damien no hizo ningún comentario a sus palabras. En su lugar, le preguntó:

—¿Estás lo bastante recuperada como para bajar un rato a la planta baja?

—No.

—Hay ciertas personas que quiero presentarte.

—No me apetece ver a nadie.

—Has hecho un esfuerzo tan extraordinario por mí que te agradecería que lo ampliaras, concediéndome este último favor.

Emma se volvió.

—¿Quiénes son estas personas que quieres que conozca?

—Ya lo verás.

—No tengo ropa que ponerme. ¡No puedo presentarme vestida con tu camisa de dormir!

—Creo que podríamos hacer el esfuerzo de buscar una bata, una chaquetilla de lana y uno o dos chales.

Damien hablaba en tono despreocupado y casi indiferente, pero, por debajo de su aparente desinterés, Emma captó una extraña urgencia. Puesto que ya nada le importaba y estaba demasiado cansada como para discutir, hizo un gesto que él interpretó como afirmativo.

—Gracias. Y ahora, bébete esto.

Emma tomó la taza que él le ofrecía y bebió. El caldo era espeso, estaba caliente y probablemente era delicioso, pero a ella le supo insípido.

19

Envuelta en una bata acolchada, unas medias de lana demasiado grandes y un chal, Emma aguardó sin entusiasmo a los invitados de Damien. Se sentía una momia egipcia —y seguramente lo parecía—, pero Damien había insistido y ella estaba demasiado débil como para protestar. Alguien había avivado el fuego del hogar y las llamas subían lamiendo la chimenea mientras Hakumat iba de un lado para otro ocupado en pequeños detalles y Suraj Singh permanecía de pie como siempre como un centurión.

—¿Estás cómoda? —preguntó Damien, cubriéndole las rodillas con una manta.

—Sí, gracias.

—Muy bien. —La sonrisa de Damien no alcanzaba sus ojos—. Una última petición... primero escucha y después haz las preguntas.

—Como quieras.

Obedeciendo a una señal suya, Suraj Singh se retiró y regresó a los pocos momentos con dos hombres, ambos vestidos con uniforme del Ejército indio. Bruscos y ceremoniosos, los oficiales estrecharon la mano de Damien. No hubo intercambio de saludos; sólo sus fríos y desconfiados ojos reflejaban la tensión que los dominaba.

—El coronel Wilfred Hethrington y el capitán Nigel Worth, del servicio secreto militar —dijo Damien, presentándolos—. Mi esposa.

Si se llevó una sorpresa, Emma no lo dejó traslucir. Ambos se inclinaron el uno detrás del otro sobre su mano, visiblemente turbados. A la luz de lo que Charlton le había dicho, su turbación era totalmente comprensible. Ella no le recordó al capitán Worth que se habían conocido en Delhi en casa de los Price y él tampoco se lo mencionó a ella.

—Mi esposa decidió pasar unos cuantos días aquí conmigo —explicó Damien—. Por desgracia, la sorprendió un aguacero y ahora tiene un poco de fiebre.

Ambos murmuraron unas palabras de circunstancias y después se sentaron alrededor de una mesa en un rincón.

Hakumat apareció con un samovar y los presentes se empezaron a pasar las tazas de qahwa entre comentarios forzados y cohibidas expresiones. Cuando el criado se retiró cerrando la puerta a su espalda, Damien se acercó al escritorio, abrió un cajón, sacó un delgado y estrecho sobre de color marrón y lo depositó en la mesa, delante del coronel. No hubo preámbulos, comentarios intrascendentes o cumplidos. La hostilidad que reinaba entre ellos era evidente.

Con el rostro muy pálido y las manos fuertemente entrelazadas delante de ellos, ambos oficiales contemplaron el sobre sin parpadear. Ninguno de ellos hizo ademán de tomarlo.

El coronel carraspeó.

—Supongo que eso es todo, ¿no es cierto, Granville?

—No. Sólo el diario del doctor Wyncliffe.

El coronel Hethrington miró a Emma, pero apartó inmediatamente los ojos.

—¿Y el resto?

—Cuando ustedes cumplan su parte del trato.

—Ya se ha cumplido. La prueba está a punto de llegar.

Damien no dijo nada, pero su expresión cambió de repente. Por un instante, se quedó pasmado, como sumido en un estado hipnótico. Después se excusó y abandonó la estancia, dejando a su espalda un embarazoso silencio. Sigilosamente, Suraj Singh lo siguió.

«Su parte del trato.»

Emma contempló el fuego de la chimenea. ¿Damien se había atrevido a cerrar un trato, utilizando los papeles de su padre? Se enfureció momentáneamente, pero sólo momentáneamente. Tras haber perdido tantas cosas, ¿le importaba? Llegó a la conclusión de que no.

El coronel contuvo la respiración y alargó la mano hacia el sobre. Lo rasgó, sacó los papeles y los depositó sobre la mesa. Tomó la primera página, la leyó desplazando rápidamente los ojos de uno a otro lado, y después le pasó la hoja a su ayudante y tomó la segunda. En la estancia sólo se oía el crujido del papel, el rítmico tictac del reloj de pared y el silbido de los troncos en la parrilla del hogar. Uno de ellos resbaló hacia el suelo con un siseo en medio de una lluvia de chispas. Ninguno de los dos hombres levantó los ojos.

Una vez finalizado el examen conjunto, el capitán Worth volvió a doblar los papeles y los guardó en el sobre. Miró a Emma de soslayo, pero ella ya había apartado el rostro.

Damien regresó más sereno y con las facciones ya recompuestas en su flemático molde inicial. Sólo sus mejillas mostraban un leve arrebol y sus ojos brillaban con un sorprendente fulgor.

—Eso es una transcripción, Granville —dijo el coronel Hethrington—. ¿Dónde están las tiras originales?

De pie junto a la ventana con un codo apoyado en el alféizar, Damien parecía absorto en la contemplación de un par de potrillos a los que un mozo de cuadra estaba obligando a hacer ejercicio en la dehesa. Por un instante, pareció no haber oído la pregunta, pero después la contestó.

—Creo que debe usted saber, coronel, que Geoffrey Charlton ha estado aquí.

El coronel hizo una profunda inspiración.

—¿Puedo preguntar por qué?

—Por la misma razón que usted.

—¿Y qué?

—Le entregué las tiras originales.

Se produjo un incrédulo silencio. Con los ojos vidriosos, ambos oficiales se quedaron petrificados como personajes de un cuadro. Sorprendiéndose vagamente de que Damien no le hubiera revelado el involuntario papel que ella había desempeñado en el sórdido juego de Charlton, Emma guardó silencio. Con trémulos dedos, el coronel Hethrington se sacó un pañuelo del bolsillo y se secó la frente. No habló, tal vez porque no podía.

Fue Nigel Worth quien primero recuperó el habla.

—¿Acaso estás loco, Damien? —preguntó horrorizado.

—Loco no, Nigel. Soy práctico.

—Pero, ¿por qué, por Dios bendito?

—Por una excelente razón. Charlton iba armado y yo no tenía el menor deseo ni de matar ni de que me mataran a mayor gloria de su maldito imperio.

El coronel se había recuperado, pero las manos le seguían temblando. Las ocultó bajo la mesa.

—Cualquiera que sea la opinión que usted tenga del Imperio, Granville —dijo con gélida furia—, resulta que esos papeles son una propiedad secreta del Gobierno. El sólo hecho de conservarlos en su poder es un delito.

—Lo que yo tengo en mi poder, coronel, son unas copias no autorizadas. La propiedad del Gobierno está en poder de Charlton.

—¡Porque usted se la entregó, maldita sea!

—Teniendo en cuenta la caja de Pandora que usted tendría que abrir en el servicio secreto para demostrarlo, coronel, no creo que pueda permitirse el lujo de indignarse. Una caja de Pandora, por cierto —añadió jovialmente—, acerca de la cual con toda probabilidad su comandante en jefe no sabe nada.

El coronel Hethrington le dirigió una ceñuda mirada y, acto seguido, encorvó los hombros. En cuestión de un instante, se había vuelto más viejo, su aspecto era el propio de un hombre derrotado y los carrillos se le habían aflojado como consecuencia de la fuerte tensión.

—Como ve, mis iniciales recelos acerca de su amigo estaban justificados, capitán —dijo en tono abatido—. Sabía que no era de fiar.

Dolido por el reproche, Nigel Worth se levantó de un salto de la silla, dominado a partes iguales por la cólera y el dolor.

—¡Me diste tu palabra, Damien! Me lo prometiste, maldita sea, me lo prometiste...

—Hay otra razón —dijo Damien.

—¡Siéntese, capitán! —le ordenó Hethrington a su ayudante, volviendo a enjugarse el sudor de la frente—. Ahora que su Jano ha revelado su rostro más oscuro, supongo que mejor será escuchar lo que tenga que decir. Tanto por su bien como por el nuestro, más le vale que la razón sea buena, muy buena. ¿La otra razón, Granville?

Nigel Worth volvió a hundirse en su asiento con un gemido.

—Puede que usted recuerde —dijo Damien— que, tras la guerra entre Rusia y Turquía y durante el Congreso de Berlín, Charlton ocupó un puesto en el Foreign Office de Londres sin abandonar su trabajo periodístico en el *Sentinel*.

—¿Y qué?

—Habiéndose enterado de que el Foreign Office iba a filtrar los detalles del tratado angloruso al *Times* y aprovechando que tenía acceso al documento, al día siguiente publicó su contenido en el *Sentinel*. Lo detuvieron por robo de documentos confidenciales del Gobierno, pero posteriormente fue puesto en libertad pues los papeles no se encontraban ni en su persona ni en su domicilio. Gracias a su extraordinaria memoria, había reproducido los puntos más destacados del tratado casi al pie de la letra tras haberlos leído una sola vez.

Captando el significado, el coronel Hethrington frunció más fuertemente el entrecejo y se inclinó hacia delante.

—¿Están en clave las notas de Butterfield?

—No. Probablemente no tuvo tiempo de cifrarlas.

—¿Y la escritura de ambos conjuntos de tiras es legible?

—Con mucha dificultad. Antes de poder aprendérselas de memoria, Charlton las tendrá que interpretar.

Nigel Worth se animó visiblemente y el coronel echó los hombros hacia atrás.

—¿A qué hora se fue Charlton? —preguntó Hethrington, poniendo inmediatamente manos a la obra.

—Hace unas tres horas. Calculo que llegará a Srinagar al anochecer. Teniendo en cuenta las tensiones del viaje de ida y vuelta, imagino que su primera prioridad será dormir. En la creencia de que sólo Suraj Singh, mi esposa y yo mismo sabemos de su visita, estoy seguro de que no esperará ningún registro.

El coronel Hethrington alargó la mano hacia su cuaderno de apuntes.

—Envíe a nuestros dos cipayos a Srinagar con esta nota para Stewart —le dijo a Worth—. En cuanto se emita la orden de registro...

—¡No a Walter Stewart! —lo cortó Damien—. Su Alteza se encargará de emitir las órdenes de registro.

—¿Su Alteza? Pero, hombre, por Dios, ¡yo no estoy autorizado a tratar directamente con el marajá, pasando por encima del administrador residente!

—Usted no, pero yo, sí.

—El procedimiento del servicio no...

—¡Que se vaya el infierno el procedimiento del servicio, coronel! —replicó Damien—. Usted sabe muy bien que Stewart y Charlton trabajan juntos y me están apuntando con sus cañones. ¡Me niego en redondo a que Stewart se mezcle en este asunto, por muy rígidas que sean las normas de su maldito protocolo!

Hethrington apretó los labios con gesto de hastío.

—¡Le di mi palabra, Granville, de que su Shalimar no correría peligro!

—Me fío tan poco de la palabra del servicio de espionaje como éste se fía de la mía —replicó Damien con mal disimulado desprecio—. Para su información, coronel, Suraj Singh ya está en camino con la carta en la que solicito a Su Alteza que haga todo lo necesario. No me cabe la menor duda de que estará encantado de poner a Stewart en su sitio y acabar con Charlton. Mañana tendrá usted los papeles originales.

El coronel Hethrington se encrespó.

—¡No tenía usted ningún derecho a ponerse en contacto con Su Alteza sin nuestra autorización, Granville!

—¡Al contrario, coronel, tenía todo el derecho del mundo! Resulta que el Yasmina está dentro del territorio de Cachemira, un estado todavía independiente que la garganta británica aún no ha engullido por entero. O se hacen las cosas a mi manera... o Charlton publica los papeles con mi bendición. No es asunto mío, puede creerme.

—¡Maldita sea! —estalló Hethrington—. ¿Cómo se atreve usted a dictarle las condiciones al Gobierno? Teniendo en cuenta que trabajaba usted para mí, Granville, su temeridad no se puede...

—Yo no trabajaba para usted, coronel —lo corrigió fríamente Damien—, y jamás trabajaré. Concertamos un solo arreglo por razones mutuamente egoístas. Pero ahora este arreglo ha terminado. No nos debemos nada el uno al otro.

«Arreglo.»

Sí, ésa era la palabra que no conseguía encontrar, pensó Emma. Resumía con toda exactitud lo que había sido su matrimonio; un «arreglo» (que ahora también había terminado) por razones mutuamente egoístas.

—¿Y nuestra amistad? —preguntó Nigel Worth, exasperado—. ¿Acaso no significa nada? Teníamos unas normas tácitas, Damien, y tú las incumpliste. Tú y Hyder Alí os largáis ilegalmente a Tashkent...

—¡Porque vosotros no me autorizasteis a hacerlo legalmente!

—... le soltáis una historia increíble al imbécil del barón y llegáis al extremo de ofrecerle los mapas. Después dejas a Hyder allí escondido y ahora quieres... —El capitán tartamudeó y se detuvo, enfurecido—. Nos traicionaste, Damien. Yo... ¡yo confiaba en ti, maldita sea!

—No seas idiota, Nigel, precisamente porque no te he traicionado, mañana podréis tener vuestros papeles. —Rechazando la acusación con un impaciente gesto de la mano, Damien se acercó al escritorio y sacó un segundo sobre que no depositó sobre la mesa sino que se limitó a mostrar para que los demás lo vieran.

—Una transcripción de las notas de Butterfield. Todo lo que pudo introducir en su rueda tibetana de oraciones: descripciones, alturas, latitud, longitud, bosquejo de mapas y mediciones... En otras palabras, la información cartográfica sobre el paso del Yasmina. —Damien abrió el sobre y extrajo su contenido con un ceremonioso gesto—. ¿Puedo?

Ninguno de los oficiales contestó. En medio del trémulo silencio, sólo un caballo se atrevió a relinchar en la dehesa, pero muy brevemente. A pesar de su escaso interés por el valor estratégico del paso, Emma no pudo por menos que dejarse arrastrar por la trascendental importancia del momento.

—Para asegurarse —empezó diciendo Damien, refiriéndose al papel, pero sin leerlo—, Butterfield llegó hasta el final de la garganta que el doctor Wyncliffe había explorado e hizo lo que el doctor Wyncliffe estaba demasiado débil para poder hacer: escalar su cara exterior y examinarla desde arriba. Butterfield confirma que su altura es de setecientos treinta y cinco metros, ligeramente por encima de lo que había calculado el doctor Wyncliffe. Después recorrió la parte superior de la garganta y llegó hasta su extremo norte, una distancia de algo más de dos kilómetros. —Damien levantó brevemente los ojos—. Lo más importante del descubrimiento es lo que él encontró al final de la garganta. Las propias palabras de Butterfield lo describen mejor.

Pasó la página y empezó a leer:

La topografía de aquí es muy irregular, un mundo primitivo de soberbia fealdad, atrapado en un eterno ciclo de creación y destrucción. De la noche a la mañana, los gigantescos aludes desvían y vuelven a desviar caudalosos ríos de hielo, forman lagos subterráneos, abren grietas en las entrañas de la tierra, inundan valles y empujan impetuosos torrentes hacia las gargantas. Los cataclismos son constantes. El fragor es ensordecedor y aterrador, y la tierra se mueve sin previa advertencia.

La garganta propiamente dicha, el paso del Yasmina, es un lugar siniestro, glacialmente frío, hostil y lleno de hielo y enormes piedras. Los hunzakut tienen razón, eso es el epítome del mal. Lo percibe uno en los huesos. El sol lo roza únicamente al mediodía y durante unos minutos. Pero la sorprendente realidad es que el Yasmina no es difícil de encontrar, lo difícil —¡más bien lo imposible!— es distinguirlo, a menos que uno lo busque, pues la grieta de su abertura se confunde totalmente con la roca.

Los primeros exploradores creían que bajo el Himalaya había galerías de más de cuatrocientos kilómetros de profundidad. Puede que en algún período, antes de que los cambios glaciales transformaran la región, ésta fuera una de ellas. Cuando llegué al final de la callejuela —pues de eso se trata en realidad—, me tropecé con algo cuya posibilidad ni yo ni nadie había imaginado: un deslizamiento rocoso. Me encontré frente a un muro de rocas congeladas y unidas entre sí por el hielo de los siglos, una formidable barrera imposible de atravesar, desplazar o rodear. Al otro lado —tal como ya había visto— las fuertes pendientes heladas descendían hasta centenares de metros más abajo.

Damien se detuvo.

—Aquí pueden ver ustedes el bosquejo del mapa, las estadísticas y la información geológica. —Volviendo a guardar los papeles en el sobre, lo arrojó sobre la mesa delante de ellos—. Y éste, señores —terminó diciendo en un susurro—, es el secreto del Yasmina, el secreto que los hostigados hunzakut se han esforzado durante tanto tiempo y tan desesperadamente en proteger, el hecho de que no existe ningún Yasmina. Si el paso existió en otros tiempos, los cambios de los glaciares y la irregularidad topográfica se han encargado de que ahora ya no exista. En su inmensa sabiduría, la naturaleza lo ha bloqueado y lo ha puesto fuera del alcance de cualquier organización humana. Pudo ocurrir el año pasado, hace un siglo o hace mil años. Nadie lo sabe ni lo sabrá jamás.

Fue una devastadora revelación, una realidad tan inesperada y tan inmensa que, en un primer tiempo, su significado no se pudo asimilar por entero. Hundidos en su perplejidad personal, ambos oficiales permanecieron inmóviles tratando de hacerse a la idea. Sin saber que el futuro curso de la historia de Asia Central estaba a punto de modificarse, sólo el tictac del reloj de pared seguía sonando con su despreocupado ritmo habitual.

El coronel Hethrington fue el primero en librarse de su parálisis. Reclinándose contra el respaldo de su asiento, empezó a reírse.

—¡Vaya por Dios!

Damien se acercó de nuevo a la ventana.

—Hunza no disponía de ningún medio para luchar contra sus avasalladores vecinos —dijo—. Sólo tenía dos cosas: el Yasmina y una codicia insaciable. Explotó ambas cosas durante todo el tiempo que pudo y debo reconocer que lo supo hacer muy bien.

El coronel Hethrington se inclinó hacia delante, entrelazó los dedos de ambas manos y apoyó la barbilla en los nudillos.

—Por mucho que me duela decirlo, Granville, no discrepo enteramente de usted. Si alguien tiene intención de derramar lágrimas por la defunción de este condenado paso, le aseguro que no seré yo. Y ahora que la burbuja ha estallado finalmente, puede que podamos olvidarnos de todo este asunto y seguir adelante con nuestra maldita tarea.

Separó las manos, empujó la silla hacia atrás y se levantó. El capitán Worth imitó su ejemplo.

—Muy bien. —Damien los obligó a detenerse con un gesto—. Ahora que, por lo menos, hemos llegado a un mínimo acuerdo a este respecto, coronel, hay algo más que a mi juicio debería usted saber.

Siempre alerta ante los matices, el coronel frunció el entrecejo.

—¿Por qué tengo la impresión de que estoy a punto de oír algo que preferiría no oír?

—Porque está efectivamente a punto de oírlo —contestó afable Damien.

Volvieron a sentarse mientras Nigel Worth soltaba una maldición por lo bajo. Acercándose a la mesa, Damien apoyó las manos en ella.

—Aunque ambas se comportan como si fueran sus dueñas, ni Gran Bretaña ni Rusia poseen el Himalaya. La verdad sobre el Yasmina no es monopolio de nadie, de ahí que los detalles del hallazgo se encuentren en estos momentos de camino hacia San Petersburgo. Serán entregados con carácter anónimo al *Novoe Vremya* y al *Morning Post*. Como no tienen nada que temer de las leyes de su propio país, los rusos estarán encantados de publicar la primicia del siglo.

Si el reloj no hubiera dado la media un momento después, devolviendo la vida a lo exánime, quizás el silencio de incredulidad se hubiera prolongado indefinidamente. Saliendo de su estupor, Emma se movió, se incorporó en su asiento y, a través de las brumas de la fiebre, miró sin parpadear a Nigel Worth.

—Sé quién es usted —dijo, rompiendo finalmente su silencio—. Usted es Hammie, el compañero de clase de Birmania que tenía Damien, ¿verdad?

Maurice Crankshaw tenía unas normas muy estrictas acerca de la manera en que se tenían que redactar los informes: sin hipérboles ni exceso de adverbios y adjetivos o expresiones coloquiales. Los hechos debían exponerse sucinta y claramente. El texto, en perfecto inglés, con el debido respeto a las reglas gramaticales, tenía que limitarse a los datos esenciales. Los vuelos de la fantasía estaban expresamente prohibidos.

Por consiguiente, a pesar de toda la emoción que rodeaba su relato, Conolly pensaba que aquello era tan aburrido como conjugar unos verbos latinos. La leve protesta que se atrevió a manifestar no le produjo a Crankshaw la menor impresión.

—Bueno, ¿y cómo quiere usted que suene un informe oficial destinado al Gobierno, Capricornio, como los sonetos de Shakespeare a la Dama Oscura?

—No, señor, pero, tal como suena, nadie lo podrá leer sin quedarse dormido después del primer párrafo.

—De todos modos —le aseguró Crankshaw—, nadie lo leerá excepto usted, yo y un puñado de funcionarios de Simla, pertenecientes a eso que se conoce, de una forma un tanto ridícula, permítame que se lo diga, como el servicio secreto. Los informes no son relatos de aventuras para colegiales, Capricornio. Son documentos de archivo redactados para transmitir un sentido de la historia a las futuras generaciones y para conmemorar geniales ejemplos de imperial iniciativa y emprendedor espíritu que puedan ser útiles a los que vengan detrás de nosotros. No querrá que la posteridad nos recuerde como unos insensatos bobalicones, ¿verdad?

Conolly no podía hablar en nombre de Crankshaw, naturalmente, pero a él le importaba un bledo cómo lo recordara la posteridad, si es que lo recordaba. Para aumentar su irritación, la cuestión de Ivana aún no le había sido explicada. Cada vez que intentaba acorralar a Crankshaw, éste le contestaba con las mismas evasivas de siempre.

—Todo a su debido tiempo, Capricornio, todo a su debido tiempo. Es tan poco probable que ella se escape como que lo haga usted. Primero el informe y después lo accesorio.

Aparte de lo mucho que lo molestaba que Ivana fuera considerada un «accesorio», la mañana del día anterior ya había entregado el informe según lo ordenado, y todavía esperaba la llamada del comisario. Revisado y aprobado con la eliminación de sólo dos adjetivos, una frase discutiblemente demasiado recargada y un infinitivo acompañado de un adjetivo innecesario, el informe había sido codificado y enviado finalmente a Simla, y eso era todo.

Y ahora, ¿qué? Conolly hubiera deseado saberlo.

En ausencia de David Wynclyffe, que estaba de baja médica en Delhi, Conolly ocupaba sus habitaciones del bungaló. Tras haberse pasado varias semanas viviendo con los nervios de punta, la repentina inactividad le producía una sensación de tedio y decepción.

Mientras permanecía sentado en la galería, pensando en su incierto futuro —y en el de Ivana—, se percató de que estaba inquieto e insólitamente desanimado.

En el transcurso de los cinco días que llevaban en Leh, sólo había visto a Ivana tres veces, siempre bajo la severa mirada de aquella ogresa de ama de llaves de Crankshaw que incluso los había acompañado en su visita al monasterio budista. A pesar de lo bien atendida y alojada que estaba, le parecía que Ivana se sentía desamparada y se compadecía de ella. Hubiera deseado hablarle y tranquilizarla acerca de su futuro —cualquiera que éste pudiera ser—, pero no había tenido la oportunidad de hacerlo.

Harto de la incertidumbre de la situación, decidió arrancarle de la manera que fuera la verdad al comisario, y de inmediato, por cierto. Tomó la determinación de exigirle, sí, exigirle explicaciones aquella misma noche. Mientras contemplaba en enfurecido silencio el paso de una procesión de colegiales budistas vestidos con sus túnicas de color azafrán avanzando en perfecto orden por el camino, percibió una repentina presencia a su espalda. Se volvió y vio a Ivana de pie junto a la barandilla. Invadido por una súbita oleada de placer, se levantó de un salto.

—Estaba... precisamente es... estaba pensando en ti —dijo, tartamudeando a causa de la sorpresa—. ¿Te... encuentras bien?

Habían compartido muchas cosas en el transcurso de las últimas semanas, habían sobrevivido a una experiencia común tremendamente traumática y, sin embargo, ahora que ambos se encontraban solos cara a cara, no sabía qué decirle.

—Sí —contestó ella con la cara muy seria—. Muy bien. ¿Y usted?

—Todo lo bien que se puede esperar, supongo.

—¿No le gusta estar aquí?

—No. No estoy acostumbrado a no hacer nada. Ni siquiera sé cuál va a ser mi siguiente misión.

—¿Dejará Leh?

—Pues sí, supongo que sí.

—¿Adónde irá?

Conolly se encogió de hombros.

—Persia, Turquía, Afganistán... ¿quién sabe? Cualquier sitio menos Kashgar. El celeste pueblo puede comportarse de manera muy poco celestial con los agentes fugitivos que, encima, son unos secuestradores.

Ella no sonrió.

—¿No le importa a qué lugar lo envíen?

Conolly lo pensó. Antes no le importaba, pero ahora la idea de los habituales preparativos para un nuevo viaje, una nueva identidad y un nuevo juego con nuevas reglas, lo deprimía.

—No —contestó, lanzando un suspiro—. Todas las misiones se parecen.

—Como la misión de traerme aquí desde Kashgar —dijo ella tristemente.

—Pues sí. Mejor dicho, no, ¡por supuesto que no! —Conolly esbozó una leve sonrisa—. Lo que quiero decir es que los agentes como yo son como cantos rodados. En cuanto empezamos a criar musgo, mejor dejarlo.

Ivana inclinó la cabeza y dos lágrimas rodaron por sus mejillas.

—No lo volveré a ver.

Conolly se emocionó profundamente y se sintió cautivado una vez más por su honradez y naturalidad. Acercándose a ella, apoyó impulsivamente una mano en la suya, ansiando estrecharla en sus brazos y besarla apasionadamente, pero no se atrevió, teniendo el despacho al lado y a la criada de Crankshaw vigilando.

—No tienes por qué asustarte, Ivana —le dijo con la cara muy seria, fingiendo no haberla entendido—. No me iré hasta cerciorarme de que estás bien y en buenas manos.

Sus palabras se le antojaron flojas y tremendamente triviales. ¿En las buenas manos de quién? Apartó desconsoladamente el rostro. En el transcurso de las semanas anteriores había tenido repetidamente la vida de Ivana en sus manos, pero ahora y de repente ella ya no era asunto de su incumbencia. La perspectiva de semejante amputación le parecía intolerable; sin embargo, cuando volvió la cabeza para decírselo, Ivana ya había desaparecido. Jamás en su vida se había sentido más abatido.

A pesar de su aspereza y de la tremenda acidez de su lengua, Maurice Crankshaw era un hombre muy popular en Leh y llevaba una activa vida social. Apenas transcurría una semana sin que lo invitaran a asistir a alguna ceremonia privada o a presidir algún acto público. Por consiguiente, Conolly lamentó mucho enterarse de que aquella tarde en que tenía intención de acorralar al comisario, éste no sólo asistiría a un banquete de boda sino que, además, esperaba que él lo acompañara. Su furia sólo se calmó un poco cuando supo que Ivana también estaba incluida en la invitación.

Bueno, pues que así fuera, pensó sombríamente. Tanto si al viejo Cranks le gustaba como si no, él le plantearía el tema en la fiesta... ¡y le importaban un bledo las consecuencias!

La ocasión era un compromiso de boda tibetano. El novio, un huérfano tibetano de diez años se iba a casar con una mujer de más edad perteneciente a su propia familia, según la tradición. En un primer tiempo, la novia cumpliría la función de niñera y, cuando el novio creciera, se convertiría en su esposa. Más tarde, si el esposo así lo deseara, podría adquirir una esposa más joven. Los complicados ritos estaban presididos por el jefe de los lamas. De acuerdo con la tradición, Crankshaw había hecho en nombre de todos los reunidos, las ofrendas de harina de garbanzos, ghi, frutos secos, un trozo de lienzo de color azafrán y una rupia de plata. Los alegres y vistosos festejos se prolongarían toda la noche.

Ivana, que jamás había visto nada igual, contempló fascinada los ritos y escuchó las explicaciones de Crankshaw, traducidas por Conolly. Una vez finalizada la ceremonia religiosa, los invitados entraron de lleno en el meollo de la fiesta. El *korey*, o copa del amor, llena de un licor local llamado *chang*, empezó a pasar de mano en mano. Las normas exigían que cada invitado apurara la copa, por lo que la gente estaba cada vez más alegre. Crankshaw no tardó en animarse visiblemente.

Cada vez que Conolly abría la boca para plantear el tema de Ivana, aparecía la copa. Al término de la tercera ronda, empezó a sentirse aturdido y, después de la cuarta, notó que tenía la mirada desenfocada. Después Crankshaw se puso a cantar una canción de amor tibetana y Conolly comprendió que tendría que ser entonces o nunca.

Ante el temor de perder el envalentonamiento del alcohol —y los sentidos—, decidió lanzarse.

—Quería hablarle de la dama armenia, señor.

En su calidad de invitados de honor, estaban sentados a cierta distancia de los demás, pero, aun así, el ruido era ensordecedor. Crankshaw dejó de cantar y ahuecó una mano alrededor de la oreja.

—¿Cómo?

Conolly repitió la pregunta y Crankshaw asintió con la cabeza.

—En realidad, Capricornio, quería hablarle de su próxima misión.

—Ah. —Conolly se hundió en el desánimo—. ¿Afganistán, señor?

—No, Capriconio, no Afganistán. El Pamir. Deberá usted prestar ayuda a Francis Younghusband en las negociaciones para la demarcación de la franja de ochenta kilómetros. Puesto que usted conoce bien la región y habla con fluidez tanto el chino como el ruso, su ayuda podría ser muy valiosa. En cuanto a Kashgar...

—¡No puedo regresar a Kashgar, señor!

—No le digo que regrese, Capricornio... si fuera usted tan amable de dejarme terminar. Estaba a punto de decirle que, puesto que usted ha estudiado las posibilidades comerciales de Sin-Kiang, sería útil que hablara con Younghusband y MacCartney antes de que éstos emprendan viaje a Kashgar... siempre y cuando les permitan entrar después de la pequeña travesura que usted protagonizó y que, por cierto, a ellos no les hace ninguna gracia, se lo aseguro.

Se trataba de un comentario desvergonzadamente injusto, pero, preocupado por cuestiones más vitales, Conolly prefirió dejarlo correr.

Un atronador toque de tambores anunció el comienzo de un concurso de poesías improvisadas. Entretanto, las mujeres de la familia habían convencido a la tímida novia de que se sentara al lado de su juvenil esposo, el cual, harto de todas las ceremonias, se había quedado dormido. La novia, una madura dama que triplicaba la edad del soñoliento novio, ocupó su lugar entre grandes aclamaciones y entonces sacudieron al novio para que se despertara. Inmediatamente, dos hombres se pusieron a cantar entre carcajadas y gritos de ánimo que hicieron todavía más difícil la conversación.

—Pero, antes de que se vaya al Pamir, Capricornio —dijo Crankshaw levantando la voz mientras ingería la quinta copa de chang—, tengo otra misión para usted, muy corta. Tendrá que trasladarse a Srinagar.

—¿A Srinagar? —Conolly tuvo que hacer un esfuerzo para concentrar la mirada en el rostro de su superior—. ¿Con qué objeto, señor?

—¿Con qué objeto va la gente a Srinagar? —preguntó Crankshaw en tono irritado—. Para respirar aire sano, hacer excursiones por la montaña, entrar en comunicación con la naturaleza, beber qahwa (esta vez pruébelo con unas gotas de ginebra), mascar semillas de loto y avellanas y, cuando uno se harta de tanto hedonismo, meditar en una casa flotante, abanicado por unas doncellas. Francamente, Capricornio, lo siento mucho por usted, pero no quiero verle por aquí hasta dentro de un mes. Hablando de Srinagar, recuerdo cuando estuve en el lago Dal en el setenta y nueve y...

—Pero, ¿y lo de Ivana, señor? —lo interrumpió Conolly desesperado—. ¿Qué será de ella, señor? ¿Adónde irá desde aquí?

—Se lo acabo de decir, Capricornio... Es por la dama, por lo que se le ordena a usted trasladarse a Srinagar. ¿Es que no me escucha?

La pareja de novios se acercó para presentar sus respetos. Crankshaw se levantó sin apenas tenerse en pie para felicitar a la madura novia por su belleza, al adormilado novio por su inmensa suerte y al anfitrión por la excelente calidad del chang (lo cual dio lugar a que inmediatamente se sirviera otra ronda) y volvió a hundirse pesadamente en su asiento.

—Simla me ha autorizado ahora —dijo tras haber apurado la copa— a ponerle a usted al corriente de la cuestión de la señorita Ivanova. Deberá usted escoltarla a Srinagar y entregarla sana y salva a las manos de un tal señor Damien Granville... su hermano.

A Emma le duró la fiebre toda la semana. Un médico del Ejército enviado desde Srinagar le recetó unos tónicos para el cuerpo, pero no pudo hacer nada por levantarle el ánimo. A pesar de las atenciones y los cuidados de Damien —¿o quizás a causa de ellos?—, seguía estando profundamente abatida. Mandadas llamar desde Srinagar, Sharifa y Rehmat llegaron con ropa y todo lo necesario, y un solícito Suraj Singh jamás se apartaba de su lado.

Pese a la frialdad que tanto se había esforzado en cultivar, el extremo hasta el cual había estado excluida de la vida paralela de Damien la había dejado trastornada e insoportablemente herida. Hubiera deseado que no fuera así, que hubiera logrado distanciarse de él con la misma facilidad con que él se había distanciado de ella, pero se sentía incapaz de hacerlo. Su equivocación al calificarle de espía ruso no tenía importancia. Le daba igual en favor de qué bando hubiera tejido la cruel telaraña con que atrapaba a sus presas. Lo que ya se había explicado era secundario; lo principal no tenía ninguna explicación aceptable. Se negó tercamente a hacerle preguntas y, haciendo gala de la misma obstinación, Damien no le ofreció voluntariamente ninguna respuesta.

En su fuero interno, sin embargo, en los profundos y dolorosos silencios de su mente, Emma seguía buscando excusas y coartadas y pasando inadvertidamente por alto las interpretaciones.

¿Cómo iba a perdonarle?

En cuanto se sintió suficientemente restablecida, pidió que Damien dispusiera todo lo necesario para su regreso a Delhi. Él lo aceptó sin hacer preguntas, tal como solía hacer con todas sus peticiones. Cuando Damien abandonó la estancia, Emma se echó a llorar.

El segundo día de su convalecencia, mientras permanecía sentada en el jardín hojeando distraídamente un periódico, el capitán Worth acudió a visitarla. La racha de mal tiempo ya había pasado. La mañana era cálida y soleada. En el jardín que bajaba por la ladera de la colina en terrazas se aspiraban los dulces aromas combinados del césped recién cortado, la brisa pura de la montaña y la sobreabundancia de naturaleza.

—Regreso a Simla mañana —dijo el capitán Worth, sentándose en una silla de bejuco delante de ella. No iba vestido de uniforme sino con pantalón de franela y chaqueta—. No podía irme sin despedirme de usted.

A pesar de la formalidad, no engañó a Emma. Sabiendo que aquel día Damien no estaría en casa, puesto que había ido a Khillanmarg, Nigel Worth la había visitado deliberadamente en su ausencia.

—Veo que Damien le ha hablado de nuestros días escolares en Inglaterra.

—Sí.

Emma pasó por alto el atrevimiento.

—También le debió de decir que seguimos siendo íntimos amigos.

—Le reconocí por una fotografía de la escuela que tiene Damien en su estudio. —Emma hizo un esfuerzo por sonreír—. He observado que ya no le llama Hammie.

El capitán la miró sonriendo.

—Por un motivo justificado. Sabe que, si lo hiciera, yo lo obligaría a tragarse los dientes.

Emma se rio con él y le ofreció un refrigerio, ¿un vaso de zumo de fruta quizá? El capitán aceptó, se interesó por su salud y le deseó una pronta recuperación. Ella le dio las gracias y le preguntó cortésmente si el coronel Hethrington ya había regresado a Simla. El capitán le confirmó que sí. Emma le preguntó si seguía interesado por el teatro. Worth le contestó que sí y, respondiendo a otra pregunta, se lanzó a una elocuente descripción de la más reciente producción del Teatro de Variedades.

En cuanto se agotaron los temas intrascendentes, se produjo una embarazosa pausa. Después Nigel Worth carraspeó y fue directamente al grano.

—Me he quedado porque quería hablar con usted, señora Granville.

Ella ya lo había adivinado, naturalmente.

—¿De veras?

—El coronel Hethrington me ha ordenado que le presente sus más sinceras disculpas por la congoja que usted y su familia han tenido que sufrir a causa de lo ocurrido. De no haber tenido que regresar tan urgentemente a Simla con los papeles, se hubiera disculpado personalmente. Piensa escribirle enseguida.

Esperó su respuesta, pero ella nada dijo.

Ansioso de compensar el fallo, Worth siguió adelante.

—Verá, señora Granville, no podíamos reconocer el extraordinario descubrimiento de su padre sin antes recuperar...

—Sí, lo sé —lo interrumpió ella—, el señor Charlton tuvo la amabilidad de explicármelo.

Worth hizo una mueca por la dureza de su sarcasmo y Emma experimentó una punzada de perversa satisfacción. A fin de cuentas, el capitán Worth y su departamento tenían que responder de muchas cosas.

—El coronel Hethrington —se apresuró a añadir— me ha autorizado a facilitarle todas las aclaraciones que usted desee, señora Granville. Le ruego que no tenga reparo en hacerme preguntas.

Hakumat apareció con una jarra de zumo de naranja recién exprimido. Emma esperó a que el criado llenara dos vasos y se retirara y entonces formuló las preguntas que más angustias le habían causado.

—¿Le será reconocido ahora a mi padre el mérito del descubrimiento que le costó la vida?

—Sí, pero sólo cuando el Consejo de Ministros haya aprobado una declaración convenientemente redactada.

Emma tomó la revista y clavó la mirada en una página.

—La amenaza contra Shalimar que hizo el señor Charlton... ¿era auténtica?

—Absolutamente auténtica. El peso de las pruebas inculpatorias que Charlton había reunido contra Damien era increíblemente perjudicial. Si Charlton las hubiera publicado y lo hubiera acusado de traición, independientemente de Simla, Stewart habría desautorizado al marajá y habría requisado la finca en un abrir y cerrar de ojos. Hace meses que le había echado el ojo para su uso personal.

—¿Y ahora?

—El administrador residente ha recibido órdenes de dejar las cosas tal como están.

—¿Irá a la cárcel?

—¿Charlton? Desgraciadamente, no. Para poder presentar una denuncia irrebatible, tendríamos que destapar...

—¿La caja de Pandora?

—Pues sí. —Worth esbozó una leve sonrisa—. El intendente general no lo permitirá. Charlton recibirá una severa amonestación, será invitado a abandonar Cachemira y no se le permitirá regresar. El servicio tiene que guardar sus secretos, señora Granville... —El capitán tomó un sorbo de zumo— y hay que proteger a Damien.

—¿A pesar de todo?

Nigel Worth suspiró.

—Damien es muy suyo, señora Granville... tal como seguramente usted sabe mejor que nadie. Comprendí desde un principio que no podríamos sujetarlo. Lo único que yo esperaba era que no perdiera totalmente el control.

—¿Y cree usted que no lo perdió?

—Bueno —Worth se encogió filosóficamente de hombros—, hubiera podido ser peor.

—¿Con los mapas ya en camino hacia Rusia? ¡Dudo que el coronel Hethrington estuviera de acuerdo con usted!

—Puede que no. Aunque los mapas no son de utilidad para nadie, Damien se comportó de manera imperdonable. Por otra parte —el capitán extendió las manos—, más tarde o más temprano los rusos hubieran averiguado la verdad. Tal como dijo Abraham Lincoln, no se puede engañar constantemente a todo el mundo.

Con los pensamientos ya en otra parte, Emma contempló el pasado a través de una niebla de distantes y opacos recuerdos. Todo le parecía muy lejano.

—Dígame, capitán Worth...

—Nigel, por favor.

—... Nigel, ¿por qué no se puso usted directamente en contacto conmigo por la cuestión de los papeles?

—Lo hicimos. —El capitán la miró directamente a los ojos—. Autorizamos a Damien a hacerle una oferta a través del nabab... sin revelarle el auténtico motivo al nabab, naturalmente. Usted la rechazó.

—Ah. —Emma cambió nerviosamente de posición en su asiento—. ¿Por qué no me dijeron la verdad? De haber sabido su valor estratégico los hubiera entregado con sumo gusto.

Worth contempló su vaso.

—Los papeles eran muy valiosos, señora Granville. Temíamos que si... —El capitán titubeó.

—¿Que, si yo averiguara su valor, el precio subiera?

Worth se ruborizó.

—Pues sí, la verdad. Su familia, y disculpe que se lo diga, no se encontraba en una buena situación económica y los recursos de nuestro servicio eran muy limitados.

—Yo no hubiera vendido los papeles de mi padre ni por todo el té de China —dijo Emma con vehemencia.

—Pero eso entonces nosotros no lo sabíamos, señora Granville.

El capitán lo dijo en tono prosaico, pero Emma comprendió que estaba profundamente turbado. Bueno, razón tenía para estarlo. Aun así, Emma no podía por menos que compadecerle por el hecho de que le hubiera tocado en suerte cumplir aquel deber tan ingrato. A pesar de todo, algo en él resultaba simpático y cautivador.

—Si hubieran confiado en mí —Emma lanzó un suspiro—, nos habríamos ahorrado muchas... —estuvo casi a punto de decir «angustias»— molestias.

—Estudiábamos esta posibilidad justo cuando yo me enteré en Delhi de que estaba usted a punto de entregarle los papeles al doctor Theodore Anderson. No podíamos correr este riesgo. Verá —el capitán acercó un poco más la silla—, sospechamos que el doctor Anderson recibe fondos rusos para sus expediciones a cambio de información.

—Santo cielo, ¿quiere usted decir que el doctor Anderson es un espía...?

—¡No, por Dios! En el fondo, no es más que un viejo inofensivo. Que nosotros sepamos, la información que facilita carece de importancia. Por otra parte, hace muchos años que conoce a Borokov. Teniendo en cuenta los coqueteos de Rusia con Hunza y los apuros económicos de Anderson, la venta de los papeles hubiera podido resultar tentadora.

—Pero, ¿cómo se enteró del descubrimiento de mi padre?

—Eso siento decirle que todavía no lo sabemos. Puede que a través de Borokov que, a lo mejor, averiguó algo en Hunza.

O sea que era por eso por lo que el doctor Anderson había rechazado inicialmente su petición de ayuda y después había cambiado repentinamente de parecer.

—Difícilmente le hubiera podido entregar al doctor Anderson unos papeles cuya existencia yo ignoraba.

—Pero eso nosotros no teníamos medio de saberlo, señora Granville —le recordó amablemente Worth.

—Pues entonces, ¿por qué no me detuvieron? —preguntó Emma medio en broma y medio en serio—. Al fin y al cabo, ¡a Geoffrey sí lo detuvieron!

—También pensamos en esta posibilidad —contestó el capitán con toda sinceridad—, pero la publicidad resultante hubiera sido contraproducente.

Emma guardó silencio.

—Cuando Damien acudió a mí en petición de ayuda, señora Granville —añadió Worth—, estaba desesperado. Y resultó que nosotros también lo estábamos. Era importante recuperar los papeles discretamente y sin alboroto.

«Ah, ya, de ahí el proyecto Jano, de nombre tan apropiado, por cierto»; estaba claro que Nigel Worth conocía a su amigo mucho mejor que ella.

—Sea como fuere —se apresuró a añadir el capitán—, presenté a Damien al coronel Hethrington. El coronel se mostró absolutamente contrario al proyecto.

—Y, por lo visto, también se mostró contrario a Damien.

—Bueno, la antipatía era mutua. Damien aborrece a todo tipo de oficiales del Imperio y, conociendo la mala fama de Natasha Granville y de Damien, el coronel se negaba a confiar en él. Pero, para entonces, todos nos estábamos agarrando a un clavo ardiendo. El rastro de Ivana, que Hyder Alí había seguido, se había complicado todavía más. Al parecer...

—¿Ivana?

—Sí, la hermana de Damien.

Emma se incorporó lentamente en su asiento. ¿Damien tenía una hermana...?

Al ver la palidez de su rostro Nigel Worth guardó silencio.

—¿No sabía usted nada de Ivana? —preguntó poco después.

Emma trató por todos los medios de disimular su sobresalto, pero no pudo. Sacudió la cabeza. Sorprendido ante aquella confesión, Worth no supo qué responder. La amargura debió de aflorar a los ojos de Emma, pues, junto con la perplejidad, a los suyos afloró la compasión.

—Bueno, hasta hace cinco años, Damien tampoco sabía nada. —En un valeroso intento de reparar los daños en nombre de su amigo, Worth preguntó en tono dubitativo—: ¿Le gustaría... le gustaría que yo le contara algo de la hermana de Damien?

Las lágrimas se agolpaban en la garganta de Emma. ¿Qué más daba ahora? Adivinando la tristeza que ella tan desesperadamente trataba de ocultar, Worth no le hizo más preguntas y decidió contarle la historia. Emma estaba demasiado aturdida y desmoralizada como para oponer resistencia.

—Antes de morir, Zaiboon, la vieja doncella de Natasha Granville, le reveló a Damien que su madre estaba... bueno, estaba embarazada cuando el violonchelista rumano se presentó de repente y se fugó con ella. Edward Granville nunca llegó a saber que iba a ser padre otra vez; su mujer no se lo había dicho. La caravana en la que viajaban Natasha y su amigo fue atacada por unos bandidos en el paso de Darkot. A él lo mataron y a ella la secuestraron y la vendieron como esclava. Cuando el hombre que la había comprado se enteró de su estado, la vendió a otro. Al final, quizá porque era muy hermosa, Natasha acabó en la zenana del kan de Khiva. Allí dio a luz a su hija y murió poco después.

Era una historia terrible, mucho peor de lo que Emma esperaba, por lo que ésta se horrorizó.

—¿Cómo se descubrió todo eso?

—Poco a poco y a lo largo de los años, Damien y los hermanos Hyder y Jabbar Alí fueron reconstruyendo los hechos con gran perseverancia. La madre de éstos era de Bujara y tenía una familia muy amplia en Asia Central, lo cual les fue muy útil. Al principio, sin saber por dónde empezar, Damien inició su búsqueda en San Petersburgo.

—¿Por eso fue a Rusia?

—Sí, dos veces. Las autoridades se mostraron amables pero sospecharon de aquel hijo medio inglés de Natasha Vanonkova, una mujer que, según ellos, había desertado de su puesto y había traicionado su país casándose con un inglés. Alegaron no tener constancia del regreso de Natasha a Rusia. Las investigaciones que posteriormente hizo Damien en Asia Central fueron todavía más infructuosas. Desde la anexión de Khiva por parte de Rusia, todos los esclavos habían sido liberados. Nadie tenía el menor interés por una esclava que llevaba veinte años muerta, y la información de que Damien disponía era muy escasa por no decir nula. Su madre podía haber muerto antes de dar a luz; puede que el hijo no hubiera nacido o hubiera nacido muerto.

Olvidando por un instante su resentimiento, Emma se conmovió profundamente.

—Pero nació viva, sobrevivió y finalmente ha sido localizada, ¿verdad?

—Milagrosamente, sí. Uno de los tíos de Hyder Alí encontró a una anciana comadrona de Samarkanda que había vivido en Khiva en otros tiempos. La mujer recordaba que una esclava armenia de la zenana había muerto efectivamente de parto al dar a luz una niña aproximadamente veinte años atrás, pero no sabía qué había sido de la hija.

—¿Armenia? Pero Natasha Granville era rusa, ¿verdad?

—Pues sí, pero, temiendo ser detenida por los suyos, se había hecho pasar por armenia. Sin embargo, eso Damien lo averiguó después, naturalmente. Más tarde se supo a través de un hombre que trabajaba como cocinero en los cuarteles de Petro-Armendarisk, que la niña había sobrevivido gracias a la bondad de un matrimonio de Khiva que trabajaba allí en casa de un oficial ruso. El hombre ignoraba el nombre del oficial, que, por otra parte, ya hacía tiempo que había sido trasladado a otro sitio, pero su mujer recordaba un detalle muy curioso.

—Worth se inclinó hacia delante—. Sé que Damien lo ha retirado, pero, ¿ha visto usted alguna vez el retrato de su madre? ¿El que antes colgaba en el salón?

—Sí.

—¿Se fijó en el colgante que llevaba?

—¿Un cisne de filigrana de plata?

—Ése. La esposa del hombre dijo que la niña armenia de la casa del oficial llevaba un adorno alrededor del cuello, un colgante de plata en forma de pájaro. Se le quedó grabado en la memoria porque resultaba un poco raro e incongruente que la niña lo llevara, y le extrañaba que no se lo hubieran robado. Sólo recordaba que a la niña la llamaban simplemente Khatoon, «la chica».

»Pues bien, por si casualmente su madre lo hubiera llevado cuando se fue, Damien hizo un dibujo del colgante para que Hyder lo mostrara en la región, pero no hubo suerte. Nadie sabía nada de la niña ni de lo que había sido de ella. Sólo cuando Damien regresó a San Petersburgo el otoño pasado, volvió a dar con la pista.

—Cuando Geoffrey Charlton lo conoció por primera vez...

—Ah, sí, eso también. —Nigel soltó una triste carcajada—. Bien, a pesar de aquella circunstancia un tanto desafortunada, Damien tuvo una suerte extraordinaria. Uno de los oficiales rusos que conoció le habló de un cierto coronel de la Guardia Imperial que tenía a su servicio a una joven ama de llaves cuando estaba destinado en San Petersburgo. Lo dijo porque alguien había comentado las habilidades culinarias de la joven en la mesa de bacará. Sin embargo, que aquel oficial recordara, la mujer era armenia, no rusa, y él no tenía ni idea de cómo se llamaba. En aquellos momentos el coronel estaba destinado en Tashkent, dijo, y le sugirió a Damien que se pusiera en contacto con él allí.

—¿El coronel ruso no sería, por casualidad, Mikhail Borokov?

Nigel se sorprendió.

—Pues la verdad es que sí. ¿Cómo demonios lo sabía usted?

—Por algo que dijo el señor Charlton.

—¡Ah! Pues bien, lo que Charlton averiguó aquella noche en el Club Náutico fue el segundo componente más vital de su expediente de pruebas. El más vital que jamás hubiera conseguido arrancarle a uno de los chicos de los recados de la tienda de los hermanos Alí. Se refería al temerario viaje de Damien a Tashkent.

—¿Fue allí donde encontraron a Ivana, en Tashkent?

—Bueno, no, no exactamente. —Nigel Worth se acarció la barbilla y frunció el entrecejo—. Verá, entretanto, para complicar todavía más las cosas, Jabbar Alí había descubierto una segunda posible pista que conducía a Sin-Kiang, donde se decía que un acaudalado exportador de seda chino había adquirido en secreto una concubina armenia. Resultó que la segunda pista era un callejón sin salida, pero como entonces ellos no lo sabían, la tuvieron que seguir.

»Y aquí —añadió Worth respirando hondo— fue donde entró en acción el servicio secreto. A través de nuestro agente en Kashgar investigamos la pista de Sin-Kiang.

—¡A cambio de la subrepticia sustracción de los papeles!

Nigel se ruborizó.

—Mmm... pues sí. Por desgracia, no teníamos a nadie que fuera de fiar en Tashkent —se apresuró a añadir—, y es por eso por lo que, al recibir Damien aquel mensaje de Hyder Alí en Delhi al día siguiente de su boda, se... —Nigel interrumpió la frase y miró a Emma directamente a la cara—. Pero eso usted tampoco lo sabe, ¿verdad, señora Granville?

—No.

«Al día siguiente de mi boda». Sí, recordaba aquel día... ¿cómo habría podido olvidarlo?

—Uno de los primos de Hyder en Tashkent —explicó Nigel, procurando disimular su sensación de incomodidad— había informado de que Borokov tenía una joven ama de llaves rusa, pero se negó a hacer ulteriores averiguaciones. Borokov era un oficial de alta graduación del Estado Mayor del barón. En caso de que lo hubieran sorprendido haciendo preguntas, lo habrían podido detener. Bueno pues, como ésta era la pista más esperanzadora que se hubiera descubierto hasta la fecha, obedeciendo a un repentino impulso, Damien decidió seguirla personalmente. En honor a la verdad, cabe decir que pidió permiso para reunirse personalmente con Borokov, pero el coronel Hethrington se puso hecho una furia y se negó rotundamente a concedérselo. —Nigel se encogió de hombros—. Entonces Damien decidió ir a pesar de todo. Ilegalmente y disfrazado.

—¿Y usted sabía lo que se proponía hacer?

Nigel esbozó una tensa sonrisa.

—No, pero conocía a Damien y sabía lo que era capaz de hacer en caso necesario. Estaba furioso y no me importa decirle que me moría de miedo.

—¿Hubiera Damien entregado los papeles a cambio de su hermana?

—¡Sin la menor duda! Quiso la suerte que Borokov y su ama de llaves se encontraran en aquellos momentos en San Petersburgo, por lo que Damien se vio obligado a improvisar una historia con el muy imbécil del barón. Afortunadamente, el markhor de Cachemira que llevaba consigo —adquirido a un precio exorbitante y con gran previsión— le salvó de una situación que hubiera podido ser muy dolorosa. Como es natural, al coronel Hethrington le dio un ataque. Jamás se había fiado de los motivos de Damien.

—¿Y usted todavía se fiaba?

—Pues sí. —Nigel tensó los músculos de la mandíbula—. Damien desprecia la política, siempre la ha despreciado. Le importa un bledo esta lucha de Asia Central. Él sólo quería recuperar a su hermana, la cual, tal como Hyder Alí había conseguido finalmente confirmar, era efectivamente el ama de llaves de Borokov. Pero, puesto que se encontraba allí ilegalmente, Hyder tenía que actuar despacio, en secreto y con mucha cautela. Cuando finalmente consiguió confirmar los datos, ya era demasiado tarde. Tanto Borokov como Ivana habían desaparecido, ella para irse a pasar unas presuntas vacaciones en el Caspio y él para ocupar un puesto en Osh. Poco después se supo que Borokov había muerto.

—¡Pero no la pista, naturalmente!

—No, la pista no. —Nigel sacudió la cabeza, sonrió y se reclinó contra el respaldo de su asiento—. Sin embargo, no soy yo quien tiene que contarle el resto de la historia, señora Granville, sino Holbrook Conolly, nuestro antiguo agente en Kashgar. A él corresponde el mérito de haber recuperado a Ivana para devolverla a su familia. Dado su inimitable estilo y su personal participación, estoy seguro de que él sabrá contarle mucho mejor que yo el resto del relato.

Emma se reclinó en la tumbona. Mientras contemplaba el sereno cielo azul y las pinceladas de transparentes nubes, notó que se le humedecían los ojos. La trágica historia la había conmovido profundamente; cualesquiera que fueran sus propias tribulaciones, le resultaba imposible no compadecerse de la inocente joven tan cruelmente azotada por el destino por un simple accidente de nacimiento. Al mismo tiempo, la historia de Ivana intensificaba su propia sensación de desgarrador aislamiento y soledad. ¡Con implacable determinación, Damien la había excluido de todos los aspectos significativos de su vida!

No era probable que Nigel Worth no intuyera su íntimo dolor o su causa inmediata.

—Damien creció en la creencia de que era hijo único, señora Granville —dijo éste, defendiendo denodadamente a su amigo—. Y era la pena más honda de su vida. Sus esfuerzos por encontrar a su hermana eran una desesperada necesidad, una obsesión, si usted quiere, de una vida extremadamente solitaria.

«¡Pero no lo bastante solitaria como para compartirla con su mujer!»

Debatiéndose entre su lealtad a un amigo y el deseo de aclarar ulteriormente las cosas, Nigel luchó en su fuero interno, pero no se atrevió a penetrar en un territorio tan extremadamente privado. Comprendiendo su dilema, Emma se tragó la sensación de traición y lo tranquilizó con una sonrisa.

—¿Dónde está Ivana ahora? —preguntó.

—De camino hacia Gulmarg desde Leh con Conolly. Será un gran consuelo para ella verla a usted aquí cuando llegue, señora Granville. ¿Quién mejor que una afectuosa y comprensiva cuñada para darle la bienvenida a una casa y una familia que jamás ha conocido?

Emma se entristeció profundamente. «Cuando ella llegue, yo ya no estaré aquí.»

Aceptando fríamente su inminente partida, Emma reanudó la tarea de hacer el equipaje. Encerrada en la dura intimidad de un dolor que el orgullo no le permitía compartir con nadie y menos con Damien, evitaba a éste siempre que podía. Por su parte, él no hacía el menor esfuerzo por buscarla. Entre ambos se abría un golfo, un yermo de comunicación forzada y de miradas que se cruzaban accidentalmente. Obligados a enterrar y llorar toda una vida malograda, cuando conversaban, lo hacían sólo sobre temas intrascendentes.

—Suraj Singh te acompañará a casa de tu madre —le dijo Damien mientras ella se preparaba para el viaje de vuelta.

—Sí.

—Hará frío por el camino. Procura tener mucha ropa de abrigo a mano.

—Lo haré.

—¿Tienes cajas suficientes para tus libros?

—Sí, gracias. Las mismas que me proporcionaste al principio.

—Muy bien. Si necesitaras más...

—Te lo diré.

—Hazlo.

¡Aquello era imposible!

La víspera de su partida, Emma salió a dar un último paseo por los pinares de la alameda que rodeaba Gulmarg. Las laderas de las colinas estaban cubiertas de campánulas, margaritas, nomeolvides y ranúnculos. La aldea se llamaba en otros tiempos Gaurimarg, el nombre de la divinidad de los prados, pero en el siglo XVI un rey se lo había cambiado por el de Gulmarg, «prado florido». Dos inglesas vestidas con pantalones de montar paseaban sujetando las riendas de sus monturas. Sonrieron inclinando la cabeza y Emma les devolvió la sonrisa. Gulmarg se estaba convirtiendo rápidamente en uno de los lugares preferidos de vacaciones para los europeos, sobre todo para los amantes de los deportes.

Cuando regresó del paseo, encontró a Damien sentado detrás del escritorio del salón, esperándola. Le había dicho que estaba citado en el Club de Golf de Gulmarg con un oficial del Ejército que tenía en proyecto la construcción de dos campos de golf. Por lo visto, la reunión había terminado muy pronto. Como no esperaba encontrarlo en casa tan temprano, se detuvo dudosa en la puerta.

Damien no levantó la vista.

—El secretario del club te envía sus saludos y pregunta si el sábado serías tan amable de intervenir como juez del concurso de monta artística de la Exposición de Caballos.

Emma se quitó la capa y los guantes muy despacio para tener tiempo de serenarse.

—Es muy amable de su parte, pero el sábado ya me habré ido.

—Podrías retrasar la partida una semana.

—No. No lo creo posible.

Damien rebuscó un momento entre sus papeles y después se volvió a mirarla.

—¿Es eso lo que realmente quieres, Emma, regresar a Delhi?

Era la primera vez que se lo preguntaba directamente.

—Sí.

—Comprendo. Bueno, en tal caso, supongo que será mejor que te dé las explicaciones que te prometí.

¡Más explicaciones! Emma sacudió la cabeza.

—Ya ha habido suficientes explicaciones. No quiero oír nada más.

—¿Ni siquiera sobre mi hermana?

—Nigel Worth ha tenido la amabilidad de contarme toda la historia. Te puedo ahorrar la molestia.

En cuanto lo hubo dicho, se arrepintió; sus palabras sonaban duras e insensibles y parecían el fruto de una rabieta infantil. Se quitó los chanclos, se sentó en el sofá y tendió las manos hacia la lumbre.

—¿Por qué no me hablaste de ella antes? —preguntó en tono cansado.

—¿Te habría interesado si lo hubiera hecho?

—¡Por supuesto que me habría interesado!

—¿De veras? Me dio la impresión de que había muy pocas cosas que te interesaran de mí y de mis asuntos.

Emma se irritó al ver que, ahora que ya estaba todo perdido, él seguía tratando de buscar coartadas para tranquilizar su conciencia.

—¡Me parece imperdonable que me ocultaras... una parte tan esencial de tu vida! —estalló ella de repente, sin poder contener por más tiempo la indignación tan cuidadosamente reprimida durante tantos días—. Lo envolvías todo en el secreto deliberadamente... ¡incluso algo tan sencillo y trivial como los arreglos que se tenían que hacer en esta casa!

—Hasta que se formalizara su condición de mulki, tenía la intención de mantener a mi hermana en Gulmarg. —Si el estallido de cólera de Emma lo alteró, Damien no lo dio a entender—. El ocultamiento era necesario.

—¿El ocultamiento a mí, a tu mujer?

—No. —Damien tomó la pluma—. El ocultamiento a Geoffrey Charlton.

Emma lo miró, sobresaltada.

—¿Crees que hubiera traicionado tu confianza con Geoffrey Charlton? —Eso le dolió más de lo que hubiera podido imaginar—. ¿Cómo puedes tan siquiera pensarlo?

—¿Cómo? Con la de veces que me has restregado su nombre por la cara, ¡creo que tú puedes responder a la pregunta mucho mejor que yo!

Damien dobló una hoja de papel, la introdujo en un sobre y se dispuso a escribir la dirección.

Ella apartó el rostro.

—Estaba furiosa, Damien. Me sentía engañada y abandonada. Si me hubieras dicho antes la verdad...

—Tenía intención de contártelo todo el día que regresé de Tashkent —dijo él, sin dejarla terminar—. Pero, cuando tú me restregaste por la cara a Charlton y me cerraste la puerta, comprendí que hubiera sido un riesgo contártelo.

—¡Mi interés por Geoffrey Charlton era puramente cultural!

—¡Pues el suyo por ti no lo era! Charlton es un hábil profesional de los chismes. Sabe cómo arrancar secretos... sobre todo a las mujeres que lo adoran y se sienten engañadas y abandonadas. También es un maestro insuperable en el arte de insinuar ideas y plantar las semillas de la discordia. Se dio cuenta de lo enamorada que estabas de su encanto y de lo mucho que te impresionaba su tímida y seductora sonrisa de chiquillo que con tanto provecho sabe cultivar. —Damien soltó una despectiva carcajada—. Ahora un poco menos seductora, todo hay que decirlo, desde que tú le arrancaste un canino, pero seductora al fin.

Mientras escuchaba la parrafada, Emma se percató repentinamente de algo que antes hubiera considerado imposible.

—¿Estabas celoso de Geoffrey Charlton?

Su sorpresa le impidió reírse.

—¡En absoluto! —Damien se levantó de un salto de su asiento y cruzó la estancia a grandes zancadas—. Me extrañaba simplemente que una mujer tan aparentemente inteligente como tú no se diera cuenta de la clase de hombre que era... un ambicioso e intrigante oportunista sin escrúpulos que te utilizó para sus egoístas fines particulares.

—¿Acaso tú no hiciste lo mismo? —Se le escapó sin querer.

Damien se detuvo a media zancada.

—Lo crees en serio, ¿verdad?

Emma comprendió consternada que había reavivado involuntariamente las antiguas discusiones. Sin saber cómo retirar lo dicho, decidió pasar a la ofensiva.

—Bueno, me sometiste a chantaje para que me casara contigo.

—Sí.

—Le sacaste a Chloe Hathaway los chismorreos que circulaban sobre mí en Delhi...

—Sí.

—... simplemente como base para robar los papeles.

—No.

¡Le seguía mintiendo! Tomando su capa y sus guantes, Emma hizo ademán de retirarse a su habitación del piso de arriba.

—Espera. Hay algo que me gustaría enseñarte.

Emma se tambaleó involuntariamente.

Abriendo la parte interior de su escritorio, Damien sacó una caja de gran tamaño envuelta en papel marrón, y la depositó sobre la mesa.

—Ábrela.

—¿Qué es?

—Un regalo.

—¿Un regalo de despedida? —preguntó Emma mordaz.

—Si tú quieres...

—No tienes por qué...

—¡Ábrela!

Sólo para evitar otra discusión, Emma se acercó a la mesa, examinó el paquete sin interés y le quitó la envoltura. En cuanto abrió la caja de cartón, sintió que el corazón le daba un vuelco en el pecho. En su interior descansaba un objeto que le era sumamente familiar: un reloj de plata en cuya parte posterior figuraba una inscripción de homenaje de los compañeros de su padre del Servicio de Arqueología de la India.

Tuvo que sentarse para que no se le doblaran las rodillas.

—¿De... de dónde lo has sacado? —preguntó con un hilillo de voz.

—De la repisa de la chimenea de tu salón de Khyber Khoti.

—Ah.

Sin saber adonde mirar, Emma siguió contemplando estúpidamente el reloj.

—Suraj Singh tenía que privarte de algo razonablemente valioso para que el robo resultara creíble. La máquina de escribir abultaba demasiado y se quedó atascada en la ventana, por eso optó por llevarse el reloj.

—¿El que entró en nuestra casa fue Suraj Singh?

—Dos veces. El primer intento resultó infructuoso, pero el segundo no. Hasta el accidente en la montaña en el que se rompió la pierna, Suraj Singh era un pandit que trabajaba por cuenta del Servicio de Agrimensura y Arqueología de la India en Dehra Doon. Un pandit... —Damien se detuvo y enarcó las cejas al límite—. ¿Hace falta que te lo explique o acaso Charlton ya lo ha hecho?

Un doloroso rubor se extendió por las mejillas de Emma.

—Ah, ya veo que sí. Bueno, habiendo trabajado como pandit, Suraj Singh puede reconocer los instrumentos de espionaje del Servicio Secreto con los ojos cerrados. Identificó inmediatamente la rueda de oraciones de Butterfield, guardada en el morral de alfombra que tú conservabas en el interior de un baúl en la estancia de al lado de tu estudio. Retiró los papeles de su interior —los de tu padre y los de Butterfield— y dejó la rueda donde estaba. —Acercándose a la chimenea, Damien se sentó en la mecedora—. Como ves, Emma, cuando nos casamos, yo ya tenía en mi poder los papeles del Yasmina.

Aunque se le hubiera ocurrido algo, Emma no habría podido hablar. Cerró los ojos para borrar la imagen del sereno rostro de Damien y, en su visión interior, apareció el de su hermano.

«¡Dios misericordioso!»

Mientras la miraba en silencio balanceándose en la mecedora, Damien tuvo la magnanimidad de permitirle vivir su momento de vergüenza.

Se sentía mareada y al borde de las lágrimas.

—Si tan desesperadamente deseabas... casarte conmigo, ¿por qué no te declaraste como un caballero en lugar de organizar esta ridícula farsa?

—¿Cómo hubiera podido hacerlo... si tú ni siquiera me permitías visitarte?

—¡Hubieras podido insistir!

—De haberlo hecho, ¿me hubieras aceptado?

—Puede... que sí. Cosas más raras se han visto.

—¡No tan raras! Tú me despreciabas y mis actitudes te repugnaban, ¿acaso no lo recuerdas? O, por lo menos, eso decías. —En los ojos de Damien se encendió un metálico fulgor—. Pronto comprendí que la arrogante Emma Wyncliffe, emblema de la superioridad intelectual y agresiva solterona famosa por su desprecio de la sociedad y su lengua tan afilada como un cuchillo, era tan altanera que necesitaba que le dieran una buena lección. Y llegué a la conclusión de que me resultaría un placer dártela yo.

—Pues entonces, ¿por qué te tomaste la molestia de casarte conmigo? —preguntó ella, dolida—. ¡Al fin y al cabo, ya tenías los papeles!

Damien juntó los dedos de ambas manos delante de su rostro y la estudió por encima de ellos.

—¿Crees que un hombre sólo podría querer casarse contigo por algún otro motivo? ¿Tan poco te sigues valorando?

—No, no quería decir eso, quería... —Emma sacudió la cabeza para apartar el pensamiento de su mente—. No importa.

Entrelazando las manos detrás de la nuca, Damien dirigió la mirada al techo. En las vigas de madera el juego de luz y sombras coreografiado por las llamas de la chimenea estaba creando un improvisado ballet. Se pasó un rato contemplándolo en pensativo silencio. Después su rostro se suavizó y suspiró.

—Mi madre era una mujer muy guapa, Emma... lo bastante guapa como para exhibirse sobre la repisa de una chimenea como un adorno, lo mismo que tu reloj de plata. Crecí rodeado de belleza, de su belleza. Había retratos suyos por todas partes. —Sus ojos se clavaron en ella—. ¿Es eso lo que tú esperabas encontrar en el escritorio? ¿Unas fotografías para ver cómo era?

Emma contestó asintiendo levemente con la cabeza.

Damien volvió a mirar al techo.

—Era como una droga que creaba adicción, con fatales efectos acumulativos. Mi padre estaba loco por ella. Le daba todo lo que podía y lo que ella quería. Y ella se lo pagó abandonándolo. Cuando se fue, se llevó consigo todo lo que era importante para él: su dignidad, su buen nombre, su situación como hombre. —Con una tensa sonrisa en los labios, Damien añadió—: Y también lo que era importante para ella, casi todas las joyas que él le había regalado. Dañado irremediablemente a sus propios ojos y sin el menor deseo de vivir, mi padre se marchitó y murió.

Perdido en una era ya olvidada, Damien fue evocando los pocos retazos de recuerdos que todavía le quedaban, ya sin amargura, pero con una profunda tristeza.

—No todas las mujeres bellas son infieles —dijo Emma cautelosamente—, de la misma manera que no todas... las mujeres feas son la quintaesencia de la virtud conyugal.

—Puede que no. —Tratando de librarse de la melancolía, Damien se alisó el cabello—. Cuando regresé de Inglaterra, me vi rodeado de tantas imágenes de su perfección que apenas podía respirar. Al final, las quité todas y las quemé... excepto el retrato. Éste no tuve el valor de destruirlo. —Sus ojos, extrañamente ansiosos, seguían clavados en los de Emma—. ¿Entiendes lo que estoy intentando decirte?

¿Lo entendía? Temblando al borde de la comprensión, Emma no podía asimilar enteramente el significado, todavía no. Prefirió mantener un cauto silencio.

—Cuando mi padre murió, juré que jamás me casaría ni por la belleza ni por amor —dijo sin la menor inflexión en la voz—. Por desgracia, el juramento no resultó tan fácil de cumplir como yo imaginaba.

En la boca de su estómago, Emma percibió algo así como el aleteo de una mariposa, un susurro de algo cálido. Pero no permitió que aflorara a la superficie.

—Si de veras deseas regresar a Delhi —dijo Damien, cortando bruscamente el hilo—, yo no te lo puedo impedir. Y tampoco quisiera hacerlo.

—¿No es eso lo que tú deseas también?

Damien se acercó a la ventana y miró a través de ella.

—Puesto que me lo preguntas... —haciendo un gran esfuerzo consiguió extraer de algún lugar como con un fórceps una sola sílaba— no.

El susurro de calor se desenroscó, se extendió y empezó a resplandecer.

—¿Te gustaría que me quedara?

A través del cristal de la ventana, Damien miró enfurecido a un pobre mozo de cuadra.

—¡Sí, maldita sea!

Algo más se agitó en el interior de Emma, una especie de brisa marina estival que dejó en pos de sí unos escarceos de satisfacción. Pero aún no había terminado.

—¿Por qué?

—¿Por qué? Yo pensaba que eso saltaba a la vista... Ivana te necesitará.

—Eso ya lo sé. ¿Es ésta tu única razón?

—Tú conoces mis restantes razones. Las tuviste todas en Delhi.

—¿Porque soy la mujer más valiente que jamás has conocido, la salvación de las memsahibs de la India? ¿Porque soy la única mujer que no te provoca un aburrimiento mortal? ¿Y, no se me vaya a olvidar la *pièce de résistance*, la única mujer capacitada para darte unos hijos genéticamente perfectos? ¡Vamos, vamos, Damien, tiene que haber mejores razones hasta para un matrimonio de inconveniencia!

—¿Aún sigues convencida de que no las hay?

—¡No estoy enteramente convencida de que las haya! —Cansada de decir lo que no quería y no decir lo que quería, Emma se atrevió a preguntar—: ¿Y tú, Damien, tú también me necesitarás?

Sin apartar totalmente la mirada, Damien la desvió ligeramente hacia algo situado a la espalda de Emma.

—Por supuesto que sí. Eso se da por descontado.

—No hasta que se dice.

—¿A pesar de que, en tu monumental perversidad, tú no te creas ni una sola palabra que yo pronuncie?

—Si yo considero que lo que dices es cierto, por supuesto que te creeré.

—Pues bien, ¿me creerías si te dijera que, antes incluso de conocernos, yo ya había decidido casarme contigo?

—¿Sin haberme visto jamás? ¡No, eso no lo creería!

—¿Y si te dijera que te había visto... y varias veces, por cierto?

Emma frunció el entrecejo.

—¿Dónde?

—En la casa del nabab. Dando clase a su hija con enorme paciencia y sumo cuidado. Eso me pareció... conmovedor.

—Ya. —El corazón de Emma dio otro vuelco, pero lo dominó—. ¿Estabas deseando casarte conmigo porque lo que yo enseñaba te conmovía?

—Entre otras cosas.

—¿Qué otras cosas?

Damien levantó las manos.

—¿Hace falta que te enumere todas las malditas razones?

—¡Sí, todas las malditas razones!

Cualesquiera que hubieran sido sus errores y sus juicios equivocados —¡y había muchos!—, Emma no veía ningún motivo para perdonarle tan fácilmente sus excesos. Las palabras que durante tanto tiempo él le había negado —unas palabras a las cuales tenía derecho— se tenían que pronunciar. Damien tenía que compensarla de todos los sufrimientos, todas las mentiras, todos los trastornos y las evasivas de aquellos desesperantes meses de engaño.

—Bueno pues, ¿me creerías si te dijera —preguntó Damien, apretando los dientes— que, cuando nos conocimos efectivamente, más bien cuando chocamos, en aquella miserable aldea a orillas del Yamuna, a pesar de tu horrendo vestido beige y tu espantoso moño, ¿yo sabía que ninguna otra mujer podría ser jamás de mi agrado? ¿Y que necesitaba tenerte?

Emma parpadeó. ¿Estaría bebido?

Damien regresó a la mesa junto a ella, con los ojos ardiendo y las ventanas de la nariz dilatadas por la emoción.

—¿Y me creerías si te dijera que, cuando me cantaste las cuarenta, con tus diabólicos ojos verdeazulados, tu lengua de vitriolo y el fervor propio de un cruzado con el cual avanzaste con tus cañones hacia la batalla, ya me habías dejado inservible para cualquier otra condenada mujer de la tierra? ¡Por Dios bendito, infame criatura —rugió Damien, golpeando la mesa con tal fuerza que tanto Emma como la caja de cartón pegaron un brinco—, me debes una compensación por eso!

Dicho lo cual, se apartó de la mesa para reanudar sus paseos por la estancia.

Emma volvió a sentarse, aturdida, disfrutando en su fuero interno de aquella explosión de furia, del terrible orgullo que la había provocado y del hecho de haber sido ella quien hubiera obligado a Damien a confesar. Encendidos por unas sonrisas interiores, sus ojos amenazaban con soltar chispas, por lo que decidió bajarlos.

—¿Te gustaría también que especificara —añadió Damien enfurecido— la recompensa que consideraría adecuada por haberme visto reducido a la monogamia?

—No —se apresuró a asegurarle ella—, no creo que haya...

—¡Vaya si la hay! —Con rápidas y largas zancadas, Damien regresó a la mesa y se sentó delante de ella—. En nuestra noche de bodas en Delhi me llevé una considerable sorpresa... atrapada en el interior del inexpugnable edificio de gazmoñería y decoro de Emma Wyncliffe, ¡descubrí para mi asombro a una desvergonzada que estaba pidiendo a gritos que la soltaran!

Emma se escandalizó tremendamente.

—¿Te parecí una desvergonzada?

—Una de tus virtudes redentoras, sí. Hielo mezclado con fuego. El hielo bien sabía Dios que no necesitaba ninguna ayuda por mi parte. En cambio, al fuego no le hubiera venido mal un pequeño estímulo que, a modo de compensación, yo hubiera tenido mucho gusto en ofrecerle. Siempre y cuando, tal como dejé bien claro al principio, se me formulara la correspondiente petición. —Tomando la pipa que descansaba sobre el escritorio, Damien la encendió y le dio varias enfurecidas caladas—. Querías unas malditas razones... ¿Te basta con éstas de momento?

Santo cielo... ¡que si le bastaba!

—Tal vez —contestó Emma—. De momento.

Después se levantó y fue a sentarse en el sofá, cerca de la chimenea. Con la mente llena de palabras, no sabía qué otra cosa decir. Profundamente enfrascado en sus pensamientos, Damien permaneció un rato donde estaba. Después dejó la pipa y fue a sentarse a su lado en el sofá. Su cólera se había evaporado; su estado de ánimo se había apagado y sumido en la melancolía.

Sin sonreír, le tocó ligeramente la mejilla.

—Comprendo que tengo que hacerme perdonar muchas cosas, Emma —dijo en voz baja—. En cierto modo, supongo que tenías razón. Ha sido una farsa de matrimonio, de la cual yo soy más culpable que tú, pero, por lo menos, jamás cometí el error de engañarme pensando que me amabas.

Emma lo miró con incredulidad... ¿Sería posible que un hombre tan inteligente pudiera estar tan ciego?

—No —dijo enojada—. Por supuesto que no.

—Puede que no tenga la paciencia de esperar hasta que me dé un ataque de gota —añadió Damien con una incierta sonrisa—, pero, ¿crees que, con tiempo suficiente, algún día podrías aprender a amarme?

La desconfianza, la humildad, la inquietud a flor de piel... todo aquello le era tan desconocido que los ojos de Emma se llenaron de lágrimas. De repente, sintió el deseo de no seguir hablando, de tocarle y dejar que él la tocara... pero aún quedaba un cabo suelto.

—¿Justo lo suficiente para ocupar los sentidos?

—¡Lo suficiente para devastar los sentidos!

—¿Y el corazón?

Damien lanzó un suspiro.

—Me estás exigiendo un pacto muy difícil, Emma Granville. Bueno, creo que una alteración similar en la zona del corazón, tampoco sería muy perjudicial. —Al final tomó su mano, la encerró en la suya y la miró profundamente a los ojos—. ¿Podrías, Emma?

Los momentos transcurrieron siguiendo los latidos del corazón; los millares de palabras atrapadas en su garganta no se pudieron liberar. El rostro de Damien llenó su visión y no dejó espacio libre para nada más. Se aspiraba un sabor de vino en el aire, un perfume de rosas primaverales, y en sus oídos resonaba la música de cientos de atronadores coros celestiales.

Una sonrisa afloró a su boca e iluminó su rostro desde dentro, haciéndolo resplandecer como un farolillo chino. Tomando la mano que sostenía la suya, se la acercó a la incandescente mejilla.

—Quizá —dijo—. Algún día. Si me das tiempo suficiente.

EPÍLOGO

El 20 de septiembre de 1890, con la autorización de un perplejo Foreing Office, el *Novoe Vremya* y el *Morning Post* publicaron en primera plana los mapas detallados y la información sobre el paso del Yasmina.

Ninguno de los dos periódicos reveló las circunstancias en las cuales se había recibido la información. Ambos la atribuían a «fuentes confidenciales de la India». En un intento de evitar hacer el ridículo, ambos desafiaban a Whitehall a negar la veracidad de los datos. El descubrimiento se atribuía conjuntamente al doctor Graham Wyncliffe y a Jeremy Butterfield.

No parecía que Whitehall tuviera intención de contestar.

La reacción en distintas capitales fue la que se esperaba. Sumida en privado en la misma perplejidad que todo el mundo, San Petersburgo desacreditó públicamente la información, calificándola de un ejemplo más de las supercherías británicas. En Kashgar, el taotai aparentó desinterés por las traducciones al mandarín que Pyotr Shishkin le entregó, pero, en cuanto el ruso se retiró, las leyó con avidez y se le puso el rostro lívido de rabia. Más para propinarle a Shishkin una bofetada en la cara que por efecto de un recién estrenado amor hacia Gran Bretaña, concedió inmediatamente permiso a George MacCartney y a Francis Younghusband para visitar Kashgar. La cuestión de la fuga del agente británico ni siquiera se discutió.

MacCartney y Younghusband llegaron a Kashgar en noviembre de 1890 y pasaron los meses invernales en Chini Baug. A pesar de la enérgica protesta del cónsul ruso, a su debido tiempo MacCartney fue aceptado como representante oficial de Gran Bretaña ante el Celeste

Imperio y Chini Baug se convirtió en el consulado británico. Permanecería veintiséis años en el puesto.

Enfurecido por el mensaje cifrado de su Ministerio de Asuntos Exteriores, Alexei Smirnoff sufrió un ataque descomunal de cólera en Tashkent. Se pasó tres días rugiendo y bramando como una fiera y concentrando buena parte de su ira en Mikhail Borokov por haberse muerto antes de que él le pudiera echar la culpa del desastre. Escupiendo veneno contra los temblorosos emisarios de Safdar Alí, dispersó su caravana, puso fin a su campaña y después mandó arrastrar a la delegación de Hunza hasta la frontera y expulsar físicamente a sus miembros del territorio ruso.

Safdar Alí, que esperaba pacientemente el regreso de la caravana en su fortaleza de Shimsul, no se enteró de lo ocurrido mientras planeaba dónde, cuándo y cómo acabar con los rusos en cuanto se recibieran los rifles. Sólo cuando muchas semanas después volvió a Hunza con las manos vacías y dominado por una furia asesina y sus enviados regresaron muertos de miedo de Tashkent, averiguó la terrible verdad. Entonces los enviados fueron inmediatamente ejecutados.

En la secretaría gubernamental en Simla se respiraba una atmósfera de silencioso horror. Los pálidos funcionarios corrían sigilosamente arriba y abajo por los pasillos y los sirvientes iban y venían entre las distintas estancias, portando voluminosas cajas de despachos. En cambio, en las dependencias del Servicio Secreto ubicado unas puertas más abajo en el Mall —a pesar de las andanadas de furiosos y urgentes mensajes cifrados que se estaban recibiendo desde Londres— el estado de ánimo era considerablemente tranquilo. Aparte de la sosegada sensación de alivio y de una cierta y moderada satisfacción, la actividad era aproximadamente la misma de siempre.

Y, en Londres, Whitehall sufrió un silencioso arrebato de furor.

Cuando finalmente se posó la polvareda y todos recuperaron la cordura suficiente como para examinar lo ocurrido con imparcialidad, se dieron cuenta de que la situación no era quizá tan terrible como al principio les había parecido. La publicación de los papeles del Yasmina era ciertamente embarazosa, pero, a la vista de la realidad, la «primicia» carecía de importancia y el «desafío» se podía ignorar tranquilamente. El verdadero campo de minas fue la declaración de Mikhail Borokov. ¿De qué manera, se discutía incesantemente en el número 10, debería (o no debería) reaccionar el Gobierno de Su Majestad a las revelaciones (en caso de que efectivamente reaccionara)?

Al final, después de muchos kilómetros de mensajes cifrados redactados, descartados, enviados y recibidos, y de muchas pestañas quemadas trabajando hasta altas horas de la noche, el Gabinete llegó a un acuerdo. Las revelaciones las había hecho un desertor del Ejército ruso de dudosa fama en estado de demencia y en circunstancias extremadamente grotescas, que con toda probabilidad ya debía de estar muerto a aquellas alturas. Puesto que el Yasmina ya no revestía ninguna importancia estratégica y los esfuerzos de Alexei Smirnoff no habían provocado ningún daño efectivo, se llegó al acuerdo de que Mikhail Borokov había mentido. De esta manera, se evitó el quebradero de cabeza de otra insoportable protesta de San Petersburgo y de más publicidad perjudicial, y la declaración de Borokov fue precipitada y permanentemente enterrada en los archivos del departamento de la India.

Al mismo tiempo, se cursaron instrucciones a lord Castlewood, el embajador británico en San Petersburgo, para que planteara oficiosa y discretamente el asunto al zar Alejandro III. Ante la ausencia de pruebas que pudieran demostrar el complot o la participación de Smirnoff, Su Majestad Imperial lo rechazó como fruto de la calenturienta imaginación de Simla y señaló cortésmente que la causa de la paz en Asia se vería considerablemente favorecida si Gran Bretaña abandonara en el futuro su deporte preferido de luchar contra molinos de viento y se limitara a jugar al *cricket*.

Un mes después Alexei Smirnoff fue llamado discretamente de Tashkent. Un anuncio publicado en el boletín de la corte rusa hacía saber que, como reconocimiento a los nobles servicios prestados al imperio de Asia Central, el Ministerio del Interior se complacía en nombrar al general Smirnoff gobernador general de Siberia con sede en Irkutsk. Un posterior anuncio lamentaba profundamente la incapacidad del general Smirnoff de aceptar el nuevo cargo por motivos de salud. Por prescripción facultativa, se le exoneraba por tanto de todos sus deberes oficiales y se le aconsejaba una larga convalecencia. Alexei Smirnoff se retiró a su espléndida finca de las afueras de Moscú y pasó los años que le quedaban escribiendo sus memorias, forjando estrategias clandestinas para futuras invasiones de la India y dedicándose a la cría de selectos cerdos.

Al año siguiente, 1891, el príncipe heredero Nicolás efectuó una visita de Estado a la India. Aparte de un semienfrentamiento en el Himalaya, donde seis exaltados oficiales rusos protagonizaron un fallido intento de anexionarse el Pamir, las relaciones entre ambos imperios fueron mejorando progresivamente. Rusia apartó a regañadientes la India de su punto de mira y la sustituyó por Afganistán.

En el transcurso de sus exploraciones en la región polar y el paso del Yasmina, el equipo de alpinismo del Servicio de Agrimensura de la India confirmó los hallazgos de Wyncliffe y Butterfield. Ambos hombres fueron galardonados con carácter póstumo con la medalla de oro de la Royal Geographical Society. Tras haber examinado con más detenimiento el «brillo de las paredes» del Yasmina a que se había referido Wyncliffe, se descubrió que éstas contenían trazas de oro, aunque no se había podido establecer la importancia de la veta.

Descubierto y a la vista del público, el Yasmina fue durante varios meses tema de discusión en las prensas británica, rusa e india. Poco a poco el interés del público por el paso fue disminuyendo y las referencias al mismo fueron cada vez más esporádicas hasta cesar por completo. Al final, excepto en las dolientes canciones y las leyendas de Dardistán, el Yasmina cayó en el olvido.

El asunto Jano jamás se hizo público y tampoco se reveló en su totalidad al comandante en jefe del Ejército indio.

Nada más se supo del coronel Mikhail Borokov... por lo menos hasta pasados dos años.

En el último baile de la Temporada de 1890 en la residencia del virrey, buscando alivio a los apretujones de los invitados a la concurrida fiesta, sir John Covendale se encontró compartiendo un pedazo de jardín con sir Marmaduke. Todavía malhumorado, tras un intercambio de frases intrascendentes, el comandante en jefe abrió de nuevo un tema que lo seguía preocupando.

—Aquella carta anónima, John... qué cosa tan rara, ¿verdad?

—En efecto, señor.

—La dejaron en el umbral de la puerta del Ministerio de Asuntos Exteriores junto con las botellas de la leche, ¿no es cierto?

—Ésos fueron los rumores que corrieron según nuestro embajador.

—¡Me sorprende que se publicara la noticia!

—Bueno, por lo que nosotros sabemos, el Ministerio de Asuntos Exteriores ruso tuvo sus dudas. En el fondo, señor, tuvimos mucha suerte de que la publicaran en aquel momento. De no haberlo hecho y en caso de que Columbine hubiera muerto con el testamento de Borokov, nos hubiéramos visto metidos en unas hostilidades francamente desagradables.

—¿Desagradables, dice usted? —El adjetivo no fue muy bien recibido—. Espero que comprenda, John, que, cualquiera que fuera el traidor malnacido que filtró los papeles a los rusos, me privó de una guerra extraordinaria. ¡Me hubiera encantado arrancarle el condenado beluga a Smirnoff de una paliza!

—Le pido disculpas, señor —musitó el intendente general—. La próxima vez intentaremos hacerlo mejor.

—Supongo que ahora ya todo es agua pasada, pero, dicho sea entre nosotros, John... ¿cuántas personas, aparte de la mujer de Granville, tuvieron acceso a los papeles?

—Ninguna, señor. Puesto que ignoraba su existencia, la señora no abrió la rueda de oraciones.

—Eso decía usted en su informe. ¿Y el marido rusky?

—Medio rusky, señor. Bueno, como ella no sabía nada, él tampoco se enteró de nada.

—¿Sigue usted afirmando que su ayuda para la localización de la muchacha Granville no tuvo nada que ver con todo eso?

—Sí, señor. Ya teníamos a un agente en Kashgar; el ofrecimiento se hizo por motivos puramente humanitarios.

Un criado vestido con una soberbia librea se acercó con una selección de puros habanos en una bandeja de plata. El comandante en jefe asintió con la cabeza; el criado circuncidó dos puros con una cuchilla y ofreció fuego.

—En cualquier caso, señor —comentó el intendente general mientras encendía su cigarro—, eso demuestra que nunca se puede poner un precio demasiado elevado a la casualidad en este extraño juego.

—¿La casualidad? Por Dios bendito, John, ¿es así como trabaja su servicio secreto, echando mano de la casualidad?

—El espionaje es pura casualidad, señor: algo que oye o con que se tropieza o que vislumbra fugazmente doblando una esquina alguien que acierta a pasar casualmente por un lugar. En este caso, Columbine acertó a pasar por el lugar adecuado en el momento adecuado.

—Mmmm. —Sir Marmaduke le dirigió una larga y penetrante mirada—. Dígame con toda sinceridad, John, ahora que ya todo es agua pasada... ¿de veras no tiene usted idea de quién envió la carta a los periodicuchos rusos?

Sir John no esquivó la mirada. La suya no vaciló y tampoco lo hizo su conciencia.

Con conocimiento oficial o sin él, el servicio secreto seguiría actuando como el Señor... y la honradez tendría muy poco que ver con su actuación. Los caminos insondables eran la esencia de su juego, un juego en el cual los riesgos eran mortales y las apuestas muy altas y en el que el fin era la única justificación de los medios. Habían quebrantado normas, corrido peligros insensatos, mentido y tergiversado. Se había evitado una terrible conflagración militar, se había desactivado la pequeña y traicionera bomba de Charlton y los papeles del Yasmina —cualquiera que fuera su valor— se habían recuperado sin la menor publicidad. Los comandantes en jefe iban y venían siguiendo las mareas políticas; el servicio secreto duraría mientras durara el Imperio.

—No tengo ni la más remota idea —contestó sin pestañear—. Tal como deducía nuestro informe, la filtración debió de producirse en Leh antes de la entrega de la rueda de oraciones a la señora Granville.

El coronel Hethrington también tenía motivos para mostrarse satisfecho.

Gracias al apoyo del intendente general, estaban a punto de producirse ascensos y se comentaba en susurros una mención en la Lista de Honor de Año Nuevo y un considerable incremento de la cuantía de los subsidios al servicio secreto. La cáustica reprimenda del comandante en jefe a raíz de la publicación de los papeles le había dolido mucho, naturalmente, pero había sido un pequeño precio a cambio de todo lo conseguido.

Y lo mejor era que el Gobierno indio ya estaba haciendo las maletas para regresar a Calcuta; muy pronto Simla se quedaría desierta.

¡Albricias, la Temporada había terminado!

Si había alguna nube en la cerúlea extensión de los cielos del coronel Hethrington, ésta era la repentina locura del capitán Worth. A punto de recibir un duramente ganado y bien merecido ascenso, el muy insensato había decidido abandonar su puesto y dedicarse al teatro.

—¿Prefiere ser usted un actor que un comandante del Ejército indio? —le preguntó Hethrington, consternado.

—Ya soy un actor, señor —le recordó serenamente Worth—. Lo único que pretendo es formalizar mi profesión.

—Se morirá usted de hambre —le prometió Hethrington con vengativo placer—. Vivirá en buhardillas infestadas por las ratas a base de garbanzos y mendrugos de pan sin saber jamás cómo se las va a arreglar para conseguir la siguiente barra de pan rancio.

—No lo creo, señor. Belle... quiero decir, la señora Jethroe... ha accedido generosamente a convertirse en mi esposa. Su difunto marido, el señor Jakob Jethroe, que era un próspero fabricante de tejidos de Manchester, le dejó una herencia de medio millón de libras.

—¡Medio mill...! —Hethrington se quedó prácticamente sin habla—. ¿Y no le dará vergüenza vivir del dinero del anterior marido de su esposa?

—No, señor. En nombre del arte ningún sacrificio puede ser demasiado grande y ninguna obligación demasiado humillante.

Hethrington soltó una expresiva exclamación y se resignó a lo inevitable.

—Bueno, supongo que no tendré más remedio que hacer lo que corresponde en tales casos y desearle la mejor suerte del mundo —dijo con displicencia.

—¡Oh, no, señor! En el teatro, cuando queremos desearle buena suerte a alguien, le decimos: «Así te rompas una pierna.»

—¡No me diga! ¿Y qué dicen cuando quieren que alguien se rompa una pierna? Bueno, dejémoslo correr. ¿Cuándo se quiere usted marchar?

—La última semana de septiembre, señor, si le parece bien.

—La verdad es que no me parece bien, pero eso también lo dejaremos correr. ¿Adónde irá desde aquí?

—A Belle y a mí nos esperan en Shalimar para la temporada navideña, señor. Esperamos zarpar rumbo a Inglaterra en primavera.

—Comprendo. Bueno pues, procure no hacer demasiado el ridículo si es posible —rezongó Hethrington.

Fue una frase de despedida bastante endeble, pero no se le ocurría nada mejor.

Una vez solo, pensó sombríamente en el futuro. Echaría de menos a Nigel Worth; ambos formaban un equipo estupendo. Ahora tendría que enfrentarse con la tediosa tarea de buscarse un nuevo ayudante, someter a interminables entrevistas a jóvenes imbéciles que no sabrían distinguir la diferencia entre un papel matamoscas y un telegrama y sufrir el insoportable castigo de moldear debidamente a los mejores que pudiera encontrar.

Puesto que en el mundo la justicia brillaba por su ausencia, pensó tristemente, mejor que se tomara el día libre y se fuera a pescar.

Aquellas Navidades en Shalimar hubo muchas cosas que celebrar.

Lejos quedaban el aire de decadencia, el patetismo de las salas de espera en las que nadie esperaba. En los sofocantes pasillos soplaban nuevos vientos. Las estancias cerradas abandonaron los escombros del pasado y los espacios muertos se llenaron de nueva vida. En los inminentes festejos se encerraba la promesa de abundante satisfacción, risa, música y pies que bailaban en una casa animada por la presencia humana.

Ivana y Holbrook fueron los primeros en llegar. Antes de que los pasos quedaran cerrados por las nieves invernales, Margaret Wyncliffe se presentó con los Purcell y poco después lo hicieron Nigel Worth y Belle Jethroe. Se esperaba a John y Jenny desde Calcuta mientras que David, ya sin muletas y ascendido a capitán, pensaba reunirse con ellos un poco más tarde. Se decía que estaban a punto de concederle una medalla por los valerosos servicios prestados más allá y por encima del estricto cumplimiento del deber. Era hora de divertirse, mejorar las relaciones, hacer las paces y apreciar lo que uno tenía. Y, por encima de todo, era hora de dar las gracias por el venturoso regreso de la hija de la casa después de tan ardua y prolongada odisea.

Tras haberse instalado nerviosamente en el apartamento reformado de su madre, Ivana Granville tardó un poco en asimilar la desconcertante adquisición de una familia desconocida y un nuevo hogar, idioma y país. Sin embargo, gracias a la infinita paciencia y a la comprensión y las atenciones de su afectuoso hermano y su cuñada, al llegar la Navidad su recelo había empezado a disiparse con la misma constancia y regularidad con que se estaban volviendo a unir los hilos cortados de su destino. Con su serenidad, su encantadora inocencia y su sencillez, aportó a Shalimar una nueva dimensión, un enriquecimiento tan lleno de vitalidad y tan penetrante como los vistosos colores de los hermosos chales de Qadir Mian.

El anuncio del compromiso de Ivana con Holbrook Conolly corrió a cargo de Damien el día de San Esteban. A petición suya, la boda se aplazó un año para que las tiernas raíces de Ivana se consolidaran y los lazos familiares se fortalecieran. Para gran alivio de todo el mundo, Conolly decidió abandonar su peligrosa profesión en favor de un empleo en la delegación de Hacienda de Srinagar.

Con tantas nuevas relaciones en perspectiva y tantos nuevos capítulos abiertos en tantas vidas, el tiempo de los agravios ya había tocado a su fin. El reloj de plata de Graham Wyncliffe se colocó orgullosamente en la repisa de la chimenea del salón tras las debidas explicaciones a David y la aceptación de las mismas por parte de éste. A petición de Emma, el retrato de Natasha Granville se volvió a colgar en el lugar que le correspondía, al lado del de su esposo y, de esta manera, los inquietos espectros de otros tiempos descansaron finalmente.

Puede que al comandante en jefe de la India se le hubiera privado de una guerra estupenda, pero no así al coronel Algernon Durand de la Agencia de Gilgit.

Cuando la carretera militar estuvo lista, Durand, un perseguidor de medallas tan implacable como Alexei Smirnoff, también lo estuvo.

Jamás se había tenido la menor intención de pagarle a Safdar Alí un subsidio, y no se le pagó. «Todos mis salvajes me salen rana», le había escrito el coronel Durand a su hermano, sir Mortimer Durand, a su regreso de Hunza en 1889. Dos años después, a finales de 1891, había llegado el momento de pegarles una buena zurra a los «salvajes» descarriados para que regresaran al buen camino.

Se tomó la decisión de prolongar la carretera militar a través de Hunza y Nagar, según se dijo para contrarrestar la amenaza de una invasión rusa tras su incursión en el Pamir. La protesta de los mires le proporcionó a Durand una excusa perfecta para atacar.

El 1 de diciembre de 1891, bajo el mando de Durand, las tropas gurkhas y las del Servicio Imperial, equipadas con una batería de artillería de montaña y una ametralladora Gatling marcharon contra Nagar. Hubo una feroz resistencia en el fuerte de Nilt de Nagar y más tarde por parte de las tropas de Safdar Alí atrincheradas en el fuerte de Hunza con jezails, armas de retrocarga y municiones de fabricación casera, pero el 22 de diciembre todo había terminado.

Safdar Alí huyó con su familia al Turquestán chino. Su fuerte fue saqueado y lo que contenía vendido en subasta. Ocupó su puesto uno de sus hermanastros, más dócil a los británicos. Furiosos por la pérdida de Hunza que ellos consideraban suya, los chinos encerraron en la cárcel a Safdar Alí. Más tarde, éste fue puesto en libertad y autorizado a instalarse en el valle de Yarkand, donde vivió en un cómodo exilio con veintidós de sus esposas y todos sus hijos. Jamás regresaría a Hunza.

Tras la retirada del velo que cubría el rostro del Yasmina, se cumplió la antigua profecía de la mística sufí: Hunza dejó de existir como nación.

En Srinagar, Pratap Singh fue finalmente derrocado por su hermano Amar Singh, entronizado como marajá de Cachemira.

Era el principio del final de Dardistán. Uno a uno, con distintos pretextos, los jefes dardos de los cinco reinos de la montaña acabaron domesticados o sustituidos por marionetas más dóciles. Dardistán y Kafiristán fueron troceados y repartidos entre Gran Bretaña y Afganistán, que con ello adquirieron grandes extensiones de territorio adicional y un control más estricto del Himalaya y de sus pasos. En 1896, el dominio británico de las regiones noroccidentales de la India ya se había completado.

El inmenso orgullo británico quiso creer que había llevado la *pax britannica* al Himalaya. Las campañas de Durand fueron celebradas, pues sus muchos actos de valentía dieron lugar a la concesión de tres Cruces Victoria a otros tantos oficiales británicos. Pero, incluso con la vara de medir de la hipocresía colonial británica, fueron unas guerras muy poco gloriosas y así lo hicieron constar numerosos expertos. Muchos actos de extraordinario valor fueron protagonizados también por los cipayos indios y galardonados con la Orden del Mérito Indio, la más alta condecoración a la que podían aspirar los soldados nativos.

Se informó de que, bajo el hielo del glaciar Biro, no lejos del Biafo, un equipo de alpinistas austriacos había descubierto el cuerpo congelado y bien conservado de un varón blanco de unos cincuenta años de edad. El cadáver, de cuyo cuello colgaba una cadena con una pepita de oro, iba vestido con prendas kirguiz. Puesto que no se había informado de la desaparición de ningún escalador y el muerto no llevaba documentación, no logró establecerse su identidad. El cuerpo se había encontrado a dos marchas de distancia del paso del Yasmina.

Exceptuando a los miembros del servicio secreto, el detalle nada significó para los pocos que repararon en él.

En una ironía final, un reconocimiento oficial que posteriormente se llevó a cabo de todos los pasos que conducían a Hunza llegó a la conclusión de que un avance ruso a través de cualquiera de ellos hubiera sido prácticamente imposible. Dos años después, la Comisión Fronteriza del Pamir lo confirmó, pero demasiado tarde para consolar a los derrocados gobernantes de los estados noroccidentales.

En otoño de 1891, un mes después de que Ivana se hubiera convertido en la esposa de Holbrook Conolly y hubiera abandonado Shalimar para instalarse en Srinagar, Emma estaba sentada en el huerto de la finca, leyendo un periódico de Londres.

La estación de la dulce fertilidad suavizaba el valle con sus tonos pastel e inundaba los cielos de sol. Los sonidos y los colores sin rumbo, los murmullos de la luz otoñal y el soñoliento aire rebosante de perfumes eran una pura delicia. Había caído una breve llovizna, dejando en pos de sí una luminiscente humedad. Mientras leía, Emma sonrió. Su compilación de los papeles de su padre publicada por la RGS, incluido el diario del Yasmina, había sido objeto de una nueva crítica favorable y estaba muy satisfecha.

Saliendo del despacho de la finca, Damien se acercó a ella, le depositó un beso en la frente, dejó dos cartas en su regazo y se sentó sobre la hierba.

—No te sientes sobre la hierba —le dijo ella, dejando el periódico para llenarle una taza de qahwa del samovar—. Aún está mojada.

Él se levantó obediente, se sentó en una silla y tomó el periódico.

—¿Otra crítica favorable?

Emma asintió con la cabeza, le ofreció la taza y empezó a leer las cartas.

—Ivana ya está empezando a escribir muy bien —dijo—. La guerra con la fonética inglesa aún no ha terminado, pero parece que ha ganado una importante batalla con la sintaxis. —Al leer la segunda carta, Emma se llenó de alegría—. Mamá dice que David ha encontrado trabajo. El brigadier Hethrington ha tenido a bien aceptarlo como sustituto de Nigel. Supongo que la condecoración habrá contribuido a ello.

Se detuvo, jugando una vez más con un pensamiento recurrente.

—No. —Adivinando el pensamiento que tan bien conocía, Damien dejó el periódico—. No más excavaciones hasta que llegue mi hijo.

—Tu hijo no nos concederá el favor de su presencia hasta dentro de dos meses por lo menos —contestó Emma—. Y, además, puede que tu hijo resulte ser tu hija.

—¡Si sabe lo que le conviene, se guardará mucho de hacer tal cosa!

Emma se rio, tomó el bastidor del bordado y cambió de posición en el asiento para que su pesado cuerpo se sintiera más cómodo. Perdida en sus pensamientos y olvidándose del bastidor, permaneció un buen rato con los ojos clavados en el rostro de Damien.

Éste volvió a dejar el periódico.

—¿Por qué me miras? —le preguntó—. ¿Acaso me brilla la nariz?

Emma sonrió.

—Se me acaba de ocurrir una pregunta que siempre te quise hacer pero nunca me acordaba... ¿Cómo te hiciste esta cicatriz en la barbilla?

—¿Por qué? ¿Es importante?

—Bueno, me contaron tantas teorías en Delhi acerca de ella que siento curiosidad, eso es todo.

—Puede que la respuesta no te guste.

Recordando las distintas posibilidades que Jenny le había enumerado, Emma vaciló. ¿Un duelo por el amor de una dama? ¿Una pelea con un marido burlado? ¿Una escaramuza algo más respetable con los miembros de una tribu afgana?

—Acordamos que no habría más secretos entre nosotros, Damien —dijo valerosamente—. Cualquier cosa que ocurriera, creo que lo podré resistir.

—Ah, ¿sí? —Damien parpadeó—. Bueno, pues ya que insistes... resbalé con una pastilla de jabón en el cuarto de baño.